新刊校定集注杜詩

二

〔唐〕杜甫 著
〔宋〕郭知達 輯注
聶巧平 點校

上海古籍出版社

新刊校定集注杜詩卷九

古詩

冬到金華山觀因得故拾遺陳公學堂

金華山，屬梓州射洪縣。唐陳子昂，射洪人，武后時擢右拾遺，少讀書此山。

涪右衆山内，金華紫崔嵬。爾雅：石戴土謂崔嵬〔一〕。陸士衡〔二〕：西山何其峻，曾曲鬱崔嵬。上有蔚藍天，垂光抱瓊臺。杜田補遺：度人經：三十二天，三十二帝。諸天皆有隱諱隱名，第一太黄皇曾天〔三〕，鬱鑑玉明。鑑，音藍。蔚藍，即鬱鑑也。黄老書中更無説鬱藍處。趙云：蔚藍，則茂蔚之藍，天之青色如此。杜田亦穿鑿，相去之遠〔四〕。蓋此乃經中言東方八天。首兩句之文，上句言天名，下句言帝名。既以鬱鑑玉明爲天帝隱諱，不應直言其隱名爲天而垂光也。況鬱差爲蔚，鑑差爲藍，豈有兩字改易之理耶？又豈恰是東方第一天帝之天垂光邪？今詩人言水曰挼藍水，則天之青曰蔚藍天，於義無害。孫綽天台山賦：瓊臺中天而縣居。今言金華山觀，得用神仙之居爲言。繫舟接絶壁，杖策窮縈回。莊子：泛乎若不繫之舟。後漢：鄧禹聞光武安集河北，即杖策北渡見之。謝靈運詩：晨策尋絕壁〔五〕。趙云：吳越春秋載古公乃杖策去邠。陸士衡詩：杖策將遠尋。李善注以魯仲連杖策而去爲祖，乃在吳越春秋事之後。四顧俯層巔，趙云：謝靈運過始寧墅：築觀基曾巔。淡然川谷開。雪嶺日色死，霜鴻有餘哀。焚香玉女跪，霧裏仙人來。趙云：雪嶺，見上古栢行注。時既冬雪濃厚，可知日色在其上，蓋望之如死矣。題是道觀，故使玉女、仙人字。曹植遠遊詩：靈鼇戴方丈，神岳儼嵯峨。仙人翔其隅，玉女戲其阿。梁簡文帝望浮圖上相輪絕句：兗中辨垂帶，霧裏見飛鸞。仙人玉女四字連出，見宋書樂志歌辭。陳公讀書堂，石柱仄青苔。悲風爲我起，激烈傷雄材。新添：莊子：齊桓公讀書於堂上〔六〕。師云：子昂官至右拾遺〔七〕，以父喪解歸廬塚。縣令段簡貪暴，聞其富，欲害子昂。家人納錢二萬緡，簡簿其賂，捕送死獄中。東川節度使李德明爲立旌德碑於梓州，學堂至今猶存。子美蓋傷此也。趙云：唐書：子昂，梓州射洪人，苦節讀書，尤善屬文。古詩：浩歌正激烈。漢書：武帝雄材大略。

【校勘記】

〔一〕「戴」，文淵閣本作「載」，訛。

〔二〕「陸士衡」，「衡」文淵閣本作「銜」，訛。

〔三〕「第一」，文淵閣本作「第一天」。

〔四〕「相去之遠」，清刻本、排印本作「附會之說」。

〔五〕「尋」，文淵閣本做「臨」，訛。

〔六〕「齊桓公」，原作「齊威公」，係避宋諱，此改。

〔七〕「至」，清刻本、排印本奪。

陳拾遺故宅

拾遺平昔居，大屋尚脩椽。悠揚荒山日，慘澹故園煙。位下曷足傷，所貴者聖賢。舊注引本傳：莫非聖賢之先務。非是。趙云：位下曷足傷，則子昂官止拾遺而已。有才繼騷雅，哲匠不比肩。趙云：「有才繼騷雅，哲匠不比肩。」則江左浮麗之詩，至子昂而初變。其詩本乎離騷、二雅也。殷仲文〔一〕：哲匠感蕭辰。選詩：長幼不比肩。公生揚馬後，名與日月懸。揚則雄，馬則司馬相如。皆蜀人，故云公在揚馬後，以顯其爲蜀之能文者。「名與日月懸」，使荀子貴名起如日月。同遊英俊人，多秉輔佐權。彦昭超玉價，郭振起通泉。到今素壁滑，灑翰銀鉤連〔二〕。盛事會一時，此堂豈千年？超，一作趙。按新書〔三〕：趙彦昭，甘州人，以權幸進。中宗時，有巫出入禁掖，彦昭以姑事之。得宰相，巫力也。英俊人，子昂與陸餘慶、王無競、房融、崔泰之〔四〕、盧藏用、趙元最厚善。趙云：上兩句正用引下彦昭、郭元振，後句直言子昂與趙、郭二人題壁見在耳。趙則彦昭，郭則元振。彦昭本傳雖云以權幸進，然亦必有才智者，故以超玉價言之。元振則自通泉尉而往，先天二年爲兵部尚書，同中書門下三品，定策誅竇懷貞等〔五〕。二人皆作宰相，秉輔佐權也。湛方生曰：素壁流光。索靖書勢曰：婉若銀鈎。壁上之字見在，乃其一時盛事，人將愛護之，此堂豈止千年也。與元結中興頌何千萬年之語同。元注「英俊人」，非是，與詩之下聯意不連屬。終古立忠義，感遇有遺編。傳言：子昂死，有文集十卷，盧藏用爲之序，盛行于代。趙云：子昂有感遇詩三十首〔六〕。

【校勘記】

〔一〕「殷仲文」，「殷」原作「商」，係避宋諱，此改。

〔二〕「翰」，清刻本、排印本作「軫」，訛。

〔三〕「按」，文淵閣本作「接」，訛。

〔四〕「崔泰之」原作「崔泰」，奪「之」字，據新唐書卷一百七陳子昂傳補。

〔五〕「竇懷貞」，「貞」原作「正」，係避諱，此改。

〔六〕「遇」原作「寓」，據文淵閣本、文津閣本、文瀾閣本、清刻本、排印本改。

謁文公上方

野寺隱喬木，山僧高下居。詩：南有喬木。孟子：非謂有喬木之謂也。石門日色異，絳氣橫扶疏。江文通：絳氣下縈薄〔一〕。注：絳氣，赤霞氣也。窈窕入風磴，長蘿分卷舒。陶潛：既窈窕以尋壑。謝靈運：側徑既窈窕。庭前猛虎臥，高僧傳：僧惠永感虎來馴。遂得文公廬。俯視萬家邑，煙塵對階除。吾師雨花外，不下十年餘〔二〕。高僧傳：有講經而天雨花者。杜田補遺：楞嚴經：世尊座天雨百寶蓮花〔三〕，青黃赤白，間錯紛糅〔四〕。梁僧法雲講次，天花散墮。又：勝光寺道宗講時，天花旋遶講堂，飛流户內。長者自布金，禪龕只晏如。趙云：佛書，給孤獨長者有好園，祇陁太子以黃金布之，而迎佛居止。今云長者自布金，則公言布金者是長者也，不待太子之金矣。大珠脱玷翳，白月當空虛。趙云：大珠、白月，皆言文公之清淨。大珠，如五色摩尼珠。白月，佛書：望已前爲白月，已後爲黑月。甫也南北人，檀弓：今丘也，東西南北之人也〔五〕。蕪蔓少耘鋤。久遭詩酒污，何事忝簪裾。王侯與螻蟻，同盡隨丘墟。願聞第一義，迴向心地初。金篦刮眼膜，價重百車渠。無生有汲引，茲理儻吹噓。趙云：第一義，如華嚴經有第一義諦。法華經：更以異方便，助顯第一義。願聞字，則論語：願聞子之志。回向，則華嚴經有十回向。心地初，押初地字韻，倒言之也。初地，則楞嚴經：脩行有十地，以歡喜爲初地。以心地字貼之，則佛書有心地法門；華嚴經梵行品，初發心功德品亦詳此義矣。金篦刮眼膜，則涅盤經：如盲目人爲治目，故造詣良醫。是時，良醫即以金篦決其眼膜。又，法苑珠林載後周張元，其祖喪明，元憂泣。因讀藥師經，盲者得視之言，遂請僧按儀轉誦至七日夜，夢一翁以金篦療其祖目〔六〕，曰：三日必差。公用此以比佛法之能刮除昏翳也。車渠，寶名，出佛書：金銀琉璃，車渠馬碯〔七〕。無生字，佛云：無生法忍。汲引字，劉向：更相汲引，不爲比周。自「願聞第一義」而下，公以稱美文公。東坡云：子美詩：「知名未必稱〔八〕，局促商山芝」，又，「王侯與螻蟻，同盡隨丘墟。願聞第一義，回向心地初。」乃知子美詩外，別有事在。其深知公矣。

【校勘記】

〔一〕「縈」，原作「榮」，據文淵閣本、文津閣本、清刻本、排印本並參梁詩卷三江淹從冠軍建平王登廬山香爐峰詩改。

〔二〕「年餘」，排印本作「餘年」，訛。

〔三〕「座」，文淵閣本奪。

〔四〕「糅」，文淵閣本作「揉」。

〔五〕「丘」，清刻本、排印本作「某」，文津閣本作「邱」。

〔六〕「其」，文淵閣本作「具」，訛。

〔七〕「馬碯」，文津閣本作「瑪瑙」。

〔八〕「必」，本集卷五幽人作「足」。

奉贈射洪李四丈

丈人屋上烏，人好烏亦好。毛詩：瞻烏爰止〔一〕，于誰之屋。注：富人之屋，烏所集也。杜田補遺：尚書大傳曰：武王登夏臺以臨殷民。周公旦曰：臣聞之，愛其人者，愛其屋上烏；憎其人者，憎其儲胥。又韓詩外傳：武王至于邢丘，天雨三日不休。問太公，對曰：愛其人及屋上烏〔二〕，惡其人，憎其儲胥〔三〕。咸劉厥敵〔四〕，靡使有餘。二説大同小異，故併載之〔五〕。人生意氣豁，不在相逢早。趙云：北史李延壽叙傳：載閻信謂其祖李曉之言曰：古人相知，未必在早。南京亂初定，所向色枯槁。遊子無根株，茅齋付秋草。東征下月峽，挂席窮海島。趙云：南京，成都也。肅宗至德二年〔六〕以蜀郡爲南京，鳳翔爲西京，西京爲中京〔七〕。公又有云「南京西浦道」。所謂亂初定，指言前年辛丑歲四月壬午，劍南東川節度兵馬使段子璋反，僭稱王，建元黄龍。五月，崔光遠擊斬之。此亂初定也。茅齋付秋草，指言浣花草堂。挂席，則海賦「挂帆席」。謝靈運：挂席拾海月。月峽，則渝州有明月峽〔八〕，三峽之始。海島，海中之山。此公欲扁舟南下也。萬里須十金，妻孥未相保。蒼茫風塵際，蹭蹬騏驎老。志士懷感傷，心胸已傾倒。趙云：此三韻，公有所求於李丈矣。

【校勘記】

〔一〕「爰」，文淵閣本作「奚」，訛。

〔二〕「及」，文淵閣本作「及其」。

〔三〕「憎其儲胥」，「儲」原闕，據文淵閣本、文津閣本、文瀾閣本、清刻本、排印本補。

〔四〕「劉」，文淵閣本作「使」，訛。

〔五〕「之」，文淵閣本作「也」。

〔六〕「宗」，文淵閣本作「京」，訛。

〔七〕「中京」，清刻本、排印本作「中原」，訛。

〔八〕「渝」，文淵閣本作「榆」，訛。

早發射洪縣南途中作

將老憂貧窶，筋力豈能及。征途乃一作復。侵星，鮑明遠：侵星赴早路，畢景逐前儔。趙云：論語：不知老之將至。禮：老者不以筋力爲禮。復侵星，一作乃侵星，非。蓋復字接上兩句之義，言既貧老爲行人，而其行早也〔一〕。得使諸病入。一本作疾入。鄙人寡道氣，在困無獨立。俶裝逐徒旅，顔延年：改服飭徒旅。杜田補遺：張平子思玄賦〔二〕：簡元晨而俶裝〔三〕。注：俶，始也。達曙一本作達曉。陵險澀。潘正叔：世故尚未夷，崤函方險澀。寒日出霧遲，清江轉山急。僕夫行不進，駑馬苦一作若。維縶。趙云：詩：縶之維之。汀洲稍疎散，風景開怏悒。空慰所尚懷，終非曩遊集。衰顔偶一破，勝事難屢挹。茫然阮籍途，更灑楊朱泣。文選：汀洲採白蘋。阮籍嘗不由徑路而行，途窮則泣。楊朱泣多岐。趙云：其在途也，如阮籍之窮途；其爲泣也，如楊朱之泣岐。

【校勘記】

〔一〕「行」下，清刻本、排印本有「又」字。

〔二〕「張平子」，清刻本、排印本作「張衡」。案，張衡，字平子，東漢南陽西鄂人。

〔三〕「晨」，文選卷十五、全後漢文卷五十二思玄賦作「辰」。

通泉驛南去通泉縣十五里山水作

溪行衣自濕，亭午氣始散。天台賦：羲和亭午，遊氛高褰〔一〕。冬温蚊蚋在，人遠鳧鴨亂。登頓生曾陰，江文通：日落長沙渚，曾陰萬里生。欹傾出高岸。趙云：詩：高岸爲谷。驛樓衰柳側，縣郭輕煙畔。一川何綺麗，劉公幹：綺麗不可忘。盡日窮壯觀〔二〕。趙云：史：天下之壯觀。山色遠寂寞，江光夕一作日。滋漫。傷時愧孔父，孔子之嘆鳳鳥不至。子在川上。山梁雌雉。皆傷時。去國同王粲。王粲，字仲宣，山陽人。避地荊州，後爲魏侍中，在荊州日嘗思歸，因登樓作賦。趙云：王粲，漢獻帝西遷，粲從至長安。以西京擾亂，乃之荊州依劉表。其七哀詩云：西京亂無象，豺虎方遘患。復棄中國去，遠身適荊蠻。此之謂去國。我生苦飄零，所歷有嗟嘆。詩關雎，故嗟嘆之。

【校勘記】

〔一〕「氛」，文選卷十一、全晉文卷六十一天台賦作「氣」。

〔二〕「日」，二王本杜集卷五作「目」。案，十家注卷十一、百家注卷十六、分門集注卷十一均作「日」。

過郭代公故宅

郭震，字元振，封代國公。

豪儁初未遇，其跡或脱略。江淹賦：脱略公卿，跌宕文史。趙云：賈誼：山東豪俊並起。梁孝王傳：豪俊之士從之。左太沖詠史詩：方其未遇時，憂在塡溝壑。代公尉通泉，放意何自若。元振，尉通泉，嘗盜鑄及掠賣部口以餉遺賓客。及夫登衮冕，直氣森噴薄。太沖吳都賦〔一〕：噴薄沸騰，寂寥長邁。磊落見異人，豈伊常情度。新書：武后召，與語，奇之，索文章，上寶劍篇，遂得擢用。後聘吐蕃還，疏言吐蕃大將論欽陵請去四鎮兵卒，分十姓地，爲不便。趙云：人謂蔡伯喈曰〔二〕：不見異人，必得異書。定策神龍後，宮中翕清廓。新書：明皇之誅太平公主，元振獨領軍扈從。事定，宿中書十四日，以功封代國公。俄頃辨尊親，指揮存顧托。是日，太上皇傳位太子，拜元振中書門下三品。群公有慙色，玄宗之舉事也，諸宰相走伏外省。蕭至忠、竇懷貞等皆從逆。趙云：此叙代公平生也。公初爲尉，任俠使氣，撥去小節，如盜鑄掠口，所謂豪俊脱略放意者也。先天二年，以中書同三品〔三〕。蕭至忠、竇懷貞等附太平公主謀逆，明皇發兵誅之。睿宗聞變，登承天門樓，躬率兵誅懷貞等，獨公總兵扈帝。事定，宿中書十四日。所謂登袞冕而直氣噴薄，與夫定策神龍後，清宮中，辨尊親，存顧托，而群公有慙色也。按公助誅太平，以功封代國，在先天二年癸丑歲〔四〕，乃明皇即位之次年，是年改開元。若神龍，則中宗即位改元之號，歲在乙巳，去先天二年凡八年。而公云定策神龍，學者疑之，因論之曰：太平擅寵，自中宗來，則禍貽在神龍而下也。中宗盡景龍四年庚戌，凡六年。是年，睿宗即位，改景雲，至延和元年内禪，歲在壬子，未登三年〔五〕。是年八月，明皇即位，改先天。太平擅寵，自中歷睿，至明皇始定。今杜公微意，不欲指中、睿之失，故追言神龍後，以見代公贊翊除患，兆自神龍來也〔六〕。猶玉華宮乃貞觀二十年太宗作爲避暑，而公詩曰：不知何王殿。蓋以太宗創業，貞觀習治，而勞費於營建，逸豫於離宮，故詩人諱之曰「不知何王殿」也。俄頃辨尊親，指揮存顧托，則以太平公主初有廢玄宗之意，及其既誅，則君臣之間，明皇得尊位；父子之間，明皇爲親傳，所以成睿宗顧托之意。舊注：太上皇傳位太子。非是。其云磊落見異人，以承直氣噴薄之下，是專説誅太平事〔七〕。舊注又雜之以武后召見奇之，及聘吐蕃還，上疏事，此豈可以言其同中書門下三品爲登袞冕時邪？王室無削弱。迴出名臣上，丹青照臺閣。我行得遺迹〔八〕。一作趾。池館皆疏鑿。壯公臨事斷，顧步涕横落。高詠寶劍篇，杜云：元振寶劒歌：君不見昆吾鐵冶飛炎煙，紅光紫氣俱赫然。良工鍛鍊凡幾年，鑄作寶劍名龍泉。龍泉顏色如霜雪，良工嗟咨嘆奇絕。瑠璃玉匣吐蓮花，錯鏤金環生明月。正逢天下無風塵，幸得用逢君子身〔九〕。精光黯黯青蛇色，文章片片綠龜鱗。非直結交遊俠子，亦曾親近英雄人。何言中路遭棄捐，零落飄淪古獄邊。雖復埋沉無所用，猶能夜夜氣衝天。

神交付冥漠。杜云：選：潘安仁作夏侯湛誄〔一〇〕：心照神交〔一一〕，唯我與子。南史：劉訏，字彥度。阮孝緒博學隱居，不交當世，訏一造之，即願以神交。列子曰：夢有六候：正、噩、思、覺、喜、懼。此六夢者，神所交也。沈休文和宣城詩：神交疲夢寐，路遠隔思存。注：夢有六候，皆神所交。與謝相去遠，但神交而已。所謂神交，正此義也〔一二〕。晉嵇康：以高契難期，每思郢質。所與神交者，唯阮籍、山濤〔一三〕，遂爲竹林之遊。預其流者，向秀、劉伶、阮咸、王戎。魏武帝文曰：悼繐帳之冥寞。顏延年拜陵廟詩：衣冠終冥寞，陵邑轉葱青〔一四〕。謝惠連祭古冢文：以不知其名字遠近，假爲之號曰冥漠君。

【校勘記】

〔一〕「太沖」，原作「靈運」，據清刻本、排印本並參文選卷五、全晉文卷七十四左思吴都賦改。

〔二〕「蔡伯喈」，「喈」原作「邕」，據文淵閣本、文津閣本、文瀾閣本、清刻本、排印本改。案，蔡邕，字伯喈，陳留圉人，東漢文學家。

〔三〕「中」，原作「兵」，據句下注「此豈可以言其同中書門下三品爲登袞冕時邪」及清刻本、排印本改。

〔四〕「癸」，文淵閣本作「登」，訛。

〔五〕「登」，清刻本、排印本作「及」。

〔六〕「兆」，原作「召」，訛，據清刻本、排印本改。

〔七〕「誅」，文淵閣本、文津閣本、文瀾閣本、清刻本、排印本無。

〔八〕「行得」，原作「得行」，據文淵閣本、文津閣本、文瀾閣本、清刻本、排印本並參二王本杜集卷五、百家注卷十六、分門集注卷十三以及錢箋卷五改。

〔九〕「用逢」，清刻本、排印本及全唐詩卷六十六寶劒篇作「周防」。

〔一〇〕「夏侯湛」，「侯」文淵閣本作「作」，訛。

〔一一〕「心照神交」，文淵閣本作「心神相交」；案，文選卷五十七、全晉文卷九十三夏侯常侍誄作「心照神交」。

〔一二〕「義」，文淵閣本作「意」。

〔一三〕「山」，文淵閣本作「也」，當訛。

〔一四〕「邑」，文淵閣本作「樹」，訛。

觀薛稷少保書畫壁

少保有古風，得之陝郊篇。公詩：驅車越陝郊，北顧臨大河。惜哉功名忤，但見書畫傳。趙云：稷字嗣通，道衡曾孫，歷太子少保。當貞觀、永徽間，虞世南、褚遂良以書顓家，後莫能繼。稷外祖魏徵家多藏虞、褚書。稷鋭精臨倣，結體遒麗，遂以書名天下。畫又絶品。及竇懷貞伏誅，稷以知其謀，賜死萬年縣獄中。此叙稷書畫甚明。有古風，傳稱以辭章自名，則詩有古風宜矣。其功名事，傳云：稷言鍾紹京胥史，無才望，不宜爲中書令；又與崔日用數争帝前。非不美也，而以知懷貞之謀以死，則功名之忤〔一〕。今杜公於通泉縣見其書畫之傳。我遊梓州東，遺跡涪江邊。畫藏青蓮界，書入金牓懸。師云：惠普寺額〔二〕，薛少保書。趙云：青蓮界，佛寺也，見佛書。金牓字，取神仙事以形容之。神異經：東方有宫，青石爲墻，高三仞。左右闕高百丈，畫以五色。門有銀牓，以青石碧鏤，題曰天地長男之宫。西方有宫，白石爲墻，五色黄門，有金牓而銀鏤，題曰天地少女之宫。仰看垂露姿，不崩亦不騫。漢曹喜工篆隸，變懸針垂露之法。詩天保：不騫不崩。騫，虧也。鬱鬱三大字，蛟龍岌相纏。趙云：稷所書惠普寺碑上三字，字方徑三尺許，筆畫雄勁，傍有贔屭纏捧，乃龍蛇岌相纏也。今在通泉縣慶壽寺聚古堂。余嘗到寺觀之，三字之傍，有贔屭纏捧。詩人道實事爲壯觀之句耳。又揮西方變，發地扶屋椽。慘淡壁飛動，到今色未填。師云：兼畫西方像一壁，筆力蕭洒，風姿逸發，並居神品。趙云：所畫西方變相今亡矣。而公詩云「又揮西方變」，至「到今色未填」，指言當日所見。填字即寘字。字書云：塞也，又訓久。今云「色未填」〔三〕，則色未昏滅之意。未詳所出，豈言其色未久，而尚如新邪？此行疊壯觀，郭薛俱才賢。不知百載後，誰復來通泉。通泉前有郭代公，後有薛少保，故云郭薛。趙云：相如云：此天下之壯觀也。疊言其書與畫。郭薛真所謂才賢邪〔四〕？

【校勘記】

〔一〕「忤」，原作「誤」，據清刻本、排印本並參詩歌正文「惜哉功名忤」改。

〔二〕「惠普寺」、「普」原作「義」，據清刻本、排印本作並參詩中正文「鬱鬱三大字」二句下引趙次公注「稷所書惠普寺碑上三字」云云改。

〔三〕「云」，原作「公」，據清刻本、排印本改。

〔四〕「謂」字，文淵閣本作「爲」。

通泉縣署屋壁後薛少保畫鶴

薛公十一鶴，皆寫青田真。晉永嘉記〔一〕：青田有雙鶴，生子即便去。趙云：青田，晉永嘉郡記：有沐溪野去青田九里，中有一雙白鶴，年年生伏子，長大便去，常餘父母在耳。多云神所養也。寫真者，模寫其真形。畫色久欲盡，蒼然猶出塵。杜田補遺：南史：劉歊矯矯出塵，如雲中白鶴〔二〕。低昂各有意，薛公畫鶴〔三〕，低昂皆有意，如返啄、踈翎、唳天、警露之類，皆隨而名之。磊落如長人。晉嵇紹在稠人中，昂昂然若野鶴在鷄群。佳此志氣遠，豈惟粉墨新。萬里不以力，群遊森會神。威遲白鳳態，非是倉鶊鄰。揚雄甘泉賦：夢吐白鳳。秋胡詩：行路正威遲。詩七月：有鳴倉鶊。注：倉鶊，黄鸝也。杜田補遺：禽經曰：鳳有五，東方曰發明，南方曰鷂明，西方曰鷫鷞〔四〕，北方曰幽昌，中央曰鳳。又曰：青鳳謂之鶡，赤鳳謂之鶉，黄鳳謂之鷗，紫鳳謂之鷟，白鳳謂之鷫。高堂未傾覆，幸得慰佳賓。曝露墻壁外，終嗟風雨頻。赤霄有真骨，耻飲洿池津。冥冥任所往，脱略誰能馴。杜云：鮑照鶴賦：夕飲于瑶池。有遺支遁鶴者，遁曰：爾沖天之物，寧爲耳目之玩？遂放之，任所往。趙云：楚詞：載赤霄而凌太清。在禽鳥言之，則張華鷦鷯賦序：彼鷲、鶚、鵾、鴻、孔雀、翡翠，或凌赤霄之際，或托絶垠之外。王子年拾遺記：周昭王時，塗脩國獻丹鶴〔五〕，飲於溶溪之水。江淹擬嵇康詩，其言靈鳳，而曰夕飲玉池津。孟子：數罟不入洿池。揚子：鴻飛冥冥，弋人何慕焉？江文通：脱略公卿。顔延年詠嵇康詩：龍性誰能馴。

【校勘記】

〔一〕「永嘉記」，清刻本、排印本作「永嘉郡」，訛。

〔二〕「南史劉歊」，原作「北史劉敞」，檢「矯矯出塵」二句，不見於北史，考南史卷四十九劉歊傳有此二句，據改。又，「歊」，清刻本空闕，排印本作「敲」，訛。

〔三〕「薛公」，「公」原作「云」，據文淵閣本、文瀾閣本、清刻本、排印本改。

〔四〕「曰鷫鷞」三字，文淵閣本奪。

〔五〕「國」，文淵閣本奪。

陪王侍御同登東山最高頂宴姚通泉晚攜酒泛江

姚公美政誰與儔，不減昔時陳太丘。世說：陳紀，字元方。年十一，候袁紹，問曰：卿家君在太丘，遠近稱之，何所履行？元方曰：老父在太丘，強者綏之以德，弱者撫之以仁，恣其所安，久而益敬。袁公曰：孤往爲鄴令，正行此事。不知卿家君復何師〔一〕？元方曰：周公不師孔子，孔子不師周公。趙云：荀子：在朝則美政。不減，不虧也。晉人語，每云某人何不減某人。太丘，陳寔也，爲太丘長。潁川四長，陳居其一，可見太丘美政。邑中上客有柱史，多暇日陪驄馬遊。老子爲柱下史，舊說驄馬御史。趙云：上客，戰國策：六國呼蘇秦、張儀爲上客。柱史，指言王侍御。多暇日，荀子：其爲人也多暇日。特摘字用耳。驄馬事，後漢：桓典爲侍御史，嘗乘驄馬。京師人畏之，語曰：行行且止，避驄馬御史。東山高頂羅珍羞，晉謝安雖貴〔二〕，而東山之志不謝〔三〕。曹子建：綏帶傾庶羞。趙云：東山，即題所謂登東山最高頂，非謝安東山。羞者，韻書致滋味爲羞。周禮有膳羞、庶羞、百羞。珍字，周禮有珍用八物，故合云珍羞字。舊注引曹子建詩，却是庶羞矣。下顧城郭銷我憂。登樓賦：聊暇日以銷憂。趙云：詩：以寫我憂。清江白日落欲盡，復攜美人登綵舟。笛聲憤怒哀中流，妙舞逶迤夜未休。燈前往往大魚出，聽曲低昂如有求。漢武秋風辭：攜佳人兮不能忘〔四〕。橫中流兮揚素波。簫鼓鳴兮發棹歌，歡樂極兮哀情多〔五〕。荀子：瓠巴鼓瑟，游魚出聽。趙云：美人，起於詩：有美一人。而文士用美人，如四愁云：美人贈我金錯刀。三更風起寒浪湧，取樂喧呼覺船重。滿空星河光破碎，四座賓客色不動。請公臨深莫相違，迴船罷酒上馬歸。人生歡會豈有極，無使霜過霑人衣。言樂極則悲來。師云：謝莊月賦：月既没兮露欲晞，歲方晏兮無與歸。佳期可以還，微霜霑人衣。趙云：此一段乃晏子戒流連之樂之義。其句亦倣謝希逸月賦。臨深字，孔子如臨深淵、如履薄冰句法之義〔六〕。如言請公莫違戾臨深之戒，所以有下句之囑。霜過，一作霜露。

【校勘記】

〔一〕「復」，原作「父」，據文淵閣本、文瀾閣本、清刻本、排印本改。

〔二〕「貴」，文淵閣本作「貧」，訛。

〔三〕「謝」，清刻本、排印本作「忘」。

〔四〕「攜」，清刻本、排印本作「懷」。

〔五〕「歡」，原奪，據文淵閣本、文津閣本、文瀾閣本、清刻本、排印本補。

〔六〕「句法」二字，清刻本、排印本無。

春日戲題惱郝使君兄

使君意氣凌青霄，憶昨歡娱常見招。趙云：意氣凌，乃魏劉楨射鳶詩意氣凌神仙之勢。凌青霄，乃仲長統可以凌雲霄、司馬紹統言椅桐曰上凌青雲霓、張華或淩赤霄之勢。北山移文：干青霄而直上。左太冲詠史：馮公豈不偉，白首不見招。**細馬時鳴金騕褭，佳人屢出董嬌嬈。**嬌嬈，名姬也〔一〕。師云：漢武帝鑄金作馬蹄狀，謂之金騕褭。盧照隣詩：漢家金腰褭。趙云：騕褭，神馬名。漢武帝鑄金爲褭蹄麟趾，故有金褭蹄，而言馬則曰金騕褭也。上言馬，下言婦人，故公今詩用對董嬌嬈。後漢宋子侯董嬌嬈詩言採桑之事也。**東流江水西飛燕，可惜春光不相見。顧攜王趙兩紅顔，再騁肌膚如素練**〔二〕。**通泉百里近梓州，請公一來開我愁。**趙云：上兩句以興見招之後，不復見佳人，故有下句願攜之請〔三〕。意者流水以自比，而燕以比佳人乎。宋江夏王劉義恭詩：眷戀江水流。又沈約白銅鞮詩：漢水回東流〔四〕。古詩：願爲雙飛燕。公在通泉，郝在梓州。欲郝自梓州攜二妓來通泉耳。其「東」、「西」句法，則古東飛伯勞等歌：東飛伯勞西飛燕，黄姑織女時相見。沈約送友人別詩：遥裔發海鴻，連翩出簷燕。春秋更去來，參差不相見〔五〕。**舞處重看花滿面，樽前還有錦纏頭。**唐王元寶富而無學識，嘗會賓客。明日，親友謂曰：昨日必多佳論。元寶曰：但費錦纏頭爾。趙云：錦纏頭字，唐人以綵賞舞者之稱。舊注引唐王元寶事，止一事耳。又如大姨以三百萬爲唐帝作纏頭錦之費，則又一事矣。

【校勘記】

〔一〕「也」，文淵閣本作「者」，清刻本、排印本無。

〔二〕「肌」，排印本作「飢」，訛。

〔三〕「不復見佳人故有下句願攜之請」，清刻本、排印本無「復」、「有」二字；又，「攜」，文淵閣本作「有」。

〔四〕「迴」，玉臺新詠卷十、梁詩卷六沈約此詩作「向」。

〔五〕「沈約」，原作「江淹」，檢「遥裔發海鴻」四句，江淹詩無，考藝文類聚卷二十九人部十三、梁詩卷六沈約送別友人詩有此四句，當是誤置，據改。

天邊行

趙云：詩中與大麥行皆有胡與羌字，則廣德元年十二月，吐蕃陷松、維、保三州等處以後之事。此篇云臨大江哭，則閬州之江。大麥行云大麥乾枯，則今歲廣德二年三月半間也。

天邊老人歸未得，日暮東臨大江哭。隴右河源不種田，胡騎羌兵入巴蜀。

大歷中，吐蕃三道入寇，誡其衆曰：吾要蜀川爲東府。連陷郡邑，士庶奔亡山谷。趙云：天邊老人，公在長安居杜陵，而有田在洛陽，無日不思歸，故曰歸未得也。大江，指言閬水，乃嘉陵江至此而大矣。酈道元注水經，每言某山某處臨大江。下兩句蓋言吐蕃爲患。今歲廣德二年，公自梓州再至閬中。去年廣德元年，吐蕃七月陷隴右諸州，則隴右、河源不種田矣。十二月陷松、維、保三州，則胡騎、羌兵入巴蜀矣，謂之胡騎羌兵，羌與胡素自交結。觀今歲廣德二年七月，僕固懷恩以吐蕃、回紇、党項兵入寇，吐蕃雖曰羌，而有回紇在焉，非胡而何？巴蜀，巴與蜀也。樂史寰宇記於閬州青石縣載：昔巴蜀争界，山爲自裂，若引繩分之。觀此，巴蜀蓋相連，其陷松、維、保州，必有入巴蜀之事，但史不載，無所考證。唯資治通鑑云：吐蕃陷松、維、保三州及雲山新築二城，西川節度使高適不能救。於是劍南、西山諸州亦入於吐蕃矣。其言入巴蜀，亦何怪哉！

洪濤滔天風拔木，前飛禿鶖後鴻鵠。

項王圍漢王，大風拔木。趙云：上句亦盛言之，以比禍亂，其語則選有鼓洪濤。書：浩浩滔天。古詩：枯桑知天風。鶖，音秋，玉篇：水鳥也。公於同谷七歌之一，言弟在遠方云：東飛駕鵝後鶖鶬，安得送我至汝傍。亦因物以起思矣。

九度附書向洛陽，十年骨肉無消息！趙云：言洛陽、隴右陷之故。今歲廣德二年甲辰，逆數十年，歲在乙未。天寶十四載十一月，禄山反，其後禄山子與二史、吐蕃更爲患，是爲十年。而公田舍在洛陽之偃師，宜道路隔絶，寄書而骨肉無消息也。字則玉臺新詠載近代西曲歌：莫作缾落井，一去無消息。

大麥行

大麥乾枯小麥黄，婦女行泣夫走藏。見上送高三十五書記詩注。後漢：桓帝時童謡曰：小麥青青大麥枯，誰當穫者婦與姑，丈夫何在西擊胡〔一〕。東至集壁西趙作北。梁洋〔二〕，集壁、梁洋，皆蜀地郡名。趙云：圖經：集壁在閬之東〔三〕，梁洋雖在東而退近北。其一作西字，非是。問誰腰鐮胡與羌。鮑明遠東武吟：腰鐮刈葵藿。師云：又言吐蕃與回紇。叢話：潘子真云：古人造語，俯仰紆餘，各有態〔四〕。如桓帝時童謡皆合問答之詞，公今四句，實有所自。豈無蜀兵三千人，一云千人去。部領辛苦江山長。安得如鳥有羽翅，托身白雲還故鄉。

【校勘記】

〔一〕「丈夫」，文淵閣本作「天夫」，訛；後漢書卷十三五行志作「丈人」。

〔二〕「梁」，原作「粱」，據文淵閣本、文津閣本、文瀾閣本、排印本並參二王本杜集卷五以及題下注

「集璧梁洋皆蜀地郡名」改。

〔三〕「集璧」下，文淵閣本有「地」字。

〔四〕「各有態」，文津閣本、清刻本、排印本作「各有態度」。

苦戰行

苦戰身死馬將軍，自云伏波之子孫。干戈未定失壯士，使我歎恨傷精魂！

趙云：伏波者，將軍之號，後漢馬援也。干戈未定，則吐蕃去冬陷松、維、保三州，用兵豈便息邪？晉阮籍詠懷詩：容色改平常，精魂自漂淪。謝靈運詩：異人秘精魂。

去年江南討狂賊，臨江把臂難再得。

鮑云：謂段子璋戰遂州，時公與此人送別江上。今其死矣，故有感而作。遂州在涪江之南，故云江南。

別時孤雲今不飛，時獨看雲淚横臆。

趙云：江南，蓋言閬州江之南，如夔州社日云：今日江南老，它年渭北童〔一〕。所謂江南，亦言夔江之南，非江南道也。言去年，則與下篇去秋行之義同。臨江把臂，則公必與馬別時在閬州江上。末句變使李少卿詩：良時不再至，離別在須臾。屏營衢路側，執手野踟躕。仰視浮雲馳，奄忽互相踰。蘇子卿詩：俯觀江漢流，仰視浮雲翔。良友遠離別，各在天一方。詳味公詩，因馬將軍死，追悼之。

【校勘記】

〔一〕「它年」，本集卷三十社日兩篇其二作「他時」。

去秋行 時段子璋反於東川。

去秋涪江木落時，臂槍走馬誰家兒？到今不知白骨處，部曲有去皆無歸。見部曲異平生注〔一〕。遂州城中漢節在，遂州城外巴人稀。鮑云：上元二年四月，劍南節度兵馬使段子璋反，陷緜州。遂州刺史嗣虢王巨死之。節度李奐奔于成都，故詩云遂州城中漢節在，蓋傷之也。戰場冤魂每夜哭，空令野營猛士悲。趙云：按樂史寰宇記：涪江在射洪縣。此廣德二年詩，不是言段子璋事。何以言之？上元二年四月壬午，劍南東川節度兵馬使段子璋反，僭稱王，建元黃龍。五月，崔光遠擊斬之，當年夏時已平矣。今云去秋涪江木落時，應是公在彼有九日詩之際，乃廣德元年也。公眼見其去，是以有感而作。意者應如廣南市舶使呂太一反，逐其節度使張休。逐而不殺，則有漢節在之理。遂州城外巴人稀，則所以討叛亂者，皆梓、閬之兵。意者敗績而死亡者多〔二〕，則有巴人稀之實。劉越石四言：永負冤魂。漢高祖：安得猛士兮守四方。

【校勘記】

〔一〕「注」，文淵閣本作「句」，訛。

〔二〕「績」，文淵閣本作「續」，訛。

光禄坂行

山行落日下絶壁，西望千山萬山一作水。赤。謝靈運：日落山照耀。樹枝有鳥亂鳴一作棲。時，暝色無人獨歸客。謝靈運：林壑斂暝色。馬驚不憂深谷墜，草動只怕長弓射。白日賊多，翻是長弓子弟〔一〕。安得更似開元中，一云年。鄭棨傳信記：開元初，上勵精理道，不六七月，天下大治。安西諸國，悉平爲郡縣，行者不囊糧，上猶惕厲未已。道路即今多擁隔。鮑云：岊寧傳：寶應初，蜀亂，山賊乘險，道路不通。與此詩合。趙云：萬山，一作萬水，非是。水豈可合山言赤乎？有鳥亂棲，一作亂鳴，非。蓋亂棲所以呼喚暝色字也。言獨歸客，則公之妻孥在梓。

【校勘記】

〔一〕「白日賊多」二句，清刻本、排印本作：「白日多山賊，挾弓矢刼人。」

山寺

章留後同遊，得開字。

野寺根石壁，諸龕遍崔嵬。前佛不復辨，百身一莓苔。天台賦：踐莓苔之滑石。雖有古殿存，世尊亦塵埃。如聞龍象泣，足令信者哀。薛補遺：王簡棲頭陀寺碑：正法既没，象教陵夷。又：馬鳴幽讚，龍樹虚求。經：有比丘名龍樹。龍象，猶佛象也。杜正謬：維摩經：菩薩勢力，譬如龍象蹴踏，非驢所堪。傳燈録：達麽是六衆所師，波羅提法中龍象。乃鱗毛頭中最巨者〔一〕，猶麒麟之於走獸，鳳凰之於飛鳥，故經稱僧之出類曰龍象，非佛象也〔二〕。趙云：公題僧寺、紀僧詩，必用佛書中字，以爲當體。今云世尊亦塵埃，實道其事。或曰：下句歲晏風破肉，十二月也。十月以吐蕃寇奉天之故，車駕幸陝州。十二月甲午，雖車駕已至自陝矣，而巴蜀僻遠未聞，猶以爲在外。則公今所云者，無乃微寄意乎？其説亦是。龍象，言僧也。杜田正謬引維摩經、傳燈録出處並是。然解其義云：乃鱗毛頭中最巨者，則其意分爲二物：鱗頭中最巨爲龍，毛頭中最巨爲象。然維摩經所謂龍象蹴踏〔三〕，非驢所堪，曰蹴踏，則龍無蹴踏之義。龍象，乃龍之象耳，如言龍馬者乎？以俟明識。使君騎紫馬，捧擁從西來。樹羽静千里，臨江久徘徊。山僧衣藍縷，告訴棟梁摧。公爲顧賓徒，咄嗟檀施開。吾知多羅樹，却倚蓮華臺。諸天必懽喜，鬼物無嫌猜。以兹撫士卒，孰曰非周才？師云：左氏：篳簵藍縷，以啓山林。篳簵，柴車。藍縷，敝衣。杜田補遺：左氏：篳簵藍縷。方言曰：南楚凡人貧，衣被醜弊，謂之須捷，或謂之褸裂。褸，音縷；衣壞，或謂之藍縷。左氏謂篳簵藍縷是也。佛經曰：佛告堅意菩薩：何以一念行於六度？答曰：是菩薩一切悉捨心無貪着。名檀，六波羅蜜之一。大乘論云：檀越者，檀施也，謂此人行檀，能越貧窮海，故又云梵語陀那鉢底。此言施主，今稱「檀那」者，即訛「陀」爲「檀」，去「鉢底」留「那」故也。方言曰：褸裂、須捷，敗也。又：襜褕，其短者謂之裋，以布而無緣，敝而紩之，謂之襤襤。又云裯，謂之襤裯。敝衣褸，謂之緻，謂綴結。又，酉陽雜俎：貝多出摩伽陀國，西土用以寫經，樹長六尺，經冬不凋。此樹有三等，一多羅婆力叉貝多，二多梨婆力叉貝多羅，三部闍婆力叉貝多。多羅、多梨並書其葉，部闍一色，取其皮書之。貝多、婆力叉，皆梵語。貝多，漢翻爲葉。婆力叉，漢翻爲樹。多羅樹，即婆力叉貝多之一也。趙云：詩：崇牙樹羽。本言樂，而今所謂樹羽，則軍旅所設之物。江淹別集登紀南城詩：君王澹以思，樹羽望楚城。則若旗幟之屬矣。靜十里，則章留後境内無戰也。衣藍縷，杜田引方言，其説是。石崇咄嗟而辨。吾知多羅樹，却倚蓮花臺，以形容寺既修建如此。多羅樹，見酉陽雜俎。如已經所譯之經，在涅槃經有湧身高七多羅樹，或云一多羅樹。蓮花臺，佛所坐之臺。其字如涅槃經：猶如鴛鴦處蓮花臺。則指水中蓮花所生之苞。故佛言蓮花有鬚、有臺，止借字用耳。槃，音盤，佛書字也。

窮子失淨處，高人憂禍胎。

杜田補遺：法華經信解品三：譬如有人，年既幼稚，捨父逃逝，馳騁四方。年既長大，加復困窮。父求不得，中止一城，其家大富〔四〕，財寶無量。窮子庸賃，遇到父舍，受雇除糞，羸瘦顦顇，糞土塵坌，汙穢不淨。其父宣言，爾是我子，捨吾逃走，忽於此間遇會得之，今我所有一切財物，皆是子有。窮子歡喜，得未曾有。蓋喻諸佛子等，以三苦故，於三死中，受諸熱惱、迷惑、無知，樂著小法，得遇世尊，蠲除諸法戲論之糞，獲至涅槃一日之價〔五〕，得此已心大歡喜。趙云：窮子失淨處，是法華經中事，言窮子之所以窮，以其失淨處。高人之所以高，以能憂禍胎。楞伽經：樂不淨處如飛蠅。禍胎，雖起於福生有基，禍生有胎，兩字連出，如齊武帝謂臨賀王曰：汝包藏禍胎。窮子，指言藍縷之山僧。高人，指言章留後。章公所以修建僧寺，意欲諸僧得其清淨，而免梁棟摧壓之禍。

歲晏風破肉，荒林寒可迴。思量入道苦，自哂同嬰孩。

趙云：上句言風淒緊，至於破肉，況在荒林，其寒豈可遂回乎？可回者，言不可回。後句公自傷也。老子：若嬰兒之謂孩。言入道如小童之就學辛苦。

【校勘記】

〔一〕「頭」，文淵閣本、文津閣本、文瀾閣本、清刻本、排印本作「類」，當是。

〔二〕「非佛象也」，文淵閣本作「非即佛象也」。

〔三〕「謂」，文淵閣本作「爲」，誤。

〔四〕「家大」，文淵閣本作「大家」。

〔五〕「盤」，文淵閣本無。

南池

崢嶸巴閬間，所向盡山谷。安知有蒼池，萬頃浸坤軸。呀然閬城南，枕一作控。帶巴江腹。芰荷入異縣，粳稻共比屋。堯，比屋可封。皇天不無意，美利戒止足。高田失西成，此物頗豐熟。清源多衆魚，遠岸富喬木。獨嘆楓香林，春時好顔色。南有

杜田補遺：三巴記：閬白二水合流，自漢中至始寧城下〔一〕，入涪陵曲，通三曲〔二〕，有如巴字，曰巴江。經峻峽中，謂之巴峽。唐詩：杜宇呼名叫，巴江學字流。江水連巴字，鐘聲出漢川〔三〕。趙云：坤軸，海賦：又似地軸挺拔而争迴。巴江，則杜田引三巴記，杜説是。異縣，出古詩：他鄉各異縣。比屋，董仲舒：堯舜在上，比屋可封。美利，易乾：能以美利利天下〔四〕。止足，祖出老子：知足不辱，知止不殆。晉張景陽詠史：達人知止足，遺榮忽如無。西成，書：平秩西成。此物，左傳載叔向之母言美婦人曰：三代之亡，皆此物也。古詩之言奇樹曰：此物何足貴，但感別經時。芰荷入異縣，則池之大如此；粳稻共比屋，則以灌溉所致也。皇天不無意至此物頗豐熟四句，以結芰荷入異縣，粳稻共比屋也。高田，則灌溉所不及者。言高田不豐，而失西成，故此粳稻之物爲池水所溉者，却豐熟焉。無它，乃皇天之意使人知止足之分也〔五〕。池水所溉之田豐熟矣，彼水所不及之田，雖失西成，亦豈不足乎？

漢王祠，終朝走巫祝。歌舞散靈衣，潘安仁寡婦賦：仰神宇之寥寥，瞻靈衣之披披。荒哉舊風俗。高堂亦明王，魂魄猶正直。不應空陂上，縹緲親酒食。淫祀自古昔，非唯一川瀆。趙云：十句因實事而戒淫祀。公詩蓋有補於教化矣〔六〕。左傳：聰明正直之謂神。傳云：非所祭而祭，名曰淫祀。干戈浩茫茫，地僻傷極目。楚詞：極目千里兮傷春心。平生江海興，遭亂身局促。沈休文：纓佩空爲忝，江海事多違。古詩：蟋蟀傷局促。師云：臨池動江海之興，以時亂不得往也〔七〕。趙云：傷極目，摘用楚辭。局促，漢武帝：局促如轅下駒〔八〕。駐馬問漁舟，躊躇慰羈束。

【校勘記】

〔一〕「閬白二水」以下十三字，文瀾閣本作「杜説是異縣出古詩他鄉各異縣」。案，此十三字與下引重複，錯簡；又，「白」原作「自」，據太平御覽卷六十五地部「巴字水」條改。

〔二〕「通三曲」，太平御覽卷六十五地部「巴字水」條作「折三曲」。

〔三〕「杜宇呼名叫」四句，文津閣本作「杜宇呼名叫巴江學流江水水連巴字鐘聲出漢川」。案，全唐詩卷五百一十九載李遠送人入蜀作：「杜魄呼名語，巴江作字流。不知煙雨夜，何處夢刀州。」

〔四〕「能」，文淵閣本、文津閣本、文瀾閣本、清刻本、排印本作「始能」。

〔五〕「知」，文淵閣本、文津閣本、文瀾閣本、清刻本、排印本無。

〔六〕「補」，文淵閣本作「稱」。

〔七〕「時」，文淵閣本作「詩」，訛。

〔八〕「漢武帝」，原作「漢景帝」，參本集卷一苦雨奉寄隴西公王徵校勘記〔五〕。

發閬中

前有毒蛇後猛虎，溪行盡日無村塢。時盜賊縱橫，政役煩重，而民不安居也。江風蕭蕭雲拂地，山木慘慘天欲雨。女病妻憂歸意速，秋花錦石誰復數？別家三月一得書，避地何時免愁苦。賢者避地。趙云：前有毒虵後猛虎，實道其事，非以興托，舊注非是。沈休文云：高楊拂地垂。女病妻憂歸意速，言歸梓州也。秋花錦石，可玩之物，以歸意速，故不復數之。此冬時歸而言秋花，豈前日所開未謝之花邪？公九月自梓往閬，至十二月復歸梓〔一〕，其去妻孥三箇月，故云別家三月一得書。

【校勘記】

〔一〕「復」，文淵閣本無。

閬山歌

趙云：春正月，自梓州挈家再往閬中。三月之半，聞嚴武再鎮蜀，遂離閬歸成都途中所作之詩。

閬州城東靈山一云雪山。白，閬州城北玉臺碧。靈山、玉臺，閬山名。松浮欲盡不盡雲，江動將崩已一作未。崩石。那知根無鬼神會，已覺氣與嵩華敵。中原格鬭且未歸，應結茅齋看青壁。兩相敵曰格鬭。趙云：未崩石，舊本正作已崩石，非。蓋欲盡不盡、將崩未崩，方成語脈，已崩矣，豈復能動邪？況下有已覺氣與嵩華敵也。那知根無鬼神會，已覺氣與嵩華敵，兼言靈山與玉臺也。中原格鬭，乃去歲廣德元年吐蕃十月陷京師、邠州，寇奉天、武功，車駕幸陝。十二月，陷松、維、保三州。至今歲之春，干戈豈息邪？五岳之名，雖条摘兩字而用，今以鬼神孰字對嵩華，則潘岳晉武帝誄有等壽嵩華爲連文，有出處。

閬水歌

嘉陵江山何所似〔一〕，嘉陵江，源出散關，而入于閬。石黛碧玉相因依。正憐日破浪花出，更復春從沙際歸。巴童盪槳杜補遺：槳，檝屬。方言：檝，謂之橈，或謂之櫂，所以隱櫂謂之槳。欹側過，水雞銜魚來去飛。閬中勝事可腸斷，閬州城南天下稀。閬州城南有山，極秀麗，謂之錦屏山。趙云：謝安石内集，問諸子曰：白雪紛紛何所似？阮籍詩：寒鳥相因依。謝靈運詩：蒲稗相因依。日破浪花出，以日出正照水也，如云日出破浪花矣。謂之破浪花，取南史宗慤：願乘長風破萬里浪。春從沙際歸，則何處無春，而眼中所見，城南之沙際花草明媚，爲自沙際回歸。句意蓋如費昶雜詞：水逐桃花去，春隨楊柳歸。槳所以摇楫之處，杜時可之説是[二]。蓋古歌云艇子打兩槳者，扶兩楫而來也。上云閬中，又云閬州，舉全郡言之曰閬中。名山志：閬山多仙聖遊集。圖經曰：閬山四合於郡，故曰閬中，亦謂之閬内。閬州城南，則指錦屏山也。

【校勘記】

〔一〕「山」字右側，静嘉堂本有補鈔之注「山一作色」四字，文淵閣本、文津閣本、文瀾閣本、清刻本、排印本無。

〔二〕「杜時可」，清刻本、排印本作「杜補遺」；又，「時」文淵閣本作「詩」，訛。

三絶句

前年渝州殺刺史，鮑云：崔寧傳所書山賊也。前年渝州殺刺史，謂段子璋陷綿遂；今年開州殺刺史，謂徐知道之反，有乘亂者。開去成都遠，不知其故，史不書，失之。今年開州殺刺史。群盗相隨劇虎狼，食人更肯留妻子。

右一

二十一家同入蜀，唯殘一人出駱谷。自説二女齧臂時，迴頭却向秦雲哭。世説趙飛燕姊弟少貧微。及飛燕見召，與女弟齧臂而别。趙云：指言當時出駱谷之人。正始四年，曹爽伐蜀〔一〕。諸軍入駱谷三百餘里，不得前，牛馬驢羸以運轉，死略盡。魏志曰：少帝甘露三年，蜀將姜維出駱谷，圍長安。即此谷道，其後廢塞。唐武德七年，復開。今云唯殘一人出駱谷，則自蜀歸秦，出駱谷以往也，故後有向秦雲哭之句。此其初豈避羌渾之暴來蜀中乎？二女齧臂，乃紀其實。史記：吴起與其母訣，齧臂而盟。今所用蓋飛燕事，見伶玄所作飛燕外傳。

右二

【校勘記】

〔一〕「四年」，三國志卷九作「五年」。

殿前兵馬雖驍雄，縱暴略與羌渾同。時神策軍恣横。聞道殺人漢水上，婦女多在官軍中。趙云：言其縱暴尤甚於羌渾，即下兩句是也。

右三

莫相疑行

男兒生無所成頭皓白，牙齒欲落真可惜。憶獻三賦蓬萊宮，自怪一日聲輝赫。集賢學士如堵墻，觀我落筆中書堂。新唐書：甫獻賦，帝奇之，使待制集賢院，命宰相試文章。按：開元十三年，改集仙殿爲集賢殿，麗正殿書院爲集賢殿書院，院內五品以上爲學士，六品以上爲直學士〔一〕。禮：孔子射於矍相之圃，觀者如堵墻。趙云：天寶九載〔二〕，明皇納處士之議，以明年朝獻太清宮，朝享太廟，有事於南郊。公獻三賦以預言其事，於是待制於集賢。李陵書：男兒生無所成名。往時文彩動人主，此日飢寒趨路傍。天寶末，以家避亂鄜州，獨陷賊中。至德二載，竄歸鳳翔，謁肅宗，授左拾遺〔三〕。詔許至鄜迎家。明年收京，扈從還長安。房琯罷相，甫上疏論琯有才，不宜廢免。肅宗怒，貶琯邠州刺史，出甫爲華州司功。屬關輔饑亂，棄官之秦州，又居成州同谷，自負薪採梠，餔糒不給，遂入蜀。乃上元元年，卜居成都浣花里。趙云：李蕭遠運命論：封己養高，勢動人主。劉公幹詩：行者盈路傍〔四〕。晚將末契托年少，當面輸一作論。心背面笑。時甫依嚴武，幾爲武所殺。杜田補遺：陸機嘆逝賦：托末契於後生，余將老而爲客。趙云：當面論心背面笑，孔毅夫集句用對翻手作雲覆手雨，亦工。論，一作輸，字雖新而費力。寄謝悠悠世上兒，不爭好惡莫相疑。

【校勘記】

〔一〕「六品以上爲直學士」句，「上」舊唐書卷四十七百官志二作「下」。

〔二〕「天寶九載」，新唐書卷二百一杜甫傳作「天寶十三載」，訛。

〔三〕「授左拾遺」，新唐書卷二百一杜甫傳作「授右拾遺」，訛。

〔四〕「行」，文選卷二十、魏詩卷三劉楨公宴詩作「從」。

遭田父泥飲美嚴中丞

甫與嚴武世舊，故入蜀依之。傳言：甫結廬浣花里，與田畯野老相狎蕩。

步屧隨春風，村村自花柳。田翁逼社日，邀我嘗春酒。杜田補遺：屧，音葉，蓋履舄也。宋袁粲爲丹陽尹，嘗步屧白楊郊野間，道遇士大夫，便呼與酣飲。魏應璩與從弟君胄書：日吟詠花柳之下〔一〕。酒酣誇新尹，畜眼未見有。迴頭指大男，渠是弓弩手。籍丁爲兵。名在飛騎籍，飛騎，軍名。曹子建白馬篇：名編壯士籍。左傳：名在重耳。又曰：名在諸侯之策。長番歲時久。長番，猶長在直，言無更代。前日放營農，辛苦救衰朽。差科死則已，誓不舉家走。今年大作社，社祭也，以祈農事，春祈秋報，故歲有春秋二社。拾遺能住否？叫婦開大瓶，盆中爲吾取。感此氣揚揚，須知風化首。郡守、縣令，風化之首。語多雖雜亂，說尹終在口。朝來偶然出，自卯將及酉。久客惜人情，如何拒鄰叟？

高聲索果栗，欲起時被肘。言屢爲掣肘。指揮過無禮，未覺村野醜。月出遮我留，仍嗔問升斗。師云：問升斗，如汝陽三斗，焦遂五斗，劉伶五斗解醒，李白一斗合自然是已。趙云：此篇多使俗語，如弓弩手，如差科，如長番等字是也。步屧字，則宋袁粲事。大作社，變左傳子産大爲社也。氣揚揚字，晏子傳：其御者意氣揚揚。語多雖雜亂，陶淵明飲酒詩：父老雜亂言，觴酌失行次。月出遮我留，使漢祖紀：三老董公遮説漢王。肘字，使史記：魏桓子肘韓康子於車上〔二〕。舊注非是。

【校勘記】

〔一〕「花」，文選卷四十二應璩與從弟君苗君胄書作「菀」。

〔二〕「魏桓子」，原作「魏威子」，係避宋諱，此改。

新刊校定集注杜詩卷十

古詩

別唐十五誡因寄禮部賈侍郎

九載一相逢，百年能幾何。古詩：百年能幾時，會少別還多。復爲萬里別，送子山之阿。白鶴久同林，潛魚本同河。未知棲集期，薛云：謝靈運擬鄴中詩：未塗幸休明，棲集逮薄質。趙云：白鶴、潛魚，以譬聚散。衰老强高歌。歌罷兩悽惻，燕丹送荆軻入秦，別於易水之上。高漸離擊缶，軻歌，髮上衝冠，士皆淚垂。六龍忽蹉跎。杜云：淮南子：六龍所以駕日車，羲和所以御六龍。阮嗣宗詩：娛樂未終極，白日忽蹉跎。注：蹉跎，言遲暮。趙云：廣雅曰：蹉跎，失足。以言日晚。王褒樂府高句麗云：不惜黄金散盡，只畏白日蹉跎。劉孝威反之，則白日云蹉跎也[一]。相視髮皓白，况難駐羲和。胡星墜燕地，漢將仍横戈。蕭條四海内，人少豺虎多！少人慎莫投，多虎信所過。飢有易子食，宋華元夜登楚子反床〔二〕，而告病曰：吾國易子而食，析骸而爨。獸猶畏虞羅。趙云：「胡星墜燕地」，言今歲上元二年三月，史朝義弑其父思明。漢將仍横戈，言朝義襲僞位，復爲亂，而常休明、衛伯玉、尚衡、侯希逸、來瑱之屬，復與之戰也。人少豺虎多，以豺虎喻賊盗。張孟陽云：賊盗如豺虎。今詩實言豺虎，故有下句焉。詩話載：蕭條四海内，至獸猶畏虞羅。劉貢父云：此等句真含蓄深遠，大不可模倣，信矣。虞羅，虞者之羅。横戈，戰國策：衛行人燭過，免胄横戈而進。子負經濟才，天門鬱嵯峨。飄飄適東周，周平王東遷于洛，謂之東周。趙云：經濟，見上石犀行注。天門，泰山之稱。記云：泰山盤道屈曲而上，凡五十餘盤，經小天門、大天門。仰視天門，如穴中視天窗。又，漢官儀：泰山東上七十里，至天門。所以稱鬱嵯峨。來往若崩波。南宫吾故人，白馬金盤陀。南宫，禮部也。杜田正謬云：天官書：南宫朱鳥，權、衡，太微，三光之庭。藩臣將相執法郎位，衆星咸在。漢建尚書百官府，名曰南宫，蓋取象也，猶唐以中書省爲紫微，尚書省爲文昌之類。後漢鄭弘：爲尚書令，前後所陳有補益王政者，皆注之南宫以爲故事〔三〕。以此考之，南宫非禮部也〔四〕。若元稹爲南宫散郎，禮部郎中，號南宫舍人，蓋南宫猶言南省，非止稱禮部。歷考禮部之名，方起於江左，而南宫已見於漢時，益知元注之謬。故人，言賈侍郎。金盤陀，馬鞍校具之飾。雄筆映千古，見賢心靡他。念子善師事，歲寒守舊柯。爲吾謝賈公，病肺卧江沱。趙云：詩：之死矢靡它〔五〕。今言賈侍郎心惟存乎見賢而已，更無它也。歲寒守舊柯，論語：歲寒，然後知松柏之後彫。舊柯之義，則禮記：貫四時而不改柯易葉。

【校勘記】

〔一〕「云」，藝文類聚卷四歲時中、初學記卷四歲時部下、梁詩卷十八劉孝威詠織女詩作「未」。

〔二〕「華元」，原作「子罕」，據清刻本、排印本並參春秋左傳集釋宣公十五年改。

〔三〕「注」，後漢書卷三十三鄭弘傳作「著」。

〔四〕「南宮」，文淵閣本作「南官」，訛。

〔五〕「之死矢靡它」，「死」原作「子」，訛，據清刻本、排印本並參詩經鄘風柏舟改。

柟樹爲風雨所拔歎

倚江柟樹草堂前，故老相傳二百年。誅茅卜居總爲此，五月髣髴聞寒蟬。趙云：詩：召彼故老。相傳，蓋如酈道元注水經秭歸縣城云：故老相傳，謂之劉備城。屈原問詹尹：寧誅鋤草茅，以力耕乎〔一〕？屈原有卜居一篇。五月髣髴聞寒蟬，言其高也。東南飄風動地至，老子：飄風不終朝。江翻石走流雲氣。莊子：雲氣不待族而雨。榦一作幹。排雷雨猶力爭，師云：退之南山詩：力雖能排斡，雷電怯呵詬。根斷泉源豈天意。滄波老樹性所愛，浦上童童一青蓋。野客頻留懼雪霜，行人不過聽竽籟。莊子：地籟。趙云：浦上，則律詩謂「南京西浦道」。舊本作一青蓋，師民瞻作車蓋，是。蓋先主舍東南有一桑，遥望之童童若車蓋。懼雪霜，言樹之高大而氣象慘肅。聽竽籟，言其聲之鼓動如之，字則宋玉高唐賦：纖條悲鳴，聲似竽籟。舊注引地籟，非。虎倒龍顛委榛棘，淚痕血點垂胸臆。我有新詩何處吟？草堂自此無顔色！趙云：乃卞和淚盡，繼之以血。

【校勘記】

〔一〕「詹尹」，原作「漁父」，訛，據清刻本、排印本並參楚辭章句卷六卜居改。

茅屋爲秋風所破歌

八月秋高風怒號，杜田補遺：莊子：大塊噫氣，其名爲風。是唯無作，作則萬竅怒號。卷我屋上三重茅。茅飛度江灑一作滿。江郊，高者挂罥長林梢，下者飄轉沉塘坳。趙云：灑字，西都賦風毛雨血，灑野蔽天之灑。一作滿，非是。南村群童欺我老無力，忍能對面爲盜賊。公然抱茅入竹去，脣焦口燥呼不得，歸來倚杖自嘆息。趙云：韓詩外傳：乾喉焦脣，仰天而嘆。曹子建善哉行曰：來日大難，口燥脣乾。故兩出而參用之。鮑明遠：倚杖牧鷄豚。俄頃風定雲墨色，秋天漠漠向昏黑。布衾多年冷似鐵，嬌兒惡卧踏裏裂。床頭屋漏無乾處，雨脚如麻未斷絶〔一〕。自經喪亂少睡眠，長夜沾濕何由徹。趙云：公前有詩云：出門復入門，雨脚但依舊。一本作兩脚，今觀如麻，則知以雨脚爲正。睡眠字，出佛書，涅槃經亦有之。安得廣厦千萬間，大庇天下寒士俱歡顔，風雨不動安如山。嗚呼，何時眼前突兀見此屋，吾廬獨破受凍死亦足！左傳：楚申叔展問還無社曰：有麥麴乎？有山芎藭乎？注：二物可以禦濕，欲使無社逃泥水中。時子美方爲嚴武所不容，詩之作其近於此乎？趙云：此五句公之用心：有一夫不獲，若已推而納諸溝中。白樂天詩：我願布裘長萬丈，與君同蓋洛陽城。蓋亦有志衣被天下者，然近乎戲語，豈有萬丈之裘乎？若公言千萬間之廣厦，則其言信而有徵。舊汴引左傳楚申叔展事，與詩意大不相干。

【校勘記】

〔一〕「雨」，文淵閣本、文津閣本作「兩」，訛。

入奏行 贈西山檢察使竇侍郎。

竇侍御，驥之子，鳳之雛。杜云：桓譚新論：善相馬者曰薛公，得馬，惡貌而正走，其名驥子。師云：龐統，德公之從子。德公謂統爲鳳雛。晉陸雲：幼時，吴尚書閔鴻見而奇之曰：此兒若非龍駒，當是鳳雛。北齊裴景鸞、景鴻，並有逸才，河東呼景鸞爲驥子。**年未三十忠義俱，骨鯁絕代無。**唐李吉甫傳：君有骨鯁之忠臣。骨鯁者，剛正之謂。蓋肉之有骨，而魚之有鯁。史云：忠臣骨鯁。**炯如一段清冰出萬壑，置在迎風寒露**一作露寒。**之玉壺。**元注：漢有迎風寒露之館。杜田補遺：張平子西京賦：既新作於迎風，增露寒與儲胥。注：魏武帝先作迎風館於甘泉山，後加儲胥、露寒二館。趙云：鮑明遠詩：清如玉壺冰。露寒，舊本作寒露。豈傳者惑於句律而倒寫邪？公槐葉冷淘云：萬里露寒殿，開冰清玉壺。則用字初未嘗倒，信傳寫之誤。**蔗漿歸厨金盌凍，洗滌煩熱足以寧君軀。**晉張協蔗賦：剉甘蔗以療渴，若漸醪而含蜜[一]。杜田補遺：前漢禮樂志景星歌曰：百末旨酒布蘭生，泰尊柘漿析朝酲。注：應劭曰：柘漿取甘柘汁以爲飲，可以解朝酲。柘，與蔗同。趙云：蔗漿，宋玉招魂：濡鼈炮羹有蔗漿。杜田引漢禮樂志景星歌，雖是，而在宋玉招魂之後。舊注引晉張協蔗賦，又是摸稜。足以寧君軀，言寧君王之軀也。蓋以冰清蔗美比竇矣。**政**一作整。**用疎通合典則，戚聯豪貴耽文儒。**趙云：上句言政之疎通，與典則符合，雖疎通而不放也。下句言其與豪貴聯爲親戚，耽好文儒，雖豪貴而不驕也。戚字，意戚里之家乎？**兵革未息人未蘇，天子亦念西南隅。吐蕃憑陵氣頗麤，**時吐蕃欲取成都爲東府。**竇氏檢察應時須。運糧繩橋壯士喜，**以竹繩爲橋。**斬木火井窮猿呼。八州刺史思一戰，三城守邊却可圖。**火井，蜀地名。杜田補遺：博物志：臨邛有火井，縱横五尺，深十餘丈[二]。諸葛丞相往觀之，後火益盛，以盆着井，煮鹽得成後，以家火投井中，火即滅，迄今不復燃。應時須，言應副時之所須也。其檢校之迹，則下句運糧繩橋、斬木火井是已。八州刺史，雖不可輒考，而三城則西山三城。**此行入奏計**

未小，密奉聖旨恩宜殊。繡衣春當霄漢立，漢繡衣，直指。綵服日向庭闈趨。老萊綵服以娛親。杜云：束皙補亡詩：眷戀庭闈。省郎京尹必俯拾，江花未落還成都。肯訪浣花老翁無？一云公來肯訪浣花老。爲君酤酒滿眼酤〔三〕，與奴白飯馬青芻。又云攜酒肯訪浣花老，爲君著衫捋髭鬢。趙云：豈入奏八州欲戰之事乎？前年吐蕃陷廓州，今歲雖不動，而意專在窺蜀，豈八州刺史欲逆戰之乎？詳詩意可見。繡衣，竇君官侍御也，故使繡衣。漢侍御史繡衣持斧。綵服，竇君必長安人，其親在彼。省郎、京尹，言其所加進之官。還成都，則入奏之返也。西清詩話載唐人弔杜子美云：賦出三都上，詩須二雅求。蓋少陵遠繼周詩法度，余嘗以經旨箋其詩云：與奴白飯馬青芻，雖不言主人，而待奴馬如此，則主人可知，與詩所謂言刈其楚、言秣其馬，言刈其蔞，言秣其駒同意。肯訪浣花老翁無，一云公來肯訪浣花老，末句又云：攜酒肯訪浣花老，爲君著衫捋髭鬢。皆不成言語。

【校勘記】

〔一〕「漸醪」，藝文類聚卷八十七作「嗽醴」；「醪」文淵閣本作「膠」，訛。

〔二〕「十餘」，太平御覽卷一百八十九居處部録博物志作「一三」。

〔三〕「酤酒」，「酤」原作「酣」，據清刻本、排印本並參二王本杜集卷五、十家注卷九、百家注卷十五、分門集注卷九及錢箋卷四改。

大雨

西蜀冬不雪，春農尚嗷嗷。搜神記：萬物焦枯，百姓嗷嗷。上天回哀眷，朱一作清。夏雲鬱陶。謝靈運：幽居猶鬱陶。執熱乃沸鼎，纖絺成縕袍。詩：誰能執熱。劉陶：養魚沸鼎。秋興賦：釋纖絺。論語：衣敝縕袍。風雷颯萬里，霈澤施蓬蒿。敢辭茅葦漏，已喜黍豆高。三日無行人，二一作大。江聲怒號。莊子：萬竅怒號。趙云：朱夏，則梁元帝纂要：夏曰朱明，亦曰朱夏。鬱陶，孟子：象謂舜：鬱陶思君爾。蓋鬱結於陶窑之義，故可使於朱夏之雲。莊子：縕袍無表。樂史寰宇記：秦李冰穿二江於成都行舟，今謂內江、外江。左思賦：帶二江之雙流。流惡邑里清，趙云：流惡，左傳有汾、澮流其惡，言大雨所蕩，流出穢惡。邑里，祖出鶡冠子：士之居邑里者。孫楚答弘農故吏四言：皓首老成，率彼邑里。謝玄暉始出尚書省詩：邑里向疎蕪。矧茲遠江皋。荒庭步鸛鶴，鸛鳴則雨應〔一〕。隱几望波濤。沉痾聚藥餌，頓忘所進勞。則知潤物功，可以貸不毛。諸葛亮：五月渡瀘，深入不毛。趙云：言沉痾之故而聚藥餌，今得大雨清涼，頓忘供進藥餌之勞。公病肺疾，以雨涼爲便。易：潤萬物者，莫潤乎水。不毛者，地不生物。因雨之潤，雖不毛之地，亦假貸而生。陰色靜壠畝，勸耕自官曹。四鄰出耒耜〔二〕，孟子：負耒耜。何必吾家操。

【校勘記】

〔一〕「鸛」，文淵閣本作「鶴」。

〔二〕「出耒耜」，二王本杜集卷五、錢箋卷四作「耒耜出」。

揚旗

二年夏六月，成都尹鄭公置酒公堂，觀騎士試新旗幟。趙云：後漢：孝桓帝校獵廣成〔一〕，遂幸函谷關上林苑，陳蕃諫曰：今有三空，豈宜揚旗耀武，騁心輿馬之觀乎？揚旗字，公取爲詩名。

江一作風。雨颯長夏，府中有餘清。謝靈運：密林含餘清。我公會賓客，肅肅有異聲。初筵閱軍裝，羅列照廣庭。詩：至止肅肅。又：賓之初筵。庭空六一作四。馬入，駊騀揚旗旌。甘泉賦：崇土陵之駊騀兮〔二〕。駊，音頗；騀，音我。山阜之高低也。迴迴偃飛蓋，劉公幹：回回自昏亂。曹子建：飛蓋相追隨。熠熠迸流星。河東賦：掉奔星之流旃。校獵賦：曳彗星之飛旗。來纏一作衝。風飈急，去擘山岳傾。材歸俯身盡，曹植詩：俯身散馬蹄〔三〕。妙取略地平。虹蜺就掌握，舒卷隨人輕。高唐賦：蜺爲旌。王沉賦：曳招搖之脩旗，婉若虹之垂天。選：虹旗欇麾而就卷。趙云：略地字，借取漢書攻城略地。虹蜺，以言旗卷舒。隨人輕，所以結騎士揚舉之妙。三州陷犬戎，但見西嶺青。公來練猛士，欲奪天邊城。此堂不易升，庸蜀日已寧。吾徒且加餐，休適蠻與荆。書：庸、蜀、微、盧。古詩：上言加飡飯。王仲宣：遠身適荆蠻。趙云：上兩句言去年十二月，吐蕃陷松、維、保三州，在西山之地。三州陷，則西嶺者，其色徒青耳。末言得嚴公在蜀，不必捨去。江雨，一作風雨。六馬，一作四馬。來纏，一作來衝。皆非。

【校勘記】

〔一〕「孝桓帝」，原作「孝威帝」，文瀾閣本作「威帝」，係避宋諱，此改。

〔二〕「土陵」，文淵閣本作「王陵」，訛。案，漢書卷八十七揚雄傳作「丘陵」。

〔三〕「曹植」，原作「鮑照」，檢「俯身散馬蹄」句，不見於鮑照詩，見於文選卷二十七、魏詩卷六曹植白馬篇，當是誤置，據改。

溪漲

當時浣花橋，溪水纔尺餘。白石一作月〔一〕。明可把，艷歌行：水清石自見。水中有行車。華陽風俗錄：浣花亭在州西南，有江流，至清之所也。其淺可涉，故中有行車。甫宅在焉。蔡伯世作常時。趙云：明可把，水清淺而見之。詩云：白石鑿鑿。一作白月，非。有行車，水淺可知。秋夏忽泛溢，豈唯入吾廬。莊子：秋水時至，百川灌河。陶潛：吾亦愛吾廬。蛟龍亦狼狽，況是鼉與魚。七發説濤云，其旁作而奔起也。六駕蛟龍，附從太白。橫暴之極，魚鼈失勢。趙云：六、七月之交，水多時漲時止耳。泛溢，傳所謂泛濫衍溢。狼狽本一獸，各半其體相附而行。苟失其一，無據矣。倉皇失據者，謂之狼狽。馬嘶未敢動，前有深填淤。荀子：不積跬步，無以致千里。趙云：跬，丘弭切，與跪同，舉一足也。前漢溝洫志：填淤反壤之害。顔師古曰：壅泥也。青青屋東麻，散亂牀上書。不意遠山雨，夜來復何如？趙云：苧麻，爲布者；胡麻，爲油者。苧自生至成皆青，胡始生則青，成則黃。六、七月之交而色青青，胡麻也。我遊都市間，晚憩必村墟。乃知久行客，終日思其居。趙云：村墟，止言草堂。

【校勘記】

〔一〕「一作月」，二王本杜集卷五、錢箋卷四作「一作日」。

戲贈友二首

元年建巳月，肅宗去上元二年號，止稱元年，月以斗建辰爲名。趙云：肅宗辛丑上元二年九月壬寅，去尊號，又去上元號，稱元年。以十一月爲歲首，曰建子月。至今年建巳月，乃居常四月也。是月，庚戌朔甲寅，上皇崩，則初五日也。改元寶應，復以正月爲首呼稱。隔十二日丙寅，帝崩，則十七日也。代宗即位。今云元年建巳月，作詩應在十七日前，實歲壬寅四月也。郎有焦校書。

自誇足膂力，能騎生馬駒。一朝被馬踏，脣裂板齒無。壯心不肯已，欲得東擒胡。趙云：書：膂力既愆。詩：老馬反爲駒。禪老亦云：馬駒踏天下人去。魏武帝樂府：老驥伏櫪，志在千里。烈士暮年，壯心不已。

元年建巳月，官有王司直。馬驚折左臂，骨折面如墨。杜云：倣後漢李固傳：霍光憂愧發憤，悔之骨折。國語：吳王之黑旗，望之如墨。趙云：折臂，莊子：化予之左臂以爲雞。羊祜傳：墮馬折臂。左傳：肉食者無墨。舊注穿鑿字。駑駘漫染一作深。泥，何不避雨色？

勸君休歎恨，未必不爲福。所諷近白居易新豐折臂翁。杜田補遺：淮南：塞上翁，馬亡入胡，中皆弔之。翁曰：何知非福？居數月，馬引胡駿馬歸，皆賀之。翁曰：何知非禍？及家富馬良，其子好騎，墮而折髀，又弔之。曰：何知非福？居一年，胡人大入，丁壯戰死者十九，其子獨以跛故，父子得獲相保。

觀打魚歌

綿州江水之東津，魴魚鱍鱍色勝銀。詩：魴魚，赬尾。鱍鱍，跳躍貌。杜田補遺：爾雅：魴魾也，今之鯿魚。陸機疏：魴魚廣而薄，肥甜而少肉，細鱗，魚之美者。詩：魴鱮甫甫。甫者，美之至也。又曰：鱣鮪發發。音撥，即鱍也。義訓曰：魚掉尾曰鱍，口上下噞喁。漁人漾舟沉大網，截江一擁數百鱗。衆魚常才盡却棄，赤鯉騰出如有神。陶弘景本草：鯉最爲魚中之主，形可愛，又能神變，乃至飛越山湖，所以琴高乘之。潛龍無聲老蛟怒，迴風颯颯吹沙塵。饔子左右揮霜刀，鱠飛金盤白雪高。西征賦：饔人縷切，鑾刀若飛。應刃落俎，靃靃私壘反。霏霏。徐州禿尾不足憶，漢陰槎頭遠遁逃。禿尾、查頭，皆魚名。魴魚肥美知第一，趙云：廣州記：魴魚廣而肥甜，魚之美者。既飽驩娛亦蕭瑟。君不見朝來割素鬐，咫尺波濤永相失。

又觀打魚

蒼江漁子清晨集，設網提綱萬一作取。魚急。能者操舟疾若風，撐突波濤挺叉入。顏回濟于觴深之泉，見操舟者若神。杜云：莊子：津人之操舟若神，且曰：善游者數能也。潘安仁西征賦：徒觀其鼓枻迴輪，灑鉤投網，垂餌出入，挺叉來往。小魚脱漏不可紀，半死半生猶戢戢。大魚傷損皆垂頭，屈强泥沙有時立。廣志：武陽小魚大如針，一斤千頭，蜀人以爲醬。趙云：前篇使漁人，此使漁子，變文也。疾若風，即易：撓萬物者，莫疾乎風。半死半生，借使七發之言桐曰：其根半死半生。垂頭，世說：支公好鶴，有遺以雙鶴，翅長欲飛去。支惜之，乃鎩其翮[一]。鶴軒翥不復能飛，乃反顧翅，垂頭視之，如似懊喪意。東津觀魚已再來，主人罷鱠還傾杯。日暮蛟龍改窟穴，山根鱣鮪隨雲雷。杜田補遺：郭璞注爾雅：鱣，大魚，似鱏而鼻短，口在頷下，體有斜行，甲無鱗，肉黃。江東呼爲黃魚。埤雅：鼻有軟骨，俗謂之玉板。爾雅：鮥鮛鮪。陸機注：鮪魚，形似鱣而青黑，頭小而尖，似鐵兜鍪，口亦在頷下，其甲可磨薑。益州人謂之鱣鮪。大者爲王鮪，小者爲鮛鮪，一名鮥，肉色白。今遼東東萊謂之尉魚，或謂之仲明者，樂浪尉也，溺死海中，化爲此魚。張平子賦：王鮪岫居山，有穴爲岫。埤雅：鮪中春從河西上，得過龍門，便化爲龍。否則點額而還，鮪岫居而能變化，故云山根鱣鮪隨雲雷。干戈兵革鬭未止，一云干戈格鬭尚未已。鳳凰麒麟安在哉？吾徒胡爲縱此樂，暴殄天物聖所哀。春秋繁露曰：恩及虫魚，則麒麟至。孝經：援神契曰：德至鳥獸，則鳳凰翔。師云：書：暴殄天物。增添：禮記：王制：無事而不田，曰不敬；田不以禮，曰暴天物。趙云：格鬭，舊本作干戈兵革鬭未止，非是。蓋干戈、兵革同義。所謂格鬭，是年建卯月，河東軍亂，殺其節度使鄧景山，兵馬使辛雲京自稱節度使；河中軍亂，殺李國貞及其節度使荔非元禮〔二〕；郭子儀爲兵馬副元帥，屯絳州，而七月十六日徐知道反於成都，皆其事也。

【校勘記】

〔一〕「翮」，文淵閣本作「羽」。

〔二〕「李國貞」，「貞」原作「正」，係避宋諱，此改。

越王樓歌

綿州州府何磊落，顯慶年中越王作。太宗子越王貞，中宗顯慶中爲綿州刺史，創此樓。趙云：文選：雙鵠磊落。孤城西北起高樓，碧瓦朱甍照城郭。古詩：西北有高樓，上與浮雲齊。趙云：作，言作綿州也。易：神農氏作。語：作者七人。孟子：賢聖之君六七作，其間必有名世者作。傅咸贈何邵王濟詩序：何公既登侍中，武子俄而亦作。此作字是重字，可押住矣。樓在城西北，實道其事，與古詩合。玄都廟詩：碧瓦初寒外。法鏡寺詩：朱甍半光炯。葛洪神仙傳載，蔡少霞夢人托書新宮銘，有碧瓦鱗差，瑶階肪截。沈佺期詩：紅日照朱甍。謝玄暉：飛甍夾馳道。樓下長江百丈清，山頭落日半輪明。君王舊跡今人賞，轉見千秋萬古情。趙云：李白：峨眉山月半輪秋。時明皇、肅宗皆上仙矣，故云千秋萬古情。

海棕行

趙云：海棠記載李贊皇云：花木以海爲名者，悉從海上來。

左綿公館清江濆，海棕一株高入雲。趙云：古樂府：高城上入雲。龍鱗犀甲相錯落，蒼稜白皮十抱文。自是衆木亂紛紛，海棕焉知身出群。趙云：亂紛紛，王長元古意：况復飛螢夜，木葉亂紛紛。世説載：殷中軍道韓太常曰：康伯少自標置，居然是出群器。移栽北辰趙本作地。不可得，時有西域胡僧識。

姜楚公畫角鷹歌

楚公畫鷹鷹戴角，師云：名畫記：姜皎，上邽人，善畫鷹鳥。玄宗在藩邸，皎爲尚衣奉御，有先識之明。玄宗即位，累官太常卿，封楚國公。殺氣森森一云如〔一〕。到幽朔。觀者貪愁掣臂飛，畫師不是無心學。趙云：言如在幽朔，見此鷹之殺氣，蓋名鷹出於此地。孫楚鷹賦：有金剛之俊鳥，生井陘之巖阻。森森，一作森如，其語不快。此鷹寫真在左綿，却嗟真骨遂虛傳。梁間燕雀休驚怕，亦未趙作未必。搏空上九天。言有其質無其才也。趙云：亦詩人變化形容其畫耳。舊注非。

【校勘記】

〔一〕「一云」，文瀾閣本作「亦云」。

嚴氏溪放歌

時郭英乂代嚴武鎮蜀，麤暴不能容甫，故有公卿獨驕之作。趙云：送嚴武至綿，少留。繼聞徐知道亂，遂便往梓。初不見挈家之證，此詩云東遊西還，豈至此方歸成都迎家乎？但不知嚴氏溪何地耳。苕溪漁隱曰：按王原叔注云云，予謂是説無據。質之唐書及小説，嚴武卒，郭英乂代之。未幾，有崔旰之亂。甫未嘗爲英乂幕客，何爲不見容。唐史云：武待甫甚善。甫嘗醉登武牀，瞪視曰：嚴挺之乃有此兒！武雖暴猛，外若不爲忤，中銜之。一日，欲殺甫，集吏於門。武將出，冠鈎于簾三。左右白其母，奔救得止。以此知「邊頭公卿仍獨驕」之句，當爲此也。

天下甲馬未盡銷，豈免溝壑常漂漂。劍南歲月不可度，成都，在劍嶺之南。邊頭公卿仍獨驕。費心姑息是一役，肥肉大酒徒相要。嗚呼古人已糞土，獨覺志士甘漁樵。趙云：言邊頭公卿自爲驕縱，雖於我如此，無補於事也。指當時居邊守臣獨驕，有跋扈不遵王命之意。舊注謂郭英乂麄暴，是矣。又云，不能容甫而公有所云，則是公私一己而已，況英乂乃成都尹，豈得謂邊頭乎？非公詩本意。公直言邊之守臣不遵王命，豈若崔旰者乎？彼其獨驕而徒於我費心姑息，特一役耳，何補於事哉！所以姑息者，酒肉相招要而已。禮記：君子之愛人也以德，小人之愛人以姑息。潘安仁云：此一役也，而二美具焉。韓非子曰：厚酒肥肉，甘口而病形。呂氏春秋：肥肉厚酒，務以自强，命曰明腸之食。世説：過江諸人，每暇日輒相要出新亭，藉卉飲宴。公之心以其獨驕，其專在尊主强國乎？所以又有糞土、漁樵之嘆。況我飄轉無定所，時甫方避地流徙，無所依止。終日慼慼忍羈旅。秋宿霜溪素月高，喜得與子長夜語。東遊西還力實倦，從此將身更何許？知子松根長茯苓，遲暮有意來同煑。鮑云：永泰元年，公在成都。夏，嚴武卒，郭英乂代爲節度，苛暴不能容公。故公往來東川，所謂東遊西還力實倦。杜田補遺：淮南子云：下有茯苓，上有菟絲。茯苓，千歲松脂也。菟絲生其上，而無根，一名女蘿。圖經：茯苓生枯松下，形塊無定，似鳥獸、人、龜形者佳。今所在大松處皆有之。陶隱居：茯苓作九散者，皆先煮之。仙經服食爲至要，通神而致靈，和魂而鍊魄，明竅而益肌，厚腸而開心，調榮而理衛，能斷穀而不飢，上品仙藥也。趙云：蓋傷歲晚矣，欲服餌長生之藥。楚辭：傷美人之遲暮。

相從歌 贈嚴二別駕。時方經崔旰之亂。

我行入東川，十步一回首。趙云：十步一回首，李陵詩五步一彷徨之勢。成都亂罷氣蕭瑟〔一〕，浣花草堂亦何有。成都亂罷氣蕭瑟，言七月徐知道反，八月伏誅，劍南大亂。楚詞：秋之爲氣也，蕭瑟兮草木搖落而變衰。傳：亦何有焉。梓州一作中。豪俊大者誰？本州從事知名久。把臂開樽飲我酒，酒酣擊劍蛟龍吼。烏帽拂塵青螺粟，紫衣將炙緋衣走。將以紫綬易緋衣。趙云：豪俊大者，指嚴二。烏帽青螺、紫衣走，言供過之人。粟，則帽之紋也。舊注非。銅盤燒蠟光一作炎。吐日〔二〕，夜如何其初促膝。增添：詩：夜如何其？夜未央。促膝，言膝相近，入則促膝密語。黃昏始扣主人門，誰謂俄頃膠在漆。古詩：以膠投漆中。又：陳雷膠漆。萬事盡付形骸外，趙云：莊子：索我於形骸之外。百年未見歡娛畢。神傾意豁真佳士，久客多憂今愈疾。高視乾坤又何愁，一軀交態同悠悠。垂老遇君未恨晚，似君須向古人求。魏志張邈傳：後，陳登，字元龍。劉備曰：若元龍文武膽志，當求之於古耳。晉王戎從弟衍，字夷甫。帝聞其名，問戎曰：夷甫當世誰比？戎曰：未見其比，當從古人中求耳。

【校勘記】

〔一〕「瑟」，錢箋卷五作「颯」。

〔二〕「蝎」，文淵閣本作「燭」。案二王本杜集卷五作「臘」，錢箋卷五作「蠟」。

短歌行 贈王郎司直。

王郎酒酣拔劍斫地歌莫哀，趙云：王郎司直，應是公之親。其字如謝安謂道蘊曰：王郎，逸少子，不惡。而道蘊曰：不意天壤之間，乃有王郎。酒酣拔劍斫地歌莫哀，蓋由史記：東方朔酒酣，據地歌曰：陸沈於俗，避世金馬門。今云斫地歌，依傍酒酣據地歌也。後漢：劉玄緒將議元帝未可舉尊號〔一〕，而張卬拔劍擊地曰：疑事無功，不得有二。今云斫地者，依傍拔劍擊地也。我能拔爾抑塞磊落之奇才。趙云：磊落奇才而遭抑塞也〔二〕。成公綏天地賦：山岳磊落而羅峙。世説載桓温平蜀，置酒李勢殿，雄才爽氣，音調英發，其狀磊落。奇才字，晉有奇才科。郭璞詩：奇才應世出。豫章翻風白日動，吳都賦：木則楓柟豫章。鯨魚跋浪滄溟開。且脱佩劍休徘徊。鯨魚之大者。吳都賦：長鯨吞航。杜田補遺：炙轂子載：崔豹古今注：鯨，海魚也。大者長數千里，小者千丈。常以五六月生子，就岸邊，至七八月，導其子還大海中。鼓浪成雷，濆沫成雨，水族驚畏逃匿。趙云：以美木、大魚比之。跋浪，則跋跳而出，如跋扈之跋，跋馬之跋。西得諸侯棹錦水，蜀江也。欲向何門趿珠履。春申君客三千，皆躡珠履。趙云：兩句一義，謂其如豫章之高，鯨魚之大，不須佩劍遊諸侯之間。子欲西遊諸侯之間，棹錦水而漾舟，亦將向何門而可乎？鄒陽：何門而不可曳長裾乎？珠履，孟嘗君事。公意在挽之而南下。仲宣樓頭春已深，樓在荊州。青眼高歌望吾子。阮籍能爲青白眼，以重輕人。眼中之人吾老矣。趙云：樓，指言荊州〔三〕。王粲，字仲宣，自來荊，嘗登樓作賦。今且以荊州樓爲仲宣樓，祖出梁元帝詩：朝出屠羊縣，夕返仲宣樓。蓋以仲宣一世名人，故得以名之。猶天子之天禄閣，可謂之子雲閣也。眼中之人，直指王郎。是我眼中之人，而呼之曰眼中之人乎，今吾老矣也。魏文帝詩：回頭四向望，眼中無故人。陸士龍詩：感念桑梓城，髣髴眼中人。北齊邢子才七夕詩：不見眼中人，誰堪機上織。吾老矣，孔子之語。

【校勘記】

〔一〕「劉玄」，原作「劉元」，係避諱，此改。

〔二〕「塞」，原作「殿」，據詩中正文「我能拔爾抑塞磊落之奇才」及清刻本、排印本改。

〔三〕「樓指言荊州」，文淵閣本作「言荊州城樓」。

短歌行 送祁録事歸合州，因寄蘇使君。

前者途中一相見，人事經年記君面。後生相動一作勸。何寂寥，趙云：寂寥，感動也。君有長才不貧賤。陳平傳：張負曰：人固有好美如陳平而長貧者乎？趙云：嵇康：長才廣度，無所不淹。君今起柂春江流，趙云：柂，所以行大舟。余亦沙邊具小舟。幸爲達書賢府主，趙云：指言合州蘇使君。江花未盡會江樓。

草堂

草堂在成都浣花〔一〕。揚子琳之亂，甫去草堂，亂定復歸。

昔我去草堂，蠻夷塞成都。今我歸草堂，成都適無虞。趙云：蔡伯世以此詩爲今歲廣德二年甲辰春晚所作，蓋前二年寶應元年壬寅四月代宗即位，成都尹嚴武入爲太子賓客，二聖山陵以武爲橋道使。六月，以兵部侍郎爲西川節度使，未到，而七月劍南西川兵馬使徐知道反，拒武不得進，成都大亂。別無蠻夷事。豈徐知道引蕃兵來耶？下云始聞蕃漢殊，又云〔二〕：西卒却倒戈。可見矣。請陳初亂時，反覆乃須臾。前漢：願少須臾無死。大將赴朝廷，時崔寧入朝，留其弟寬守成都，揚子琳等乘間來襲。群小起異圖。中宵斬白馬，盟歃氣已麤。穀梁：齊桓衣裳之會十有一，未嘗有歃血之盟。蘇秦說趙，令會天下之將通質刳白馬而盟。漢高祖刑白馬盟。孟子：五霸，桓公爲盛。葵丘之會，諸侯束牲載書而不歃血也。西取邛南兵，子琳與邛州柏貞節同叛。〔三〕北斷劍閣隅。布衣數十人，亦擁專城居。揚子琳爲瀘州刺史，柏貞節邛州刺史。趙云：大將指嚴武，入爲太子賓客。詩：慍于群小。古羅敷行：四十專城居。布衣擁專城，專一城以居，言其爲守也。似指徐知道輒遂爲守，而數十布衣擁扶之。

公自有本注爲即揚子琳、柏貞節之徒。是時，二人必白衣而已。後三年，乃永泰元年乙巳，揚子琳、柏貞節各以牙將同討崔旰之亂，自別一事。蓋杜公注直云揚子琳、柏貞節之徒可也，而上更有即字。作詩在後三年，是時二人已爲牙將，乃著即字明之。其言亦擁專城居，罪之辭也，義在一亦字矣。其勢不兩大，始聞蕃漢殊。子琳本賊帥，杜鴻漸表爲刺史。趙云：左傳：物莫能兩大。西卒却倒戈，子琳爲寧妻任氏所敗，走，爲王守仙所誅。趙云：西卒，豈西山之卒，乃蕃兵乎？書：前徒倒戈。賊臣互相誅。焉知肘腋禍，自及梟鏡徒〔四〕。前漢郊祀志：梟，鳥名，食母。破鏡，獸名，食父。黃帝欲絶其類，使百吏祠皆用之。破鏡如貙而虎眼。漢五月五日作梟羹賜百官。杜田補遺：楞嚴經：如土梟等附塊爲兒，及破鏡鳥以毒樹果抱爲其子，子成，父母皆遭其食，其類充塞。是名衆生十二種類。漢志以破鏡爲獸，楞嚴以破鏡爲鳥，未知孰是。江統曰：寇發心腹，害起肘腋，疢篤難療，瘡大愈遲。義士皆痛憤，紀綱亂相踰。

一國實三公，左傳僖五年：晉士蔿全語云：一國三公，吾誰適從？萬人欲爲魚。趙云：昭元年：劉定公歎禹之功曰：微禹，吾其魚乎！字則光武紀：百萬之衆，可使爲魚。以其有沉溺之患。今云萬人欲爲魚，則初無沉溺之意，特言其爲害如此耳。唱和作威福，孰肯辨無辜。趙云：洪範：臣無有作福作威。眼前列杻械，背後吹笙竽。談笑行殺戮，濺血滿長衢。到今用鉞地，風雨聞號呼。鬼一作人。妾與鬼馬，色悲充爾娱。師云：齊宣王好竽，必三百人齊吹。東郭先生不知竽，而濫三百人中，以吹竽食禄。趙云：詠史詩：南隣擊鐘磬，北里吹笙竽。左傳：至於用鉞。鬼妾與鬼馬，已殺其主矣，則妾謂之鬼妾，馬謂之鬼馬，如匈奴以亡者之妻爲鬼妻也。一作人妾，非是。國家法令在，此又足驚吁。賤子且奔走，三年望東吴。弧矢易繫辭：弧矢之利，以威天下。暗江海，難爲遊五湖。不忍竟舍此，時蜀既平，甫復舍草堂。復來薙榛蕪。入門四松在，步堞一云步屧。萬竹疎。趙云：後篇四松云：別來忽三歲，離立如人長。避賊今始歸，春草滿空堂。蔡伯世以爲公自閬攜家歸蜀，再依嚴武。今句奔走三年，則其遊梓、閬三年也。此在今歲廣德二年，則甲辰明矣。薙，音涕，除草之謂。周禮有薙氏之官。步堞乃步屧，如宋袁粲爲丹陽尹，常步屧白楊郊野間。公詩又有步屧尋春風、步屧深林晚。舊作城堞之堞，無義。舊犬喜我歸，低徊入衣裾；鄰舍喜我歸，沽酒攜胡蘆；一云提榼壺。大官喜我來，遣騎問所須；城郭喜我來，賓客隘村墟。趙云：此四韻木蘭歌格也。其辭：耶娘聞女來，出郭相扶將。阿姊聞妹來，當户理紅粧。小弟聞姊來，磨刀霍霍向猪羊。攜胡蘆，一作提榼壺，非。古詩用字以快、老爲貴。天下尚未寧，健兒勝腐儒。黥布傳：上對衆折隋何：爲天下安用腐儒哉！飄飄風塵際，何地置老夫。於時見疣贅，骨髓幸未枯。飲啄媿殘生，食薇不敢餘。莊子：駢拇，疣贅。養生主：澤雉十步一啄，百步一飲。嵇康：採薇山阿。師云：左思詠史詩：飲河期滿腹，足不敢願餘。趙云：健兒，見上哀王孫詩注。疣贅，則公自傷見剩其身在天地間。一飲啄，以禽鳥自比。食薇不敢餘，倣古詩：食蕨不願餘。

【校勘記】

〔一〕「浣花」，文淵閣本作「浣花溪」，文瀾閣本作「花」。

〔二〕「云」，原作「去」，訛，據文淵閣本、文津閣本、文瀾閣本、清刻本、排印本改。

〔三〕「柏貞節」，「貞」原作「正」，係避宋諱，此改。以下均同。

〔四〕「鏡」，文淵閣本、文瀾閣本、清刻本、排印本作「獍」。案，「梟鏡」、「梟獍」兩通。

四松

四松初移時，大抵三尺强。別來忽三歲，離立如人長。趙云：禮記：離坐離立。以人譬之。會看根不拔，莫計枝凋傷。幽色幸秀發，疎柯亦昂藏。趙云：蜀都賦：褎暐曄而秀發。王所插小藩籬，本亦有隄防。趙云：藩籬，祖出史記賈誼之言曰：無藩籬之限。張茂先鷦鷯賦：長於藩籬之下。禮記：脩利隄防。終然振撥損，詩：終然允臧。得愧一作恡。千葉黄。敢爲故林主？趙云：王仲宣詩：飛鳥翔故林。黎庶猶未康。避賊今始歸，春草滿空堂。覽物歎衰謝，及兹慰凄凉。前詩有：入門四松在。清風爲我起，灑面若微霜。足以一作爲。送老資，聊待偃蓋張。我生無根蔕，語：吾豈匏瓜也哉！配爾亦茫茫。有情且賦詩，事迹可兩忘。趙云：風言洒，則張茂先言：穆如灑清風。陸機連珠云：秋風夕灑。足爲送老資，言可爲送老之資助。蓋公自言年漸老，四松更長，所以資助送老之翫矣。偃蓋字於松爲當體。抱朴子：天陵偃蓋之松，與天齊其久，與地等其長。故有下句我生無根蔕，配爾亦茫茫。事迹字，史記秦本紀云：本原事迹。勿矜千載後，慘澹蟠穹蒼。

水檻

蒼江多風飈，雲雨晝夜飛。茅軒駕巨浪，焉得不低垂？遊子久在外，門户無人持。高岸尚爲谷，詩：高岸爲谷，深谷爲陵。何傷浮柱欹。扶顛有勸誡，恐貽識者嗤。語：危而不持，顛而不扶，則將焉用彼相矣。既殊大厦傾，可以一木支。川林一作臨川。視萬里，何必欄檻爲？人生感故物，慷慨有餘悲。漢高祖過沛，置酒沛宮，慷慨傷懷，泣數行下。趙云：張平子西京賦：跱遊極於浮柱，浩重欒以相承。注：三輔名梁爲極，作遊梁置浮柱上也。可以字，如蘇子卿：鹿鳴思野草，可以喻嘉賓。阮嗣宗：獨有延年術，可以慰我心。感故物而悲，則如韓詩外傳載孔子出遊少原之野，有婦人哭甚哀，問之，婦人曰：向刈蓍薪，亡吾簪，是以哀。非傷亡簪，不忘故也。又，田子方出見老馬於道，喟然有志焉，以問於御者曰：此何馬也？御曰：故公家畜也。罷而不用，故出放之。田子方曰：少而盡其力，老而棄其身，仁者不爲也。束帛而贖之。窮士聞之，知所歸心。舊注引漢祖過沛，亦可證慷慨之意。

破船

平生江海心，宿昔具扁舟。豈惟清谿上，日傍柴門遊。蒼惶避亂兵，緬邈懷舊丘。鄰人亦已非，野竹獨脩脩。船舷不重扣，江賦：詠採菱以扣舷。埋没已經秋。仰看西飛翼，下媿東逝流。故者或可掘，新者亦易求。所悲數奔竄，白屋難久留。趙云：江海心，謝靈運：本自江海人，忠義感君子。扣舷事，晉夏仲御以足扣船，歌吴曲。仰看西飛翼，不媿東逝流，則傷不能長往自如，若飛鳥之飛，若水之注也。如此寧不藉船乎？今故者亦可掘於沙埋之間，新者亦可求買，唯悲在奔竄不定，而不寧居於白屋耳。此又反覆曲折，詩人之情也。公屢以浣花溪爲清溪〔一〕，則水色青之溪也。謝莊詩：青溪如委黛，黄花似散金。舊丘，言浣花。舊丘字，則鮑明遠：復得還舊丘。荀子：周公待白屋之士。

【校勘記】

〔一〕「清」，文津閣本、文瀾閣本、清刻本、排印本作「青」。

營屋

趙云：詩：經之營之。謂之營，别有所營建。

我有陰江竹，能令朱夏寒。陰通積水内，高入浮雲端。甚疑鬼物憑，不顧剪伐殘。東偏若一作苦。面勢，户牖永可安。愛惜已六載，茲晨去千竿。蕭蕭見白日，洶洶開奔湍。度堂匪華麗，養拙異考槃。草茅雖薙葺，衰疾方少寬。洗然順所適，此足代加飡。寂無斤斧響，庶遂憩息懽。趙云：欲竹間起屋之作。首四句言竹之茂盛[一]。自東偏若面勢而下，則言欲起屋矣。用愛惜已六載之語推之，此今歲永泰元年詩。公之草堂云：經營上元始，斷手寶應年。上元元年歲在庚子，寶應元年歲在壬寅，則有竹已在庚子歲，今永泰元年乙巳是爲六載也。與上江村五首之一云迢遞來巴蜀，蹉跎又六年同。朱夏字，梁元帝纂要：夏曰朱明，亦曰朱夏。積水字，文子：積水成海。魏都賦：回淵漼，積水深。雲端字，枚乘詩：美人在雲端。剪伐字，詩：勿剪勿伐。東偏字，左傳：居我東偏。面勢字，考工記：審曲面勢。户牖字，老子：鑿户牖以爲室。度堂字，考工記：室中度以几，堂上度以筵。考槃字，詩之篇名。其詩：考槃在阿、考槃在澗。考，成也。槃，樂也。言於此養拙而已，非若碩人之在阿、在澗而後成其樂也。除草曰薙。周官有薙氏之官[二]。草茅雖薙葺，衰疾可少寬。言雖有薙葺之勞，而吾之衰疾乃得寬也。加飡字，古詩：上言加飡飯。代加飡，則以新屋之成，疾寬而順適所致然也。寂無斧斤響，言屋成而無復用斧斤聲，於是乎始有憩息之樂。

【校勘記】

〔一〕「四」，原作「六」，據詩中正文及文淵閣本、文津閣本、文瀾閣本、清刻本、排印本改。

〔二〕「周官」，文淵閣本作「周禮」。案，周官即周禮的别稱。

宿青溪驛奉懷張員外十五兄之緒

漾舟千山内，日入泊荒一作枉。渚。師云：謝靈運詩[一]：弭棹泊枉渚。趙云：蜀都賦：漾輕舟。謝惠連西陵遇風詩：漾舟陶嘉月[二]。莊子云：日入而息。選詩：通波激枉渚，此將至荆南。我生本飄飄，今復在何許。言未有所定止也。趙云：阮籍詠懷詩：良辰在何許。許，所也。石根青楓林，猿鳥聚儔侶。言猿鳥猶能聚其儔侶，而人不能致於安適，則甫之羈困可見矣。趙云：楚詞：江水湛湛兮上有楓。楚地多楓，公於楚詩每用楓字。月明遊子静，畏虎不得語。趙云：古詩：相望一水間，脉脉不得語。中夜懷友朋，乾坤此深阻。趙云：詩：豈不懷歸，畏此友朋。下句言青溪驛。浩蕩前後間，佳期付荆楚。趙云：浩蕩，流放之貌。祖出楚詞：怨靈脩之浩蕩。又，志浩蕩而傷懷。又，心飛揚兮浩蕩。非言水之浩蕩。

【校勘記】

〔一〕「謝靈運詩」，文淵閣本作「謝靈運五言詩」。

〔二〕「謝惠連」，原作「謝靈運」，檢「漾舟陶嘉月」句，見於文選卷二十五謝惠連西陵遇風獻康樂詩，當是誤置，據改。

屏迹

衰年一作顔。甘屏迹〔一〕，幽事供高卧。師云：陶潛高卧北窗之下。鳥下竹根行，龜開萍葉過。

年荒酒價乏，日併園蔬課。獨酌甘泉歌〔二〕，一云獨酌酣且歌。歌長擊樽破。杜補遺：世說：王大將軍敦每酒後輒詠魏武樂府曰：老驥伏櫪，志在千里。烈士暮年，壯心不已。以如意打唾壺，唾壺盡缺。子美長歌而擊樽破類此。趙云：衰年作衰顔，蓋下有年荒酒價乏也。年荒酒價乏，日併園蔬課。兩句通義，蓋以乏酒價之故，則併課園蔬賣之，以充沽直。獨酌甘泉歌，所以承上酒價乏之故，且復有真率之意。一作獨酌酣且歌，非是。擊樽破，則杜田補遺是。

【校勘記】

〔一〕「衰」，文淵閣本、文津閣本、文瀾閣本、清刻本、排印本作「暮」，訛。案，二王本杜集卷五作「衰」，可證。

〔二〕「獨」，二王本杜集卷五、十家注卷十二、百家注卷十五、分門集注卷十二以及錢箋卷十二作「猶」。

贈別賀蘭銛

黄雀飽野粟，群飛動荆榛。師云：李善注劉公幹詩：黄雀，諭俗士也〔一〕。趙云：黄雀群飛，比時人之蹇淺。今君抱何恨，寂寞向時人。趙云：傷賀蘭而問之，如下句所云。老驥倦驤首，騏驥逢伯樂之知，驤首長鳴。趙云：戰國策：汗明見春申君曰：夫驥之齒長矣，服鹽車而上太行。漉汗灑地，白汗交流，中坂遷延，負轅不能上。伯樂遭之，下車，攀而哭之，解紵衣以冪之。驥於是俛而噴，仰而鳴，聲造於天，仰見伯樂之知己。今云倦，則以無伯樂也。**蒼鷹愁易馴。**趙云：暗使呂布與慕容垂事。愁，則以苟於食養而愁也。**高賢世未識，固合嬰飢貧。國步初返正，**初復京師。**乾坤尚風塵。**史思明猶鴟張河朔。**悲歌鬢髮白，遠赴湘吴春。我戀岷下芋，君思千里蓴。生離與死别，自古鼻酸辛！**趙云：國步返正，是廣德元年十二月車駕已自陝還長安〔二〕，而吐蕃繼陷松、維州。次年，史載僕固懷恩以吐蕃、回紇、党項兵數十萬入寇，朝廷大恐。十月，寇邠州，先驅至奉天。詔郭子儀屯奉天，堅壁不戰。十一月，吐蕃軍潰。又云，是歲嚴武破吐蕃於當狗城，克鹽州城。公以嚴武再尹成都，三月自閬州還。今詩所云國步初返正，言車駕之還長安未多時。乾坤尚風塵，言吐蕃等之亂。舊注模稜不考之語，若以爲安史之事，則復京師在至德二年，史思明殺安慶緒在乾元二年，事不相接也。下又云我戀岷下芋，君思千里蓴，則此詩豈不是公再還成都乎。我戀岷下芋，説在西蜀。君思千里蓴，説賀蘭赴湘、吴。岷下芋，出貨殖傳：卓王孫：岷山之下，沃壄千里。下有踆鴟，至死不饑。師古注：踆鴟，芋也。千里蓴，出晉陸機：千里蓴羹，未下鹽豉。鼻酸辛，高唐賦：孤子寡婦，寒心酸鼻。

【校勘記】

〔一〕「喻俗士」，文淵閣本作「諭時士」，文津閣本作「喻鄙士」，文瀾閣本作「諭將士」。

〔二〕「陝」，諸校本作「陝州」。

新刊校定集注杜詩卷十一

古詩

杜鵑

華陽風俗録見上杜鵑行注。識者謂此詩上四句非詩，乃題下甫自注爾，後人誤寫。一説謂上皇幸蜀還，肅宗用李輔國謀，遷之西内，上皇悒悒而崩，此詩感是而作。

西川有杜鵑，東川無杜鵑。涪萬無杜鵑，雲安有杜鵑。趙云：世有杜鵑辯，仙井李新元應之作，鬻書者編入東坡外集詩話，非矣。其説曰：南都王誼伯書江濱驛垣，謂子美詩歷五季兵火，舛缺離異，雖經其祖父所理，尚有疑闕者。誼伯謂西川有杜鵑，東川無杜鵑。涪萬無杜鵑，雲安有杜鵑，蓋是題下注，斷自我昔游錦城爲首句。誼伯誤矣。且子美詩備諸家體，必非牽合程度者也。是篇句落處凡五杜鵑，豈可以文害辭、辭害意邪？原子美之意，類有所感，托物以發，亦六義之比興，離騷之法歟。按博物志：杜鵑生子寄之他巢，百鳥爲飼之。胡江東所謂杜宇曾爲蜀帝王，化禽飛去舊城荒。且禽鳥至微，知有所尊，故子美云重是古帝魂，又云禮若奉至尊。蓋譏當時刺史有不禽鳥若也。唐自明皇後，天步多棘，刺史能造次不忘君者，可一二數。嚴武在蜀雖横斂刻薄，而實資中原，是西川有杜鵑。其不虔王命，負固以自抗，擅軍旅，絶貢賦，如杜克遜在梓州，爲朝廷西顧憂，是東川無杜鵑耳。至於涪萬、雲安刺史，微不可考。凡其尊君者爲有，懷貳者爲無，不在夫杜鵑之真有無也。誼伯以爲來東川聞杜鵑聲繁而急，乃始歎子美詩跋疐紙上語。又云：子美不應疊用韻，何邪？子美自我作古，疊用韻無害於爲詩。僕所見如此，誼伯博學强辯，殆必有折衷之。元應之説如此。次公謂元應言杜詩備衆體，是矣。於三絶句有：前年渝州殺刺史，今年開州殺刺史。已有兩刺史矣。於草堂詩：舊犬喜我歸，鄰舍喜我歸。大官喜我來，城郭喜我來。已有四喜我矣。亦豈拘尋常程度邪？今詩四句，有四杜鵑，亦詩所謂有酒醑我，無酒酤我。坎坎鼓我，蹲蹲舞我之勢。謂觀其言有杜鵑、無杜鵑，無杜鵑、有杜鵑，錯綜其語，豈直是題下注邪？王立之知其髣髴。其説云：公杜鵑詩與古詩之謡語無異，豈復以韻爲限。立之之説非不是，然亦不悟錯文之語，與夫雅詩四我之勢也。後又有一杜鵑，則亦八仙歌用阮籍秋懷重押歸字，謝靈運述祖德重押人字。一篇之中有兩船、兩眠、兩天、兩前字者也。次公所見，此四句真以言杜鵑之有無也。其下云：我昔遊錦城，結廬錦水邊。杜鵑暮春至，哀哀叫其間。則以成西川有杜鵑之句。下又云：君看禽鳥情，猶解事杜鵑。今忽暮春間，值我病經年。身病不能拜，淚下如迸泉。則以成雲安有杜鵑之句。詩之引結甚明。若其言尊君之義，則自在中間鋪叙，不必泥首四句便爲美刺。况此詩作於雲安，乃大曆元年春，嚴武已死於去年夏，時郭英乂爲崔旰所殺，繼而杜鴻漸來，豈可指爲嚴武之有君邪？又雲安在唐是夔州之屬縣，非有刺史，豈可比西東之列乎？元應之説又爲穿鑿。

我昔遊錦城，結廬錦水邊。趙云：陶淵明：結廬在人境。有竹一頃餘，喬木上參天。趙云：曹子建：荆棘上參天。杜鵑暮春至，哀哀叫其間。我見常再拜，重是古帝魂。生子百鳥巢，百鳥不敢嗔。一作喧。仍爲餧其子，世説杜鵑養子於百鳥巢，百鳥共養其子而不敢犯。趙云：以物飼人之謂餧。張耳傳：以肉餧虎。禮若奉至尊。成都記：見上杜鵑行化作杜鵑似老烏注。趙云：公所以賦杜鵑之意，舊注不得其説，乃或用公在雲安詩：兩邊山木合，終日子規啼證雲安有杜鵑之實，不知此乃言其鳴云不如歸去之子規，與玄都壇詩子規夜啼山竹裂者同，非今所謂杜鵑也。又謂上皇幸蜀還，肅宗用李輔國謀，遷之西内，上皇悒悒而崩，此詩感是而作。亦非。蓋遷上皇豈獨百鳥飼杜鵑之子不若哉！况上皇之遷西内在辛丑上元二年，明年遂崩，至今歲丙午大曆元年公在雲安賦詩，已六年矣。既隔肅宗，又隔當日代宗，而却方説遷徙事以爲刺哉？若杜鵑事，則成都記所云。自昔至今，所傳如此。然鵑與子規兩種，形聲不同。以杜宇化爲鵑，所以公言重是古帝魂也。鮑照行路難之七云：愁思忽而至，跨馬出北門。舉頭四顧望，但見松柏荆棘鬱蹲蹲。中有一鳥名杜鵑，言是古時蜀帝魂。聲音哀苦鳴不息，羽毛憔悴似人髡。今公所謂喬木上參天，又謂哀哀叫其間，又云重是古帝魂，蓋出於此。至若常再拜而重之不能拜而淚下，則尊君親上之意。

鴻雁及羔羊，有禮太古前。行飛與跪乳，識序如知恩。晉羊祜雁賦：鳴則相和，行則接武。前不絶貫，後不越序。春秋繁露曰：凡贄，卿用羔。羊有角而不用〔一〕，如好仁者。執之不鳴，殺之不謗，類死義者。羔飲其母，必跪，類知禮者，故羊之爲言猶祥，故以爲贄。**聖賢古法則，付與後世傳。君看禽鳥情，猶解事杜鵑。今忽暮春間，值我病經年。身病不能拜，淚下如迸泉！**此詩譏世亂不能明臣之義者，禽鳥之不若也。杜田補遺：劉越石扶風歌：據鞍長歎息，淚下如流泉。

【校勘記】

〔一〕「角」，原作「用」。據文淵閣本、文津閣本、文瀾閣本、清刻本、排印本並參藝文類聚卷九十四獸部中録春秋繁露改。

引水

夔俗無井，皆以竹引山泉而飲，蟠屈山腹間，有至數百丈。

月峽瞿唐雲作頂，庚仲雍荊州記：巴楚有明月峽。趙云：荊州記：巴楚有明月峽、廣德峽、東突峽，今謂之巫峽、秭歸峽〔一〕、歸鄉峽。桑欽水經：與酈道元所注又有多名。本朝樂史寰宇記於渝州載有明月峽，以石穴圓似之，故以名。至夔州載三峽，則曰：西峽、巴峽、巫峽。意者西峽即明月峽也。今云月峽瞿唐雲作頂，言自明月峽至瞿唐皆是連山，所以雲作頂。亂石崢嶸俗無井。楚俗山居負水而食，故高者引水。雲安無泉，尤難得水。雲安沽水僕奴悲〔二〕，魚復移居心力省。後漢地理志：魚復，屬巴郡，古庸國。左傳文十年：魚人逐楚師。是也〔三〕。師云：此自雲安徙夔。趙云：魚復即夔州，今倚郭奉節縣，乃漢魚復縣。白帝城西萬竹蟠，接筒引水喉不乾。人生留滯生理難，斗水何直百憂寬。莊子：期斗升水之活。趙云：盧照鄰喜秋風至詩：形骸歲枯槁，生理日摧殘。還思不動行，賴此百憂寬。

【校勘記】

〔一〕「秭歸」，原作「歸秭」，地名倒誤，據藝文類聚卷六地部、太平御覽卷五十三地部録荊州記乙正。

〔二〕「僕奴」，二王本杜集卷六、百家注卷二十四、分門集注卷二十五及錢箋卷六作「奴僕」。

〔三〕「十」，檢「魚人逐楚師」句，春秋左傳注文公十六年作「十六」。

青絲

青絲白馬誰家子，梁吴均：白馬黄金羈。梁元帝：宛轉青絲鞚。趙云：青絲，所以言鞚，梁元帝詩是已。白馬，馬中驕貴者。遊俠少年多騎白馬。古樂府有白馬字。南史侯景傳：初，大同中童謡曰：青絲白馬壽陽來。及景叛，乘白馬青絲爲轡，欲以應讖。而崔顥輕薄少年詩：青絲白馬冶遊園，能使行人駐馬看。則矜誇馳騁者然矣。必當時有良家子之惡少者爲賊盗也。麤豪且逐風塵起。風塵，喻亂離。鮑云：豈懷恩之反，有從亂者。趙云：麤豪字，吴志孫權言甘寧是已。風塵多，以言征戰。盗賊逐風塵起，則乘此爲盗者矣。不聞漢主放妃嬪，誅貴妃。師云：乾元元年正月，出宫女三千人。近静潼關掃蜂蟻。師云：收東、西京。趙云：此公戒約麤豪子之辭。殿前兵馬破汝時，十月即爲虀粉期。趙云：告以必破亡之證。莊子：宋王之猛，非直驪龍也。子能得珠者，必遭其睡也。使宋王而寤，子爲虀粉。夫虀之爲言，若以菜爲虀。粉之爲言，散全物爲屑。未如又作知。面縛歸金闕，左傳：克許。許子面縛銜璧。萬一皇恩下玉墀。時降者皆授節鎮河北之患，自此起矣。趙云：此篇蔡伯世以爲五谷盗賊事，其説是。按通鑑於廣德二年正月載吐蕃入長安也，諸軍亡卒及鄉曲無賴子弟，相聚爲盗。吐蕃既去，猶竄伏南山、子午等五谷，所在爲患。丁巳，以太子賓客薛景仙爲南山五谷防禦使，討之。按正月己亥朔至丁巳，則十九日也。此詩蓋公於春初聞盗賊之事，未聞薛景仙討之之命所作，所以有殿前兵馬破汝時之句。莊子知北遊：萬分未得處一焉。

近聞

近聞犬戎遠遁逃，說文解字曰：赤狄，本犬種，故字從犬。匈奴聞漢兵大出，老弱奔走，毆畜産遠遁逃。蕭望之曰：狄遁逃竄伏。牧馬不敢侵臨洮。臨洮，郡名。賈誼過秦論：胡人不敢南下而牧馬。渭水逶迤白日淨，隴山蕭瑟秋雲高。崆峒五原亦無事，北庭數有關中使。言突厥和。似聞贊普更求親，贊普，吐蕃也。薛云：唐吐蕃傳：其俗謂强雄曰贊，丈夫曰普，故號君長贊普。今西域有籛逋者，即贊普之聲訛而爲籛逋。今讀普從逋音，而公所用止從本字耳。舅甥和好應難棄。趙云：犬戎，指吐蕃，本西羌屬，拜必手据地爲犬號。求親事，新書不載，但云永泰、大曆間再遣使來聘，今因公詩見之。臨洮郡，今洮州。逶迤字，選：紆餘逶迤。蕭瑟字，選：蓊茸蕭瑟。白日淨、秋雲高，形容其無事也。臨洮，今在九域志爲熙州。渭水，則秦隴一帶所經皆是。隴山，今之隴州。地志：隴山，天水大坂也。其坂九回，不知高幾許。崆峒，山名。樂史寰宇記：禹迹之内，崆峒者三。其一在臨洮，秦築長城之所起，則洮岷一帶皆是也，今專以言渭州。五原，則今之鹽州西南拶邊。北庭數有關中使，則又言突厥通好也。或云回紇等國皆在北之地。既不附吐蕃，故亦遣使於國中，其說亦是。爾雅曰：妻之父爲外舅。又曰：謂我舅者，吾謂之甥。則妻父者舅。婿者，甥也。孟子言堯之於舜：帝館甥于貳室。師：正觀十五年，妻文成公主。中宗景龍二年妻金城公主。開元二年，白言舅甥乞和親。見吐蕃傳。今言肅、代時。

漁陽

時禄山平，以雍王遥領范陽、盧龍節制而不出閤。

漁陽突騎猶精鋭，杜云：漢光武謂馬武曰：吾得漁陽、上谷突騎，欲令將軍將之。又唐六典注：蔡邕曰：冀州强弩，幽州突騎，天下之精兵也。赫赫雍王都節一作前。制。猛將飄然恐後時，本朝不入非高計。禄山已破，朝廷不能革其積弊，復以盧龍授藩鎮，故李懷仙、朱滔之屬，得以跋扈，竟不爲朝廷所有。趙云：漁陽突騎，指雍王所統兵。編年通載：十月，雍王适討史朝義。甲戌，大敗之於横水，克河陽東郡。其將張獻誠以汴州降。十一月，薛嵩以相、衛、洺、邢降，張志忠以趙、定、深、常、易降。時公在梓，聞雍王之勝，尚聞河北猶有未入朝者，乃諭諸將：苟飄然而來，已自後時，而不入本朝，豈高計乎？舊注模稜其説，以雍王适領范陽、盧龍節制，而不出閤。又云，禄山已破云云，皆非。禄山死在至德元載，繼有子慶緒，又繼之以史思明，思明子朝義。自禄山天寶十四載反，至廣德元年正月安、史併滅。今於雍王爲兵馬元帥時，謂之安、史併滅可也，豈得止爲禄山平乎？朱滔反，又是德宗建中三年時事；李懷光反，又是德宗興元元年時事，豈所謂不入本朝邪？至以雍王适爲遥，李懷光爲懷仙，雕本之誤。漁陽突騎，幽州素有此兵號突騎。杜田説是。戰國策：季良謂魏王曰：恃兵之精鋭而欲攻邯鄲。荀子：湯、武之仁義，桓、文之節制。成公綏嘯賦：志離俗而飄然。史云：不後時以縮。蕭望之：志在本朝。禄山北築雄武城，舊防敗走歸其營。禄山逆謀日熾，築壘范陽北，號雄武。繫書請問燕耆舊，今日何須十萬兵？趙云：舉往事以懲警不朝之將。魯仲連繫書約矢以射聊城中。名之曰燕耆舊，則本吾民之父老，又托之問耆舊，以警諸將耳。

黄河二首

鮑云：黄河北岸海西軍，胡人高鼻動成群。謂吐蕃入寇。舊注謂禄山，非。黄河西岸是吾蜀，謂鄭公軍當狗之戰。舊注謂明皇、肅宗，非。趙云：前章罪海西軍不能禦寇。後章憫蜀人困於供給，終之以願君王無奢侈云。黄河之北，大海之西，則河北一帶之州郡也。

黄河北岸海西軍，椎皷鳴鐘天下聞。趙云：言其飲食宴樂之雄侈。鐵馬長鳴不知數，胡人高鼻動成群。禄山之反，皆漁陽突騎及所養同羅、降奚、契丹曳落河，并誘致諸蕃，皆胡騎也。趙云：傳有虞坂之馬，望伯樂而長鳴。李陵報蘇武書：胡笳互動，牧馬悲鳴，吟嘯成群。

右一

黄河西岸趙作南岸。是吾蜀，欲須供給家無粟。願驅衆庶戴君王，混一車書棄金玉。時明皇在蜀，肅宗起靈武。師云：庾信江南賦：并吞六合，混一車書。趙云：上之人須蜀人之供給，乃至於家無粟。其字依傍陶潛瓶無儲粟。公所願與衆庶同心禦難伐叛，以尊戴君王，使天下車同軌，書同文，棄金玉而尚敦朴，用意深矣。書：衆非元后何戴。黄河南岸，一作西岸。師民瞻所傳任昌叔本取之，非是。蓋河自西注東，正定是南北岸，其曲處而後有東西岸也。成都路雖在中國西南，以河言之，雖遠而實南耳。時史思明未滅，車書猶未混一。車書混一，前人全語。棄金玉，傳：不寶金玉。

右二

自平

自平中宮一作官。呂太一，呂太一，代宗時爲廣南市舶使。東坡詩話：自平宮中呂太一，世莫曉其義，妄者以唐有自平宮。偶讀玄宗實録，有中官呂太一叛於廣南，詩蓋云「自平中官呂太一」，故下文有「南海收珠」之句。見書不廣，輕改文字，鮮不爲笑。杜正謬云：以「自平」爲宫名，非。蓋中官呂太一爲市舶使，逐張休作亂，以兵平之，故云「自平中官呂太一」。宮中乃中官，傳印者誤。按舊史代宗紀，廣德元年十二月甲辰，宦官市舶使呂太一逐廣南節度使張休，縱兵大掠廣州。「中官」誤爲「宮中」明矣。趙云：杜田因東坡而爲之説，而事乃代宗時爲異也。今按資治通鑑亦載如此。詩話豈誤以代爲玄乎？中官字，范曄宦者論：於是中官始盛。收珠南海千餘日。近供生犀翡翠稀，太一反，賦不上供。復恐征戍干戈密。趙云：以中官既平，國家於南海收珠又千餘日。千餘日，二年十箇月也。自廣德元年歷二年、永泰元年兩全年，至今歲大曆元年十月已後，是爲千餘日。二年十箇月之後，近復生犀翡翠之不供，無乃煩國家征伐之干戈乎？公憂國如此。蠻溪豪族小動摇，世封刺史非時朝。蓬萊殿裏諸主將，才如伏波不得驕。師云：杜言洞豪世襲刺史，雖不奉朝請，但羈縻而已。今若盡取，則生邊患。趙云：此又戒約溪洞蠻也。謂其小有動摇，便受吾唐世封爲刺史，非是從時朝之禮者。不知殿前主兵之將，才如伏波，可辨征南之事，汝不得自驕悍也。與殿前兵馬破汝時，十月即爲虀粉期同意。

除草

去蕁草。蕁，徐鹽反；或音潛。蘇東坡云：蕁草，蜀中謂之毛蕁，毛芒可畏，觸之如蜂蠆，治風疹，以此點之，一身失去。葉背紫者，入藥。蕁，山韭。

草有害於人，曾何生阻脩。言草之毒者，不必生阻脩之處。雖平夷之地，亦有之。趙云：此主除惡之義，以惡蕁草之爲害也。言其直生平地近處。詩：道阻且脩。舊注非。其毒甚蜂蠆，左傳：蜂蠆有毒。其多彌道周。周，道兩傍。清晨步前林，江色未散憂。芒刺在我眼，霍光驂乘，上内嚴憚之，若有芒刺在背。焉得待高秋？霜雪一霑凝一作衣，蕙葉亦難留。趙云：蜂蠆，蕁上皆芒刺，觸之能螫人。彌道周，蕁最蔓生，字則詩：生于道周。在眼字，謝靈運詩：想見山中人，薜蘿若在眼。又欲先秋除去之，若待秋，則霜雪一霑，蕙與蕁草同一衰落，亦美惡俱盡矣。謝靈運詩：崖傾光難留。霑凝，白在草上，一作霑衣，非。荷鋤先童稚，陶徵君：荷鋤雖有倦。舊注在後。後漢鄧禹傳：父老童稚，滿其車下。趙云：陶潛詩：帶月荷鋤歸。日入仍討求。趙云：莊子：日入而息。轉致水中央，豈無雙釣舟？頑根易滋蔓，左傳：無使滋蔓。敢使依舊丘。鮑明遠：復得還舊丘。趙云：水中央，詩：宛在水中央。舊丘，自閬州歸成都，指草堂之居。草堂：斷手寶應年。是夏，送嚴武至綿，遂往梓、閬，至今年廣德二年春末又歸，故得指爲舊丘。自茲藩籬曠，更覺松竹幽。芟夷不可闕，疾惡信如讎。左傳：周任言：爲國家者，見惡如農夫之務去草焉。芟夷蘊崇之，絶其本根，勿使能殖，則善者信矣。師云：後漢：張儉清潔中正，疾惡若讎。趙云：藩籬字，賈誼：無有藩籬之限。

客居

趙云：此雲安詩。

客居所居堂，前江後山根。下塹萬尋岸，蒼濤鬱飛翻。趙云：王粲詩：苟非鴻鵰，孰能飛翻。本言禽鳥，今轉用於蒼濤愈奇矣。葱青衆木梢，沈休文：林薄杳葱青。邪竪雜石痕。增添：沈休文詩：峭壁思邪竪，絶嶺復孤圓。子規晝夜啼，壯士斂精魂。趙云：江文通恨賦：拱木斂魂。晉阮籍詠懷：容色改平常，精魂自漂淪。峽開四千里，水合數百源。人虎相半居，相傷終兩存。蜀麻久不來，吳鹽擁荊門。蜀人以麻布貨易吳鹽。西南失大將，商旅自星奔。時崔寧殺郭英乂。杜云：劉孝標廣絶交論：靡不望影星奔。今又降元戎，已聞動行軒。時除杜鴻漸爲成都尹。舟子候利涉，亦憑節制尊。趙云：峽開四千里，千字可疑。豈自渝州明月峽至夔州西陵峽而下，有水路四千里乎？相傷終兩存，由老子言人神兩不相傷而變用之。蜀麻久不來，吳鹽擁荊門，以商旅不行之故，舊注亦是。按編年通載，永泰元年閏十月，劍南兵馬使崔旰反，殺其帥郭英乂。又按資治通鑑：大曆元年二月壬子，以杜鴻漸爲山南西道、劍南東、西川副元帥、劍南西川節度使，以平蜀亂。今云西南失大將，則崔旰殺郭英乂。今又降元戎，則時除杜鴻漸鎮蜀。英乂以定襄郡王領節度，故云大將。鴻漸以宰相充尹山西、劍南副元帥，故云元戎。「舟子候利涉，亦憑節制尊」，所以結商旅星奔而麻鹽不通之句。詩：招招舟子。易：涉人川。節制，元戎之節制，字見上漁陽詩注。言用兵。舟子爲商賈，亦以節制，然後免攘奪之憂。我在路中央，生理不得論。甫依嚴武，武死，英乂麤暴不能容，旋有崔寧之亂，甫所以進退不能。卧愁病脚廢，徐步視小園。短畦帶碧草，悵望思王孫。思嚴武。增添：劉安招隱辭：王孫遊兮不歸，春草生兮萋萋。鳳隨其凰去，鮑云：豈鄭公之大人繼亡？籬雀暮喧繁。言賢者亡，小人喧競也。時崔寧、楊子琳、柏正節更來成都。覽物想故國，十年別荒村。趙云：欲南下歸長安，到處留滯，今尚在半路。舊注非。蓋武永泰元年四月盡日死，公五月下戎州，九月在雲安，有客居之堂。至今歲二月已後，聞子規賦此，豈曾見郭英乂之來邪？自徐步而下四句，因步小園見草、見雀，感於物而興焉。故見短畦之碧草，則思王孫。司馬相如琴歌：鳳兮歸故鄉，遨遊四海兮求其凰。故見暮雀之喧繁而懷鳳凰之遊往。舊注以王孫作思嚴武，暮雀作崔寧等，甚無謂也。荒村，故國之居，十年不歸，爲荒村。日暮歸幾翼，北林空自昏。安得覆八溟，爲君洗乾坤。時厭亂久，故甫前有洗兵馬，此有洗乾坤之説。稷契易爲力，言得人，天下不足治。犬戎何足吞。儒生老無成，臣子憂四藩。篋中有舊筆，情至時復援。趙云：幾翼，譬能歸鄉者幾人。自昏，譬故居昏暗，無有歸栖之翼。道路梗澀之故。繼之以覆八溟、洗乾坤。公又曰「遥拱北辰纏寇盜，欲傾東海洗乾坤」「安得壯士挽天河，盡洗甲兵長不用」，皆此意。援字，曹子建：援筆從此辭。

客堂

趙云：詩中「客堂叙節改」，故取兩字名篇。

憶昨離少城，成都内城曰少城。趙云：蜀都賦：亞以少城，接乎其西。注：少，小也，在大城西。而今異楚蜀。捨舟復深山，窅窕一林麓。栖泊雲安縣，雲安屬夔州。趙云：捨舟字，謝靈運：捨舟眺迴渚。棲泊，義出謝惠連謂維舟止宿。初欲捨舟矣，乃是窮窕之一林麓，所以姑維舟棲泊也。至云客堂敘節改，方有屋山中居耳。消中内相毒。師云：消中，消渴也。胡彥伯與庾肩書：昔長卿病消中，余今亦然。舊疾甘載來，衰年得無足。趙云：言此疾相嬰，至衰年，未痊疾，亦得無足乎？此深自傷之辭。死爲殊方鬼，李陵死爲異域之鬼。頭白免短促。老馬終望雲，南雁意在北。馬望雲，雁意在北，以所居非故國自喻。别家長兒女，欲起慙筋力。趙云：殊方，文子：殊方偏國。西都賦：殊方異類。東都賦：殊方别區。免短促，自寬之辭。望雲、在北，懷鄉之譬。此倣胡馬嘶北風，越鳥巢南枝之意，變文耳。慙筋力，以老病爲慙。禮：老者不以筋力爲禮。客堂敘節改，具物對羈束。石暄蕨牙紫，謝靈運：野蕨漸紫苞。渚秀蘆笋綠。蘆竹笋，楚人謂之蕨牙。巴鶯一作稼。紛未稀，徼麥早向熟。悠悠日動江，漠漠春辭木。日華川上動。謝玄暉：生煙紛漠漠[二]。趙云：巴稼，舊本作巴鶯，非。劉章云：深耕穊種，立苗欲疏。紛未稀，則苗猶多耳。稼與麥一體之物，若作鶯字，句不相聯。臺郎選才俊，自顧亦已極。甫先授右拾遺。趙云：臺郎，謂省部。公爲尚書工部員外郎，自稱臺郎。漢官儀：尚書郎，初從三署郎選詣尚書臺試，每一郎缺，則試五人，先試牋奏。初入臺稱郎中，滿歲稱侍郎。故郎中、侍郎之名，猶因三署本號也。此臺郎之稱矣，舊注模稜。前輩聲名人，埋没何所得？居然綰章紱，受性本幽獨。前輩聲名人，不可專指。如黄香群書無不涉獵，京師號曰：天下無雙，江夏黄香。京師貴戚慕其聲名，更饋衣物，拜尚書郎。章紱，謂緋魚。居然字，尹文子：形之與名，居然别矣。平生憩息地，必種數竿竹。（王子猷所居必種竹。云：不可一日無此君。）事業只濁醪，（杜云：李善注恨賦濁醪夕飲之下引嵇康與山巨源書：濁醪一盃，彈琴一曲。）營葺但草屋。上公有記者，累奏資薄禄。（嚴武奏甫受劍南參謀。趙云：必有如栢中丞者薦之，但無可考。舊注：受劍南參謀，亦前日一端之事。）主憂豈濟時，（師云：史記：主憂臣辱。趙云：主憂，言當主之憂而不能効力以濟時事。）身遠彌曠職。（師云：魏文帝詔：官吏不虔，曠職廢事。趙云：蓋由身遠愈成閑曠職業。）循文廟筭正，（循文守文廟，廟堂算籌算。）獻可天衢直。（左傳：獻可替否。易：何天之衢，亨。）尚想趨朝廷，毫髮裨社稷。形骸今若是，進退委行色。（傷不得行其志爾。師云：柳下季：車馬有行色。）

【校勘記】

〔一〕「漠」，原作「漢」，據文淵閣本、清刻本、排印本並參文選卷二十二、齊詩卷三謝朓遊東田詩改。

石硯（平侍御者。）

平公今詩伯，秀發吾所羨。奉使三峽中，長嘯得石硯。巨璞禹鑿餘，（禹開鑿以疏江河。趙云：王充論衡：文詞之伯。今云詩伯，如公又用詞伯、文章伯也。秀發，見上四松詩注。禹鑿，言石。郭景純江賦：巴東之峽，夏禹疏鑿。舊注不切。異狀君獨見。其滑乃波濤，趙云：此道衡祭江文：帷蓋静於波濤。其光或雷電。聯坳各盡墨，多水遞隱見。揮灑容數人，十手可對面。比公頭上冠，正質未爲賤。當公賦佳句，況得終清宴。曹子建：公子愛敬客，終宴不知疲。公含起草姿，不遠明光殿。致于丹青地，知汝隨顧眄。明光殿，霍去病借以避暑。杜云：漢殿名。秦記曰：明光殿以金爲阯，玉爲階。元后傳曰：成都侯商病，欲辟暑，從上借明光殿。趙云：平公爲侍御。頭上冠，則獬豸冠。獬豸，一角獸，而能觸邪。所以爲正質。以硯比冠，取其正直之質。因硯以美平公。起草者，中書舍人事，翰墨之職，於硯爲親。丹青地，公卿之地也。鹽鐵論　公卿者，神化之丹青。

三韻三篇

尚馬勿唾唾，一作捶。當以捶爲有義。趙云：面，長魚無損鱗。辱馬馬毛焦，困魚魚有神。君看磊落士，不肯易其身。馬魚尚不可輕，士有被褐懷玉者，而可輕乎？

蕩蕩萬斛船，影若揚白虹。起檣必椎牛，師云：非椎牛饗士不足以起立帆檣。釋名：船二百斛曰舠，三百斛曰艇。趙王石虎造萬斛之舟。今取其大者以比興。椎牛，所以饗衆功。張遼戰孫權，夜募敢從之士，得八百人，椎牛犒饗。韓退之征蜀聯句：椎肥牛呼牟。亦用此椎字。挂席集衆功。自非風動天，莫置大水中。趙云：得大風後可飽其帆也。鮑照舞鶴賦：箕風動天。

列士惡多門，晉政多門。小人自同調。名利苟可取，殺身傍權要。何當官曹清，爾輩堪一笑。趙云：列士，如列女之列，言就列之士。進身者欲恩出一門耳。謝靈運：誰謂古今殊，異代可同調。梁張纘別離賦：在百代而奚殊，雖千年而同調。名利苟可取，殺身傍權要。此戒之之辭，如孔子：富而可求也，雖執鞭之士吾亦爲之。今欲名利依人，則將許人以死，唯權要之是托。論語：殺身以成仁。詳味句，當時蓋有依非其人而爲好官者。梁簡文帝與蕭臨川書：列棘外府，且息官曹之務。

柴門

趙云：杜元凱注左傳蓽門圭竇之人：蓽門，柴門。

泛舟登瀼西，楚俗以山谷間水可涉爲瀼，其涉也謂之踏瀼。秦俗以堰水爲瀼，皆謂之瀼。趙云：夔州惟有東瀼溪，見水經注。瀼東、瀼西水兩傍之名，舊注元不引出處。今云登瀼西，則舟已泊而登岸。恐學者惑踏灢之語，以登字嵒之，故爲之解。

迴首望兩崖。東城乾旱天，其氣如焚柴。長影没窈窕，餘光散唅呀。趙云：焚柴，則燔柴也。爾雅：祭天曰燔柴。積薪槱而焚之。舊本餘光散唅呀，在韻書唅音憾，哺也；呀，虛加切，張口也。固有唅呀字，公今所用，無乃硆砑字乎？蓋硆砑注：谷中也。用此字然後有義。陶淵明：既窈窕以尋壑。謝靈運：長磴入窈窕。言乾旱之氣，日溺於丘壑窈窕硆砑之間。若言唅呀，無義矣。大江蟠嵌根，歸海成一家。禹貢：入于海。趙云：嵌巖之根，字出莊子：賢者伏於大山嵌巖之下。蓋江水至此，傍峽而行，雖蟠曲嵌根，終朝宗于海矣。下衝割坤軸，海賦：又似地軸挺拔而争回。竦壁攢鏌鋣。蕭瑟灑秋色，氣一作氛。昏霾日車。趙云：鏌鋣，劍名。巫峽之竦，蓋如劍矣。柳子厚詩：海畔尖山似劍鋩。日車事，淮南子：爰止羲和，爰息六螭，是謂懸車。注：日乘車，駕以六龍，羲和馭之。字則莊子：乘日之車。舊本氣昏，一作氛昏，當以爲正。蓋上已有氣如焚柴，而氛昏字又寫風土之昏也。峽門自此始，夔州爲峽門。最窄容浮查。禹功翊造化，疏鑿就欹斜。江賦：巴東之峽，夏后疏鑿。巨渠決太古，衆水爲長虵。風煙渺吴蜀，舟檝通鹽麻。趙云：峽門，方入峽之門。舊注：夔州爲峽門。非。衆水爲長虵，其比亦新矣。我今遠遊子，飄轉混泥沙。師云：易：需于泥；需于沙。謂遇難也。萬物附本性，約身不願奢。茅棟蓋一床，清池有餘花。濁醪與脱粟，濁醪，嵇康；脱粟，公孫弘。在眼無咨嗟。山荒人民少，地僻日夕佳。陶淵明：山氣日夕佳。貧病一作賤。固其常，富貴任生涯。

老於干戈際，宅幸蓬蓽遮。石亂上雲氣，杉清延月華。賞妍又分外，理愜夫何誇〔一〕。漢書：理得則不怨。足了垂白年，師云：畢卓：左手持蟹螯，右手持酒杯，拍浮酒船中，便足了一生。敢居高士差。趙云：泥沙，江賦：或混淪乎泥沙。不願，孟子：不願人之文繡，不願人之膏粱〔二〕。茅棟，沈休文詩：茅棟嘯蹲鴟。在眼，謝靈運：薜蘿若在眼。書選：莫不咨嗟。又云：所以咨嗟。垂白，後漢：班超妹書：今超年已垂白。敢居高士差，言不敢過差，居其上。

此豁平昔，迴首猶暮霞。趙云：紀其詩篇之成時，猶未晚也。世説：殷仲堪每謂子弟云：勿以我受任方州，云我豁平昔時意。然前云回首望兩崖，今云回首猶暮霞，豈偶重耶？

【校勘記】

〔一〕「賞妍又分外」二句，「賞妍」原作「賞愜」，「理愜」原作「理妍」，據二王本杜集卷六、百家注卷二十六、分門集注卷六、黄氏補注卷十一並參先後解輯校戊帙卷四及錢箋卷六改。又，草堂詩箋卷二十九此詩正文「賞妍」下有異文云「妍一作愜」、「理愜」下有異文云「愜一作妍」。案，「賞愜」、「理妍」無義，當以「賞妍」、「理愜」爲是。

〔二〕「粱」，原作「梁」，據清刻本、排印本並參孟子正義卷二十三告子上第十七章改。

貽華陽柳少府

繫馬喬木間，趙云：劉琨詩：繫馬長松下。詩：南有喬木。問人野寺門。柳侯披衣笑，見我顏色溫。並坐石堂下〔一〕一云堂下石，俛視大江犇。火雲洗月露，盧思道：火雲赫而四舉。絶壁上朝暾。謝靈運：早聞夕飈急，晚見朝日暾。趙云：世説：桓公入峽，絶壁天縣，驚波電激。謝靈運：晨策尋絶壁。自非曉相訪，觸熱生病根。觸，冒也。趙云：晉程曉詩：可憐褦襶子，觸熱向人家。南方六七月，出入異中原。老少多暍死，汗踰水漿翻。趙云：熱病謂之暍。武王下車而扇暍。莊子：暍者反冬乎冷風者。是已。世説：鍾會、鍾毓俱見魏文，毓面有汗。帝問：何以汗？曰：兢兢皇皇，汗出如漿。俊才得之子，筋力不辭煩。指揮當世事，語及戎馬存。涕淚濺我裳，悲氣排帝閽。思玄賦：叫帝閽使闢扉兮，覿天皇于瓊宮。趙云：老者不以筋力爲禮，因俊才得柳少府，不辭筋力而往謁也。帝閽，楚辭：吾令帝閽開關兮。揚雄甘泉賦：遺巫咸兮叫帝閽。舊注引張平子思玄賦在後矣。排，謂排闥。鬱陶抱長策，書：鬱陶乎予心。長策，良策也，有良策而不見用，故鬱陶耳。趙云：鬱陶，孟子載：象謂舜：鬱陶思君爾。賈誼：振長策而馭宇内。義仗知者論。吾衰卧江漢，但愧識璵璠。潘正叔：寸晷惟寶，豈無璵璠。言己之所識止璵璠而已，以美柳侯。趙云：璠璵，比柳少府。璵璠，逸論語：璠璵，魯之寶玉。孔子曰：美哉璠璵！遠而望之，奐若也；近而視之，瑟若也。一則理勝，一則字勝。倒用璵璠字，元注潘正叔詩是。文章一小伎，於道未爲尊。起予幸班白，因是托子孫。趙云：言取少府，道德之美，非止文章。後漢揚賜傳：造作賦說，以蟲篆小技見寵於時。北史李渾謂魏收：雕蟲小技，我不如卿；國論典章，卿不如我。於道言尊，老子：道尊德貴。起予，論語：起予者商也。言柳少府有道可尊，起發予於班白衰老之間，因此相見而有子孫可托之幸。托字，論語：可以托六尺之孤。托子孫，曹操少時見橋玄，謂曰：天下方亂，群雄虎爭，能安之者，其在君乎？然君實亂世之英雄，治世之姦賊，恨吾老不見君富貴，當以子孫相托。俱客古信州，夔，古信州。結廬依毀垣。相去四五里，徑微山葉繁。時危挹佳士，况免軍旅喧。醉從趙女舞，歌鼓秦人盆。揚惲書：家本秦地，能爲秦聲。婦，趙女也，雅善鼓瑟，酒後耳熱，仰天撫缶而呼嗚嗚。夫擊甕叩缶，彈箏搏髀，而歌嗚嗚快耳者，真秦之聲也。李斯書：隨俗雅化，佳治窈窕，趙女不立於側也。莊子：鼓盆。增添：成公綏琵琶賦：飛龍列舞，趙女駢羅。進如驚鸛，轉似回波。趙云：陶淵明：結廬在人境。時危，普言中原之亂。免軍旅，夔州幸免爾。趙女，古稱燕歌趙舞。盆，甕缶之變稱。子壯顧我傷，我驩兼淚痕。餘生如過鳥，師云：李白詩：生猶鳥過目，胡乃自結束。景公一何愚，牛山淚相續。趙云：家語：見飛鳥過。莊子：如雀、蚊、虻之過乎前。張景陽詩：忽如鳥過目。故里今空村。

【校勘記】

〔一〕「堂下」，二王本杜集卷六、錢箋卷六作「下堂」。

同元使君舂陵行 并序

覽道州元使君舂陵行，兼賊退後示官吏作二首，志之曰：當天子分憂之地，效漢官良吏之目。今盜賊未息，知民疾苦，得結輩十數公，落落然參錯天下爲邦伯，萬物吐氣，天下少安可待矣〔一〕。不意復見比興體制，微婉頓挫之詞，感而有詩，增諸卷軸，簡知我者，不必寄元。趙云：元結，字次山。其舂陵行序云：癸卯歲授道州刺史。道州舊四萬餘户，經賊已來，不滿四千，大半不勝賦稅。到官未五十日，承諸使徵求符牒二百餘封，皆曰：失期限者，罪至貶削。於戲！若悉應其命，則州縣破亂，刺史焉欲逃罪；若不應命，又即獲罪戾，必不免也。吾將守官，静以安人，待罪而已。此州是舂陵故地，故作舂陵行，以達下情。其賊退示官吏詩序云：癸卯歲，西原賊入道州，焚掠幾盡而去。明年，賊又攻永州破邵，不犯此州邊鄙而退。豈力能制敵？蓋蒙其傷憐而已。諸使何爲忍苦徵斂？故作詩一篇以示官吏。詩更不能載，觀序意，則詩可見矣。

遭亂髮盡一作遽。白，轉衰病相嬰。沉緜盜賊際，狼狽江漢行。歎時藥力薄，爲客羸瘵成。趙云：言非不進藥，以歎時之故，憂思奪之，病雖痊，而藥力減半。吾人詩家秀，博采世上名。前漢溝洫志：上作歌云：泛濫不止兮愁吾人。粲粲元道州，前聖畏後生。粲粲，美之盛也。史：三女爲粲。孔子：後生可畏。趙云：後生，對前人之辭，非直謂年少爲後生也。如周公爲先，則孔子爲後生；孔子爲先，則孟子爲後生。今言前聖畏後生，則道州雖晚生唐世，乃爲前代聖哲所畏矣。若詩三百六十篇，其中周公、召、康公、家父、穆父之所作，皆有益於其君，非前聖之謂乎？觀乎春陵作，欻見俊哲情。復覽賊退篇，結也實國楨。趙云：楨幹，所以支屋也。題曰楨，旁曰幹。史以譬賢材，曰：國之楨幹。賈誼昔流慟，賈誼：可爲慟哭。趙云：慟，如子哭之慟。匡衡常引經。衡上疏陳便宜，及朝廷有政議，引經以對。道州憂黎庶，詞氣浩縱橫。道州，元結也。劉公幹：君侯多壯思，文雅縱橫飛。兩章對秋月，一作水。一字偕一作皆。華星。趙云：上句言如月之皎潔，下句言無一字而不若華星之燦爛也。魏文帝詩：華星出雲間。致君唐虞際，純朴憶大庭。大庭氏。趙云：既致君於堯、舜之間，又憶大庭氏之純朴，則道州事君，豈蹇淺者哉！魏應璩與從弟君胄書：思致君於有虞，濟蒸民於塗炭。大庭氏，上古帝王之號，事見莊子。何時降璽書，前漢循吏傳：二千石有治效，輒以璽書勉勵焉。用爾爲丹青。趙云：爲丹青，則藻縟王猷，粉飾治具之義。鹽鐵論：公卿者，神化之丹青。用爾，則尚書用汝作舟楫、作霖雨也。獄訟久衰息〔二〕，漢禮樂志：百姓素樸，獄訟衰息。豈唯偃甲兵！悽惻念誅求，薄斂近休明。乃知正人意，不苟飛長纓。陸士衡：長纓麗且光〔三〕。趙云：左傳：王孫滿：德之休明。以歎其不苟且在冠冕之中也。涼飆振南岳，南岳，衡山。之子寵若驚。老子：寵辱若驚。趙云：道州在南，故以涼飆言之。下句言道州爲刺史，其寵辱若驚，故如下句所云也。色阻金印大，刺史印綬。師云：晉王敦舉兵。周顗曰：今年殺賊奴，取金印如斗大。興含滄溟一作浪。清。我多長卿病，趙云：孺子歌曰：滄浪之水清兮，可以濯我纓；滄浪之水濁兮，可以濯我足。孔子曰：弟子志之：清，斯濯纓；濁，斯濯足。興含滄溟清，非有洗濯昏穢之意。舊本改作滄溟清，非。滄溟，大海。不可言清。金印，刺史之印。日夕思朝廷。肺枯渴太甚，漂泊公孫城。長卿司馬相如病渴。呼兒具紙筆，隱几臨軒楹。作詩呻吟内，墨淡字欹傾。感彼危苦詞，趙云：公孫述自號白帝，而城在夔之東，曰白帝城。庶幾知者聽。師云：庾信哀江南賦序曰：不無危苦之辭〔四〕，惟以悲哀爲主。趙云：此一段因以自言其心懷存憂國而已。

【校勘記】

〔一〕「待」，二王本杜集卷六、錢箋卷七作「得」。

〔二〕「久」，二王本杜集卷六、錢箋卷六作「永」。

〔三〕「陸士衡長纓麗且光」，「陸士衡」文淵閣本作「陸壬衡」，訛；「且光」，文選卷二十六、晉詩卷五陸士衡吴王郎中時從梁陳作詩作「且鮮」。

〔四〕「無」，原作「見」，據清刻本、排印本並參全后周文卷八庾信哀江南賦序改。

狄明府博濟

梁公曾孫我姨弟，狄仁傑封梁國公，母之姊妹之子曰姨弟。不見十年官濟濟。大賢之後竟陵遲，語：子張曰：

我之大賢與。浩蕩古今同一體。比看伯叔四十人〔一〕，有才無命百寮底。今者兄弟一百人，幾人卓絶秉周禮！元年，齊仲孫湫來省難。及還，公問：魯可取乎？對曰：魯秉周禮，未可動也。言猶守先王之法度也。此言兄弟雖多，能守梁公之法，幾人耳。在汝更用文章爲，長兄白眉復天啓。馬良兄弟五人並有才名，鄉里諺曰：馬氏五常，白眉最良。眉中有白毛，因以爲稱。左氏：天將啓之。汝門請從曾公説，梁公也。太后當朝多巧詆。狄公執政在末年，濁河中不污清濟。言獨立於朝，不移於衆邪。趙云：謝玄暉詩〔二〕：紛虹亂朝日，濁河污清濟。國嗣初將付諸武，公獨廷諍守丹陛。武后當朝，革唐爲周。欲以武三思爲儲貳，以問宰相，皆莫敢對。仁傑獨曰：臣觀天下，未厭唐德。禁中決册請房陵，房陵，中宗所在。前一作滿。朝長老皆流涕。狄仁傑傳：中宗在房陵，吉頊、李昭德皆有康復讜言，則天無復辟意。唯仁傑每從容奏事，無不以子母恩情爲言。則天漸省悟，召還中宗。太宗社稷一朝正，漢官威儀重昭洗。后嘗夢雙陸不勝。仁傑曰：雙陸不勝，無子也。因進説：文皇帝身陷鋒鏑而有天下，以傳子孫。陛下因監國，掩而有之，又欲以三思爲後，且子母與姑姪孰親？若立三思，廟不祔姑。后感悟，即日迎中宗復唐社稷。光武紀：人見司隷僚屬，皆歎喜不自勝〔三〕。老吏或垂泣曰：不圖今日復見漢官威儀。時危始識不世才，誰謂荼苦甘如薺。謝詩：防口猶寬政，飡茶更如薺。師云：詩：誰謂荼苦，其甘如薺。汝曹又宜列鼎食，身使門户多旌棨。列鼎，一作裂土。賢者之後，宜有土。杜云：唐制，節度使就第賜旌節，三品以上門立戟。後漢匈奴傳注：有衣之戟曰棨。胡爲飄泊岷漢間，干謁王侯頗歷詆。詆，評也。息夫躬歷詆漢朝公卿。況乃山高水有波，秋風蕭蕭露泥泥。謝詩：凝露方泥泥。虎之飢，下巉喦；蛟之横，出清泚。早歸來，黄土污衣眼易眯。師云：晉王導嘗遇西風起，舉扇自蔽曰：元規塵污人。莊子：播糠眯目。趙云：家語云：子路游楚，列鼎而食。歷詆，當作抵。詩：零露泥泥。

【校勘記】

〔一〕「伯叔」，二王本杜集卷六、錢箋卷七作「叔伯」。

〔二〕「謝玄暉」，作「謝元暉」，係避諱，此改。

〔三〕「歎」，後漢書卷一光武帝紀作「歡」。

韓諫議注〔一〕

趙云：舊本止云寄韓諫議，無傳記可考，其人時應在岳州，是好道者。不然，人物必清爽，有仙風道骨。如李白，故甫用神仙言之。玉京群帝宴集，言君臣際會，以張良比韓，歎其滯留不在朝。

今我不樂思岳陽，岳陽，巴陵，屬湖南〔二〕。身欲奮飛病在床。詩：静言思之，不能奮飛。趙云：今我不樂，出詩全語。下云日月其除。詩：或偃息在床。美人娟娟隔秋水，詩人以美人比君子，故詩有：彼美人兮，西方之人兮。濯足洞庭望八荒。左太沖：濯足萬里流。趙云：美人，指韓。如李白所謂美人不來空斷腸，美人在時花滿堂之謂。娟娟，美人貌。隔秋水，言其時。莊子：秋水時至。公在夔，韓在岳，爲隔秋水。濯足字，雖孺子歌有：滄浪之水兮，可以濯我足。而單言濯足，則左太沖詩：濯足萬里流。淮南子：登太山，履石封，以望八荒。揚雄幸河東賦：陟西岳以望八荒。鴻飛冥冥日月白，青楓葉赤天雨霜。趙云：鴻飛冥冥，揚子全語。鮑照詩：窮秋九月荷葉黃，北風驅雁天雨霜。雨，去聲。玉京群帝集北斗，玉京，帝居，言五方各有帝，惟北極爲至尊。薛云：晉天文志：北極五星，北辰最尊者也。北斗七星，在太微北。七政之樞機，陰陽之元本；故運乎天中，臨制四方，以建四時而均五行；人君之象，號令之主。注以斗爲極，誤矣。五星經云上白玉京〔三〕、黃金闕。杜補遺：靈樞金景内經曰：下離塵境，上界玉京。元君注云：玉京者，無爲之天也。東西南北，各有八天，凡三十二天，蓋三十二帝之都也。玉京之下，乃崑崙北都。羅峰北帝，乃三十六洞之所居處。趙云：玉京，史記云：天上白玉京，五城十二樓。群帝，據儒書，亦有五方之帝，道書三十三天，各有帝云。集北斗，則會集於北斗，薛説是。群帝言諸貴人，如諸王、三公之類。北斗言天子。五方之帝，三十三天之帝，雖稱帝，而於大帝爲卑，故止稱群帝字也。或騎麒麟翳鳳凰。芙蓉旌旗煙霧樂，楚辭：搴芙蓉兮木末。影動倒景搖瀟湘。郊祀志：登遐倒景。注：在日月之上反照，故其影倒。趙云：騎麒麟翳鳳，建芙蓉之旗，言群帝然也。集仙傳：天人降王妙想家，乘麒麟、鳳凰、龍、鶴、犬、馬，是已。旌旗在煙霧之間，而影上動倒景，以形容群帝神仙之事。爲韓在岳陽，所以專言其上動倒景，下則搖瀟湘，以引下句。星宮之君醉瓊漿，楚詞：瑤漿密勺〔四〕，實羽觴。辛酉既陳〔五〕，有瓊漿。羽人稀少不在傍。似聞昨夜赤松子〔六〕，恐是漢代韓張良。昔隨劉氏定長安，帷幄未改神慘傷。張良，其先韓人。高祖立蕭相國，良乃稱家世相韓。及韓滅，不愛萬金之資，爲韓報仇强秦，天下震動。今以三寸舌爲帝者師，封萬户，位列侯，此布衣之極，於良足矣。願棄人間事，欲從赤松子遊耳。乃學道，欲輕舉。高祖曰：運籌帷幄之中，決勝千里之外，吾不如子房。趙云：星宮之君，則降於群帝者，以況禁從之人。羽衣，則又降於星宮之君者，以況諸通籍朝見之人〔七〕。楚辭：仰羽人於丹丘〔八〕。謝靈運入麻源第三谷詩：羽人絶髣髴，丹丘徒空筌。如韓諫議之流，皆得預宴集。然至者稀少，乃有不在傍者焉，以指言韓矣。陸士衡漢高祖功臣頌序：太子傅留文成侯韓張良。故公以羽人待之。爲其姓韓，挨傍張良是韓國人，從赤松子遊比之。神慘傷，未能獻運籌於上。又引下句國家成敗吾豈敢也

國家成敗吾豈敢，色難腥腐食風香〔九〕。師云：梁元帝詩：梅氣入風香。趙云：以韓之才，不得參預帷幄，托韓自謙之言，吾豈敢也。爲吾之事者，不肯甘厭腐腥，所食者風香而已。神仙傳：壺公留費長房於群虎中，皆張口攫地，交手前來擊之。長房不恐。明日，又内長房石室中。頭上有大石，方數丈，茅繩懸之，諸虵並往嚙繩欲斷。長房不移。公曰：子可教矣。乃命噉溷，臭惡非常，中有蟲長寸許。長房色難之。公歎而謝遣之，曰：子不得仙也。今以子爲地上主者，可壽百餘年。鮑明遠升天行：何時與汝曹，啄腐共吞腥。言既升天矣，無復此事也。今云色難腥腐，亦是其意。風香，未見所出，意神仙所食之物，如王母所謂風實雲子乎？

周南留滯古所惜，太史公留滯周南。南極老人應壽昌。春秋元命苞：老人星，治平則見，見則主壽。趙云：又以太史公比之。南極老人言韓在岳陽。晉天文志：老人星見，主壽昌。舊注引春秋元命苞，雖是，而遺壽昌兩字全語。

美人胡爲隔秋水，焉得置之貢玉堂。師云：傷韓斥在外不見用，望其歸帝傍也。

【校勘記】

〔一〕詩題，百家注卷二十六、分門集注卷十七、錢箋卷五作「寄韓諫議」。

〔二〕「湖南」，底本有墨筆圈改，作「湖北岳州」，誤，據静嘉堂本及中華訂補本訂正。
〔三〕「上白玉京」，先後解輯校戊帙卷五此詩趙次公原注〔四〕引述薛夢符注作「太上白玉京」。
〔四〕「瑶漿密勺」四字，文津閣本無。
〔五〕「辛」，文選卷三十三、全上古三代文卷十宋玉招魂作「華」。
〔六〕「夜」，二王本杜集卷六、百家注卷二十六、分門集注卷十七、錢箋卷五作「者」。
〔七〕「羽衣則又降於星宫之君者」句中「羽衣」二字，據詩中正文，當作「羽人」。案，先後解輯校戊帙卷五趙次公原注〔五〕作「羽人」，可證。
〔八〕「仰」字，静嘉堂本墨筆圈改作「仍」，訛。
〔九〕「食」，二王本杜集卷六作「湌」，錢箋卷五作「餐」。

課伐木 并序

課隸人伯夷、幸秀、信行等，入谷斬陰木，冬官：輪人爲輪，斬三材必以時。注：材在陽，仲冬斬之，在陰，仲夏斬之。人日四根止。維條伊枚，詩：終南何有，有條有枚〔一〕。正直侹然。晨征暮返，委積庭内。我有藩籬，是缺是補，載伐篠簜，禹貢：揚州，篠簜既敷。注：篠，竹箭；簜，大竹。伊仗枝持，旅次于小安〔二〕。山有虎，知禁，若恃爪牙之利，必昏黑搪突。夔人屋壁，列一作洌〔三〕。樹白菊鏝爲牆〔四〕，實以竹，示式遏。爲與虎近，混淪乎無良。賓客憂一作齒。害馬之徒，莊子：黄帝於襄城下見牧馬童子而問天下，童子曰：爲天下何異乎牧馬？去其害馬者。苟活爲幸，可嘿息已。作詩付宗武誦〔五〕。

趙云：舊本列樹白菊，師民瞻本作白萄，是。蓋荻屬也。廬陵嘗謂杜甫無韻者不可讀，今此可見。

長夏無所爲，客居課奴僕。清晨飯其腹，持斧入白谷。師云：周禮：白谷，地名。趙云：伐木爲枝持，今之籬橛也。苦竹爲籬，叙所謂載伐篠簜也。跨小籬，跨越所居而遮護之。曹子建贈白馬王彪詩：清晨發皇邑。持斧，借用漢書：繡衣持斧。青冥曾顛後，十里斬陰木。杜云：周禮山虞：仲冬斬陽木，仲夏斬陰木。鄭司農云：陽木春夏生者，陰木秋冬生者。鄭玄云：陽木生南山，陰木生北山。趙云：楚辭：據青冥而攄虹。張平子南都賦言木有：攢立叢駢，青冥旰瞑。曾巔，謝靈運詩：葺宇臨回谿，築觀基曾巔。人肩四根已，亭午下山麓。趙云：梁元帝纂要：日在午曰亭午。尚聞丁丁聲，天台賦：羲和亭午。詩：伐木丁丁。功課日各足。蒼皮成積委，素節相照燭。藉汝跨小籬，當仗苦虛竹。空荒咆熊羆，乳獸待人肉。趙云：叙止言防虎，詩又及熊羆。山居所防，豈獨虎耶。後言虎穴連里閭，以防虎爲多。不示知禁情，豈唯干戈哭！城中賢府主，處貴如白屋。蕭蕭理體淨，蜂蠆不敢毒。左氏：蜂蠆有毒。趙云：周公下白屋之士。漢史謂：以白茅覆屋也。理體淨，亦老子治道貴清淨之意。唐人避治字諱，多作理。虎穴連里閭，隄防舊風俗。泊舟蒼江岸，久客慎所觸。舍西崖嶠壯，雷雨蔚含蓄。牆宇資屢脩，衰年怯幽獨。爾曹輕執熱，爲我忍煩促。師云：張華詩：煩促每有餘。趙云：詩：誰能執熱，逝不以濯。秋光近青岑，季月當泛菊。報之以微寒，共給酒一斛。趙云：以字倣詩報之以瓊瑤、瓊玖。

【校勘記】

〔一〕「枚」，毛詩正義卷六終南篇作「梅」。

〔二〕「旅次于小安」，句前二王本杜集卷六、百家注卷二十五、分門集注卷二十五、錢箋卷六有「則」字。

〔三〕「一作洌」，二王本杜集卷六、百家注卷二十五、分門集注卷二十五、錢箋卷六作「一作例」。

〔四〕「菊」，先後解輯校戊帙卷三此詩題下注作「萄」；又，錢箋卷六「菊」字下注云：「一作萄。」

〔五〕「付」，錢箋卷六作「示」。

園人送瓜

江間雖炎瘴，瓜熟亦不早。栢公鎮夔國，滯務茲一掃。食新先戰士，成十年傳：桑田巫言：晉侯不食新矣。注：言公不得及食新麥。共少及溪老。傾筐蒲鴿青，滿眼顏色好。竹竿接嵌竇，引注來鳥道。沉浮亂水玉，魏文帝：浮甘瓜於清泉。赤松子服水玉。愛惜如芝草。師云：晉嵇含瓜賦〔一〕：世云三芝，瓜處一焉，謂之草芝〔二〕。落刃嚼冰霜，開懷慰枯槁。許以秋蔕除，謝玄暉：殘翩似秋蔕。仍看小童抱。一作飽。東陵跡蕪絶，楚漢休征討。東陵，邵平種瓜之地。園人非故侯，種此何草草。趙云：此太守遣送官園中瓜詩。除乃除園之除。秋蔕，選四言詩：翩若秋蔕。特泛言草木，今借字用，緣瓜有蔕也。史記：邵平，故秦東陵侯。秦破，爲布衣。貧，種瓜於長安城東。瓜美，俗謂之東陵瓜。當楚漢争戰之時，今云蕪絶，楚漢征討休息矣。草草，勉其勤於治園。此篇兩押草字，豈東坡所云兩耳義不同，故重用邪。舊本正作小童抱，一作飽，與全篇押韻方同上聲，當取飽字。

【校勘記】

〔一〕「嵇含」，原作「嵇喜」，檢「瓜賦」云云，太平御覽卷九百七十八、全晉文卷六十五作嵇含，當是誤置，據改。

〔二〕「草芝」，太平御覽卷九百七十八嵇含甘瓜賦序作「土芝」；又，全晉文卷六十五嵇含瓜賦有「雲芝」、「水芝」、「土芝」三芝，無「草芝」名。

信行遠脩水筒 引泉筒

汝性不茹葷，清淨僕夫內。秉心識本一作根。源，於事少滯礙。雲端水筒坼，林表山石碎。鮑明遠：雲端楚山見，林表吴岫微。觸熱藉子脩，通流與厨會。往來四十里，荒險崖谷大。日曛驚未飡，曛，黑。貌赤媿相對。浮瓜供老病，裂餅常所愛。晉何曾傳：蒸餅上不拆作十字不食。於斯答恭謹，足以殊殿最。文賦：考殿最於錙銖。注：下功曰殿，上功曰最。詎要方士符，神仙傳：葛玄以符投水中，即逆流十丈。何假將軍蓋？行諸直如筆，用意崎嶇外。宋玉文章高出崎嶇之外。杜田補遺：直如筆，言其有用而不邪曲也。北魏古弼，太宗嘉其直而有用〔一〕，賜名曰筆。以其頭尖，又名之尖頭奴，時呼爲筆公，後改名弼。趙云：公食餅則裂而與常所私愛信行。故繼以於斯答恭謹，足以殊殿最。裂餅，暗使王羆與客食餅，客裂餅緣，羆曰：只是不飢。方士符、將軍蓋，是求水一事。方士，意類夷道縣事，但無符字耳。夷道縣句將山下有三泉。傳云本無泉，居人苦遠汲，傭人多賣水與之。一女子孤貧繿縷，無貨易。有一乞人，衣麤貌醜，瘡痍竟體。人見穢惡，唯女子割飯飼之。乞人食畢曰：我感嫗行善，欲思相報，爲何所須？女曰：正願此山下有水可汲。乞人乃取腰中書刀，刺山下三處，即飛泉湧出。將軍蓋，意是貳師事，但無蓋字耳。東觀漢記：耿恭爲校尉，居疏勒。匈奴來攻，城中穿井十五丈。恭曰：聞貳師將軍拔佩刀刺山，飛泉出，今漢德神靈，豈有窮乎！向井請禱，井泉濆出。行諸，論語：子路：聞斯行諸？言信行修水筒，但使之直如筆，以來其水。

【校勘記】

〔一〕「北魏古弼」二句，「北魏」原作「北齊」，「太宗」原作「太武」，據北史卷二十五、魏書卷二十八古弼傳改。

槐葉冷淘

青青高槐葉，采掇付中厨。曹子建：豐膳出中厨。趙云：詩：薄言采之、薄言掇之。新麪來近市，趙云：晏子：宅近市。汁滓宛相俱。趙云：鄭玄注周禮：盎齊，言汁滓俱也。入鼎資過熟，加飡愁欲無。趙云：古詩：上言加飡飯。碧鮮俱照筯，香飯兼苞蘆。趙云：香飯，見上閬鄉姜少府設鱠戲贈長歌詩注。苞蘆，則蘆笋之嫩者。或曰：夔州土人謂之苞蘆。經齒冷於雪，勸人投比珠。趙云：明月之珠，以暗投人。

摘字用耳。顧隨金騕褭，金騕褭，馬也。走置錦屠蘇。蜀人元日入香藥，漬酒而飲，謂之屠蘇。杜田補遺：屠蘇，屋名，或作廜廯。玉篇：廜廯，庵也。通俗文：屋下曰廜廯〔一〕。廣韻：廜廯，草庵。又：廜廯酒元日飲之，可除溫氣，則廜廯有二義。是詩走置錦廜廯，乃屋也，非酒。古樂府劉孝威結客少年場行：插腰銅匕首，障日錦廜廯。趙云：騕褭，神馬名。漢武帝鑄金作褭蹄麟趾之狀，言馬曰金騕褭，珍稱之也。盧照鄰詩：漢朝金騕褭，秦代玉氛氳。舊本作屠蘇字，誤。意錦廜廯指御前帳屋。馳貢此冷淘，先置之帳屋，甜泊以俟進也。故下句云路遠故恐泥焉。路遠思恐泥，興深終不渝。獻芹則小小，野人有美芹而獻於君者。薦藻明區區。左傳：蘋蘩薀藻之菜，可羞於王公，薦於鬼神。師云：嵇康絶交書：雖有區區之意，亦已疎矣。萬里露寒殿，上林賦：過鳷鵲，望露寒。露寒，漢殿名。開冰清玉壺〔二〕。鮑照詩：清如玉壺冰。君王納涼晚，此味亦時須。

【校勘記】

〔一〕「下」，太平御覽卷一百八十一居處部「屠蘇」條録通俗文作「平」，當是。

〔二〕「冰」，諸校本作「水」，訛。

行官張望補稻畦水歸

東屯大江北，一作枕大江。趙云：「一作」非。蓋東屯在大江北，一句中有東、北字，詩家之工。百頃平若按。六月青稻多，千畝碧泉亂〔一〕。趙云：公之田，想能幾何，而云千畝，則併東屯之田言之。插秧適云已，引溜加溉灌。更僕往方塘，更僕，以番次更代使之。劉公幹：方塘含白水。趙云：儒行：更僕未可終也。決渠當斷岸。西都賦：決渠降雨，荷插成雲。趙云：鮑明遠蕪城賦：崒若斷岸，矗以長雲。謝燮關山月云：咽流喧斷岸，游沫聚飛梁。公私各地著，前漢食貨志：理民之道，地著爲本。師古曰：謂安土也。趙云：謂有官田在其間矣。浸潤無天旱。主守問家臣，陸韓卿云：庶子及家臣〔二〕。分明一作朋。見溪伴。芊芊炯翠羽，剡剡生銀漢。鷗鳥鏡裏來，關山雲邊看〔三〕。趙云：主守，指行官張望。家臣，其下所臣之人。左傳：公臣不足，取之家臣。又曰：輿臣皂，皂臣隸。乃臣屬之臣，不必惑君臣而後爲臣也。何以知主守爲行官張望也？後有行官張望刈稻向畢遣女奴阿稽豎子阿段往問，而曰：「尚恐主守踈，用心未甚臧。清朝遣婢僕，寄語踰崇岡。」可見爲行官張望矣。然則家臣豈婢僕之謂乎？舊本分明見溪伴，師作分朋，是。蓋如此方成字對。此篇皆對矣。翠羽，曹子建洛神賦：或拾翠羽。銀漢，廣雅：天河謂之天漢，亦曰銀漢。鏡裏、雲邊，皆狀畦水明潔。秋菰成黑米，菰米，彫胡。精鑿一作穀。傳白粲。薛云：鄭氏釋詩俾疏斯粺，云：米之率，糲十，粺九、糳八、侍御七。杜田補遺：菰米，見第三十秋興詩「波漂菰米沉雲黑」。左氏傳：粢食不鑿，音作，昭其儉也。注：鑿，謂治米使白，字本作糳。唐韻：糳，精細米也。說文：糯米一斛，舂九斗曰糳。漢役流法有鬼薪白粲之辟。鬼薪，謂採薪給祭祀之用；白粲，謂擇米使正白，亦以供祭祀。玉粒足晨炊，紅鮮任霞散。趙云：成黑米事，唐本草圖經：菰，謂之茭白〔四〕。歲久中心生白臺，如小兒臂，謂之菰手。其臺中有黑者，謂之茭鬱。至後結實，乃彫胡米也。梁庾肩吾納涼詩：黑米生菰葑，青花出稻苗。玉粒，蘇秦所謂米貴於玉，止言米粒之珍貴。下云紅鮮，方是言飯紅潤之色。韓信傳：晨炊蓐食。謝玄暉詩：餘霞散成綺。

終然添旅食，作苦期壯觀。楊惲：田家作苦。遺穗及衆多，我倉戒滋漫〔五〕。遺秉、滯穗也。又公自喜之辭。趙云：詩：終然允臧。魏文帝：旅食南館。史：此天下之壯觀。公謂遺秉及衆多之人，其可謂壯觀乎。公濟物之心，異乎田翁之慳鄙矣。

【校勘記】

〔一〕「畝」字旁，靜嘉堂本匿名批識曰：「一作畦，是。」案：二王本杜集卷六、十家注卷七、百家注卷二十五、分門集注卷七、錢箋卷六作「畦」。

〔二〕「陸韓卿」，「卿」字原奪，檢「庶子及家臣」句，文選卷二十六、齊詩卷五均作陸韓卿奉答内兄希叔詩，據補訂。案，陸厥，字韓卿，南朝齊詩人。

〔三〕正文「關山雲邊看」句中「雲」字，二王本杜集卷六、十家注卷七、百家注卷二十五、分門集注卷七及錢箋卷六均作「雪」。

〔四〕「謂之茭白」，原衍一「之」字，先后解輯校戊帙卷三趙次公原注〔八〕作「謂之茭白」，據刪。案，文瀾閣本作「謂之曰茭白」，衍一「曰」字；文淵閣本、文津閣本、清刻本、排印本作「謂之茭茭白」，衍一「茭」字。

〔五〕「倉」，文淵閣本、文津閣本、文瀾閣本、清刻本、排印本作「食」，訛。案，二王本杜集卷六、十家注卷七、百家注卷二十五、分門集注卷七、錢箋卷六作「倉」，可證。

催宗文樹雞柵

吾衰怯行邁，旅次展崩迫。趙云：言不欲他適，且旅泊於此舒展其崩摧逼迫也。孔子：甚矣，吾衰也。詩：行邁靡靡。易：旅即次。又：旅焚，其次。任彥昇辭奪禮啓：不任崩迫之情。愈風傳烏雞，本草：烏雌雞，治風。秋卵方漫喫。趙云：秋卵方漫喫，以春卵可抱育，秋卵充食而已。故接以自春生成者明之。自春生成者，隨母向百翮。驅趁制不禁，喧呼山腰宅。課奴殺青竹，楚人以火炙竹，去其汗，謂之殺青。趙云：爲簡册者謂之汗青。終日憎赤幘。赤幘，雞之有冠。趙云：赤幘，指雄雞。小説：空宅有怪，或居之。中夜，有赤幘來者，問其怪類，答曰：老雄雞也。今雄雞之頂，雖有赤幘〔一〕，兩字亦有出矣。踏藉盤按翻，塞蹊使之隔。牆東有隙地，可以樹高柵。避熱時來歸，問兒所爲跡。織籠曹其内，令入不得擲。趙云：言所柵之雞以避熱故，往往歸來宅内，所以問兒更合如何有爲而遏止之。稀間可突過，觜爪還污席。我寬螻蟻遭，彼免狐貉厄。應宜各長幼，自此均勍敵。籠柵念有脩，近身見一作知。損益。言非特製雞而已，於近身之事，亦可知損益也。趙云：兩句戒兒之辭，使之密不可踰也。舊本狐貉厄。狐貉之厚以居。貉，善睡之獸，其皮與狐皆可爲裘，未嘗聞其食雞。豈狐狸字而誤邪？自勍敵，則平時無柵與籠，必相鬬矣。近身見損益，於籠栅之間，已有損益之義。凡近身之事，可推而見。舊一作知，義亦同。見字，如復其見天地之心乎之見。**明明領處分，一一當剖析。不昧風雨晨，亂離減憂慼。**雞鳴之詩序：詩者以爲亂世則思君子。子美之減憂慼可見。趙云：上兩句皃領旨命。雞鳴篇：風雨如晦，雞鳴不已。雞鳴不以風雨而廢，譬君子亂世不改其度。在亂離之際憂戚，必有失節之事，故因雞鳴而減憂戚，則不妄其所爲矣。**其流則凡鳥，其氣心匪石**〔二〕。趙云：世說：吕安詣嵇康，不在，其兄喜出見之。安題門作鳳字而去。鳳，言凡鳥也。心匪石，以申言雞鳴之不改。詩：我心匪石，不可轉也。**倚賴窮歲晏，撥煩去**一作及。**冰釋。未似尸鄉翁，拘留蓋阡陌。**祝雞翁居尸鄉山下，養鷄百餘輩，皆有名字，呼名則種別而至，販雞及賣子。見列仙傳。趙云：上兩句，川人近歲除，以雞爲饋送，則歲晏撥去眼前百翮之煩，多如冰釋矣。莊子：涣若冰將釋。雞去而便押冰釋字，以不泥於拘留，如尸鄉翁之多養，至於填蓋阡陌也。

【校勘記】

〔一〕「雖有」，原作「雞是」，清刻本、排印本作「赤是」，訛，參先後解輯校戊帙卷三趙次公原注〔三〕改。

〔二〕「其氣」，清刻本、排印本作「氣其」，訛。

園官送菜

園官送菜把，本數日闕，矧苦苣、馬齒，掩乎嘉蔬，傷小人妬害君子，菜不足道也，比而作詩。趙云：比者，三曰比之義也。

清晨蒙菜把，常荷地主恩。趙云：自叙甚明，詩亦相貫。國語：越王以會稽三百里爲范蠡地，曰：後世有敢侵蠡之地者，皇天后土、四鄉地主正之。其後有土如州縣者，皆謂地主。守者愆實數，略有其名存。苦苣刺如針，馬齒葉亦繁。青青嘉蔬色〔一〕，埋没在中園。園吏未足怪，世事因堪論。趙云：園官送者，多苦苣、馬齒莧。所謂嘉蔬者，但没於中園，不以相遺也。張載登成都白菟樓：原隰植嘉蔬。郭景純江賦：挺自然之嘉蔬。公苦雨詩又云：嘉蔬没溷濁，時菊碎榛叢。亦以賢者之見掩也。嗚呼戰伐久，荊棘暗長原。乃知苦苣輩，傾奪蕙草根。蕙草，薰草。小人塞道路，爲態何喧喧。又如馬齒盛，氣擁葵荏昏。葵荏，嘉蔬。趙云：八句雖分兩段而通義。叙雖總云苦苣、馬齒，掩乎嘉蔬，詩則奪蕙草者歸之苦苣，擁葵荏者歸之馬齒。於馬齒譬小人，則前所謂苦苣者，蓋如小人可知。葵荏正以言嘉蔬。蕙草雖不可爲蔬，要之君子之比。皆不以文害辭，辭害意。點染不易虞，絲麻雜羅紈。一經器一作氣。物内，永挂麤刺痕。志士採紫芝，放歌避戎軒。畦丁負籠至，感動百慮端。趙云：别引借譬之。刺音糲，此公所傷甚矣。苦苣、馬齒在器物内，所盛以爲饋餉，既出其物，則器空矣，亦何害事哉？而一經器物所盛，便永遠掛其麤刺之痕，尚有可惡之意，然則君子固宜傷所染矣。此志士所以歌紫芝而不顧也。紫芝曲見上洗兵馬行注。

【校勘記】

〔一〕「嘉蔬」，文淵閣本、文津閣本、文瀾閣本、清刻本、排印本作「蔬嘉」，倒誤。案，二王本杜集卷六、百家注卷二十二、分門集注卷十六作「嘉蔬」，可證。

上後園山脚

朱夏熱所嬰，清旦（趙作旭。）步北林。（趙云：梁元帝纂要：夏謂朱明，亦曰朱夏。清旭字，江賦：視雺祲於清旭。）小園背高岡，挽葛上崎崟。曠望延駐目，飄飖散疏襟。潛鱗恨水壯，去翼依雲深。（趙云：譬隱淪之士，須幽曠深遠而後可。蓋魚潛，以淵爲安。水壯則非淵矣。鳥栖，以深山爲安，雲深則山深矣。壯字，顔延年：春江壯風濤。）勿謂地無疆，（坤厚載物，德合無疆。）劣於山有陰。（山北曰陰。時喪亂，九州分裂，孰若山陰之可以避亂。）石榞遍天下，（師云：曹毗詩：周馳困石榞。杜田補遺：唐韻曰：榞音原，木名，皮可食。實如甘蔗，謂之石榞，未究其旨。趙云：杜田云：未究其旨。或云，善本止是石原。蓋平地曰原，承上句山有陰之下，言山陰石平處，雖遍天下有之，而涉水行陸以往，兼有浮沉而難到。又引下句登隴首而經碧岑，已十年矣，亦自喜遂其所欲也。）水陸兼浮沉。自我登隴首，十年經碧岑。劍門來巫峽，薄倚浩至今。（自鳳翔赴同谷，由同谷入蜀，沿流下峽，皆山水鄉。師云：孫綽：薄倚我林下。趙云：柳惲詩：隴首秋雲飛[一]。劍門來巫峽，薄倚浩至今，所以成十年之語。薄倚，即倒用謝靈運相倚薄也。故園暗戎馬，骨肉失追尋。時危無消息，老去多歸心。志士惜白日，荀子：君子愛日。久客藉黄金。古詩：徒有萬里志，欲行囊無金。杜田補遺：文選傅休奕雜詩：志士惜日短，愁人知夜長。趙云：惜白日，歎功名之不立。藉黄金，歎客况之貧薄。注引古詩。雖亦是金事，而公詩止言久客，本無行意也。敢爲蘇門嘯，庶作梁父吟。阮籍常登蘇門山，遇孫登，與商略終古。登不應，籍長嘯而退，至半嶺，有聲若鸞鳳之音，乃登之嘯也。諸葛亮爲梁父吟。趙云：言在山陰之居，猶藉黄金爲生。非直若孫登遺世離物，故取嘯事以見意。庶作梁父吟，則希諸葛亮雖高卧猶懷經世之意也。

【校勘記】

〔一〕「柳惲」，原作「顔延年」，檢「隴首秋雲飛」句，顔延年詩無此句，考太平御覽卷六百二、梁詩卷八作柳惲擣衣詩，當是誤置，據改。

驅豎子摘蒼耳

江上秋已分，林中瘴猶劇。畦丁告勞苦，無以供日夕。蓬莠猶不焦，野蔬暗泉石。卷耳况療風，本草：葈耳，或曰苓耳，形似鼠耳，詩云卷耳，主風濕周痺。童兒且時摘。一云童僕先時摘。侵星驅之去，爛漫任遠適。放筐亭午際，洗剥相蒙冪。趙云：蒼耳，今羊負來。詩謂之卷耳，云：采采卷耳，不盈傾筐。古人已食之。野蔬暗泉石，指卷耳生於濕地。洗剥相蒙冪，洗其土，剥其毛。登床半生熟，下筯還小益。加點瓜薤間，依稀橘奴跡。趙云：登床，登食床也。半生熟，或作生菜，或作熟菜。何曾日食萬錢，猶謂無下筯處。小益，療風故也。瓜、薤、橘，皆卷耳同時之物。襄陽記：李衡種橘於龍陽洲，謂其子：吾有千頭木奴，歲可收絹數千疋。亂世誅求急，黎民糠籺窄。杜田補遺：陳平家貧，與兄伯居。常耕田，縱平使遊學。嫂疾平不親家生産〔一〕，曰：亦食糠覈耳。孟康曰：覈，麥糠中不破者也。晉灼曰：覈音紇，京師人謂麄屑爲覈頭。飽食復何心，荒哉膏粱客。薛云：唐柳芳氏族論：三世有三公者曰膏粱，有令僕者曰華腴。杜田補遺：庖人：用禽獻〔二〕，春膳膏香，夏膳膏臊，秋膳膏腥，冬膳膏羶。公食大夫禮以稻粱爲加膳。則膏粱，膳之至珍者。趙云：孟子：不願人之膏粱。富家厨肉臭，戰地骸骨白！寄語惡少年，黄金且休擲。燕太子得荆軻，與之臨池。軻以瓦抵鼃。太子命捧金以進，軻用抵之。又進，軻曰：非爲太子愛金，乃臂痛耳。趙云：吴筠古意詩：中有惡少年，伎能專自得〔三〕。

【校勘記】

〔一〕「嫂疾平不親家生産」，「平」文瀾閣本作「貧」，訛。案，「親」，史記卷五十六陳丞相世家作「視」。

〔二〕「獻」，文淵閣本、文津閣本作「獸」，訛。

〔三〕「吴筠」，原作「梁元帝」，文津閣本作「梁武帝」，皆訛。檢「中有惡少年」二句，藝文類聚卷三十三人部十七、梁詩卷十一作吴筠詩，當是誤置，據改。

昔遊

趙云：魏文帝與吴重書：念昔日南皮之遊〔一〕。又一書：恐永不得爲昔日遊。故摘昔遊字爲韻〔二〕。

昔者與高李，高適、李白。晚登單父臺。宓子賤嘗爲單父宰。鮑云：唐志：單父，屬宋州。寒蕪際碣石，萬里風雲來。桑柘葉如雨，飛藿共徘徊。清霜大澤凍，禽獸有餘哀。杜正謬：蔡氏西清詩話，唐史稱杜甫與李白、高適同登吹臺，慨然莫測也。質之少陵昔遊詩：昔者與高李，晚登單父臺。則知非吹臺。三人詞宗，果登吹臺，豈無雄詞傑唱耶？予謂蔡氏未曾熟讀杜詩爾。遺懷詩云：昔我遊宋中，惟梁孝王都。名今陳留亞，劇則貝魏俱。憶與高李輩，論交入酒壚。氣酣登吹臺，懷古視平蕪。豈非與李白高適同登吹臺耶？趙云：公追言其少年日，正冬日晚，與高李登單父臺。句曰寒蕪，曰飛藿，曰清霜，最後曰景晏楚山深，又見作詩之時亦冬也。西清詩話云云，正謬是。單父臺，名偃月臺，見李白詩。碣石在海邊，臺上可視望。飛藿共徘徊，言與桑柘之葉俱落而飛〔三〕，相與徘徊。豆謂之藿。阮籍詠懷：秋風吹飛藿，零落從此始。師民瞻本作楓藿，非。蓋桑柘與豆皆田中物，楓木與豆藿不可相連也。清霜降而大澤凍，禽獸寒而哀。是時倉廩實，洞達寰區一作瀛。開。開元之際，天下富庶，民俗殷阜。山入河隍之賦，稅府之積，不可勝計。猛士思滅胡〔四〕，將帥望三台。時邊帥有帶平章者，禄山求宰相不得，遂反。君王無所惜，駕馭英雄材。幽燕盛用武，時禄山擊契丹，無寧歲。

供給亦勞哉〔五〕。吴門轉粟帛，泛海陵蓬萊。時韋堅於望春樓下鑿潭以通漕，大置南海珍貨，船尾相銜數千里不絕，上御樓觀之。趙云：公遊山東在未獻賦之前，蓋開元之末，天寶之初。倉廪實可知矣。「猛士思滅胡」，蓄將務邊功；「將帥望三台」，舊注是。然此普説諸邊士與將也。至幽燕盛用武下，方説朔方矣。蓋時有事于契丹，于突騎施〔六〕，于突厥，又安禄山擊契丹，無寧歲也。轉粟帛，正以供給幽燕之勞。舊注韋堅鑿潭，非。肉食三十萬，左傳：肉食者鄙，未能遠謀。獵射起黄埃。隔河憶長眺，青歲已摧頹。肅宗渡河，入靈武。不及少年日，無復故人杯。趙云：言幽燕屯兵之多，憶其長眺之事，傷其今日之老也。舊注非。少年日，見第一篇注。故人杯，齊謝朓離夜詩：山川不可夢，況乃故人杯。賦詩獨流涕，亂世想賢才。有能一作君能。市駿骨，莫恨少龍媒。古有市駿馬骨而得駿馬者，喻尊士之似賢者，則必得真賢。趙云：公傷流落不偶。戰國策：郭隗謂燕昭王曰：古之君有以千金求千里馬者，三年不能得。涓人言於君曰：請求之。君遣之，三月得千里馬。馬已死，買其首五百金。反以報。君大怒：所求者生馬，安事死馬而捐五百金乎！曰：死馬且買五百金，況生馬乎。天下必以王爲能市馬。馬今至矣！不期年千里之馬至者二。今王誠欲致士，先從隗始。隗且見事，況賢於隗者，豈遠千里哉！於是昭王爲隗築宫而師之。樂毅自魏往，鄒衍自齊往，劇辛自趙往，士皆奏燕。言已死之骨尚能市之，何況恨無龍媒者邪！苟求之，則至。龍媒，漢禮樂志：天馬來，龍之媒。商山議得失，四皓也，謂安漢太子。蜀主脱嫌猜。蜀主劉備爲曹操嫌猜。趙云：先主既用孔明，關、張之徒不平，日毁之。先主曰：孤之有孔明，猶魚之得水。此之謂脱嫌猜。舊注非。呂尚封國邑，封於營丘，號齊。趙云：文王用太公，而終至出封於齊爲諸侯。傅説已鹽梅。趙云：言高宗用傅説，若作和羹，爾爲鹽梅。已，則用之之謂。四皓隱於商山，孔明卧於南陽，呂尚釣於渭濱，傅説築於傅巖，皆出以應用，有以召之故也。公不忘君、忘世，且言高、李皆賢才可用。

景晏楚山深，水鶴去低回。龐公任本性，攜子卧蒼苔〔七〕。後漢龐德公與妻子隱鹿門山。孟子：窮則獨善其身，達則兼善天下。

上數公皆能乘時以有爲者，甫自悲不得其時，莫若傚龐公之絜己爾。趙云：此詩是冬，言在夔也。陶淵明詩：景晏步脩廊，水鶴去低徊。以興其閑曠。既不如上七人者信用而出，但若龐公任其隱淪，本性耳。

【校勘記】

〔一〕「與吴季重書」，「季」字原脱；檢「念昔日南皮之遊」句，文選卷四十二作魏文帝與朝歌令吴質書，據補。案，吴質，字季重，三國時魏人，文學家。

〔二〕「韻」，文瀾閣本、清刻本、排印本作「題」。

〔三〕「葉」，文淵閣本作「業」，訛。

〔四〕「胡」，文瀾閣本作「吴」，訛；錢箋卷七本作「虜」。

〔五〕「亦」，文淵閣本、文津閣本、文瀾閣本、清刻本、排印本作「不」，皆訛。案，二王本杜集卷六、百家注卷三十、分門集注卷十四作「亦」，可證。

〔六〕「突騎」下，原脱「施」字，據新唐書、舊唐書所載突騎施事並參先後解輯校戊帙卷十一此詩趙次公原注〔六〕補。

〔七〕「攜」，清刻本、排印本作「揚」，訛。

新刊校定集注杜詩卷十二

古詩

往在

趙云：此篇六段，鋪叙甚明，舊注亂之。

往在西京日，胡來滿彤宮。趙云：彤宮，天子之宮。丹謂之彤，故丹墀謂之彤墀。中宵焚九廟，天子九廟。趙云：天子七廟，王莽增爲九廟，今云九廟，以盛者言之。雲漢爲之紅。解瓦飛十里〔一〕，繐帷紛曾空。繐帷，廟中素帷。疢心惜木主，一一灰悲風。疢心，心如有疢〔二〕；木主，神主也。史記：武王伐紂，載木主而行。合昏排鐵騎，清旭吁玉切。散錦幪。杜田補遺：古樂府紫騮馬曲：玉鐙繡纏鬃，金鞍覆錦幪。鞍帕也。趙云：清旭，見上後園山脚注。合昏，黄昏。錦幪，一作錦驝，以幪爲正。公又嘗曰：駑駘怕錦幪。若驝字，驢之别名，殊無義也。賊臣表逆節，相賀以成功。是時妃嬪戮，連爲糞土叢。王昭君辭：昔爲匣中玉，今爲糞上英。師云：幸蜀記：天寶十五載七月九日，禄山令張通儒害霍國公主、永王妃、侯莫陳氏、駙馬楊朏等八十餘人，又害皇孫、郡縣主諸妃等三十六人。當宁陷玉座，玉座，帝坐〔三〕。時禄山及吐蕃兩陷京邑，天子出奔。趙云：當宁，天子當宁而立也。謝玄暉銅雀臺詩：玉座猶寂寞，況乃妾身輕。舊注：時禄山及吐蕃兩陷京邑，天子出奔。則以代宗廣德元年十月事，亂明皇天寶十五載事。白間剥畫蟲。杜田補遺：何平叔景福殿賦：皎皎白間，離離列錢。晨光内照，流景外烻。張銑注：白間，窗也，以白塗之，畫爲錢文，猶言綺疏，青瑣之類。漫叟詩話亦謂出景福殿賦，云：余嘗以白間對黄裏。趙云：白間之上，所畫剥落也。不知二聖處，玄宗、肅宗。私泣百歲翁。車駕既云還，楹角欻穹崇。代宗自陜還，先脩九廟。楹角，廟楹。左傳魯：丹楹刻桷。故老復涕泗，祠官樹椅桐。宏壯不如初，已見帝力雄。時屢臻喪亂，國力凋弊，雖未及火焚之前，而已見帝力之雄矣。趙云：六句述肅宗至德二載九月復京師也。椅桐梓漆。舊注於楹角欻穹崇下注：代宗自陜還，先脩九廟。則又以代宗廣德元年十二月事亂肅宗至德二載事。前春禮郊廟，祀事親聖躬。微軀忝近臣，景從陪群公。廣德元年，吐蕃陷京師，代宗幸陜。是年郭子儀收復，帝還京。二年春，享廟及郊，新、舊唐史皆不載甫官。薛云：文選：東都賦：天官景從，禄威盛容。師云：杜爲左拾遺，自稱忝近臣。趙云：述乾元元年四月辛亥，祔神主于太廟。甲寅，享于太廟，有事于南郊也。但史所載，乃四月中事，而詩云前春，豈前歲乎？登堦捧玉册，玉册，册文。峨冕耿一云聆。金鍾。趙云：聆金鍾，舊本正作耿。師民瞻本專取聆金鍾，是，言聽金奏也。峩冕聆金鍾，則奉祠者皆具法服也。侍祠恧先露，掖垣邇濯龍。侍祠之官恧暴露，猶假濯龍門，即宗廟未至全備爾〔四〕。薛云：後漢：桓帝祠老子於濯龍宫，以文罽爲壇飾，黄金爲釦器，設華蓋之座。杜補遺：晉天文志：太微，天子之庭，五帝之座也。南蕃中二星間曰端門，東曰左執法，西曰右執法。左執法之東，左掖門也。右執法之西，右掖門也。又曰：紫宫垣十五星，一曰紫微，大帝之坐也〔五〕。李尋傳曰：天官上相、上將，皆顓面正朝。太微，宫垣也。西垣爲上將，東垣爲上相。蓋王者之建宫室，皆取法於天，故有宫垣、紫微垣、宫掖、左右掖門之名。所謂掖垣者如此。後漢百官志：濯龍監一人。本注云：濯龍亦園名。張平子東京賦曰：濯龍芳林，九谷八溪。薛綜注載洛陽圖經曰：濯龍，池名，故歌曰：濯龍望如海，河橋渡似雷。顔延年赭白馬賦：處以濯龍之奥。注：濯龍，廐名。李善載盧植集曰：詔給濯龍廐馬三百匹〔六〕。諸家稱濯龍不同，大抵以池得名，而置監宫園廐，皆因之也。趙云：忝先露，則見在預其事者爲榮〔七〕；有合侍祠，而不幸，所以慙忝。史有先朝露，以言不幸也。天子惟孝孫，師云：謂代宗。五雲起九重。韓愈賀慶雲表。按沈約宋書：慶雲五色者，太平之應。又據孝經援神契：王者德至山陵，則慶雲出。鏡奩换粉黛，翠羽猶葱曨。光烈陰皇后崩，明帝性孝，追慕無已。時當謁陵，夢先帝太后若平生，明旦率百官上后陵，帝從席前，伏御床，視太后鏡奩中物，感動悲涕。趙云：孝孫，指肅宗。以其祠事先祖，故稱孝孫，詩言成王曰徂賚孝孫。鏡奩换粉黛，所以供后廟神御之物。翠羽，所以飾神御之物者。曹子建洛神賦：或拾翠羽。前者厭羯胡，明皇，禄山陷長安。後來遭犬戎。代宗，吐蕃陷長安。俎豆腐羶肉，罘罳行户郎反。角弓。文帝紀注：顔師古曰：罘罳，謂連闕曲閣，以覆重刻垣墉之處，其形罘罳然，一曰屏也。杜田補遺：段成式酉陽雜俎正誤曰：士林間多呼殿桷護雀網爲罘罳。禮記曰：疏屏，天子之廟飾。鄭注：屏，謂之樹，今罘罳刻之爲雲氣蟲獸，如今之闕。張楫廣雅曰：復罳，謂之屏。劉熙釋名曰：罘罳在門外。罘，設也。臣將入請事，於此設重思。西漢文帝七年，未央宫東闕罘罳災。罘罳在外，諸侯之象，後果七國舉兵。王莽性好時日小數，遣使壞園門罘罳，曰：使民無復思漢也。魚豢魏略：黄初三年，築諸門闕外罘罳。成式自筮仕已來〔八〕，凡見縉紳數十人，皆謬言罘罳事，故辨之。趙云：羯胡，安、史。犬戎，吐蕃。又言吐蕃汙瀆宗廟之事。蕃人所食，腥羶狼籍，故腐於俎豆。而罘罳之上，行挂角弓。安得自西極，申命空山東。盡驅詣闕下，士庶塞關中。主將曉逆順〔九〕，元元歸始終。一朝自罪己，萬里車書通。鋒鏑供鋤犁，征戍聽所從。宂官各復業，土著還力農。君臣節儉足，朝野懽呼一作娛。同。食貨志：安民之道，土著爲本。張景陽詩：昔在東都時〔一〇〕，朝野多歡娛。趙云：曉逆順，言曉喻之以順逆。歸始終，言令終始一節，爲臣無犯順也。罪己之詔。車書通，則車同軌，書同文。鋒鏑供鋤犁，以兵器爲農器。史：銷鋒鏑。征戍聽所從，則不復拘留之爲征戍，聽其所從，或爲農，爲民也〔一一〕。當擾攘之際，有宂濫爲官，則復其舊業。雖土著戶口，有失耕種，還服田力穡以爲農也。中興似國初，繼體如太宗。端拱納諫諍，和風日沖融。赤墀櫻桃枝，隱映銀絲籠。千春薦陵寢，永永垂無窮。杜田補遺：月令：仲夏之月，天子嘗黍，羞以含桃，先薦寢廟。注：含桃，櫻桃也。漢惠帝常出離宮，叔孫通曰：古者有春嘗果，方今櫻桃可獻，願陛下出，因取櫻桃獻宗廟。上許之。諸果獻由此興。又，唐李綽歲時記：四月一日，內園進櫻桃寢廟，薦訖，頒賜各有差。趙云：言禍亂之初，宗廟焚毀，今既修建，則薦獻之禮不可闕。京都不再火，涇渭開愁容。歸號故松柏，老去苦飄蓬。趙云：號音平聲。因說朝廷宗廟之下，自亦及其先墳之思，言欲歸號哭於祖先墳墓之間，而苦飄泊不能歸。所以自傷也。商君曰：夫飛蓬遇飄風而千里，乘風之勢也。庾信燕歌行：千里飄蓬無復根。

【校勘記】

〔一〕「十」，文淵閣本、文津閣本、文瀾閣本、清刻本、排印本作「千」。

〔二〕「有」字原缺，據文淵閣本、文津閣本、文瀾閣本、清刻本、排印本補。

〔三〕「坐」，文淵閣本、文津閣本、文瀾閣本、清刻本、排印本作「座」。

〔四〕「爾」，文淵閣本、文津閣本、文瀾閣本、清刻本、排印本作「耳」。

〔五〕「坐」，文淵閣本、文津閣本、文瀾閣本、清刻本、排印本作「座」。

〔六〕「盧植」，原作「曹植」，據文選卷十四赭白馬賦并序「委以紅粟之秩」句下注並參杜詩詳注卷十六此詩「掖垣邇濯龍」句下引録改。

〔七〕「見」，文淵閣本作「先」。

〔八〕「已」，文淵閣本、文津閣本、文瀾閣本、清刻本、排印本作「以」。

〔九〕「主」，原作「王」，據中華影宋本、文淵閣本、文津閣本、文瀾閣本、清刻本、排印本改。

〔一〇〕「東都」，文選卷二十一、晉詩卷七張協詠史詩作「西京」。

〔一一〕「爲民也」，文淵閣本、文津閣本作「或爲民」。

雷

大旱山岳焦，密雲復無雨。杜云：莊子：大旱金石流，玉山焦而不熱〔一〕。易小畜：密雲不雨。南方瘴癘地，罹此農事苦。周禮：司巫，若國大旱，則率巫而舞雩。神農求雨書：祈而不雨則曝巫。曝巫不雨，則積薪擊鼓而焚神山。封内必舞雩，峽中喧擊鼓。真龍竟寂寞，土梗空俯僂。土梗，土龍也。葉公好畫龍，而真龍入室。趙云：戰國策有桃梗、土梗之喻。吁嗟公私病，税斂缺不補。故老仰面啼，瘡痍向誰數？前漢季布傳：瘡痍未瘳。言民傷於賦役，如被瘡痍。暴尪或前聞，鞭巫非稽古。尪，非巫也，瘠病之人，其面上向，俗謂天哀其病，恐雨入其鼻，故天爲之旱，所以僖公欲焚之。杜田補遺：禮記：歲旱，穆公召縣子而問然，曰：天久不雨，吾欲暴尪而奚若？曰：天則不雨，而暴人之疾子，虐，毋乃不可歟？然則吾欲暴巫而奚若？曰：天則不雨，而望之愚婦人，於以求之，毋乃已疏乎？趙云：檀弓：未之前聞也。稽古，出書。請先偃甲兵，處分聽人主。萬邦但各業，一物休盡取。水旱其數然，堯湯免親覩。堯九年之水，湯七年之旱，其數然也。趙云：言堯之水，湯之旱，豈免親見乎？上天鑠金石，群盜亂豺虎。招魂曰：十日並出，流金鑠石。七哀詩：盜賊如豺虎。趙云：鑠金石，又用鄒陽衆口鑠金也。鑠石，魏應璩與岑文瑜書：頃者，炎日更增甚，沙礫銷鑠，草木焦卷。二者存一端，愆陽不猶愈。趙云：以賊與旱爲二也。就二者之中，言雖愆陽而旱，不猶勝於盜賊乎？愆陽，左傳則冬無愆陽。愆，過也。師云：二者皆有傷於和氣也。左傳：不猶愈乎？昨宵殷其雷，風過齊萬弩。復吹霾翳散，虚覺神靈聚。氣喝腸胃融，汗滋衣裳污。一作腐。吾衰尤拙計，失望築場圃。九月築場圃。注：春夏爲圃，秋冬爲場。殷其雷，詩篇名。喝，音謁，傷熱也。莊子：喝者反冬乎泠風。而武王扇喝是也。

【校勘記】

〔一〕「玉」，莊子集釋卷一上逍遥遊作「土」。

火

楚俗，大旱則焚山擊鼓，有合神農書。

楚山經月火，大旱則斯舉。趙云：大旱，書：若歲大旱。周禮：大旱帥巫而舞雩。斯舉，論語：色斯舉矣。舉，則舉火之謂。言舉行其事也。舊俗燒蛟龍，驚惶致雷雨。爆嵌魑魅泣，崩凍嵐陰昈。師云：昈，音乎古反。韻書注：文彩，狀明。趙云：雷雨作解。崩凍嵐陰昈，則冰雪下墮，其文采明昈於嵐陰之間。羅落沸百泓，根源皆萬古。青林一灰燼，雲氣無處所。趙云：上兩句言百泓之根源皆自萬古，而同沸於今日也。下言雲氣托於林木青葱之内，青林既灰燼，雲氣無所止泊也。宋玉高唐賦：風止雨霽，雲無處所。入夜殊赫然，新秋照牛女〔一〕。風吹巨焰作，河棹騰煙柱。勢欲焚崑崙，光彌焮洲渚。師云：焮，許靳反，灰也。趙云：舊本河棹，善本作河掉。言風吹巨焰高起，可遠照河水，而爲之震掉，煙直上如柱也。晉潘尼火賦：芬輪紓轉〔二〕，倏忽橫厲。震響達乎八溟，流光燭乎四裔。即其義也。承河掉騰煙柱之下，勢欲焚崑崙者，河之所自出；書，火炎崑崗。皆參合言之。焮字，左傳：火所焮燎。腥至焦長蚍，聲吼纏猛虎。神物已高飛，不見石與土。爾寧要謗讟，憑此近熒侮。薄關長吏憂，甚昧至精主。趙云：神物，言蛟龍。蛟龍已高飛〔三〕，不礙石與土。古傳人不見風，牛不見火，龍不見石故也。前句舊俗燒蛟龍，驚惶致雷雨，此俗人無知，以旱焚山，其事如此。豈知神物安可驚恐之邪？苟必以爲謗讟神物而焚侮之。旱之害農，至於焚山侮神，寧不爲人害邪？亦宜關于長吏之憂也。豈水旱有數，冥冥中有主之者，惟此神物，其至精之主乎？民之無知，甚昧厥理，則長吏所憂在此。遠遷誰撲滅，書：若火燎于原，不可嚮邇，其猶可撲滅。趙云：選「爛熳遠遷」故。將恐及環堵。趙云：老子：將恐滅，將恐歇。詩：將恐將懼。儒行：儒有環堵之室。流汗臥江亭，更深氣如縷。

【校勘記】

〔一〕「秋」，原作「火」，據文淵閣本、文津閣本、文瀾閣本、清刻本、排印本並參二王本杜集卷六、百家注卷二十五、分門集注卷二十五以及錢箋卷六改。

〔二〕「芬輪」，全晉文卷九十四潘尼火賦作「紛綸」。

〔三〕「蛟龍」，文淵閣本、文津閣本、文瀾閣本、清刻本、排印本奪。

七月三日亭午已後校熱退晚加小凉穩睡有詩因論壯年樂事戲呈元二十一曹長

今茲商用事，餘熱亦已末。衰年旅炎方，趙云：公在夔，爲楚地，故云炎方。生意從此活。亭午減汗流，北鄰耐人聒。晚風爽烏匼，筋力蘇摧折。薛：子美曰「馬頭金匼匝」，所謂烏匼，即烏巾也。古詩：清風爽烏匼。趙云：梁元帝纂要：日在午曰亭午。周勃汗流浹背。烏匼，今亦有匼頂巾之語。閉目踰十旬，大江不止渴。趙云：公有肺疾痟中之病，當暑則尤甚。退藏恨雨師，健步聞旱魃。雨師，行雨師，退藏，不用事也。杜田補遺：神異經：南方有人，長二三尺，裸身而目在頂上，走行如風，名曰魃。所見之國大旱，赤地千里。一名狢，遇得之，投圂中乃死，旱災即消。山海經：蚩尤作兵犯黃帝。令應龍攻於冀州之野，蚩尤以風伯從而大風雨。帝下天女魃止雨，遂殺蚩尤。不得復上，故所居不雨。趙云：退藏，借用易「退藏於密」。旱魃有健步實事。見上神異經。園蔬抱金玉，無以供採掇。密雲雖聚散，徂暑終衰歇。前聖慎焚巫，魯僖公欲焚巫尫[一]，臧文仲止之。武王親救暍。武王見暍人，王自左擁而右扇之。見世紀。陰陽相主客，時序遞回斡。灑落唯清秋，昏霾一空闊。蕭蕭紫塞雁，南向欲行列。趙云：抱金玉，言其貴而難得如金玉，與詩之言金玉爾。音同意。易：密雲不雨，自我西郊。密雲或聚而散，終不爲雨也。然七月暑既徂矣，其餘熱亦衰，此造化必然之理，故云陰陽相主客，與時序遞回斡也。然以前聖焚巫，武王親救暍間於中，何也？蓋言聖人深知陰陽寒暑之理，於旱不欲焚巫。扇暍，又言聖人不敢變易天地之寒暑，但憫憐暍人，扇而救之。如此，方深藏微意，以起時序回斡也。謝惠連七夕詩：傾河易回斡。時叙回斡，自有定叙，故清秋則昏霾一掃空矣。觀紫塞之雁，已有南向之行列，則寒之代暑，豈不信乎？不必以熱爲念。**欻思紅顔日，霜露凍階闥。胡馬挾彫弓，鳴弦不虚發。**上林賦：弦不虚發，中必決眥。**長鈚逐狡兔，突羽當滿月。**師云：庾亮賦：突羽先馳。劉孝標賦：彎弧滿月之勢。梁范雲詩：長鈚破犬膽，短鋋劇雉翮。薛云：家語：子路〔二〕：白羽若月，赤羽若日。杜田補遺：廣韻：鈚，箭也。是詩上句云：胡馬挾彫弓，鳴弦不虚發。則是鈚爲箭明矣。突羽，蓋箭翎。鈚，音批。趙云：此思少年乘寒射獵，感歎年老也。鈚，韻書：箭也。突羽當滿月，又以言箭。其羽奔突而疾，故曰突羽。滿月，所以言挽弓之滿，箭當其挽滿之間也。薛夢符引家語，非。**惆悵白頭吟，**古樂府有此吟：疾人相知，以新間舊，不能至白首。**蕭條遊俠窟。**杜云：郭景純遊仙詩：京華遊俠窟。遊俠，豪傑也。前漢有遊俠傳。趙云：白頭吟，祖出卓文君以司馬相如置妾之故，以其不能至於白首而爲此吟，而公所用止取白頭吟詠耳，舊注引前漢遊俠傳，非窟字出處矣。**臨軒望山閣，縹緲安可越。高人鍊丹砂，未念將朽骨。**世説丹砂可以駐年。薛夢符續注：抱朴子：臨沅縣廖氏世壽〔三〕，後移居，子孫輒殘折。他人居其故宅，復壽。不知何故，疑井水赤，乃掘井左右，得古人埋丹砂十斛，丹汁入井，是以飲水得壽。又，古樂府：但使丹砂就，能令德萬年。杜田補遺：漢陰真君金華大丹訣：姹女隱在丹砂中，或出真形在老翁。子須與我萬年壽，復須與我嬰兒容。金碧經序曰：丹書云：服丹砂者，乃得長生，老者反少，烏飡成鳳，虵餌成龍〔四〕，枯木再緑，朽骨再肉，五金土石，並化至寶。趙云：望山閣，望元二十一之閣。高人，指元君。元必好道之士，此云丹砂，後云吾子得神仙也。**少壯跡頗疏，歡樂曾倏忽。杖藜風塵際，老醜難翦拂。**翦，裁也。拂，拂拭。

言老醜難可矜飾。趙云：此言少壯蹤跡疎散，歡樂已過。今風塵間，既已老醜，縱高人念之，亦難於翦拂也。莊子：原憲杖藜應門。風塵，言兵亂。老醜，倒用阮嗣宗詠懷：朝爲媚少年，夕暮成醜老。劉孝標絶交論：翦拂使其長鳴。北史盧思道傳：翦拂吹嘘，長其光價。

吾子得神仙，本是池中物。周瑜：蛟龍得雲雨，非復池中物。張華：煩促每有餘。

賤夫美一睡，煩促嬰詞筆。趙云：言我非若子之得神仙[五]，美一睡而已。美一睡，而苦熱之煩促，所以嬰累詞筆而作詩也。

【校勘記】

〔一〕「欲」，文淵閣本作「砍」，訛。

〔二〕「子路」，清刻本、排印本作「子路曰」。

〔三〕「世壽」，文淵閣本、文津閣本、文瀾閣本作「亡壽」，訛；清刻本、排印本作「多壽」。案，抱樸子卷十一仙藥作「世壽」。

〔四〕「餌」，文淵閣本作「鉺」，訛。

〔五〕「言」，文淵閣本無。

牽牛織女

趙云：此篇戒女子之防身，婦人之守禮，蓋國風之義。

牽牛出河西，織女處其東。牽牛、織女，皆星名。增添：焦林天斗記：天河之西，有星煌煌，謂之牽牛。天河之東，有星微茫，曰織女。萬古永相望，七夕誰見同？神光意一作竟難候，此事終蒙朧。叢話：學林新編：世傳織女嫁牽牛，渡河相會。按史記。晉天文志：河鼓星在織女、牽牛之間，俗因傳會爲渡河之說，媟瀆上象，無所根據。淮南子云：烏鵲填河成橋而渡織女。荊楚歲時記：七夕，河漢間奕奕有光景，以此爲候，是牛女相過。其說怪誕。子美今詩意，不取世俗說也。颯然精靈合，何必秋遂通！周處風土記：七月七日夜，洒掃於庭，露施几筵，設酒脯時果，散香粉於河鼓、織女，言此二星神當會。少年守夜者咸懷私願，或云見天漢中奕奕有白氣，有光曜五色，以此爲證，便拜而乞願。乞富、乞壽、乞子，唯得乞一，不得兼求。三年乃言之。趙云：公之新意矣。亭亭新粧立，龍駕具曾空。杜云：謝朓七夕賦：迴龍駕之容裔，亂鳳管之凄鏘。謂織女。

世人亦爲爾，祈請走兒童。稱家隨豐儉，白屋達公宮。膳夫翊堂殿，鳴玉凄房櫳。趙云：白屋，貧人之屋。如周公下白屋之士。公宮，公侯之家。左傳有守於公宮、教于公宮、溝其公宮之類。雖曰白屋達公宮，而下句則言公宮之如此。曝衣遍天下，竹林七賢傳：舊俗以七月七日曝衣。時南阮富，所曝皆錦繡。北阮貧，乃立長竿，摽大布犢鼻於庭中(一)。曰：未能免俗。北阮，阮咸。曳月揚微風。師云：謝莊賦：曳雲表之素月。蛛絲小人態，曲綴瓜果中。荊楚歲時記：七夕，婦人結綵縷，穿七孔針於中庭以乞巧，有喜子網於瓜上，則爲得巧。初筵詩：賓之初筵。裛重露，日出甘所終。嗟汝未嫁女，秉心鬱忡忡。防身動如律，竭力機杼中。雖無舅姑事〔二〕，敢昧織作功。明明君臣契，咫尺或未容。義無棄禮法，恩始夫婦恭。小大有佳期，戒之在至公。方圓苟齟齬，丈夫多英雄。一云勿替丈夫雄。薛云：楚詞九辯：圓鑿而方枘兮，吾固知其齟齬而難入。趙云：於戒女子防身之下，又以君臣比夫婦之義，言胡不觀君臣相契之事，分明於咫尺之間，臣苟有虧，君或不容之矣。爲人婦者，義在無棄禮法，而承恩在夫婦恭也。蓋因織女每歲有期爲不可亂，爲人女、人婦者，當守至公之戒也。凡相背戾，則圓鑿而方枘矣。婦人、女子，一有齟齬，爲丈夫者，豈能容乎？此詩非徒見婦女之義，知此則爲臣之義得矣。丈夫多英雄，一作勿替丈夫雄。出孔文舉論盛孝章書：孝章實丈夫之雄也。於今詩斷章無義。蓋丈夫多英雄，以警女子之守節而勿替，丈夫雄，則方且開喻丈夫焉，是爲無義。蔡伯世乃不取丈夫多英雄之句，未之思也。

【校勘記】

〔一〕「南阮富」、「北阮貧」，世說新語箋疏任誕第十條作：「北阮皆富」、「南阮貧」。

〔二〕「舅姑」，二王本杜集卷六、錢箋卷六作「姑舅」。

毒熱寄簡崔評事十六弟

大暑一作火。運金氣，荆揚不知秋。五行相生，以成四時。夏，火也；秋，金也。金當代火而畏火，故金氣伏而火盛，所以熱也。趙云：大火，一作大暑。火運金氣，當以大火爲正。蓋言七月之候。詩：七月流火。火者，大火也。月令：孟秋之月，盛德在金。大火流而運金氣，所以爲七月。七月，則當有秋也。荆、揚，楚地，是爲炎方，故獨不知秋。不知秋，則猶炎燠矣。舊注却引三伏之義，與下句不貫。林下有塌翼，陳孔璋檄：垂頭塌翼[一]，莫所憑恃。水中無行舟。杜云：書：罔水行舟。趙云：上句鳥以熱而難飛，下句人以熱而難涉。魏文帝善哉行：深深川流，中有行舟。今翻用之。千室但掃地，閉關人事休。老夫轉不樂，旅次兼百憂。蝮虵暮偃蹇，空牀難暗投。趙云：掃地、閉關，皆以熱。故易旅卦：旅即次。又，旅焚其次。詩：逢此百憂。古詩：空牀難獨守。借用明月之璧，夜光之珠，以暗投人。炎宵惡明燭，況乃懷舊丘。杜云：鮑照：去鄉三十載，復得還舊丘。開襟仰内弟，執熱露白頭。束帶負芒刺，接居成阻脩。趙云：内弟，題所謂崔十六弟。晉人以姑舅兄弟爲外兄弟。劉禹錫謝崔員外與任十四兄同過詩：何人萬里能相憶，同舍仙郎與外兄。杜公詩有白水縣崔評事，意者其諸舅之子矣，而云内弟，蓋所未曉。詩：誰能執熱，逝不以濯。鄒陽：白頭如新。論語：束帶立於朝。霍光傳：若負芒刺。詩：道阻且脩。何當清霜飛，會子臨江樓。載聞大易義，諷興詩家流。藴藉異時輩，檢身非苟求。薛云：前漢孔光等論曰：咸以儒宗居宰相位，服儒衣冠，傳先王語，其藴藉可也[二]。趙云：書：檢身若不及。皇皇使臣體，信是德業優。楚材擇杞梓，杞梓，楚之良材。漢苑歸驊騮。杜田補遺：左傳：楚令尹子木問聲子，曰：晉大夫與楚孰賢？對曰：晉卿不如楚，其大夫則賢，皆卿材也。如杞、梓、皮革，自楚往也。雖楚有材，晉寔用之。趙云：皇皇使臣體，指崔評事，蓋必爲使也。詩：皇皇者華。君遣使臣，杞梓、驊騮以美崔。於杞梓言楚材，舊注模稜。於驊騮言漢苑，則漢有天馬之苑，皆取字爲詩句耳。短章達我心，理爲一云待。識者籌。

【校勘記】

〔一〕「堨」，文選卷四十四、全後漢文卷九十二陳孔璋爲袁紹檄豫州作「搨」。

〔二〕「孔光」，原作「孔稚圭」，誤，檢「咸以儒宗居宰相位」四句，見于漢書卷八十一匡張孔馬傳，據改。案，孔光，字子夏，魯國人，孔子十四代孫，西漢大臣。

壯遊〔一〕

趙云：此篇五十六韻，乃八段。自「往昔十四五」至「俗物都茫茫」，十四句是一段，叙其爲學、爲性之事；自「東下姑蘇臺」至「欲罷不能忘」，二十句一段，叙其遊吴越之事；自「歸帆拂天姥」至「獨辭京尹堂」，六句一段，叙其自吴越回長安赴貢舉之事；自「放蕩齊趙間」至「忽如攜葛强」，十句一段，叙其既下第而遊齊趙之事；自「快意八九年」至「賞遊實賢王」，四句一段，叙其自齊趙回長安交友之事；自「曳裾置醴地」至「引古惜興亡」，十八句一段，叙其獻三大禮賦得官，在長安見時政得失之事；自「河朔風塵起」至「凋瘵滿膏肓」，十四句一段，叙禄山反，明皇幸蜀，肅宗即位用兵，而官兵敗之事；自「備員竊補袞」至「酸鼻朝未央」，十二句一段，敘其在行在拜拾遺言事之事；自「小臣議論絶」至「側佇英俊翔」，十四句一段，敘其以言事而出，流落於外，今則楚地而樂間曠之事。公平生出處，詳於此篇，史官爲傳，當時爲墓誌，後人爲集序，皆不能考此以書之，甚可惜也！

往昔又云往者。十四五，出遊翰墨場。阮籍：昔年十四五，志尚好書詩〔二〕。鮑明遠：十五諷詩書，篇翰靡不通。趙云：歲數雖見實道，阮籍詩云此恰好處不放過也〔三〕。與東坡五十二歲詩用孔融之語云五十之年初過二同格。謝宣遠賦張子房詩：粲粲翰墨場。斯文崔魏徒，崔鄭州尚，魏豫州啓心。以我似班揚。班固、揚雄。趙云：指崔、魏爲斯文之人。字則孔子：天之未喪斯文。七齡思即壯，開口詠鳳凰。九齡書大字，有作成一囊。趙云：禮記：古者爲年齡。齒亦齡也，七齡、九齡字，則梁劉勰文心雕龍序志篇曰：余生七齡，乃夢彩煙若錦，則攀而採之。揚雄言其子童烏曰：九齡而與我玄文。莊子：開口而笑。傅延陵有作。此言有作，則作文章之作。性豪業嗜酒，嫉惡懷剛腸。杜田云：嵇叔夜與山巨源書：剛腸嫉惡，輕肆直言，遇事便發，此甚不可二也。師云：孔文舉薦禰衡表：嫉惡若讎。脱略小時輩，結交皆老蒼。飲酣視八極，俗物都茫茫。江淹恨賦：脱略公卿，跌宕文史。趙云：左傳：鄭良霄出奔以嗜酒。阮籍謂王戎：俗物已復來敗人意。通往者十四五至此爲一段，敘其爲學、爲性之事。東下姑蘇臺，伍被傳：淮南王陰有邪謀，被諫之曰：昔子胥諫吳王，吳王不用，迺曰：臣今見麋鹿遊姑蘇之臺。張晏曰：姑蘇，吳臺名。師古曰：吳地記云：因山爲名，西南去國二十五里。史吳世家：越伐吳，敗之姑蘇。越絶書：闔廬起姑蘇臺，三年聚材，五年乃成，高見三百里。吳都賦：造姑蘇之高臺，臨四遠而時見〔四〕。已具浮海航。航，大舟。到今有遺恨，不得窮扶桑。山海經：大荒之中，暘谷上有扶桑。陸機前緩聲歌：總轡扶桑底，濯足暘谷波。趙云：姑蘇臺，在今蘇州。見越絕書。浮海航，則孔子道不行，乘桴浮于海，變使航字，則詩：誰謂河廣，一葦杭之。淮南子：日出扶桑。海東也。十洲記：扶桑在碧海中，上有天帝宮，東王所治。樹長數千丈，二千圍，同根更相依傍，故曰扶桑。言雖具航而不往，故不得窮扶桑。王謝風流遠，王戎、謝安。闔廬丘墓荒。闔廬，吳王公子光也。吳越春秋：闔廬死，葬于國西北，名曰虎丘。穿土爲川，積壤爲丘。發五都之士十萬人，共治千里。冢池四周，深丈餘，銅棺三重，積水銀爲池。池廣六十步，黃金珠玉爲鳧雁之屬，扁諸之劍在焉。葬之三日，金精上揚，爲白虎，據其上，故號虎丘。劍池石壁仄，師：劍池，吳王淬劍之所，去姑蘇三十里。長洲芰荷香〔五〕。枚乘遺吳王書：脩治上林，雜以離宮，積聚玩好，圈中禽獸，不如長洲之苑。服虔曰：吳苑。韋昭曰：長洲在東吳。吳都賦：帶朝夕之濬池，佩長洲之茂苑。趙云：王，則諸王；謝，則諸謝，不專指也。劉禹錫詩：舊來王謝堂前燕，飛入尋常百姓家。是已。劍池，上所謂扁諸之劍在池中也。嵯峨閶門北，清廟映回塘。陸士衡吳趨行：吳趨自有始，請從閶門起〔六〕。閶門何峨峨，飛閣跨通波。清廟，文王之廟。杜田補遺：吳越春秋闔閭內傳：闔閭委計於子胥，乃使相土嘗水，象天法地，造築大城。陸門八，以象天八風，水門八，以法地八窗。立閶門者，以象天門通閶闔風。立蛇門者，以象地户。闔閭欲西破楚，楚在西北，故立閶門以通天氣，因復名之破楚門。欲東并越，越在東南，故立蛇門以制敵國。吳在辰，其位龍也。越在巳，其位蛇也。故天門上有木蛇，北向首內，示越屬於吳。清廟，非文王之廟，乃吳文皇帝孫和廟也。子皓，改葬和，號明陵。又分吳郡丹陽，爲吳興郡，置太守，四時奉祠，立寢堂，號清廟。趙云：吳者，太伯之國；文王，太伯之兄子，不容有廟于吳。下句方言吳太伯。每趨吳太伯，撫事淚浪浪。皇覽曰：太伯冢在吳縣北梅里聚，去城十里。吳太伯，弟仲雍，皆周太王之子。王季歷賢，而有聖子昌。太王欲立季歷，以及昌。於是太伯、仲雍二人犇荆蠻，文身斷髮，示不可用，避季歷。季歷果立，是爲王季，而昌爲太子。太伯之犇荆蠻，自號勾吴。荆蠻義之，從而歸之。趙云：楚辭：淚余襟之浪浪。

枕戈憶勾踐，越王勾踐，允常之子，既逃會稽之耻，反國，苦身焦思，曰：汝忘會稽之耻耶？出則嘗膽，卧則枕戈。

渡浙想秦皇。秦始皇紀：十一月，行至雲夢，望祀虞舜于九疑山。浮江下，觀藉柯，渡海渚。過丹陽，至錢塘。臨浙江，水波惡，乃西百二十里，從狹中渡。上會稽，祭大禹，望于南海，立石刻頌秦德。晉灼曰：江水至會稽山陰爲浙江。

蒸魚聞匕首，史刺客傳：專諸，吴堂邑人，吴公子光之欲殺王僚，得專諸，善待之。後具酒請王僚，使專諸置匕首魚腹中進之，以刺王僚。僚死，光自立爲王，是爲闔廬。

除道哂要章。前漢朱買臣：吴人，嘗從會稽守邸者寄居飯食。及拜爲太守，買臣衣故衣，懷印綬，步歸郡邸。值上計，時會稽吏方群飲，不視買臣。買臣入室中，守邸與共飲食，少見其綬。視其印，會稽太守章也。守邸驚，出語上計掾吏。皆醉，呼曰：妄誕耳！守邸曰：試來視之。其故人素輕買臣者入内視之，還走，曰：實然！坐中驚駭，白守，相推排陳列中庭拜謁。買臣徐出户。有頃，長安廐吏乘駟馬車來迎買臣，遂乘傳去。會稽聞太守至，發民除道，縣長吏並送迎。入吴界，見故妻治道，呼令後車載其夫妻，到太守舍園中，給食之。居一月，妻自縊死。

越女天下白，鏡湖五月凉。杜田補遺：梁任昉述異記：鏡湖，世傳軒轅氏鑄鏡湖邊，因得名。今軒轅磨鏡石尚存，石畔常潔，不生蔓草。趙云：越女，枚乘七發：越女侍前，齊姬奉後。天下白，言其色至美。五月凉，言湖間不知有暑氣。

剡溪蘊秀異，晉宋間名士多起於此。

欲罷不能忘。趙云：欲罷不能忘，上四字，顔淵之語。言愛剡溪之秀異，不能捨去。剡溪，越州之奇，天下之勝景，故蘊蓄秀異之氣。舊注誤認説人物之蘊秀異，非是。通東下姑蘇臺，此二十句爲一段，叙吴越之事。

歸帆拂天姥，謝靈運登臨海嶠詩：暝投剡中宿，明登天姥岑。姥，莫古反。

中歲貢舊鄉。新史：甫少貧，不自振，客遊吴越、齊趙間，舉進士不第。趙云：上句初離越州，捨剡溪而行。謝靈運詩。則天姥正接剡溪矣。舊鄉，指長安，其得貢在此年，句則首篇所謂甫昔少年日，早充觀國賓。

氣劘屈賈壘，目短曹劉牆。賈山傳贊：賈山自下劘上。孟康曰：

劆，謂剴切之也。蘇林曰：劆，音摩，摩勵也。屈原、賈誼。壘，喻戰，壘賜之牆也，及肩。故曰短曹子建、劉公幹文章也。趙云：以文章有戰勝之事，比之戰壘。左傳宣十二年，楚許伯曰〔七〕：吾聞致師者，御靡旌摩壘而還。今用劆字，出賈山傳，其義一也。牆，言其所藏之高下。目短之言，可窺見曹、劉之蘊。忤下考功第，武德舊令，考功郎監試貢舉人。貞觀已來，乃員外郎專掌貢舉。省郎之殊美者，至開元中，移貢舉於禮部。獨辭京尹堂。放蕩齊趙間，裘馬頗清狂。春歌叢臺上，叢臺，趙王之臺，在邯鄲。鄒陽云：全趙之時，武力鼎士袨服叢臺之下者，一旦成市，不能止幽王之湛患。張平子：楚架章華於前，趙建叢臺於後。冬獵青丘旁。青丘，地名。呼鷹皁一作紫櫪林，逐獸雲雪岡。射飛曾縱鞚，鮑照：幽并重騎射，少年好馳逐；獸肥春草短，飛鞚越平陸。引臂落鶖鶬。引，一云跋。李廣長臂。蘇侯據鞍喜，監門胄曹蘇預也。薛云：南史：顏峻好騎馬遊里巷，遇知舊輒據鞍索酒，得必傾盡，欣然自得。忽如攜葛强。舉鞭問葛强，何如并州兒〔八〕。快意八九年，西歸到咸陽。許與必詞伯，賞遊實賢王。賞，一作貴。孟子：賢王好善而忘勢。趙云：咸陽，秦都名，古長安也。王充論衡：文辭之伯。賢王，言宗室之賢者。後漢：沛獻王輔在國謹節，始終如一，稱爲賢王。此四句言其自齊、趙歸長安事。許與，兩字一義，賞遊亦兩字一義，一作貴遊，非。曳裾置醴地，奏賦入明光。玄宗朝饗，甫獻大禮三賦。楚元王敬申生，置醴以代酒。天子廢食召，群公會軒裳。脱身無所愛，帝奇其材，使待詔集賢，命宰相試文章，擢河西尉，不拜。痛飲信行藏。趙云：承賢王之下，故云曳裾。鄒陽：何王之門，不可曳長裾乎？明光，漢殿名。公天寶九載冬進三大禮賦，待制於集賢，委學官試文章，再降恩澤。公嘗曰：集賢學士如堵墻，觀我落筆中書堂。公召試文章，授河西尉，辭不行，改右率府胄曹掾。

以不任事爲安。所謂脱身無所愛，故惟痛飲而已。行藏，雖起論語「用之則行，舍之則藏」兩字。潘安仁賦：孔隨時以行藏。黑貂不免弊，蘇季不用於秦而黑貂裘弊。班鬢兀稱觴。秋興賦：班鬢彪以承弁。閑居賦：稱萬壽以獻觴。

杜曲晚一作挽。耆舊，四郊多白楊。坐深鄉黨敬，日覺死生忙。趙云：古杜曲晚年耆舊皆爲鬼録，故在四郊多墓上之白楊。則公在鄉里更爲長上，故曰坐深，而日但覺眼前死者、生者之事忙。朱門任傾奪，赤族迭罹殃。任，一云務。揚子解嘲：客徒欲朱丹其轂，不知一跌，赤吾之族。趙云：兩句通義，言大臣之取禍。朱門，見上自京赴奉先縣詠懷注。一作務，非。國馬竭粟豆，漢有太常三輔粟豆。官鷄輸稻粱。時五坊有供奉鬬雞，又有鬬雞使。舉隅見煩費，引古惜興亡。舉一隅則衆費可知，言引古辨今，足以知其興亡而可痛惜者也。趙云：言國家横費。稻粱，見上同登慈恩寺塔注。孔子：舉一隅不以三隅反，則不復也。既舉東，則知西、南、北。如此煩費，可以引古驗今，知興亡之所在。通「曳裾置醴地」至此十八句，叙獻賦得官，在長安見時政之事。

河朔風塵起，禄山起河朔。岷山行幸長。玄宗幸蜀。兩宮各警蹕，萬里遥相望。肅宗即位靈武。趙云：兵興謂之風塵。天寶十四載十一月，禄山反，陷河北諸郡，又陷東京。十五載六月，陷潼關，京師大駭。詔親征，遂幸蜀。故曰河朔風塵起，岷山行幸長。七月，以皇太子爲天下兵馬元帥，北收兵至靈武，裴冕等奉太子即皇帝位，是爲肅宗，改元至德，尊皇帝曰太上天帝。太上在蜀，肅宗在靈武，所謂「兩宮各警蹕」「萬里遥相望」。崆峒殺氣黑〔九〕，少海旌旗黄。師云：崆峒，謂靈武。少海，謂太子。旌旗黄，謂帝位。禹功亦命子，涿鹿親戎行。以廣平王爲天下兵馬元帥。王，肅宗之子代宗。杜田補遺：東宮故事：天子比大海，太子爲少海。山海經：無皋之山，南望幼海。郭璞注：幼海，少海也。淮南子：九州之外，乃有八寅，亦曰寅澤，東方曰太清，曰少海。或謂肅宗太子廣平王爲元帥，故云少海〔一〇〕。詳觀詩意，恐非是。崆峒在西，少海在東。河朔風塵起，岷山行幸長，則東西南北皆不寧也。禹功亦命子，蓋啓與有扈戰于甘之野，正指太子爲元帥。涿鹿親戎行，蓋黃帝與蚩尤戰涿鹿，即指肅宗親征。趙云：上句指肅宗行在之兵，下句指廣平王俶爲天下兵馬元帥之兵〔一一〕。蓋肅宗初幸平涼〔一二〕，未知所適。裴冕、杜鴻漸勸之靈武起兵，再過平涼。至德二載二月，次鳳翔，則用崆峒言之。閏八月，以廣平王俶爲天下兵馬元帥，則用少海言之。崆峒，山名。樂史寰宇記：禹跡之內，山名崆峒者三，並見上洗兵馬注。今此云崆峒殺氣黑，則主安定崆峒言之。蓋涇與原相接。按唐志：涇州安定郡，原州平涼郡。元和四年分原州平涼縣，名之曰行渭州。而於原州平高縣之下注：有崆峒山。樂史寰宇記亦然。又於涇州保定縣亦載有崆峒，一名笄頭山。大抵涇、原相接，渭在其中，則崆峒一帶之地。故今云崆峒殺氣黑，主安定崆峒言之也。肅宗自靈武起兵，後次於鳳翔。皆隴右一道之地矣。杜田殊不考上下文之義，上句正以承上少海之句，蓋明皇以天下兵馬元帥命肅宗矣。至肅宗又以天下兵馬元帥命廣平王俶，此所謂亦命子也。亦命子字，挨傍舜亦以命禹。下句又以指言肅宗，蓋黃帝與蚩尤戰於涿鹿，而肅宗親治兵於鳳翔，爲親戎行矣。

翠華擁吴岳，翠華，天子羽葆。螭虎噉豺狼。趙云：翠華，天子之旗。上林賦：建翠華之葳蕤。英岳，或作吴岳，並未見。或云，太白山之名。翠華擁之，治兵在鳳翔故也。螭虎，天兵；豺狼，寇賊。

爪牙一不中，胡兵更陸梁。房琯敗于陳濤，賊既得志，則愈陸梁。趙云：爪牙，言天子大將。詩：祈父，予王之爪牙。祈父，大司馬也。爪牙一不中，指房琯陳濤斜之敗，又以南軍戰敗之事也。一不中，言如射，偶不中耳。

大軍載草草，凋瘵滿膏肓。薛云：春秋左氏傳：秦伯使醫緩視晉侯疾，曰：在肓之上、膏之下，攻之不可、達之不及，藥不至焉，不可爲也。趙云：傷軍須誅求之苦。通河朔風塵起至此爲一段，敘禄山反，明皇幸蜀，肅宗即位，官兵敗之事也。

備員竊補衮，譏時相房琯，雖敗然亦備員。趙云：公自言充左拾遺而合有所言也。舊注譏時相，非是。憂憤心飛揚。上感九廟焚，天子九廟。下憫萬民瘡。斯時伏青蒲，前漢史丹傳：元帝欲易太子。丹聞上獨寢，直入卧内，伏青蒲上泣諫。注：以青規地曰青蒲，非皇后不得至此。廷諍守御牀。王陵面折廷諍。衛瓘托醉，跪帝牀前，以手撫牀，曰：此坐可惜。君辱敢愛死？檀弓：中生不敢愛其死。赫怒幸無傷。詩：王赫斯怒。聖哲體仁恕，宇縣復小康。哭廟灰燼中，鼻酸朝未央。時天子收復京師，先素服哭廟，而后受朝。趙云：公上疏論琯有才，不宜廢免。肅宗怒，貶琯邠州刺史，出公爲華州司功。故其下有伏青蒲、守御牀、敢愛死與赫怒之句。此一段十二句，叙述身在行在，拜拾遺之事。小臣議論絶，老病客殊方。鬱鬱苦不展，張平子：鬱鬱不得志。羽翮困低昂。秋風動哀壑，碧蕙捐微芳。陸士衡塘上行：江蘺生幽渚，微芳不足宣。四節逝不處，繁華難久鮮。淑氣與時殞，餘芳隨風捐。趙云：議論絶，以罷拾遺而出。殊方，言在夔州，字則西京賦：殊方偏國。鬱鬱，不得志之貌。碧蕙捐微芳，言客於秋時。一作損，非。之推避賞從，漁父濯滄浪。漁父歌：滄浪之水清，可以濯我纓。趙云：之推、漁父，皆以自比。介之推從晉文公歸國，賞不及，亦不言。後避賞入山。此公言其嘗扈從，而今在外也。漁父，公言其有江海之興。榮華敵勳業，歲暮有嚴霜。吾觀鴟夷子，才格出尋常。群兇逆未定，側佇英俊翔。范蠡既雪會稽之耻，以爲大名之下不可久居，遂泛舟浮海，變姓名，號鴟夷子。趙云：自傷勳業之寡，榮華之微。然歲律云暮，嚴霜必降，傷其遲暮，不能勵勳業以取榮華。所慕者，范蠡扁舟事而已。蠡高舉遠引，乃出尋常之才格。末句則付之英俊矣。通小臣議論絶至此十四句爲一段，叙以言事而出流落於外，今在楚地，而樂間曠之事也。

【校勘記】

〔一〕詩題，文淵閣本作「北遊」，訛。

〔二〕「尚」字底本漫滅，據文淵閣本、文津閣本、文瀾閣本、清刻本、排印本補。

〔三〕「歲數雖見實道阮籍詩云此恰好處不放過也」，簡省難通，清刻本、排印本作：「歲數雖少陵自道其實，用阮籍詩乃是恰好處不放過也。」當是。

〔四〕「時見」，文選卷五、全晉文卷七十四左思吴都賦作「特建」。

〔五〕「芰荷」，二王本杜集卷六、錢箋卷七作「荷芰」。

〔六〕「吴趨行吴趨自有始」，「行」字上原奪「趨」字；「自」上「趨」原作「越」，訛，據晉詩卷五陸士衡吴趨行訂補。

〔七〕「楚」，原作「晉」，訛，據左傳宣公十二年改。

〔八〕「鞭」，文淵閣本、文津閣本、文瀾閣本、清刻本、排印本作「鞍」。

〔九〕「崆峒殺氣黑」，「氣黑」中華訂補作「黑氣」，乙誤。

〔一〇〕「云」，原作「無」，訛，據清刻本、排印本改。又，文瀾閣本作「曰」。

〔一一〕「廣平王」，中華訂補作「廣午王」，訛。

〔一二〕「初」字下，文淵閣本、文津閣本、文瀾閣本、清刻本、排印本有「年」字。

阻雨不得歸瀼西甘林

三伏適已過，陰陽書：夏至後第三庚爲初伏，第四庚爲中伏，立秋後初庚爲末伏。王彪之井賦：三伏焦暑，亢陽重授〔一〕。輕飈不扇，濊雲不覆。驕陽化爲霖。欲歸瀼西宅，阻此江浦深。壞舟百板拆，峻岸復萬尋。篙工初一棄，恐泥勞寸心。佇立東城隅，悵望高飛禽。趙云：言有船而破壞，舟人棄之不用，故寸心有恐泥之勞。下句則望瀼西阻於渡涉，恨無羽翼飛去。草堂亂玄圃，不隔崑崙岑。昏渾衣裳外，曠絶同層陰。園甘長成時，三寸如黄金。諸侯舊上計，厥貢傾千林。禹貢：淮海惟揚州，厥苞橘柚，錫貢。江文通：日落長沙渚，曾陰萬里生。蜀都賦：户有橘柚之園。漢武：計偕。注：計者，上計簿使也。趙云：公意珍重其甘林，有同玄圃。與崑崙不相隔耳，而以雨之故，衣裳之外，氣象昏渾，其曠絶之處，同曾陰之一色也。葛仙翁傳：崑崙一名玄圃，蓋崑崙山中有名玄圃。邦人不足重，所迫豪吏侵。客居暫封植，日夜偶瑶琴。昭公二年：季氏有佳樹，宣子譽之。武子曰：宿敢不封殖此樹也。趙云：言甘可入貢爲至尊之御，而邦人反不重。苦豪吏侵奪。想土人不復多種矣。近世蜀中官取荔枝，至有荔枝之家伐去不留，亦此類也。邦人既不重之，惟客居尚可封殖。瑶琴，言如琴瑟之不去身，朝夕玩之。虚徐五株態，側塞煩胸襟。焉得輟兩足，杖藜出嶇嶔。條流數翠實，師云：劉孝儀緑李賦：緑珠滿條流。又，翠實纍纍。偃息歸碧潯。靈運：舉目眺嶇嶔〔二〕。拂拭烏皮几，喜聞樵牧音。令兒快搔背，脱我頭上簪。張景陽詩：投耒循岸側〔三〕，時聞樵採音。增添：邵誂山行，喜聞樵語牧唱，洗盡五年塵土腸胃。欣然倚驂臨水，久之而去。趙云：齊謝朓詠烏皮隱几詩：蟠木生附枝，刻削豈無施。取則龍文鼎，三趾獻光儀。勿言素韋潔，白沙尚推移。曲躬奉微用，聊承終宴疲。下句則得歸瀼西，聞平日之音而喜，搔背脱巾，歸林下之樂如此。

【校勘記】

〔一〕「亢」，原作「元」，訛，據全晉文卷二十一王彪之井賦改。

〔二〕注「靈運舉目眺嶇嶔」，清刻本、排印本置於上條注「師云」十八字之前。

〔三〕「側」，文選卷二十九、晉詩卷七雜詩作「垂」。

雨二首

峽雲行清曉，煙霧相徘徊。風吹蒼江樹，雨灑石壁來。淒淒生餘寒，殷殷兼出雷。白谷變氣候，師：白谷，地名。朱炎安在哉？高鳥濕不下，居人門未開。楚宮久已滅，幽珮爲誰哀？侍臣書王夢，賦有冠古才。冥冥翠龍駕，多自巫山臺。楚詞：雷填填兮雨冥冥。

高唐賦，虹爲旌，翠爲蓋。婉若遊龍乘雲翔。增添：韓詩外傳：鄭交甫逢江妃二女出於江濱，挑之，女遂解珮與之。甫悅受珮。去數步，空懷無珮，女亦不見。謝玄暉：朔風吹飛雨，蕭條江山來。楚襄王夢與神人遇，宋玉作高唐賦曰〔一〕：旦爲朝雲，暮爲行雨。朝朝暮暮，陽台之下。趙云：此篇主巫山之雨爲意，故云楚宮久已滅，幽珮爲誰哀。幽珮，以雨聲如珮，此神女珮也。高蟾亦曰：丁當玉佩三更雨，疑出於此。侍臣，指玉也。賦，則高唐神女賦也，以載楚王夢事。翠龍駕，又指神女。故以雨歸之神女。多之爲義，非數數之少，乃十分之多也。龍駕，出謝脁七夕賦：回龍駕之容曳〔二〕。

右一

【校勘記】

〔一〕「蕭條江山來」，「山」文選卷三十、齊詩卷三謝玄暉觀朝雨作「上」。

〔二〕「曳」，全齊文卷二十三謝脁七夕賦作「裔」。

青山淡無姿，白露誰能數？趙云：暗用佛書雨露皆有頭數之義。片片水上雲，蕭蕭沙中雨。殊俗狀巢居，曾臺俯風渚。楚地面水背山，俗多架木爲居，以就地勢。佳客適萬里，沉思情延佇。趙云：此必有所別之人，而可當佳客之稱。挂帆遠色外，驚浪滿吳楚。久陰蛟螭出，寇盗一云冠蓋。復幾許！趙云：四句憂佳客旅興之辭。驚浪、蛟螭、寇盗，皆實言。既言寇盜，豈復以驚浪比永王、蛟螭比賦斂乎？况永王璘之叛，是至德二載事。此詩以挂帆言之，則爲荆南，以白露言之，則時爲秋。乃大曆三年之秋。不亦相遠乎？古詩：河漢清且淺，相去復幾許。

右二

空山中宵陰，微冷先枕席。回風起清曉，萬象凄已碧。古詩：回風動地起。陸士衡：迅雷中宵激，驚電光夜舒。落落出岫雲，渾渾倚天石。日假何道行，天文志：日有行黄道，有行赤道者。時雨，久陰晦，不知日之所行何道。雨含長江白。連檣荆州船，江賦：舳艫相屬，萬里連檣。有士荷戈戟。南防草鎮慘，霑濕赴遠役。群盜下辟山〔一〕，師云：辟山，夔路縣名，今屬恭州。總戎備强敵。水深雲光廓，鳴櫓各有適。漁艇息一作自。悠悠，夷歌負樵客。留滯一老翁，書時記朝夕。趙云：此篇蓋時荆渚間有寇盜。前篇云寇盜復幾許，此篇特詳焉。南防草鎮慘，則寇盜在草鎮矣。水深雲光廓，鳴櫓各有適，公羡慕之辭。漁艇自悠悠，夷歌負樵客，思其上遠適之興不可得，乃思其次也。漁舟自如，樵客之放爲夷歌，亦足樂矣。而留滯爲客者一老翁，爲可傷。姑書時節朝夕而已。

右三

【校勘記】

〔一〕「辟山」，文淵閣本作「壁山」。

又上後園山脚

昔我遊山東，憶戲東岳陽。窮秋立日觀，師云：漢官儀曰：泰山東南名日觀。矯首望八一云北。荒。顏延年：日觀臨東冥。朱崖著毫髮，朱崖，海南州。碧海，東也〔一〕，遠望若毫髮然。師云：茅君內傳：岱山之洞，上有丹闕朱崖。碧海吹衣裳。師云：十洲記：扶桑鎮於碧津。漢武內傳曰：藥有碧海琅玕。蓐收困用事，玄冥蔚强梁。蓐收，秋神；玄冥，冬神。言四時相代。用事，則休者困而王者强梁矣。逝水自朝宗，鎮石各其方。言逝者無所止，而止者不易其所也。平原獨憔悴，農力廢耕桑。非關一作北闕。風露凋，曾是戍役傷。於時國用富，足以守邊疆。朝廷任猛將，遠奪戎虜場。於時，當時也。當玄宗富盛之時，不能節用自守，而委任蕃將，求功夷狄。到今事反覆，故老淚萬行。龜蒙不復見，況乃懷舊鄉。龜蒙山去東岳近，尚不可見，況故鄉乎？肺萎屬久戰，骨出熱中腸。師云：劉琨書：肺萎骨出，四體不支。憂來杖匣劍，更上林北岡。瘴毒猿鳥落，峽乾南日黃。秋風亦已起，江漢始如湯。苦熱行：赤阪橫西阻，火山赫南威。身熱頭且痛，鳥墮魂來歸〔二〕。湯泉發雲潭，焦煙起石圻。登高欲有往，蕩析川無梁。師云：劉休玄詩：河廣川無梁，山高路難越。哀彼遠征人，去家死路傍。不及父祖塋，壘壘塚相當。魏懷舊賦〔三〕：冢纍纍以接隴。華表，丁令威歌：何不學仙冢纍纍。後漢：直如弦，死路邊。

【校勘記】

〔一〕「東」，原作「海」，據清刻本、排印本改。

〔二〕「烏墮魂來歸」，「墮」原作「隨」，訛，據文選卷二十八、宋詩卷七改。

〔三〕「魏懷舊賦」，清刻本、排印本作「潘岳」。

雨

山雨不作泥，江雲薄爲霧。晴飛半嶺鶴，風亂平沙樹。明滅洲景微，隱見巖姿露〔一〕。趙云：以見微雨便晴。山雨，陳張正見經季子廟詩：山雨濕苔碑。拘悶出門遊，曠絶經目趣。消中日伏枕，卧久塵及屨。豈無平肩輿？師云：晉王子敬經吴郡，聞顧辟彊有名園，先不相識，乘平肩輿徑入。趙云：空曠遠絶之處，即是經目之景趣。平肩輿，轎子也。莫辨望鄉路。兵戈浩未息，虵虺反相顧。趙云：虵虺，夔已在南，多有之。或云：以比盗賊兇徒。選：尚爲虵，爲虺。悠悠邊月破，鬱鬱流年度。

趙云：言破除之破，一月而去也。公有句云「二月已破三月來」，亦此破義。針灸阻朋曹，針灸所以救療，譬良友朋〔二〕。糠籺對童孺。時既乏良朋，所對者童孺而已。糠籺，言非實德。趙云：以伏枕之病，須針灸以安養。故與朋曹阻隔。下言貧食糠籺，與童孺相對。舊注皆非。一命須屈色，新知漸成故。窮荒益自卑，飄泊欲誰訴？師云：李顒詩：冗寮蹔屈色。尪羸愁應接，俄頃恐違一云危。迕。浮俗何萬端？幽人有高步。龐德公未嘗入州府。夫妻相敬如賓。劉表不能屈，後攜妻子入鹿門山，不返。尚子終罕遇。後漢逸民傳：尚長，字子平，隱居不仕，肆意遊五岳名山，不知所終。趙云：上兩句似言嚴鄭公。蓋嚴武辟公節度參謀，所謂一命也。言受人一命，當屈色以下之。漸成故，言其死也。言才得新知，漸成故没，重歎知己之難遭也。故繼之以窮荒益自卑，飄泊欲誰訴。以尪羸不堪應接，故愁。既倦而不久，則才俄頃而已，又却有違迕之憂，宜起高步之念而欲長往矣。左太沖詠史詩：高步追許由。龐公、尚子，蓋高步之人，公誠慕之，而罕逢遇也。宿留洞庭秋，天寒瀟湘素。杖策可入舟，送此齒髮暮。漢書：宿留讋言。楚詞：嫋嫋兮秋風，洞庭波兮木葉下。趙云：宿留，音秀溜。出漢書，如言等候也。宿留之義，蓋由星宿留待之意。公詩言候秋時可登舟而往矣〔三〕。洞庭、瀟湘，所往之處。

【校勘記】

〔一〕「姿」，文淵閣本、文津閣本、文瀾閣本、清刻本、排印本作「資」，訛。案，二王本杜集卷六、百家注卷二十四、分門集注卷一以及先後解輯校戊帙卷二均作「姿」，可證。

〔二〕「友朋」，文淵閣本、文津閣本、文瀾閣本、清刻本、排印本作「朋友」。

〔三〕「登」，文淵閣本、文津閣本、文瀾閣本、清刻本、排印本作「發」。

贈李十五丈別

趙云：自「峽人鳥獸居」至「南入黔陽天」，言其在夔流落間，得會李十五丈而送別之也；自「汧公制方隅」至「歡罷念歸旋」，言李丈往謁汧公，而不得俱往耳，約其歸也。

峽人鳥獸居，其室附層巔。魏都賦：巖崗潭淵，限蠻隔夷，峻危之竅也。蠻陬夷落，譯導而通者，鳥獸之氓也。下臨不測江，中有萬里船。多病紛倚薄，少留改歲年。絶域誰慰懷？開顔喜名賢。孤陋忝末親，等級敢比肩。人生意頗一作氣。合，相與襟袂連。一日兩遣僕，三日一共筵。揚論展寸心，壯筆過飛泉。杜田補遺：曹子建作王仲宣誄：文若春華，思若湧泉。發言可詠，下筆成篇〔一〕。李廣利拔刀刺山，飛泉湧出。飛泉，言文瀏湸快利。玄成美價存，韋賢四子，少子玄成，復以明經歷位至丞相。故鄒魯諺曰：遺子黄金滿籯，不如教子一經。子山舊業傳。庾信，字子山，父肩吾爲梁太子中庶子，掌書記。徐陵及信並爲抄撰學士，信父子東宮，出入禁闥，文並綺麗，世號徐庾體。趙云：倚薄，謝靈運：抽疾相倚薄。絶域，李陵奉使絶域。孤陋，記：孤陋而寡聞。揚論者，揚舉言論。不聞八尺軀，常受衆目憐。且爲苦辛行，蓋被生事牽。北迴白帝棹，南入黔陽天。汧公制方隅，汧，李之所封。杜田補遺：汧公，李勉。按舊史，上元初爲梁州刺史，山南西道防禦使。李十五丈在峽中往謁之，故子美作此詩爲別也。迥出諸侯先。封内如太古，時危獨蕭然。清高金莖露，一作掌。正直朱絲弦。西都賦：抗仙掌以承露，擢雙立之金莖。軼埃壒之混濁，鮮顥氣之清莫〔三〕。鮑明遠詩：清如玉壺冰，直如朱絲繩。黨錮傳：直如弦，死道邊。昔在堯四岳，今之黄潁川。四岳分掌四岳之諸侯。黄霸爲潁川守，有治狀。皆美李汧公也。于邁恨不同，所思無由宣。山深水增波，解榻秋露懸。客遊雖云久，主要月再圓。晨集風渚亭，醉操雲嶠篇。丈夫貴知己，歡罷念歸旋。趙云：汧公，善琴，有名琴曰響泉、韻磬者。舊注意以爲李十五丈，乃云：汧，李之所封。杜田引舊史如此。然以舊史上元初言之，則在肅宗時。上元元年歲在庚子，今公詩首句云峽人鳥獸居，分明是夔州詩。乃丁未大曆二年，相去七年矣。勉之爲山南西道防禦，新史不載，但云代宗時進工部尚書，封汧國公。滑亳節度使令狐彰且死，表勉爲代。勉居鎮且八年。假令是代宗初事，則乃壬寅寶應元年，其居鎮八年，乃己酉大曆四年，在潭州，與今所送李十五丈，時皆不合。然則，汧公又非李勉乎？以俟博聞。詩：從公于邁。陳蕃爲周璆、徐孺子下榻，蓋言汧公待李丈如陳蕃之待周、徐，當秋露懸之時也。客遊雖云久，主要月再圓，言公留李丈，必須兩月也。知己，史記：士伸於知己，而屈於不知己。

【校勘記】

〔一〕「文若春華」四句，原作：「發言可詠，下筆成篇。文若春華，思若湧泉。」詩句倒誤，據文選卷五

十六、全三國文卷十九曹植王仲宣誄乙正。

〔二〕「莫」，清刻本、排印本作「英」。

贈鄭十八賁

趙云：鄭賁，蓋雲安知縣。句云異味煩縣尹，知公八月末到雲安，其在忠州禹廟云荒庭垂橘柚，乃八月之物，此詩云追隨飯葵堇，亦七、八月之物。

温温士君子，前漢律曆志：以銅有似士君子之行。言不爲燥濕寒暑變其節，不爲風雨暴露改其形。令我懷抱盡。靈芝冠衆芳，安得闕親近。趙云：詩：温温恭人。詩：人有士君子之行焉。舊注引律曆志，在後矣。盡字，韻書在忍切，又津忍切，皆上聲。今作去聲，才刃切之呼，韻書不載矣。懷抱盡字，公又云：懷抱向人盡。豈只是懷抱字，如謝靈運詩：歡娛寫懷抱，而貼以盡字乎？雖抱字韻書亦從上聲。靈芝，比鄭。蓋靈芝，人所喜見者，故不可闕於親近之也。韓退之：若鳳凰芝草，賢愚以爲美瑞。亦是意矣。親近，前漢書：親之近之。遭亂意不歸，竄身跡非隱。趙云：公自言也。詩式微：胡不歸。山濤吏非吏，隱非隱。細人尚姑息，吾子色愈謹。高懷見物理，識者安肯哂？卑飛欲何待，捷徑應未忍。杜田補遺：張衡應閒曰〔一〕：捷徑邪至，我不忍以投步。干進苟容，我不忍以歙肩。楚辭：夫惟捷徑以窘步。王逸曰：徑，邪道也。曹大家東征賦：遵通衢之大道兮，求捷徑欲從誰？注：惟遵行正直大道，不求邪佞，捷徑也。又，唐盧藏用傳：士大夫指嵩少、終南爲仕塗捷徑。趙云：君子之愛人也以德，細人之愛人也以姑息。下句言鄭十八甘心於下位，不求捷徑以僥倖也。捷徑字，祖出離騷經楚辭，今貼以應未忍，則張衡應閒近是也。示我百篇文，詩家一標準。羈離交屈宋，屈原、宋玉。

牢落值顏閔。顏淵、閔子騫。趙云：示我百篇文，下所謂把文驚小陸。屈宋、顏閔比鄭十八。交與值，自公言之也。水陸迷畏一作長。途，藥餌駐脩軫。古人日已遠，青史字不泯。薛云：應劭風俗通曰：青史善著書。青史者，人姓名。趙云：上兩句公自言。青史，殺青竹簡之史。蓋猶或黃絹或黃紙所書，謂之黃卷耳。劉峻答劉秣陵書：青簡尚新〔二〕。江文通：俱啓丹冊，並圖青史。薛夢符補遺乃引應劭風俗通云云，不知薛何自而得此風俗通之謬與？或別有所紀，字偶相犯，亦不可知。不泯，詩：靡國不泯。選：盛德不泯。步趾詠唐虞，追隨飯葵堇。數杯資好事，異味煩縣尹。趙云：詠唐虞而飯葵堇，非樂道而然邪？堇音謹。杜田：堇葵皆菜之美者。古詩：蓼蟲避葵堇。蓋蓼味辛。食辛之蟲，所以避葵堇。或曰，詩：七月烹葵及菽。則葵甘滑之菜可以養老。又，周原膴膴，堇荼如飴。堇，芹菜。堇辛苦，而如飴之甘，則以周原之膴厚也，謂堇與葵皆菜之美，可乎？杜公但據古詩葵堇字連出，以言所可食之菜耳，況古言葵堇，葵有言露葵〔三〕，而堇亦有言露堇者矣，乘露而美乃秋間之物。選：嚴冬而思堇。以其不可得矣。心雖在朝謁，力與願矛盾。抱病排金門，衰容豈爲敏？敏，不敏也，如左傳「魯人以爲敏」同。趙云：矛盾，相背之謂。蓋矛所以刺，盾所以蔽也。事出韓非子。嵇康曰：事與願違。今云力與願矛盾，即力與願違之義也。

【校勘記】

〔一〕「應閒」，「閒」原作「問」，據清刻本、排印本並參後漢書卷五十九張衡列傳改。以下均同。

〔二〕「劉秣陵」，文淵閣本、文瀾閣本、清刻本、排印本作「劉青陵」，文淵閣本作「劉青秣陵」，皆訛。

檢「青簡尚新」句，文選卷四十三、全梁文卷五十七作追答劉秣陵沼書，可證。

〔三〕「有」，清刻本、排印本作「所」。

殿中楊監見示張(廟諱)草書圖

(趙云：公所與楊監三詩，前二詩無時節可考，但以舊本與後送別乃九月詩相連。)

斯人已云亡，草聖秘難得。及兹煩見示，滿目一悽惻。悲風生微綃，(潘安仁：凱風揚微綃。)萬里起古色。鏘鏘鳴玉動，落落群松直。連山蟠其間，溟漲與筆力。有練實先書，臨池真盡墨。(張伯英善草書，凡家之帛，必先書而後練。臨池學書久，池水盡墨〔一〕，人謂草聖。)俊拔爲之主，暮年思轉極。(趙云：斯人，指言張旭。漢張伯英善草書，人謂草聖。玉動、松直、山蟠，皆以狀其草書。溟漲與筆力，言筆力浩汗，若溟渤之漲水乞與之也。書練與池墨，亦伯英事，以比旭也。俊拔爲主，言其書之所主，由其俊拔故也〔二〕。)未知張王後，誰並百代則？嗚呼東吴精，(蘇州人。)逸氣感清識。(張芝草書，每大醉，叫呼狂走，乃下筆，自視以爲神。)楊公拂篋笥，舒卷忘寢食。(趙云：張則伯英〔三〕，王則羲之。此轉用張、王善書以言張旭矣。逸氣感清識，則張旭之逸氣，感楊監之清識。感者，感格之感，言致得如此也。)念昔揮毫端，不獨觀酒德。(張自言始見公主、擔夫争道而得書法意〔四〕，觀公孫大娘舞劍器而得其神俊。觀張旭用意，不獨在於大醉而已。趙云：言旭之善飲。公詩嘗曰：張旭三杯草聖傳，脱帽露頂王公前，揮毫落紙如雲煙。故用酒德字結之。劉伶善飲，有酒德頌。)

【校勘記】

〔一〕「墨」，文淵閣本、文津閣本、文瀾閣本、清刻本、排印本作「黑」。

〔二〕「故」，清刻本、排印本作「甚」。

〔三〕「伯英」，「伯」字原脱，據清刻本、排印本並參本詩所引注文「張伯英善草書」云云補。

〔四〕「擔」，原作「檐」，訛，據文淵閣本、文津閣本、文瀾閣本、清刻本、排印本改。

楊監又出畫鷹十二扇

近時馮紹正，能畫鷙鳥樣。師云：名畫記〔一〕：馮紹正開元中爲户部侍郎，尤善畫鷹鶻鷄雉，形態觜爪毛彩俱妙。明公出此圖，無乃傳其狀。殊姿各獨立，清絶心有向。疾禁千里馬，氣敵萬人將。狀其快疾勇決。薛云：前漢：文帝有獻千里馬。三國志評曰：關羽、張飛，萬人之敵。師云：古詩：健馬馳千里。殷芸小説：諸葛亮才智精鋭，内外敏捷，萬人將也〔二〕。憶昔驪山宫，冬移含元仗。天寒大羽獵，此物神俱王。玄宗盛時，嘗以冬十月幸温泉，宫時肆獵。當時無凡材，百中皆用壯。時寧王有高麗赤鷹，尤俊異，帝獵則置之駕前，號快雲兒。趙云：千里馬，則驥一日千里也。萬人將，言可以統將萬人之材，必英雄者矣。含元，殿名。大羽獵字，揚子雲有羽獵賦。神王字，莊子：澤雉十步一啄，百步一飲。神雖王，不善也。百中，音去聲，戰國策：蘇厲謂周君曰：

養由基射，百發百中。用壯字，易大壯：九三，小人用壯。注言：用其壯也。粉墨形似間，識者一惆悵。干戈少暇日，真骨老崖嶂。爲君除狡兔，會是翻韝上。

【校勘記】

〔一〕「名畫記」，「記」字原脱，據清刻本、排印本補。

〔二〕「將」，文淵閣本、文津閣本、文瀾閣本、清刻本、排印本作「敵」。

送殿中楊監赴蜀見相公

趙云：相公，杜鴻漸。送子清秋暮。則詩作於大曆元年九月，蓋鴻漸是年二月壬午授劍南西川節度使，平蜀亂。明年夏四月，請入朝奏事，許之。既去，不復來蜀。

去水絶還波，古詩：長江無回波。洩雲無定姿。陸機賦：有輕盈之艷狀，無實體之真形。師云：顔延年詩：洩雲自飄風。人生在世間，聚散亦暫時。離別重相逢，偶然豈定期。送子清秋暮，風物長年悲。師云：蕭慤詩：悽惻長年悲。趙云：淮南子：木葉落，長年悲。豪俊貴勳業，邦家頻出師。相公鎮梁益，軍事無孑遺。趙云：詩：靡有孑遺。解榻再見今，陳蕃禮周璆，別置一榻，去則懸之，來則解。用才復擇誰？況子已高位，爲郡得固辭。難拒供給費，慎哀漁奪私。干戈未甚息，紀綱正所持。泛舟巨石橫，師云：左傳：晉飢，秦輸之粟，命曰泛舟之役。登陸草露滋。山門日易夕，當念居者思。趙云：在世間，莊子：人生世間，若白駒之過隙。言杜相公待楊監，如陳蕃待周、徐也。用才，即是用人才。泛舟巨石橫，登陸草露滋。言或舟或陸，行役之苦。山門日易夕，公自言在夔，故以山門言之。日易夕，則一別之後，光陰易换。居者，乃公自言。左傳有居者、行者之語。

新刊校定集注杜詩卷十三

古詩

秋行官張望督促東渚耗一作刈。稻向畢清晨遣女奴阿稽豎子阿段往問

文十年：王在渚宮，注：小洲曰渚。趙云：舊本耗稻，一作刈，非。蓋此秋詩，未是收刈時。耗稻，於稻中消耗蒲稗，免相奪取。或云耗稻是方言。

東渚雨今足〔一〕，佇聞粳稻香。謝靈運詩：滮池溉粳稻。說文：粳稻屬稻稌〔二〕。上天無偏頗〔三〕，蒲稗各自長。前漢匈奴傳：朕聞天不頗覆，地不偏載。謝靈運湖中作：芰荷迭映蔚，蒲稗相因依。趙云：劉公幹詩：物類無偏頗〔四〕。人情見非類，前漢：朱虛侯章請爲呂太后言耕田。高后兒子畜之，笑曰：顧乃父知田耳。若生而爲王子，安知田乎？章曰：臣知之。太后曰：試爲我言田。章曰：深耕概種，立苗欲疏，非其種者，鉏而去之。太后默然。師古曰：以斥諸呂也。概，稠也。概種者，言多生子孫。田家戒其

荒。前漢武帝紀：野荒治苛也。注曰：荒田畝不闢。功夫競搰搰〔五〕，除草置岸傍。食貨志：芸，除草也。莊子天地篇：搰搰然用力甚多。蒲稗，皆水草。上天以無偏頗不擇稻與蒲稗，皆生長之。然人情見非類，則非類如蒲稗，雖可亂真，人情終見之也。此亦劉章非其種者，耡而去之之意。故力田之家，戒田荒穢，爲蒲稗奪之也。荒，則田萊多荒之荒，何至引漢武野荒治苛乎？除草，乃蒲稗矣。

穀者命之一云令士。本，客居安可忘？范子計然曰：五穀者，萬民之命，國之重寶。晉書：黎元以穀爲命。青春具所務，勤墾免亂常。吳牛力容易，並驅動莫當。一云紛遊場。世説：滿奮云：吳牛見月而喘。詩：並驅從兩牡兮。潘安仁籍田賦云：遊場染屨〔六〕。又世説云：今之水牛生江淮，故謂吳牛。畏熱，見月疑日，所以喘也。趙云：上兩句追言其當春時，已備具其所務矣。所務，務農。墾，墾田。勤於墾田，免亂務農之常，蓋以命之本，雖客居而不忘也。力容易，言其力之多，不以爲難也。東方朔：談何容易。並驅，雙駕之也。場者，疆場之場。紛游場，則所用並驅之牛，非止一雙而已。亦四隣耒耜出，所以紛然也。舊本正作動莫當，非。蓋言耕而已，無動莫可當之義〔七〕。

豐苗亦已穊，見上注。雲水照方塘。劉公幹雜詩：方塘含白水。有生固蔓延，靜一資隄防。趙云：豐苗亦已穊，則劉章所謂也。蔓延，選：軒檻曼延。今言滋蔓連延，亦同義。前漢：韋孟諷諫四言詩：矜矜元王，恭儉靜一。注：靜守一道也。隄防，史：如水之有隄防。有生固蔓延，言均爲有生如蒲稗，固蔓延於稻中矣。然靜守一道，則專在稻苗焉。欲靜一，則在除之。資隄防，亦防其惰農而不致力也〔八〕。督領不無人，提攜一作挈。頗在綱。書盤庚：若網在綱，有條而不紊。趙云：督領，指行官張望。除去蒲稗，必有所役之人，督領者提挈之〔九〕，如舉綱張目耳。荆揚風土暖，周官：揚州、荆州宜稻。江淹：南中氣候暖，朱華凌白雪〔一〇〕。肅肅候微霜。尚恐主守疏，用心未甚臧。

清朝遣婢僕，寄語踰崇岡。趙云：尚恐主守疎，又指行官張望。公前篇行官張望補稻畦水歸詩：主守問家臣，分明見溪畔。主守亦言張望。家臣者，豈婢僕之謂乎？故今題遣女奴阿稽、豎子阿段往問，而云清朝遣婢僕，寄語踰崇岡。西成聚必散，書：平秩西成。不獨陵我倉。詩：我倉既盈。又：曾孫之庾，如坻如京。潘安仁籍田賦：我倉如陵，我庾如坻。豈要仁里譽，感此亂世忙。非欲賙施要仁里之譽，蓋亂世不可不畜積以爲給。趙云：言既除去蒲稗，而稻成可收，則當如此段之事也。公前篇有曰：遺穗及衆多，我倉戒滋漫〔一〕。而今詩曰：西成聚必散，不獨陵我倉。則公及物之胸懷如此。張平子思玄賦：匪仁里其焉宅兮，匪義跡其焉追。北風吹蒹葭，蟋蟀近中堂。詩：十月蟋蟀，入我床下。故近中堂。荏苒百工休，鬱紆遲暮傷。禮月令：霜降，百工休。謝宣遠詩：履運傷荏苒。陸士衡：紆鬱游子情。謝琨：遲暮獨如何〔二〕。趙云：四句又言冬候。詩：蒹葭蒼蒼，白露爲霜。故風吹言蒹葭。遲暮字，楚辭：傷美人之遲暮。蒲稗除矣，稻既成而收且散之矣，迨此冬時，百工當休矣，然余有遲暮之傷，則詩人之情也。此詩反覆曲折，語多深隱，不作尋常紆餘之詩，近乎著書。

【校勘記】

〔一〕「東渚」二字原缺，據清刻本、排印本補。又，「東渚」文淵閣本作「東注」，訛。

〔二〕「稻屬稻稌」四字原缺，據文淵閣本、文津閣本、文瀾閣本、清刻本、排印本補。

〔三〕「上」字原缺，據文淵閣本、文津閣本、文瀾閣本、清刻本、排印本補。

〔四〕「偏頗」，文選卷二十三、魏詩卷三作「頗偏」。

〔五〕「揞揞」，文淵閣本以及二王本杜集卷七作「楫楫」。案，莊子集釋卷五下天地第十二作「揞揞」，應以「揞揞」爲是。
〔六〕「遊」，文選卷七、全晉文卷九十一潘岳藉田賦作「坻」。
〔七〕「無」字原缺，據文淵閣本、文津閣本、文瀾閣本、清刻本、排印本補。
〔八〕「惰」，清刻本、排印本作「隋」，訛。
〔九〕「挐」，文淵閣本作「攜」。
〔一〇〕「凌」，原作「陵」，訛，據文選卷三十一、梁詩卷四改。
〔一一〕「戒」，原作「成」，訛，據文淵閣本、清刻本、排印本並參本集卷十一行官張望補稻畦水歸詩改。
〔一二〕「謝琨」，檢「遲暮獨如何」句，文選卷二十二、晉詩卷十四作「謝混」。案，全晉文卷八十三「謝琨」下有案語曰：「琨，爵里未詳，案藝文類聚目爲宋人。」又曰：「『宋』字皆『晉』之誤，『琨』與『混』形相近，今姑編于謝混之後，俟考。」姑存疑。

覽柏中允兼子姪數人除官制詞因述父子兄弟四美載歌絲綸

唐書：柏氏無顯人。惟柏耆傳云：將軍良器之子，元和中人，不顯州郡。甫又有詩寄柏學士林居。趙云：舊本中允，師民瞻本作中丞，是。蓋近體詩有題云陪柏中丞觀宴將士。然民瞻便指爲柏貞節〔一〕，非。詩句有戮力自元昆，意其方是柏貞節也。然竊有疑焉。公又有柏學士林居、柏大兄弟、柏二別駕詩，皆是文人，豈可指言柏貞節之家乎？俟明識辨之。綵綸，言制詞。

紛然喪亂際，見此忠孝門。晉卞壼傳：翟湯歎曰：父死於君，子死於父，忠孝之道，萃於一門。蜀中寇亦甚，柏氏功彌存。深誠補王室，戮力自元昆。魏書：重以王室多故。爾雅：先生爲昆。漢高紀：戮力，注：并力。趙云：柏氏立功於蜀，其爲名字，於史無所考。以意逆之，必柏貞節也。今所謂柏中丞，意是貞節之弟。而子姪數人，則姪者，貞節子矣。此無他，以詩云戮力自元昆，則言柏中丞之兄，豈乃柏貞節乎？其父子兄弟有功於行陣，則詩人宜以忠孝稱之矣。書：聿求元聖，與之戮力。舊注引高祖紀，在後矣。

三止錦江沸，獨清玉壘昏。左太沖蜀都賦：廓靈關而爲門，包玉壘而爲宇。注：玉壘，山名。華陽國志：錦江，言蜀人織錦濯其中則鮮明，濯他江必不好，故曰錦江。成都記：玉壘山，導江縣西北三十里。趙云：沸字上着止，傳：以湯止沸。錦江，據寰宇記：濯錦江，係之華陽縣。公入蜀見成都亂。蓋寶應元年歲壬寅七月，劍南西川兵馬使徐知道反，拒嚴武之來，不得進。永泰元年歲乙巳，崔旰反，殺郭英乂。次年，揚子琳以瀘州牙將同邛州牙將柏貞節討旰。杜鴻漸表子琳爲瀘州刺史，貞節爲邛州刺史。西蜀大亂，各遣罷兵。於大曆三年歲戊申〔二〕七月，子琳以瀘州刺史反，陷成都，蜀中又亂。此錦江三沸也。然寶應元年徐知道反，公有草堂詩：布衣數十人，亦擁專城居。下注云即柏貞節、揚子琳之徒。則貞節乃預寶應亂之數。永泰二年，既稱討崔旰，而西蜀大亂，又云各遣罷兵，則貞節乃所以亂蜀者。大曆陷成都，雖是揚子琳，而貞節本其同類，不見有貞節預討楊子琳事。若指柏氏爲貞節，實未安也。李善注云：玉壘，山名，湔水出焉，在成都西北岷山界。以今考之，永康軍是也。錦江沸，自指成都府。今又云玉壘昏，則永康軍當時亦有亂矣。或又曰永康軍緊靠威、茂，今威州即唐維州。吐蕃嘗寇松、維，豈所謂玉壘昏乎？高名入竹帛，鄧禹：垂功名於竹帛。新渥照乾坤。子弟先卒伍，芝蘭疊璵璠。謝玄與從兄朗爲叔父安所器重，曰：譬如芝蘭玉樹，生於階庭。同心注師律，易：師出以律。灑血在戎軒。後漢贊二十八將：有來群后，捷我戎軒。梁吴均：袖間血洒地。絲綸實具載，禮緇衣：子曰：王言如絲，其出如綸。王言如綸，其出如綍。紱冕已殊恩。班固西都賦：紱冕所興。趙云：芝蘭比其子弟有香秀之美。璵璠比其子弟如良玉之珍。亦晉書所謂佳子弟如芝蘭玉樹，常使生於庭側也。語：孔子言禹曰：惡衣服而致美乎紱冕。奉公舉骨肉，誅叛經寒温。金甲雪猶凍，朱旗塵不翻。陸佐公石闕銘[三]：朱旗萬里。每聞戰場説，欻激懦氣奔。趙云：奉公舉骨肉，言柏公内舉不避親，併帥子弟赴難。誅叛經寒温，則誅叛者，前年之事，至今作詩時，已經一寒一温。金甲雪猶凍，則効力之時，在冬至，今雪猶凝於甲而凍。朱旗塵不翻，則蒙犯戰塵，重而不翻。聖主國多盜，賢臣官則尊。方當節鉞用，必絶祲沴根。趙云：多盜，言國多盜賊。有能伐叛之賢臣，朝廷不惜爵賞，故官則尊也。節鉞用，以其有功，必使膺節鉞之用，言爲節度使也。爲節度使不可虚受爵賞，必絶祲沴根，以報朝廷。吾病日迴首，雲臺誰再論。後漢馬武等傳二十八將論：永平中，顯宗追感前世功臣，乃圖畫二十八將於南宫雲臺。作歌挹盛事，推轂期孤騫。前漢鄭當時：推轂士及官屬丞史，誠有味其言也。注：言薦舉人如車轂之輪轉。馮唐傳：王者遣將，跪而推轂。此詩注柏中允爲柏耆。按新、舊二史所載：耆止入鎮州説王承宗，諭承宗移鎮及使李同捷，以擅殺同捷，流放至賜死。而詩中乃言効力於成都。又云三止錦江沸，即非耆矣。切疑爲柏貞節、崔旰之殺郭英乂也，貞節與瀘州楊子琳帥師以討之。杜鴻漸鎮蜀，表授邛州刺史。二史於傳無所考信，故未能修去，闕之以俟有聞。趙云：上句公自言其絶望於富貴，無復論畫像之事。下句公自負其詩所稱美，可以推柏公而使之孤騫。推轂，舊注引馮唐傳，又別一義。

【校勘記】

〔一〕「貞節」，原作「正節」，係避諱，此改，以下均同。又，「貞」文淵閣本作「負」，訛。

〔二〕「三」，文淵閣本、文津閣本、文瀾閣本、清刻本、排印本作「二」，訛。

〔三〕「陸佐公」，原作「陸左公」，文淵閣本作「陸太公」，皆訛，據文選卷五十六、全梁文卷五十三改。

聽楊氏歌

佳人絕代歌，獨立發皓齒。前漢外戚傳：李延年侍上起舞，歌曰：北方有佳人，絕代而獨立。前漢枚乘七發：皓齒蛾眉，命曰伐性之斧。薛云：楚詞：朱唇皓齒嫭以姱。又古樂府雜曲：從來著名推趙子，復有丹唇發皓齒。杜云：阮籍詠懷詩：南國有佳人，榮華若桃李〔二〕。朝游江北岸，夕宿瀟湘沚。時俗薄朱顏，誰爲發皓齒。滿堂慘不樂，前漢刑法志：古人有言，滿堂飲酒，有一人向隅而悲泣，則一堂皆爲之不樂。響下青虛裏。一作浮雲裏。江城帶素月，謝希逸月賦：素月流天。趙云：濱江州縣，謂之江城。公詩有：江城今夜客、獨宿江城蠟炬殘、鼓角動江城。言成都也。呈漢中王：江月滿江城。送卿二翁：白馬出江城。與今所云江城帶素月，言夔州也。況乃清夜起。曹子建：中夜起長歎。老夫悲暮年，壯士淚如水。魏武帝樂府：烈士暮年，壯心不已。荆軻歌于易水之上，士皆淚垂。杜云：荆軻歌云：壯士一去兮不復還。曹子建詩：清夜遊西園。舊引却是中夜。老夫悲暮年，壯士淚如水。其所感如此。左傳：牽帥老夫。淚如水，淚下如流泉同義。**玉杯久寂寞，**山海經曰：犬戎國有一女子，跪進玉杯食。韓子曰：紂爲象箸而箕子怖，以爲象箸必不加於土鉶，必將犀玉之杯，象箸玉杯必不羹菽藿，則必薦豹胎。**金管迷宮徵。**趙云：玉杯、金管，皆爲聲曲者也。玉杯，今之所擊水盞；金管，今之吹笛。以金玉言之，取其貴也。如箕子諫紂，以爲象箸則必爲玉杯。王逸：顏淵之簞瓢，勝慶封之玉杯。玉杯之寂寞，言其不敢爲聲。金管迷宮徵，言其聲之不逮於歌。皆以形容歌聲之妙。**勿云聽者疲，愚智心盡死。**韓娥過，宋人辱之。娥曼聲而哭，長幼皆泣下，宋人謝之，娥乃曼聲而歌，老幼皆喜躍。師云：江淹別賦：骨肉悲而心死。**古來傑出士，豈待一知己**〔二〕。孟子曰：豪傑之士，雖無文王猶興。趙云：傳云：士伸於知己，屈於不知己。故於傑出士下使知己字。一本作傑出事，不取。**吾聞昔秦青，傾側**一云傾倒。**天下耳。**杜田補遺：列子曰：昔薛譚學謳於秦青，未窮青之技，自謂盡之，遂辭歸。青弗止，餞於郊衢，撫節悲歌，聲振林木，響遏行雲。譚乃謝，求反，終身不敢言歸。趙云：秦青，一本作秦音，非。杜説是。蓋傾天下之耳，則非特一知己而已。

【校勘記】

〔一〕「榮」，文選卷二十九、魏詩卷七作「容」。

〔二〕「待」，文瀾閣本作「特」，訛。

荆南兵馬使太常卿趙公大食刀歌

趙云：此篇蓋柏梁體。分爲兩段。上段十七句，平聲；於中，又分六段。下段十五句，仄聲；于中，又分三段。句云：玄冬示我胡國刀，則十二月。師云：按唐史：大食國本波斯地，帶佩銀刀。

太常樓船聲嗷嘈，漢武鑿昆明池，始製樓船。上建樓櫓，官有樓船將軍。師云：沈約賦：聲嗷嘈而遠邁。問兵刮寇趨下牢。下牢，楚地。牧出令奔飛百艘，牧，州牧；令，縣令。牧出令奔，同赴軍事。艘，船也。劉備遣關羽乘船數百艘，皆會於江陵。猛蛟突獸紛騰逃。趙云：四句言趙太常以軍事爲使。乘大舟，則可用樓船字矣。公送李大夫赴廣州亦曰斧鉞下青冥，樓船過洞庭。聲嗷嘈，則鳴鑼擊鼓鼓枻之聲。上牢、下牢，夔已下水關之名。趨下牢，以羌蠻之亂也。所謂寇者，指此矣。羌連白蠻。飛百艘，應軍須之船。船經山過，故水蛟山獸，猛突者亦驚逃矣。白帝寒城駐錦袍，華陽國志：先主征吳，於夷道還，屯於巴東。巴東，治魚復縣。公孫述更名白帝，章武中改曰永安。玄冬示我胡國刀。趙云：白帝城，公孫述所築。述號白帝，故謂白帝城。在夔州東。壯士短衣頭虎毛，莊子説劍：庶人之劍，蓬頭、突鬢、垂冠〔〕，曼胡之纓，短後之衣。憑軒拔鞘天爲高。壯士短衣頭虎毛，則拔鞘之人以虎頭爲飾。王仲宣登樓賦：憑軒檻以遥望。師云：西京雜記：漢高祖斬白虵，劍在室中，光影猶照於外。開匣拔鞘，輒有風氣，光彩射人。翻風轉日木怒號，冰翼雪淡傷哀猱。趙云：翻風轉日，刀揮霍之勢。張纘南征賦：平湖夷暢，翻光轉彩。冰翼雪淡，刀瑩薄嚴冷之狀。莊子：大塊噫氣，其名爲風。是惟無作，作則萬竅怒號。木怒號，風鼓之故也。傷哀猱，駭利刃之傷。言及哀猱，則因木而及之。詩：毋教猱升木。鐫錯碧罌鸊鵜膏，方言：野鳧甚小，好没水中。南楚人謂之鸊鵜。爾雅注：鸊鵜，似鳧而小，膏中瑩刀劍。鋩鍔一云銛鋒。已瑩虛秋濤。王褒頌：巧冶鑄干將之朴，清水淬其鋒，越砥斂其鍔。注：鋒刃芒端。秋濤，言色澄徹。趙云：戴暠渡關山詩：馬銜苜蓿葉，劍瑩鸊鵜膏。鬼物撇捩辭坑壕，蒼水使者捫赤絛。搜神記：秦時，有人夜渡河。見一人丈餘，手橫刀而立，叱之乃曰：吾蒼水使者。龍伯國人罷釣鼇，趙云：鬼物，本隱藏於坑壕，見刀乃撇捩而辭遁焉。坑壕，城下之所。蒼水使者，是刀之事。今以比呈刀之人乃蒼水使者矣。又，吳越春秋載禹登衡岳，血白馬以祭。夢見赤繡衣男子，稱玄夷蒼水使者，曰：聞帝使文命于斯，故來候之。此又於楚地爲切。釣鼇，列子湯問篇：龍伯之國有大人，一釣而連六鼇，合負而趣歸其國焉。以蒼水使者提刀而呈，龍伯國人見之乃罷釣鼇而去，又言刀之神也。芮公迴首顏色勞。芮公，荆南節度使。分閫救世用賢豪，趙云：迴首顏色勞，望趙太常之來也。傳：閫外之事，將軍制之。芮公分天子之閫，以救于世。賢豪，指趙也。公後有王兵馬二角鷹詩又云：荆南芮公得將軍，亦如角鷹下翔雲。可見芮公之欲得賢豪者矣。趙公玉立高歌起。攬環結佩相終始，萬歲持之護天子。得君亂絲與君理，隱四年傳：衆仲曰：以德和民，不聞以亂。以亂，猶治絲而棼之。漢龔遂曰：治亂民猶治亂繩。桓溫表：抗節玉立，誓不降辱。趙云：攬環結佩，則莊嚴其服。相終始，則成就芮公用賢豪之意。萬歲持之奉天子，則持此刀以奉天子，乃相終始之事。理亂絲有二事，謝承後漢書：方儲爲郎中，章帝使文郎居左，武郎居右，儲正住中。曰：臣文武兼備，在所施用。上嘉其材，以繁亂絲付儲，使理。儲拔刀三斷之，曰：反經任勢，臨事宜然〔二〕。北齊文宣帝，神武第二子。神武使諸子理亂絲。帝抽刀斬之，曰：亂者必斬。此刀事也。舊注引左傳，與刀事不相干。蜀江如線針如水〔三〕。蜀水至瞿塘爲峽，所束如線。荆岑彈丸心未已，言有以一丸泥封大散關。賊臣惡子休干紀。史記：亂臣賊子。陸士衡：誅鋤干紀。魑魅魍魎徒爲耳，宣三年傳：王孫滿曰：昔夏之方有德也，遠方圖物，貢金九牧，鑄鼎象物，百物而爲之備，使民知神、姦。故民入川澤、山林，不逢不若，魑魅魍魎，莫能逢之。注：魑，山神，獸形；魅，怪物；魍魎，水神。妖腰亂領敢欣喜。用之不高亦不庳，不似長劍須天倚。師云：此言趙公玉立高歌，視蜀江如針線，荆岑如彈丸，其豪氣如此，賊臣魑魅安所容哉。杜田補遺：余知古荆楚故事曰：襄王與唐勒、景差、宋玉等遊雲陽臺。王曰：能爲大言者乎？勒曰：壯士怒兮絶天柱，北斗戾兮泰山夷。差曰：狡士猛毅，撼摇覆載。鋸牙鋸雲聲其大，吐舌萬里唾一世[四]。玉曰：方地爲輿，圓天爲蓋，彎弓挂扶桑，長劍倚天外。王曰：善。趙云：蜀江之小，才如線，而水才如針，荆岑之地才如彈丸，而不軌之心殊未休已，故戒之休干紀也，況此刀一用，可以斬除之乎。江如線，針如水，錯以成文。高適云：争一彈丸之地。魑魅魍魎，比賊臣惡子。腰領，言所斬之處。庳者[五]，卑也。不高不庳，則用之適宜。吁嗟光禄英雄弭，大食寶刀聊可比。丹青宛轉麒麟裏，光芒六合無泥滓。趙云：卿有九，太常光禄爲九列之首。二職常兼領，魏志：常林徙光禄，勳太常。梁陸倕有爲王光禄轉太常謝表。則光禄又指趙兵馬使。英雄弭，言英雄弭止未振，猶寶刀未用也。丹青宛轉麒麟裏，使建功圖畫於麒麟閣，如趙充國之屬。如是，則光芒生於六合，永滅妖氛，斯爲無泥滓矣。

【校勘記】

〔一〕「垂」下，原脱「冠」，據莊子雜篇説劍第三十訂補。

〔二〕「事」，文淵閣本、清刻本、排印本作「時」。

〔三〕「針如水」，二王本杜集卷七作「如針水」。案，先後解輯校戊帙卷十一作「如針水」，百家注卷二一

十九、分門集注卷十六、草堂詩箋卷四十二、黃氏補注卷十三均作「針如水」；錢箋作「如針水」，異文云：「一作針如水」。

〔四〕「二」字原缺，據文淵閣本、文津閣本、文瀾閣本、清刻本、排印本訂補。

〔五〕「庳」，文淵閣本作「痺」。

王兵馬使二角鷹

悲臺蕭瑟石巃嵸，潘岳西征賦：巃嵸逼迫〔一〕。注：巃嵸，高大貌。師云：古詩：人生百年内，杳默歸悲臺。哀壑杈枒浩呼洶。師云：古詩：哀壑叩虛牝。中有萬里之長江，迴風滔日孤光動。師云：薛道衡詩：日照孤光蕩。趙云：荆南枕大江之上，故爾。角鷹翻倒壯士臂，將軍玉帳軒翠氣。師云：潘岳詩：軍門挂玉帳。杜田補遺：揚子雲甘泉賦：乘雲閣而上下兮，紛蒙籠以混成〔二〕。曳虹彩之流離兮，颺翠氣之宛延。師古曰：宮室曠大，自然有紅紫氣。一本作軒昂氣，理或然也。趙云：玉帳，將軍之帳。李白亦使。世有書曰玉帳經，言武事也。帳之深邃含蘊翠氣，而壯士臂鷹於前，鷹翻倒而軒開之。二鷹猛腦絛徐墜，師云：張綽詩：霜鶻猛轉腦，狡兔避空谷。目如愁胡視天地。師云：晉孫楚鷹賦：深目蛾眉，壯似愁胡。趙云：舊本：二鷹猛腦徐侯穟。猛腦固言鷹之頭腦猛厲，而徐侯穟字殊無義理。王介甫善本作絛徐墜，於理或然。徐墜，晉潘尼苦雨賦：始蒙濩而徐墜，終滂霈而難禁。**杉雞竹兔不自惜，**師云：異物志：杉雞，黃冠青縷常在杉樹下。又，竹兔，小如野兔，常食竹葉。**溪虎野羊俱辟易。**唐書：裴旻善射虎，一日疊三十六頭。見一老人，曰：此彪也。前有真虎，將軍遇之，殆矣。旻怒馬赴之，果一小虎伏地而吼。旻馬辟易，弓矢墜地。師云：宜都山多，虎穴在深溪回谷中〔三〕。南海志：野羊成群觸人。趙云：項羽傳：揚喜追羽，羽叱之，喜人馬俱驚，辟易數里。師古曰：辟易，謂開張而易其本處。辟，頻亦反。溪虎野羊俱辟易，正自言虎羊見鷹畏懼而退縮。**韝上鋒稜十二翮，**鮑明遠：昔如韝上鷹。師云：傅玄鷹賦：勁翮二六，機連體輕。**將軍勇鋭與之敵。將軍樹勳起安西，崑崙虞泉入馬蹄。**薛云：楚詞：回靈光於虞淵〔四〕。注〔五〕：虞淵，日所入也。虞泉，乃虞淵。唐高祖諱淵，故云。**白羽曾肉三狻猊，**白羽，箭；猊，師子。**敢決豈不與之齊。**師云：應瑒詩：戰士志敢決。趙云：與之齊字，禮記：信，婦德也，一與之齊，終身不改。魏文帝與吴質書：吾德不及，年與之齊。**荆南芮公得將軍，亦如角鷹下翔**一云入朔。**雲。惡鳥飛飛啄金屋，安得爾輩開其群，驅出六合梟鸞分。**趙云：惡鳥飛飛啄金屋，言可憎之惡鳥啄富貴家之屋，當得角鷹之輩開破之，故有梟鸞分之句。江總：黃鵠飛飛遠。又曰：黃鳥飛飛有時度。梁張率：望鳥飛飛滅。金屋，漢武帝曰：阿嬌當以黃金屋貯之。

【校勘記】

〔一〕「潘岳西征賦」，檢西征賦無「寵嵸逼迫」句，考全後漢文卷四十三傅毅舞賦有此句，或是誤置。

〔二〕「成」，文淵閣本、文津閣本、文瀾閣本奪。

〔三〕「回」，原作「同」，訛，據清刻本、排印本改。

〔四〕「回靈光」，文淵閣本作「曰靈光」，訛。案，全漢文卷三十五楚辭思古作「囚靈玄」。

〔五〕「注」，文淵閣本、文津閣本、文瀾閣本作「流」，訛。

甘林

捨舟越西岡，謝靈運：舍舟眺迥渚。入林解我衣。趙云：史：惟恐入山之不深、入林之不密。青芻適馬性，好鳥知人歸。晨光映遠岫，陶潛：晨光熹微。謝玄暉：窗中列遠岫。夕露見日晞。趙云：晞，乾也。選：朝露待日晞。詩：見晛聿消。遲暮少寢食，趙云：楚詞：傷美人之遲暮。語：吾嘗終日不食，終夜不寢。清曠喜荆扉。選詩：豈徒暫清曠。沈休文詩：荆扉新且故。言晚年不以寢食爲嗜，而喜所居之荆扉也。經過倦俗態，在野無所違。試問甘藜藿，莊子：藜羹不糝。趙云：阮籍詠懷詩：趙李相經過。謝叔源遊西池詩：願言屢經過。詩：君子在野。選：予甘藜藿，未暇此食也。舊注卻改莊子藜羹字爲藜藿，誤矣。未肯羨輕肥。子路：乘肥馬，衣輕裘。喧靜不同科，出處各天機。不同科三字，語：爲力不同科。莊子：其嗜欲深者，其天機淺。師云：古詩：喧靜本性習。趙云：天機，雖三出莊子，今所用，則蚿曰：予動吾天機。注，自然也。即非所謂嗜欲深者天機淺之類矣。勿矜朱門是，郭景純：朱門何足榮，未若托蓬萊。

陋此白屋非。明朝步鄰里，長老可以依。時危賦斂數，脱粟爲爾揮。公孫弘食一肉，脱粟飯。師古曰：才脱粟而已，不精鑿也。言民雖困賦斂，猶能致意於賓客，故曰可依。相攜行豆田，秋花藹菲菲。子實不得喫，貨市送王畿。盡添軍旅用，迫此公家威。主人長跪辭〔一〕，戎馬何時稀？我衰易悲傷，屈指數賊圍。勸其死王命，慎莫遠奮飛。趙云：子實不得喫，言豆子雖結實，長老者不得喫也。主人，又指長老。詩：不能奮飛。

【校勘記】

〔一〕「辭」，二王本杜集卷七作「問」。

雨

行雲遞崇高，易：雲行雨施。飛雨藹而至。潺潺石間溜，汩汩松上駛。亢陽乘秋熱，百穀皆已棄。皇天德澤降，焦卷有生意。前雨傷卒暴，今雨喜容易。不可無雷霆，間作鼓增氣。趙云：應璩與岑瑜書：頃者炎旱，日更甚。砂礫銷鑠，草木焦卷。史：勇夫增氣。佳聲達中宵，所望時一致。清霜九月天，髣髴見滯穗。郊扉及我私，詩：遂及我私。一云栽耘。我圃日蒼翠。恨無抱甕力，庶減臨江費。子貢過漢陰，見一丈夫方爲圃畦，鑿隧而入井，抱甕而出灌。趙云：顏延之贈王太常詩：郊扉常晝閉。及我私，言公田。不必惑下句有我圃字而云一作栽耘也。二我字不同義。況七月，豈栽耘時乎？末句公自注分明，義則恨不能抱甕如漢陰丈人以汲水，乃買水於人，斯爲臨江之費矣。

鄭典設自施州歸

趙云：此篇兩段，自上句至「森疎見矛戟」是一段。鄭典設往謁裴施州，意氣相投，情分欵密，且言其有簡册之樂焉。下則公言嘗得裴之惠書，又美裴能寫字。自「倒屣喜旋歸」至「庶脱蹉跌厄」是一段，言喜鄭典設之歸語行歷事，喜聞太守之賢而公動往謁之懷，當在孟冬乘轎而往。

吾憐榮陽秀，冒暑初有適。名賢慎出處，不肯妄行役。旅兹殊俗遠，竟以屢空迫。顏淵屢空[一]。南謁裴施州，氣合無險僻。攀援懸根木[二]，師云：張華詩：攀援得山行。江總賦：岸木懸根[三]。登頓入天石。師云：謝莊詩：疲人登頓怯。又施州有連天石。青山自一川，城郭洗憂戚。聽子話此邦，令我心悦懌。其俗則純朴，不知有主客。温温諸侯門，禮亦如古昔。勑厨倍常羞，師云：劉公幹詩：供膳勑中廚。謂省廚。杯盤頗狼籍。史滑稽傳：履舄交錯，杯盤狼籍。時雖屬喪亂，事貴賞一作當。匹敵。師云：曹祖詩：萬里無匹敵。中宵愜良會，師云：古詩：今日宴良會。裴鄭非遠戚。師云：張載詩：與君未遠戚。趙云：殊俗字，非詩序家殊俗。庾信云：偏方殊俗。公自中原來，故指夔爲殊俗。攀援，選：何可攀援。登頓，選：疲於登頓。謝靈運過始寧墅詩：山行窮登頓。城郭洸憂戚，下句言遂如至親，非特遠戚而已。此親戚與憂戚字不同。舊本正作賞匹敵，非。當，音去聲，言待匹敵之當也。群書一萬卷，博涉供務隙。他日辱銀鉤，森疎見矛戟。薛夢符云：北史：李義深有當世才，而用心險峭。時人語曰：矛戟森森李義深。師云：李隅詩：筆落字有力，矛戟空縱横。杜田補遺：世說：裴令見鍾士季如觀武庫，但見矛戟。詳觀是詩，所謂矛戟，非心之險峭，蓋言書之快利，森森如矛戟。趙云：言裴施州之藏書好學，能書也。劉向傳云：博極群書。銀鉤，索靖叙草書云：婉若銀鉤，漂若驚鸞。矛戟字，薛非是。書苑：歐陽詢尤工行書，出於大令，森然如武庫之矛戟。大令，王獻之〔四〕。倒屣喜旋歸，蔡邕倒屣迎王粲。畫地求所歷。乃聞風土質，又重田疇闢。刺史似寇恂，列郡宜競惜。見「權宜借寇恂」注。趙云：倒屣，不上鞋踵。畫地，路温舒畫地爲獄，議不入。寇恂爲潁川守，百姓遮道曰：願從陛下復借寇君一年。北風吹瘴癘，羸老思散策。師云：王粲詩：散策高堂上。渚拂蒹葭塞，一作寒。嶠穿蘿蔦冪。此身仗兒僕，高興潛有激。孟冬方首路，顔延年：改服飭徒旅，首路蹈險艱〔五〕。强飯取崖壁。歎爾疲駑駘，汗溝血不赤。師云：崔駰賦：顧駑駘而疲瘁兮，何以堪其載馳。古詩：老馬難汗血。終然備外飾，駕馭何所益？

我有平肩輿，前途猶準的。翩翩入鳥道，師云：江逌詩：孤煙迷鳥道。庶脱蹉跌厄。師云：古善哉行：世路幾蹉跌。趙云：「北風吹瘴癘」至「高興潛有激」，則鄭典設歸在秋時，公時散策遨遊，拂渚穿嶠，皆散策之地。蒹葭塞，舊本作寒，非。興有激，亦思往謁裴施州。故以孟冬爲往期。既以駑駘不可馭，則乘轎而往。肩輿，轎也。汗溝，馬援銅馬相法曰：汗溝欲深長。漢書：大宛國别邑七十餘城，多善馬。馬汗血，言其先天馬子也。鳥道，南中八志曰：交趾郡治龍編縣，自興古鳥道四百里。蓋以其險絶，獸猶無蹊，人所莫由，特上有飛鳥之道耳。梁沈約愍塗賦：依雲邊以知國，極鳥道以瞻家。庶脱蹉跌厄，乘肩輿而不騎駑駘，自免蹉跎困跌之厄。

【校勘記】

〔一〕「顔淵屢空」，清刻本、排印本作：「語：其庶乎！屢空。」

〔二〕正文「南謁裴施州」以下三句，文淵閣本、文津閣本、文瀾閣本當作注文字體，誤。

〔三〕「師云」以下十七字，清刻本、排印本闕。

〔四〕「王獻之」，原作「王羲之」，據文瀾閣本並參晉書卷六十五王珣傳改。

〔五〕「艱」，文淵閣本、清刻本、排印本作「難」。

種萵苣并序

既雨已秋，堂下理小畦，隔種一兩席許萵苣，向二旬矣。而苣不甲坼，伊人莧青青。趙云：別本伊人作獨野，是。傷時君子，或晚得微祿，轗軻不進，因作此詩。趙云：舊本萵苣作萎苣，必誤[一]。蓋詩中言藝其子，豈却言萎苣耶[二]？

陰陽一錯亂，驕蹇不復理。師云：蔡邕詩：苦熱氣驕蹇。枯旱於其中，師云：晉江統[三]：枯旱之思雨露。炎方慘如燬。師云：王室如燬。鄭注：如燬，謂酷烈也。植物半蹉跎，嘉生將已矣。趙曰：漢書：嘉生之類。注：專指爲禾。曹植書：民失嘉生。雲雷欻奔命，師伯集所使。趙云：雲雷，易：雲雷，屯。史：雨師灑道，風伯掃塵。指麾赤白日，澒洞青光起。趙云：指麾赤白日，言赤日，或言白日足矣，而曰赤白日，蓋云赤然之白日也。淮南子：未有天地之時，濛鴻澒洞[四]，莫知其門。則澒洞者，氣昏貌。青光起，則白日赤色，變爲青光，斯雨候矣。雨聲先已風，散足盡西靡。趙云：張協詩：森森散雨足[五]。風從東南來，所以西靡也。皇覽：東平思王冢在無鹽。人傳言王在國思歸京師，後葬，其冢上松柏皆西靡。言盡者，亦皆義矣。或者引選：望咸陽而西靡，語意不盡。山泉落滄江，霹靂猶在耳。終朝紆颯沓，信宿罷蕭洒。堂下可以畦，呼童對經始。苣兮蔬之常，隨事蓺其子。破塊數席間，增添：鹽鐵論：周公之時，風不鳴條，雨不破塊〔六〕。荷鋤功易止。兩旬不甲拆，空惜埋泥滓。趙云：言初無畦而始經營之。詩：經始勿亟。蓺者，種也。隨所有事而種之。蓋其有事於蔬茹故也。易：百穀草木皆甲坼〔七〕。選：奮迅泥滓。野莧迷汝來，宗生實於此。師云：左思吳都賦：宗生高岡〔八〕。杜田補遺：楊子雲蜀都賦：其竹則宗生族攢，俊茂豐美。左思吳都賦：楠榴之木，相思之樹。宗生高岡，族茂幽阜。趙云：迷漫於苣也。苣有兩種，有苦苣，甜苣。苦苣易生而甜苣比之難生。公於前篇園官送菜詩以苦苣掩乎嘉蔬而罪之云：乃知苦苣輩，傾奪蕙草根。今於甜苣，此下四句則罪野莧之掩乎苣。此輩豈無秋，亦蒙寒露委。翻然出地速，滋蔓戶庭毀。師云：左傳：無使滋蔓。蔓，難圖也。因知邪干正，掩抑至没齒。趙云：此輩，指野莧。論語：飯蔬食飲水，没齒無怨。賢良雖得祿，守道不封己。趙云：言賢良之人得位，不似邪佞得位而封己，亦猶嘉蔬之苣，出地不滋，非似野莧得地滋蔓也。封己，國語：叔向曰：引黨以封己。韋昭注曰：封，厚也。李蕭遠運命論：孔子之孫子思：希聖備體而未之至，封己養高，勢動人主。擁塞敗芝蘭，衆多盛荊杞。中園陷蕭艾，老圃永爲耻。趙云：中園字，選詩：蓬蒿滿中園。老圃字，語：吾不如老圃。登于白玉盤，漢官儀：封禪壇有白玉盤。藉以如霞綺。趙云：如霞綺，言藉之之綺如霞也。古人每言綺饌，蓋貴家以錦綺藉食。謝玄暉詩：餘霞散成綺。惟珍貴苣之故，則所登者玉盤，所藉者霞綺矣。莧也無所施，胡顏入筐篚？趙云：曹子建表：犯詩人胡顏之戒〔九〕。李善注：胡，何也。即詩胡不遄死之義。毛萇曰：何顏而不速死？殷仲文表：亦胡顏之厚。詩：筐篚幣帛，以將其厚意；采采卷耳，不盈頃筐。

【校勘記】

〔一〕「必」，清刻本、排印本無。

〔二〕「蓋詩中言藝其子」兩句，清刻本、排印本闕；其中，「藝」文瀾閣本作「埶」、「耶」文淵閣本、文津閣本作「耳」。

〔三〕「師云晉」三字，清刻本、排印本無。

〔四〕「濛鴻澒洞」，文淵閣本、文津閣本作「濛鴻澒動」，訛。案，淮南子卷七作「澒濛鴻洞」。

〔五〕「張協」，原作「謝朓」，檢謝朓詩無「森森散雨足」句，考文選卷二十九、晉詩卷七張協雜詩十首其四有此句，當是誤置，據改。

〔六〕「風不鳴條」二句，鹽鐵論卷六作：「雨不破塊，風不鳴條。」

〔七〕「穀」，周易正義卷四咸傳作「果」。

〔八〕「左思吴都賦」，原作「張平子南都賦」，檢南都賦無「宗生高岡」句，考文選卷五、全晉文卷七十四左思吴都賦有此句，當是誤置，據改。

〔九〕「戒」，文選卷二十、全三國文卷十五作「譏」。

秋風二首

秋風淅淅吹巫山，上牢下牢修水關。上牢、下牢，峽内地名。水關，關津。吴檣楚柂牽百丈，暖向神都寒未還。趙云：謝惠連詩：淅淅振條風。公嘗曰：淅淅風生砌。江至吴、楚，用帆矣。在夔州，則吴船之檣，楚船之柂，猶用百丈牽以上水也。神都，神明之都，言吴、楚也。吴都賦：伊兹都之函洪，傾神州而韞櫝。要路何日罷長戟，戰自青羌連百蠻。中巴不曾消息好，暝傳戍鼓長雲間。趙云：要路，言往吴楚之要路，其荆渚之間，有羌蠻之戰，則要路長戟滿矣。舊本連百蠻，師民瞻作白蠻，是。蓋雋州西有烏蠻、白蠻。公夔府詠懷云：絶塞烏蠻北。

右一

秋風淅淅吹我衣，東流之外西日微。天清小城擣練急，師云：鮑照詩：寒城搗素練。石古細路行人稀。趙云：前篇言夔人征戍戰伐之苦，今篇自叙其旅泊不歸之懷。東流之外西日微，寫眼前之景，宛轉含畜，道不盡淒感之意。不知明月爲誰好，早晚孤帆他夜歸。會將白髮倚庭樹，故園池臺今是非。趙云：倚庭樹，倚長安故居庭樹。既是隔絶池臺，有變易之理，又問其今是與非。

右二

久雨期王將軍不至

趙云：此篇自首句至「人生會面難再得」[一]，言久雨王將軍不至，叙眼前之景。自「憶爾腰下鐵絲箭」，至「十月荆南風怒號」[二]，紀贈王將軍英勇。

天一作山。雨蕭蕭滯一作帶。茅屋，空山無以慰幽獨。銳頭將軍來何遲，白起頭小而銳。令我心中苦不足。數看黃霧亂玄雲，時聽嚴風折喬木。泉源泠泠雜猿狖，泥濘漠漠飢鴻鵠。歲暮窮陰耿未已，人生會面難再得。趙云：幽獨，楚辭：幽獨處乎山中。謝靈運晚出西射堂詩：安排徒空言，幽獨賴鳴琴。銳頭將軍，以白起比王君。王豈亦頭小而銳邪？史：汝來何遲遲。古詩有：會面安可知。李延年歌：佳人難再得。憶爾腰下鐵絲箭，師云：阮瑀詩：箭紐鐵絲剛，刃插銀刀白。射殺林中雪色鹿。師云：陸雲詩：仁鹿幾千年，皮毛如霜雪。前者坐皮因問毛，知子歷險人馬勞。異獸如飛星宿落，應弦不礙蒼山高。師云：顏延年賦：野雁應弦而墮落。安得突騎只五千，崒然眉骨皆爾曹。走平亂世相催促，一豁明主正鬱陶。憶一云恨。昔范增碎玉斗，鴻門之會，漢王使張良獻玉斗於范增，增碎之。未使吴兵著白袍〔三〕。師云：侯景命東吴兵盡著白袍，自爲營陣。昏昏閶闔閉氛祲，時賊據京師。十月荆南雷怒號。趙云：白袍，南史：梁人陳慶之麾下悉著白袍，所向披靡。先是洛中謡曰：名軍大將莫自勞〔四〕，千兵萬馬避白袍。蓋江左事也。豈吴、楚之間有戰伐事乎？公詩前篇：戰自青羌連白蠻；而編年通載：大曆二年九月，桂州山獠反。皆南方事。惜不可詳考。閶闔，吴閶闔門。時京師晏然。十月雷，實記其變。

【校勘記】

〔一〕「首」原作「上」，據清刻本、排印本改。

〔二〕「風」，底本模糊，據文淵閣本、文津閣本、文瀾閣本、清刻本、排印本補。

〔三〕「吴」，原作「吾」，據二王本杜集卷七、百家注卷三十、分門集注卷十五、錢箋卷七並參此詩句下引「師云」注改。

〔四〕「名軍大將莫自勞」，「勞」南史卷六十一作「牢」。

别李秘書始興寺所居

不見秘書心若失，及見秘書失心疾。安爲動主理信然，師云：與老子静爲躁君同義。我獨覺子神充實。師云：相法曰：目精晃朗，形神充實者，主壽不死。趙云：詩未見君子、既見君子之義。心若失者，心若有所遺失。是謂心疾。藝文類聚載俗說：阮光禄大兒喪，哀過，遂得失心病。此心若失之失。列子：若亡若失。左傳昭二十二年：楚王有心疾。謝朓怨情：故人心尚爾，故心人不見。安爲動主，義以秘書之能。安以主動，故其神充實。豈亦通佛法之妙而然乎？重聞西方正觀經，佛，西方之教，其法有大觀大覺。老身古寺風泠泠。妻兒待來且歸去，他日杖藜來細聽。杜田補遺：西方無量壽經教韋提希及未來世一切衆生，觀於西方極樂世界。以佛力故，當得見彼清淨國土，如執明鏡自見面像，凡十六觀。日想爲初觀，水想爲第二觀，地想爲第三觀，樹想爲第四觀，八功德水想爲第五觀，總觀想爲第六觀，花座想爲第七觀，像想爲第八觀，偏觀一切色想爲第九觀，觀世音菩薩真實色聲想爲第十觀，觀大勢至菩薩色身想爲第十一觀，音觀想爲第十二觀，雜觀想爲第十三觀，上品生想爲第十四觀，中品生想爲第十五觀，下品生想爲第十六觀。作是觀者，名爲正觀。若他觀者，名爲邪觀。

縛雞行

小奴縛雞向市賣，雞被縛急相喧爭。家中厭雞食蟲蟻，師云：陶侃詩：山雞啄蟲蟻。不知雞賣還遭烹。蟲雞於人何厚薄，師云：此孟子見牛未見羊同意。吾叱奴人解其縛。師云：許子面縛銜璧以見楚王，楚王命解其縛。雞蟲得失無了時，注目寒江倚山閣。師云：古詩：千里勞注目。趙云：縛急字，呂布既降曹操，曰：今日已往，天下定矣。顧劉備曰：玄德，卿爲坐上客，我爲降虜，繩縛我急，獨不可一言邪？操笑曰：縛虎不得不急。一篇之妙，在乎落句。蓋雞之所以得者，蟲之所以失；人之所以得者，雞之所以失。人之得失如雞、蟲，又且相仍何時而了乎？注目寒江倚山閣，則所思深矣。黃魯直深達詩旨，其書酺池寺書堂云：小黠大癡螗捕蟬，有餘不足夔憐蚿。退食歸來北窗夢，一江風月趁漁船。可與言詩者當自解也。步里客談云：古人作詩斷句輒旁入他意，最爲警策，如老杜云雞蟲得失無了時，注目寒江倚山閣是也。黃魯直作水仙花詩亦用此體，云：坐對真成被花惱，出門一笑大江橫。至陳無已云：李杜齊名吾豈敢，晚風無樹不鳴蟬，則直不類矣。

負薪行

峽民男爲商，女當門户。坐肆於市廛，擔負於道路者，皆婦人也。

夔州處女髮半華，四十五十無夫家。更遭喪亂嫁不售，一生抱恨堪咨嗟。土風坐男使女立，應當門户女出入。十有八九負薪歸，賣薪得錢當供給〔一〕。至老雙鬟只垂頸，野花山葉銀釵並。筋力登危集市門，師云：史記：刺繡文不如倚市門。趙云：孫子曰：去如處女，敵人開户。語：四十、五十而無聞焉。陸機詩：土風清且嘉。晉傅玄豫章行：男兒當門户，墮地自生神。江賦：狐玃登危而雉容〔二〕。今公詩怪巫山之女麤醜，而昭君獨美，似後篇士無英俊而屈原獨奇也。死生射利兼鹽井。夔有鹽井。師云：班彪：乘時射利，商人之功。面粧首飾雜啼痕，地褊衣寒困石根。師云：仲炯詩：蒼煙遠石根。若道巫山女麤醜，何得此一作北。有昭君村？昭君村，在神女廟下。薛云：歸州圖經：王嬙字昭君。漢紀注云：南康秭歸人，待詔掖庭。元帝竟寧元年，匈奴呼韓邪單于來朝，帝賜單于王嫱爲匈奴閼氏。按樂府解題云：帝後宮多使畫工圖形，按圖召幸。宮人皆賂畫工〔三〕。昭君恃貌，獨不與，乃惡圖之。後匈奴入朝，選美人配之。昭君當行，入辭，光彩射人，悚動左右。天子重失信外國，悔恨不及。窮按其事，畫工杜陵毛延壽等皆棄市。琴操載：昭君，王穰女，端正閑麗，年十七，獻之元帝。以地遠不幸，備後宮。積五六年，帝每遊後宮，昭君常怨不幸。後單于朝賀，帝宴之，盡召後宮，昭君乃盛飾而至。帝問欲以一女賜單于，誰能行者。昭君越席請往。時單于使在旁，帝驚，恨不及。昭君至，單于大悦，遣使報，送白璧一雙，駿馬一十匹，胡地至寶之物。昭君恨帝始不見遇，乃作怨思之歌曰：梨葉萋萋，其葉黄。有鳥處此，集于芭桑。父兮母兮，道路脩長。嗚呼哀哉！憂心惻傷。單于既死，子達立，昭君謂達曰：將爲漢？將爲胡？曰：將爲胡。於是昭君伏毒而死。單于葬之。胡中多白草，而冢獨青。詞人爲歌弔之，鄉人思之，爲之立廟。廟有大柏，圍六丈五尺，枝葉蓊鬱，出故臺之上，及有擣練石在廟側溪中〔四〕，今香溪也。廟屬巫山縣。樂府與琴操不同，故並載之。

【校勘記】

〔一〕「當」，百家注卷二十二、分門集注卷二十五、錢箋卷七作「應」。

〔二〕「江賦」，原作「海賦」，檢海賦無「狐玃登危而雍容」句，考文選卷十二郭景純江賦有此句，當是誤置，據改。又，「狐」江賦作「孤」。

〔三〕「賂」，文淵閣本、清刻本、排印本作「賄」。

〔四〕「又」，原作「及」，訛，據清刻本、排印本改。

最能行

峽中丈夫絶輕死，少在公門多在水。富豪有錢駕大舸，貧窮取給行艓子。杜田補遺：博雅曰：舸，舟也。揚雄方言：南楚江、湖、湘，凡船大者謂之舸。艓，小舟名，音葉。言輕如小葉。切韻、玉篇並不載艓字。小兒學問止論語，大兒結束隨商旅。欹帆側柂入波濤，撇漩捎濆無險阻。撇漩捎濆，皆操舟者所能。朝發白帝暮江陵，頃來目擊信有徵。瞿塘漫天虎鬚一作眼。怒，歸州長年行最能。峽人以操舟人爲長年。此鄉之人氣量窄，悞競南風疎北客。左傳：南風不競。若道士無英俊才，何得山有屈原宅？屈原有宅歸州。杜田補遺：後漢郡國志秭歸注：荆州記[一]：秭歸縣北百里，有屈平故宅，方七頃，累石爲屋基，今其地名樂平。趙云：撇字，使王褒四子講德論：膺騰撇波而濟，不如乘舟之逸也。甘泉賦：乘輿之出曰：捎夔魖而抶獝狂。孔子見温伯雪子：目擊道存。蓋事觸我目，謂之目擊。左傳：君子之言，信而有徵。行最能，言行瞿唐峽與虎鬚灘甚易也。北客，公自言。屈原宅，杜田引郡國志注謂：地方七頃。豈併以其左右之田言之乎？舊注云：峽人富則爲商旅，貧則爲人操舟，以地居山水之間，瘠惡無以耕也[二]。

【校勘記】

〔一〕「荆州」，原作「荆洲」，據文淵閣本、清刻本、排印本改。

〔二〕「舊注云」至「瘠惡無以耕也」，考先後解輯校丁帙卷四此詩趙次公注〔五〕無，據上下文義，蓋爲郭知達編纂集注時所補。

寄裴施州

廊廟之具裴施州，潘安仁：器非廊廟姿。宿昔一逢無此流。金鍾大鏞在東序，薛云：詩：鼖鼓維鏞。大鍾曰鏞。書曰：天球、河圖，在東序。鍾鏞，以言至和所自出東，陽位也。冰壺玉衡縣清秋。薛云：鮑照詩：清如玉壺冰。書：在璇、璣、玉衡，以齊七政。玉衡，正天文之器，以比裴君。趙云：廊廟之具字，公再使矣。前云當今廊廟具。謂之具，若所謂猶含棟梁具。今使金鍾大鏞在東序，則亦取國家大器比裴君之重。冰壺、玉衡，二物清瑩，比裴君之清。懸清秋，又當氣象之爽時，其清尤甚。自從相遇感多病，三歲爲客寬邊愁。堯有四岳明至理，漢二千石真分憂。漢宣帝：與我共理者，惟良二千石乎？趙云：公言其在邊地爲客，以裴君爲政三年於施，可寬吾之愁也。四岳，書：四岳九官十二牧。至理字，列子：均天下之至理。張湛注：事物皆均，則理無不至。郭象莊子注：至理盡於自得。王康琚反招隱詩：矯性識至理。二千石，漢百官公卿表：郡守，秦官。掌治其郡，秩二千石。幾度寄書白鹽北，苦寒贈我青羔一作絲。裘。師云：小說：劉向作彈碁以獻成帝，帝說，賜青羔裘。霜雪迴光避錦袖，龍蛇動篋蟠銀鉤。趙云：白鹽，夔州山。公居白鹽之北。裴君寄書與公也。霜雪回光，言其裘。龍蛇銀鉤，言其書。銀鉤字，索靖言書曰：婉若銀鉤。青羔裘，舊本一作青絲裘，非。蓋以青羔之皮爲身，而以錦爲袖。記：羔裘玄冠，不以弔。夫羔裘貴矣，青羔裘尤異也。霜雪回光而避之，言寒不能侵。**紫衣使者辭復命，再拜故人謝佳政。將老已失子孫憂，後來況接才華盛。**趙云：紫衣使者，所差來之人。辭復命，舊本作辟復命，無義。師民瞻作辭，方有義也。才華盛，應言裴君諸子，蓋云我雖將老而免憂子孫，以後人相接，有裴君諸子才華盛美也。

奉酬薛十二丈判官見贈

趙云：此篇極難解，姑以意逆之。似是公泊船處一美士，文采風流，有司馬相如挑卓氏之作。公既見其人，又見有搜求其人而去者。佳士，豈薛丈子弟親戚乎？故及丈人安坐之語，且言國家輕刑以寬之，又言此士俊乂以勉之。嘗觀太平廣記載嚴武一事云：武少時任俠。於京城，與一軍使鄰居。軍使有室女，容色艷絕。武窺見，乃誘至宅。月餘，遂竊以逃。東出關，將匿於淮泗間。軍使覺，窮其跡，亦訊其家人，乃暴於官，亦以上聞。有詔遣萬年縣官捕捉，乘遞馹行數日，隨路已得其蹤。武自鞏縣方雇船下，聞制使至，懼不免，乃以酒飲女，中夜乘其醉，解琵琶絃縊殺之，沈於河。明日，使至。搜武之船無跡，乃已。公詩意有類於此，當俟博聞。

忽忽峽中睡，悲風方一醒。西來有好鳥，爲我下青冥。羽毛淨白雪，慘澹飛雲汀。既蒙主人顧，舉翮唳孤亭。持以比佳士，及此慰揚舲。趙云：後漢：忽忽不樂。曹子建公讌詩：好鳥鳴高枝。

楚辭：據青冥而攄虹。晉道壹道人之言雪曰先集其慘澹也。主人顧，在好鳥言之，主人者，公也。若以比佳士，言之，則主人者，豈郡刺史之徒邪？及此慰揚舲，則逢佳士見好鳥，可以比之，爲能慰公欲揚舟而下者矣。劉勰彌勒石像碑：似揚舲游水，馳錫登山。清文動哀玉，見道發新硎。莊子：庖丁之刀刃，若新發於硎。趙云：上言佳士文清如玉聲之哀，蓋環佩之類。下句言佳士之才敏。欲學鵾夷子，貨殖傳：范蠡浮江湖，改姓，適齊，爲鵾夷子。注：顏師古曰：自號鵾夷者，言若盛酒之鵾夷，多所容受，可卷懷與時張弛。陳遵傳曰：自用如此，不如鵾夷也。待勒燕山銘。竇憲勒功燕然山，班固爲之銘。趙云：范蠡，號鵾夷子。小説載其以西子而去。李賀昌谷詩：刺促成幾人，好學鵾夷子。用杜公今句四字也。蓋問佳士者以擬欲學范蠡載西子游五湖乎？莫待如竇固立功勒銘乎？誰重斷蛇劍，漢高祖有斬蛇劍。一云口重斬邪劍。致君君未聽。志在麒麟閣，見今代麒麟閣注。無心雲母屏。後漢：鄭弘爲太尉，時舉將第五倫爲司空，班次在下，正朔朝見，弘曲躬自卑。上遂聽置雲母屏風，分隔其間，由此爲故事。趙云：兩句皆是建功立名事。舊本正作斬蛇劍，乃漢高祖事，不可在常人言之。卓氏近新寡，豪家朱門扃。相如才調逸，銀漢會雙星。司馬相如初遊臨邛，富人卓氏女文君新寡，善琴，相如因以琴心挑之，遂爲夫婦。客來洗粉黛，日暮拾流螢。不是無膏火，勸郎勤六經。老夫自汲澗，野水日泠泠。我歎黑頭白，君看銀印青。見上露雨銀章澀注。卧病識山鬼，九章有山鬼。爲農知地形。誰矜坐錦帳，漢百官志：郎官給錦帳。苦厭食魚腥。趙云：公又述其瀼西山居之事。黑頭白，公之自傷。銀印青，則佳士也。銀印言青，蓋金銀之色晃曜，望之有青熒之光。公於是言其卧病爲農，錦帳何

足矜乎　給錦帳，公爲工部員外郎，故云。謝玄暉在郡卧病呈沈黨詩。前漢揚惲與孫會宗書曰：長爲農夫没此身矣〔一〕。以在夔、楚，故用山鬼字。孫子有地形篇。食魚腥，又在夔之事。東南兩岸坼，積水注涓溟。碧色忽一云苦。惆悵，風雷搜百靈。見茲山朝百靈注〔二〕。空中石一云有。白虎，赤節引娉婷。自云帝里一云季。女，文選：我天帝之季女。噀雨鳳凰翎。弄玉，帝女。乘鳳凰仙去〔三〕。襄王薄行跡，莫學冷如丁。丁令威也，去家一千年始一歸。千秋一拭淚，夢覺有微馨。見宋玉高唐賦並神女賦。人生相感動，金石兩青熒。李廣射石虎，没羽。揚子雲：至誠則金石爲開。選賦：琳珉青熒。趙云：十四句忽有搜求其如卓氏之人而去者。東南兩岸坼〔四〕，橫水注滄溟，必佳士者之在舟中，而公有揚舲之行，泊船江邊，故道岸坼水注之景。緣風雷搜百靈，故水之碧色亦爲之惆悵。娉婷，指如卓氏之人。白虎、赤節，以狀來搜求者。帝里女，必京師人家之女。一作帝季女，則是皇家之女矣。噀雨字，取暮爲行雨。欒巴噀酒爲雨字言之。鳳凰翎，弄玉與蕭史騎鳳而仙事。以巫山神女及秦公主弄玉比如卓氏之人，可以意逆之，爲貴家女矣。張景陽雜詩：房櫳無行跡。江文通擬張華詩：蘭徑少行跡。冷如丁字，俗語冷丁丁地〔五〕，蓋匠者之造丁，其初出火，頃刻之熱，已則沈冷矣。或者謂言丁令威，歸來爲沈冷。又齊諧記載桂陽城武丁者，有仙道。忽謂其弟曰：七日織女渡河，諸仙悉還宮。吾向已被召。弟問何當還。曰：吾更後三千年當還耳。明日失丁所在。兩事皆久去而後歸。爲沈冷者如此，又托爲卓氏之人之怨辭。襄王行迹薄，又囑之以莫如丁之沈冷也。以襄王語所謂佳士者，又自比神女以成噀雨之義。丈人但安坐，休辨渭與涇。龍虵尚格鬭，洒血暗郊坰。吾聞聰明主，治國用輕刑。銷兵鑄農器，今古歲方寧。文王日儉德，俊乂始盈庭。詩：濟濟多士，文王以寧。榮華貴少壯，豈食楚江萍。楚昭王渡江得物，大如斗，色赤，以問孔子。曰：此萍實也。趙云：丈人，指薛丈。但安坐，古相逢行：丈人且安坐，調絃未遽央。江萍事，楚王渡江，有物觸船，問之，孔子云：萍實也。以孺子之歌告王曰：楚王渡江得萍實，大如斗，赤如日，割而食之甜如蜜。今言豈食楚江萍，則佳士者豈非留滯於夔，而公言其因此脱去者乎？輕刑，周禮：刑新國用輕典。公題鄭十八著作虔詩亦云也。需新國用輕刑，可見慰唁佳士者之於刑亦輕而已。歲方寧，翻使國語：晉無寧歲。言今古歲方寧，如言遭遇寧歲，前無古後無今，以甚幸之也。詩：發言盈庭。

【校勘記】

〔一〕「錦帳何足矜乎」至「長爲農」四十二字，文瀾閣本闕。

〔二〕「玆」，文淵閣本、文津閣本、文瀾閣本、清刻本、排印本作「滋」。

〔三〕「仙」，文淵閣本、清刻本、排印本作「飛」。

〔四〕「拆」，原作「折」，清刻本、排印本均作「拆」，訛，據詩中正文「東南兩岸拆」改。

〔五〕「丁地」，文淵閣本「地」上衍「一」字。

暇日小園散病將種秋菜督勒耕牛兼書觸目

不愛入州府，畏人嫌我真。襄陽耆舊記：龐德公在沔水上，不入襄陽城。及乎歸茅宇，一云及歸在茅屋。旁舍未曾嗔。老病忌拘束，應接喪精神。江村意自放，林木心所欣。趙云：真，則真率之謂。平時應接，以禮文蓋，僞耳。漢書：高祖適從旁舍來。前漢：以老病乞骸骨。世說：使人應接不暇。秋耕屬地濕，山雨近甚匀。冬菁飯之半，牛力晚來新。杜田補遺：張平子南都賦：酸甜滋味，百種千名。春卯夏筍，秋韭冬菁。蘇蔱紫薑，拂撤羶腥。注：菁，蔓菁。深耕種數畝，未甚後四鄰。嘉蔬既不一，名數頗具陳。荆巫非苦寒，採擷接青春。趙云：飯之半，以冬菁飯牛，是其芻之半也。史記：甯戚飯牛於車下。力言新，黄石公三畧：士力曰新。飛來兩白鶴，暮啄泥中芹。雄者左翮垂，損傷已露一云及。筋。一步再血流，尚經一作驚。矰繳勤。三步六號叫，志屈悲哀頻。鸞皇不相待，側頸訴高旻。杖藜俯沙渚，爲汝鼻酸辛。趙云：十二句，序所謂書觸目也，然因以興焉。飛來兩白鶴，古樂府有此篇，公三使矣。舊本正作尚經矰繳勤，經一作驚。當以驚爲正，言既傷而流血矣。尚於矰繳恐之勤勞也〔一〕。鸞皇不相待，鸞皇，超擢高翔之人。訴高旻，鶴豈不能沖天哉！而困於此。阮嗣宗詠懷：對酒不能言，悽愴懷酸辛。宋玉賦：寒心酸鼻。

【校勘記】

〔一〕「尚於矰繳恐之勤勞也」，先後解輯校戊帙卷四此詩引趙次公注〔六〕「恐」字上有「驚」字，當是。

寫懷二首

趙云：前篇不管世態之曲直，次篇願終契於真如，傷世悼俗甚矣。

勞生共乾坤，何處異風俗？冉冉自趨競，行行見羈束。趙云：古樂府陌上桑：盈盈公府步，冉冉幕中趨。古詩：行行重行行。無貴賤不悲，無富貧亦足。萬古一骸骨，鄰家遞歌哭。鄙夫到巫峽，三歲如轉燭。趙云：賤之所悲，以貴形之，無貴則賤者不悲。貧之所不足，以富形之，無富則貧者亦足。巫峽在夔州下，公以永泰元年歲乙巳到雲安，蓋屬夔州；次年來夔，今年又在夔，此之謂三歲如轉燭。全命甘留滯，忘情任榮辱。朝班及暮齒，日給還脱粟。編蓬石城東，采藥山北谷。許徵君詢詩：采藥白雲隈，聊以肆所養。編蓬，茅屋也。公後篇瞿唐石城草蕭瑟。用心霜雪間，不必條蔓緑。趙云：公嘗爲左拾遺，今爲尚書工部員外郎，乃通籍於朝班者。時年五十六，所謂暮齒。二者當奉養之厚，而日給還脱粟飯而已。編蓬，言結茅屋於瀼西。兩句以成采藥之意，言冬采之不必待春也。非關故安排，曾是順幽獨。謝靈運詩：居常以待終，處順故安排。趙云：莊子：安排去化，乃入於寥天一。謝靈運詩：安排徒空言，幽獨賴鳴琴。達士如弦直，小人似鈎曲。曲直吾不知，負暄候樵牧。後漢童謡：直如弦，死道邊；曲如鈎，封公侯。公變用之。負暄，列子揚朱篇：宋國有田夫，常衣緼以過冬。暨春東作，自曝於日，不知天下之有廣厦隩室、綿纊狐狢。謂其妻曰：負日之暄，人莫知者。

右一

夜深坐南軒，明月照我膝。驚風翻河漢，梁棟已出日。洛神賦：若白日之照屋梁。群生各一宿，飛動自儔匹。吾亦驅其兒，營營爲私實趙云：實，一作室，非。一作室。天寒行旅稀，歲暮日月疾。榮名忽一作或。中人，楚詞云：薄寒中人。世亂如蟣蝨。趙云：世之紛亂如蟣蝨之營營也。或字非。古者三皇前，滿腹志願畢。胡爲有結繩，陷此膠與漆。禍首燧人氏，厲階董狐筆。燧人火化而爭欲之心生，董狐直筆而是非之端起。故以燧人爲禍首，以董狐爲厲階。詩：婦有長舌，惟厲之階。君看燈燭張，轉使飛蛾密。放神八極外，俛仰俱蕭瑟。終契如往還，一云終然契真如。得匪合一云金。仙術。趙云：莊子：鼹鼠飲河，不過滿腹。三皇之前，民未有知結繩之政。後民僞日起，其相附離若膠漆然。莊子曰：待繩約膠漆而固者，是侵其德也。又曰：又奚連連如膠漆纆索，而遊乎道德之間哉？今將與之結繩，則已相結約而爲膠漆矣。「君看燈燭張，轉使飛蛾密」，又傷法令之苛明，而投死之多也。此段蓋莊子駢拇及馬蹄篇之義以撓天下；又曰：屈折禮樂以正天下之形。此亦聖人之過也。傷世如此，於是雖放神八極之外，而一俛一仰，莫不氣象蕭瑟，則淳澆朴散，無處不然也。然則如何而可？亦曰「終然契真如」者，西方佛教而已。舊本正作「終契如往還」，於義不明。師云：北齊邢子才遊仙詩：安得金仙術，兩腋生羽翼。

右二

可歎

天上浮雲如白衣，斯須改變如蒼狗。古往今來共一時，人生萬事無不有。近者抉眼去其夫，一云眯。河東女兒身姓柳。丈夫正色動引經，酆城客子王季友。群書萬卷常暗誦，孝經一通看在手。貧窮老瘦家賣屨，好事就之爲攜酒。趙云：浮雲變態不常，然初白衣而變爲蒼狗，事之無定如此。譬古今一時，而萬事之變不可名狀也。雲如狗，北史元諧傳：雲如蹲狗去鹿。古往今來，傳曰：四方上下曰宇，古往今來曰宙。萬事無不有，應詹與陶侃書：其間事故，何所不有。事變無所不有何哉？夫婦之際，貴有始終。在女兒言之，有姓柳者，不喜見其夫，如抉眼中之物而去之。東北人方言，不喜見者每曰抉眼。一作抉眯，非是。人之動作，貴乎有義。在丈夫言之，有王季友者，能正色引經。兩事一非一是，此萬事無不有也。王季友，唐文粹唯載其詩，觀全篇所云，則王佐之才者。劉向博極群書。梁孝元帝敗，焚圖書十四萬卷。曰：讀書萬卷，猶有今日！一通，一本之謂。後漢賈逵傳：帝令逵自選高才者，教以左氏，與簡紙經傳各一通。在手字，詩：六轡在手。許靖傳：五侯九伯，制御在手。攜酒，暗使揚雄傳：好事者載酒肴從遊學。豫章太守高帝孫，引爲賓客敬頗久。聞道三年未曾語，小心恐懼閉其口。太守得之更不疑，人生反覆看亦醜。趙云：紀述季友，且言其逢主人李太守，二人皆王佐才。下句言人生相得氣合，則勿疑；若更反覆，旁人看之亦醜矣。北史盧賁傳：帝言，劉昉之徒皆反覆子。明月無瑕豈容易，師云：淮南子：明月之珠〔一〕，不能無纇。紫氣鬱鬱猶衝斗。見三十六卷劉十判官詩。張華事，璧與劍皆以比季友。時危可仗真豪俊，二人得置君側否？趙云：珠璧皆有明月之稱，在玉謂之無瑕，在珠謂之無類。舊注非。豈容易，言難得之。東方朔：談何容易。紫氣，酆城劍也。太守頃者領山南，邦人思之比父母。王生早曾拜顏色，高山之外皆培塿。左太沖魏都賦：培塿之與方壺。培塿，小堆阜。杜田補遺：左氏傳：部婁無松柏。杜預注：部婁，小阜。說文：培塿，小土山。方言曰：冢，秦晉間謂之培塿。風俗通：培塿者，即阜之類。今齊、魯間，山之小高者，名培塿。趙云：王生之拜太守，顏色如仰高山，餘人真培塿也。用爲羲和天爲成，用平水土地爲厚。王也論道阻江湖，李也丞疑曠前後。死爲星辰終不滅，見方朔爲歲星注。致君堯舜焉肯朽。杜田補遺：夏侯湛東方朔畫贊序：談者又以先生棄俗登仙，神變造化，靈爲星辰，此又是奇怪恍惚不可備論者也。莊子曰：傅說得之，以相武丁。乘東維，騎箕尾，而比於列星。趙云：堯典分命羲叔、和叔，羲仲、和仲，以主四時。故曰：天爲成。書：地平天成。堯典又曰：伯禹作司空，汝平水土。故曰地爲厚。此併言二公。蓋論道，言其可爲三公。書：三公論道經邦。考工記：坐而論道，謂之王公。丞疑，言其可爲宰相。傳：左輔右弼，前疑後丞。阻江湖，留滯江湖而阻隔於致身。曠前後，天子前後曠闕斯人也。死爲星辰事，杜時可論亦是一端矣。素問：黃帝謂岐伯：願夫子溢志盡言其事，令終不滅。致君堯舜。見首篇注。吾輩碌碌飽飯行，風后力牧長迴首。風后、力牧，黃帝臣。杜田補遺：陶淵明集聖賢群輔録：風后受金法。金法，言能決理是非。力牧、受準與天老、五聖、知命、窺紀、地典，爲黃帝七輔。州選舉翼佐帝德，見論語摘輔象。又帝王世紀：黃帝夢大風，吹天下塵垢皆去；復夢人執千鈞之弩，驅羊數萬群。帝歎曰：風大號，令垢去土后在也。豈有姓風名后者哉？千鈞之弩，異力能遠，驅羊萬群，牧民爲善。豈有姓力名牧者哉？乃得風后於海隅，力牧於大澤。趙云：自謂其不逮二公，徒飽飯而已。風后、力牧，黄帝七輔之二，人名。長回首，則有笑吾輩飽飯之意；以形容二公可爲宰輔，當如風后、力牧。

【校勘記】

〔一〕「月」，文淵閣本作「子」。

觀公孫大娘弟子舞劍器行 并序

大曆二年十月十九日，夔府别駕元持宅，見臨潁李十二娘舞劍器，壯其蔚跂。問其所師，曰：余公孫大娘弟子也。開元三載，余尚童稚，記於郾城觀公孫氏舞劍器渾脱，瀏灕頓挫，獨出冠時。自高頭宜春、梨園二伎坊内人，洎外供奉，曉是舞者，聖文神武皇帝初，公孫一人而已。玉貌錦衣，況余白首。今兹弟子，亦匪盛顔。既辨其由來，知波瀾莫二。撫事慷慨，聊爲劍器行。往者吴人張旭，善草書帖，數嘗於鄴縣見公孫大娘舞西河劍器，自此草書長進，豪蕩感激，即公孫可知矣。趙云：郾城，潁州屬縣。時乙卯開元三年，公方四歲。呂汲公疑其誤。次公有説，具紀年篇次〔一〕。

昔有佳人公孫氏，一舞劍器動四方。觀者如山色沮喪，天地爲之久低昂。趙云：觀者如山，倣禮記矍相之射，觀者如堵。天地爲之低昂，倣李陵書天地爲陵震動。㸌如羿射九日落，堯時十日並出。堯令羿射中九日。日烏皆死，墮其羽翼。矯如群帝驂龍翔。師云：夏侯玄賦：又如東方群帝兮，騰龍駕而翱翔。來如雷霆收震怒，罷如江海凝清光。趙云：四句狀舞劍器之妙勢。如成都尹鄭公堂狀騎士揚旗之作："迴迴偃飛蓋，熠熠迸流星。來纏風飆急，去擘山岳傾。"驂龍，晉劉琬神龍賦：惟天神龍，上帝之馬。詩：如震如怒。選詩：秋月懸清光。絳脣珠袖兩寂寞，蕪城賦：玉皃絳脣。趙云：序使玉貌，詩使絳脣。鮑照蕪城賦有蕙心紈質，玉貌絳脣。珠袖，序所謂玉貌錦衣亦是矣。兩寂寞，言公孫大娘已死。晚有弟子傳芬芳。臨潁美人在白帝，李十二娘。妙舞此曲神揚揚。與余問答既有以，感時撫事增惋傷。先帝侍女八千人，公孫劍器初第一。五十年間似反掌，風塵傾動昏王室。趙云：指言祿山之亂也。梨園弟子散如煙，薛云：唐書志：玄宗既知音律，又酷愛法曲。選坐部伎子弟三百，教於梨園，號皇帝梨園弟子，居宜春北院。趙云：祿山亂，梨園弟子皆流散。晉陸機隴西行：我靜如鏡，民動如煙。或謂録異記載：吳王夫差女曰玉，私悅韓重，許爲之妻，事不諧而死。後冥與重合，王欲致重之罪，玉見身於王，夫人出而抱之，正如煙焉。遂公用此事〔二〕，其説迂。梨園弟子如李龜年輩，豈止女人乎？女樂餘姿映寒日。趙云：指言李十二娘。又冬月見之也。金粟堆南木已拱，江淹恨賦：拱木斂魂。趙云：金粟堆，在長安明皇泰陵北。唐舊紀：玄宗親拜五陵，至睿宗橋陵，見金粟山岡有龍盤鳳翥之勢，謂侍臣曰：吾千秋萬歲後，宜葬此。暨升遐，群臣遵先旨焉。今云金粟堆南，懷想泰陵也。公觀曹將軍畫馬圖詩又曰：金粟堆前松柏裏，龍媒去盡鳥呼風。亦言泰陵。木拱，左傳：晉公謂蹇叔曰：爾墓之木拱矣〔三〕。瞿唐石城草蕭瑟。趙云：歎與李十二娘俱在夔也。玳筵急管曲復終，薛云：按古樂府今日樂相樂行：綺殿文雅遒，玳筵歡趣密。又曰歌：朱唇動，愛神舉〔四〕。洛陽少童邯鄲女。古稱淥水今白紵，催絃急管爲君舞。樂極哀來月東出。老夫不知其所往，足繭荒山轉愁疾。趙云：言其去留未定，徒足繭荒山耳。足胝如繭。所謂重趼累繭是已。師云：淮南子：楚欲攻宋，墨子聞之，自魯而趨，十日十夜，足重繭而不休息，至於郢。

【校勘記】

〔一〕「篇」，文淵閣本、文津閣本、文瀾閣本、清刻本、排印本作「編」。

〔二〕「遂」，清刻本、排印本作「謂」。

〔三〕「晉公」，春秋左傳注僖公三十二年及昭公三年作「秦公」。

〔四〕「朱唇動愛神舉」文淵閣本、文津閣本作：「朱唇變，動神舉。」案，宋詩卷七、樂府詩集卷五十五舞曲歌辭代白紵曲作：「朱唇動，素腕舉。」

虎牙行

虎牙，灘名，嶮絶。蕭銑僭江陵，屯兵于此。鮑云：虎牙，山名。盛弘之荆州記：郡西泝江六十里，南岸有山，名荆門。北岸有山，名虎牙，二山相對，楚西塞也。

秋風欻吸吹南國，天地慘慘無顔色。趙云：秋風，師民瞻本作北風，是。蓋下皆冬意。江文通雜擬：欻吸鵾鷄悲，注：猶俄頃也。今公用於風，則謝朓和蕭子良高松賦：卷風飈之欻吸，積霰雪之巖皚。慘慘無顔色，展用登樓賦（一）：天慘慘而無色。洞庭揚波江漢迴，師云：楚詞：洞庭波兮木葉下。虎牙銅柱皆傾側。虎牙、銅柱，並灘名。巫峽陰岑朔漠氣，峰巒窈窕溪谷黑。杜田補遺：是詩以秋風吹南國，而洞庭揚波以回江漢，故銅柱及虎牙山皆傾側，虎牙乃山非灘。郭璞江賦：虎牙嵥豎以屹崒，荆門闕竦而盤薄（二），注：虎牙、荆門二山，夾岸相對，江流其中。後漢光武紀：田戎、任滿據荆門。山在南，上合下開，其狀似門，虎牙山在北，石壁色紅，間有白文，類牙。二山，楚西塞，在峽州夷陵縣東南。趙云：洞庭、江漢、虎牙、銅柱、巫峽，雖相去遠，皆南國之地。詩：滔滔江漢，南國之紀。今冬矣，以風吹之故，其流回轉。舊注以爲二灘名。不知虎牙乃山，又不知銅柱灘之所在。杜田謂銅柱、虎牙皆山矣。按銅柱，灘名；虎牙，山名。酈道元注水經：江水又東，逕漢平二百餘里。左自涪陵，東出百餘里，而屆于横石，東爲銅柱灘，在今涪陵之下。水經正經曰：江水又東，歷荆門、虎牙之門。虎牙山又在銅柱灘下。今以風吹故，山與灘勢皆傾倒。巫峽雖在南方，以風寒故成陰岑，而如朔漠之氣。杜鵑不來猿狖寒，山鬼幽憂雪霜逼。楚九歌有山鬼詩。趙云：冬時近春，杜鵑亦可以來。以風寒故，深藏而不來。杜鵑、猿狖、山鬼，皆南國之物。楚老長嗟憶炎瘴，三尺角弓兩斛力。壁立石城横塞起，金錯旌竿滿雲直。趙云：南方炎瘴，今以風寒故，楚之老人翻長嗟而憶炎瘴，與韓退之簟詩皇天何時反炎燠之意同。三尺角弓，斗力未多。以風寒故，堅勁難開，如兩斛之力。弓言斛力，南史：齊魚復侯子響，勇力絶人，開弓四斛力。壁立石城，言白帝城，乃山石自然之城。字則史「石城湯池」。金錯旌旗，如金銀纏竿槍之類〔三〕。**漁陽突騎獵青丘，**祿山反，皆漁陽突騎，漁陽、青丘屬洛陽。趙云：子虛賦：秋田乎青丘。注：青丘國在海東三百里，齊地也。自亂離至此十年，盜賊未息，征戍未散，誅求未已，宜寡妻之哭，遠客之悲。舊注：青丘屬洛陽。不知何所據而言？**犬戎鏁甲聞丹極。**犬戎、吐蕃時陷京師。**八荒十年防盜賊〔四〕，征戍誅求寡妻哭，遠客中宵淚霑臆。**趙云：師民瞻作聞丹極，是。蓋漁陽突騎，言安史；犬戎鏁甲，言吐蕃。公作詩在夔，乃今歲大曆二年。史朝義滅於廣德元年正月，吐蕃是年陷京師於八月，去今四年，而詩及之，蓋追言之，引下十年防盜賊之句也。漁陽突騎，公凡三使。其二言幽燕之兵，曰：漁陽突騎猶精鋭，赫赫雍王都節制；又，漁陽突騎邯鄲兒，酒酣並轡金鞭垂。今言安史者，蓋安史亦用幽燕兵。後漢：光武克邯鄲，置酒高會。謂馬武曰：吾得漁陽上谷突騎，欲令將軍將之。唐六典注引蔡邕：冀州强弩，幽州突騎，天下之精也。

【校勘記】

〔一〕「展」，清刻本、排印本作「蓋」，訛。

〔二〕「鬬」，文淵閣本作「開」，文選卷十二、全晉文卷一百二十江賦作「闕」。

〔三〕「金」，原作「今」，訛，據文淵閣本、文津閣本、文瀾閣本改。

〔四〕「十年」，文淵閣本、文津閣本、文瀾閣本、清刻本、排印本作「千里」，訛。案，二王本杜集卷七作「十年」，可證。

錦樹行

今日苦短昨日休，歲云暮矣增離憂。趙云：今日、昨日字，韓詩外傳：昨日何生，今日何成。或用莊子山木篇爲證，不知莊子：昨日山中之木以不材生，今主人雁以不材死。無今日字連上昨日字也。歲云暮矣，詩：歲聿云暮。霜凋碧樹行錦樹，萬壑東逝無停留。趙云：上句木葉經霜而紅若錦。下句逝者如斯夫之意也。碧樹，列子：吴楚之國有大木焉，其名爲柚，碧樹而冬生。萬壑，顧凱之言會稽：千巖競秀，萬壑争流。荒戍之城石色古，東郭老人住青丘。飛書白帝營斗粟，琴瑟几杖柴門幽。趙云：荒城石色，謂石城。東郭，指夔州之郭。前篇云佇立東城隅。老人，公自言。青丘，則瀼西之居在東郭，亦名青丘乎？與齊地青丘偶同名耳。青草萋萋盡枯死，天馬跂足隨氂牛。莊子作氂牛，音離。趙云：草枯，則無以充天馬之飼，與氂牛無異。公嘗曰「草枯騏驥病」，又曰「試看明年春草長」[一]，皆此意也。漢書禮樂志：天馬來從西極。氂牛，則蠻中牛。自古聖賢皆薄命[二]，伯夷餓死，孔子栖栖，顔回之夭，孟軻之坎軻，皆薄命聖賢也。姦雄惡少皆封侯。漢祖之起取侯者，皆屠狗刀筆之人。故國三年一消息，終南渭水寒悠悠。五陵豪貴反顛倒，鄉里小兒狐白裘。五陵，漢帝五陵。薛云：史記：秦囚孟嘗君，君求救於幸姬，姬曰：願得君狐白裘以獻昭王。有客能爲狗盗，入秦宫藏，盗得狐白裘獻之，遂得歸齊。又禮：士不衣狐白。又王褒講德曰：千金之裘，非一狐之腋。趙云：五陵豪貴，漢徙貴人與豪俠之家於陵寝地，以壯大之也。五陵，見上哀王孫注。用豪貴之實，若韋賢徙平陵，車千秋徙長陵，黄霸、平當、魏相徙平陵，張湯徙杜陵，杜周徙茂陵，蕭望之、馮奉世、史丹徙杜陵。所謂五陵之貴者。又若郭解傳：及徙豪茂陵也，解貧不中訾，吏恐，不敢不徙。衛將軍爲言：解家貧，不中徙。上曰：解布衣，權至使將軍，此其家不貧。解徙，諸公送者出千餘萬。此謂五陵之豪者。反顛倒，言其子孫也。鄉里小兒四字，挨傍陶淵明「我不能爲五斗米折腰，拳拳鄉里小人」。生男墮地要膂力，一生富貴傾家國。莫愁父母少黄金，天下風塵兒亦得。趙云：此四句亦「閭閻聽小子，談笑覓封侯」之意〔三〕。佛書：朝生王子，一日墮地，便勝凡人。晉傅玄豫章行：男兒當門户，墮地自生神。生男有膂力之故，可以用武致功，取富貴傾動家國，與美人容貌一顧傾人城，再顧傾人國之傾不同。

【校勘記】

〔一〕「年」，文淵閣本、文津閣本奪。

〔二〕「皆」，二王本杜集卷七、錢箋卷七作「多」。

〔三〕「笑」，本集卷三十復愁十二首之十作「話」。

赤霄行〔一〕

孔雀未知牛有角，渴飲寒泉逢牴觸。赤霄玄圃須往來，翠尾金花不辭辱。杜田補遺：埤雅：博物志：孔雀尾多變色，或紅或黄，有如雲霞無定，人採其尾，有金翠，五年而後成。始生三年金翠尚小，初春乃生，四月後彫，與花蘂俱衰。雌者不冠，尾短，無金翠。人採其尾，以飾扇拂，生翠則金翠之色不減〔二〕。南人取其尾者，握刀蔽於叢竹潛隱之處，伺過，急剪之。若不即斷，回首一顧，無復光彩矣。趙云：孔雀，赤霄玄圃往來之物。渴而飲泉，不知牛有角，而逢觝觸，值非其類也。赤霄，楚詞載：赤霄而凌太清。在孔雀言之，張茂先鷦鷯賦序：彼鷲鶚鵾鴻，孔雀翡翠，或凌赤霄之際，或托絶垠之外。玄圃，在崑崙山上之别名。見葛仙公傳。觝觸，文子：兕牛之動以抵觸。而觝字，嵇叔夜琴賦：觸巖觝隈。翠尾金花，孔雀之羽毛。晉左九嬪孔雀賦〔三〕：戴緑碧之秀毛，擢翠尾之脩莖。鍾會賦：丹口金輔，玄目素規。

江中淘河嚇飛燕，銜泥却落羞華屋。

杜田補遺：爾雅釋鳥：鵜，鴮鸅。郭璞注：今之鵜鶘也。沈水食魚，故名洿澤，俗呼爲淘河。曹風：維鵜在梁。陸機疏：鵜，水鳥，如鶚而極大，喙長尺餘，直而廣，口中正赤，頷下胡大如數升囊，若小澤中有魚，便群共貯水，滿其胡而棄之，令水竭盡，魚在陸地，乃共食之，故曰淘河。本草：鵜鴣，大如蒼鵝，頤有皮袋，容二升物，展縮由袋，中盛水以養魚，一名淘河，身是水沫，唯胸前有兩塊肉如拳。云昔爲人竊肉入河，化爲此鳥，今猶有肉，因名逃河。莊子：魚不畏網而畏鵜鶘，以其竭澤而取。本草引竊肉逃河事，名異而義殊。當以爾雅注釋爲正。趙云：嚇字，莊子：鴟得腐鼠，鵷鶵過之。仰而視之曰嚇也。燕從江上來，爲淘河所疑，意謂燕争其魚而嚇之。歸華堂之上，負此羞耻，銜泥却落焉。屋字韻，上使銜泥，古詩：思爲雙飛燕，銜泥巢君屋。史記平原君傳：歃血於華屋之下。孔雀與燕皆自譬。牛與淘河譬見辱之子。華屋，主人之屋。豈言夔州所依主人如柏中丞者乎？

皇孫猶曾蓮勺困，

孝宣帝紀：帝初爲皇孫，高材好學。然亦喜遊俠，鬬鷄走馬。具諳知閭里姦邪，吏治得失。數上下諸侯，常困於蓮勺鹵中。如淳曰：爲人所困辱也。蓮勺縣有鹽池，縱廣十餘里，鄉人名爲鹵中。蓮，音輦，勺，音灼。

衛莊見貶傷其足〔四〕。

成十七年傳：刖鮑牽而逐高無咎。齊人來招，牽之弟鮑國而立之。仲尼曰：鮑莊子之知不如葵，葵猶能衛其足〔五〕。注，葵傾葉向日，以蔽其根。言鮑牽居亂不能危行言孫。趙云：言衛莊之所以見貶於孔子者，以自傷其足也。皇孫遭困，所以自寬；衛莊見貶，又以自責。老翁慎莫怪少年，葛亮貴和書有篇。趙云：老翁，自言。少年，所見辱之子。貴和，蜀志諸葛亮傳。陳壽所上諸葛氏集目録凡二十四篇，而貴和第十一。惜其書不傳。以亮貴和自責，蓋惟不能和，必召辱矣。丈夫垂名動萬年，記憶細故非高賢。趙云：此句見公胸懷廓落無宿憾矣。乃顔淵犯而不校者乎？前漢匈奴傳：孝文遺匈奴書：朕與單于，皆捐細故。師古曰：細故，小事。師云：公不以細故芥蔕於胸次，則與必報睚眦之怨者異矣。

【校勘記】

〔一〕此詩，文津閣本闕。

〔二〕「翠」，清刻本、排印本作「採」。

〔三〕「孔」，文淵閣本作「孤」，誤。

〔四〕「衛莊」，參正文「衛莊見貶傷其足」句下注「鮑莊子之知不如葵」、錢箋卷七此詩注「衛一作鮑」，兼考春秋左傳注成十七年所載，當以「鮑莊」爲是。

〔五〕「葵」，原奪，據文淵閣本、文津閣本、文瀾閣本、清刻本、排印本補訂。

前苦寒二首〔一〕

漢時長安雪一丈，牛馬毛寒縮如蝟。楚江巫峽冰入懷，虎豹哀號又堪記。杜田正謬：西京雜記：漢元封二年，大雪深數尺，野中鳥獸皆死，牛馬踡縮如蝟。鮑明遠出自薊北行：疾風衝塞起，沙礫自飄揚。牛馬縮如蝟，角弓不可張。秦城老翁荆揚客，師云：杜陵，秦地，公自謂也。慣習炎蒸歲絺綌。玄冥祝融氣或交，手持白羽未敢釋。漢時雪五尺，今一丈加言之也。馬牛寒縮爲異，況虎豹哀號又堪記矣。白羽，言扇。

右一

去年白帝雪在山，今年白帝雪在地。凍埋蛟龍南浦縮，寒刮肌膚北風利。楚人四時皆麻衣，楚天萬里無晶輝。三足之烏足恐斷，羲和送將安所歸。趙云：雪在山，尚少；在地，則多。南浦縮，水涸少也。楚地多熱，四時麻衣，以雪爲訝也。無晶輝，則雪下之天如此也〔二〕。淮南子：日中有踆烏。注，踆，趾也。謂三足烏。羲和，日御。以雪寒足斷，則羲和馭日車失其所歸矣。師云：樂社云：南浦蟄龍凍。

右二

【校勘記】

〔一〕詩題，二王本杜集卷七、錢箋卷七作「前苦寒行」。又，此題二首，文津閣本闕。

〔二〕「如」，文淵閣本作「知」，訛。

後苦寒二首〔一〕

南紀巫廬瘴不絶，太古以來無尺雪。蠻夷長老怨苦寒，崑崙天關凍應折。師云：古詩：崑崙杳雲際，天關煙氣昏。杜補遺〔二〕：詩：滔滔江漢，南國之紀。説者以江漢爲南紀，非。南紀乃分野名。唐天文志〔三〕：東循嶺徼，達甌、閩中，是謂南紀，所以限蠻夷。趙云：自江漢以南皆謂南紀，非特江漢。巫廬，二山名。蓋夔州巫山，江州廬山，皆在南紀。郭景純江賦：巫廬嵬崫而比嶠。南國謂炎方，故瘴不絶。前漢藝文志有太古以來年紀二篇。神異經：崑崙有銅柱焉。其高入天，所謂天柱。圍三千里，周圓如削，銅柱下有回屋，辟方百丈，所謂天關，豈天柱乎？列子：共工氏與顓頊争爲帝，怒觸不周之山，天柱折也。玄猿口噤不能嘯，白鵠翅垂眼流血。安得春泥補地裂？趙云：司馬相如上林賦：玄猿素雌；陸機苦寒行：玄猿臨岸嘆。張平子西京賦：挂白鵠，聯飛龍。若實有玄猿、白鵠之事，酈道元水經注：鄧芝射玄猿。玄猿自拔矢，卷木葉塞射瘡。芝嘆曰：傷物之性，吾其死矣。鄧德明南康記：盧耽，仕州爲治中。少學仙術，善解飛騰。每夕輒淩虚歸家，曉則還州。嘗元會至曉〔四〕，不及朝列。化爲白鵠至閣前，迴翔欲下〔五〕。威儀以帚掃之，得一隻履。耽驚還就列，内外左右，莫不駭異。史記日者傳：噤口不能言。古樂府飛烏行：吾欲銜汝去，口噤不能開。後漢馮異傳：始垂翅回谿，終奮翼澠池。老子：地無以寧，將恐裂。

右一

【校勘記】

〔一〕詩題，二王本杜集卷七、錢箋卷七作「後苦寒行」。又，此題二首，文津閣本闕。

〔二〕「杜」，文淵閣本、文津閣本、文瀾閣本、清刻本、排印本作「杜田」。

〔三〕「唐天文志」，「唐」原作「廣」，據新唐書卷三十一天文志改。案，本集諸詩注釋「南紀」時引録新唐書天文志，對該書的稱引歧互，如此詩「南紀巫廬瘴不絶」下引杜田注、卷三十四公安送李二十九弟晉肅入蜀餘下沔鄂詩「南紀連銅柱」下引趙次公注、卷三十五江閣對雨有懷行營裴端公詩「南紀風濤狀」下引杜田注皆作「廣天文志」，均訛；而卷十四八哀詩故右僕射相國張公九齡詩「相國生南紀」下引杜田注、卷十六題衡山縣文宣王廟新學堂呈陸宰詩「南紀改波瀾」下引趙次公注皆作「唐天文志」，是。

〔四〕「曉」，藝文類聚卷四歲時中引録鄧德明南康記、先後解輯校戊帙卷十一此詩趙次公注〔三〕作「晚」。

〔五〕「迴」，原作「細」，據清刻本、排印本改。又，文淵閣本作「翶」。

晚來江門失大木，猛風中夜吹白屋。天兵斷斬青海戎，殺氣南行動坤軸〔一〕。師云：春秋括地圖：地有四柱，三千六百軸也。不爾苦寒何太酷！巴東之峽生凌澌，彼蒼迴斡人得知。趙云：青海戎，言吐蕃。木玄虛海賦：又似地軸，挺拔而爭回。言苦寒之故，以天兵斬盡吐蕃，殺氣所致也。荊州人歌：巴東之峽巫山長，猿鳴三聲淚霑裳。詩：彼蒼者天。言寒氣酷甚，天亦爲之回轉斡旋。

右二

【校勘記】

〔一〕「坤」，錢箋卷七作「地」。

晚晴〔一〕

高唐暮冬雪壯哉，舊瘴無復似塵埃。峽中每嵐瘴起，如塵埃翳天。崖沉谷没白皚皚，江石缺裂青楓摧。南天三旬苦霧開，舞鶴賦：嚴嚴苦霧。赤日照耀從西來。六龍寒急光徘徊，六龍日御也。照我衰顏忽落地，口雖吟詠心中哀。未怪及時少年子，揚眉結義黃金臺。燕昭築黃金臺以禮郭隗。鮑照：豈伊白璧賜，特起黃金臺。泊乎吾生何飄零，支離委絕同死灰！支離，言不爲時所用也。莊子：支離疏。又：心固可使如死灰。趙云：師民瞻本改舊本高堂作高唐，是。蓋夔州所作，宜使巫山之高唐也。日從西來，大晚而後見日故也。六龍，所以駕日車。淮南子謂之六螭。

【校勘記】

〔一〕此詩，文津閣本闕。

復陰〔一〕

方冬合沓玄陰塞，昨日晚晴今日黑。萬里飛蓬映天過，孤城樹羽揚風直。江濤簸岸黃沙走，雲雪埋山蒼兕吼。師云：鮑照詩：蒼兕號空林。君不見夔子之國杜陵翁，牙齒半落左耳聾！夔州，古夔子國。杜陵，子美故里。趙云：合沓，洞簫賦：薄索合沓。注，重沓也。昨日、今日，韓詩外傳：昨日何生，今日何成。孤城樹羽，則白帝城上屯戍之旗。太公誓師曰蒼兕云云。

【校勘記】

〔一〕此詩，文津閣本闕。

夜歸〔一〕

夜來歸來衝虎過，山黑家中已眠臥。傍見北斗向江低，仰看明星當空大。庭前把燭嗔兩炬，峽口驚猿聞一箇。白頭老罷舞復歌，杖藜不睡誰能那？趙云：此篇雄壯渾成。涅槃經：行止眠臥。公又使睡眠字，亦涅槃經有如人喜眠，睡眠滋多也。前漢書：王莽時，夏侯勝、邴漢以老病罷。韋賢以老病罷歸。豈摘字用乎？南史蔡興宗傳：太尉沈慶之日加老罷私門，兵刀頓闕。方是兩字全出。莊子：原憲杖藜應門。

【校勘記】

〔一〕此詩，文津閣本闕。

寄柏學士林居〔一〕

自胡之反持干戈，天下學士亦奔波。避亂奔散，如波之奔。歎彼幽栖載典籍，蕭然暴露依山阿。言無所休庇也。漢書：衣冠暴露。青山萬里靜散地，白羽一洗空垂蘿〔二〕。亂代飄零余到此，古人成敗子如何？荆揚春冬異風土，風土記：荆揚間春寒冬暖，所以爲異。巫峽日夜多雲雨。神女：朝爲雲，暮爲雨。赤葉楓林百舌鳴，黄泥野岸天鷄舞。天鷄，鳥名。謝靈運：海鷗戲春岸，天鷄弄和風。盜賊縱横甚密邇，形神寂寞甘辛苦。幾時高議排金門，各使蒼生有環堵。趙云：宋謝惠連秋胡四言：念彼奔波，意慮回惑〔三〕。謝靈運南山詩：疑此永幽栖。晉嵇康：采薇山阿。王弼：投戈散地。既居散地，則眼不見干戈，此所以白羽一洗也。家語：子貢言軍旅：赤羽如日，白羽如月。空垂蘿，則不見白羽，但見垂蘿耳。此大曆二年之冬。春，則去年十二月，周智光反，據華州；正月，同、華將吏殺智光，傳首闕下。九月，吐蕃寇靈州，又寇邠州。同月，桂州山獠反。斯謂賊盜縱横。或云别有盜賊，去夔爲近。史所不載，有因公詩而見者。鵾雞舞於蘭渚，而公六絶句首篇云：竹高鳴翡翠，沙僻舞鵾雞。今取舞字變云天雞舞。

【校勘記】

〔一〕此詩，文津閣本闕。

〔二〕「羽」，二王本杜集卷七、錢箋卷七作「雨」。

〔三〕「謝惠連」，原作「謝靈運」，檢謝靈運詩無「念彼奔波」二句，考藝文類聚卷四十一樂部、宋詩卷四謝惠連秋胡行二首其二有此二句，當是誤置，據改。又，「意慮回惑」句，宋詩秋胡行「慮」作「眠」。

寄從孫崇簡〔一〕

嵯峨白帝城東西，南有龍湫北虎溪。吾孫騎曹不記馬，業學尸鄉多養雞。杜田補遺：世說：王子猷爲桓沖騎曹參軍〔二〕。桓問曰：卿何署？曰：不知何署？時見牽馬來，似是馬曹。又：所管有幾馬？曰：何由知其數？又問：馬死多少？曰：未知生，焉知死。趙云：尸鄉事，列仙傳：祝鷄翁，洛陽人。居尸鄉北山下，養雞皆有名字。暮栖樹，晝放散食，欲取呼名即至。販雞及子，得千萬錢，輒置錢去。龐公隱時盡室去，武陵春樹他人迷。趙云：龐公，襄陽人，居峴山。劉表就候之，歎息而去。後攜妻子登鹿門山，采藥不反。武陵，在今鼎州，即桃源也。陶淵明集載：晉太元中，武陵人捕魚，緣溪行，忘路遠近。忽逢桃花林，得一山。山有小口，髣髴若有光。捨船從口入。行數十步，豁然開朗。土地平曠，屋舍儼然。黃髮垂髫，並怡然相樂。見漁人，乃驚。問所從來，便要還家。既出，及郡，詣太守說。即遣人隨往。遂迷，不復得路。盡室，俗所謂挈家也。左傳：盡室以行。詩：豈無他人。蓋言崇簡既如龐公攜妻子以隱，他口人有誤入其境，則如武陵之迷也。與汝林居未相失，近身藥裹酒長攜。牧叟樵童亦無賴〔三〕，莫令斬斷青雲梯。文選注：仙者，以雲而升，謂之雲梯。趙云：謝靈運登石門最高頂：惜無同懷客，共登青雲梯。

【校勘記】

〔一〕此詩文津閣本闕。

〔二〕「王子猷」，「猷」原作「獻」，訛，據清刻本、排印本改。

〔三〕「叟」，二王本杜集卷七、先後解輯校戊帙卷十一、錢箋卷七作「豎」。案，十家注卷九、百家注卷二十九、分門集注卷九、草堂詩箋卷四十二、黄氏補注卷十三均作「叟」。

西閣曝日〔一〕

凛冽倦玄冬，負暄嗜飛閣。趙云：梁元帝纂要：冬曰玄英、玄冬。負暄，見寫懷上篇注。羲和流德澤，顓頊愧倚薄。曹子建：悲風鳴我側，羲和逝不留。重陰潤萬物，何懼歲不周。倚薄，見前注。毛髮且自私〔二〕，肌膚潛沃若。太陽信深仁，衰氣欻有托。欹傾煩注眼，容易收病脚。趙云：帝曰顓頊，見禮記月令。謝靈運詩：拙疾相倚薄，猶得静者便。倚薄，附著之謂。舊本具自和，師民瞻本作且自私，是。欹傾煩注眼，則光采注眼之煩，眩而欹傾也。流離木杪猿，翩𦐉山顛鶴。敬祖：連翩御飛鶴。謝靈運：仰看條上猿。朋知苦聚散，哀樂日已作。即事會賦詩，人生忽如昨。古來遭喪亂，賢聖盡蕭索。胡爲將暮年，憂世心力弱。趙云：鳥獸之寒，見日則喜。公曝日西閣，非徒取暖快，且有所思念焉。用是知人之情：聚則樂，散則哀。朋友知舊苦聚而復散也。惟其既聚復散，此哀樂於一日之間已自作也。舊本作用知，非。

【校勘記】

〔一〕此詩文津閣本闕。

〔二〕「且自私」，二王本杜集卷七、百家注卷二十三、分門集注卷五、黃氏補注卷十三作「具自和」，草堂詩箋卷四十四作「且自和」。

水閣朝霽奉簡嚴雲安〔一〕

東城抱春岑，江閣隣石面。崔嵬晨雲白，朝旭射芳甸。謝玄暉有雜英滿芳甸。雨檻卧花叢，風牀展書卷。鉤簾宿鷺起，丸藥流鶯轉。呼婢取酒壺，續兒誦文選。晚交嚴明府，矧此數相見。趙云：去秋有贈鄭十八賁云：異味煩縣尹。鄭十八者，雲安知縣也。今此詩題云簡嚴雲安，又是新知縣邪？公詩兩字每使文選〔二〕，嘗示宗武曰：熟精文選理。今又曰續兒誦文選，則於文選爲精矣。轉，或作囀。

【校勘記】

〔一〕此詩文津閣本闕。

〔二〕「兩字每使」，清刻本、排印本作「最得力於」。

晚登瀼上堂〔一〕

故躋瀼岸高，頗免崖石擁。開襟野堂豁，繫馬林花動。趙云：選賦：向北風而開襟。莊子：似繫馬而止。雉堞粉似雲〔二〕，薛云：公羊傳：五板而堵，五堵而雉，百雉而城。堞，城牆馬面也。山田麥無隴。春氣晚更生，江流靜猶湧。四序嬰我懷，群盜久相踵。黎民困逆節，天子渴垂拱。趙云：胡戎盜賊犯順爲逆節。天子皇皇，不得垂衣拱手。所思注東北，深峽轉脩聳。趙云：東北，言長安。由峽中轉視高山而往，斯爲深峽。衰老自成病，郎官未爲冗。悽其望呂葛，不復夢周孔。濟世數嚮時，斯人各枯冢。老子：其人與骨皆朽矣。趙云：公爲尚書工部員外郎，而郎官上應列宿，未爲冗矣。謝靈運發石首城詩：欽聖若旦暮，懷賢亦悽其。不復夢周孔，以不復得用周孔之道以經濟矣。孔子曰：甚矣，吾衰也，久矣，吾不復夢見周公。呂、葛，太公、武侯，言前時濟世非無其人，人與骨皆朽爲枯冢矣。楚星南天黑，蜀月山霧重。安得隨鳥翎，迫此懼將恐。詩云：將恐將懼。

【校勘記】

〔一〕此詩，文津閣本闕。

〔二〕「似」，錢箋卷七作「如」。

敬寄族弟唐十八史君〔一〕

與君陶唐後，盛族多其人。聖賢冠史籍，枝派羅源津。甫自撰萬年縣君京兆杜氏墓銘曰：其先係統于伊祁，分姓於唐杜。春秋傳云：穆叔謂之世禄。其在兹乎？漢高紀贊曰：范宣子亦曰：祖自虞以上爲陶唐氏，在夏爲御龍氏，在商爲豕韋氏，在周爲唐杜氏。注：唐、杜，二國名。在今氣磊落，巧僞莫敢親。介立寔吾弟，濟時肯殺身。遠巧僞而介立者，史君也。物白諱受玷，行高無污真。得罪永泰末，放之五溪濱。漢黃瓊：皦皦者易爲污，嶢嶢者易爲缺。四子講德：青蠅不能穢垂棘。詩：白圭之玷，尚可磨也。語：殺身以成仁。馬援傳：擊武陵、五溪蠻夷。注：雄、樠、酉、潕、辰，所謂五溪。趙云：上兩句明其得罪之由，以不受汙玷而致然也。與皓皓者易污之義不同。五溪蠻夷，皆盤瓠子孫。今在辰州界。鸞鳳有鎩翮，先儒曾抱麟。顏延年詠嵇中散詩：鸞翮有時鎩。鎩，所拜切，殘也。劉越石詩：誰云聖達節，知命故不憂。宣尼悲獲麟，西狩涕孔丘。注：孔子亦抱麟而泣。趙云：鎩者，殘羽。淮南子：飛鳥鎩羽。先儒，孔子。公羊傳：哀公十四年春，西狩獲麟。何以書？記異也。

孔子曰：孰爲來哉！孰爲來哉！反袂拭面，涕泣沾袍。今云抱麟，則前書所紀或有載抱麟而泣也。雷霆霹長松，骨大卻生筋。一失不足傷，念子孰自珍。趙云：松骨大而生筋，則霹不能盡破。喻唐雖得罪未能傷，以其熟于自珍也。泊舟楚宮岸，戀闕浩酸辛。除名配清江，清江屬施州。厥土巫峽鄰。登陸將首途，筆札枉所申。趙云：楚宮，指夔州，蓋襄王所遊宮。樂史寰宇記於巫山縣載楚宮之名。施州清江縣，在夔州南。九域志：北至本州界一百里，自界首至夔一百二十五里。巫山縣則在夔東七十五里，故云厥土巫峽鄰。前云得罪永泰末，放之五溪濱。永泰末，則歲在乙巳。五溪濱，則辰州。今公出峽，乃戊申大曆三年。寄此詩而云除名配清江，則再貶責矣。歸朝跼病肺，敘舊思重陳。春風洪濤壯，顏延年：春江壯風濤。劉越石：棄置勿重陳。趙云：詩：謂天蓋高，不敢不跼。此跼爲不申之義。公言其歸朝不得，則思敘舊以往。春時得一見也。王粲海賦：洪濤奮蕩。又西京賦：起洪濤而揚波。谷轉頗彌旬。我能泛中流，搪突鼉獺瞋。趙云：谷轉，郭景純江賦：盤渦谷轉。漢武帝秋風辭：橫中流兮揚素波。孔融汝南優劣論：頗有蕪菁，唐突人參。周伯仁謂庾元規曰：何乃刻畫無鹽以唐突西施？任彥昇謝記室牋：惟此魚目，唐突璠璵。長年已省柂，省，視也。柂，乃正船木。長年，則川人謂操舟者。慰此貞良臣。指言唐史君也。

【校勘記】

〔一〕此詩文津閣本闕。

釋悶〔一〕

趙云：詩六韻，謂之古詩；而中四韻盡對，謂之近體；而字眼不順，句之平側不拘，蓋所謂吳體者乎？

四海十年不解兵，犬戎也復臨咸京。祿山思明之亂方已，而吐蕃復陷京城。趙云：自天寶十四載歲乙未，安祿山反，至廣德元年歲癸卯吐蕃復陷京師。此詩二年歲在甲辰春半已聞車駕歸京師之作，吐蕃之兵未已。祿山於天寶十五載嘗陷京師，而今吐蕃再陷焉，故云。失道非關出襄野，揚鞭忽是過湖城〔二〕。杜補遺：莊子：黄帝將見大隗乎具茨之山，至於襄城，七聖皆迷，無所問塗。適遇牧馬童子，而問焉。晉王敦作逆，明帝騎馬齎七寶鞭至湖陰察軍形，敦晝寢，夢日遶城，忽驚覺曰：營中有黄鬚鮮卑奴來，何不縛取！命騎追之，不及。趙云：犬戎犯京師，代宗車駕幸陝。湖城之句，皆以黄帝言之。湖城，則黄帝鼎湖所在，今幸陝所經過之地。豺狼塞路人斷絶，烽火照夜屍縱横。天子亦應猒奔走，群公固合思升平。但恐誅求不改轍，聞道嬖孽能全生。指程元振。時元振用事媒孽大臣，故吐蕃入寇以至功臣不肯用命。趙云：豺狼，以譬賊盜。張孟陽詩：賊盜如豺虎。車駕雖歸長安，而有乞還洛巡海之説，故云：天子亦應厭奔走，群公固合思升平。嬖孽，指程元振，此猶未知其死也。江邊老翁錯料事，眼暗不見風塵清。

【校勘記】

〔一〕此詩，文津閣本闕。

〔二〕「湖」，二王本杜集卷七、錢箋卷七作「胡」。

新刊校定集注杜詩卷十四

古詩

八哀詩并序

傷時盜賊未息，興起王公、李公，歎舊懷賢，終于張相國。八公前後存没，遂不詮次焉。王仲宣、張景陽皆作七哀詩。黃鳥，哀三良。亦其義也。趙云：選有七哀詩名，曹子建、王仲宣、張景陽皆作焉。止一首而名七哀詩，特取其義耳。注：謂痛而哀，義而哀，感而哀，怨而哀，耳目聞見而哀，口歎而哀，鼻酸而哀。子建之詩爲漢末征役别離婦人哀歎，仲宣之詩專哀漢亂，景陽之詩雖再賦，前則哀人事遷化，後則哀帝室漸衰。今公八篇以哀八公，而名八哀詩，挨傍選詩題目耳。八人，皆故矣，舊本四篇作「故」字，四篇作「贈」字，誤也。蓋傳本惑公所謂八公前後存没之語乎？公特言八公存没，或前或後，如某甲殁時，某乙猶存，而詩不能詮次其殁之前後耳。記曰：我欲作九原。又曰：死而可作，吾誰與歸？王公思禮，李公光弼，皆良將，公傷盜賊，欲作其死以爲用，故主二公爲首。興起者，作之謂矣。至歎舊懷賢，則通言下六公。

贈司空王公思禮

思禮加守司空，上元二年薨，贈太尉，謚武烈。

司空出東夷，童稚刷勁翮。趙云：思禮上元元年加司空，次年薨。雖贈太尉，以薨時官稱之。按史，高麗人，故云東夷。後漢鄧禹傳：父老童稚。此所先見者。元魏成淹曰：羔裘玄冠不以弔，此童稚所知也。隋煬帝言薛道衡：我少時與之行役，輕我童稚。陳孔璋爲曹洪與魏文帝書：揮勁翮。張景陽七命：落勁翮。刷字，沈休文和謝宣城詩：將隨渤澥去，刷羽泛清源。追隨燕薊兒，穎鋭一云脱。物不隔。思禮，營州城傍高麗人也。少習戎旅，隨節度使王忠嗣至河西，與哥舒翰對爲押衙。趙云：按史：思禮父爲朔方軍將。思禮習戰鬬，所謂「追隨燕薊兒」。追隨字，曹植詩：飛蓋相追隨。燕薊兒，猶山簡傳所謂幽并兒。平原君傳：毛遂曰：使遂早得處囊中，乃穎脱而出。服事哥舒翰，意無流沙磧。趙云：按哥舒翰爲隴右節度使，思禮與中郎將周秘事翰，授右衛將軍、關西兵馬使，從討九曲。九曲接西戎地，流沙在其外。意無流沙磧，言輕視西戎，不以爲意。無字，則左太沖詩：志若無東吴。未甚拔行間，犬戎大充斥。短小精悍姿，屹然强寇敵。左傳：盜賊充斥。杜田補遺：前漢：嚴延年爲人短小精悍，敏捷於事。趙云：按史，加金城太守，安禄山反，翰爲元帥，奏思禮赴軍。玄宗曰：河隴精鋭，悉在潼關。吐蕃有釁，唯倚思禮耳。犬戎，指吐蕃。師云：史記郭解傳：解爲人短小精悍。貫穿百萬衆，出入由咫尺。馬鞍懸將首，甲外控鳴鏑。薛云：前漢書：冒頓作鳴鏑，習勒其騎射。應劭曰：驍箭。洗劍青海水，刻銘天山石。思禮以拔石堡城功，除右金吾衛將軍，充關西兵馬使。蔡琰詩：馬鞍懸虜頭。鳴鏑，匈奴以射頭曼者，班固爲竇憲刻燕然銘。九曲非外蕃，其王轉深壁。薛云：唐會要：景龍四年，贊普請昏，以左衛大將軍楊矩爲送金城公主使。後矩爲鄯州都督，吐蕃厚賂之，因請河西九曲地爲公主湯沐邑。矩奏與之。吐蕃既得九曲，尤與唐地近，自是復叛。傳：以功授右衛將軍、關西兵馬使，從討九曲。趙云：舊本出入由字，應是猶字，方有義。洗劍青海，刻銘天山，皆言戰勝深入。青海、天山，皆西戎地。思禮既從討九曲，則非外蕃矣。轉深壁，言吐蕃主逃遠地爲壁壘。飛兔不近駕，杜田補遺：飛兔，古之神馬。兔善走，躍而復能飛，以名馬，其駿快可知。淮南子：夫待騕褭、飛兔而駕之，則世莫乘車矣。言其難得也。陳孔璋答東阿牋：飛兔流星，超越山海。龍驤所不敢追，駑馬可得齊足哉？魏志：呂布有馬名赤兔，能馳城飛塹，故語曰：人中有呂布，馬中有赤兔。鷙鳥資遠擊。十二歲，翰征九曲，思禮後期，欲引斬之，續命使釋之。思禮徐言曰：斬則斬，却喚作何物，諸將皆以是壯之。曉達兵家流，飽聞春秋癖。胸襟日沈静，肅肅自有適。趙云：鷙鳥，鷹隼之屬。傳：鷙鳥之擊。月令：鷹隼早擊。兵家流，漢藝文志：兵家者流，凡百八十二家。春秋癖，晉杜預雖爲將軍，有左傳癖。裴楷目夏侯玄云：肅肅如入宗廟中，但見禮樂器。潼關初潰散，萬乘猶辟易。偏裨無所施，元帥見手格。祿山反，思禮從翰守潼關，密語翰誅國忠，又欲以三千騎劫之，翰不從，遂敗。思禮爲偏裨，而謀不見從，翰遂被擒。元帥，翰也。萬乘，天子。辟易，播遷。趙云：辟，讀從闢；易，音周易之易。項籍傳：楊喜騎追羽，羽還，叱之，喜人馬俱驚，辟易數里。師古曰：辟易，謂開張而易其本處。今言明皇乘輿播遷也。蓋天寶十五年六月辛卯〔一〕，吐蕃將火拔歸仁執哥舒翰，叛降于賊，遂陷潼關，京師大駭。甲午詔親征，遂幸蜀。元帥〔二〕，指翰。見手格，爲敵手所格而去。太子入朔方，至尊狩梁益。胡馬纏伊洛，中原氣甚逆。趙云：太子，肅宗。七月丁卯，以皇太子爲天下兵馬元帥，北收兵至靈武，裴冕等奉皇太子甲午即皇帝位。至尊狩梁益，又申言明皇。纏伊洛，言祿山兵在東京。中原氣，則長安一帶。肅宗登寶位，塞望勢敦迫。翰既敗，潼關不守。玄宗幸蜀，太子入靈武圖興復，而群臣勸進，遂即位以從人望。思禮奔行在。趙云：易係辭：聖人之大寶曰位。塞望勢敦迫，言塞天下之望，其勢出於裴冕等所迫也。公時徒步至，請罪將厚責。際會清河公，間道傳玉册。天王拜跪畢，讜議果冰釋。思禮至行在，上責其不堅守，坐纛下，將斬之。會房琯在蜀，奉太上皇册命至，諫上，以爲可收後效，遂釋之。趙云：言跪受房公玉册。肅宗初欲誅思禮，以房公可收後效讜直之語，故冰釋其所欲誅之意。莊子：涣若冰將釋。左傳序：涣然冰釋。翠華卷飛雪，熊虎亘阡陌。屯兵鳳凰山，師云：理兵鳳翔。帳殿涇渭闢。天子所在，以帳爲殿，象宫闕臺殿。師云：言乘輿還南。趙云：翠華，天子之旗。上林賦：建翠華之蕤蕤。卷飛雪，言其時之在冬。一作雪中飛，非。周禮：熊虎爲旗。亘阡陌，言兵旗之多。舊注却是摘字，言兵旅，非矣。屯兵鳳凰山，方是言兵旅也。帳殿，曲水聯句，庾肩吾：迴川入帳殿，列俎間芳洲。劉孝綽曲水宴詩：皇心睠樂飲，帳殿臨春渠。帳殿闢于涇、渭，則在平凉，乃渭州。金城賊咽喉，詔鎮雄所搤。思禮既釋，尋副房琯戰便橋，不利，更爲關内行營節度，河西隴右伊西行營兵馬使，守武功以控賊。及廣平王收復，思禮入清宫。師云：史：馬援擊五溪蠻夷，進壺頭，搤其咽喉。趙云：金城，唐蘭州郡名，今武功也。前漢：昭帝始元六年，置金城郡。臣瓚曰：稱金，取其堅固也〔二〕。乃墨子金城湯池之義。師古曰：一云以郡在京師之西，故謂金城。金，西方之行也。咽喉字，史：中夏爲咽喉。搤字，音乙革切。婁敬：夫與人鬬，不搤其亢，拊其背，未能全勝。今陛下入關而都，按秦之故地〔四〕，此亦搤天下之亢而拊其背也。杜田補遺：揚子雲解嘲：蔡澤，山東之匹夫也。西揖彊秦之相，搤其咽亢其氣。新史：思禮守武功，此猶金城之咽喉。禁暴靖無雙，爽氣春淅瀝。巷有從公歌，詩：無小無大，從公于邁。野多青青麥。趙云：左傳：武有七德，而禁暴居其首。事則本傳言其持法嚴整，士不敢犯也。爽氣，借用晉王徽之：西山朝來，致有爽氣。今言山川之氣清爽，如雪霰之淅瀝。字出雪賦。巷字，詩：巷無居人。歌則歌此也。莊子：青青之麥，生於陵陂。及夫哭廟後，復領太原役。郭子儀收復兩京，時太廟爲賊所焚，權移神主於大內長安殿，上皇謁廟請罪，及光弼鎮河陽，制以思禮爲太原尹、北京留守、河東節度使。趙云：於思禮詩用哭廟字，由思禮先入清宮故也。新史：長安平，思禮先入清宮。乾元二年，代李光弼爲河東節度副大使。然謂之「復領太原役」，則已前亦嘗在太原矣，而史不載，無可考。恐懼祿位高，悵望王土窄。不得見清時，上元二年思禮薨，廣德元年史朝義滅，痛其不見時清也。嗚呼就窀穸。左傳：唯是窀穸之事。永繫五湖舟。傷其不得功成身退。悲甚田橫客。田橫死，賓客聞之，從死者五百人，言思禮賓客尤甚於橫。千秋汾晉間，事與雲水白。趙云：汾晉言河東。前句復領太原役，必兩次在太原，宜有顯績，歷千年如雲水之白。昔觀文苑傳，豈述廉藺績！廉頗、藺相如，古名將。嗟嗟鄧大夫，士卒終倒戟。趙云：形容思禮文不足而武有餘。廉、藺名將，豈必書其文采於文苑傳乎？漢史有文苑傳。鄧景山，曹州人，以文吏爲太原尹，北京留守。太原一偏將罪當死，諸將各請贖其罪，景山不許；其弟請以身代，又不許；其弟請納馬一匹，以贖兄罪，景山許其減死。衆怒曰：我等人命，輕如一馬乎？遂殺景山。左傳：晉靈輒報趙宣子一飯之恩，倒戟於公徒。

【校勘記】

〔一〕「天寶」，原作「至德」，誤，檢下所引「吐蕃將火拔歸仁執哥舒翰」事，見於新唐書卷五玄宗本紀

「天寶十五載」條所載，據改。

〔二〕「帥」，文淵閣本作「師」，訛。

〔三〕「金」，原脱，檢下句所引「取其堅固也」，見於漢書地理志卷二十八下顏師古注引臣瓚云：「稱金，取其堅固也。」據補。

〔四〕「按秦之故地」，「地」原脱，檢下句所引「此亦搤天下之亢而拊其背」，見於史記卷九十九、漢書卷四十三婁敬傳引婁敬語，據補。

故司徒李公光弼

司徒天寶末，北收晉陽甲。唐李光弼傳：光弼，營州人，善騎射，能讀班氏漢書。少從戎，嚴毅有大略。天寶十三年，郭子儀薦之堪當閫寄。禄山亂，玄宗幸蜀，肅宗理兵靈武，授光弼户部尚書，兼太原尹。晉陽，太原。趙云：光弼加檢校司徒，至德二載，尋遷司空。今據爲司徒已前事稱其官耳。按史：禄山反，郭子儀薦其能，持節河東節度副大使，知節度事。晉陽，河東太原。北收晉陽甲，言用河東太原兵矣。傳雖不著，可以意逆之。晉陽甲字，公羊定十三年，晉趙鞅取晉陽之甲，討君側之惡。胡騎攻吾城，愁寂意不愜。人安若泰山，薊北斷右脅。朔方氣乃蘇，黎首見帝業。賊將史思明等四僞帥來攻城，光弼麾下衆不滿萬，皆烏合人。賊以太原屈指可取，光弼伺其怠出擊，大破之，斬首十餘萬級。又敗思明于嘉山，河北歸順者十餘郡。朔方，河北。趙云：「胡騎攻吾城」，傳言史思明、李立節、蔡希德攻饒陽者矣。晉劉琨：長嘯而胡騎退却。世說：左太沖作三都賦，初，思意甚不愜〔一〕。傳：其安若泰山，危如累卵。右脅，佛書有左脅卧，右脅卧之語。而斷右脅，挨傍斷匈奴右臂言也。觀公爲華州郭使君進滅殘寇形勢圖狀云：平盧兵馬在賊左脅。今所謂右脅正此義也。前漢：高祖五載而成帝業。光弼屢戰勝，所以斷薊北之脅，蘇朔方之氣，使萬民得見帝業。

二宮泣西郊，九廟起頽壓。至德二載，郭子儀收復兩京，權移神主于大内長安殿，上皇謁廟請罪。今云二宮，蓋并肅宗言之。西郊，則上皇自蜀歸京師之郊。九廟，往在詩注。

未散河陽卒，思明僞臣妾。復自碣石來，火焚乾坤獵。高視笑禄山，公又大獻捷。乾元二年，爲天下兵馬元帥，與九節度兵圍安慶緒於相州，拔有日矣。史思明自范陽來救，屢絶糧道。光弼身先士卒，苦戰勝之。思明因殺慶緒，即僞位，縱兵河南，賊勢甚熾。光弼議洛不足抗賊，遂檄官吏令避寇，引兵入三城。賊憚光弼，頓兵白馬祠，不敢西犯宫闕。遂戰於中潬西，大破逆黨，賊走保懷州。趙云：唐史：史思明乘勝西嚮，光弼敦陣徐行，趨東京，謂留守韋陟曰：賊新勝，難與争鋒，欲屈之以計。然洛無見糧〔二〕，危偪難守，公計安出？陟曰：益陟陝兵〔三〕，公保潼關，可以持久。光弼曰：兩軍相敵，尺寸地必争，今委五百里而守關，賊得地，勢益張。不如移軍河陽，北阻澤潞，勝則出，敗則守，表裏相應，賊不得西，此猨臂勢也。遂悉軍趨河陽。賊帥周摯與安太清攻北城，光弼禽周摯及徐璜玉、李秦授矣，惟太清挺身走。思明未知，猶攻南城。光弼驅所俘示之，思明大懼，築壘以拒官軍。太清襲懷州，守之。光弼又降賊二將高暉、李日越，決丹水灌懷州。王師乘城，擒太清、楊希仲，送之京師，獻俘太廟。今云未散河陽卒，則方悉軍河陽時也。僞臣妾，則思明必嘗僞降。自碣石來與火獵皆不載於傳，而固有此事也。碣石，海畔山，在冀州之域，則兵仍自北來也。笑禄山，言思明笑禄山而自矜也。獻大捷，傳所謂獻俘。

異王册崇勳，小敵信所怯。擁兵鎮河汴，千里初妥帖。異王，以非劉氏而王者。杜田正謬：光弼以功封臨淮王，非謂非劉氏而王。小敵信所怯，謂北邙之敗也。光武與王鳳等戰，自將步騎千餘前去，諸部喜曰：劉將軍平生見小敵怯，今見大敵勇，甚可怪也。趙云：異王，異姓之王。光弼封臨淮郡王，按新史在寶應元年封王，後書收許州，破走史朝義，不見怯小敵。鎮河汴事，若相州北邙之敗，則魚朝恩爲之，又非可言小敵也。又，乃在封王之前，當俟博聞。妥帖字，文賦：或妥帖而易施。

青蠅紛營營，風雨秋一葉。内省未入朝，死淚終映睫。趙云：唐史：相州、北邙之敗，朝恩羞其策繆，故深忌光弼切骨，程元振尤嫉之。二人用事，日謀有以中傷者。及來瑱爲元振讒死，光弼愈恐。吐蕃寇京師，代宗詔入援。光弼畏禍，遷延不敢行。及帝幸陜，猶倚以爲重，數存問其母，以解嫌疑。帝還長安，因拜東都留守，察其去就。光弼以久須詔書不至，歸徐州收租賦爲解。帝令郭子儀自河中輦其母還京。二年，光弼疾篤，奉表上前後所賜實封，詔不許。薨，年五十七，詔百官送葬延平門外。青蠅紛營營，指魚、程也。風雨秋一葉，言其危也。内省未入朝，則光弼既當入援京師而不行，又拜東都留守，若遂就之。當由長安朝而後往，正復以内自省過，未敢就也。青蠅，詩篇名，以刺讒也，言讒如青蠅之汙物。論語：内省不疚。睫字韻，孟嘗君：涕淚承睫。

大屋去高棟，長城掃遺堞。平生白羽扇，裴啓語林曰：諸葛武侯白羽扇指麾三軍也。零落蛟龍匣。趙云：高棟，言爲國之棟幹。長城，如李勣之賢長城。平生白羽扇，以諸葛亮比之。零落蛟龍匣，言扇羽零落也。蛟龍匣，應是劍匣，言劍之如蛟龍在匣（四），而扇羽零落於其間。

雅望與英姿，二十八將論：至使英姿茂績，委而不用。惻愴槐里接。命京兆尹第五琦監護喪事，葬三原，詔宰臣百官祖送延平門外。前漢：槐里屬右扶風。趙云：世說：魏武將見匈奴使，自以形陋不足以雄遠國，使崔季珪代己，自捉刀立牀頭。既畢，令間諜問曰：魏王如何？匈奴使曰：魏王雅望非常；然牀頭捉刀人，乃英雄也。槐里，葬地，屬右扶風，今之鳳翔府，正在長安之西。

三軍晦光彩，烈士痛稠疊。直筆在史臣，將來洗箱篋。趙云：其代子儀朔方也，營壘士卒麾幟無所更，光弼一號令之，氣色乃益精明。則其死，三軍光彩爲晦咍矣。又云光弼用兵，謀定後戰，能以少覆衆，治師訓整，天下服其威名，軍中指顧，諸將不敢仰視。則其死，英烈之士思其威重，痛感不一而止矣。選詩：巖峭嶺稠疊。下言史以直筆書光弼功業，不幸遭讒，致公恐懼之事。將來洗淨相篋汙辱，此必當時猶有以相州、北邙之敗歸罪光弼者矣。載記慕容盛：時無直筆之史。漢書：箱篋刀筆之任。

吾思哭孤冢，南紀阻歸楫。甫避亂荊衡，故云南紀。趙云：南紀，楚分。若南下，則歷南紀，往歸長安可以哭光弼之冢。今阻而不能，故云。

扶顛永蕭條，未濟失利涉。疲薾竟何人，灑涕巴東峽。巴東峽在荊州。趙云：語：顛而不扶。西都賦：原野蕭條。未濟，易之卦名：利涉大川。或曰扶顛，言大厦之顛，意若用棟梁比之。書：若涉大川，用汝作舟楫。利涉，以舟楫比之。然前句已有大屋去高棟，指爲公句意重疊。不知公正用論語扶顛字，豈止指爲扶大厦之顛乎。左傳：本必先顛；則木之顛也。又曰自下射之顛，杜回躓而顛，則人之顛也。漢史：興國救顛。選：暴興疾顛。則顛亦不在屋言矣。疲薾，莊子：薾然疲役。巴東峽，指夔州。古詩：巴東之峽巫山長。雲安，夔州屬縣，去州不百五十里，可以言巴東峽。舊注爲在荊州，非。

【校勘記】

〔一〕「思意」，原作「意思」，無義；世説新語箋疏文學第六十八條云：「左太沖作三都賦，初成，時人互有譏訾，思意不愜。」據以乙正。

〔二〕「糧」，文淵閣本、文津閣本、文瀾閣本、清刻本、排印本作「陟」。

〔三〕「陟曰益陟陝兵」，二「陟」字，文淵閣本作二「屈」字，訛。

〔四〕「如」，原脱，參先後解輯校丁帙卷一此詩趙次公注〔一四〕訂補。

贈左僕射鄭國公嚴公武

趙云：舊本作贈字，非。新、舊史載武歷職，互有同異。武初以蔭調太原府參軍事，隴右節度使哥舒翰奏充判官，累遷殿中侍御史。玄宗入蜀，擢諫議大夫。至德初，赴肅宗行在，房琯薦爲給事中。已收長安，拜京兆少尹兼御史中丞。坐琯事，貶巴州刺史。舊史却云綿州。久之，遷東川節度使。上皇合劍南爲一道，擢武成都尹，劍南節度使。舊史却又云：遷御史大夫，入爲太子賓客，遷京兆尹，爲二聖山陵橋道使。新史於此封鄭國公，遷黄門侍郎。舊史未言其封國，却云罷兼御史大夫，改兼吏部侍郎，尋遷黄門侍郎耳。復出尹成都，節度劍南。既破吐蕃兵，加檢校吏部尚書。舊史於此方云封鄭國公。永泰初，卒，贈尚書左僕射。新、舊史所載互有異同如此〔一〕。竊觀巴州嚴武賦光福寺楠木歌碑題下云：衛尉少卿兼御史嚴武。夫武在巴州，既有碑證，則新史爲是。舊史言綿州者，非。官銜謂之衛尉少卿兼御史而已，應自御史中丞降御史也〔二〕。又通鑑：上元二年五月載：西川節度使崔光遠與東川節度使李奐共攻綿州，斬段子璋。而杜公有嚴中丞枉駕見過詩，題下注云：嚴自東川除西川，敕令兩川都節制。乃是寶應元年二月間詩。則五月之後，李奐去東川，而後嚴公爲東川節度使。崔光遠去西川，嚴公却自東川除西川，敕命一時令兩川都節制耳，未是專以兩川合爲一道也。寶應，代宗年號，如此則史云：上皇合劍南爲一道，擢武成都尹、劍南節度使，非也。武寶應元年初來成都，既而四月歸朝〔三〕，則在成都才四月而已。又按，通鑑當年六月壬戌，載以兵部侍郎爲西川節度使。七月癸巳，劍南兵馬使徐知道反，拒武，不得進。此武第二次來成都，雖不得進，其官是兵部侍郎，其任只是西川節度使，尤可推見前日止是敕命一時指揮〔四〕，合兩川都節制也。中間公有寄嚴大夫詩，題是九日所寄，則在六月，以兵部侍郎爲西川節度使，不得進之後，却爲御史大夫矣。又按通鑑，廣德二年春癸卯，載劍南東、西川爲一道，以黄門侍郎嚴武爲節度使。舊史於此稱武破吐蕃，加檢校吏部尚書，封鄭國公。此第三次來成都，方專是合兩川爲一道也。次年永泰元年四月薨。公詩有「主恩前後三持節」，今哀之詩云：三掌華陽兵。豈不是實應元年春，初爲兩川都節制，次以兵部侍郎來，雖不得進，而專節度西川。廣德二年，代宗方以東、西川爲一道，而武以黄門侍郎來，斯爲三持節與三掌華陽兵乎？嚴之謫巴州，非綿州，以碑刻證之。嚴公之節度東、西川，或兼或專，以通鑑及公詩證之。見新、舊史不足憑如此。

鄭公瑚璉器，華岳金天晶。趙云：子謂子貢曰：汝，器也。曰：何器也？曰：瑚璉也。禮記：有虞氏之兩敦，夏后氏之四璉，殷之六瑚，周之八簋，蓋宗廟之器也。武封鄭國公，故以鄭公稱之。瑚璉器，言爲宗廟之器。武，挺之之子，華州華陰人。爾雅曰：華爲西岳。言其降爲武，故云金天而武乃其晶也。古帝王之號曰金天氏。晶，音精。字書：精，光也。漢史：天陽之晶。選：晶茹、金晶。

昔在童子日，已聞老成名。趙云：本傳：武字季鷹。母不爲挺之所答，獨厚其妾英。武八歲，怪問其母，母語之。武以鐵鎚就英寢，碎其首。左右驚，白挺之曰：郎君戲殺英。武曰：安有大臣厚妾而薄妻者，兒故殺之，非戲也。父奇之，曰：真嚴挺之之子！此在童子日，已聞老成名矣。詩：雖無老成人，尚有典刑〔五〕。

嶷然大賢後，復見秀骨清。大賢，謂嚴子陵。趙云：大賢指嚴挺之。舊注非是。按新史嚴挺之傳：姿質軒秀。舊史武傳：神氣儁爽。則見其父，又見其子也。如是，大賢挺之明矣。

開口取將相，小心事友生。甫與武世契，嘗醉登武床，呼斥其父名，而武不忤。趙云：莊子：開口而笑。詩：小心翼翼。詩：不如友生。開口取將相。傳：遷黄門侍郎，與元載厚相結，求宰相而事不遂是已。小心事友生，蓋普言其實。舊注拘矣，況史云最厚杜甫，然欲殺甫者數矣乎？

閲書百紙一云氏。盡，落筆四座驚。趙云：後漢：王充家貧無書，嘗遊洛陽市肆，閲所賣書，一見輒能誦憶。百紙盡，猶五行俱下之義。一作百氏盡，非。六經諸史，何獨百氏乎？王子敬傳：桓温嘗使書扇〔六〕，筆誤，因畫作烏駮牸牛，甚妙。雖畫事而借字用耳。公寄李白：筆落驚風雨。又公詩自言云〔七〕：觀我落筆中書堂。歷職匪父任，嫉邪常力爭。武弱冠，以門蔭策名，哥舒翰奏充判官。至德初，肅宗初靖難，大收才傑，武仗節赴行在。宰相房琯首薦才略，累遷給事中。趙云：史：武初調太原府參軍事，累遷殿中侍御史。言其初雖補蔭，而其後致身自得爲侍御史也。按殿中侍御史，魏置也，二人居殿中，伺察非法。所謂嫉邪者，御史之職。舊注引武爲給事中，乃在肅宗時，與力爭、嫉邪有何相干？父任，漢書：父任爲郎。漢儀尚整肅，武爲侍御史。胡騎忽縱橫。趙云：以武爲御史，所以肅清官儀。下句武方爲侍御，值禄山亂，從玄宗入蜀也。光武爲司隸校尉，時三輔東迎更始，見諸將過，皆冠幘而服婦人衣，莫不笑之，或有畏而走者。及見司隸僚屬，皆歡喜不自勝。老吏或垂涕曰：不圖今日復見漢官威儀。劉琨傳：清肅而胡騎退却。飛傳自河隴，傳，張戀反。逢人問公卿。趙云：史：玄宗入蜀，擢諫議大夫。則天寶末，武在蜀中矣。飛傳，即傳遞之報也。河隴，則會、蘭、熙、河、洮、岷，入階、文州，西來蜀中之道，蓋肅宗即位靈武，前路梗澀，多由此路來。蜀中有飛傳，自河隴來，武必問公卿爲誰，或問某人在亡。不知萬乘出，雪涕風悲鳴。受詞劍閣道，謁帝蕭關城。河隴、劍閣、蕭關城事，新、舊史皆不載。趙云：上兩句言肅宗七月丁卯即位靈武，又十月癸未，次彭原郡。在蜀之遠，亦不知萬乘所出之的，所以雪涕悲鳴。於是請於玄宗，乞往行在。蕭關在原州，謂平涼郡，即今原州。舊注非。寂寞雲臺仗，庾信哀江南：非無北闕之兵，猶有雲臺之仗。飄飄沙塞旌。趙云：言行宮儀衛草創也。沙塞，指河隴行在之地。江山少使者，笳鼓凝皇情。顔延年：窮遠凝聖情。又：笳鼓震溟洲。壯士血相視，忠臣氣不平。密論貞觀體，揮發岐陽征。肅宗理兵鳳翔。感激動四極，聯翩收二京。二京，長安、東都。二史皆不載武收復功。趙云：貞觀體〔八〕，言太宗朝事。岐陽征，固指鳳翔而道實事〔九〕，然亦左傳：成王有岐陽之蒐也。史：至德初，赴肅宗行在，房琯薦爲給事中。已收長安，拜京兆少尹。則中間建議收復，密論揮發之事矣。**西郊牛酒再，**沈休文碑：牛酒日至，壺漿塞陌。西郊謂文王。牛酒謂擊牛釃酒饗士。**原廟丹青明。**叔孫通爲原廟。注：原，重也。先以有廟，今更立之。脩張良廟教云：可以構棟宇而脩丹青也。趙云：西郊，長安西郊，二駕還復之所經。至德二年九月癸卯，復京師；十月丁卯，車駕入長安，則已具牛酒矣。十二月丙午，上皇至自蜀郡，則又具牛酒，謂之再歎。舊注謂文王，大非。原廟丹青明，則賊陷京師，焚毀九廟。車駕既入，首營建之。丹青，宮室之飾。**匡汲俄寵辱，**匡衡、汲黯。**衛霍竟哀榮。**衛青、霍去病。趙云：匡衡，汲黯，言鄭公諫諍如之。既拜京兆少尹，坐房琯事，貶巴州刺史，此寵之所辱也。衛青，霍去病，言鄭公能用兵如之。爲東川節度使，遷謫中可哀而復榮也。哀榮，則自「其生也榮，其死也哀」而摘用之。**四登會府地，三掌華陽兵。**既收長安，以武爲京兆少尹兼御史中丞，時年三十二，後又遷京兆尹兼御史大夫。華陽，成都，武以史思明阻兵不之官，優游京師，頗自矜大。出爲綿州刺史，遷劍南東川節度使。登發，上皇詔以劍南兩川合爲一道，拜武成都尹，充劍南節度使。入復求爲方面，拜成都尹。在蜀累年，恣行猛政，威震一方。趙云：會府，指京兆府、成都府。鄭公，京兆少尹又爲京兆尹，爲成都尹、劍南節度，又復節度劍南，此爲四登會府也。三掌華陽兵，其事實具于題下注中。書曰：華陽黑水惟梁州。則東，西川皆華陽。**京兆空柳色，**一云市。張敞爲京兆尹，走馬章臺街。唐詩有章臺柳。**尚書無履聲。**漢哀帝擢鄭崇爲尚書僕射。數求見諫諍，上初納用。每見曳革履，上笑曰：我識鄭尚書履聲。注，生曰革。趙云：上句又申言兩爲京兆之舊迹。柳色，章臺柳是已。若作柳市，非。下句言其在外加檢校吏部尚書，而未嘗以尚書之識見上。**群烏自朝夕，白馬休橫行。**成帝時御史府中列柏株，常有野烏。趙云：上句言爲殿中侍御史，而遷爲別官，故烏但自朝夕也。下句言爲諫議大夫。漢制，諫議大夫無常員，皆名儒宿德爲之，隸光祿。張湛爲光禄大夫，數陳正議，常乘白馬。光武每有異政，輒曰：白馬生且復諫矣。休横行，言其常乘白馬矣。今爲別官，則休止馬之横行也。或云：侯景爲亂，乘白馬，以青絲爲鞚而應讖。公詩屢使白馬以言賊，則此方只説嚴公耳。諸葛蜀人愛，文翁儒化成。陳壽言：蜀人愛亮，雖甘棠之詠召公，鄭人之歌子産，未足爲過。西漢文翁守蜀，召下縣子弟以爲學官弟子，爲除更繇，高者補郡吏，以爲孝弟力田，由是大化。蜀之學，於京師比齊魯。公來雪山重，公去雪山輕。雪山，西山。趙云：四句言鎮成都。諸葛、文翁，皆取其在蜀比之。雪山在松、維州外，今威、茂州也。積雪雖夏不消，故號雪山，乃緊與吐蕃爲界。公來雪山重，言安而不摇，謂吐蕃畏公不敢動摇，而輒犯順，所以爲重也。輕重，亦如鹽鐵論言賢者所在國重，所去國輕。記室得何遜，韜鈐延子荆。梁書：何遜爲建安王記室，王愛文學之士，日與遊宴。又爲廬陵王記室，復隨府於江州。晉孫楚字子荆，參石苞驃騎軍事。四郊失壁壘，虚館開逢迎。堂上指圖畫，軍中吹玉笙。趙云：上兩句言鄭公所辟幕客皆美材也。禮記：四郊多壘，卿大夫之辱也。虚館開逢迎，言開閤以禮士。公孫弘至宰相封侯〔一〇〕，起客館，開東閤以延賢人，與參謀議。下兩句則政治優遊可見。豈無成都酒，憂國只細傾。時觀錦水釣，問俗終相并。意待犬戎滅，人藏紅粟盈。前兩句言其車騎之出，非專爲問遊，終以問俗爲事。以兹報主願，庶或一云獲禆世程。趙云：犬戎，吐蕃。鄭公再節度劍南日，破吐蕃七萬衆于當狗城，遂克鹽川城西。然其意終待盡滅，而人免誅求，家給人足也。庶獲，一作庶或，非。炯炯一心在，見「此心炯炯君應識」注。沉沉二豎嬰。晉侯求醫于秦伯，使醫緩爲之。未至，公夢疾爲二豎子曰：彼良醫也，懼傷我焉，逃之。其一曰：居肓之上，居膏之下，若我何？醫曰：疾不可爲也。在肓之上、膏之下，攻之不可，達之不及，藥不至焉，不可爲也。公曰：良醫也。顔回竟短折，顔回二十九，蚤死。武終時年四十。洪範注：短未六十，折未三十。賈誼徒忠貞。褚淵碑：忠貞允亮。飛旐出江漢，潘安賦：飛旐翩以啓路。孤舟轉荆衡。荆衡，楚地。趙云：鄭公死於蜀，靈櫬舟行而歸。陶淵明：或棹孤舟。虛無馬融笛，悵望龍驤塋。空餘老賓客，身上媿簪纓。杜田補遺：晉征吳，童謡曰：阿童復阿童，銜刀飛渡江。不畏岸上獸，但畏水中龍。阿童，王濬小字。武帝因以謡言拜濬爲龍驤將軍。太康六年卒，葬柏谷山，大營塋域，葬垣周四十五里，面別開一門，松柏茂盛。本傳所載止此，非以龍驤名墓也。趙云：後漢：馬融性好音樂，作長笛賦。今云「虛無馬融笛」，則鄭公好笛，可知矣。老賓客，公自言也。媿簪纓，公蓋感歎其因武之辟爲參謀，而官爲工部員外郎賜緋者也。

【校勘記】

〔一〕「如此」，文淵閣本作「知此」。

〔二〕「應自」，「應」原作「舊」，訛，據先後解輯校丁帙卷一此詩題下注所引趙次公原注改。案，「應自」文淵閣本、文津閣本、文灦閣本、清刻本、排印本作「舊史」，均訛。

〔三〕「歸」，文淵閣本作「師」，訛。

〔四〕「是」，文淵閣本作「時」，訛。

〔五〕「雖無老成人」，句前原脱「詩」，據毛詩正義卷十八蕩之什並參先後解輯校丁帙卷一此詩引趙次公原注〔一二〕訂補。

〔六〕「桓温」，原作「亘温」，係避諱，此改。

〔七〕「公」，原作「古」，訛，據清刻本、排印本改。

〔八〕「貞觀」，原作「正觀」，係避諱，此改。

〔九〕「鳳翔」，文淵閣本、文津閣本作「鳳朔」，皆訛。

〔一〇〕「公孫弘」，原作「公孫洪」，文瀾閣本、清刻本、排印本作「公孫宏」，係避諱，此改。

贈太子太師汝陽郡王璡 舊本作贈字，非。

汝陽讓帝子，眉宇真天人。虬鬚似太宗，色映塞外春。讓皇帝憲，本名成器，睿宗長子，立爲皇太子，以玄宗有討平韋氏之功，懇讓儲位，封寧王。薨，謚讓皇帝。長子汝陽郡王璡也。書生相太宗龍鳳之姿，天日之表，又有虬鬚。趙云：舊史無所考證。若新史：璡眉宇秀整，性謹潔，善射。帝愛之，則出於公詩。讓皇帝，睿宗子，玄宗以其有高世行，故追謚讓皇帝。有子十九人，其聞者璡、莊、琳、瑀。枚乘七發：陽氣見於眉宇之間。天人，以曹植比之。邯鄲淳見曹植曰：天人也。植於魏爲陳留王，以比汝陽王。公嘗贈二十韻詩：特進群公表，天人夙德升。亦此之謂。真天人字，鄧禹傳注：衆皆竊言：劉公真天人。虬鬚似太宗，蓋實道其事。塞外，未知指何地。或曰：其就封汝陽，爲塞外。按後漢郡國志：汝南郡，高帝置，雒陽東南六百五十里，有上蔡，則蔡州也。唐地理志：蔡州汝南郡，管縣十，其一曰汝陽。然以汝陽爲塞外，所未安。或別有所主，未見，以俟博聞。往者開元中，主恩視遇頻。出入獨非時，禮異見群臣。愛其謹潔極，新史採此語。倍此骨肉親。從容聽朝後，或在風雪晨。忽思格猛獸，江都王力格猛獸。苑囿騰清塵。司馬相如諫獵書：今陛下好陵阻險，卒然遇逸材之獸，駭不測之地，犯屬車之清塵，豈不殆哉？羽旗動若一，萬馬肅駪駪。三禮圖：全羽爲旞、析羽爲旌，皆五采，繫之於旞旌之上，謂注旄於竿首也。詩：駪駪征夫。注：衆多貌。詔王來射雁，拜命已挺身。箭出飛鞚内，上又回翠麟。又一作入。翻然紫塞翮，下拂明月輪。趙云：上，言箭直上；翠麟，所騎馬。箭出馬勒外，且既上矣。方未射落雁下之間，又急迴轉馬，言其能之捷也。一作上入，無義。紫塞翮，言雁。紫塞，北塞。崔豹古今注：秦所築長城，土皆紫色，漢亦然。塞者，所以擁夷狄也。雁從北方來，謂之紫塞翮。或引雁塞事，非。蓋雁塞乃荆州事，盛弘之荆州記：雁塞北接梁州汶陽郡，其間東西嶺，屬天無際，雲飛風翥，望崖迴翼，唯一處爲下。朔雁達塞，矯翮裁度，故名雁塞，同於雁門也。下拂明月輪，言雁下而拂弓。胡人雖獲多，天笑不爲新。長楊賦：上將大誇胡人，以多禽獸。令胡人手搏之，自取其獲，上親臨觀焉。天笑，天子之笑。薛云：仙傳拾遺：木公與一玉女投壺，設有不入者，天爲之嚂嘘。注：嚂嘘，開口而笑也。嚂，呼監切。王每中一物，手自與金銀。趙云：京師常有胡人在焉，天子射獵，必袖中諫獵書，扣馬久上陳。漢武帝自擊熊逐獸〔一〕，相如因上書諫之。竟無銜橛虞，相如書：且夫清道而後行，中路而馳，猶時有銜橛之變。聖聰矧多仁。官免供給費，水有在藻鱗。匪唯帝老大，皆是王忠勤。趙云：言王雖隨射獵，而有書諫獵。在藻字，詩：魚在在藻。水有在藻鱗，非特止獵，且不漁也。子虛、上林賦，前既叙獵，其後又言漁矣。晚年務置醴，門引申白賓。璡歷大僕卿，與賀知章、褚庭誨爲詩酒交〔二〕。天寶又加特進。漢楚元王交，好書，多材藝，少與魯穆生、白生、申公俱受詩於浮丘伯。元王既至楚，以穆生、白生、申公爲中大夫。初，元王敬禮申公，穆生不嗜酒，元王每置酒，嘗爲穆生設醴。師古曰：醴，甘酒也。少麴多米，一宿而熟〔一〕，不齊之也。之，所以永懷侍王之芳茵也。

道大容無能，永懷侍芳茵。趙云：言王好賓客。家語：道大不容。莊子：無能者無所求。公言王以道大而容其無能，每禮待之，所以永懷侍王之芳茵也。

好學尚貞烈，義形必霑巾。揮翰綺繡揚，篇什若有神。趙云：論語：有顏回者好學。傳：義形於色。孔融薦禰衡表：思若有神。

川廣不可泝，墓久狐兔隣。張孟陽七哀詩：借問誰家墳，皆云漢世主。狐兔窟其中，蕪穢不復掃。趙云：言別後流落於蜀，欲泝而上見王，則川廣不可泝。倣詩：漢之廣矣，不可泳思。

宛彼漢中郡，王弟瑀早有才望，偉儀表。天寶十五載，從玄宗幸蜀，封漢中王。**文雅見天倫。**見「天倫恨莫俱」注。**何以開我悲，泛舟俱遠津。溫溫昔風味，少壯已書紳。舊遊易磨滅，衰謝多酸辛！**趙云：言王弟之美。劉公幹贈五官中郎將詩：君侯多壯思，文雅縱橫飛。穀梁：甲乙，天倫，以言兄弟。泛舟俱遠津，公泛舟往，漢中王瑀泛舟來夔，皆阻於遠津，不能開此悲懷也。詩：溫溫恭人。世説載支道林喪其同學法度之後，神氣實喪，風味轉墜。古詩：少壯不努力。周王褒與周弘讓書：年事遒盡，容髮衰謝。

【校勘記】

〔一〕「自」，原作「目」，訛，據文淵閣本、文津閣本、文瀾閣本、清刻本、排印本改。

〔二〕「褚庭誨」，文淵閣本、文津閣本、文瀾閣本、清刻本、排印本作「褚廷誨」。案，舊唐書卷九十五、新唐書卷八十一李璡傳作「褚庭誨」；全唐文卷三百八孫逖授褚廷誨給事中制作「褚廷誨」。

〔三〕「二」，文淵閣本、文津閣本、文瀾閣本、清刻本、排印本作「不」，訛。

贈祕書監江夏李公邕

趙云：舊本作贈字，非。李自北海守罪死，在天寶中，至代宗時贈祕書監，今以所贈官爲題。又曰，江夏李公，所未諭也。後漢郡國志：江夏郡，高帝置。唐地理志鄂州曰：江夏郡，有江夏縣焉。李，揚州江都人，而云江夏，以侯博聞。史云：杜甫以邕負謗死，作八哀詩傷之。此詩六段，自「長嘯宇宙間」至「竟掩宣尼袂」，先論人才彫喪，有李公文章，人求其文，奉以金帛，李復以振施，而終嘆其窮也；自「往者武后朝」至「魂斷蒼梧帝」，言邕敢言，而以枉貶遵化尉事也；自「榮枯走不暇」至「易力何深嚌」，言邕再起再徙，至於罪死也；自「伊昔臨淄亭」至「鯤鯨噴迢遰」，公叙與邕論文，而傷邕以文見嫉，且稱美其詩也；自「坡陁青州血」至「舊客舟凝滯」，則申言邕死而不得往弔也；末句重懷邕詩，可以解憂。

長嘯宇宙間，高才日陵替。趙云：長嘯，嘆嘯之長。不必真若孫登、阮籍之聲。左傳：上陵下替。古人不可見，前輩復誰繼？憶昔李公存，詞林有根柢。唐文苑傳：邕，廣陵江都人。父善，注文選。邕少知名，在長安，李嶠、張廷珪并薦詞高行直，堪爲諫官。聲華當健筆，灑落富清製。趙云：庾信作宇文順文集序：章表健筆，一付陳琳。風流散金石，追琢山岳鋭。邕早擅才名，尤長碑頌，中朝衣冠，天下寺觀，多出其手。情窮造化理，學貫天人際。董仲舒言：天人相與之際。趙云：文選：見天人際。干謁走其門，碑版照四裔。各滿深望還，森然起凡例。杜預左氏傳序〔一〕：發凡以言例。邕雖貶黜在外，人多齎金帛往求其文。趙云：碑版，謝靈運詩：圖牒復磨滅，碑版誰傳聞。杜預於春秋分凡例，若凡祀、凡上功之屬。森然起凡例，以邕文有春秋體，輕重適當。蕭蕭白楊路，洞徹寶珠惠。龍宮塔廟湧，浩劫浮雲衛。杜田補遺：釋氏要覽：梵言塔婆，唐言高顯，今俗稱爲塔。梵言蘇偷婆，唐言寶塔。梵言窣堵波，唐言墳。梵言浮圖，唐言聚相。西域記：建塔者謂立表，且見塔有三義：一表人勝，二令他生信，三爲報恩。皆有等級，若初果一級、二果二級、三果三級、四果四級，表超三界也。辟支佛十一級，表未超無明一支。故佛塔十三級，表超十二因緣也。度人經：唯有元始浩劫之家，部制我界，統乘玄都。法華經：如人以力磨，三千大千國土，復盡抹爲塵，一塵爲一劫。廣異記：丁約謂韋子威曰：郎君終當棄俗，尚隔兩塵。儒謂之世，釋謂之劫，道謂之塵，竊詳浩劫雖出道經。子美所稱恐非也。蓋俗謂塔之一級二級爲一劫二劫，故子美岳麓道林二寺行亦曰「塔劫宮牆壯麗敵」也。若以爲世劫之劫，則玉臺觀詩，亦使浩劫字，乃滕王於調露中，任閬州刺史日所造，去子美未百年，豈可言浩劫因王造乎？薛云：南史：阿育王佛滅度後，一日一夜造八萬四千塔。梵言塔，華言廟也。王簡棲頭陁寺碑：功濟塵劫。唐書：辛替否曰：窮金三脩塔廟。仙傳拾遺：昆明池龍宮，有仙方三十六首。趙云：墓間多種白楊。得邕之文，如寶珠洞徹，所以爲惠。龍宮塔廟，言道觀佛宇，乃神龍宮中所湧之宇，或塔或廟也。浩劫，無窮之劫。龍宮之塔廟，得邕之文，亘歷浩劫，而浮雲衛護之也。宗儒俎豆事，故吏去思計。李玄盛爲酒泉太守，百姓思之，請勒銘，許之。羊祐爲荊州刺史，立碑峴山，百姓見而悲感，號墮淚碑。趙云：上句言作修學校記、文宣王廟記之屬。語：俎豆之事。下句言使者、太守、縣令替罷，而作頌政碑、頌功德碑之屬。前漢何武：其所居亦無赫赫名，去後常見思。謝安爲吳興守，在官無當時譽，去後爲人所思。眄睞已皆虛，跋涉曾不泥。趙云：眄睞皆虛，則其文字便應副之，於一經目間，來人已去，而虛於前矣。跋涉不泥，又言來人無滯留也。向來映當時，豈獨勸後世。沈休文論：辭人才子，并標能擅美，獨映當世。

是以一時之士，豐屋珊瑚鈎，騏驎織成罽。紫騮隨劍几，漢高帝紀：賈人毋得衣罽。師古曰：罽，織毛，若今毼及氍毹之類。趙云：豐屋，各相慕習也。

大屋。易曰：豐其屋，蔀其家。珊瑚鈎，屋中之簾鈎，或帷帳之鈎，以爲邕之饋餉。三字，神仙傳：王母以珊瑚鈎擊玉壺而歌。罽，音居例切，西胡毳衣也。罽上所織者，騏驎也。義取無虚歲。傳言：自古齎

文獲財者，未如邕之盛。趙云：既有馬，又隨之以寶劍與憑几也。分宅脱驂間，感激懷未濟。吴志：周瑜推道南大宅以舍孫策，升堂拜母，有無通共。史記：越石父賢在縲紲中。

晏子出，遭之塗，解左驂贖之，延爲上客。趙云：邕雖以文受財，而氣義好與，思古人分宅、脱驂之事，其所感激，常以未有所濟爲懷。趙岐孟子章指：雖千載之間，猶爲感激。衆歸賙給美，擺落多藏穢。邕素負美名，頻被貶斥，皆以能文養士，而賈生、信陵之流，執事忌勝，剥落在外。趙云：衆人歸其能賙給，在邕身則雖多藏，而能擺落其穢也。陶淵明飲酒詩：擺落悠悠談，請從餘所之。獨步

四十年，風聽九臯唳。邕知名長安中，死天寶初。四十年間，可謂獨步。累獻詞賦，甚稱玄宗旨。後因上計中使臨索其新文，以文章徹天聽，故有九臯唳云。趙云：九臯唳，比之以鶴。詩：鶴鳴于九臯。傳言帝封太山，還汴州，詔獻詞賦。帝悦。嗚呼江夏姿，江夏黄香。竟掩宣尼袂。孔子獲麟，反袂拭面，稱吾道窮。或云：江夏姿，比以黄香之無雙。漢人語：天下無雙，江夏黄香。然出處無「姿」，以俟博聞。往者武后朝，引用多寵嬖。否臧太常議，邕有批韋巨源謚議。面折二張勢。初，邕爲左拾遺。御史中丞宋璟奏侍臣張昌宗兄弟有不順之言，請付法斷。邕進曰：璟言事關社稷，望可其奏。則天始允。璟出，謂邕曰：子名位尚卑，若不稱言，禍將不測，何爲造次如是？邕曰：不顛不狂，其名不彰。衰

俗凛生風，排蕩秋旻霽。忠貞負寃恨，宮闕深旒綴。放逐早聯翩，低垂困炎厲。邕始與張

柬之善，貶富州司户，又貶舍城丞。召還，爲姚崇所嫉，貶括州司馬，徵爲陳州。玄宗東封回，邕於汴獻詞賦，頗自矜衒，爲張説所惡，發陳州贓事，抵死。許人孔璋疏救之，會赦免，貶遵化尉。後於嶺南從中官楊思勗討賊有功，轉括、滑、淄三州刺史。上計京師，邕少有名，累被貶逐，後進不識。京洛聚觀，以爲古人，或傳眉目有異，衣冠望風，尋訪門巷。又中使臨問，索其新文，復爲人陰中，竟不進用。日斜鵬鳥入，魂斷蒼梧帝。趙云：邕以忠正，負寃而貶。天子深居九重，不加省察，所謂宫闕深旒綴也。旒，冕之垂旒。唐地理志：嶺南道，欽州管縣五，遵化其一。此放逐在早年已聯翩矣。炎厲，言遵化。日斜鵬鳥入〔二〕，言其愁寂如賈誼。蒼梧，今梧州。帝舜之狩，至蒼梧而死。魂斷蒼梧帝，則邕魂斷於思帝舜之君。梁吴筠酬鮑幾詩：依依望九疑，欲謁蒼梧帝。公詩又云：縹緲蒼梧帝。榮一作策。枯走不暇，星駕無安税。李斯：未知税駕。趙云：言一榮一枯不常，故走不暇，所以無安穩税駕之地。榮枯，一作策枯，意謂扶策枯杖，非是。既言策杖，豈更言星駕邪？税駕者，止息其駕。詩：星言夙駕也。幾分漢庭竹，杜田補遺：漢文帝三年，初與郡守爲銅虎符、竹使符。注：應劭曰：銅虎符，第一至第五，國家當發兵遣使者至郡合符，乃聽受之。竹使符，以竹箭五枚五寸，鐫刻篆書。第一至第五，張晏曰：符以代古之珪璋，從簡易也。師古曰：與郡守爲符者，謂各分其半，右留京師，左以與之。使，音所吏切。趙云：邕從楊思勗討嶺南有功，徙澧州司馬。起爲括、淄、滑州刺史。上計京師。以讒出爲汲郡、北海太守是也。夙擁文侯篲。魏文侯擁篲以迎朋友。終悲洛陽獄，事近小臣敝。禍階初負謗，易力何深嚌。邕與柳勣馬一匹。及勣下獄，吉温令勣引邕，議及休咎事，遂誅。趙云：洛陽獄，息夫躬傳：躬用賈惠之説，祝盜。有人上書言躬懷怨恨，非笑朝廷所進用，候星宿，視天子吉凶，與巫同祝詛。上遣侍御、廷尉逮躬，繫洛陽詔獄。欲掠問，躬仰天大呼，因僵仆死。又，蔡邕與其叔父質，以中常侍程璜飛章，言邕、質以私事請托於劉郃。邕上書，不省。於是下邕、質於洛陽獄，劾以大不敬。以吕强伸請，減死一等，髡鉗。然公於李公邕詩用洛陽獄字，應以蔡邕比之耳。小臣敝事，曾獻公寵姬曰驪姬，置毒於胙肉中，以誣太子申生。以其胙與犬〔三〕，犬斃；與小臣，亦斃。邕之竟坐柳勣之累，杖死北海郡。新史云：邕以讒媚不得留〔四〕，出爲汲郡太守。天寶中，左驍衛兵曹參軍柳勣有罪下獄，邕嘗遺勣馬，故吉溫使引邕嘗以休咎相語，陰遺賂。宰相李林甫素忌邕，因傅以罪，詔遣祁順之、羅希奭就郡杖殺之。故如蔡邕以飛章而下洛陽獄，如申生胙肉之事，爲可悲也。禍階字，易：言語以爲階。詩：惟厲之階。其禍之階，端起於負謗，而在孤危之中，易爲力以排之。夫以易爲力可排之身，而排之者何至於深嚌之乎？此公之所爲傷也。嚌，音才詣切。注：嘗至齒也。書所謂太保受祭嚌，禮所謂君執鸞刀，羞嚌。今云深嚌，則直盡之矣。

伊昔臨淄亭，酒酣托末契。甫陪李北海宴歷下亭詩是。趙云：臨淄亭在齊州。末契，陸機歎逝賦：托末契於後生，余將老而爲客。**重叙東都别，朝陰改軒砌。**

論文到崔蘇，崔信明、蘇源明皆以文章擅世。趙云：潘安仁楊仲武誄：日昃景西，望子朝陰。論文到崔蘇，公雖無顯注，崔豈崔尚者乎？**指盡流水逝。近伏盈川雄，**唐文苑傳：楊炯爲盈川令，卒。張説曰：楊盈川文思如縣河注水，酌之不竭，既優於盧照鄰，亦不減王勃。**未甘特進麗。**特進李嶠。趙云：張説曰：李嶠之文如良金美玉，無施不可。公壯遊詩：往者十四五，出遊翰墨場。斯文崔魏徒，以我似班揚。自注云：崔鄭州尚，魏豫州啓心。蘇豈蘇頲乎？頲與李乂對掌書命。帝曰：前世李嶠、蘇味道，文擅當時，號蘇李；今朕得頲、乂，何媿前人哉？又景龍後與張説以文章顯，稱望略等，故時號燕許大手筆。按，頲從封泰山還，卒，年五十八。考玄宗封泰山之年，在開元十三年，時杜公亦近二十歲，則亦前此得遊於蘇頲矣，與於十四、五而見崔尚爲不相戾。

是非張相國，相扼一危脆。玄宗東封回，邕於汴累獻詞賦稱旨，頗自矜。自云當居相位，又素輕張説，時説爲中書令，甚惡之。趙云：相國，張説。新史：邕素輕張説，與相惡。會稽人告邕贓貪枉法，下獄當死。竟減死，貶遵化尉。公詩蓋言是亦非張説以相國勢力所能勝，特邕身危脆，易於一扼耳。**爭名古豈然，**魏文帝典論：文人相輕，自古而然。**鍵捷欻不閉。**老子：善閉者不用關鍵。趙云：鍵，巨健切，牡鑰也。欻，許勿切，有所吹起皃。古語：争名於朝，争利於市。公今云「争名古豈然，鍵捷欻不閉」，言争名之説自古如此，亦當牢閉關鍵，勿誇捷急，勿令開露，方是全身之道。而邕於關鍵則捷急，而欻然不閉，所以召禍。深悲之也！

例及吾家詩，曠懷掃氛翳。慷慨嗣真作，和李大夫。咨嗟玉山桂。郄詵：崑山片玉，桂林一枝。鍾律儼高懸，鯤鯨噴迢遰。趙云：公以詩自負如此。言例及，則邕與公比肩，以詩爲常例也。氛翳，言讒謗之人。玉山桂、鍾律、鯤鯨，皆比其詩。玉山之桂，取其秀拔；鍾律，取其聲之和雅；鯤鯨，取其勢之强壯。

坡陁青州血，蕪没汶陽瘞。邕葬所。趙云：青州總言山東。書禹貢：海岱惟青州。周禮：正東曰青州。坡陁青州血，傷言杖死也。汶水之陽在魯，今之鄆州。閔子騫：吾在汶上矣。下句言邕權葬之處。

哀贈竟蕭條，恩波延揭厲。代宗時，國恩例得贈祕書監。趙云：邕以讒死，至代宗時，例得贈祕監，此爲恩波延揭厲也。丘遲侍宴詩：肅穆恩波被。詩：深則厲，淺則揭。延揭厲，所延及淺及深，普及之也。子孫在如綫，舊客舟凝滯。史：不絶如綫。江淹别賦：舟凝滯於水濱。趙云：上句傷其無後，下句公自傷其流落在雲安，未能扁舟以走。

君臣尚論兵，將帥接燕薊。朗詠六公篇，邕有張、桓等五王洎狄相公六公詩。憂來豁蒙蔽。盧藏用嘗謂邕如干將、莫耶，難與争鋒，但虞傷缺耳，後卒如其言。趙云：上兩句時多艱，當復如邕者，慷慨陳説，故詠其六公篇，可以解憂也。公自注：張、桓等五王，則桓彦範、敬暉、崔玄暐、張柬之、袁恕己，與狄仁傑爲六也。豁字，殷浩謂諸子：勿謂吾任方州豁平昔意。又，王獻之：使人惋悲，政常隨事豁之耳。見本朝淳化法帖。公於過郭代公故宅斷章云「高詠寶劍篇，神交付冥漠」，句法同此。後漢張衡七辯：予雖蒙蔽，不敏旨趣，敬授教命。

【校勘記】

〔一〕「杜預」，文淵閣本、文津閣本、文瀾閣本、清刻本、排印本作「杜云」。參百家注卷二十一、分門集注卷二十二此詩所引「洙曰」注，當作「杜預」爲是。

〔二〕「鳥入」，文淵閣本、文津閣本、文瀾閣本、清刻本、排印本奪。

〔三〕「與」，文淵閣本作「於」、文津閣本作「于」，訛。

〔四〕「媢」，文淵閣本、文津閣本、文瀾閣本、清刻本、排印本作「媚」，訛。

故秘書少監武功蘇公源明

武功少也孤，徒步客徐兗。趙云：源明，京兆武功人，擅名鄉邑，故得直以武功名之，如滎陽言鄭虔也。新書：少孤，寓居徐、兗。蓋出杜詩言之耳。讀書東岳中，十載考墳典。新史：源明初名預，字弱夫。少孤，寓居徐兗，工文辭。時下萊蕪郭，忍飢浮雲巘。負米晚爲身，每食臉必泫。子路爲親百里負米。源明養不及親，負米自爲而已，故每食必泫。趙云：東岳，泰山也。萊蕪，兗州縣名。下萊蕪郭，正言其自東岳而下也。泫，則泫然流涕之謂。夜字照爇薪，薛云：文士傳：侯瑾，字子瑜，家貧傭賃，暮燒柴薪讀書。趙云：照爇薪，暗用晉中興書：范汪家貧〔一〕，好學，燃薪寫書。既畢，誦讀亦竟。垢衣生碧蘚。庶以勤苦志，報兹劬勞願。趙云：詩曰：哀哀父母，生我劬勞。源明既喪父母，則勤苦爲學，所以圖報劬勞也。學蔚醇儒姿，賈山涉獵書記，不能爲醇儒。文包舊史善。左傳序：仲尼因魯史策書成文。其餘皆即用舊史。灑落辭幽人，歸來潛京輦。射策君東堂，宗匠集精選。制可題未乾，乙科已大闡。文章日自負，吏祿亦累踐。晨趨閶闔内，足踏宿昔趼。杜田補遺：蔡邕獨斷稱：漢制，天子之書四，一策書，二制書，三詔書，有三品，其文告某官如故事，是爲詔書；群臣有所奏請，尚書令奏下之，有制詔，天子答之，曰「可」，以爲詔書；群臣有所表請，無尚書令奏「制曰」之字，則答曰「已奏如書」，亦曰詔書。四曰戒敕，自魏晉已後，皆因循以册書詔敕，總名曰詔，唐因隋不改。趙云：辭幽人，離去東岳也。本傳：源明天寶間及進士第，更試集賢院，故云射策，謂量其小大，署爲甲、乙之科，列而置之，不使彰顯，有欲射者，隨其所取，得而釋之，以知優劣。吏祿亦累踐、晨趨閶闔内，則史之所謂累遷太子諭德。累遷，則累踐之義。太子宮在禁内，則趨閶闔内之義。宿昔趼，言由貧賤中來也。足胝曰趼，莊子：百舍重趼。一麾出守還，源明累遷太子諭德，出爲東平太守，故召爲國子司業。薛云：文選：屢薦不入官，一麾乃出守。黄屋朔風卷。不暇陪八駿，虜庭悲所遣。平生滿樽酒，斷此朋知展。憂憤病二秋，有恨石可轉。安祿山陷京師，源明以病不受僞官。趙云：詩：我心匪石，不可轉也。言麾去之，遂出爲守。出守還，史謂出爲東平守，召爲司業也。天子之車，其蓋之裏，飾之以黄，是爲黄屋。選詩：黄屋非堯心。黄屋朔風卷，明皇乘輿以祿山反而出狩。祿山自幽燕反，是爲朔風卷。源明既由東平還京，適值天子出狩，不得扈從而留虜庭，每悲恨以遺懷耳。八駿，周穆王乘八駿以出遊。祿山陷京師，故爲虜庭。又云：源明雅善杜甫、鄭虔。方源明在賊，則「平生滿樽酒，斷此朋知展」，可知矣。肅宗復社稷，得無逆順辨。肅宗復兩京，權考功郎中知制誥。趙云：汙賊爲逆，不汙賊爲順。范曄顧其兒，沈休文宋書：范曄爲高祖相國掾〔二〕，稍遷太子詹事，坐謀反誅。范泰之子。趙云：若范曄、李斯，徒有顧憶耳。范曄坐謀反誅，臨刑醉，其子藹亦醉，取地土及果皮以擲曄，呼爲別駕數十聲。曰：父子同死，不能不悲。此謂顧其兒也。李斯憶黃犬。李斯傳：二世二年七月具斯五刑，論腰斬咸陽市。顧謂其中子曰：吾欲與若復牽黃犬，俱出上蔡東門，逐狡兔，豈可得？言汙賊受誅者，惟祕書異乎是矣。祕書茂松意，源明後以秘書少監卒。茂松意，以不變節於艱危，如松柏不爲風霜所奪。再扈祠壇墠。前後百卷文，枕藉皆禁臠。篆刻揚雄流，溟漲本末淺。言其文美也。禁臠事，晉元帝始鎮建業，公私窘罄。每得一豚，以爲珍膳。項上一臠尤美，輒以薦帝，群下未嘗敢食，呼爲禁臠。揚雄謂賦爲童子雕蟲篆刻，壯夫不爲，然雄竟爲河東、長揚、羽獵賦傳於後，故曰揚雄流。溟漲本末淺，則謂其文之波瀾浩汗，雖溟海之漲，比之猶爲淺。師云：書曰：爲三壇同墠。謝靈運海詩：溟漲無端倪。青熒芙蓉劍，犀兕豈獨剸。吳越王允常取純鈞劍示薛燭，曰：光乎如屈陽之華，沈沈如芙蓉始生於湖。王褒頌：巧冶鑄干將之樸，水斷蛟龍，陸剸犀兕。反爲後輩褻，予實苦懷緬。師云：張雄詩：緬懷古哲人。趙云：上句比源明諫諍，能斷割於事。緬，彌兗切，注，遠也。此事不見史傳，當以公詩爲正。焯煌齋房芝，事絕萬手搴。漢武大興祠祭。齋房生芝而作歌。肅宗時，宰相王璵以祈禬進，勸上興祠禱事，禁中稍崇淫祀。源明數進時政得失。趙云：宰相王璵勸興祠禱事，源明曰：王者之於天地神祇，享之以牲幣而已。平日不祈方士，彼淫巫愚祝[三]，妄有關說，甚爲不可。事絕萬手搴，則當時佐爲淫祀，指望搴取房芝者，非一手也。垂之俟來者，正始貞勸勉。不要懸黃金，胡爲投乳贙。獸名，似犬。杜田正謬：爾雅：贙有力。注：出西海大秦國，似狗多力獷惡，音畎，又音鉉。炙轂子載贙銘曰：爰有獷獸，厥形似犬，飢則馴服，飽則反眼。出于西海，名之曰贙。趙云：下兩句且危之也。乳贙，言贙之乳者，猶乳虎也。言佞媚則黃金可縣，而切直則犯上之怒，不啻投乳贙也。贙字，沈佺期：且懼威非贙，寧知心是狼[四]。結交三十載，任彥升哭范雲僕射：結歡三十載，生死一交情。吾與誰遊衍。新史亦言源明雅善杜甫、鄭虔。滎陽復冥寞，罪罟已横罥。嗚呼子逝日，始泰則終蹇。長安米萬錢，凋喪盡餘喘。戰伐何當解，歸帆阻清沔。趙云：言源明死，公不得一弔酹之。遊衍，詩：及爾遊衍。滎陽，指鄭虔。公自有本注。横罥，横去聲，言源明未死間，猶及見肅宗反正之後，時已向泰矣。源明死後，時復屯蹇。舊注引是時乘大盜之餘，國用覂屈。史思明陷洛陽，有詔幸東京〔五〕，源明以方旱饑，陳十不可以諫。遂罷東幸。却是源明生前事，豈不與今詩相反乎？下句公言其在雲安，不得泝沔歸鄉。覂音捧。尚纏漳水疾，劉公幹：余嬰沈痼疾，竄身清漳濱。永負蒿里餞。蒿里，送士大夫、庶人挽歌。

【校勘記】

〔一〕「范汪」，文淵閣本、文津閣本、文瀾閣本、清刻本、排印本作「范旺」，訛。

〔二〕「范曄」，文淵閣本作「范煜」，文瀾閣本作「范蔚宗」，清刻本、排印本作「范奕」，係避諱。下同。

〔三〕「彼」，文淵閣本、文津閣本、文瀾閣本、清刻本、排印本作「被」。

〔四〕「是」，文淵閣本、文津閣本、文瀾閣本、清刻本、排印本作「似」。

〔五〕「詔」，文淵閣本作「韶」，訛。

故著作郎貶台州司户滎陽鄭公虔

文藝傳：虔，鄭州滎陽人，天寶初爲協律郎。

鶢鶋至魯門，不識鍾鼓饗。莊子至樂篇：昔者海鳥止於魯郊，魯侯御而觴之于廟，奏九韶以爲樂，具太牢以爲膳。鳥乃眩視憂悲，不敢食一臠，不敢飲一杯，三日而死。此以己養養鳥也，非以鳥養養鳥也。海鳥，鶢鶋也。孔子謂臧文仲不智者三，祀鶢鶋一也。注：鶢鶋止於魯東門，文仲使國人祀之。孔翠望赤霄，愁思彫籠養。孔翠，孔雀、翡翠，其志在丹霄，然終不免籠樊之愁者，以其質異於衆禽也。故鸚鵡賦：彼鷲、鶚、鵾、鴻、孔雀、翡翠，或陵赤霄之際，或托絶垠之外。翰羽足以冲天，觜距足以自衛。然皆負繒嬰繳，羽毛入貢，何者？用於人者，然也。趙云：禰衡鸚鵡賦：閉以彫籠，剪其翅羽。言鄭公如鶢鶋，如孔翠，非鐘鼓所能樂之，彫籠所能拘之。滎陽冠衆儒，早聞名公賞。地崇士大夫，況乃氣精爽。往者公在疾，蘇許公頲，位尊望重，素未相識，早愛才名，躬自哀問。天然生知姿，學立游夏上。神農或闕漏，黄石愧師長。黄石，古書也。薛云：漢張良傳：老父出一編書曰：讀是則爲王者師。後十三年，孺子見我濟北穀城山下，黄石即我矣。遂去，不見。世所謂三略者，即其書也。此言黄石愧師長，名其人耳，非書也。公著薈蕞等諸書之外，又撰胡本草七卷。趙云：生知，論語：生而知之者，上也。學立游夏上，則以四科文學子游、子夏故也。本傳：虔長於地里，山川險易、方隅物産、兵戍衆寡，無不詳。又云：初，虔追紬故書可誌者得四十余篇，國子司業蘇源明名其書爲薈稡。今公自注作薈蕞。按字書：稡，子骨切，秿稡也。而秿，蒲骨切。秿稡，禾秀不成聚向上貌。會稡之義，意言聚會稡細之物。若公所用薈蕞字，詩：薈兮蔚兮。左傳：蕞爾國。薈，烏外切，草多貌；蕞，徂外切，小貌。薈蕞之義，意言蕞小之物。二名字不同而義相近，當以公詩爲正。公下又注云：虔著書之外，又撰胡本草七卷。故今所云神農或闕漏，以言其於藥石名件，乃神農本草之不載者也。黄石，世有黄石公兵書三略。藥纂西極名，兵流指諸掌。趙云：西極名，則胡本草之謂。藝文志：兵家者流。論語：指諸掌。貫穿無遺恨，薈蕞何技癢。趙云：文賦：常遺恨以終篇。公言詩，亦曰毫髮無遺恨。顏氏家訓載應劭風俗通：太史公記高漸離變名易姓，爲人傭保，匿作於宋子。久之，作苦，聞其家堂有擊築，伎癢，不能無出言。伎癢者，懷其伎而腸癢。潘岳射雉賦亦云：徒心煩而伎癢。今史記並作徘徊，或作彷徨不能無出言，是爲俗寫傳誤。圭臬星經奧，蟲篆丹青廣。新史：虞集撰當世事，著書八十餘篇。有窺其藁者，告虞私傳撰國史，虞蒼黃焚之，坐謫十年。名其書爲會粹〔一〕。孔子作春秋，游、夏不能贊。虞私撰國史，是出其上也。神農、黃石、藥纂、兵流，皆古書也，言虞無不貫穿，復通游藝星經丹青之類。趙云：圭臬，言其善地理。選言：陳圭置臬。圭者，土圭，所以測日景。臬者，表臬，所以度廣狹。王粲遊海賦〔二〕：吐星出日，天與水際。其深不測，其廣無臬。星經，又言能天文，二者必欲精，故所以言其奧。蟲篆，言其書。字雖出揚子雲賦：童子雕蟲篆刻，而此言蟲篆，必謂其篆字耳。丹青，又言能畫。續晉陽春秋：戴逵善圖畫，窮巧丹青。二者其事博，所以言廣。子雲窺未遍，揚雄，字子雲，少好學博覽，無所不見。方朔諧太枉。東方朔上書：臣年十三學，三冬文史足用，十五學擊劍，十六學詩書，誦二十二萬言，十九學孫吳兵法，戰陣之具，鉦鼓之教，亦誦二十二萬言，凡臣朔已誦四十四萬餘言。趙云：上句言奇字與方言，下句虞能知荒遠之所在。東方朔每言其所諧皆神仙之處，故云諧枉，猶太迂枉。王粲海賦：章亥所不極，盧敖所不屆。與今句之勢相似。神翰顧不一，體變鍾兼兩。杜補遺：書苑曰：虞善草隸。呂總云：虞書如風送雲收，霞催月上。鍾兼兩，鍾繇、鍾會也。繇，魏人，字元常，善隸書，行草亦盡其妙。精思學書，卧畫被穿，如廁忘歸。袁昂云：鍾書有十二種，意外巧妙，實亦多奇。會，字士季，繇之子也，亦善書。羊欣云：繇行書二王之亞，子會，書筋骨謹密，頗有父風。或云曰「兼兩車」〔三〕。按後漢：吳恢爲南海太守，欲殺青寫書，子祐諫曰：此書若成，則載之兼兩。昔馬援以薏苡被謗，王陽以衣裳徼名，嫌疑之間，先賢所慎。是詩美鄭虔書翰體變，非言車也，當以「兼兩鍾」爲正。趙云：鍾兼兩，杜時可引書苑云云。是詩美鄭虔書翰體變，非言車也。田意謂兼二鍾爲是。然田何必惑「兼兩」之字爲有出邪？車謂一兩，乃去聲，其「兼兩」亦去聲矣。於鍾字有何説邪？則字變態如鐘，而兼其父子謂之鍾兼兩方可解説。雖然，未敢必也，以俟明識。

文傳天下口，大字猶在牓。昔獻書畫圖，新詩亦俱往。滄洲動玉陛，宣一作寡。鶴誤一響。三絶自御題，四方尤所仰。虔自寫其詩，并畫以獻。帝大署其尾曰：鄭虔三絶。趙云：滄洲動玉陛，言本滄洲隱淪之客，而動天子玉陛之上。舊本誤一響，或云善本是悟字，言感悟君王，在乎一響。詩：鶴鳴于九皐，聲聞于天。是也。今從悟字。寡鶴，獨鶴之謂。舊本正作宣鶴，師民瞻本又作宮鶴，皆無義。

嗜酒益疎放，虔嗜酒疎放，故杜甫贈詩：「賴得蘇司業，時時與酒錢。」蘇司業，源明。趙云：嗜酒字，出揚雄傳。彈琴視天壤。嵇康：目送歸鴻，手揮五弦。趙云：莊子：示之以天壤。形骸實土木，親近唯几仗。趙云：嵇康傳：土木形骸。親近，言親之、近之。如淳于長以外親親近，蓋言親近天子。今言几杖，則未嘗暫離之意。

未曾寄官曹，突兀倚書幌。虔初坐謫還京師，上愛其材，欲置左右。以不事事，更爲置廣文館以爲博士。聞命，不知廣文曹司何在。宰相曰：上增國學，置廣文館以居賢者，今後世言廣文博士自君始，不亦美乎？晚就芸香閣，遷著作郎。魚豢典略：芸香辟紙魚蠹，故藏書臺稱芸臺。趙云：虔由廣文博士遷著作郎，而著作郎即典司文籍〔四〕，故云。胡塵昏坱莽。反覆歸聖朝，點染無滌盪。值祿山反，遣張通儒劫百官置東都〔五〕，僞授虔水部郎中。因稱風緩求市令，潛以密章達靈武，故云言無一點所染，不煩澆蕩之也。

老蒙台州掾，泛泛浙江槳。祿山平，免死，貶台州司户參軍。趙云：賊平，與張通儒〔六〕、王維并囚宣陽里。三人皆善畫，崔圓使繪齋壁。虔方悸死，即極思，祈解於圓。卒免死，貶台州司户參軍事，故云。

履穿四明雪，東郭先生久待詔公車，貧困。其履行雪中有上，足跡踐地。飢拾楢溪橡。四明、楢溪，皆浙江地名，言虔貧困，拾橡而食之。杜田補遺：唐史：虔以污禄山僞官，貶台州司户。四明、楢溪，皆屬台州。孫綽天台賦：登陸則有四明、天台。一山相接，在台州。齊楢溪而直進。趙云：暗使列子：冬日食橡栗。空聞紫芝歌，見上隱士休歌紫芝曲注。不見杏壇丈。莊子漁父篇：孔子遊乎緇帷之林，坐乎杏壇之上。弟子讀書，孔子絃歌鼓琴。奏曲未畢，有漁父者下船而來〔七〕。趙云：兩句則以四皓與漁父比之。天長眺東南，秋色餘魍魎。天台賦：始經魑魅之塗，卒踐無人之境。趙云：左傳：入山不逢不若，魑魅魍魎，莫能逢之。魍魎〔八〕，山中之物。別離慘至今，班白徒懷曩。春深秦山秀，葉墜清渭朗。劇談王侯門，野稅林下鞅。鮑明遠：無由稅歸鞅。趙云：公懷思長安。時有劇談者，在王侯之門，而我稅鞅於林野，不得去也。操紙終夕酣，時物集遐想。詞場竟疏闊，平昔濫推奬。盧諶：濫吹乖名實。趙云：推奬，推舉奬借之。公憶鄭之推奬己也。舊注詩，即是齊宣王使人吹竽，東郭處士雜其間，至文王即位，一一聽之，處士乃逃，方知其濫事。如此，非徒於今句無義，又成甚句法耶？百年見存没，牢落吾安放。一云倣。蕭條阮咸在，出處同世網。阮咸，阮熙子，任達不拘，雖處世，不交人事。他日訪江樓，含悽述飄蕩。著作與今秘書監鄭君審，篇翰齊價，謫江陵，故有阮咸「江樓」之句。趙云：吾安倣，孔子將死，曳杖而歌曰：泰山其頽乎！梁木其壞乎！子貢曰：泰山其頽，吾將安仰？梁木其壞，吾將安放？阮籍與其姪咸共爲竹林之遊，今以阮咸比鄭審，故云「空余阮咸在」也。舊注非。「出處同世網」，審謫江陵，公客夔之雲安，斯爲同出處。江樓，指江陵之樓。

【校勘記】

〔一〕「會稡」，詩中正文作「薈蕞」，文淵閣本、文津閣本、文瀾閣本、清刻本、排印本皆作「薈稡」。

〔二〕「遊海賦」，「遊」字原脱，據全漢文卷九十補，下同；又，文津閣本脱「遊海」二字。

〔三〕「云」，文淵閣本、文津閣本、文瀾閣本、清刻本、排印本皆作「曰」。

〔四〕「籍」，文淵閣本、文津閣本作「簿」。

〔五〕「張通儒」，文淵閣本、文津閣本作「張通叔」，訛。

〔六〕「張通儒」，文淵閣本、文津閣本、文瀾閣本、清刻本、排印本作「張通叔」，訛。

〔七〕「孔子遊乎緇帷之林」云云，「孔子」原作「莊子」，訛，據清刻本、排印本並參莊子集釋雜篇漁父第三十一改。

〔八〕「魍魎」，文淵閣本、文津閣本、清刻本、排印本皆作「魑魅」。

故右僕射相國張公九齡

相國生南紀，金璞無留礦。張九齡父爲韶州別駕，因家始興，今爲曲江人。九齡幼敏，善屬文，十三以書干廣州刺史王方慶，大嗟賞之，曰：此子必能致遠。金玉未成器曰礦。言九齡成器早，故不留礦。杜田補遺：詩：滔滔江漢，南國之紀。説者援是詩，以江漢爲南紀，非也。蓋南紀乃分野名。唐天文志云：東循嶺徼，達甌閩中，是謂南紀。所以限蠻夷也。張相國，曲江人，曲江隸韶州，正嶺徼甌越之地。大抵自江漢以南，皆謂之南紀，非特江漢而已。圓覺經曰：譬如銷金礦，金非銷故有。雖復本來金，皆以銷成就。一成真金體，無復重爲礦〔一〕。**仙鶴下人間，獨立霜毛整。**趙云：以仙鶴之譬言之〔二〕，義又通貫〔三〕。鶴本仙物，既下人間，整刷羽翰，固矯然有優遊江海之思，而復思奮飛，與雲路齊永。**矯然江海思，復與雲路永。寂寞想土階，未遑等箕潁。**堯土階三尺，想土階有致君堯舜之心也。有致君之心，故未遑於箕潁。箕潁山水，巢父、許由隱地。**上君白玉堂，倚君金華省。**九齡登進士第，應拔萃，登乙科，拜校書郎。玄宗在東宮，舉文藻之士親加策問，九齡對策高第，遷右拾遺。白玉堂，金華省，言直登清華之地。趙云：張公爲校書郎，爲左拾遺、左補闕，爲中書舍人，爲秘書少監，集賢院學士，此皆上白玉堂而倚金華省也〔四〕。任昉爲王思遠辭侍中表：敷奏於金華之上，進揖於玉堂之下。**碣石歲崢嶸，天地日蛙黽。**趙云：碣石，海畔山。禹嘗夾行其右，書曰：夾右碣石。是也。碣石歲崢嶸，似以比九齡之孤高。鮑明遠舞鶴：歲崢嶸而愁暮。注：廣雅曰：崢嶸，高貌。歲之將盡，猶物之高。今云碣石歲崢嶸，言碣石之歲歲孤高也。下句言聲之喧雜。時李林甫用事故耳。牛仙客爲尚書，九齡執不可。帝以林甫之言決用之。國語：蛙黽之與同渚。師云：碣石在朔方，斥禄山也。蛙黽以群小在位，九齡言禄山反，帝荒淫不聽，遂去相位。**退食吟大庭，何心記榛梗。**大庭，古至治之國，言九齡雖退食之間，未嘗忘致治。趙云：大庭，古至治之主。九齡思反淳復朴，如大庭之世。每退食自公，嘗吟詠之，不復記其有猜嫌榛梗之事。**骨驚畏曩哲，鬒變負人境。**鬒，黑髮變而爲白，以負人事而已。謝玄暉：誰能鬒不變。趙云：畏不逮於前人。下句則憂其髮白將老，傷功名之不立。江淹別賦：心折骨驚。**雖蒙換蟬冠，右地恧多幸。**

侍中冠，加貂蟬。九齡爲相，以文雅爲上知，右相李林甫惡之，引牛仙客以傾之，遂罷。趙云：上句乃侍中事，豈九齡亦加侍中而史不載邪？漢官儀：侍中冠武弁大冠，亦曰惠文冠，加金璫，附蟬爲文，貂尾爲飾，謂之貂蟬。下句九齡以尚書右丞相罷政事。言九齡在右地，已慚恧爲多幸。何者？有林甫之嫉，仙客之憾，則得此爲幸矣。**敢忘二疏歸，**疏廣爲太子太傅，謂兄子受曰：吾聞知足不辱，知止不殆，豈如父子相隨出關歸老，不亦善乎？遂上疏乞骸骨，公卿設祖道，供帳東都門外。**痛迫蘇耽井。**趙云：神仙傳：蘇仙翁耽，郴縣人，養母至孝。言語虛無，時謂之癡。忽辭母云：受性應仙，當違供養。涕泗欲別。母曰：汝去之後，使我如何存活？曰：明年天下疫疾，庭中井水，簷邊橘樹，可以代養。井水一升、橘葉一枚，可療一人。縣東北有山，仙翁所棲遊處，因而得仙。九齡爲工部侍郎，知制誥，乞歸養，詔不許。遷中書侍郎，以母喪解，毀不勝哀。「敢忘二疏歸」，以言其嘗欲引退矣。詔不許而至於母死，所痛者迫切於蘇耽之留井橘以代養也。九齡，韶州人〔五〕。韶西北與郴接，才一百八十里，故得以爲言。**紫綬映暮年，荆州謝所領。**初九齡爲相，薦長安尉周子諒爲監察御史。至是子諒以妄陳休咎，上親加詰問，令於朝堂決殺之〔六〕。九齡坐引非其人，左遷荆州大都督府長史。**庾公興不淺，**庾亮鎮武昌，諸佐吏殷浩之徒，乘月登南樓，俄而不覺亮至，將起避之。亮徐曰：諸君少住，老子於此興不淺。便據胡床，與浩等談詠。其坦率如此。**黄霸鎮每靜。賓客引調同，**謝靈運：異代可同調。**諷詠在務屏。**趙云：循吏傳：黄霸獨用寬和爲治，擢爲揚州刺史、潁川太守，治爲天下第一。自漢興言治民吏，以霸爲首。調同，倒用。故對務屏，其字則屏去俗務也。**詩罷地有餘，篇終語清省。一陽發陰管，淑氣含公鼎。乃知君子心，用才文章境。**九齡善屬文，有集二十卷。趙云：言九齡能詩文有名稱也。一陽發陰管，黄鐘之律也。言其詩和而可聽於耳。淑氣含公鼎，大亨之和也。言其詩美而可味於口。下兩句則以其爲有用之文故也。此詩前押「鬢變負人境」，今又押「用才文章境」，蓋所未解。豈人境字乃人景乎？**散**

帙起翠螭，倚薄巫廬並。謝靈運：散秩問所知〔七〕。巫、廬，二山名。趙云：言開散曲江文帙，神物欻起，其高至并巫、廬之山也。翠螭字，揚雄解難：翠虯絳螭之將登乎天。廣雅：龍有角曰螭。既皆龍屬，則翠、螭可互用也。倚薄，相附著也。謝靈運：拙疾相倚薄。巫廬，郭景純江賦：巫廬嵬崫而比嶠。巫則巫山，在夔州；廬則廬山，在江州。綺麗玄暉擁，牋誄任昉騁。謝朓，字玄暉，少有美名，爲文綺麗。任昉，字彥升，長於牋誄。趙云：綺麗，陸機文賦：或藻思綺合，清麗芊眠。摘而用之。擁則言其多，騁則言其放，皆集中文字如此也。自我一家則，未闕隻字警。史記序：勒成一家。傳序：隻字之褒。千秋滄海南，名繫朱鳥影。韶州，即滄海之南。朱鳥，南方之宿。當時謂九齡爲滄海遺珠，其有名稱矣。歸老守故林，戀闕悄延頸。波濤良史筆，蕪絕大庾嶺。恨賦：終蕪絕於異城。九齡自荊州請歸拜墓，因遇疾，卒，年六十八，謚文憲。至德初，上皇在蜀，思九齡先覺祿山面有反相，乃下詔褒贈司徒，仍遣使就韶州致祭。趙云：守故林，其在荊州，久之，封始興縣伯，請還展墓也。向時禮數隔，制作難上請。再讀徐孺碑，猶思理煙艇。後漢：徐稚，字孺子，爲南州高士。趙云：上兩句言帝眷已衰，難以所制作上請於朝也。此豈九齡有爲史之書邪？後漢徐孺子，曲江爲之墓碣，其銘所謂靈芝無根，醴泉無源者是也。公之句意，蓋言昔嘗讀之，而起煙艇之興；今再讀之，而猶思理煙艇；則以慕徐孺之高風，故江漢之念不忘也。小舟曰艇。師云：九齡嘗督洪州，作徐孺子碑載于集中。

【校勘記】

〔一〕「重」，文淵閣本、文津閣本、文瀾閣本、清刻本、排印本作「仍」。

〔二〕「以仙鶴之譬」，「以」文津閣本作「似」，訛；又，「之」，清刻本、排印本作「下」。

〔三〕「通貫」上，文淵閣本衍「以」字。

〔四〕「此皆」，文淵閣本作「皆此」，文津閣本奪「此」字。又，「倚」，文淵閣本、文津閣本、文瀾閣本、清刻本、排印本作「俯」。

〔五〕「詔不許」以下二九字，文淵閣本、文津閣本、文瀾閣本、清刻本、排印本脱，係錯簡。

〔六〕「殺」，文淵閣本奪。

〔七〕「問」，文淵閣本、文津閣本、文瀾閣本、清刻本、排印本作「無」。

醉爲馬所墜諸公攜酒相看

甫也諸侯老賓客，罷酒酣歌拓金戟。騎馬忽憶少年時，散蹄迸落瞿唐石。白帝城門水雲外，低身直下八千尺。粉堞電轉紫遊韁，粉堞，城堞也，以堊土塗之，故曰粉堞。韁以紫絲爲之，故曰紫韁。師云：庾信詩：醉來拓金戟。趙云：阮籍詩：憶昔少年時。曹子建詩：低身散馬蹄。古詩：白馬紫遊韁。東得平岡出天壁。江村野堂爭入眼，垂鞭嚲鞚淩紫陌。向來皓首驚萬人，自倚紅顔能騎射。安知決臆追風足，朱汗駿驒猶噴玉。朱汗，血汗；驂驔，猶步驟也；噴玉，噴沫如玉。杜田補遺：古樂府驄馬行：驄馬鏤金鞍，拓彈落金丸〔一〕。意欲驂驔走，先作野遊盤。穆天子傳歌曰：黄之澤，其馬噴玉，皇人壽穀。師云：王褒詩：萬里決臆駒。崔豹古今注：始皇七馬，一名追風。趙云：決臆，決度於胸臆。追風，太宗十驥之一名。取俊疾之義。驂驔，崔液正月十五夜遊詩：驂驔始散東城曲，倏忽還逢南陌頭。不虞一蹶終損傷，人生快意多所辱。趙云：一蹶，王褒：過都越國，蹶如歷塊。雖無一字，而意是。快意，魏文帝芙蓉池作：遨遊快心意。職當憂戚伏衾枕，況乃遲暮加煩促。朋知來問腆我顔，杖藜强起依僮僕。語盡還成開口笑，提攜別掃清谿曲。酒肉如山又一時，初筵哀絲動豪竹。共指西日不相貸，喧呼且覆盃中淥。趙云：衾枕字，起於初詩角枕粲兮，錦衾爛兮，而摘用之。遲暮、煩促、杖藜、開口笑、初筵字，蓋皆有出。楚辭：傷美人之遲暮。張茂先：恬曠苦不足，煩促每有餘。莊子：原憲杖藜應門。又載盜跖云：開口而笑，一月之中不過四五日。詩：賓之初筵。是已。酒肉如山，又做左傳：有酒如澠，有肉如陵。何必走馬來爲問，君不見嵇康養生被殺戮！嵇康著養生論，後以事誅。言何必以我走馬輕生爲問，正若嵇康養生而不免誅戮，則事豈可料乎？

【校勘記】

〔一〕「丸」，文淵閣本作「九」，訛。

李潮八分小篆歌

蒼頡鳥跡既茫昧，字體變化如浮雲。蒼頡，黃帝臣，觀鳥跡而爲文字。自蒼頡之後，字體變易如浮雲，無定體。趙云：孔子：不義而富且貴，於我如浮雲。

陳倉石鼓又已訛，大小二篆生八分。周太史籀始創大篆唐蘇朂載記，石鼓文，謂之周宣王獵碣，共十鼓，其文則史籀大篆。漢蔡邕，字伯喈，爲中郎將，正六經于太學石壁，天下摹學。邕大篆入妙品。小篆者，秦丞相李斯删古文，複篆及史籀之書也。初，諸侯力正文字異形。秦始皇帝初兼天下，丞相李斯乃奏同之，罷其不與秦文合者。斯作蒼頡篇，胡毋敬作博學，皆取史籀大篆，或頗改，所謂小篆。杜田補遺：書苑云：八分書，秦羽人上谷王次仲飾隸書爲之，鍾繇謂之章程書。王愔曰：王次仲始以古書方廣少滅勢，建中初以隸書作楷法，字方八分。始皇得次仲文簡略，赴急疾之用，甚善之。蔡文姬別傳：臣父邕言八分書，割程邈隸字去八法，割李斯小篆去二分取八分，故曰八分書。蔡希綜曰：王次仲以楷法局促，更引而伸之爲八分，故號曰八分書。張懷瓘云：八分本謂楷書。楷者，法也，漸若八字分散，故名八分。趙云：陳倉，屬鳳翔。石鼓事，其略見韓退之詩：周綱陵遲四海沸，宣王憤起揮天戈。又云：鐫功勒成告萬世，鑿石作鼓隳嵯峨。則周宣之物也。其上所篆字，見東坡詩注云：我車既攻，我馬既同。又云：其魚惟何？惟鱮與鯉。何以貫之？惟楊與柳。此在東坡所見時，云惟此六句可讀，餘多不可通。不知杜公時所見如何也。

秦有李斯漢蔡邕，中間作者寂不聞。嶧山之碑野火焚，嶧山碑，李斯書也，爲野火所焚。人惜其文，故以棗木傳刻。史記：始皇二十八年，東行郡國。上鄒嶧山，刻石頌秦德。

棗木傳刻肥失真。苦縣光和尚骨立，書一作畫。貴瘦硬方通神。杜田補遺：後漢桓帝紀：延熹八年春正月，遣中常侍左悺之苦縣祠老子。注：老子，苦縣厲鄉人，屬陳國，故城在今亳州。續漢書：桓帝夢老子，令中常侍左悺於賴鄉祠之。詔陳相邊韶立祠兼刻石，即蔡邕伯喈八分書也。又靈帝紀：光和五年，始置鴻都門生。注：於鴻都門內置學，其中諸生皆勅州郡三公舉召，能爲尺牘、辭賦及工書鳥篆者。書苑云：靈帝好書，詔天下尚書於鴻都門。至者數百人。時南陽人師宜官稱八分爲最，大則一字徑丈，小則方寸千言，甚矜其能。以是考之，疑苦縣蔡邕書，光和師宜官書也。及詳觀此歌，「嶧山之碑野火焚」，謂李斯書也；「苦縣光和尚骨立」，謂蔡邕書也。故初言「秦有李斯漢蔡邕」，次言「惜哉李蔡不復得」，卒言「丞相中郎丈人行」，而未嘗一言師宜官。然苦縣之祠立於桓帝之延熹，而光和，靈帝之年號，豈非祠立於延熹，而碑刻於光和乎？延熹至光和纔十年之近爾，或謂光和爲伯喈書華山碑，苦縣老子朱龜碑，未知孰是。趙云：李斯、蔡邕，蓋善八分之有名稱者。苦縣光和事，杜時可引後漢云云。次公推公「尚骨立」之語，則以苦縣於前時已有蔡邕碑刻，至光和再刻之，幸未失真，而尚猶骨立爲可貴〔一〕。蓋公之所貴以瘦硬爲神〔二〕，故於嶧山之碑，則傷棗木之失真；於苦縣之碑，則喜光和之尚骨立也〔三〕。下句李蔡不復得，重結上文，豈容光和碑更是師宜官書邪？書貴瘦硬，一作畫字，非。

惜哉李蔡不復得，李斯、蔡邕。吾甥李潮下筆親。尚書韓擇木，騎曹蔡有鄰。開元已來數八分，潮也奄有二子成三人。韓擇木，昌黎人，官工部尚書、散騎常侍，工八分，師蔡邕法，風流閑媚，號伯喈中興。蔡有鄰，濟陽人，官胄曹參軍，善八分。始拙弱，至天寶中，遂精妙。相、衛間，多其筆跡。況潮小篆逼秦相，快劍長戟森相向。八分一字直百一作千。金，蛟龍盤拏肉屈强。吳郡張顛誇草書，草書非古空雄壯。張旭，吳郡人，官右率府長史〔四〕。善草書，言吾見公主擔夫爭路而得其意；後又觀公孫氏舞劍器，而得其神。醉輒草書，揮筆大叫，以頭濡墨水中，天下呼爲張顛，醒後自視以爲神。人謂之草聖。豈如吾甥不流宕，丞相中郎丈人行。丞相斯。中郎邕。丈人行，尊老之稱。巴一作江。東逢李潮，逾月求我歌。我今衰老才力薄，潮乎潮乎奈汝何！趙云：末句倣項羽歌「虞兮虞兮奈若何」之勢。韓退之石鼓歌：

少陵無人謫仙死，才薄將奈石鼓何？蓋又倣此句。益見公爲退之所服如此。巴東，巴一作江，非。巴東，言夔州。

【校勘記】

〔一〕「尚猶骨立爲可貴」，「猶」文津閣本、文瀾閣本、清刻本、排印本作「有」；「貴」，文津閣本無。

〔二〕「貴」，文淵閣本、文津閣本、文瀾閣本、清刻本、排印本無。

〔三〕「喜」，文淵閣本作「熹」，文津閣本無。

〔四〕「右」，文津閣本作「左」。

別蔡十四著作

賈生慟哭後，寥落無其人〔一〕。安知蔡夫子，高義邁等倫！獻書謁皇帝，志已清風塵。流涕灑丹極，萬乘爲酸辛。天地則創痍，朝廷當一作多。正臣。異才復間出，周道日惟新。趙云：當正臣，言當須正直之臣。舊本作多直臣，非。劉向：正臣進者，治之表。賈生，賈誼。陳治安之策有慟哭者一。莊子載孔子：聞將軍高義。列子說符篇：爲等倫皆許諾。前漢季布傳：今創痍未瘳。詩：周雖舊邦，其命惟新。使蜀見知己，別顔始一伸。主人薨城府，扶櫬歸咸秦。巴道此相逢，巴道，蜀道。相如諭蜀文：巴蜀之士。會我病江濱。趙云：使蜀見知己，則郭英乂爲蜀節度使，蔡爲使往見之也。史記：士伸於知己。主人，言郭英乂。英乂永泰元年閏十月，爲崔旰所殺，所以言薨。而蔡著作扶護靈櫬由舟行以歸秦也。巴道，指夔州。船泊夔州，與公相逢也。憶念鳳翔都，聚散俄十春。我衰不足道，但願子意陳。稍令社稷安，自契魚水親。蜀先主得孔明，猶魚之得水也。我雖消渴甚，敢忘帝力勤！尚思未朽骨，復覩耕桑民。積水駕三峽，浮龍倚長津。揚舲洪濤間，仗子濟物身。趙云：古歌：帝力何加於我哉[二]！老子云[三]：其人與骨俱朽。文子：積水成海。魏都賦：回淵漼，積水深也。駕字，郭景純遊仙詩：高浪駕蓬萊。劉勰彌勒石像碑：似揚舲游水，馳錫登山。王粲遊海賦[四]：洪濤奮蕩。西京賦云：起洪濤而揚波。鞍馬下秦塞，王城通北辰。北辰，北極，象於帝居。趙云：下秦塞，則出陸矣。北辰，孔子：「譬如北辰。」玄甲聚不散，兵久食恐貧。杜田補遺：竇憲傳：班固燕然山銘：玄甲曜日，朱旗絳天。注：玄甲，鐵甲也。前書：發屬國之玄甲。窮谷無粟帛，使者來相因。若馮南轅使，書札到天垠。趙云：馮，讀爲憑。窮谷，指夔州。來相因者，來不斷。借使漢書太倉之粟，陳陳相因之字。自長安望夔，在北而望南也，故來夔之使爲南轅。南轅字，出左傳。書札，古詩：客從遠方來，遺我一書札。天垠，指夔州以遠，故云天垠也。

【校勘記】

〔一〕「寥」，原作「塞」，訛，據二王本杜集卷七、百家注卷二十一、分門集注卷二十、黃氏補注卷十四並參先後解輯校丁帙卷三以及錢箋卷五改。

〔二〕「何」，文津閣本無。

〔三〕「老子云」，文津閣本「云」上本衍「六」字。

〔四〕「遊海賦」，「遊」字原奪，據全漢文卷九十補，下同。

別李義〔一〕

神堯十八子，十七王其門。道國洎舒國，實惟親弟昆。唐高祖二十二子，此止云十七王，其門未詳也。道王，名元慶，第十六子；舒王元名，第十八子。鮑云：高祖二十二子，道王元慶、舒王元名、衛懷王玄霸、楚哀王智雲，皆先薨。太子建成、巢王元吉以事誅，詔除籍。故止言十八。太宗有天下，故有十七子封王。趙云：神堯，唐高祖。史：高祖二十二子。今詩云神堯十八子，豈以竇皇后生建成、太宗、玄霸、元吉，而建成、元吉誅，太宗爲皇帝，玄霸在隋時已死，於四子之外，乃有十八子耶？學者尚疑之。然謂十七王其門，則又可疑也。又豈以萬妃所生智雲，亦先被害於隋末耶？其所在高祖爲唐皇帝而得封者：元景王荆，元昌王漢，元亨王酆，元方王周，元禮王徐，元嘉王韓，元則王彭，元懿王鄭，元軌王霍，元鳳王虢，元慶王道，元裕王鄧，元名王舒，靈夔王魯，元祥王江安，元曉王密，元嬰王滕。凡十七子爲得王，而各爲一門者耶？鄒陽與梁孝王書：何王之門而不可曳長裾耶？道國，道王也，名元慶，乃第十六子；舒國，舒王也，名元名，乃第十八子。而曰實惟親弟昆，若言同一母所生。而史載：元慶則劉婕妤所生，元名則小楊嬪所生。其母同者，乃宇文昭儀生元嘉及第十九子靈夔，所謂實惟親弟昆者，又與史不合。然則，公當時親所傳聞，與史不合，必有能辨之者。**中外貴賤殊，余亦忝諸孫。**趙云：詳味詩意，則李義者，道國之裔孫；而公則舒國後裔之外孫故也。舊注不省，解却云：公自言杜與李同出於陶唐氏。是何夢語！蓋前篇與唐十八使君詩云：與君陶唐後，自是杜與唐。何得輒差排爲杜與李乎？**丈人嗣王葉，**唐制，諸子襲封者謂之嗣王。**之子白玉温。道國繼德業，請從丈人論。丈人領宗卿，肅穆古制敦。先朝納諫諍，直氣横乾坤。子建文筆壯，河間經術存。**曹子建能文。漢河間王明經術，獻禮樂三雝之教。趙云：丈人，言李義之父。嗣王業，則繼嗣前王之業。舊注云云，才有字相犯，便妄引用，非是。之子，指李義也。白玉温，使温其如玉也。下句道國繼德業，請從丈人論，又以申言丈人乃道國之後，其能繼道國之德業者，請從李義之父言之也。宗卿，宗正卿也。唐制，宗正寺卿一人，從三品，掌天子族親屬籍，以別昭穆。領陵臺、崇玄二署。肅穆字，丘遲詩：肅穆恩波被。先朝納諫諍，考其時，當是玄宗，然未敢必也。**温克富詩禮，骨清慮不喧。洗然遇知己，談論淮湖奔。憶昔初見時，小襦繡芳蓀。**文選，芳蓀，紫綺爲上襦。袴也。師云：謝靈運詩：浥露馥芳蓀。趙云：襦，短衣也。史記載賈誼過秦論：寒者利裋褐。徐廣注曰：一作短，小襦，音豎。舊注妄添選五言詩爲七字，何輒附會如此！**長成忽會面，慰我久疾魂。三峽春冬交，江山雲霧昏。正宜且聚集，恨此當離罇。莫怪執杯遲，我衰涕唾煩。**王仲宣：但愬杯行遲。解嘲：涕唾流珠沫。趙云：莫怪執杯遲，以語衆人也。舊注引仲宣詩，却是訴主人行杯之遲耳。師云：孫楚詩：離樽悲當席。**重問子何之？西上岷江**

源。頗子少干謁，蜀都足戎軒。誤失將帥意，不如親故恩。甫幾不能脫嚴武之暴，又爲郭英乂所不容，有是句。少年早歸來，梅花已飛翻。趙云：王粲四言詩：苟非鴻鵰，孰能飛翻。公於言江亦曰：蒼濤鬱飛翻。努力慎風水，豈惟數盤飧。古詩所謂加飧食。猛虎卧在岸，蛟螭出無痕。王子自愛惜，老夫困石根。趙云：數，所角反。努力，字出吳越春秋。舊注於慎風水注云：言世若風波。穿鑿，非是。猛虎卧在岸，蛟螭出無痕，却有所興寄矣。生別古所嗟，發聲爲爾吞。趙云：楚辭：悲莫悲於生別離。吞字韻倒押。吞聲字，恨賦：莫不飲恨而吞聲。

【校勘記】

〔一〕此詩，文津閣本與下首送高司直尋封閬州順序顛倒；又，此詩正文「老夫困石根」三句及其句下所有注文，文津閣本闕。

送高司直尋封閬州〔一〕

丹雀銜書來，文王之時，赤雀銜書，集于周社。暮棲何鄉樹？驊騮事天子，辛苦在道路。司直非冗官，荒山甚無趣。借問泛舟人，胡爲入雲霧？與子姻婭間，既親亦有故。詩：瑣瑣姻婭。

萬里長江邊，邂逅一相遇。趙云：丹雀、驊騮，以比高司直。尚書中侯曰：赤雀銜丹書入豐，止于昌前。昌拜，稽首受之。舊注非。驊騮事，列子：周穆王肆意遠遊，駕八駿之乘，有曰：右服驊騮。謂之事天子，則以穆王稱穆天子，有傳也。司直通籍事主，故以丹雀之於文王，驊騮之于穆王比之。長卿消渴再，公幹沈綿屢。長卿，相如，病渴。劉公幹詩：余嬰沈痼疾，竄身清漳濱。趙云：王無功病後醮宅云：公幹苦沈綿，居山畏不延。清談慰老夫，開卷得佳句。時見文章士，欣然淡情素。伏枕聞別離〔二〕，疇能忍漂寓。良會苦短促，溪行水奔注。熊羆咆空林，遊子慎馳鶩。西謁巴中侯，閬爲巴中。艱險如跬步。趙云：巴中侯，封閬州也。主人不世才，先帝常特顧。拔爲天軍佐，崇大王法度。淮海生清風，南翁尚思慕。公宮造廣廈，木石乃無數〔三〕。初聞伐松柏，猶卧天一柱。趙云：拔爲天軍佐，則必嘗佐禁旅之任。淮海生清風，則必嘗爲揚州等處官。南翁，南方老人也。項籍傳：南公曰：楚雖三户，亡秦必楚。公宮，左傳：溝其公宮。又曰：處其公宮。凡官府貴處，謂之公宮矣。天一柱，言廊廟之具。神異經：崑崙有銅柱焉。其高入天，所謂天柱。列子：昔共工與顓帝爭，怒而觸不周之山，天柱折其一。柱字，則緣荆南有一柱觀，止用一柱，故得合言天一柱。此非封閬州之爲廊廟器〔四〕，不足當之。舊注惑於公宮字，却注云幕府方須材，意以指高使君言之，非是。我病一作瘦。書不成，成字讀亦誤。爲我問故人，勞心練征戍。此詩，觀末章則閬州是房琯也。趙云：前十句總言封閬州，方貫此下句。蓋故人字，所以指閬州也。我疾，所以成「長卿消渴再，公幹沈綿屢」之句。一作我瘦，非。書不成，豈干瘦事！

【校勘記】

〔一〕「州」，文瀾閣本作「中」，訛。

〔二〕「聞」，文淵閣本、文津閣本、文瀾閣本、清刻本、排印本作「問」，訛。案，二王本杜集卷七作「聞」，可證。

〔三〕正文「木石乃無數」，「木」字以上、「石」字以下所有正文及其注釋，係錯簡，據諸校本訂正。

〔四〕「非封閬州之爲廊廟器」，「非」文瀾閣本、清刻本、排印本奪；又，「非封」文淵閣本、文津閣本作「門」，訛；又，「器」文淵閣本、文津閣本、文瀾閣本、清刻本、排印本作「氣」，訛。

遣懷

昔我遊宋中，惟梁孝王都。宋，古大梁。名今陳留亞，陳留，屬汴州。劇則貝魏俱。貝、魏，州名，在河北劇大。邑中九萬家，高棟照通衢。舟車半天下，主客多歡娱。趙云：孝王都，今之京師汴都是已。陳留，在今雖爲京師屬縣；在唐，則今之東京，唐陳留郡也。貝、魏，在河北方面最繁劇。主客者何？主，則本處人；客，則遊寄者。選詩：朝野多歡娱。白刃讎不義，黄金傾有無。殺人紅塵裏，報

答在斯須。言多豪俠。趙云：鮑明遠詩：失意杯酒間，白刃起相讎。憶與高李輩，高適、李白。論交入酒壚。兩公壯藻思，

得我色敷腴。世說：王濬仲爲尚書令，着公服，乘軺，經黄公酒壚中過，顧謂後車客曰：吾昔與嵇叔夜、阮嗣宗共酣飲此壚。竹林之遊，亦預其末。自嵇康阮籍云亡，便爲時所羈紲。今日視此雖近，邈若山河。師云：鮑照行路難：意氣敷腴在盛時。薛云：爾雅：蕍榮也。郭璞曰：蕍猶敷蕍，亦草之榮也。氣酣登吹一作文。臺，懷古視平蕪。吹臺，梁王歌臺，今謂繁臺。左太沖詩：酒酣氣益振。趙云：西清詩話：唐史稱，杜甫與李白、高適同登吹臺，慨然莫測也。質之少陵昔遊：昔者與高李，晚登單父臺。則知非吹臺。三人皆詞宗，果登吹臺，豈無雄詞傑倡著後世邪？杜田云：予謂蔡氏蓋未曾熟讀杜詩爾。遣懷詩不云乎：「昔我遊宋中，惟梁孝王都。名今陳留亞，劇則貝魏倶。憶與高李輩，論交入酒壚。氣酣登吹臺，懷古視平蕪。」此豈非甫與李白、高適同登吹臺邪？其説是。吹臺在今宋門外，謂之天清寺繁臺是已。於梁孝王時曰吹臺，蓋歌吹之臺也。一作文臺，非。芒碭雲一去，雁鶩空相呼。前漢：高祖隱於芒碭山澤間，呂后與人倶求，常得之。高祖怪問后，后曰：季所居上常有雲氣，故從往，常得季。雲去，乃人亡也。不欲指言之爾。人亡，雁鶩相呼。先帝正好武，寰海未凋枯。猛將收西域，長戟破林

胡。玄宗時開拓境土，如安禄山、王君㚟、張守珪、王宗嗣輩，皆以邊功爲己任，故張説獻鬬羊以箴之，而上不之改。百萬攻一城，獻捷不云輸。組練棄如泥，國語：吴人大破楚軍。楚之免者，惟組練三百而已。組，甲被練也。尺土負一作勝。百夫。拓境功未已，元和辭大鑪。趙云：雁鶩相呼，以興其荒寂，如麋鹿遊姑蘇，黍離麥秀之類。玄宗盛時，以百萬兵攻一城，豈無勝負？但獻捷而已，未嘗言輸。組練棄如泥，則不憚物之費，爭一尺之土，以百夫爲償，則不惜人之命。莊子：以天地爲大鑪〔二〕。末句言政失其和於天

地間矣。亂離朋友盡，合沓歲月徂。吾衰將焉托，存没再嗚呼！蕭條益堪媿，獨在天一隅。一云蕭條疾益甚，媿獨天一隅。趙云：詩：亂離莫矣。洞簫賦：薄索合沓。注云：重沓也。朋友，指言高李。孔子：甚矣，吾衰也。天一隅字，古詩：各在天一隅。乘黄已去矣，凡馬徒區區。不復見顔鮑，顔延年、鮑明遠。鮑嘗作荆州參軍，作蕪城賦以諷宋臨海王。趙云：乘黄，神馬。言高適、李白。顔鮑又以申比二公。公嘗與白詩云：「俊逸鮑參軍。」則顔乃以比高適乎？繫舟卧荆巫。荆州巫峽。臨飡吐更食，常恐違撫孤。趙云：蓋恐違戾撫養高、李二公之孤也。此其爲朋友之義。

【校勘記】

〔一〕「地」，文瀾閣本作「也」，訛。

君不見簡蘇徯

君不見道邊廢棄池，君不見前者摧折桐。百年死樹中琴瑟，蔡邕取爨下桐爲琴。一斛舊水藏蛟龍。積水成淵，蛟龍生焉。趙云：異苑：吴平在勾章州門外，忽生一株桐，上有謡歌之聲。平惡而斫之。其後，桐自還立於故根上。又聞歌聲，曰：死樹今更青，吴平尋當歸。桐材所以爲琴瑟。言今死樹猶可爲之，以譬士終有用也。庾信擬連珠曰：日南枯蚌，猶含明月之珠；龍門死樹，尚抱咸池之曲。舊注非是。言蛟龍終非池中物，則蛟龍固在水，而池中之水亦有蛟龍矣。雖一斛舊水，猶可藏之。亦以譬士當守所養也。丈夫蓋棺事始定，古詩：蓋棺事乃已。君今幸未成老翁，何恨憔悴在山中！深山窮谷不可處，霹靂魍魎兼狂風。趙云：君今幸未成老翁。選：魏文帝與吴質書：時有所慮，乃至通夜不瞑。志意何時，復類昔日。已成老翁，但未白頭耳！末句以不知有何所恨，而甘心憔悴於山中乎？乃陳山中不可住，招之使出矣。此亦宋玉招魂之意。

贈蘇四徯

異縣昔同遊，各云猒轉蓬。古詩：爲客若轉蓬。趙云：古詩：它鄉各異縣。曹植雜詩：轉蓬離本根，飄颻隨長風。袁陽源效古詩：勤役未云已，壯年徒爲空。廼知古時人〔一〕，所以悲轉蓬。別離已五年，尚在行李中。左傳：秦晉圍鄭〔二〕，燭之武夜見秦伯，曰：行李之往來。注：行李，使人。戎馬日衰息，乘輿安九重。天子之門九重。乘輿，天子所乘輿。時京師初復。有才何棲棲，將老委所窮。爲郎未爲賤，甫爲宣義郎檢校工部員外郎，非以階官。後篇云「雖爲尚書郎」，可以證矣。其柰疾病攻。子何面黧黑，焉得豁心胸？巴蜀倦剽劫，下愚成土風。崔旰之亂。幽薊已削平，禄山節鎮。荒徼尚彎弓。時思明未平。斯人脱身來，豈非吾道東！儒林傳：初，梁項生從田何受易，丁寬爲項生從者，讀易精敏，材過項生，遂事何。學成，寬東歸，何謂門人：「易已東矣。」師古曰：言丁寬得其法術以去。趙云：上兩句方指言蘇徯。面黧黑字，列子：面目黧黑。巴蜀倦剽劫，則段子璋之亂，又崔旰之亂。燕薊尚彎弓，則安之亂，雖已削平，而猶有盜賊。彎弓字，史：士不敢彎弓而報怨。斯人，又指蘇徯。在危難之間脱身來此，蓋亦以道合行於巴中，猶古人所謂吾道東也。乾坤雖寬大，所適裝囊空。肉食哂菜色，少壯欺老翁。況乃主客間，古來偪側同。趙云：左傳：肉食者鄙。菜色，傳云：民無菜色。下兩句言時之寬舒，則寬舒同；時之偪側，則偪側同也。西京賦：駢羅偪仄。公專有詩偪側行者，亦用此耳。君今下荆揚，獨帆如飛鴻。二州豪俠場，人馬皆自雄。一請甘飢寒，再請甘養蒙。趙云：欲其晦迹以自全耳。

【校勘記】

〔一〕「知」，文淵閣本、文津閣本作「之」，訛。

〔二〕「秦晉」，文淵閣本、文津閣本、清刻本、排印本作「晉秦」。

寄薛三郎中

人生無賢愚，飄飄若埃塵。自非得神仙，誰免危其身？與子俱白頭，役役一云没没。常苦辛。雖爲尚書郎，不及村野人。憶昔村野人，其樂難具陳。藹藹桑麻交，公侯爲等倫。天末厭戎馬，我輩本常貧。趙云：雖爲尚書郎，固是實道爲尚書工部員外郎之事，而木蘭歌云：木蘭不用尚書郎。有此三字也。具陳，見首篇注。等倫字，列子全語，説符篇載俠客相與言：必滅虞氏之家爲等倫，皆許諾。天末，選賦有云[一]：雲斂天末。詩有云：佳人眇天末。戎馬，老子云：戎馬生於郊。子尚客荊州，我亦滯江濱。峽中一卧病，瘧癘終冬春。春復加肺氣，此病蓋有因。早歲與蘇鄭，蘇源明、鄭虔是也。痛飲情相親。二公化爲土，嗜酒不失真。蘇鄭亦皆嗜酒。趙云：言其以酒死也。余今委脩短，豈得恨命屯。聞子心甚壯，所過信席珍。上馬不用扶，每扶必怒嗔。趙云：記：儒有席上之珍以待聘。每扶，一作忽扶，非。蓋每字與必字相應也。賦詩賓客間，揮灑動八垠。乃知蓋代手，可蓋覆當代也，漢書：功業蓋代。才力老益神。青草洞庭湖，東浮滄海漘。君山可避暑，況足采白蘋。杜補遺：岳州圖經：洞庭湖在縣西南一里。荊州記云：巴陵南有青草湖，與洞庭湖相連接，周回數百里，日月出没其中。湖之南有青草山，因以爲名。博物志曰：君山，洞庭之山也。庚穆之湘州記云：昔秦始皇欲入湘觀衡山，而遇風浪，幾敗溺，至此山而免，因號爲君山。又荆州圖經云：湘君所遊，故曰君山。有神，祈之則利涉。韓退之黄陵廟碑載山海經曰：洞庭之山，帝之二女居之，則君山者，因湘君得名，非始皇也。韓碑辨湘君夫人事甚詳，不復録。

子豈無扁舟，往復江漢津？我未下瞿唐〔二〕，空念禹功勤。聽説松門峽，吐藥攬衣巾。高秋却束帶，鼓枻視清旻。

趙云：十二句蓋公有意於扁舟儘南而下，陳其所歷所遊之處，欲借薛郎中所往復江漢之舟而往。然未下瞿唐外，空念禹功。則劉子所謂美哉禹功，微禹，吾其魚乎也。聞松門峽之好，則方喫藥而吐之，遽攬衣巾思去也。松門峽，無所考。豈亦如巴峽中有瞿唐灘，當時遂名爲瞿唐峽者乎？以俟博聞。高秋束帶而鼓枻，則言方是往時矣。論語：束帶立於朝。潘安仁西征賦：鼓枻迴輪。注：郭僕方言曰：今江東人呼枻爲軸。

鳳池日澄碧，濟濟多士新。余病不能起，健者勿逡巡。上有明哲君，下有行化臣。

趙云：鳳池，指禁省之地。晉荀勗守中書監侍中，專管機事。及還尚書令，人有賀者，曰：奪我鳳凰池，諸公何賀焉？濟濟多士四字，詩之全語。健者，指言薛據，蓋有所望之也。健者兩字，後漢袁紹傳：董卓欲廢立，紹勃然曰：天下健者，豈爲董公！

【校勘記】

〔一〕「云」，原作「玄」，文瀾閣本、清刻本、排印本作「元」，皆訛，據先後解輯校戊帙卷二此詩注〔四〕改。

〔二〕「唐」，二王本、文瀾閣本作「塘」。

大覺高僧蘭若

巫山不見廬山遠，松林蘭若秋風晚。杜正謬云：釋氏要覽曰：蘭若者，梵言阿蘭若，唐言無静。四分律云空静處，薩婆多論云閑静處，智度論云遠離處，大悲經阿蘭若。注云：離諸惡務。故數説不同，其實無諍也。趙云：廬山遠，廬山惠遠也。大覺和尚雖是巫山之僧，而比爲遠公。往謁之而不遇，故云「巫山不見廬山遠」。蘭若，佛宫名。蓋梵語耳。一老猶鳴日暮鍾，諸僧尚乞齋時飯。趙云：漢初應曜隱於淮陽山中，與四皓俱徵，曜獨不至。時人語曰：南山四皓，不如淮陽一老。又，管寧書：唯陛下聽野人山藪之願，使一老者得盡微命。若本出，則魯哀公指孔子爲一老。香爐峰色隱晴湖，香爐峰，廬山勝境，如香爐上有飛泉。種杏仙家近白榆。神仙董奉居廬山，治病重者種杏五株，輕者一株，號董仙杏林。趙云：公題下注云：「和尚去冬往湖南。」今此乃言江州廬山事，即隱晴湖是江南彭蠡湖，恐湖南字誤。香爐峰事，遠法師廬山記：東南有香爐山，孤峰秀起〔二〕，遊氣籠其上，氛氲若煙也。近白榆，言其所居之高，近乎星辰。古詩曰：天上何所有？歷歷種白榆。飛錫去年啼邑子，高僧：有飛錫而赴齋者，見三十四卷太陽沙門詩注。杜補遺：昔高僧隱峰遊五臺，出淮西，擲錫飛空而往西天。比丘持錫有二十五威儀。凡至室中不得著地，必掛於壁牙，故釋子稱遊行僧爲飛錫，安住僧爲掛錫。孫綽天台賦云：王喬控鶴以沖天，應真飛錫以躡虚。注：應真，得道人。獻花何日許門徒？高僧傳：戒行嚴潔，天女來獻花。趙云：言去年往湖南也。天台山賦：飛錫。注云：得真道之人，執錫杖而行於虚空，故云飛也。邑子，同邑之子也。朱買臣傳：會邑子嚴助貴幸，薦買臣。獻花事，後分經載釋迦初爲淨惠仙人時，獻五蓮花於燃燈佛。此獻花之祖也。其後獻花于羅漢者，如法注記：龍神捧鉢而曲躬，天女獻花而胡跪。門徒者，一門之徒屬，如七十二子爲孔門之徒。又，後漢李固傳：表舉薦達，例皆門徒。此皆一門徒屬之義。佛書所載，雖外道之黨類，亦謂之門徒。其在佛僧，則謂諸弟子來從者爲門徒矣。

【校勘記】

〔一〕「起」，文淵閣本、文津閣本、文瀾閣本、清刻本、排印本作「望」。

新刊校定集注杜詩卷十五

古詩

憶昔行

趙云：憶昔者，追憶往昔也。鮑照衰老行：憶昔少年時，馳逐好名晨。故公有憶昔之作，止摘兩字爲題，然必目之所親見，身之所親歷者。憶昔先皇巡朔方、憶昔開元全盛日，此紀目所親見也。今篇憶昔北尋小有洞，此紀身所親歷也。公在關塞時，有昔遊篇，與今篇大意相應，更相發明，具列于逐段之下。公往尋華蓋君而不見，故前篇謂之昔遊，今篇謂之憶昔。

憶昔北尋小有洞，洪河怒濤過輕舸。茅君内傳：大天之内有玄中之洞三十六所。第一王屋山之洞，周圍萬里，名曰小有清虛之天。趙云：禹貢：底柱、析城，至于王屋。注云：山在冀州南，河之北。疏：王屋在河東垣縣東北。今云北尋小有洞，則往王屋者，過河而北行也。唐廣切韻注：楚以大船曰舸，而類書載釋名亦曰：南楚江湘，凡船之大者謂之舸。

辛勤不見華蓋君，艮岑青輝慘么麽。趙云：昔遊云：昔謁華蓋君，深求洞宮脚。玉棺已上天，白日亦寂寞。暮升艮岑頂，巾几猶未却。參詳二詩之意，蓋公遊王屋，本欲謁華蓋君，適值君死也。玉棺上天，則托仙以爲言矣。華蓋字，於傳記有三焉：山有名華蓋，則葛仙公傳之言崑崙別名也；星有華蓋，則晋天文志云：大帝上九星曰華蓋，所以覆蔽大帝之座也〔一〕；肺爲華蓋，則道家醫家之説也〔二〕。今云華蓋君，應是道號，不知何所取也。舊注引葛仙公傳事，則是指崑崙矣。艮岑，二詩皆言之，的是王屋之處。么麽，細也。艮岑之青輝，固不細矣，以華蓋君之不在，故慘然而細也。千崖無人萬壑静，三步回頭五步坐。趙云：千崖萬壑，則顧愷之之言會稽云：千巖競秀，萬壑争流。下句則魏文帝臨高臺曰五里一顧，六里徘徊之勢也。曹公祭橋玄文：車過三步，腹痛莫怪。李陵別蘇武詩：轅馬顧悲鳴，五步一彷徨。秋山眼冷魂未歸，仙賞心違淚交墮。趙云：上句言望華蓋君，招之而不來也；下句言欲爲仙賞之遊，而事與願違，所以悲泣也。宋玉招魂有魂兮歸來者凡十二。今言魂未歸，着未字者，以反言之也。舊注撰引招魂云：魂來兮未歸。安矣。嚴休復唐昌玉蘂花詩：魂消眼冷未逢真。豈亦出於杜公耶？當秋時在山中有所望，故云眼冷也；仙賞心違，以賞心字貼心違也。謝靈運云：良辰、好景、賞心、樂事，四者難并。而所賞之心，乃仙賞之心也。左傳：王心不違。詩：中心有違。故公屢使寸心違、壯心違、心事違也。羊叔子峴山之碑，謂之墮淚碑。弟子誰依白茅室？盧老獨啓青銅鎖。巾拂香餘擣藥塵，階除一作前。灰死燒丹火。趙云：此四句實道其事。白茅室，則莊子云築特室，席白茅也。一作白石室〔三〕，非。盧老者，蓋所見之人，應是華蓋君親信者，故曰獨啓青銅鑈。巾、拂是兩物，階、除亦可作兩字對。公律詩有云：慣看賓客兒童喜，得食階除鳥雀馴。可見矣。一本作階前，非。玄圃滄洲莽空闊，金節羽衣飄婀娜〔四〕。落日初霞閃餘映，倏忽東西無不可。舊注：十洲記：崑崙山三角，一角正西，曰玄圃臺；其一處有積金，爲天鏞城〔五〕，四千里。城安金臺〔六〕。金節羽衣，則以黄金爲節，鳥羽爲衣。漢武帝拜欒布爲五利將軍，使衣羽衣立白茅上。注曰：以鳥羽爲衣，取其神仙飛翔之意。趙云：四句言華蓋君當在仙境往來也。葛仙傳云：崑崙，一曰玄圃也。滄洲，則十洲之一洲也。爾雅曰：西北方之美，有崑崙之墟璆琳琅玕焉〔七〕，則崑崙在西北。列子云：渤海之東有大壑，名曰歸墟。中有五山，蓬萊其一也。豈可云大海之中有崑崙、滄洲、蓬萊乎？金節羽衣，則仙人之服御也。婀娜，美貌。文選有芝蘭婀娜，而韓退之元和聖德頌有旗常婀娜，亦言其美也。當玄圃與滄洲空闊之間，乃華蓋君金節羽衣之所往來矣。晚則落日之所映，早則初霞之所映。其在此時也，或東遊滄洲，或西遊崑崙，倏忽然無不可者，言其任意之閑放也。餘映字，王仲宣七哀詩：山岡有餘映，巖阿增重陰。而霞映之勢，則又孔稚圭北山移文云：高霞孤映。閃者，不定之貌。

松風磵水聲合時，青兕黃熊啼向我。徒然咨嗟撫遺跡，至今夢想仍猶作。一作佐。

趙云：四句公自言其在山中之愁寂，而想華蓋君于今不忘也。風吹松而鳴，澗水激石而鳴，皆可愁矣。宋玉招魂曰：君王親發兮憚青兕。兕必言青，則說文曰：兕如野牛，青皮堅緊，可以爲鎧。國語：晉叔向曰：昔吾先君唐叔，射兕于徒林，殪，以爲大甲。韋氏解亦云：兕似牛而青。六韜：文王囚羑里，散宜生得黃熊而獻之紂。舊注云：成王時，東夷獻黃熊。按，類書載周書云：成王時不屠國獻青熊。未嘗有獻黃熊也，蓋輒改以附會其說如此。當其在山中時，聞松風、磵水之聲，青兕、黃熊之啼，愁寂不堪，徒有咨嗟。撫華蓋君之遺迹，至今夢想猶見之也。舊本猶作字作佐字，當是作字，但音佐而已，此南人語音。公詩又曰主人送客何所作，自注云：音佐，可見矣。公之今句則言今猶作此夢也〔八〕。

祕訣隱文須内教，歲晚何功使願果〔九〕。更討衡陽董鍊師，南遊早鼓瀟湘柂。

舊注：董鍊師，神仙也，隱於衡陽，祕訣隱文。

按道藏書中有隱訣，其書曰：太清九宮，其最高者稱太皇、紫皇、玉皇。趙云：此四句結一篇之義，以爲求仙須得有功行而傳秘訣，不見華蓋君矣，却思南遊而訪董鍊師。討者，尋訪也。與昔游詩「杖藜望清秋，有興入廬霍」同意。南史：梁有胡僧祐者，得以願果爲字也。真誥載紫清真妃詩：濯足玉天池，鼓柂牽牛河。庾闡揚都賦：青雀飛艫，餘皇鼓柂。

【校勘記】

〔一〕「覆」，底本模糊，據文淵閣本、文津閣本、文瀾閣本、清刻本、排印本補。

〔二〕「之説」，底本漫滅，據文淵閣本、文津閣本、文瀾閣本、清刻本、排印本補。

〔三〕「白石室」，文淵閣本、文津閣本、文瀾閣本、清刻本、排印本脱「石」字。

〔四〕「節」，底本模糊，據文淵閣本、文津閣本、文瀾閣本、清刻本、排印本補。

〔五〕「鏞」，文淵閣本作「墉」，文津閣本作「鄘」，均訛。

〔六〕「城」下，清刻本、排印本有「上」字，當是。

〔七〕「之墟」，清刻本、排印本作「墟之」，當是。

〔八〕「今」，文淵閣本、文津閣本、清刻本、排印本作「此」。

〔九〕「歲晚」，二王本杜集卷八、十家注卷八、百家注卷三十、分門集注卷八、草堂詩箋卷四十五、黄氏補注卷十五以及錢箋卷八作「晚歲」。

魏將軍歌

趙云：古樂府有丁督護歌、臨江王節士歌，紀述其人，皆謂之歌，故公前有戲作花卿歌，今又有魏將軍歌，乃其例也。

將軍昔著從事衫，鐵馬馳突重兩銜。別駕，亦曰治中從事。孔恂爲別駕從事。銜，銜勒也。趙云：著從事衫，則初爲幕官於元帥府耳。馬勒重銜，則戰馬之謹也。後漢：陳衆，人號爲白馬陳從事。**被堅執鋭略西極，崑崙月窟東嶄巖。**高祖紀：朕親被堅執鋭。師古曰：被堅，謂甲胄。執鋭，謂利兵。爾雅：西至於邠國，謂之西極。相如賦：嶄巖參差。揚雄長楊賦：西壓月窟，東震日域。趙云：崑崙事，郭璞崑崙丘贊曰：崑崙月精，水之靈府。惟帝下都，西羌之宇。則崑崙於中國，固在西矣。而比之月窟，則猶在東也。揚雄：西壓月窟。注：月窟者，月之所生也。今云崑崙月窟東嶄巖，蓋言崑崙在月窟之東，其形嶄巖然也。公詩句承略西極之下，所以壯西極之處矣。此四句一段，言將軍立功於西邊也。**君門羽林萬猛士，惡若哮虎子所監。**監，領也。君門，羽林禁旅也。漢有羽林軍。詩：闞如哮虎。言其勇也。趙云：此兩句言將軍監軍於殿前也。**五年起家列霜戟，一日過海收風帆。**門列棨戟也。趙云：列戟，貴者之門，蓋所謂棨戟。過海收風帆，則有事於西極。既了，過西海而還，其帆可收矣。所以承略西極之下，則爲過西海。或於一日之中，過海收帆，又以形容其速返。戟謂之霜戟，帆謂之風帆，詩家造語。兩句是對也。上句言將軍之驟貴，下句言將軍遠征而速返也。**平生流輩徒蠢蠢，長安少年氣欲盡。魏侯骨聳精爽緊，華嶽峰尖見秋隼。**趙云：氣欲盡，則觀將軍之富貴功名而然矣。謝承後漢書：竇武上疏曰：奉承詔命，精爽隕越。秋隼，清秋之隼鳥。凡鷙鳥以秋而健，公後篇曰「秋鷹整翮當雲霄」是已。華嶽峰尖之上見秋隼，所以比其骨聳而精爽緊歟。此四句可推見將軍之在長安也。**星纏寶校金盤陁，夜騎天駟超天河。**師云：庾愷白馬篇：星纏碼磁轡。劉孝標詩：寶校纏障泥。鮑照詩：金銅飾盤陁。古注，天官書：漢中四星，曰天駟；旁一星，曰王良；旁八星，絶漢，曰天潢。趙云：星纏寶校，則倒使顔延年赭白馬賦全語。薛夢符引張平子東京賦：龍輈華轙，金鋄鏤錫。方釳左纛，鉤膺玉瓖。所謂寶校，此其具第尊卑之制殊耳。天駟，言將軍之馬，乃御廐之馬也。超天河，則以帝京之地比天上，以言將軍夜騎之，豈若金吾巡邏之事邪？

欃搶熒惑不敢動，翠蕤雲旓相蕩摩。欃搶，妖星。熒惑，火星。翠蕤雲旓，皆旗也。相蕩摩，舒閑貌。張衡西京賦：棲鳴鳶，曳雲旓。相如子虚賦：錯翡翠之威蕤。又東都賦：望翠華之威蕤。趙云：欃搶，妖星，以比寇亂。熒惑，火星，以比强暴。不敢動，言畏其威也。以承天駟、天河之下，故復用天星言之。翠蕤雲旓，以見將軍所建之旗，皆天兵之儀也。

吾爲子起歌都護，酒闌插劍肝膽露，鉤陳蒼蒼風玄武。一作玄武暮。趙云：都護，漢官也。漢遣王吉護匈奴南北兩道，故曰都護。古樂府有丁督護。督護，即都護也。鉤陳，星名。晉天文志：鉤陳六星，在紫宫中。故天子殿前亦有鉤陳，所以法天也。蒼蒼，言其明也。陸倕石闕銘云：把鉤陳。注：鉤陳，兵衛之象，故王者把焉。玄武者，闕名。三輔舊事曰：未央宫北有玄武闕。舊本誤以武字爲韻，云風玄武，極無義理，徒誤學者。以鉤陳則蒼蒼，以玄武則暮，言當酒闌插劍之時如此。甘泉賦：伏鉤陳使當兵。注：營陳星也。

萬歲千秋奉明主，臨江節士安足數！趙云：楚王謂安陵君曰：寡人萬歲千秋之後，誰與樂此？杜田曰：古樂府載宋陸厥臨江王節士歌曰：節士慷慨，髮上衝冠。彎弓挂若水，長劍竦雲端。此兩句上則言將軍常監軍於殿前爲宿衛，末則言將軍乃天子之節士，非特臨江王節士比也。舊注謂夔州號臨江軍，非。蓋臨江軍今屬江西，而夔州則號寧江軍也。

北風

北風破南極，朱鳳日威垂。洞庭秋欲雪，鴻雁將安歸？詩：北風其涼。趙云：南極，言楚地。公在楚，故所見者此也。因南極之下，故承之以朱鳳，南方之鳥也。因洞庭之下，故乘之以鴻雁，蓋雁隨陽之鳥也。而洞庭乃往衡陽之路，雁本違寒而就温。今洞庭方秋而欲雪，則又寒矣，又將奚往乎？朱鳳在南極，北風破南極而威垂；鴻雁過洞庭，洞庭秋欲雪而安歸？皆言值時如此，於是乎失所也。威垂，無氣象之貌。鳳與鴻雁皆公自況。揚子：君子在治若鳳，在亂若鳳。又云：鴻飛冥冥，弋人何慕焉。義與下句相喚，蓋亦公自嘆在風塵之際，方旅泊而未得歸矣。舊注北風破南極，以喻小人道長，君子道消，非是。十年殺氣盛，六合人煙稀。吾慕漢初老，時清猶茹芝。趙云：此戊申大曆三年詩也。自乙未天寶十四年至此十三年矣，而云十年殺氣盛，則舉其大數爲詩句耳。殺氣盛，則安史雖滅，而吐蕃尚熾也。記月令：殺氣浸盛。曹子建詩：千里無人煙。末句言商山四皓，以秦之亂避之入山，方漢之初，可以出矣，而猶茹芝焉，則以畏禍之心，未能已也。近有東溪先生集者，其中有釋杜詩十六篇，以北風爲第一篇。序云：北風，悲燕寇衰弱王室〔一〕，禍加臣民。寇來自北，故況北風。曾不考公賦詩之年辰與處所，直誤以爲安史之亂，不知此乃大曆三年所作詩也〔二〕。言吐蕃則可，豈可尚以爲燕寇之亂王室乎？亦又豈有寇自北來之事乎？恐惑後學，故爲辨之。

【校勘記】

〔一〕「衰」，文淵閣本作「哀」，文津閣本作「襄」，均訛。

〔二〕「所作詩也」，文淵閣本「詩」字上有「之」字。

客從

客從南溟來，遺我泉客珠。珠中有隱字，欲辨不成書。莊子：海運則將徙於南溟。趙云：此篇倣客從遠方來，遺我雙鯉魚之格，而別生新意也。珠所從來不易得，其中若自言之者。任昉述異記：南海鮫人室，水居如魚，其眼泣則出珠。鮫人，即泉仙也，又名泉客。必言南溟來，非特取譬，乃蔡伯世所謂長沙當南溟孔道，蓋公詩雖興寄，亦每感於物而興之，非泛爲比也。師云：神異經：鮫人織絞綃於泉室，出以賣之。嘗客主人家，臨去，索盤，泣珠以遺主人。又淮南王劉安，以一寶珠四面中有四字，名曰刋字珠。

緘之篋笥久，以俟公家須。開視化爲血，哀今徵斂無。趙云：必用泉客珠，言其珠從眼泣所出也。至於化爲血矣，猶慮公家之徵斂，無以供之，故哀。世有東溪先生集者〔一〕，其中有釋杜工部詩十六篇，引云：擬毛詩之序，以撮其大要而判釋之，且以爲啓杜詩之關鍵。以此客從爲第三篇，序云：客從，悲遠方貢賦不入中原也。於上四句注云：時四方以玉帛貢天子，多爲盜賊所掠，不至王庭。珠小，物可匿以獻也。中有隱字，字又不成書，不敢顯書貢天子也。於下四句注云：周衰，方物不至，諸侯之國猶通王使之求金。安史之際，法廢道梗，雖欲征斂，亦無所矣。頃同蔡伯世定此詩乃大曆四年潭州作，而東溪又誤以爲安史之際，是不知安史至此已滅七年矣，大非也。

【校勘記】

〔一〕「有」，文淵閣本奪，訛。

白馬

白馬東北來，空鞍貫雙箭。可憐馬上郎，意氣今誰見？近時主將戮，中夜傷傷，一作商。於戰。喪亂死多門，嗚呼涕如霰！趙云：此篇記事之作。蔡伯世云乃潭州詩。主將，謂崔灌也。公自衡州如長沙而逢亂。按九域志：衡州北至州界九十二里，至潭州三百九十里。以公自南而北言之，則所見之白馬爲東北來矣。空鞍貫箭，則人亡馬還也。古歌辭每以郎稱騎馬之人，如折楊柳云：腹中愁不樂，願作郎馬鞭。出入擐郎臂，蹀座郎膝邊〔一〕。公又嘗曰馬上誰家白面郎，大率少年之稱耳。傷於戰，一作商於者，山名，在虢州，與此潭州之亂無相干，斷不可取。江文通雜體詩：日暮浮雲滋，握手淚如霰。屈原九章哀郢篇：望長楸而太息兮，涕淫淫其若霰。東溪先生誤以主將之戮爲禄山之亂，蓋禄山叛於天寶十四載，弑於至德元載，而又以白馬非戰馬〔二〕。昔侯景之亂，舉軍皆白馬青袍，而謂非戰馬可乎？恐誤學者，不可不辨。師云：按唐史：大曆三年商州兵馬使劉洽殺其刺史殷仲卿。杜所言商於戰，豈此歟？

【校勘記】

〔一〕「蹀座」，原作「踪座」，文淵閣本、清刻本、排印本「踪跡」，文瀾閣本作「蹤跡」，文津閣本作「蹤蹤」，皆訛，據梁詩卷二十九折楊柳歌辭改。

〔二〕「白馬」，「馬」原脱，據下文所引趙注「舉軍皆白馬青袍」二句訂補。

白鳧行

君不見黄鵠高於五尺童，化爲白鳧似一作象。老翁。故畦遺穗已蕩盡，天寒歲一作日。暮波濤中。鱗介腥膻素不食，終日忍飢西復東。魯門鶢居亦蹭蹬，聞道如今猶避風。

趙云：趙壹詩：被褐懷金玉，蕙蘭化爲芻。劉琨詩：何意百鍊剛，化爲繞指柔。夫剛之異乎柔，蕙蘭之異乎芻，體性之自然也。剛化爲柔，蕙蘭化爲芻，非其體性之變，而乃事意之易，爲可歎矣。鵠與鶴同類，遠舉之物，古人多通言之，故有黄鵠，亦有黄鶴。韓詩外傳載田饒云：黄鵠一舉千里。詩義疏曰：鶴大如鵝，長三尺。此言其飛之遠而形之高大也。莊子曰：鶴脛雖長，斷之則憂；鳧脛雖短，續之則悲。此言鵠高而鳧庳也。今公云：黄鵠化爲白鳧，化爲之義，乃趙壹之蕙蘭化爲芻，劉琨之剛化爲柔者也。鵠高五尺，宜高舉遠引，乃摧藏低回，化作白鳧之狀，象老翁之傴僂，天寒歲暮，困於波濤之中，忍飢西東，無所投迹，此賢者失所之譬也。孟子：五尺之童適市。魏文帝云：已成老翁，但未頭白耳。詩：遺秉，滯穗。禮記：天寒既至。歲暮字，起於詩。此疊字格也。鶢鶋事，國語載：海鳥曰爰居，止於魯南門之外三日。臧文仲使國人祭之。展禽曰：祀，國之大節也。無功而祀之，非仁也。今兹海其有災乎？夫廣川之鳥獸，常知避其災也。是歲也，海多大風。注：爰居之所避也。詳味此詩，前六句蓋公自況，末兩句尚念及同志之人，故謂之亦蹭蹬。蹭蹬，失勢之貌。海賦言大鯨失勢之狀曰：蹭蹬窮波，陸死鹽田。公以魚自喻己之失勢曰蹭蹬無縱鱗。今言爰居之失勢，則曰亦蹭蹬，聞道如今猶避風也。

蠶穀行

天下郡國向萬城，無有一城無甲兵！時盜賊充斥，天下皆用兵。天下郡國，則後漢：光武披輿地圖，指示鄧禹曰：天下郡國如是，今始得其一。焉得鑄甲作農器，趙云：此暗使顏回之語。家語載：回曰：回願得明王、聖主輔相之。使鑄劍戟爲農器，放牛馬於原藪。一寸荒田牛得耕。牛盡耕，蠶亦成。不勞烈士淚滂沲，男穀女絲行復歌。趙云：烈士見平日牛不得耕，蠶無所成，則涕淚滂沲。今也見牛耕而男穀，蠶成而女絲，則喜而行歌焉。行歌字，主烈士言之也。舊注引揚子言政之思斁，而以男子畝，婦人桑爲思，至於行復歌，則人樂其政可知矣。不亦自爲昏惑之説乎？

折檻行

趙云：詩句中使朱雲事，因取名題也。按：成帝朝，張禹以帝師位特進，甚尊重。雲上書求見，公卿在前。雲曰：臣願賜尚方斬馬劍，斷佞臣一人〔一〕，以厲其餘。上問：誰也？對曰：張禹。上大怒，令御史將雲下。雲攀殿檻，檻折。雲呼曰：臣得下從龍逄、比干遊於地下足矣！此永泰元年之作。當在四月末、五月間，公方流離，下船歷戎、渝、忠，至雲安縣而泊船以居，應方及之耳〔二〕。

嗚呼房魏不得見，秦王學士時難羨。青襟一作衿。冑子困泥塗，白馬將軍若雷電。趙云：太宗初爲秦王，既平天下，鋭意經籍，於宮城之西開文學館，以待四方之士。於是以杜如晦、房玄齡[三]，並以本官兼弘文館學士，圖其形狀，且顯爵士[四]，命褚亮爲像贊，藏之書府，號十八學士。給五品珍饍，分爲三番，更直宿于閤下。預入閣者，時人謂之登瀛洲。青衿，舊本作青襟，非是。衿，衣系也；襟，交衽也。其物不同[五]。詩云：青青子衿。貼以冑子，則書云：命夔教冑子。注：冑子，長子也，謂卿大夫子弟也。左傳：使吾子辱在泥塗。青衿冑子困泥塗，則學校之廢，非特白屋之子失學，雖貴冑子弟，皆困辱于泥塗[六]。按：通鑑於永泰元年不著月日，載云：自安史之亂，國子監堂室頹壞，軍士多借居之。祭酒蕭昕上言學校不可遂廢，於大曆元年春正月乙酉，敕復補國子學生。則學校之廢已久，而公之詩作于永泰元年蕭昕未上言之前矣。魏龐德每戰，常陷陣。與關羽交戰，射羽中額。時德常乘白馬，羽軍謂爲白馬將軍，皆憚之。雷電，言白馬之駿驟，其光揮霍似之。大意言武人之寵幸，故其威勢如此。千載少似朱雲人，至今折檻空嶙峋。婁公不語宋公語，尚憶先皇容直臣。趙云：千載云者，非謂自漢成帝至唐代宗永泰元年爲千載也。若考其年數之實，才七百六十六年耳。此乃謂朱雲者，千載人也。正所以美雲之正直，不畏誅戮，雖千載之悠悠，少似之者。至今折檻空嶙峋，以罪成帝初不能容而必欲誅之，賴辛慶忌之免冠叩頭流血，以死爭而救之，然後得免，至今餘折檻之迹存在，竟不能疎抑張禹也。所以引下句先皇則能容直臣焉。嶙峋，高貌。左太沖魏都賦：陛楯嶙峋。婁公，則師德也；宋公，則璟也。言互以正直爲心。師德上元初爲監察御史，其所事者，高宗與武后。本傳不載其諫諍事[七]。今因公詩指爲直臣而知之。宋璟歷事武后、中宗、睿宗、明皇。中宗嘉其直。其後張嘉貞代璟爲相，閱堂按，見其危言讜論，未嘗不失聲歎息。詳味詩意，思治世文物之盛，而聖君有諫諍之臣。致君堯、舜，如房、魏二人不得而見；則思其上而不得，且思其次，爲學士以文采結主知者。又至欲有所諫諍，小臣如朱雲，大臣如婁公、宋公。然爲朱雲則成帝本不能容之，惟婁、宋則先皇能容也。大意譏代宗亦不能容直臣矣。又按通鑑於永泰元年春載：左拾遺洛陽獨孤及上疏曰：陛下召裴冕等待制以備詢問，此五帝盛德也。頃者陛下雖容其直，而不録其言，有容下之名，無聽諫之實。此忠鯁之人所以竊歎。觀此，則公詩作於永泰元年爲審。非以譏其有容下之名，無聽諫之實，不若先皇之真能容直臣乎？直臣字，用成帝以旌直臣之語。師云：師德深沉有度量，人有忤己，輒遜避以自免，能以功名始終，故無面折庭争之迹。璟剛正敢言，其事具載本傳。詳此詩意，蓋歎世無宋公之敢言，而亦無婁公之容物。不然，先朝之臣，特舉此二人，何哉？

【校勘記】

〔一〕「人」，清刻本、排印本作「人頭」。

〔二〕「應方及之耳」，清刻本、排印本作「乃作是詩耳」。

〔三〕「房玄齡」，原作「房元齡」，係避諱，此改。以下均同。

〔四〕「顯爵土」，文津閣本作「顔爵王」，訛；又，「顯」，清刻本、排印本作「頒」。

〔五〕「物」，清刻本、排印本作「初」。

〔六〕「于」字原無，據文淵閣本、文津閣本、清刻本、排印本補。

〔七〕「載」，清刻本、排印本作「傳」。

朱鳳行

君不見瀟湘之山衡山高，山巔朱鳳聲嗷嗷。側身長顧求其群，翅垂口噤心甚勞。下愍百鳥在羅網，黃雀最小猶難逃。願分竹實及螻蟻，盡使鴟梟相怒號。

趙云：此篇托興君子小人甚明。詩有六義，四曰興。解者云，感於物而興焉者也。公在衡州，衡山則眼前所見也，朱鳳則衡山上之物也，因其物而有作，乃以爲興矣。湘中記曰：遥望衡山如陣雲，沿湘千里，九向九背，乃不復見。故云瀟湘之山衡山高。句則古歌云巴山之峽巫峽長之勢也。魏劉楨詩：鳳凰集南嶽，徘徊孤竹根。故云山巔朱鳳聲嗷嗷。韻書云：衆口愁也。詩：哀鳴嗷嗷。側身長顧求其群，此以譬君子之無朋也。張平子四愁詩：側身東望。古詩：邊馬長顧鳴。選賦：獸顛狂以求群。翅垂口噤心甚勞，後漢馮異傳：始垂翅於回溪，終奮翼於澠池。史記日者傳：噤口不能言。古樂府飛鳥行：吾欲銜汝去，口噤不能開。詩：勞心忉忉。所譬君子，復何人哉？蓋公之胸懷也。末句，盡，音儘。左傳：周禮盡在魯矣。是也。百鳥與黃雀，皆鳥類之小者，而鳳凰憫之，則憂及小類。鳳凰非竹實不食，今欲分之以與螻蟻，則憫及微物。鴟梟，惡禽也，唯嗜腐鼠，莊子以爲嚇鵷鶵者。盡使之怒號，則鳳凰不管其自爭自怒也。四句托鳳之憂小類，閔微物，惡凶惡，乃公仁義之心如此。劉楨詩於「鳳凰集南嶽，徘徊孤竹根」之下云：「於心有不厭，奮翅凌紫氛。豈不常勤苦，羞與黃雀群。」而公念黃雀之難逃於羅網，爲鳳所憫。則公之與劉楨，其心有間矣。百鳥、黃雀，譬小類；螻蟻，譬微物；鳳凰，譬君子；鴟梟，譬小人。此篇非君子、小人之譬甚明乎？此詩乃大曆五年衡州所作之詩也，時亂離日久，賢者思引其類，有爲而不可得也。

惜別行送向卿進奉端午御衣之上都

肅宗昔在靈武城，禄山之亂，肅宗即位靈武。書：昔在帝堯。指揮猛將收咸京。向公泣血灑行殿，天子在外曰行殿。佐佑卿相乾坤平。逆胡冥寞隨烟燼，卿家兄弟功名震。言兄弟俱畫像於麒麟閣。紫極出入黃金印。趙云：天寶十五年七月，以皇太子爲天下兵馬元帥，北收兵至靈武。裴冕奉皇太子即位，是爲肅宗。明年九月復京師。向公，無所考其名。佐佑卿相乾坤平，言平乾坤，非獨卿相之力，乃向公佐佑之力也。宣帝畫功臣於麒麟閣，前漢蘇武傳使此麒麟字。公他篇言圖畫處多使騏驎字，具于句法義例。尚書勳業超千古，雄鎮荊州繼吾祖。趙云：尚書鎮荊州，言李之芳也。繼吾祖，則公自言杜預也。預在晉爲鎮南大將軍，都督荊州諸軍事。裁縫雲霧成御衣，拜跪題封賀端午。向卿將命寸心赤，青山落日江潮白。趙云：寸心赤，倒用赤心字，而以寸心貼之，字乃典而不虛矣。青山落日江潮白，言向卿行歷之景物也。句可謂奇矣。師云：沈約賦：衣若蟬翼，被若雲霧。卿到朝廷說老翁，漂零已是滄浪客。趙云：滄浪客，公自言。漁父歌曰：滄浪之水清兮，可以濯我纓；滄浪之水濁兮，可以濯我足。

醉歌行

贈公安顏少府請顧八題壁。

神仙中人不易得，顏氏之子才孤標。顏氏，公安少府也。趙云：神仙中人，杜田云：世說：王恭，美姿儀。嘗披鶴氅裘，涉雪而行。孟昶窺見之，曰：此真神仙中人也。又語林曰：王右軍目杜弘治曰：面如凝脂，眼如點漆，此神仙中人。今取字以言顏少府。揚子曰：顏氏之子。今於少府言之。天馬長鳴待駕馭，秋鷹整翮當雲霄。趙云：天馬、秋鷹，所以比顏。前漢禮樂志：天馬徠，從西極。天馬徠，龍之媒。劉孝標絶交論：翦拂使其長鳴。秋鷹，則如前秋隼矣。整翮字，晉棗腆寄石季倫詩：望風整輕翮，因虛舉雙翰。翰，去聲。師云：范曄：天馬獨長鳴。張載鷹賦：凌風整翮。君不見東吳顧文學，顧況，吳人。君不見西漢杜陵老。前漢都長安，後漢都洛陽。長安在洛陽之西，故前漢謂之西漢。杜公，長安杜陵人也。詩家筆勢君不嫌，詞翰升堂爲君掃。甫爲醉歌詩請顧寫也。坡云：王子敬過戴安道草堂飲，安道求子敬文。子敬攘臂大言曰：我詞翰雖不如古人，與君一掃素壁。今山陰草堂碑是，辭翰俱美。趙云：辭翰升堂爲君掃，公自言其詩家之詞，與顧君筆勢之翰，升顏少府之堂，各爲之一掃也。世說注：辭翰清新。是日霜風凍七澤，烏蠻落照銜赤壁。趙云：子虛賦：楚有七澤。烏蠻，施黔所連之蠻。赤壁，在黃州，周瑜敗曹操之地在西，故銜落照於是。杜時可引王得臣赤壁辨云有三焉，云云幾二百餘言爲冗矣。霜風之凍及七澤，落照遠銜赤壁，皆詩人因所在而廣之之辭〔一〕。酒酣耳熱忘頭白，感君意氣無所惜，一爲歌行歌主客。

一本云一醉歌行歌主客。杜云：楊惲傳：酒酣耳熱，聲鳴鳴而歌秦聲。末句歌主客，主則顏少府，客則公與顧八也。魏文帝與吳質書曰：每至觴酌流行，絲竹並奏，酒酣耳熱，仰而賦詩。當此之時，忽然不自知其樂也。

【校勘記】

〔一〕「而」，清刻本、排印本無。

歲晏行

歲云暮矣多北風，瀟湘洞庭白雪中。漁父天寒網罟凍，莫徭射雁鳴桑弓。趙云：詩：歲聿云暮，北風其涼〔一〕。易：作結繩而爲網罟，以佃以漁。師云：莫徭，蜑夷。隋地理志：長沙郡雜有夷，名曰莫徭。自言其先祖有功，常免征役，故以爲名。禮記：桑弧蓬矢射四方。桑弧，即桑弓。去年米貴闕軍食，今年米賤太傷農。高馬達官厭酒肉，此輩杼軸茅茨空。楚人重魚不重鳥，一作肉。汝休枉殺南飛鴻。舊注云：穀貴則傷民，穀賤則傷農。孟子：良人出則必饜酒肉而後反。公詩意蓋言在位者不知爲政，但厭酒肉而已。風俗通：吴楚之人嗜魚鹽，不重禽獸之肉。趙云：此輩杼軸，猶言斯民杼軸。詩云：小東大東，杼軸其空。廣韻玉篇：軸，作柚，機具也，杼機之持緯者。揚方言：東齊土作謂之杼，木作謂之軸。南飛，沈約聞夜鶴篇曰：復值南飛鴻，參差共成侶。況聞處處鬻男女，割慈忍愛還租庸。往日用錢捉私鑄，今許一云來。鉛錫和青銅。

刻泥爲之最易得，好惡不合長相蒙。萬國城頭吹畫角，此曲哀怨何時終！趙云：唐制：授人以口分、世業田，凡授田者，丁歲納粟稻，謂之租。用人之力，歲不過二十日。不役者日爲絹三尺，謂之庸。舊注引唐制，盜鑄者死，没其家屬。至天寶間，盜鑄益甚，雜以鐵、錫，無復錢形，號公鑄者爲官鑪錢。此天寶時事。今公詩在大曆中作，則大曆私鑄尤多也。刻泥爲之最易得，似言以泥爲錢模也，故言易得。好，音好醜之好。惡，音善惡之惡。錢有好惡故也。師云：江淹別賦：割慈忍愛，離邦去里。張正見夜感詩：畫角聲不斷，淒凉懷萬感。

【校勘記】

〔一〕「凉」，底本模糊，據文淵閣本、文津閣本、文瀾閣本、清刻本、排印本補。

夜聞觱篥

笳管也。卷蘆爲頭，截竹爲管，出胡地，制法角音。

夜聞觱篥滄江上，衰年側耳情所嚮。鄰舟一聽多感傷，塞曲三更欻悲壯。積雪飛霜此夜寒，孤燈急管復風湍。君知天地一作下。干戈滿，不見江湖一作湘。行路難。趙云：觱篥者，世皆識之。杜時可引樂部幾百餘言，雖無害於義，似爲冗矣。句中之警，在塞曲三更欻悲壯，蓋胡笳有出塞曲、入塞曲也。禰衡擊鼓爲漁陽摻檛，聲益悲壯。公律詩嘗曰「五更鼓角聲悲壯」，亦用此矣。急管，復就觱篥言之也。君知天地干戈滿，君，則指言吹觱篥之人。江湖行路難，則公自謂也。行路難，樂府詩題。師云：按：龜茲國造觱篥，能作十二音，後轉入中國。晉間丘冲詩〔一〕：側耳眩歸鴻。晉王讚聞笛詩：淒凉塞曲愁。曹植賦：急管間發。張讚詩：孤燈乍明滅。張華賦：風湍猛惡。

【校勘記】

〔一〕「間丘沖」，原作「間丘中」，文淵閣本作「間印沖」，訛；據晉詩卷八、全晉文卷一百二十四、世說新語箋疏品藻第九條改。案，間丘沖，字賓卿，高平人，西晉詩人。

發劉郎浦

挂帆早發劉郎浦，薛云：江陵圖經：劉郎浦在石首縣，孫權與劉備成婚於此，因以得名。疾風颯颯昏亭午。舟中無日不沙塵，岸上空村盡豺虎。十日北風風未迴，客行歲晚尤相催。白頭厭伴漁人宿，黃帽青鞋歸去來。趙云：此公自公安縣欲往岳州所經行之處。劉郎浦，乃公安之下石首縣也。岸上孤村盡豺虎，乃實道其事。舊注言多盜賊，亦是。蓋張孟陽云：盜賊如豺虎也。北風風未迴，所以儘催船之南行也。黃帽青鞋歸去來，則雖在江湖而猶厭與漁人爲伴，乃欲深藏高隱矣。歸去來，則陶淵明有詞。

暮秋枉裴道州手札率爾遣興寄遞呈蘇渙侍御

久客多枉友朋書，素書一月凡一束。虛名但蒙寒温問，泛愛不救溝壑辱。言友朋之書雖多，但蒙寒温之問，而不足極憂也。孟子：志士不忘在溝壑。齒落未是無心人，舌存耻作窮途哭。趙云：古詩：客從遠方來，中有尺素書。詩雖有生芻一束，而南史何思澄作名紙一束也。問寒温者，書牘之常也。晉王獻之嘗與兄徽之、操之俱詣謝安。二兄多言俗事，獻之寒温而已。論語：泛愛衆而親仁。而晉、宋間，遂以朋友爲泛愛。殷仲文桓公九井詩：廣筵散泛愛。蓋猶兄弟謂之友于，子孫謂之貽厥，君子謂之凡百。洪駒父云：此歇後語也。子美詩：山鳥山花吾友于。韓退之：誰謂貽厥無基址，未能免俗，何邪？漢書：齒髮墮落。張儀從楚相飲，門下意張儀盜璧，共笞掠之。其妻曰：子毋讀書遊説，安得此辱？儀曰：視吾舌尚在不？妻笑曰：在。儀曰：足矣。窮途哭，則阮籍傳：時率意獨駕，不由徑路。車跡所窮，輒慟哭而反。本傳元無途窮字，而顏延年五君詠，其於籍曰：物故不可論，途窮能無慟。則公所用，蓋取顏延年之字也。此上六句，泛言諸友寄書相慰其老與窮耳。道州手札適復至，紙長要自三過讀。盈把那須滄海珠，入懷本倚崑山玉。元注：言得裴書勝珠之盈把，倚裴如崑山之玉。趙云：滄海珠，薛夢符引閻立本稱狄仁傑曰：可謂滄海遺珠。狄在公之前，亦自可證，而閻立本有可謂之語，則已前固有此語矣。崑山玉，則郄詵所謂崑山片玉也。倚字，世説：毛曾與夏侯玄共坐，時人謂蒹葭倚玉樹。盈把字，出文選。公又云：浩歌淚盈把。入懷字，則如窮鳥入懷；又云：使金如粟，不以入懷。珠與玉，以比道州之書。三過讀，王筠於書三過五抄。師云：十道志：道州，即漢封長沙定王了買域之地。撥棄潭州百斛酒，蕪没瀟岸千株菊。使我晝立煩兒孫，令我夜坐費燈燭。憶子初尉永嘉去，紅顏白面花映肉。師云：梁簡文帝詩：少年多意態，面白多映肉。軍符侯印取豈遲，紫燕緑耳行甚速。阮步兵：厨中貯酒數百斛，紫燕緑耳行甚速。言真超軼之才也。趙云：空得書而不相聚，故酒則撥棄，而菊則蕪没也。晝立夜坐，則得書而有所思也。煩兒孫者，煩其侍立矣。其所思者何？思其初爲尉之少年，且又言其進用而材之俊逸。軍符，則爲節度使，爲將帥也。侯印，則封侯佩印矣。紫燕、緑耳，皆駿馬名。則西京雜記：文帝自代還，有良馬九，號爲九逸，其一曰紫燕也。列子：周穆王駕八駿之馬，而左緑耳。此道州手札而下，至此專言裴道州有書，因書而思道州。昔日爲尉，且言其人俊逸也。聖朝尚飛戰鬭塵，濟世宜引英俊人。兵戈未息，宜薦才引士，以濟斯世也。黎元愁痛會蘇息，夷狄跋扈徒逡巡。如用得其人，則黎民蘇而夷狄息。師云：後漢：質帝目梁冀曰：此跋扈將軍也。授鉞築壇聞意旨，頹綱漏網期彌綸。毛詩：無然畔援。鄭玄云：畔援，猶跋扈也。張衡西京賦：睢盱跋扈。齊高祖謂侯景飛揚跋扈。徒逡巡，言其空自遷延，不久掃蕩也。授鉞築壇，言用將。晉禮樂志：漢、魏故事，遣將出征，符節郎授節鉞於明堂。韓信傳：高祖築壇拜信。漢書：網漏吞舟之魚。師云：沈約詩：孰能振頹綱。顧和謂王導曰：明公作輔，寧使網漏吞舟，何緣采聽風聲。郭欽上書見大計，劉毅答詔驚群臣。趙云：郭欽事，晉武帝時，匈奴稍因忿恨，殺害長吏，漸爲邊患。侍御史郭欽上疏曰：戎狄强獷，歷世爲患。今西北之方，戎狄雜居，恐百代之後爲患。宜及平吴之功，以復上郡。帝不許。故干寶有言曰：思郭欽之謀，而寤戎狄有釁也。劉毅事，晉武帝嘗顧謂劉毅曰：朕方漢之如何主？對曰：桓、靈也。帝曰：朕克己爲理，方之桓、靈，不亦甚乎？對曰：桓、靈賣官錢入公府，陛下賣官錢入私門，以此言之，殆不如也。他日更僕語不淺，明公論兵氣益振。傾壺簫管黑白髮，黑，一作理。僊劍霜雪吹青春。師云：古詩：舞劍凝霜雪。趙云：他日，前日也。皆謂其非今日耳。禮記儒行：孔子對魯哀公曰：遽數之，不能終其物；悉數之，乃留更僕，未可終也。注：僕，太僕也。君燕朝則正位掌擯相。更之者，爲久將倦，使之相代。氣益振字，左太沖詩：酒酣氣益振。黑白髮，言飲酒聽樂而寬愁，白髮爲之再黑。一作理字，淺矣。霜雪，言劍之光。吹青春，則豪氣吹之也。自「聖朝尚飛戰鬬塵」，至此言朝廷須才，道州必用，且逗留他日相會之樂也。

宴筵曾語蘇季子，後來傑出雲孫比。八世孫曰雲孫。趙云：蘇季子，蘇秦也。兩句通義，言於閑宴筵席之間，曾語及蘇渙侍御，乃六國時蘇秦之遠孫，可比之也。徐穉傳：角立傑出。雲孫，爾雅：子之子爲孫，孫之子爲曾孫，曾孫之子爲玄孫，玄孫之子爲來孫，來孫之子爲晜孫，晜孫之子爲仍孫，仍孫之子爲雲孫。至是而爲孫者七世矣，言輕遠如浮雲，故自季子至侍御，取其最遠者言之。

茅齋定王城郭門，藥物楚老漁商市。市北肩輿每聯袂，郭南抱甕亦隱几。趙云：定王城，乃潭州，則漁商市亦必潭州之地。後五篇有聽蘇渙誦詩之作，則蘇在潭州矣。漁商市之北，乘肩輿而聯袂，以言與蘇相逐之歡。定王城之南，抱甕隱几，言蘇之居處。莊子載：子貢南遊於楚，反於晉。過漢陰，見一丈人，方將爲圃畦。鑿隧而入井，抱甕而出灌，搰搰然用力甚多，而見功寡。孟子有隱几而卧，莊子有隱几而坐也。師云：先賢傳：晉阮籍居市北，而富於車徒，每出肩輿數十里，正聯袂牽裾，飲酣自若。

無數將軍西第成，早作丞相山東起。趙云：後漢：馬融爲大將軍西第頌，以此頗爲正直所羞。舊注引上爲去病治第。況無將軍第之連文也。山東起，則班固云山西出將，山東出相也。舊注改作東山，便引謝安爲證，非是。公亦何拘於西對東邪！師云：杜言時危，無數將軍皆得治第宅，勉蘇早起濟世爾。

烏雀苦肥秋粟菽，蛟龍欲蟄寒沙水。舊注：烏雀方得時，而蛟龍退藏，甫自喻也。師云：古樂府：秋園足粟菽，烏雀時來馴。張融：潛蛟困寒水。

天下鼓角何時休，陣前部曲終日死。舊注：部曲，隊伍也。趙云：兩句又以傷時干戈之未息，以引下句激昂二公之致功名也。自「宴筵曾語蘇季子」至此十二句〔一〕，所以呈蘇侍御，蘇時在潭州，題云遞呈者是已，而詩句則言時之急難，必須蘇君輩爲功名也。師云：續漢書：大將軍營五部，部有校尉一人，部下有曲，曲有軍侯一人。附書與裴因示蘇，此生已媿須人扶。致君堯舜付公等，早據要路思捐軀。趙云：致君堯舜上。魏應璩與從弟君胄書〔二〕：思致君於有虞，濟蒸民於塗炭。古詩：先據要路津。傳有云：捐軀清難。末句則結一篇，併以簡二公矣。

【校勘記】

〔一〕「語」，文淵閣本作「詔」，訛。

〔二〕「君」，文淵閣本作「居」，訛。

奉贈李八丈判官曛

我丈時英特，宗枝神堯後。珊瑚市則無，騄驥人得有。舊注：驥不稱其力，稱其德也，故在人則有之。趙云：神堯，唐高祖也。珊瑚生於海中之石上，以鐵網取之。尋常市中所無，惟鬱林郡有珊瑚市。見梁任昉述異記。騄驥者，騄耳與騏驥。穆天子八駿中有之，故云「人得有」。騄驥字，見文選。早年見標格，秀氣衝星斗。事業富清機，官曹貞獨守。頃來樹嘉政，皆已傳衆口。薛云：范曄賦〔一〕：秀氣初生也。趙云：

雷次宗豫章記：吴未亡，常有紫氣見牛斗之間。張華問雷孔章，孔章曰：惟斗牛之間有異氣，是寶物也，精在豫章豐城。張華遂以孔章爲豐城令。至縣，掘深二丈，得玉匣，長八尺。開之，得二劍，其夕牛斗氣不復見。曹顏遠思友詩：精義測神奥，清機發妙理。獨守字，古詩：空床難獨守。師云：庾闡詩：得親子標格。李膺書：清機妙譽。劉琨表：獨守之臣。

艱難體貴安，冗長吾敢取。言於艱難之際，能脱略細務也。薛云：文選文賦云：故無取乎冗長。

區區猶歷試，炯炯更持久。討論實解頤，操割紛應手。趙云：艱難體貴安，言時方艱難，爲政不擾，其大體貴在安静。冗長吾敢取，凡物之剩者爲冗長。長，音去聲。王恭曰：平生無長物是已。今言爲政，本分之外，其如物之冗長者，吾不取之。吾字，指李八丈之自言也。書：歷試諸難[二]。傳云曠日持久也。論語：世叔討論之。左傳未能操刀，而使之割也。解頤，注：使人笑不止也。莊子：得之於心，應之於手。

篋書積諷諫，宫闕限奔走。趙云：兩句通義，言雖有諫書之多，積滿朝篋，而身則不能造宫闕也。上句亦似樂羊謗書滿篋之篋。諫有五，諷諫爲上。書：駿奔走。

入幕未展材，一作懷。秉鈞孰爲偶！舊注云：鈞，衡也。詩：秉國之鈞。趙云：上句言其爲判官。入幕字，世説：桓宣武與郄超議芟夷朝臣，條牒既定，其夜同宿。明晨起，呼謝安、王坦之入，擲疏示之。郄猶在帳内。謝安含笑曰：郄生可謂入幕之賓矣。史：秉鈞當軸。秉鈞孰爲偶，言其可以爲宰相，孰與之爲匹偶也。

所親問淹泊，泛愛惜衰朽。趙云：此下公自謂矣。傳云：愛其所親也。論語：泛愛衆而親仁。前人如殷仲文云：廣筵散泛愛，遂以爲朋友之呼矣。謝靈運富春渚詩：赤亭無淹薄。注引王逸楚辭注曰：泊，止也。薄，與泊同。

垂白辭南翁，委身希北叟。趙云：杜欽傳：紅陽侯與欽子業書曰：誠哀老姊垂白。謝靈運詩：星星白髮垂。史：策名委身。項籍傳：范增説項梁云：南公稱之曰：楚雖三户，亡秦必楚。注：南公，南方之老人也。班固幽通賦：北叟頗識其倚伏。指塞上之父爲北叟也。舊注引淮南子，遂輒改塞上之人爲北叟，不知事則用淮南子塞上翁失馬，而字則用班固也。師云：張載賦：垂白之叟。古詩：南翁獨守窮。馬融傳：論得北叟之後福。真成窮轍鮒，或似喪家狗。秋枯洞庭石，風颯長沙柳。高興激荊衡，知音爲回首。趙云：莊子：轍中之鮒，呼莊周求斗升之水以活。是也。孔子：壘壘如喪家狗。見家語與史記。秋枯洞庭石，則水落石出，所以爲枯也。洞庭、長沙，荊與衡，皆相連之地。當是時之秋也，上則枯洞庭之石，而在此則風飄颯長沙之柳，故其爲興於潭之上，則激荊；於潭之下，則激衡。非以地相連爲言耶？師云：江逌詩：秋枯波始下。李充賦：風長颯颯。

【校勘記】

〔一〕「范曄賦」，文瀾閣本作「范蔚宗」；又，「范曄」，文淵閣本作「范煜」，清刻本、排印本作「范奕」，參見本集卷四送長孫九侍御赴武威判官校勘記〔四〕。

〔二〕「難」，清刻本、排印本作「艱」。

別董頲

窮冬急風水，逆浪開帆難。師云：張綽詩：逆浪排風舲。士子甘旨闕，內則：慈以旨甘急於養父母，故不憚道途之寒也。不知道里寒。有求彼樂土，南適小長安。趙云：小長安，鄧州，見十道志。光武紀注：續漢書，淯陽縣有小長安，故城在今鄧州南陽郡西。今公詩言逆浪開帆難，若在潭州言之，逆浪則往衡州而南矣。公意蓋言往鄧州必泝江漢而上，自潭順流至岳，乃泝江、泝漢，於此深言其難者也。下句有舟楫去之語，則以言其離潭先順流矣。開帆，舟人常語。公詩又曰：主人錦帆相爲開。詩：適彼樂土。

別我舟楫去，覺君衣裳單。素聞趙公節，兼盡賓主歡。已結門廬當作閭。望，無令霜雪殘。趙云：易：刳木爲舟，剡木爲楫。舟楫之利，以濟不通。舊本作到我舟楫去，或曰：到我，言到及於我，如見訪之義。甚費力矣，別我自分明也。沈約白馬篇：唯見恩義重，豈覺衣裳單。趙公必知鄧州者也。已結門閭望，則董君之往鄧，以甘旨闕之故，而離其母之側，故用母望事。齊王孫賈之母謂賈曰：汝朝出而晚來，則吾倚門而望汝；暮出而不還，則吾倚閭而望汝。舊本作門廬望，非。無令霜雪殘，囑其早歸也。師云：趙當是辟置董頲者，或恐是荊南兵馬使太常卿趙公〔一〕。

老夫纜亦解，脱粟朝未餐。飄蕩兵甲際，幾時懷抱寬？漢陽頗寧靜，漢陽軍在岳陽。峴首試考槃。當念着白帽，采薇青雲端。趙云：左氏：老夫耄矣，無能爲也。謝靈運送方山詩：解纜及流潮。梁劉孝綽還渡浙江詩：解纜辭東越。江淹擬謝惠連詩：解纜候前侶。前漢公孫弘脱粟飯。言脱其殼而已，未甚精細也。楚辭：屑瓊蘂以朝餐。漢陽頗寧靜，峴首試考槃，此兩句以意逆之，則前此漢陽必有擾攘之事，今茲寧靜，故於峴山可以試考槃也。詩：考槃在阿。漢陽，則漢水之陽。峴首，在襄州，與鄧州相近。公因董君往鄧，故思及之。白帽，公嘗使云：白帽應須似管寧。然考之管寧傳，則云常著皂帽，而杜佑通典作帛帽，豈今國志本誤耶？以有白帢、白接䍦言之，則白帽蓋閑散者之服耳。采薇，四皓之事。又伯夷、叔齊采薇首陽。古詩：美人在雲端。師云：寰宇記：峴山在襄陽縣東十里，羊祜與鄒湛嘗登此山。考槃，言隱於峴山也。詩注云：考，成也；槃，樂也。爲賢者不見用，則成樂於山谷耳。子美，襄陽人，蓋欲歸隱峴首，因董歸鄧而言宜相念也。

【校勘記】

〔一〕「兵」，底本原作「與」，旁批圈改作「兵」，是。案，文淵閣本、清刻本、排印本作「兵」可證。又，「兵」文瀾閣本奪；「兵」中華影宋本作「與」。

奉送魏六丈佑少府之交廣

賢豪贊經綸，功成空名垂。子孫不振耀，一云子孫没不振。歷代皆有之。鄭公四葉孫，長大常苦飢。衆中見毛骨，猶是麒麟兒。磊落貞觀事，致君樸直詞。家聲蓋六合，行色何其微。趙云：易：君子以經綸。左傳云：不可没振。一作不振耀。雖史有震耀都部，却非此振耀字，又不如没不振之老健也。鄭公，魏鄭公也。晉中興書：嵇紹謂其友曰：琅琊王毛骨非常，殆非人臣之相。今取毛骨二字用耳。寶誌見徐陵曰：此兒天上石麒麟。公詩又曰：盡是天上麒麟兒。貞觀事，言鄭公諫諍也。鄭公貞觀時，多所獻替。新史云：犯顏正諫，議者謂雖賁育不能過是已。蓋六合字，蓋代之蓋也。莊子：今者車馬有行色。遇我蒼梧陰，忽驚會面稀。議論有餘地，公侯來未遲。虛思黃金貴，一作遺。自笑青雲期。趙云：蒼梧，則桂州之地。蒼梧陰，指言潭州，蓋在桂州之北。古詩：主稱會面難。莊子：游刃有餘地。左傳：公侯之子孫，必復其始也。方在貧困之中，故思有以黃金饋遺之者。舊本黃金貴，非是，蓋淺近也。言貴達如在青雲之上，自笑其期之遠也。長卿久病渴，武帝元同時。季子黑貂弊，得無妻嫂欺。尚爲諸侯客，獨屈州縣卑。南遊炎海甸，浩蕩從此辭。趙云：從此辭之交廣也。長卿病渴，而公有渴病，公每以自況，學者遂疑今句爲公自言。若以爲公自言，則文理不貫矣。豈魏君亦有渴疾故，公取以況之乎？上兩句以長卿況之，次兩句以蘇秦況之，自是分明。相如傳：相如口吃而善著書，常有消渴病。又云：蜀人楊得意爲狗監，侍上。上讀子虛賦而善之，曰：朕獨不得與此人同時哉！得意曰：臣邑人司馬相如自言爲此賦。上驚，乃召問相如。渴病與武帝所言是兩事，非相連載，但相如身上事，此所以比魏佑病而能文，不如相如之遇也。季子事，史記載蘇秦未用，黑貂裘弊。又出遊數歲，大困而歸。兄弟、嫂妹、妻妾皆竊笑之。此所以比魏佑之有才而困厄也。尚爲諸侯客，則魏丈之交廣，亦是干謁諸侯耳。獨屈州縣卑，言其爲少府也。南遊炎海甸，中言其往交廣也。海甸，海之郊甸，猶言淮甸也。選云：張英風於海甸。師民瞻本作海句，無義。窮途仗神道，世亂輕土宜。解帆歲云暮，可與春風歸。趙云：即阮籍至窮途而哭。世亂，則亂世之倒用也。仗神道，以正直行也。輕土宜，言其不懷土也。詩：歲聿云暮。可與春風歸，言其解帆，已逼歲暮，其於交廣，同春風之歸至也，非謂暮歲去而春風時便却還歸耳。出入朱門家，華屋刻蛟螭。玉食亞王者，樂張遊子悲。侍婢艶傾城，綃綺輕一作煙。霧霏。堂中琥珀鍾，行酒雙逶迤。新歡繼明燭，梁棟星辰飛。兩情顧盼合，珠碧贈於斯。言交廣繁富如斯。薛云：按博雅：碧瑠，玉也。司馬相如子虛賦曰：錫碧金銀。上貴見肝膽，下貴不相一作見。疑。心事披寫間，氣酣達一作遠。所爲。錯揮鐵如意，莫避珊瑚枝。趙云：東方朔十洲記：臣放韜隱而赴王庭，藏養生而侍朱門矣。又如郭景純遊仙詩：朱門何足榮。史記：盟於華屋之下。而曹子建云平生華屋處，零落歸山丘也。蛟螭，則蛟龍螭虎，似龍無角曰螭。前漢陳咸傳：奢侈玉食。師古曰：玉食，美食如玉也。晉王衍性豪侈，麗服玉食。皆特著其奢侈耳。舊注引洪範惟辟玉食，故以亞言之，模稜之語。樂張遊子悲，以其爲客故也。古詩：遊子暮何之。莊子：黄帝張咸池之樂於洞庭之野。傾城，則李延年歌：北方有佳人，絶代而獨立。一顧傾人城，再顧傾人國。綃綺輕霧霏，言綃綺輕靡如霧霏也。綃，鮫人所織，鮫人、泉客織輕綃於泉室，出以賣之。琥珀鐘，以琥珀爲酒鐘。「新歡繼明燭，梁棟星辰飛」，言燭焰光明梁棟，如星辰之飛遶也[一]。珠碧贈於斯，言珠碧，則交廣之所有。氣酣，則又以飲而酣也。左太冲酒酣氣益振是已。石崇傳：崇與王愷争豪，武帝每助愷。嘗以珊瑚樹賜之，高二尺許，世所罕比。愷以示崇，崇便以鐵如意擊之，應手而碎。愷既惋惜，崇曰：不足多恨。乃命左右悉取珊瑚樹高三、四尺者六、七株，示之。今云錯揮鐵如意，莫避珊瑚枝，必言此則交廣諸侯，宜多有此物也。師云：石崇有琥珀酒鐘，自「出入朱門家」至「珠碧贈於斯」，皆言當時侯門之盛，中言「玉食亞王者」，亦以見時危多僭矣。始兼一作爲。逸邁興，終慎賓主儀。戎馬闇天宇，嗚呼生別離！趙云：上兩句公又戒之以義矣。雖繫碎珊瑚氣之逸邁，然賓主之儀，不可不慎也。此贈人以言者乎。生別離，楚辭：悲莫悲於生別離。

【校勘記】

〔一〕「星辰」，文淵閣本、清刻本、排印本作「辰星」。

別張十三建封

趙云：詳味此篇，張建封罷爲幕官往京師，公與之別。其詩頗慰勞稱美之也。觀後祀何疎蕪，以見裴、劉之子孫不振。潮落回鯨魚，言水之減落，鯨魚無所容，回轉而去，以見建封之罷官。君臣各有分，言過合有數，以見其捨於此而逢於彼。雖當霰雪嚴，因紀嚴冬，而比爲威嚴所侵，以見其主公之不相顧。末四句，雲臺、天衢，以見其往長安。掃碧海，則又望其功業及天下之意。

嘗讀唐實録，國家草昧初。草者未除，昧者未明，未治之初也[一]。易屯：天造草昧。劉裴建首義，龍見尚躊躇。趙云：劉，則文静；裴，則裴寂。文静於大業爲晉陽令，裴寂爲晉陽宮監。時唐祖鎮太原，二人察上有大志，又見太宗器度非常，乃與決大計。將發，高祖不從。文静因裴寂開説，又令寂交於太宗，遂得進議焉。易：見龍在田。龍見尚躊躇，言高祖初不從也。秦王撥亂姿，一劍總兵符。趙云：秦王，太宗也。言太宗之決意也。漢書：高祖撥亂反正。又曰：提三尺劍取天下者[二]，朕也。兵符，銅虎竹使符。汾晉爲豐沛，暴隋竟滌除。汾晉，唐公故鄉，喻若漢祖之豐沛也。言唐公起自汾晉，卒能誅滅暴隋。宗臣則廟食，後祀何疎蕪！宗臣，指劉、裴。漢以蕭、曹爲宗臣，所以比之也。廟食，是配享於廟。梁竦云：大丈夫生當封侯，死當廟食。而云後祀何疎蕪，則其家祭祀自至於疎蕪，蓋以子孫之不顯達也。彭城英雄種，宜膺將相圖。爾惟外曾孫，倜儻汗血駒。建封，劉文静外孫。倜儻，言有不羈之才。趙云：倜儻，汗血，皆出前漢禮樂志：元狩三年，馬生渥洼水中，作云[三]：太一況，天馬下。霑赤汗，沫流赭。志倜儻，精權奇。霑赤汗，注曰：大宛馬汗血霑濡也。師云：劉文静傳：自言系出彭城。眼中萬少年，用意盡崎嶇。相逢長沙亭，乍問緒業餘〔四〕。趙云：長沙，潭州。時公在潭州，與建封相見。舊注：世緒所業也。乃吾故人子〔五〕，童丱聯居諸。趙云：史：此吾故人之子也。詩：總角丱兮。詩：日居月諸。相從之久，自童丱時，已與聯日月也。揮手灑衰淚，仰看八尺軀。内外名家流，風神蕩江湖。名家流，太史公論六家指要云：名家儉而善失真，然其控名實，不可不察〔六〕。史云：自與駑駘不同，風神自異。師云：謝安見王衍曰：風神太秀。范雲堪晚交，嵇紹自不孤。擇材征南幕，潮落回鯨魚〔七〕。載感賈生慟，復聞樂毅書。趙云：此六句通義，蓋言若逢范雲者，則堪托晚交；若得山濤者，則嵇紹雖喪父而不孤。於此既爲幕客，而主人不禮之，故如鯨魚之去落潮矣。得無激昂慟哭，欲有陳於朝廷，而又有與主人絶之書乎？梁書：范雲初與高祖遇於齊竟陵王子良邸，又接里閈，高祖受禪。雲嘗侍讌〔八〕，高祖謂臨川王宏等曰：我與范尚書少親善，申四海之敬，今爲天下主，此禮既革，汝宜代我呼范爲兄。二王下席拜，與雲同車還尚書省，時人榮之。雲好節尚奇，專趣人之急。少時與領軍長史王畡善。畡亡於官舍，貧無居宅，雲乃迎喪還家，躬營唅斂。則如范雲者，堪托晚交矣。嵇康與山濤結神交。康臨誅，謂其子紹曰〔九〕：山公在，汝不孤矣。則如山濤者，而後孤爲可托。按建封傳：字本立，鄧州南陽人，客隱兖州。少喜文章，能辯論，慷慨尚氣，自許以功名顯。李光弼鎮河南，盜起蘇、常間，殘掠鄉縣。代宗召中人馬日新，與光弼麾下偕討。建封見中人，請前喻賊，可不須戰。因到賊屯，開譬禍福，一日降數千人，縱還田里，由是知名。則建封之材可見矣。湖南觀察使韋之晉辟署參謀，授左清道兵曹參軍，不樂職，輒去。則所謂擇材征南幕，潮落回鯨魚者乎？征南，將軍號也。杜預爲征南將軍。韋之晉昔在湖南，當時必有征南之事矣。其入幕也，初以擇材而用，忽爾不樂職罷去。故有潮落回鯨魚之譬。潮落，以譬主人之恩衰；鯨魚，以比建封之大力。賈誼弔屈原：彼尋常之汙瀆兮，豈能容吞舟之巨魚。横江湖之鱣鯨兮，固將制於螻蟻。惟其如鯨魚之回轉而去矣，於是載感賈生慟，則陳策于朝廷。賈誼言於帝，有痛哭者一，流涕者二，長太息者三故也。樂毅爲燕伐齊，燕惠王疑之，使騎劫代毅。毅畏誅，遂降趙。惠王遺毅書，且謝之，毅亦報書焉。夏侯玄見其書，以爲知機合道，以禮終始。復聞樂毅書，則言建封與其主人絶也。樂毅絶燕，乃諸侯事，可使矣。詳味此六句，豈韋之晉與建封之內外兩族，有事契而不能終始之耶？

主憂急盜賊，師老荒京都。舊丘復一作豈。稅駕，大厦傾宜扶。趙云：傳：主憂臣辱。左傳：師直爲壯，曲爲老。兩句言國步如此，勉建封之必往也，故繼之以舊丘復稅駕，大厦傾宜扶。言既罷幕府，無使只歸止息於舊丘也。鮑照結客少年行：去鄉三十載，復得還舊丘。李斯：吾安所稅駕哉？傾宜扶，即孔子所謂：危而不持，顛而不扶，焉用彼相。傳：大厦將傾，非一木之支。摘取參合而爲句也。

君臣各有分，管葛本時須。管仲、諸葛亮，世所須也。

雖當霰雪嚴，未覺栝栢枯。禹貢：杶榦栝栢。

高義在雲臺，嘶鳴望天衢。羽人掃碧海，功業竟何如？十洲記言蓬萊山在碧海之中，水皆碧波，曰碧海。趙云：管仲之於齊威，葛亮之於劉先主，君臣相契，蓋皆定分也。賢者之逢聖主，豈足怪哉？又以勉建封之行矣。栝栢，言建封之材。當霜霰而不枯，乃孔子歲寒然後知松栢後凋之意。詩：如彼雨雪，先集維霰。漢武帝制策：講聞高義久矣。莊子載孔子之語盜跖曰：聞將軍高義。雲臺，漢之南宮雲臺。庾信哀江南賦有云：雲臺仗，則天子每在雲臺矣。如建武三年，光武聞馮魴有方略，徵詣行在所，見於雲臺。又，顯宗論諸臣之功，畫於雲臺。高義之在雲臺，言聲名上達也。或云，言其可爲雲臺之棟梁，與下句嘶鳴望天衢，則以駿馬比之，可以致遠也。文選：飛翼天衢。公於賀沈八丈東美除膳部員外郎律詩云：天路牽騏驥，雲臺引棟梁。即此之謂，是不然。何則？今公上言高義在於雲臺，豈有棟梁之意乎？惟其高義達之雲臺，所以望天衢而嘶鳴，於義自通矣，不在泥公別詩句之相犯也。羽人，神仙也。以其飛騰如有羽毛焉。楚辭：仰羽人於丹丘，留不死之舊鄉。謝靈運入麻源第三谷詩：羽人絶髣髴，丹丘徒空筌。則始用羽人字於詩也。碧海，東方朔十洲記：東有碧海，廣狹浩汗，與東海等。水不鹹苦，正作碧色。掃碧海，以言其無一塵一芥之汙也，蓋澄清天下之譬乎？以建封爲羽人，其所望之深矣。

【校勘記】

〔一〕「未治」，清刻本、排印本作「喻開創」。

〔二〕「尺」，原作「赤」，訛，據文瀾閣本、清刻本、排印本並參漢書卷一高帝紀改。

〔三〕「作云」，清刻本、排印本作「作歌云」，當是。

〔四〕「乍」，文淵閣本、文津閣本、文瀾閣本、清刻本、排印本作「作」，訛；案，二王本杜集卷八、錢箋卷八作「乍」，可證。

〔五〕「乃吾」，清刻本、排印本作「吾乃」，倒誤，二王本杜集、錢箋作「乃吾」，可證。

〔六〕「控」，清刻本、排印本作「正」。

〔七〕「潮」，二王本杜集作「湖」。錢箋正文作「湖」，異文云：「一作潮。」

〔八〕「嘗」，文淵閣本作「常」，訛。

〔九〕「謂」，文淵閣本作「爲」，訛。

人日寄杜二拾遺〔一〕

趙云：高蜀州適於肅宗時，以諫議大夫除揚州大都督府長史。李輔國數短毀之，下除太子詹事。未幾蜀亂，出爲彭州刺史，又遷蜀州。而新唐史適傳云：出爲蜀彭刺史。先蜀而後彭，誤矣。

人日題詩寄草堂，草堂，公所結於浣花。遥憐故人思故鄉。趙云：人日字，東方朔占書也。歲之八日：一鷄、二犬、三豕、四羊、五牛、六馬、七人、八穀。其日晴，所主之物育，陰則災。項羽見秦皆以燒殘，又懷思東歸曰：富貴不歸故鄉，如衣錦夜行。柳條弄色不忍見，梅花滿枝空斷腸。趙云：兩句所以思故鄉也。夫梅柳觸處有之，而思故鄉，則思其時之事矣。梁簡文帝春日詩：桃含可憐紫，柳發斷腸青。柳不忍見而梅空斷腸，亦此意也。身在南蕃無所預，心懷百憂復千慮。今年人日空相憶，明年人一作此。日知何處。趙云：身在南蕃，指蜀州於國爲南蕃也。傳有稱爲北蕃，史有竊爲東蕃，此南蕃之例也。豈當成都改爲南京，而蜀州在成都之南，故爲南蕃乎？百憂千慮，合使兩出。詩：罷此百憂。傳：智者千慮，必有一失。古詩：上有長相憶，下有加飧食。一卧東山三十春，豈知書劍與一作老。風塵。龍鍾還忝二千石，任蜀州刺史。媿爾東西南北人。杜公前有詩曰：甫也東西南北人。謝安：高卧東山。趙云：一卧東山，高君自言也。適，渤海人，少落魄，不治生事，客梁宋間。杜公又有詩云：昔者與高李，晚登單父臺。高謂高適，李謂李白。單父在齊，則適又遊齊。今云東山者，豈皆在長安之東乎？荆軻好讀書擊劍。又項羽傳：初學書，不成，去學劍。後人言書劍所以爲干謁之具。風塵，古人或止以言塵埃。陸士衡云：京洛多風塵。是也。或以言兵塵，顔之推云：風塵暗天起。是也。今此以言兵塵矣。豈知書劍老風塵，則言所學書劍，豈知其徒老於兵戈之際耶?舊本正作與風塵,説者以爲卧東山三十春,所以不復知有書劍之用,且不知有風塵之變,此説費力矣。老風塵,又所以引末句之言,蓋初以書劍從事,而至老却遭風塵,然雖龍鍾而還爲太守,有媿於杜公。爲東西南北之人也,孔子曰:丘也,東西南北之人也。則以孔子歷聘比杜公矣。琴操載卞和怨歌曰:空山歔欷涕龍鍾。周王褒與周弘讓書曰:援筆攬紙,龍鍾横集。則皆以爲涕淚之貌,大率不能收斂之意。故韓退之言孟郊亦曰:白首誇龍鍾。蘇鶚演義云:龍鍾,不昌熾不翹舉之貌,如藍鬖拉搭之類。二千石,漢刺史之秩。適初爲彭州,今爲蜀州,所以謂之還忝也。

【校勘記】

〔一〕詩題,清刻本、排印本作「附高適人日見寄」。

追酬故高蜀州人日見寄并序

開文書帙中,撿所遺忘,因得故高常侍適往居在成都時,高任蜀州刺史人日相憶見寄詩。淚灑行間,讀終篇末,自枉詩已十餘年。莫記存没,又六七年矣。老病懷舊,生意可知。今海内忘形故人,獨漢中王瑀與昭州敬使君超先在。愛而不見,情見乎辭。大曆五年正月二十一日,却追酬高公此作,因寄王及敬弟。趙云：所云枉詩，其枉字，謝靈運酬從弟惠連云：傾想遲嘉音，果枉濟江篇。故公又云昨枉霞上作，亦此枉字也。自蒙蜀州人日作，不意清詩久零落。今晨散帙眼忽開，一作明。迸淚幽吟事如昨。嗚呼壯士多慷慨，合沓高名動寥廓。趙云：傅咸贈崔伏詩：人之好我，贈我清詩。魏文帝與吳質書曰：何圖數年之間，零落略盡，言之傷心。謝靈運酬從弟惠連詩：散帙問所知。洞簫賦云：蕭索合沓。注：言重沓也。韓信傳：信仰視滕公曰：上不欲就大下乎，何斬壯士？慷慨字，高祖紀：上乃起舞，慷慨傷懷。嗚呼壯士多慷慨，合沓高名動寥廓。言高君有慷慨之節，飛動之名也。師云：謝靈運詩曰：散秩有餘清。庾闡詩曰：高士苦幽吟。張濬詩曰：壯士自慷慨。歎我悽悽求友篇，感時鬱鬱匡君略。師云：小雅伐木云：矧伊人矣，不求友生。顏延之曰：媿乏匡君之大略。錦里春光空爛熳，瑤墀侍臣已冥寞。時適已亡。瀟湘水國旁黿鼉，鄠杜秋天失鵰鶚。趙云：上句謂高君歎我而悽悽，所以有人日之寄，斯謂求友篇也。詩：相彼鳥矣，猶求友聲。下句對時而感其志鬱不得伸其匡君之謀略，忝二千石而已。斯爲匡君之略不伸也。前漢高祖紀：安能鬱鬱久居此乎？錦里春光空爛熳，序所謂往居在成都時，高任蜀州刺史人日相憶見寄詩，今於正月二十一日方和，所以嘆言成都時景一句也。錦里，言成都山川景物，錯雜如錦，故以謂之錦里也。瑤墀侍臣已冥寞，則適爲刑部侍郎左散騎常侍，乃天子玉墀之從臣，今追言其死而冥寞也。瀟湘水國傍黿鼉，公今和詩之地在潭州，故言。鄠杜秋天失鵰鶚，則久離長安，每當秋時，不見鄠杜間縱放鵰鶚之樂。鄠杜，屬長安。鄠邑，杜陵也。鵰鶚以秋天而尤健，公又嘗曰：鵰鶚在秋天。東西南北更堪論，白首扁舟病獨存。猶拱北辰纏寇盜，欲傾東海洗乾坤。趙云：上兩句荅高君所謂「媿爾東西南北人」之句，且言其扁舟在海也。北辰，以言天子之居，而爲冠盜所纏繞，不得去也，此又指言吐蕃矣。蓋三年寇靈州及邠州，四年冬又寇靈州也。於是欲傾東海，一洗乾坤矣。公又嘗云：「安得壯士挽天河，淨洗甲兵長不用。」邊塞西蕃最充斥，衣冠南渡多崩奔。西蕃，吐蕃也。充斥，猶縱横崩奔避亂也。鼓瑟至今悲帝子，曳裾何處覓王門？趙云：上句指言吐蕃。左傳：盜賊充斥。次句則公之扁舟儘欲南下亦是矣。晉元帝渡江，衣冠皆南渡。悲帝子，則公在潭州，故用潭州事以爲悲焉。屈原九歌湘夫人篇：帝子降兮北渚。帝子謂堯女也。堯二女娥皇、女英，隨舜不及，墮於湘水之渚，是爲湘靈。而曰湘靈鼓瑟者，曲江賦有此句，而承用之，世傳以爲然也。爲引下句思漢中王瑀，故因用潭州所悲之事以先之。鄒陽與梁孝王書：何王之門，而不可曳長裾乎？今以不見漢中王，故云何處覓王門。文章曹植波瀾闊，服食劉安德業尊。長笛誰能一云鄰家。亂愁思？薛云：後漢馬融傳：有雒客舍逆旅吹笛，融去京師逾年，暫聞甚悲而樂之，遂作長笛賦。昭州詞翰與招魂。趙云：上兩句以稱美漢中王，蓋曹植，魏之陳留王也，最能文章。於文章言波瀾，公嘗論詩曰毫髮無遺恨，波瀾獨老成也。劉安，漢之淮南王也，與八公著書言神仙之事。古詩：服食求神仙，多爲藥所誤。兩句可見漢中王必能文而好道術也。末句必言長笛，又以追思高蜀州而及之。向子期作思舊賦，以思嵇康。序云：鄰人有吹笛者，發聲寥亮，追思曩昔遊宴之好，感音而嘆，故作賦云。今言吹長笛者是誰，乃能亂我愁思乎？方追思高蜀州聞笛而愁思將散亂之間，憑仗敬昭州與招其魂也〔一〕。宋玉憫屈原文離索，作詞以招之，命曰招魂。舊本一作長笛鄰家亂愁思。鄰家字雖是本出處，而用字偪，實不如誰能字之宛轉也。詞翰是兩字，世説注云：辭翰清新，則有摯虞之妙。公詩又曰：詞翰兩如神。

【校勘記】

〔一〕「仗」，文淵閣本作「伏」，訛。

蘇大侍御渙靜者也旅于江側凡是〔一〕不交州府之客人事都絶久矣肩輿江浦忽訪老夫舟檝而已茶酒内余請誦近詩肯吟數首才力素壯詞句動人接對明日憶其湧思雷出書篋几杖之外殷殷留金石聲賦八韻記異亦記老夫傾倒於蘇至矣 趙云：謝靈運詩：拙疾相倚薄，還得靜者便。肩輿，轎也。王子敬乘平肩輿徑入顧辟彊之園。殷殷，詩：殷其雷。是也。此序云賦八韻記異，而詩止有七韻，不知是八字之誤，或詩脱一韻也？然詩意則貫耳。

龐公不浪出，蘇氏今有之。再聞誦新作，突過黄初詩。趙云：後漢龐德公，居峴山之南，未嘗入城府。蘇氏今有之，言蘇渙亦不交州府也。黄初，魏文帝年號。文帝爲魏太子，當後漢建安末，在鄴宮，七子從之遊，皆能詩。如謝靈運、江文通，至皆擬其作，則其詩之善可知矣。突過，言蘇渙新作如「建安七子」之流，又過之也。乾坤幾一作治。反覆，揚馬宜同時。趙云：言當時有兵革之事，幸天下不至傾覆也。幾者，危之之辭。揚雄、馬相如。漢武帝聞楊得意誦相如子虛賦而善之，曰：朕獨不與此人同時哉！得意曰：臣邑人司馬相如爲此賦。上驚嘆而召之。言美蘇之文辭如二公，雖當兵亂之際，幸天下不至於傾覆，則天子宜得如揚、馬者，與之同時而召見也。東觀漢記：王丹謂陳遵曰：俱遭世反覆，唯我二人爲天地所遺。今晨清鏡中，勝食齋房芝。前漢：元封二年，芝生甘泉，齋房産草，九莖連葉。今比渙詩如房芝可茹也。余髮喜却變，白間生一作添。黑絲。趙云：余髮喜變白而爲黑，以聞其詩之故。昨夜舟火滅，一作接。湘娥簾外悲。百靈未敢散，風破一作波。寒江遲。趙云：湘娥悲，百靈未散，皆以聞其詩而然也。公在潭州，故使潭州事。湘娥，所謂帝子，鼓瑟之湘靈也。宗慤曰：願乘長風破萬里浪。破作波，非。

【校勘記】

〔一〕「凡是」，清刻本、排印本無。

送重表姪王殊〔一〕評事使南海

趙云：以曾老姑言之，至公則四世也；以高祖母言之，至王殊則五世也，故公視王殊爲重表姪矣。殊，一作砅。

我之曾老姑，爾之高祖母。趙云：此潘安仁所謂爾親伊姑，我父惟舅之勢也。爾祖未顯時，歸爲尚書婦。趙云：尚書王珪也，貞觀十年，拜禮部尚書。西清詩話辨唐書王珪傳所載：珪微時，母李嘗曰：兒必貴，然未知所與遊者何如人，而試與偕來。會元齡等過其家，李闚大驚，勑具酒食，歡盡日，喜曰：二客公輔才，汝貴不疑。今觀此詩，則珪母杜氏，非李氏也。一説謂珪之祖僧辯爲梁太尉尚書令，則知珪之母杜氏爲其婦也。西清詩話非。隋朝大業末，房杜俱交友。趙云：房元齡、杜如晦與王珪同學於文中子，則俱交友可知矣。唐書：王珪始隱居時，與房元齡、杜如晦善。長者來在門，荒年自餬口。陳平門多長者車。隱公十一年傳：餬其口於四方。家貧無供給，客位但箕箒。俄頃羞頗珍，寂寥人散後。入怪鬢髮空，吁嗟爲之久。自陳翦髻鬟，市鬻充杯酒。趙云：翦髮，言其好客，未必實事。暗使晉陶侃母嘗翦髮，具酒食延賓客事，以形容之也。上云天下亂，宜與英俊厚。向竊窺數公，經綸亦俱有。此言房、杜二公，見上注。次問最少年，虬髯十八九。虬髯，言太宗。子等成大名，皆因此人手。下云風雲合，龍虎一吟吼。趙云：風雲、龍虎，則易「雲從龍，風從虎」也。願展丈夫雄，得辭兒女醜。秦王時在座，真氣驚户牖。古注：馬援曰：乃知帝王自有真也。趙云：洪龜父云：老杜送表姪王評事詩：我之曾老姑，爾之高祖母。從頭如此叙説，都已無意。其後忽云：秦王時在座，真氣驚户牖。再論其事，他人更不敢如此道也。其説是。然上言虬髯，則王殊母所見之辭。此言秦王則公詩之辭〔二〕，蓋秦王，太宗也，所以引下句尚書踐台斗之事。龜父不省也。西清詩話云：一婦人識真主於側微，史缺文而繆誤，獨少陵載之，號詩史，信矣。及乎貞觀初，尚書踐台斗。貞觀中珪以侍中輔政。夫人常肩輿，上殿稱萬壽。夫人以命婦預輔政。六宫師柔順，法則化妃后。易坤卦：柔順利正。至尊均嫂叔，盛事垂不朽。漢路温舒疏：至尊與天合符。魏文帝與吴質書：辭義典雅，足傳于後，此爲不朽矣。鳳雛無凡毛，五色非爾曹。趙云：鳳鶵，指尚書之子也。鳳言鶵者，古有鳳將鶵之曲；言毛者，南史：謝超宗，靈運孫，鳳之子。超宗作殷淑儀誄，帝大嗟賞，謂謝莊曰：超宗殊有鳳毛，靈運復出五色。則傳載天老之鳳五色備舉，出東方君子之國。非爾曹，則固非貶王評事也，以言非爾而誰。晉陸雲，字士龍，幼時吴尚書閔鴻見而奇之，曰：此兒若非龍駒，當是鳳鶵。

往者胡作逆，乾坤沸嗷嗷。安禄山亂也。趙云：嗷嗷，韻書：衆口愁也。祖出詩：哀鳴嗷嗷。吾客在一作左。馮翊，爾家同遁逃。趙云：左馮翊，同州也。公避寇同州，其事顯矣。争奪至徒步，塊獨委蓬蒿。趙云：公困於徒步，塊然在蓬蒿中也。淮南子曰：塊然獨處。劉越石曰：塊然獨坐。逗留熱爾腸，十里却呼號。趙云：王評事見公之逗留不進，而生熱腸。逗留不進，四字出後漢書。顔氏家訓：墨翟之徒，世謂熱腹；楊朱之侶，世謂冷腸[二]。腸不可冷，腹不可熱，當以仁義爲節文爾。今云熱腸，蓋亦方言耳。公又云熱中腸也。自下所騎馬，右持腰間刀。左牽紫遊韁，飛走使我高。公自注云：昔鄴下童謡曰：青青御路楊，白馬紫遊韁。古注：公言避亂日輟，白馬載我，使走免難於危險之中。趙云：紫遊韁，則公自注已明。公於此係第二次使紫遊韁，而始自注，亦猶第二次使昏鴉而始自注引何遜詩者矣。次公於句法義例論之爲詳。苟活到今日，寸心銘佩牢。懷輟馬之恩。庾信愁賦曰：誰知一寸心。亂離又聚散，宿昔恨滔滔。水花笑白首，春草隨青袍。趙云：公言在潭州，濱於江，故爲水花所笑。春草隨青袍，以言王評事往南海也。庾信哀江南賦云：青袍如草。師云：阮紹泛西池詩：白首登畫船，反慮水花笑。水花、水芝，皆蓮也。廷評近要津，節制收英髦。北驅漢陽傳，南泛上瀧舠。趙云：古詩：先據要路津。節制收英髦，言南海節度使幕中要賢材也。漢陽，今之漢陽軍也。傳，張戀切，郵馬之謂，漢高祖紀所謂乘傳是已。古注爲傳車也，如今之乘驛。瀧，吕江切。廣雅云：南人呼湍爲瀧。韓退之所謂隴頭瀧是已。舠，則釋名云：船三百斛曰舠。自漢陽而往，故曰北驅漢陽傳。其往也，以有使南海之役，故曰南泛上瀧舠。家聲肯墜地，利器當秋毫。見烜赫舊家聲注。言能自振立，不令委墜。趙云：太史公言：李陵頽其家聲。老子曰：利器不可以示人。虞詡曰：不逢錯節盤根，何以知利器。**番禺親賢領，籌運神功操。**番禺，縣名。趙云：番、禺，二山名，在廣州。親賢領，則必宗室之子爲節度。**大夫出盧宋，寶貝休脂膏。**杜補遺言：廣州李大夫。盧，則盧奐；宋，則宋璟，所以比李大夫。唐舊史：奐爲南海太守。南海郡利兼水陸，瓌寶山積。劉臣鱗、彭杲相繼爲太守，五府節度皆坐贓死，乃授奐任。貪吏斂跡，人用安之。又云，自開元四十年，廣府節度使清白者四：裴伷先、李朝隱、宋璟及盧奐。此所以比李大夫於盧、宋，謂之出，則又出其上也。寶貝休脂膏，謂廉潔而不污於貨利也。昔漢孔奮清潔，身處膏脂而未嘗自潤。**洞主降接武，海胡舶千艘。**趙云：廣南有溪洞蠻，其長謂之洞主。降接武，降，户江切。禮記：堂上接武。言相繼而降也。杜補遺：番禺雜録：番商遠國運寶貨，非舶不可。劉恂市舶録：獨檣舶，深五十餘肘；三木舶，深一百餘肘。肘者，西域以爲度也。船總名曰艘，猶今言幾隻也。**我欲就丹砂，跋涉覺身勞。**葛洪聞交趾出丹砂，求爲勾漏令。至廣州，刺史鄧洪留，乃止羅浮山鍊丹。**安能陷糞土，有志乘鯨鼇。**趙云：鯨，海中大魚也。鼇，臣鼇也，列子所謂戴五山者。神仙琴高有騎鯉之事，則鯨鼇爲可乘，尤可知也。見李白騎鯨魚注。左氏：況珠玉乎？實糞土也。**或驂鸞騰天，聊作鶴鳴皋。**江淹別賦：駕鶴上漢，驂鸞騰天。趙云：詩：鶴鳴于九皋，聲聞于天。聊作鶴鳴皋，則今之詩聊如鶴鳴也。

【校勘記】

〔一〕「殊」，文津閣本、二王本杜集卷八、十家注卷九、百家注卷三十二、分門集注卷九以及錢箋卷八均作「砅」。

〔二〕「則公詩之辭」，句中原衍二「之」字，據文津閣本删；文淵閣本作「云時在座之辭」，文瀾閣本作

「則公説之之」，皆訛；清刻本、排印本作「則公詩中之辭」。

〔三〕「腸」，文淵閣本作「腹」。

詠懷二首

趙云：此公自潭而往，非特止於衡，蓋欲儘南往矣。何以言之？第一篇曰：「夜看酆城氣，回首蛟龍池。」第二篇曰：「飄飄桂水遊，悵望蒼梧暮。」又曰：「多憂汙桃源，拙計泥銅柱。」又曰：「結托老人星，羅浮展衰步。」又云：「風濤上春沙。」則二月離潭而上尤明。

人生貴是男，丈夫重天機。趙云：列子載孔子遊於太山，榮啓期行乎郕之野，鼓琴而歌。孔子問曰：先生所樂何也？對曰：吾樂甚多。天生萬物，惟人爲貴，而吾得爲人，是一樂也；男女之别，男尊女卑，故以男爲貴，吾既得爲男矣，是二樂也；人生有不見日月，不免繈褓，吾既已九十矣，是三樂也。莊子：天機不張。注：不靈也。又曰：嗜欲深者天機淺。未達善一身，得志行所爲。孟子：窮則獨善其身，達則兼善天下。又曰：得志行乎中國。又曰：善推其所爲而已矣。嗟余竟轗軻，將老逢艱危。趙云：陸機嘆逝賦：余將老而爲客。胡雛逼神器，逆節同所歸。胡鶵，安史也。逼神器，陷長安也。老子曰：天下神器不可爲也。爲者敗之，執者失之。趙云：逆節同所歸，則言所從其爲臣爲將者也。許靖與曹公書：足下專征之任，凡諸逆節，多所誅討也。河洛化爲血，公侯草間啼。安史亂河洛之間，格鬭尤甚，故云化爲血。公卿奔竄，故啼於草間也。西京復陷没，翠蓋蒙塵飛。趙云：西京，長安也。復陷没，則對河洛化血之辭，故言復焉。以其先陷河北，又陷東京，於此又陷西京也。翠蓋，天子之車蓋。宋玉賦：翠爲蓋。蒙塵，天子出狩也。

左傳：蒙塵于外。正指言明皇。舊注謂吐蕃陷京師，天子幸陝。自是代宗廣德元年事。下又言兩宮，蓋指明皇與肅宗尤明，舊注謬矣。萬姓悲赤子，兩宮棄紫微。趙云：兩宮，明皇、肅宗。紫微，蓋言帝座。倏忽向二紀，奸雄多是非。趙云：自天寶十四載禄山亂，至今大曆五年，凡十六年，故得以向二紀爲稱。奸雄多是非，則其間有尊君者，有跋扈者，斯爲多是非矣。本朝再樹立，未及貞觀時。趙云：再樹立，方言代宗也。日給在軍儲，上官督有司。趙云：大曆五年，吐蕃之兵未息故也。唐志：設屯田以益軍儲。又晉天文志：觜觿明則軍儲盈。注：儲，積也。孟子：有司莫以告書，兹用不犯於有司。高賢迫形勢，豈暇相扶持？趙云：迫於用兵之形勢也。孟子：疾病相扶持。又語：危而不持，顛而不扶。疲苶苟懷策，棲屑無所施。趙云：疲苶，公自言也。莊子：苶然疲役。今公言其疲勞困苦之身，雖有良策，方在流落棲屑間，無所施展也。舊注却云：言上下顧忌，無所施爲。錯矣。先王實罪己，愁痛正爲兹。左傳云：禹湯罪己，其興也勃。然愁痛字，如漢武下哀痛之詔。歲月不我與，蹉跎病於斯。趙云：歲月不我與，即論語歲不我與。公歎其蹉跎疾病而不得進用，以寶劍蛟龍自比也。夜看酆城氣，回首蛟龍池。酆城事，見「紫氣衝牛斗」注，下句見「蛟龍得雲雨」注。齒髮已自料，意深陳苦詞。趙云：言自料其齒落髮脱，但意深詞苦，爲不能自已耳。

又

邦危壞法則，聖遠益愁慕。飄飖桂水遊，悵望蒼梧暮。趙云：時身尚在衡州，欲往而懷歎也。桂水，出會稽，禹崩之地。

蒼梧，舜葬之所，以言聖遠益愁慕也。潛魚不銜鉤，走鹿無反顧。趙云：蓋以自譬。詩：魚潛在淵，或在于渚。左傳：古人有言曰：鹿死不擇音，鋌而走險，急何能擇。皦皦幽曠心，拳拳異平素。趙云：皦皦，蓋有如皦日之皦，言幽曠心自分明也，而乃拳拳屈身全生，此所以異乎素矣。衣食相拘閡，朋知限流寓。趙云：謝靈運詩：再與朋知辭。又擬王粲詩序：家本秦川，貴公子孫，遭亂流寓，自傷情多[一]。風濤上春沙，千里浸江樹。趙云：顔延年詩：春江壯風濤。選詩：雲中辨江樹。逆行少吉日，時節空復度。井竈任塵埃，舟航煩數具。趙云：任塵埃，則言其居止之處，井與竈不汲不爨，所以塵埃。牽纏加老病，瑣細隘俗務。萬古一死生，胡爲足名數。趙云：言貴賤壽夭，同一死生。胡爲足名數，自弔其困於形名度數，不敢踰越也。多憂汙桃源，拙計泥銅柱。桃源，見欲問桃花宿注。趙云：桃源，在今鼎州。陶淵明集載之甚詳，多憂而往則亦汙之矣。銅柱，後漢馬伏波所建，於愛州西南角之極處。按寰宇記：愛州九真郡有銅柱，馬援以表封疆。韋公幹爲刺史，欲椎鎔貨之。人曰使君果壞是[二]，吾屬爲海神所殺矣。訴之都督韓約。約移書辱之而止。今公詩云拙計而泥之，則欲必往也。未辭炎瘴毒，擺落跋涉懼。趙云：兩句通義，言未得遂辭去炎瘴之毒，與未停息跋山涉水之恐懼。虎狼窺中原，焉得所歷住？師云：徐庶曰：今虎狼輩窺覘中原，不可不備。趙云：張孟陽詩：賊盜如豺虎。今云虎狼窺中原，此大曆五年詩。四年十一月吐蕃方寇靈州，常謙光擊敗之，然窺中原之意蓋未已也。公死於是年，其歲在庚戌[三]，其後大曆八年，歲在癸丑。十月，吐蕃又寇涇、邠，則當公之未死時，雖不見其爲寇之地，而猶有窺中原之意矣。公詩又嘗曰：「北極朝廷終不改，西山盜賊莫相侵。」則指吐蕃爲盜賊。今言其有窺中原之意，故其所經歷，不可爲久住計也。葛洪及許靖，避世常此路。趙云：晉書葛洪傳：洪以年老，欲鍊丹以祈壽。聞交趾出丹，求爲句漏令。洪遂將子姪俱行，乃止羅浮山鍊丹。此洪南行由此路之證也。三國志蜀書：許靖，字文休。漢靈帝時爲御史中丞。避董卓之誅，走至交趾。後以劉璋所招入蜀，仕先主。魏王朗嘗與書曰：足下周遊江湖，以暨南海，歷觀夷俗，可謂偏矣。此許靖南行亦由此路也。賢愚誠等差，自愛各馳騖。揚雄曰：方其有事，則聖賢馳騖而不足也。羸瘠且如何，魄奪針灸屨。擁滯僮僕慵，稽留篙師怒。篙師，舟人也。終當挂帆席，天意難告訴。選：木玄虛海賦：候勁風，揭百尺，維長綃，挂帆席。又選注謂：張帆待高風而行。南爲祝融客，勉强親杖屨。結托老人星，羅浮展衰步。祝融峰地多神仙所居。老人星在南極。趙云：祝融，神名。南爲祝融之地，晉志：老人一星在弧南，一曰南極。秋分旦見於丙，春分夕没于丁。茅君内傳曰：大天之内，有地中之洞天三十六所。羅浮之洞周回五百里，名曰朱明曜真之天。羅浮山記曰：羅浮者，蓋總稱焉。羅，羅山，浮，浮山，二山合體，謂之羅浮。在增城、博羅二縣之境，有神仙所居。謝靈運初發石首城詩：遊當羅浮行。親杖屨、展衰步，則欲南往，爲南方祝融之客也。

【校勘記】

〔一〕「情多」，文淵閣本作「多情」。

〔二〕「使」，原作「史」，訛，據文淵閣本、文津閣本、文瀾閣本、清刻本、排印本補。

〔三〕「戍」，原作「戍」，訛，據清刻本、排印本改。

新刊校定集注杜詩卷十六

古詩

送顧八分文學適洪吉州

中郎石經後，八分蓋憔悴。蔡邕拜中郎將，校書東觀。邕以經籍去聖久遠，文字多謬，俗儒穿鑿，疑誤後學。熹平中，表求正定六經文字，靈帝許之。邕乃自書冊於碑，使工刻，立於太學門外。兩京記：貞觀中，得蔡邕石經數段。邕能八分書。顧侯運鑪錘，筆力破餘地。運鑪錘，言能鍛鍊以成一家之書也。薛云：莊子云：皆在鑪錘之間耳。趙云：南史：王僧虔論書云筆力驚異，又云極有筆力。破字，見首篇注。莊子：遊刃恢恢然有餘地。昔在開元中，韓蔡同贔屭。開元中，韓擇木、蔡有鄰善八分書。杜補遺：張平子西都賦：綴以二華，巨靈贔屭。注：贔屭，作力之貌。贔，平秘切；屭，許備切。趙云：公前篇李潮八分歌：尚書韓擇木，騎曹蔡有鄰。開元已來數八分，潮也奄有二子成三人是已。玄宗妙其書，是以數子至。御札早流傳，揄揚非造次。明皇師擇木，嘗於彩牋上八分書賜張説。杜補遺：言明皇精妙於此書也。書苑：唐明皇好圖畫，上八分章草，豐茂英特。初張説爲麗正殿學士，獻詩。明皇自於彩牋上八分書讚曰：德重和鼎，功逾濟川。詞林秀發，翰苑光鮮。所謂御札流傳。三人並入直，恩澤各不一。韓、蔡、顧三人。顧於韓蔡内，辨眼工小字。分日示諸王，鈎深法更秘。顧文學八分外，尤能小字。趙云：易：鈎深致遠。文學與我遊，蕭疎外聲利。文選：鮑明遠詠史詩：五都矜財雄，三川養聲利。追隨二十載，浩蕩長安醉。高歌卿相宅，文翰飛省寺。視我揚馬間，視我如揚雄、司馬相如。趙云：浩蕩長安醉，醉而謂之浩蕩，言醉之放肆也。間字，蓋如季孟之間，伯仲之間者，言當二子之中也。白首不相棄。驊騮入窮巷，必脱黄金轡。潘岳詩：白首同所歸。趙云：顧君騎馬來相訪，必脱轡留之。馬謂之驊騮，轡謂之黄金，侈言其富貴也。一論朋友難，遲暮敢失墜。古來事反覆，相見横涕泗。嚮者玉珂人，誰是青雲器。玉珂，鳴珂也，謂馬飾。杜補遺：神農本草：珂，貝類，大如鰒皮，黄黑而骨白，以爲馬飾，生南海。吴都賦：致遠流離與珂珬。注：珬，老鵰所化以裁制，刻若馬勒者，謂之珂。珬，珂之璞也。珬，邃、戌二音。廣韻曰：珂珬，音戌。劉望曰：老鵰所化，出日南。通典曰：老鵰入海爲珬，可截作勒，謂之珂。兩説有異，未知孰是。晉阮咸字仲容，性任達，不拘細節。顔延年五君詠：仲容青雲器，實禀生人秀。趙云：遲暮，楚詞：傷美人之遲暮。敢失墜，左傳：行父奉以周旋，弗敢失墜。才盡傷形體，一作骸杜云：齊書：江淹夢得五色筆，由是文章日新。後夢人稱郭璞取之，自後爲詩，絶無美句，時人以爲才盡。又任昉字彦昇，以文章見稱，當時無輩，時人稱任筆沈詩。昉聞以爲病，晚節最好詩。欲以傾沈，用事屬辭不得流便，都下士子慕之，轉爲穿鑿，於是有才盡之談矣。又鮑照字明遠，文辭贍逸。文帝好文章，自謂人莫能及。照悟其旨，爲文多鄙言累句，咸謂照才盡，實不然也。趙云：傷形體，傷其老病也。莊子：墮爾形體。病渴汙官位。司馬相如病渴。李尋：久汙玉堂之署。趙云：公適有此病。故舊獨依然，時危話顛躓。我甘多病老，子負憂出志。胡爲困衣食，顏色少稱遂。遠作苦辛行，順從衆多意。舟檝無根蔕，蛟鼉好爲祟。後漢方術王喬傳：吏人祈禱，無不如應。若有違犯，亦立能爲祟。況兼水賊繁，特戒風飈駛。崩騰戎馬際，晉：史臣曰：邵、李、郭、魏諸將，契闊喪亂之辰，驅馳戎馬之際。往往殺長吏。前漢陳勝傳：於是諸郡縣苦秦吏暴，皆殺其長吏，將以應勝。子干東諸侯，左傳成十六年：郤犨將新軍〔二〕，且爲公族大夫，以主東諸侯。勸勉防縱恣。邦以民爲本，魚飢費香餌。趙云：顏色少稱遂，稱音去聲，稱意而通遂也。衆多，衆人也。鄒陽云：衆多之口苦辛。選詩：坎坷長苦辛。殺長吏，則正言湖南兵馬使臧玠，殺其團練使崔灌，遂據潭州反矣。又云：自「子干東諸侯」十四句，則公贈人以言有補於時者。書曰：民爲邦本。傳曰：重賞之下有勇夫，香餌之下有潛魚。下兩句言當厚施予，以恤民爲本也。請哀瘡痍深，告訴皇華使。使臣精所擇，進德知歷試。惻隱誅求情，當勤恤民困。固應賢愚異。不可一槩苛急，當存賢愚之用心。趙云：瘡痍者，民困病之譬也。前漢季布傳：方今創痍未瘳。詩：皇皇者華。君遣使臣，故謂之皇華使。進德，易：君子進德修業。歷試，書：歷試諸難。言朝廷所遣使臣，必擇賢者而來，可以告之矣。彼能惻隱誅求之情，賢者固異於愚人矣。烈士惡苟得，禮記曲禮：臨財毋苟得。俊傑思自致。

趙云：烈士、俊傑，皆以指言顧文學，所以責望之深矣。**贈子猛虎行，出郊載酸鼻。**陸士衡樂府猛虎行：渴不飲盜泉水，熱不息惡木陰。惡木豈無枝，志士多苦心。皆勉其自振立也。

【校勘記】

〔一〕「犨」，原作「隼」，訛，據清刻本、排印本並參春秋左傳注成公十六年改。

上水遣懷

趙云：此洞庭湖上湘江往潭州也，何以明之？句云「崷崒清湘石，逆行雜林藪」可見矣。其上水也，是春時。何以明之？公陪裴使君登岳陽樓近體詩曰：春泥百草生。則自洞庭上湘水乃春時矣。此詩四段：自「我衰太平時」至「常如中風走」十四句，泛叙其衰病流落之態；自「一紀出西蜀」至「逆行雜林藪」十四句，專叙其由蜀如楚之事；自「篙工密逞巧」至「何事獨罕有」八句，因言操舟之神以起經濟之譬；自「蒼蒼衆色晚」至「吞聲混瑕垢」八句，專言行路之難，有熊、虎之虞，亦因以譬寇盜之充斥也。

我衰太平時，身病戎馬後。蹭蹬多拙爲，安得不皓首。驅馳四海内，童稚日餬口。趙云：言盡室征行，諸子止食粥而已。童稚字，後漢鄧禹傳：父老童稚，垂髮戴白，滿其車下。左傳：許公曰：寡人有弟，而使餬其口於四方。注：餬，粥也。**但遇新少年，少逢舊親友。低顔下色地，故人知善誘。後生血氣豪，舉動見老醜。**言少年不相知，但以老醜見欺而已。李固曰：一日朝會，見諸侍中並皆年少，更無一宿儒，大人可顧問，誠可嘆息也。趙云：言遇新少年，每低顏下色，不敢介亢，故人見之者，亦知我以善誘爲心耳。顏淵曰：夫子循循然善誘人。故人兩字，申言舊親友者。後生血氣豪，又以言新少年如此。血氣字，論語：血氣方剛。老醜字，倒用阮籍詩：朝爲媚少年，夕暮成醜老。窮迫挫曩懷，常如中風走。傷世態之薄也。朱叔元與彭寵書〔一〕：伯通獨中風狂走，自捐盛時。趙云：窮迫字，倒用莊子：迫窮禍患。挫曩懷，則挫其平生之豪氣也。如中風走，則爲風狂之人矣。一紀出西蜀，于今向南斗。趙云：公自乾元二年入蜀，至大曆五年離蜀而在楚地，乃南斗之分，恰十二年矣。孤舟亂春華，暮齒依蒲柳。暮齒，暮年也。顧悅曰：蒲柳常質，望秋先零。杜補遺：北史：韋世康與子弟書曰：耄雖未及，壯年已謝。霜早楸梧，風先蒲柳。冥冥九疑葬，聖者骨亦朽。蹉跎陶唐人，鞭撻日月久。陶唐堯氏，其民無知焉。山海經曰：蒼梧之川〔二〕，其中有九疑山，舜之所葬。九山相似，行者疑惑，故名之曰九疑。趙云：聖者，指虞舜也；陶唐，帝堯氏也。蹉跎陶唐人，則承舜葬之下，言自陶唐以來，時歲蹉跎，天下之人，遭鞭撻之苦，其爲日月也久矣。蓋在國有誅求期會之急，在民有乖爭陵犯之變，斯所以致鞭撻也。中間屈賈輩，讒毀竟自取。鬱沒二悲魂，蕭條猶在否。趙云：屈，則屈原；賈，則賈誼。屈以大夫上官靳尚之譖沉於汨羅，賈以絳侯勃、灌嬰之害謫于長沙，皆眼前楚地之可弔者也。崷崒清湘石，逆行雜林藪。篙工密逞巧，逞巧操舟者矜其能也。趙云：經清湘石而逆行，則公在潭而往矣。氣若酣杯酒。謌謳互激遠，回斡明受授。善知應觸類，各藉穎脫手。穎脫，喻敏捷。趙云：回斡者，回動斡轉其船也。字則謝惠連詠牛女詩：傾河易回斡。明受授，則船之首尾相呼，以求水脉，此之謂受授。下四句所以起經濟之譬也。易：觸類而長之。穎脫字，起于毛遂云：

使遂蚤得處囊中，乃穎脱而出，非特其末見而已。**古來經濟才，何事獨罕有。**趙云：欲求經濟天下者，如操舟之妙，何獨罕有乎？蓋有才難之嘆矣。經濟字，晉石苞傳：景帝對宣帝曰：苞雖細行不足，而有經國才略。夫貞廉之士，未必能經濟世務。**蒼蒼衆色晚，熊挂玄蚰吼。黄羆在樹顛，正爲群虎守。**趙云：柳子厚云：蒼然暮色，自遠而至。乃此蒼蒼之義也。詩義疏曰：熊能攀緣上高樹，見人顛倒投地而下也。柳子厚作羆説云〔三〕：鹿畏貙，貙畏虎，虎畏羆。觀公詩意，以羆升樹而守虎明矣。黄羆，爾雅曰：羆，如熊，黄白文。爲虎守，爲音于僞反，若讀從爲作之爲，則反是虎守羆矣。師云：梁蕭若靜詩：玄蚰吼古林，蒼熊揉窮嶺。莊子：天之蒼蒼，其正色邪？**羸骸將何適，履險顔益厚。庶與達者論，吞聲混瑕垢。**趙云：詩：顔之厚矣。江淹恨賦云：莫不飲恨以吞聲也。左傳：國君含垢，瑾瑜匿瑕。

【校勘記】

〔一〕「朱」，原作「末」，訛，據文淵閣本、文津閣本、文瀾閣本、清刻本、排印本並參文選卷四十一、全後漢文卷二十一朱叔元爲幽州牧與彭寵書改。

〔二〕「川」，清刻本、排印本作「間」。

〔三〕「羆」，原作「熊」，訛，據全唐文卷五百八十四柳宗元羆説改。

遣遇

磬折辭主人，開帆駕洪濤。趙云：莊子漁父篇：夫子曲要磬折。言其恭。磬折者，折腰如磬也。選詩云：泛舟越洪濤。春水滿南國，朱崖雲日高。朱崖，南海地名。漢賈捐之：罷擊朱崖。趙云：朱崖，海中之洲也，賈捐之請罷擊者。遠言之，則以承南國之下也。師云：寰宇記潭州仙宮記曰：南岳記注：丹崖南，即仙人宮。子美此詩乃湘州所作。朱崖，即謂此地作也。如歌鼓秦人盆，即非莊子之鼓盆。子美用事類如此。舊注以罷朱崖，甚非。彼自在南海，子美未嘗往。舟子廢寢食，飄風爭所操。乘風而行。爾雅：回風爲飄。我行匪利涉，謝爾從者勞。石間采蕨女，鬻菜輸官曹〔一〕。趙云：鬻市，一作鬻菜，非。利涉，即易云「利涉大川」。丈夫死百役，暮返空村號。譏役斂煩重也。聞見事略同，刻剝及錐刀。錐刀猶刻剝也。左傳：錐刀之末。趙云：所聞所見皆似此，應官曹之誅求也。及錐刀，非止取其大者，雖錐刀瑣末猶及之。貴人豈不仁，視汝如莠蒿。索錢多門户，誅求不一。喪亂紛嗷嗷。奈何黠吏徒，漁奪成逋逃。漁，如漁獵然，不以法也。趙云：貴人豈不仁，視汝如莠蒿。兩句通義，言爲貴人者，豈是不仁，而以莠蒿視汝等耶？其索錢多門户者，時喪亂之故。所以使嗷嗷，紛然之多也。就此索錢之中，更有黠吏者，以漁奪爲事，而成就民之逃竄矣。自喜遂生理，花時甘緼袍。語：衣敝緼袍。趙云：花時可以單衣。而甘緼袍，則所以得遂生理，勝於逋逃之民也。

【校勘記】

〔一〕「菜」，清刻本、排印本作「市」。

解遣〔一〕

趙注：一作解憂。東坡先生云：「減米散同舟」至「拳拳期勿替」，杜甫詩固無敵，然自「致遠」以下句，真村陋也。此最其瑕讁，世人雷同不復譏評，過矣。然亦不能掩其善也。東坡之説如此。然公之意，亦以藉衆力而濟險，猶資百慮而持危者矣，故曰理可廣也。

減米散同舟，路難思共濟。向來雲濤盤，衆力亦不細。雲濤盤，灘石，極爲嶮阻。衆力，言得其助。趙云：此言雲濤之間盤轉而出〔二〕，乃方言謂之盤灘者乎？舊注恐只是臆度而附會其説。且觀詩句首云「減米散同舟」，則減舟中之米，而散與同舟之人，乃所以謝其用力也。謝其用力，豈不以盤灘之故耶？蔡琰：關山阻脩兮行路難。郄鑒值永嘉喪亂，鄉人共飼之。公常攜二小兒往食。鄉人曰：各自飢困，以君之賢，欲共濟君爾，恐不能有所存。呀坑一作帆。瞥眼過，趙云：呀坑，如口之呀開者也。一作呀帆，則無義。飛櫓本無蔕。得失瞬息間，致遠宜恐泥。百慮視安危，分明曩賢計。茲理庶可廣，拳拳期勿替。趙云：無蔕字，班孟堅答賓戲云：上無所蔕，下無所根。致遠恐泥，論語全句。百慮與拳拳，出易。百慮而一致，得一善，則拳拳服膺，而弗失之矣。勿替，出詩：勿替引之。

【校勘記】

〔一〕詩題，二王本杜集卷八作「解憂」。

〔二〕「而」，原作「米」，訛，據清刻本、排印本改。案，文淵閣、文津閣本作「米」，均訛。

宿鑿石浦

早宿賓從勞，仲春江山麗。飄風過無時，舟檝敢不繫。飄，暴風也。師云：江逌賦：賓從告勞。老子曰：飄風不終朝。趙云：莊子曰：泛乎若不繫之舟。風而不繫，則流蕩矣。回塘澹暮色，日没衆星嘒。缺月殊未生，青燈死分翳。青燈，言無光也。趙云：詩云：嘒彼小星。窮途多俊異，亂世少恩惠。以世亂，故恩惠少，而窮途多俊異也。趙云：俊異之士在窮途，則膏澤不下於民，而亂世少蒙其恩惠。即非是亂世少恩惠以致俊異之窮。舊注非。鄙夫亦放蕩，草草頻卒歲。斯文憂患餘，聖哲垂象繫。聖人作易，與民同憂患也。其言象皆示於象繫。趙云：詩：無衣無褐，何以卒歲。易曰：作易者，其有憂患乎。斯文之中，以憂患之餘而垂世者，易也，象繫之間可見矣。

早行

歌哭俱在曉，行邁有期程。孤舟似昨日，聞見同一聲。飛鳥數求食，潛魚亦獨驚。前王作網罟，設法害生成。網罟，先王所以養民也，而後人反以爲業。賦斂，所以平民也，而後人反以害民。趙云：詩：行邁靡靡。有期程者，期日之行程也。舊本潛魚亦獨驚，師民瞻本作何獨驚，是。蓋言鳥數數出求食，所以自飽；魚既潛而猶驚，所以求安。而小民利之，羅綱其鳥，罟罩其魚，害物之生成，此公所以反傷前王之設法也。易曰：作結繩而爲網罟，以佃以漁。故公云爾。此直因眼前所見而言之。舊注非是。碧藻非不茂，高帆終日征。干戈未揖讓，崩迫開其情。以干戈未寧，故崩迫而情僞日開。趙云：碧藻非不茂，又是眼前所見，以爲可留連玩愛之物，而迫於高帆之征也。梁劉孝威渡吉陽洲詩：幸息榜人唱，聊望高帆開。崩迫開其情，則開放其情懷於終日征行之間也。舊注穿鑿。

過津口

南岳自茲近，湘流東逝深。南岳，衡山也。湘流，湘江也。趙云：酈道元注水經云：湘水又北，逕衡山縣東。山在西南，有三峰。經謂之岣嶁山，爲南岳也。又云：衡山東南二面臨映湘川，自長沙至此江湘七百里中，有九背，故漁者歌曰：帆隨湘轉，望衡九回。今公詩言南岳近而繼以湘流深，則此之謂矣。和風引桂楫，趙云：梁元帝烏栖曲云：沙棠作船桂爲楫，夜渡江南採蓮葉。春日漲雲岑。回首過津口，而多楓樹林。楓，木名。趙云：阮籍詠懷詩：湛湛長江水，上有楓樹林。白魚困密網，黃鳥喧嘉音。物微限通塞，惻隱仁者心。趙云：白魚，鯈魚也。鯈，音條，乃莊子與惠子遊于濠梁之上，而莊子曰：鯈魚出遊，從容者也。崔豹古今注曰：白魚小，好群游浮水上，名曰白萍。惟其小而群，則密網之所取無遺。斯所以爲困也。對黃鳥喧嘉音，則詩所謂「睍睆黃鳥，載好其音」者。白魚以群而小困於密網，物之所以塞者也。黃鳥以和風春日之際而嘉音喧然，物之所以通者也。物之通塞雖微不足道，而仁者於物，每惻隱其困塞矣。孟子曰：惻隱之心，仁之端也。瓮餘不盡酒，膝有無聲琴。聖賢兩寂寞，眇眇獨開襟。傷時無君子，獨開襟而已。趙云：於此有酒可飲，有琴可玩，而思聖與賢兩皆寂寞，無與言者，則亦獨開襟而自適耳。無聲琴，即陶淵明有琴而無絃也。九歌曰：目眇眇而愁予。王仲宣登樓賦：向北風而開襟。無聲字，蓋禮記所謂無聲之樂。

次空靈岸

沄沄逆素浪，落落展清眺。幸有舟檝遲，得盡所歷妙。空靈霞石峻，楓栝一作桔。隱奔峭。師云：張載賦：霞石駁落。古詩：峻嶺極奔峭。趙云：謝靈運七里瀨詩云：晨積展遊眺。又，徒旅苦奔峭。李善注云：淮南子曰：岸峭者必陀。許慎曰：陀，落也。謂楓栝之木，遮隱欲奔之峭岸間耳。光武謂耿弇曰：前在南陽建此大策，常以爲落落難合。王衍謂王澄曰：誠不如卿落落穆穆然也。石勒曰：大丈夫行事當礌礌落落。揚子雲長楊賦：汯汯沸渭。青春猶無私，白日亦偏照。爲山嶺障閡，故偏照也。可使營吾居，左傳：使營菟裘，吾將老焉。終焉托長嘯。毒瘴未足憂，兵戈滿邊徼。鄕者留遺恨，恥爲達人誚。迴帆覬賞延，佳處領其要。長嘯字，文選成公子安嘯賦云：邈跨俗而遺身，乃慷慨而長嘯。趙云：兵戈，前漢戾太子贊：止息兵戈。而庾信周齊王碑序云〔一〕：夏官以兵戈爲主，專謀七德。鄕者留遺恨，恥爲達人誚，豈公前日經此而不能久住，故有遺恨之留，懷達者所誚之恥，故今則雖上水矣，仍回帆以覬望賞玩之遷延，而領佳處之要也。司馬相如傳：邊關益斥，南至牂柯爲徼。張揖注曰：徼，謂以木、石、水爲界者也。師云：潘尼詩：回帆轉高岸，歷日得延賞。

【校勘記】

〔一〕「而」，清刻本、排印本作「又」。

宿花石戍

午辭空靈岑，夕得花石戍。空靈在歸州，花石戍屬峽州。鮑云：唐志：潭州有花石戍，舊注非是。薛云：右按歸州圖經：空舲峽，東西四十里，在峽州夷陵縣界。

十道志：歸有空舲峽〔一〕。空靈，當作空舲。趙云：自上水遣懷而下古詩，一一自是上水詩分明。空靈岸、花石戍，雖不可考其地，要之皆上湘水耳。舊注輒云空靈岸在歸州，花石戍在峽州，非特乖戾公經行之地，而却是下水矣，豈得前云「沄沄逆素浪」乎？岸疏開闢水，一作山。木雜今古樹。自白狗峽至空靈山、花石，皆開闢之峽。趙云：開闢水字，吴主嘗見吕岱，說，步騭言北欲以沙囊塞江，每讀其表，輒獨失笑：此江自開闢以來，寧可以囊塞之乎？疏字，則又江賦云「巴東之峽，夏后疏鑿」之疏也。一作開闢山，則非特無出，而於疏字無義。孔稚圭詩：草雜今古色，巖留冬夏雲〔二〕。故曰木雜古今樹〔三〕。地蒸南風盛，春熱西日暮。四序本平分，氣候何迴互。趙云：上句言炎方之地蒸鬱，在南風之中爲盛。次句言凡暑熱之日，至日暮則須涼，今以炎方之地，故春熱在西，日暮而不息也。下兩句，宋玉九辯云：皇天平分四時兮，竊獨悲此凜秋。今公蓋言時方當春，在他處亦豈有熱？而今此地熱，則於四序爲回互矣。海賦「乖蠻隔夷〔四〕，回互萬里」也。茫茫天造間，一本作地。理亂豈恒數〔五〕。繫舟盤藤輪，杖策古樵路。罷人不在村，罷人，言民困於征役而罷敝。不在村，不安居也。野圃泉自注。柴扉雖蕪没，農器尚牢固。山東殘逆氣，吴楚守王度。安史之亂，王命所及者，吴楚蜀而已。誰能扣君門，下令減征賦。憫下情不上達也。趙云：易曰：天造草昧。前人云：治亂惟冥數耳。今公云理亂豈恒數，蓋立爲新說者也。意以爲在政之得失而已，故下有「柴扉雖蕪没，農器尚牢固」之句，則公之意在於務農重穀矣。山東，今之河北。杜牧云：山東王不得不王，霸不得不霸，所以指言燕趙之地。今言殘逆氣，則以安史之亂雖已定，而大曆三年六月，兵馬使朱希彩殺其節度使李懷仙，猶有逆氣存焉。吴楚之間知所尊王，乃當時之事。惟吴楚守王度，故欲扣門而與之減征賦也。其中使字繫舟，則起於泛若不繫之舟。杖策，則太王杖策去邠；又魯仲連杖策而入海。罷人，音疲。周禮云：

以嘉石平罷民也。柴扉，范彥龍詩曰：日暮欵柴扉〔六〕。農器，則史云：鑄劍戟以爲農器。王度，左傳云：思我王度〔七〕。

【校勘記】

〔一〕「有」，清刻本、排印本作「州」。

〔二〕「雲」，齊詩卷二孔稚珪旦發青林詩作「霜」。

〔三〕「古今」，文淵閣本、文津閣本、文瀾閣本、清刻本、排印本作「今古」。

〔四〕「鑾」，排印本作「鑾」，訛。

〔五〕「恒」，原作「常」，係避宋諱，此改。案，此句下所引趙次公注「今公云理亂豈恒數」云云，以及二王本杜集卷八、十家注卷十一、百家注卷三十、分門集注卷十一與錢箋卷八均作「恒」，可證。

〔六〕「日暮」，文選卷二十六、梁詩卷二范彥龍贈張徐州稷作「有客」。

〔七〕「思我王度」，「思」原作「遵」，訛，據底本旁批及清刻本、排印本並參左傳昭公十二年改。

早發

有求常百慮，斯文亦吾病。以茲朋故多，窮老驅馳併。趙云：易曰：易一致而百慮。孔子曰：天之未喪斯文也。公之意以爲有所求人，必多爲思慮，然吾以斯文自任，衆所共知，而亦爲吾病，何也？乃下句云「以茲朋故多，窮老驅馳併」也。蓋人以吾任斯文者，多是朋友故舊。今則散在他處，欲見之，自是驅馳頻併也。早行篙師怠，席挂風不正。席，張席以爲帆，風不正不順也。趙云：海賦曰：掛帆席。蓋以席爲帆故也。又謝靈運詩：揚帆采石華，掛席拾海月。昔人戒垂堂，傳曰：千金之子，坐不垂堂。今則奚奔命？杜云：左傳：一歲七奔命。趙云：方奔命於驅馳，其與垂堂之戒不爲異乎？傳云：罷於奔命也。濤翻黑蛟躍，日出黃霧映。鮑明遠：騰沙鬱黃霧，翻浪揚白鷗。趙云：張景陽詩云：黑蜧躍重淵。黑蛟躍，亦此之類。煩促瘴豈侵，頹倚睡未一作還。醒。趙云：張茂先詩曰：恬曠苦不足，煩促每有餘。今言於此困於煩促，豈是瘴欲相侵乎？故摧頹倚薄而睡未醒也。僕夫問盥櫛，暮顏靦青鏡。暮顏衰醜，有愧於對鏡。師云：謝靈運詩：白髮愧青鏡。隨意簪葛巾，隋王冑詩云：庭草無人隨意緑。仰慙林花盛。側聞夜來寇，幸喜囊中淨。艱危作遠客，干請傷直性。謂有求於人也。薇蕨餓首陽，史記伯夷、叔齊事。粟馬資歷聘。六國以粟、馬資儀、秦，使之歷聘。賤子欲適從，疑悞此二柄。二柄，謂采薇及歷聘也。趙云：一則餓以爲高，一則聘以爲榮，此二柄也。未知所適從，故疑悞而不决矣。此所以重自傷也。傳曰：一國三公，吾誰適從。韓非子有二柄篇曰：明王之所導制其臣者，一柄而已矣。雖言刑與德，今公取字用耳。

次晚洲

參錯雲石稠，雲石相互雜也。師云：沈約詩：煙林雲石稠。坡陁風濤壯。坡陁，泛濫之貌。趙云：謝靈運詩：臨圻阻參錯。哀二世賦云：登坡陁之長坂。顏延年詩：春江壯風濤。晚洲適知名，秀色固異狀。言其狀不一也。棹經垂猿把，身在度鳥上。水漲而船所經者高也。趙云：張載論：白猿玄豹，藏於櫺檻，何以知其接垂條於千仞。則猿可謂之垂也。梁虞騫詩：澄潭寫度鳥。周庾信和浮圖詩：幡搖度鳥驚。師云：庾闡詩：垂猿把臂飲。梁蕭子暉詩：仰雲看度鳥。擺浪散帙妨，危沙折花當。師言：擺浪有妨於散帙，危沙相過則折花相值，皆紀舟行之實。趙云：謝靈運詩：散帙問所知。羈離暫愉悅，羸老反惆悵。暫愉悅，次晚洲也；反惆悵，歎行役也。趙云：承折花之下，故暫爾愉悅也。中原未解兵，吾得終疎放。兵未解而得疎放，以不見用於世也。趙云：正傷時之擾攘，吾豈得終疎放而不憂懼且流落乎？舊注非是。

望岳

趙云：岳者，南岳衡山也。按樂史寰宇記：衡山，在潭州之湘潭縣。以其當翼軫，度應機衡也。而王存九域志：湘潭縣在州南一百六十里。衡山應又在外矣。今云望岳，則將過湘潭而望之。

南岳配朱鳥，秩禮自百王。書：五月南巡狩，至于南岳衡山。釋山又云：霍山爲南岳。衡之與霍皆一山有兩名，而學者多以霍山不得爲南岳。又云：漢武帝來始名之。斯不然矣。衡山，一名霍山，言萬物霍而大也。應劭曰：風俗通曰〔一〕：岳者，稱考功德〔二〕，黜陟之故謂之岳。四方皆有七宿，各成一形。南方之宿象鳥，故謂之朱鳥。書：望于山川。注：諸侯境内名山大川，如其秩次望祭之。故五岳牲禮視三公，四瀆視諸侯，其餘視伯子男。趙云：荆州記曰：衡山者，五岳之南岳也。下踞離宮，攝位火鄉。赤帝館其巔，祝融托其陽，故號曰南岳。今云配朱鳥者，朱鳥，南方之宿故也。蓋井、鬼、柳、星、張、翼、軫七星在南方，而井、鬼爲鶉首，柳爲鶉尾。又曰：鳥帑已上七星總曰朱鳥。前漢天文志曰：南宫朱鳥，權、衡。今南岳所以配朱鳥矣。秩禮自百王，秩則尚書「咸秩無文」之秩。秋者，等也。等秩之禮，其來久矣，故云自百王。

歘吸領地靈，鴻洞半炎方〔三〕。地之百靈。顔延年詩：邑社總地靈。趙云：江文通雜擬詩：歘吸鵾鷄悲。注云：猶俄頃也。又，謝朓松風賦云：養風飈之歘吸，則翕忽之義，故對洪洞。王褒四子講德論云：洪洞朗天。則言天地神光洪洞相通，明朗於天地。又，洞簫賦：風洪洞而不絶。地靈字，祖出大戴禮，有集地之靈；炎方字，出選。

邦家用祀典，在德非馨香。五岳皆載祀典。趙云：即書所謂黍稷非馨，明德惟馨也。

巡守何寂寥，有虞今則亡。自戰國縱横，而巡守之禮亡矣。虞舜五年一巡狩。趙云：書舜典曰：五月南巡狩，至于南岳。故云：語曰：今也則亡。

汩吾隘世網，行邁越瀟湘。隘言，世網所拘迫也。行邁，猶行役也。趙云：公言所以行邁者，以世網隘窄，故欲曠懷於江湖之上也。詩云：行邁靡靡。

渴日絶壁出，漾舟清光旁。趙云：難逢日霽，以望其峰，於日如渴也，蓋如渴雨之渴。盛弘之荆州記曰：衡山有三峰極秀。一峰名芙蓉峰，最爲竦傑，自非清霽素朝不可望見。又云：紫蓋峰者，天明輒有一隻白鶴回翔其上。則望日之如渴也如此。謝靈運詩曰：辰策尋絶壁。清光，則日之清光也，所謂清霽素朝者歟？祝融五峰尊，峰峰次低昂。紫蓋獨不朝，争長嶫相望。祝融，峰名也。朱陵、祝融、紫蓋、石菌、芙蓉，所謂五峰也。争長，言相峙而立，有如争長也。趙云：考衡山記，其可稱者有芙蓉峰，有紫蓋峰，有石囷峰。而韓退之詩曰：紫蓋連延接天柱，石廩騰擲堆祝融。則又有天柱峰、祝融峰，其爲五峰矣。舊注輒以朱陵字神之爲峰名。此乃荆州記云衡山。朱陵之靈臺一句，非言峰也。左傳：滕侯、薛侯來朝争長。恭聞魏夫人，群仙夾翱翔。魏夫人，神仙也，主衡山。薛云：按真誥：南岳夫人與弟子言，東嶽上真卿司命官等，右二十二真人坐西起南向東行〔四〕，太和靈嬪上真太夫人，右十五女真東坐，北起南行。上真司命南岳夫人，即魏夫人也。杜補遺：夫人諱華存，字賢安。晉司徒舒之女也。幼純讀書，喜神仙。其後，四仙人降，車從鮮盛。夫人既與仙者遊，盡傳其祕術。咸和八年終，壽八十三。舊傳以謂夫人實不死，以杖代尸而升天。扶桑大帝君授夫人青瓊之板，册録之文，治南岳。趙云：周庾信西門豹廟詩曰：恭聞正直祀，良識佩韋心。有時五峰氣，散風如飛霜。牽迫限脩途，未暇杖崇岡。言爲行邁拘限，未暇策杖而登崇崗。歸來覬命駕，沐浴休玉堂。三歎問府主，曷以贊我皇。牲璧忍衰俗，神其思降祥〔五〕。吴都賦：玉堂對霤，石室相距。注：皆仙人所居也。又云，玉堂府主所居也。故有三歎之問。謂世亂俗薄，祀典闕而不舉，欲贊之於帝，崇牲璧則神必降祥於此矣。趙云：舊注引吴都賦，其説是。又云玉堂府主所居，自爲惑亂矣。既休玉堂，由此往問府主，自不相妨。末句牲璧忍衰俗，則牲與璧之費，衰俗不忍具之，而府主忍費於衰俗之中也。

【校勘記】

〔一〕「來始名之」至「風俗通曰」，清刻本作：「始乃名之，斯不然矣。應劭風俗通曰：衡山，一名霍山，言萬物霍然而大也。」排印本作：「始乃名之衡，不然矣。應劭風俗通曰：衡山，一名霍山，言萬物霍然而大也。」

〔二〕「稱」，風俗通義卷十作「捔」。

〔三〕「鴻」，清刻本、排印本作「洪」。

〔四〕「左二十二」，真誥校注卷一運象篇作「右二十三」。

〔五〕正文「命駕」二字、「沐浴休玉堂」五句，注「吴都賦」以下二十六字，底本漫滅，爲中華本訂補。

湘江宴餞裴二端公赴道州

白日照舟師，朱旗散廣川。群公餞南伯，肅肅秩初筵。餞，謂群公相餞也。南伯，謂道州南邦也。詩：賓之初筵，左右秩秩。亦整肅貌。趙云：此篇鋪叙甚明。白日照字，楚詞云：青春受謝白日照。群公字，揚雄羽獵賦：群公常伯楊朱、墨翟之徒。鄙人奉末眷，佩服自早年。末眷，於裴有親也。早年，少年也，已自佩服其德矣。義均骨肉地，懷抱罄所宣〔一〕。盛名富事業，無取愧高賢。不以喪亂嬰，保愛金石堅。言宜以功業著盛名，使無媿於高賢也。無嬰於喪亂，以變名節，宜保之若金石之固。子美以骨肉之義，故其所言及此也。趙云：公自謙之辭，言盛名與富貴事業兩件皆無所取，斯所以慙媿於高賢矣。高賢，指言裴端公也。金石，謂保身之意耳。舊注非是。計拙百寮下，氣蘇君子前。會合苦又作共。不久，哀樂本相纏。交遊颯向盡，宿昔浩茫然。促觴激萬慮，促觴，言行觴急促也。掩抑淚潺湲。重別而有所感也。熱雲集曛黑，缺月未生天。九歌：橫流涕兮潺湲。謝靈運：朝遊窮曛黑。古詩：三五明月滿，四五蟾兔缺。師云：袁山松詩：熱雲沸空中。趙云：馮衍答任武達書曰：敢不陳露宿昔之意。白團爲我破，師云：古樂府：青青林中竹，可作白團扇。又古詩：透迤搖白團。以熱困於搖扇，故曰爲我破也。華燭蟠長煙。薛云：按梁元帝燭賦：長袖留賓待華燭。燭燼落，燭華明。花抽珠漸落，珠懸花更生。鴰鶡催明星，杜云：鴰，音括。鶡，音曷。旦鳥，禮記注：求旦之鳥。解袂從此旋。上請減兵甲，下請安井田。永念病渴老，附書遠山巔。

【校勘記】

〔一〕「罄」，文淵閣本、文津閣本、文瀾閣本、清刻本、排印本作「慶」，均訛，二王本杜集卷八作「罄」，可證。

題衡山縣文宣王廟新學堂呈陸宰

旄頭彗紫微，無復俎豆事。旄頭，胡星也；彗，彗星；紫微，帝宮也。胡星彗帝宮，喻禄山亂中原、陷長安也。世亂，俎豆之事不講，故云無復也。趙云：按晉天文志：昴七星，天之耳也。又爲旄頭，胡星。彗紫微，則言其犯帝座也。又曰：紫宮垣十五星，其西蕃七，東蕃八，在北斗北，一曰紫微，大帝之座也，天子之常居也。彗字，在天文志與孛俱爲妖星之名。雖別爲一星，而今云「旄頭彗紫微」，則言胡星爲妖也。公詩又曰「胡星一彗孛」是已。此追言安史之亂也。孔子曰：俎豆之事則嘗聞之矣。金甲相排蕩，青衿一憔悴。蓋民狃於戰争，不遑學校也。詩云：青青子衿。嗚呼已十年，儒服弊于地。師注云：庾翼詩：儒服一何弊。征夫不遑息，學者淪素志。我行洞庭野，欻得文翁肆。侁侁胄子行，若舞風雩至。文翁爲蜀郡守，興建學校以教蜀人，故風俗大變，可比齊、魯。侁侁，整肅貌。胄子，謂元子以下至卿大夫子弟。從學者若舞風雩而至也。語曰：風乎舞雩也。趙云：文翁肆字，則揚子所謂書肆，陶淵明所謂講肆也。侁侁，整肅貌。胄子，書曰：命夔典樂，教胄子也。論語疏云：雩者，祈雨之祭名。使童男女舞之，因謂其處爲舞雩。舞雩之處有壇墠樹木，可以休息，故云風凉於舞雩之下也。今云若舞風雩至，則取其義而已。周室宜中興，孔門未應棄。是以資雅才，渙然立新意。周室，借周以喻唐也。言唐所以宜中興，則孔門豈可棄乎？蓋君君、臣臣、父父、子子，百姓日用而不知者，皆在是也。雅才，陸宰也。新學資之而成爾。趙云：詩：任賢使能，周室中興。然雅才指言陸宰也。字則王充論衡自紀篇有云：士貴雅才而慎興，不用高據以顯達。杜云：前漢杜鄴子林清静好古，有雅才。又見胡廣傳注：後漢高彪有雅才，而訥於言。衡山雖小邑，首唱恢大義。世亂而衡山能首建學校也[一]。因見縣尹心，根源舊宮閟。詩閟宮頌僖公能復周公之宇也。趙云：毛曰：閟，閉也。言無事而閉。鄭氏箋云：閟，神也。謂之神宮。今舊宮閟，倒用押韻，且其義大率深閟之謂。講堂非曩構，大屋加塗塈。下可容百人，牆隅亦深邃。何必三千徒，始壓戎馬氣。學校者，教化之所自也。魯侯能修泮宮，而淮夷攸服，則其所以折暴亂者，何必三千之徒？言文德足以服遠也。趙云：講堂字，後漢鮑永傳：孔子闕里無故荆棘自除，自講堂至於里門。非曩構，則一新之也。塗塈字，書云：惟其塗塈茨。三千徒，指言孔子之弟子也。林木在庭户，密幹疊蒼翠。有井朱夏時，轆轤凍階戺。耳聞讀書聲，殺伐災髣髴。聞讀書之聲而樂也。趙云：言聞讀書聲而樂，彼殺伐之災在此，特覺其髣髴而已，蓋讀書之氣勝之故也。故國延歸望，衰顔減愁思。南紀改波瀾，言能以文德易暴亂也。趙云：以聞讀書聲而遲延故國之思，減衰顔之愁。南紀字，唐天文志云：東循徼嶺，達甌、閩中，是謂南紀，所以限蠻夷也。改波瀾，亦以聞讀書聲而洗波瀾之氛妖。西河共風味。史記：子夏居西河教授，爲魏文侯師。共風味者，言人樂其教也。采詩倦跋涉，載筆尚可記。尚可記，一云記奇異。采詩之官雖不可達，載筆而記之可也。趙云：兩句言采詩之官，倦於跋山涉水之勞，而不來采之，則史官之載筆尚可記陸宰之美也。高歌激宇宙，凡百慎失墜。趙云：左傳曰：奉以周旋，罔敢失墜。公言我今之高歌，爲君子者當勿失墜也。詩：凡百君子。此亦以友于爲兄弟，以貽厥爲子孫之比，具於凡百慎交綏解。

【校勘記】

[一]「首」，文淵閣本作「守」，訛。

入衡州

趙云：此篇作五段鋪叙。自「兵革自久遠」至「寬猛性所將」，言兵戈興起，雖無害於帝王之興，但將帥失律，君臣含容，以致天下節度各任其性之寬猛以召亂，如下文也。自「嗟彼苦節士」至「明徵天莽茫」，指言潭帥崔瓘爲别將臧玠所殺，瓘之苦潔其身，裁制其下之所致，而傷福善明證之報不足憑也。自「銷魂避鋒鏑」至「春容轉林篁」，則叙其避難而走也。自「片帆在郴岸」至「蚊蚋焉能當」，叙其已得脱難入衡州而美衡帥之得人也。自「橘井舊地宅」至「鵬路觀翺翔」，叙其將往郴州寓居而終之以觀衡帥之擢用也。

兵革自久遠，興衰看帝王。漢儀甚照耀，胡馬何倡狂。言漢唐法度未墜，胡馬之亂，徒猖狂爾。趙云：上兩句言兵革雖不息，徒自歲月之久，而興起其衰謝，自看帝王之舉耳。興衰，乃興衰撥亂之謂也。後漢：光武爲司隸校尉，父老見之，曰：今日復見漢官儀。今言唐之法度未改，故以比之。胡馬，追言安史之兵也。老將一失律，清邊生戰場。失律，失法律也。易曰：失律凶。趙云：似言哥舒翰之失潼關，房琯之敗于陳濤斜，九節度之敗于相州者也。君臣忍瑕垢，河岳空金湯。言避亂出行，城池不守也，故空金湯。左傳曰：國君含垢，瑾瑜匿瑕。言有所容也。金謂金城，湯謂湯池也。趙云：曰金城湯池，言城如金之堅，池如湯之阻。今以君相初含容奸逆，不即誅戮，故使河岳之地，雖是金城湯池，失守而空自如之也。重鎮如割據，安史亂後，天下裂爲藩鎮，賦不上供，如割據焉。輕權絶紀綱。軍州體不一，各自爲政也。寬猛性所將。趙云：於是天下節度，稍自威重，則如一方之割據，苟或權輕，則絶其紀綱而不振矣。以時言之，軍州所在不一其體；以性言之，爲政寬猛不一其性，苟昧於設施，所以召亂矣。嗟彼苦節士，素於圓鑿方。九辨云：圓鑿而方枘兮，吾固知其鉏鋙而難入。趙云：苦節，指言崔瓘也。按新史：以士行修謹聞。大曆中，爲湖南觀察使。時將吏習寬弛，不奉法。瓘每以禮法繩之，下多怨。

崔灌以苦節爲政，是昧圓枘不入方鑿之義，而公今句則言鑿宜圓矣。乃於圓鑿而方之，文異而義同也。易節卦上六：苦節貞凶。象曰：其道窮也。寡妻從爲郡，兀者安短牆。凋弊惜邦本，惜民之彫弊也。書曰：民爲邦本。趙云：言寡妻平日遭擾，自從崔太守爲郡之後，如兀足者之安於堵墻之下，不復驚動也。文王刑于寡妻。哀矜存事常。趙云：曾子曰：如得其情，則哀矜而勿喜。言不妄刑罰，哀矜其人，存事體之大常也。其爲士行，修謹如此。旌麾非其任，言非其人也。府庫實過防。慳財賞也。恕已獨在此，多憂增内傷。偏裨限酒肉，卒伍單衣裳。厚自奉養而不恤軍旅也。趙云：灌之修謹既如上所云，然於是委以旌麾，則非其所任，蓋爲帥在寬猛適中，施予不吝，豈可過防於府庫之費乎？苟自恕已，則可獨在此矣。而多憂其費，務從減省，徒增内傷而已。於是偏裨則酒肉之儉，卒伍則衣裳之單，遂以召亂，如下文所云也。三略曰：良將恕己而治人。曹子建表云：誠可謂恕己治人，推恩施惠者矣。元惡迷是似，聚謀洩康莊。薛云：右按爾雅曰：五達謂之康，六達謂之莊。杜補遺：史記列傳曰：騶奭者，齊諸騶子，亦頗采鄒衍之術以紀文〔一〕。於時齊王嘉之〔二〕，爲開第康莊之衢。趙云：元惡，指言臧玠。灌既以禮法繩裁其下〔三〕，故有多怨。玠與判官達奚覯忿爭，覯曰：今幸無事。玠曰：欲有事耶？拂衣去。是夜，以兵殺覯。灌皇遽走，遇害。玠遂據潭州。迷是似，言凶惡之人，不識崔帥所爲本由禮法，而迷此之是似，乃聚謀而洩發于康莊也。詩：是以似之。竟流帳下血，大降湖南殃。代宗時，湖南兵馬使臧玠殺其帥崔灌。烈火發中夜，高煙燋上蒼。至今分粟帛，殺氣吹沅湘。福善理顛倒，明徵天莽茫。九歌：令沅湘兮無波。阮籍：曠野莽茫茫。趙云：流血、降殃，發烈火、分粟帛，皆以言其亂也。書曰：天道福善禍淫。又曰：明徵定保。今以崔帥之謹潔，由禮而被禍，則福善之理豈不顛倒？明徵於天豈不莽茫乎？銷魂避飛鏑，累足穿豺狼。隱忍枳棘刺，遷延胝趼瘡。言避亂奔走危窘，如穿豺狼間行也。心痛悼喪亂，如忍棘刺手，足胝趼而成瘡。趙云：江文通別賦云：黯然銷魂，唯別而已。飛鏑字，出選。累足，行步驚恐之義。漢書：累足脅息。豺狼字，多矣，如豺狼當道。隱忍，漢史云：隱忍以就功名。枳棘，如枳棘非鸞鳳所棲。遷延，左傳云：遷延之役。胝，音張尼切。列子云：手足胼胝。趼，音吉典切。莊子云：百舍重趼。胝與趼，皆是足瘡之名。遠歸兒侍側，猶乳女在旁。久客幸脱免，暮年慙激昂。幸於免患也。蕭條向水陸，汩没隨漁商。報主身已老，入朝病見妨。悠悠委薄俗，鬱鬱回剛腸。老而不可報主，病而不可入朝，故不免委身薄俗，鬱鬱回剛腸而已。趙云：激昂字，王章妻謂章曰：今在困厄，不自激昂。暮年字，魏武樂府云：烈士暮年。參錯走洲渚，春容轉林篁。謝靈運：遡流觸驚急，臨圻阻參錯。趙云：謝靈運詩：注謂圻岸之險，參差交錯也。參，音七森切。學記：善待問者，如撞鐘。待其從容，然後盡其聲。疏云：春，謂擊也。以爲聲之形容，言每一春，而爲一容，然後盡其聲。今言其行之悠悠，如鐘聲之春容，未便盡也。大曰洲，小曰渚。竹木皆謂之林篁，叢竹也。片帆左郴岸，郴，地名。通郭前衡陽。衡州也。華表雲鳥埤，名園花草香。旗亭壯邑屋，烽櫓蟠城隍。杜補遺：三代世表：會旗亭下。注：市樓也，立旗於上，故名旗亭。張衡西京賦：廓開九市，通闤帶闠。旗亭五重，俯察百隧。注：旗亭，市門樓。魏都賦：抗旗亭之嶢嶭。櫓，城上守禦望樓；城隍，池之無水者。趙云：公意往郴，故具片帆；而言衡之左，則郴岸。衡在郴州之西北。九域志：郴州西北至本州界，一百三十七里，則郴在衡州之東南，故云在郴岸。衡陽，即衡之倚郭縣，故云「通郭前衡陽」也。埤在經書音毗。詩云：政事一埤遺我。晉語：秦醫和曰：松柏不生埤。注云：下濕也。而國語音云：音卑，又皮靡反。今公所用乃側聲之音，於此難講。或云，恐是雲鳥陣字之誤。公嘗云「共説總戎雲鳥陣」，但於華表亦無説。中有古刺史，言其愛民莅事，如古之刺史。盛才冠巖廊。杜補遺：顔延年遊蒜山詩曰：空食疲廊肆。李善注：廊，巖廊也，朝廷所在也。文穎漢書注曰：巖廊，殿下小屋。趙云：出武帝制曰：舜遊巖廊之上。扶顛待柱石，獨坐飛風霜。趙云：刺史乃柱石之臣。獨坐者，御史也。豈公後篇所注崔侍御漼者乎？風霜，則御史之任。崔篆御史箴曰：簡上霜凝，筆端風起。又蘇味道贈封御史詩云：風連臺閣起，霜就簡書飛。元希聲贈皇甫侍御詩云：肅子風威，嚴子霜質。是已。昨者問瓊樹，高談隨羽觴。公自言得侍刺史，如問瓊樹然。陸士衡：四坐咸同志，羽觴不可筭。注：羽觴，謂其置鳥羽於觴，以急飲也。趙云：如所謂蒹葭倚玉樹也。晉束皙傳：昔周公城洛邑，因流水而泛酒。故逸詩云：羽觴隨波。張平子西都賦：羽觴行而無筭。無論再繾綣，已是安蒼黃。趙云：左傳：繾綣從公。劇孟七國畏，前漢游俠傳：劇孟以俠顯。吳楚反時，條侯爲太尉，乘傳東討。至河南，得劇孟，喜曰：吳楚舉大事而不求劇孟，吾知其無能爲已。天下騷動，大將軍得之若一敵國。馬卿四賦良。司馬相如字長卿，有子虛、上林賦、哀二世賦、大人賦，並載漢史傳。門闌蘇生在，蘇生，侍御涣。勇鋭白起强。趙云：劇孟、馬卿，皆以比刺史。白起以比蘇涣，劇孟以比其豪，馬卿以比其能文。白起，善用兵，事秦昭王，料敵合變，出奇無窮，聲震天下。門闌蘇生在，公自注云：蘇生，侍御涣。則涣在崔公漼之幕。而其人勇鋭，用白起以比其可爲將。問罪富形勢，凱歌懸否臧。末章皆美刺史也。趙云：公於末篇自注云：聞崔侍御漼乞師于洪府，師已至袁州北。此所謂問罪、凱歌者乎？富形勢，則以兵之形勢精强也。懸否臧，易曰：師出以律，否臧凶。而懸闊，則非否臧之凶矣。氛埃期必掃，蚊蚋焉能當。趙云：氛埃、蚊蚋，比臧玠也。橘井舊地宅，仙山引舟航。上句見橘井尚高褰注，下句見蓬萊如可到注。杜田補遺：桂陽列傳：蘇耽種橘、鑿井，以救時疫，病者食橘飲水即愈。趙云：橘井，在郴州。神仙傳：蘇耽將仙，謂其母：以庭前橘葉一片，水一杯，使病者以水服橘葉，病即愈。斯可見其有宅矣。仙山，則指言蘇仙所仙之山。按水經載：耽既仙之後，乘白馬而返其所鑿井處，世謂馬嶺山。公謀欲往郴，故云引舟航也。舊注引蓬萊如可到之句，則遂指仙山爲東海中之三山矣，非是。**此行厭暑雨，厥土聞清涼。**言親刺史之德而亡炎暑。趙云：此又指言郴州矣。公詩有曰：郴州頗涼冷，橘井尚凄清。是已。舊注所言又却是猶説衡州刺史，非是，又無比德之意。**諸舅剖符近，**言諸舅皆作郡。**開緘書札光。頻繁命屢及，磊落字百行。江總外家養，**陳書：江總字總持，七歲而孤，依於外氏，聰敏有至性。舅蕭勵名重當時，尤所鍾愛，常謂總曰：爾操行殊異，神彩英秀，後之知名，當出吾右。**謝安乘興長。**謝安寓居會稽，出則魚弋山水，入則言詠屬文，無處世意。常往臨安山中，坐石室，臨濬谷，悠然嘆曰：此亦伯夷何遠？又與孫綽等泛海，吟嘯自若，放情丘壑。每遊賞，必以妓女從也。趙云：公詩每以崔姓爲舅。剖符近，則必有姓崔者爲刺史矣，豈崔侍御潩乎？頻繁者，重疊也。江總則公自比其爲崔氏之甥，謝安則公自比其遊行之興。**下流匪珠玉，擇木羞鸞凰。**下流，自言也，言己非珍異，然得所托也。趙云：論語曰：惡居下流而訕上者。公又嫌其爲人特下流耳，非是珠玉之珍也。傳曰：鳥則能擇木，木豈能擇鳥。史又曰：窮猿投林，何暇擇木！公之意自謙，言其不暇擇木，非若鸞凰之非梧桐不棲，故羞鸞凰也。**我師嵇叔夜，**恬静寡欲，含垢匿瑕也。**世賢張子房。**彼掾張勸。**柴荆寄樂土，鵬路觀翱翔。**寄居樂土。當日觀刺史爲朝廷拔用也。趙云：師嵇叔夜，則公自言其放曠嬾散如嵇康。世賢張子房，公自有本注，美張勸也。謝靈運初去郡云：促裝反柴荆。樂土，指郴州。詩云：適彼樂土。鵬路，則莊子云九萬里者也。

【校勘記】

〔一〕「鄒」，史記卷七十四孟子荀卿列傳作「騶」。

〔二〕「於時齊王嘉之」，「時」，史記卷七十四孟子荀卿列傳作「是」；又，文津閣本「齊王」上脱「於時」二字。

〔三〕「法」，底本漫滅，據中華訂補本補。

風雨看舟前落花戲爲新句

江上人家桃樹枝，春風細雨出疎籬〔一〕。影遭碧水潛勾引，趙云：古樂府薄命篇云：艷花勾引落。風妬紅花却倒吹。吹花困癲傍舟檝，水光風力俱相怯。趙云：庾信畫屏風詩：水光連岸動。劉孝儀渡吉陽洲詩曰：噪鼓揚風力。赤憎輕薄遮入懷，趙云：赤憎，方言也。公嘗云：輕薄桃花逐水流。梁武帝春歌曰：階上香入懷，庭中花照眼。遮之爲言輒也，如「遮莫鄰鷄下五更」之遮。珍重分明不來接。一作折。趙云：師本作來折，非〔二〕。蓋全篇言落花耳〔三〕，豈復更言人之不折乎？濕久飛遲半欲高，縈沙惹草細於毛。蜜蜂胡蝶生情性，偷眼蜻蜓避伯勞。師云：詩：七月鳴鵙。釋文云：伯勞也。蓋此詩末句與莊子蟬棲美蔭，不知螳螂在其後；螳螂捕蟬，不知黄雀在其後；黄雀不知挾彈者在其後同意。

【校勘記】

〔一〕「風」，二王本杜集卷二作「寒」。案，百家注卷三十一、分門集注卷二十四、草堂詩箋卷三十七、補注杜詩卷十六、錢箋卷八均作「寒」。又，杜詩詳注卷二十三作「寒」，注異文云「一作風」。

〔二〕「非」，文淵閣本奪。

〔三〕「落」下，文淵閣本衍「一」字。

清明

著處繁花矜是又云務足。日，長沙千人萬人出。渡頭翠柳艷明眉，争道朱蹄驕齧膝。朱建平善相馬。魏文將出，取馬入。建平曰：此馬今日死矣。及將乘，馬惡香，齧帝膝，帝怒，殺之。趙云：蕭子暉冬曉詩曰：繁花無處盡，還銷寒鏡中。舊本矜作務，蔡伯世本作矜，是。朱蹄，則以朱飾其蹄。左傳：衛公馬朱其尾鬣。舊注：齧膝事，馬性偶如此。若皆如此，豈不傷人乎？公蓋使王褒聖主得賢臣頌曰：駕齧膝，驂乘旦。張晏曰：皆良馬名。應劭曰：馬驕有餘氣，常齧膝而行。況上句云「細柳艷明眉」，則柳自明其眉；今云「朱蹄驕齧膝」，則馬自齧其膝矣。争道字，本出左傳：宋萬，宋之臣也，與閔公博，争道。公今用之，爲善用字矣。此都好遊湘西寺，諸將亦自軍中至。馬援征行在眼前，葛强親近同心事。伏波將軍馬援征交趾女子徵側，又擊武陵五溪蠻夷。趙云：舊本作諸將之自軍中至，師民瞻本之作亦是。

此實道其事耳，此以比上帥。金鐙下山紅粉一作日。晚，牙檣捩柂青樓遠。杜補遺：古樂府劉生詩：座驚稱字孟，豪雄道姓劉。廣陌通朱邸，大路起青樓。又張正見採桑詩：倡妾不勝愁，結束下青樓。又文選美女篇：借問女安居？乃在城南端。青樓臨大路，高門結重關。趙云：青樓，則所祓禊之處，岸上有之也。舊本作紅粉晚，當作紅日晚。捩柂，轉船也。古時喪亂皆可知，人世悲歡暫相遺。弟姪雖存不得書，干戈未息苦離居。逢迎少壯非吾道，況乃今朝更祓除。祓除，上巳。束晳曰：周公城洛邑，因流水以泛觴。後人相緣，因爲盛集。趙云：周禮：女巫掌歲時祓除、釁浴。鄭注：如今三月上巳往水上之類。唐氣朔大歷五年三月三日清明，以清明值上巳，則更祓除之義尤明。

岳麓山道林二寺行

玉泉之南麓山殊，玉泉，地名。山足曰麓。道林林壑爭盤紆。杜補遺：盛弘之荊州記曰：長沙西岸有麓山，其下有精舍，左右林嶺，環回泉澗，傍有礬石，何至嚴冬，其水不停霜雪〔一〕。山足曰麓，蓋衡山足也。趙云：謝靈運詩：林壑斂暝色。承「道林」字下使「林壑」，此詩人之巧也。子虛賦：其山則盤紆茀鬱。而用林壑盤紆，則變張平子南都賦「谿壑錯繆而盤紆」也。寺門高開洞庭野，殿脚插入赤沙湖。洞庭、赤沙，皆湖名。趙云：洞庭湖在岳州之前，赤沙湖在永州。酉陽雜俎云：勾容赤沙湖。今衡山麓寺而云，此廣大之語。而潭州之下流爲洞庭，上流乃永州，湘水所從出，亦可以言矣。正猶夔州古栢行云：雲來氣接巫峽長，月出寒通雪山白。赤沙湖，對洞庭野，以莊子有云黃帝張樂於洞庭之野也。

五月寒風冷佛骨，六時天樂朝香爐。香爐峰也。趙云：冷佛骨，舊一作冷拂骨，非。不惟不對，而骨却在人言之矣。朝香爐，直言佛寺香爐耳。六時天樂朝之，則壁間所畫之天樂也。舊注云香爐峰，却是盧山事矣。

地靈步步雪山草，釋書言佛得道於雪山。僧寶人人滄海珠。言性圓明而無瑕纇也。杜正謬：楞嚴經云：雪山大力白牛，食其山中肥膩香草，此牛唯飲雪山清水，其糞微細，可和合旃檀。趙云：大戴禮有集地之靈，而顔延年云「邑社總地靈」，故對僧寶。其字則佛、法、僧爲三寶也。滄海珠，如閻立本稱狄仁傑曰：可謂滄海遺珠矣。步步，如謝希逸作宣貴妃誄，有龍逶遲於步步；梁元帝烏栖曲：那知步步香風逐。故對人人，則曹子建云：人人自謂握靈蛇之珠。

塔劫宮牆壯麗敵，香厨松道清涼俱。趙云：塔劫，則塔之層劫也。香厨，則禪刹中有香積厨也。皆實道其事耳。

蓮花一作池。交響共命鳥，釋書有共命鳥，二首一身。金牓雙迴三足烏。三足烏，言寺額金牓有回鸞反鵲之勢。杜補遺：阿彌陁經：極樂國常有迦陵頻伽共命之鳥。是諸衆鳥晝夜六時出和雅音。其音演暢五根、六力、七菩提分、八聖道分如是等法。金牓，神異經：西方有宮，白石爲墻，五色黃門。有金牓而銀鏤，題曰天地少女之宮。淮南子：日中有踆烏。注云：三足烏也。雙回三足烏，蓋言大字之勢如此。相如大人賦：亦幸有三足烏爲之使。此摘而用之，言金牓字勢如日中之烏飛動炫耀也。

方丈涉海費時節，玄圃尋河知有無。天台賦：涉海則方丈蓬萊。張騫贊曰：禹本紀言：河出崑崙。自張騫使大夏之後，窮河源，惡覩所謂崑崙者乎！玄圃，乃崑崙也。趙云：史記：海中有三神山，一曰方丈。而孫興公天台賦序云：涉海則方丈蓬萊也。玄圃，崑崙山之別名，見葛仙翁傳。而尋河事，則禹本紀言：河出崑崙。自張騫使大夏之後，窮河源，烏覩所謂崑崙者乎。兩句以言方丈、玄圃遠在何處，皆不可得往，不若今岳麓寺之傍近，可即而居也，故有下句桃源、橘洲之興。昔年且喜經行近，春日兼蒙暄暖扶。飄然班白身奚適，旁此煙霞茅可誅。楚詞：寧誅鉏草茅以力耕乎？言當暮年，欲誅草茅旁此而居也。桃源人家易制度，桃源，秦人避難之地。易制度，言世更變也。橘洲田土仍膏腴。橘洲在長沙。杜云：武陵圖經云：橘洲在龍陽縣東北五十里。吳志孫休傳注：載盛弘之荆州記云：李衡字叔平，仕吳，爲丹陽太守。每欲理產業，妻習氏輒不聽從。衡密遣人於武陵龍陽縣泛洲種甘橘千株。臨死，語其子曰：汝母惡吾營家，故貧如此。然吾於武陵泛洲種千頭木奴，不匱汝衣食，後當得千匹絹，亦足用耳。衡亡後，其子以白其母。母曰：此當是種甘橘也。汝父嘗稱太史言：江陵千株橘，其人與千户侯等，殆謂此矣。然人患無德義，不患於貧，苟能守道，用茲何爲〔二〕？吳末甚盛茂，果獲千縑。晉咸熙中，猶有存者。今此洲上居民數十家，亦多有橘株，故呼爲橘洲。又水經注：龍陽縣之橘洲，長二十里。吳丹陽太守李衡植甘橘於其上。臨死，敕其子曰：吾州里有木奴千頭，不匱汝衣食，歲絹千匹。又湘中記曰：或曰，昭潭無底，橘洲浮。橘洲有二，其一在龍陽，即李衡種甘橘之所；其一在長沙，去州十里。子美言橘洲乃長沙，非龍陽也。湘中記所載亦長沙橘洲。漢張禹買田，皆膏腴上價者也。趙云：桃源，在今之鼎州。陶淵明集載晉太和中漁父得往事。易制度，言其宮室朴略，所以制度易爲也。舊注非。橘洲，在武陵，正亦鼎州。鼎州與潭州並一帶之地，則公所欲往，皆爲無礙。然桃源在鼎州，而橘洲亦在鼎，此一州中事矣，則必指武陵之橘洲而已，況桃源有秦人避地事，而此橘洲有李衡種橘事乎。潭府邑中甚淳古，太守庭內不喧呼。昔遭衰世皆晦跡，今幸樂國養微軀。依此老宿亦未晚，老宿，僧之年臘高者。富貴功名焉足圖！久爲野客尋幽慣，細學何顒免興孤。見何顒興未忘注。趙云：潭府者，曾潭之府也。梁張纘南征賦云：曾潭水府。潭州得名，政以其水之潭潭耳。緣有曾潭水府字，故得取用潭府。何顒，在後漢黨錮傳乃急義名節之士，與今詩句不相干。或曰，應是周顒，而所傳之誤。周顒，宋人，長於佛理，終日長蔬。雖有妻子，獨處山舍。若作周顒，則於賦二寺詩，並野客尋幽之下爲有說。一重一掩吾肺腑，一重一掩，山也，有如吾肺腑然。薛云：按前漢書衛青曰：吾幸得以肺腑待罪行間。山鳥山花吾友于。與之同處，若兄弟也。杜補遺：陶淵明詩：一欣侍溫顔，再喜見友于。南史：劉湛友于素篤。北史：李謐事兄盡友于之誠。趙云：書：友于兄弟。而晉以來便用稱兄弟。宋公放逐曾題壁，物色分留與一作待。老夫。宋之問之貶也，塗經於此，有詩尚在壁間。趙云：舊本作分留與老夫，與，一作待，當以待爲正。蔡伯世云：作與字，意乃淺近，是。

【校勘記】

〔一〕「水」，太平御覽卷四十九地部作「上」。

〔二〕「用」，文淵閣本奪。

舟中苦熱遣懷奉呈陽中丞通簡臺省諸公〔一〕

媿爲湖外客，看此戎馬亂。中夜混黎甿，脱身亦奔竄。謂避臧玠之亂入衡州也。趙云：指言洞庭湖之外，則衡州是也。老子云：戎馬生於郊。戎馬亂，指言臧玠之亂也。事詳見前注。平生方寸心，反掌帳下難。謂崔灌見殺也。晉張輔傳：後爲天水故帳下督富整所殺。徐庶母爲曹公所獲，庶辭先主，指其心曰：本欲與將軍共圖王霸之業者，以此方寸之地也。今已失老母，方寸亂矣。先主伐吴，張飛臨發，其帳下將張達、范彊殺飛，持其首順流而奔孫權，亦猶臧玠之殺崔灌也。故云帳下難。前詩亦云「竟流帳下血」。

嗚呼殺賢良，按新史：灌爲治，不煩苛，人便安之。居澧州二年，增户數萬。詔特進五階，以寵異政。不叱白刃散。趙云：舊本反掌。蔡伯世本作反當，其説是。公自言平生有經世之心，而反當帳下有難，至於賊殺賢良，乃不能一叱白刃使散，蓋自以爲媿矣。帳下，指臧玠；賢良，指崔灌也。吾非丈人特，没齒埋冰炭。薛云：按論語：管仲奪伯氏駢邑三百，飯疏食，没齒無怨言。韓子曰：冰炭不同器。恥以風病辭，胡然泊湘岸。趙云：四句通義，言能叱白刃散者，非丈人之特不可，而吾非是此人，徒没齒埋於冰炭之中矣。丈人者，長老之稱。特字，即詩云：百夫之特。冰炭，言不相入。既不能叱白刃散，却以風病辭，此爲可耻矣。但以逃難而來，故自問其胡然泊湘江之岸也。詩曰：胡然而天也，胡然而帝也。入舟雖苦熱，垢膩可溉灌。痛彼道邊人，形骸改昏旦。痛彼遇亂而死者。中丞連帥職，詩有方伯連帥之職。封内權得按。身當問罪先，縣實諸侯半。謂陽中丞也，封邑半於古諸侯。師曰：中丞楊琳，自澧上達長沙問罪。見子美後詩注。趙云：中丞，陽公也。舊史云：衡州刺史陽濟，各出兵討臧玠〔二〕。謂連帥，乃古之諸侯。史有問罪之帥。詩：元戎十乘，以先啓行。士卒既輯睦，薛云：按春秋左氏傳：隨武子曰：昔歲入陳，今茲入鄭。民不罷勞，君無怨讟。而卒乘輯睦，事不奸矣。啓行促精悍。詩：爰方啓行。似聞上游兵，稍逼長沙館。上游，江之上流也。杜補遺：漢書：項羽自立爲西楚霸王。使人徙義帝，曰：古之帝者，地方千里，必據上游。乃徙義帝長沙郴縣。趙云：即後篇公自注云：楊中丞琳問罪，將士皆自澧上達長沙也。鄰好彼克脩，天機自明斷。趙云：所以指言楊中丞琳矣。南圖卷雲水，北拱戴霄漢。美名光史臣，長策何壯觀。南圖，謂圖畫湖南也。北拱，謂誅亂鉏暴以尊王室也。如此，則書於史臣者光美，而見於策略者爲壯觀也。杜正謬云：南圖，蓋莊子鵬飛九萬里而圖南事。故子美送嚴公詩又云「南圖迴羽翮，北極捧星辰」也。趙云：蓋言南之所圖謀，欲卷盡雲水也。劉孝標辨命論曰：荆昭德音，丹雲不卷。北拱，即孔子云：北辰居其所，而衆星拱之。戴霄漢，則所以尊君也。驅馳數公子，咸願同伐叛。聲節哀有餘，夫何激衰懦。言願同伐叛之公子。聲名節槩，足以振激衰懦。衰懦，猶軟弱也。趙云：數公子事，按唐書：澧州刺史楊子琳、道州刺史裴虯、衡州刺史陽濟，各出兵討玠。宗室李勉爲廣州刺史，亦以兵討玠。此謂數公子也。選云：奉義詞以伐叛。偏裨表三上，鹵莽同一貫。薛云：按前漢馮奉世上書討羌，願益兵。上爲發六萬人，太常千秋將以助焉。奉世以得其衆，不須復煩將。上讓之曰：大將軍出必有偏裨，又何疑焉。趙云：此別説有偏裨之將三人上表，而敷陳不明同一貫耳，如莊子：可不可爲一貫。着同字，則又用同條共貫合之也。始謀誰其間，迴首增憤惋。趙云：惟其所陳一貫而不明，所以問誰在其間爲始謀者乎，徒令我回首憤惋也。於是引下句美李端公。宗英李端公，宗室之英秀也。杜補遺：梁邵陵王讓丹陽尹表曰：臣進非民譽，退異宗英。又吕温河間王李恭贊曰：堂堂河間，仁勇是經。遹駿有聲，爲唐宗英。李肇國史補：宰相相呼曰堂老，兩省相呼爲閣老，尚書丞郎相呼曰曹長，郎中員外御史補遺相呼爲院長，唯御史相呼爲端公。李端公，蓋御史也，名勉，見上入衡州。趙云：李勉爲御史中丞，京兆尹。大曆中，出爲廣州刺史，亦以兵討玠。守職甚昭焕。變通迫脅地，謀畫焉得筭。王室不肯微，凶徒略無憚。此流須卒斬，神器資强幹。薛云：按道德經云：天下神器不可爲也。杜補遺：班固西都賦：冠蓋如雲，七相五公；與夫州郡之豪傑，五都之貨殖，三選七遷，充奉陵邑。蓋以强幹弱枝，隆上都而觀萬國也。趙云：李公能變而通之，於賊兵迫脅之地，用其謀畫，更得算計可行乎。詩云：國既卒斬。今此則言終誅斬此凶徒也。**扣寂豁煩襟，皇天照嗟嘆。**趙云：陸士衡文賦：課虛無以責有，扣寂寞而求音。

【校勘記】

〔一〕「陽」，清刻本、排印本作「楊」。

〔二〕「各出兵討臧玠」，「臧」文淵閣本作「賊」，訛；文津閣本作「各討兵出詩臧玠」，錯簡。

聶耒陽以僕阻水書致酒肉療飢荒江詩得代懷興盡本韻至縣呈聶令陸路去方田驛四十里舟行一日時屬江漲泊于方田

耒陽馳尺素，見訪荒江眇。義士烈女家，風流吾賢紹。尺素，書也。史刺客傳：聶政殺韓相，自死。其姊榮伏屍哭，極哀，死政之旁。晉、楚、齊、衛聞之，皆曰：非獨政能也，乃其姊亦烈女也。趙云：古詩：客從遠方來，遺我尺素書。舊本荒江眇，師民瞻本作荒江渺，是。公又云：江湖渺霽天。**昨見狄相孫，許公人倫表。**杜補遺：南史：孔休源字慶緒，爲晉安王長史。武帝敕王曰：孔休源人倫儀表，當每事師之。又任彥升撰王文憲集序曰：國學初興，華夷慕義，經師人表，允茲實望〔一〕。**前期翰林**

後，屈跡縣邑小。言聶之才，宜在翰苑，而反屈跡縣邑。趙云：舊本前期翰林後，蔡伯世云：別本作前朝。其説是。豈聶之父祖，嘗爲翰林之職乎？知我礙湍濤，半旬獲浩溔。趙云：一本以上句爲荒江眇，遂於此句爲半旬獲浩渺。師民瞻云：浩溔，音以沼切。注云：大水貌。謝靈運山居賦云：吐泉原之浩溔[二]。麾下殺元戎，湖邊有飛旐。潭州臧玠殺其帥崔灌。子美避亂而往衡州故也。庾公上武昌，出石頭。百姓看於岸上，歌曰：庾公上武昌，翩翩如飛鳥。庾公還揚州，白馬引素旐。素旐，乃庾尋亡也。趙云：舊注雖是而非。飛旐字所出，潘安賦云：飛旐翩以啓路。孤舟增鬱鬱，僻路殊悄悄。側驚猿猱捷，仰羨鸛鶴矯。禮過宰肥羊，愁當置清醥。張平子：鬱鬱不得志。詩：憂心悄悄。蜀都賦：猨狖騰希而競捷。又：置酒高堂，觴以清醥。曹子建：烹羊宰肥牛。言聶以肥羊清醥，乃見於禮也。杜補遺：曹子建七啓云：乃有春清醥酒，康狄所營。醥，匹眇切，青白色。揚雄酒賦云：其味有宜城醪醲，蒼梧醥清。蜀都賦云：觴以清醥，鮮以紫鱗。醥，清酒也。杜詩一本作清縹，故兩載之。詩曰：既有肥羜，以速諸父。「禮過宰肥羊」，言聶令待遇厚也。人非西喻蜀，唐蒙通夜郎，徵發巴蜀吏卒，因軍興法，誅其渠帥，巴蜀大驚。上聞之，使相如作檄以責唐蒙，因喻巴蜀人非上本意之事也。興在北坑趙。秦將白起破趙，四十餘萬軍遂降秦，白起悉坑之。趙云：兩句又公自言也。方行郴岸静，未話長沙擾。時臧玠殺崔灌，長沙擾亂也。崔師乞已至，澧卒用矜少。問罪消息真，開顔憩亭沼。聞崔侍御潩乞師于洪府，師已至袁州北，楊中丞琳問罪，將士皆自澧上達長沙。趙云：公自注甚明。蔡伯世云：公避亂竄還衡州，衡州諸將乃嘗寓家衡陽，獨至長沙，還罹此變。尋於江上阻暴水，半旬不食。耒陽聶令具舟致酒肉迎歸，一夕而卒。則此詩蓋公之絶筆矣。舊譜乃云：還襄漢，卒於岳陽。尤誤矣。

【校勘記】

〔一〕「實望」，文選卷四十六、全梁文卷四十四王文憲集序作「望實」。

〔二〕「原」，全宋文卷三十一山居賦作「流」。

新刊校定集注杜詩卷十七

近體詩

冬日洛城北謁玄元皇帝廟

唐書：天寶元年，陳王府參軍田周秀上言：玄元皇帝降于丹鳳門之通衢，告錫靈符在尹喜之故宅。上遣使就尹喜宅，遂發得之，乃置玄元廟於大寧坊，親享于新廟。是秋，改爲太上玄元皇帝宮。二年，追尊大聖祖玄元皇帝，仍於天下諸郡爲紫極宮，秋改譙郡紫微宮爲太清宮。趙云：玄元皇帝，李老君也。

配極玄都閟，配皇等極。老子曰：是謂配天極。玄都，觀也。閟，閉也，神也。詩：閟宮有侐。杜正謬：玄都，老子觀名。天寶二年，追尊老子爲聖祖玄元皇帝，仍於天下諸郡建紫極宮。趙云：此首兩句已對。詩家第二字側入謂之正格，如今篇兩句是也。第二字平入謂之偏格，如後篇諫官非不達，詩義早知名是也。唐名賢輩詩多用正格，如公律詩用偏格者十無一二，沈存中筆談嘗論之矣。配極之義，杜補遺以爲配紫極，是。蓋紫極，北極也。晉謝安建宮室，體合辰極，乃其義矣。舊注引老子是謂配天古之極，輒裁其語云：是謂配天極，以傅會其説。殊不知是謂配天，乃是句絶，而古之極次之也。以廟在城之北，故曰配極。憑高禁籞長。前漢宣紀詔：池籞未御幸者，假與貧民。注：籞者，禁苑。前漢書音義曰：折竹以縣繩連之，使人不得往來，謂之籞。趙云：范靖妻沈氏登樓曲：憑高川陸近[一]。則人憑其高。而杜公以義行語，則言處所憑附於高，故公詩又云「户牖憑高發興新」，又云「招提憑高岡」也。玄都，丹臺，仙真之所也，故用玄都言廟。舊注云玄都觀，非是。守祧嚴具禮，周禮春官：守祧。注：遠廟曰祧，遷主之所藏也。掌節鎮非常。地官掌節。注：節，猶信也，行者所執之信。掌節，掌守邦節而辨其用。趙云：周禮：守祧。既尊玄元爲聖祖，故監廟者得謂之守祧。必有御賜之信以爲鎮，故得借掌節以爲言，此詩人之功用也。漢景帝詔曰：禮官具禮儀。碧瓦初寒外，金莖一氣旁。劉駼駒詩曰：縹碧以爲瓦。班固西都賦：抗仙掌以承露，擢雙立之金莖。郊祀志：漢武作栢梁、銅柱，承露仙人掌之屬也。趙云：葛洪神仙傳載蔡少霞夢人托書新宫銘，有云：碧瓦鱗差，瑶階肪截。初寒，是十月，題云：冬日來謁也。字則風土記曰：九月九日折茱萸房以插頭，言辟除惡氣而禦初寒。金莖，廟中未必有，詩人言之，以壯宫殿之形勢耳。潘安仁西征賦：化一氣而甄三才。山河扶繡户，謂户上繪畫若繡也。梁沈約春風詠：鳴珠簾於繡户。日月近雕梁。雕刻梁棟也。趙云：吴起言魏有山河之固。詩：瞻彼日月。檀約陽春歌曰：白日映雕梁。碧瓦在初寒之外，金莖在一氣之旁，而繡户爲山河所扶，雕梁相近日月，皆言廟之高大也。與「日月低秦樹，乾坤繞漢宫」同法。今四句皆言廟之據高，而句法雄大耳。仙李蟠根大，猗蘭奕葉光。神仙傳：老子姓李，名耳，字伯陽。盤根大，故枝葉繁盛，謂唐室以李爲聖祖。杜補遺：老子生，指李樹爲姓，而唐以爲聖祖，故云云。梁任昉述異記曰：中山有縹李，大如拳，呼仙李。故陸士衡賦曰：仙李縹而神李紅。武帝生於猗蘭殿。趙云：此以紀玄元之盛美，言自老子盤根而來，至唐又如蘭之猗猗，爲累世有光也。仙李對猗蘭，蓋起於猗蘭操，孔子所作也。舊注及杜田引漢殿名爲證，非。杜公以李氏之世譬之猗蘭，蓋亦孔子所謂蘭爲王者香也。虞詡云：盤根錯節。晉潘安仁作楊仲武誄云：伊子之先，奕葉熙隆。世家遺舊史，道德付今王。史記有老子傳而無世家。老子道德經，明皇御注。趙云：本傳曰：老子著書上下篇，言道德之意。西京賦曰：學乎舊史氏。顏延年赭白馬賦云：訪國美於舊史。孟子云：今王發政施仁；今王田獵、鼓樂於此。**畫手看前輩，吴生遠擅場。**廟有吴道子畫。張平子東京賦：秦政利觜長距，終得擅場。鮑云：山谷道人簡王立之曰：凡作詩賦，要以宋玉、賈誼、相如、子雲爲師。略依放其步驟，乃有古風。杜詩云：畫手看前輩，吴生遠擅場。蓋古人於能事不獨求誇時輩，要須前輩中擅場耳。趙云：梁張纘別離賦曰：太常劉侯，前輩宿達。又，選有喜謗前輩。擅場，蓋取鬭鷄之勝者言之。**森羅移地軸，**河圖括象曰：地有三百六十軸。**妙絶動宮牆。**言筆跡巧妙冠絶也。趙云：肇論曰：萬象森羅。魏文帝與吴質書曰：公幹五言詩之善者，妙絶時人。海賦云：又似地軸挺拔而争迴。宮牆，則論語有：譬之宮牆。**五聖聯龍衮，千官列雁行。**唐書：天寶八年，上謁太清宮，上聖祖玄元皇帝尊號爲聖祖大道玄元皇帝。高祖、太宗、高宗、中宗、睿宗五帝，皆加大聖皇帝之字。禮記：天子龍衮。丘遲書：功臣名將，雁行有序。謂繪五帝侍從也〔二〕。趙云：荀卿曰：天子千官。詩：兩驂雁行。應劭漢官儀載：典職楊喬糾羊柔曰：柔知丞郡雁行，威儀有序。**冕旒俱秀發，**禮器：天子之冕，十有二旒，諸侯九，上大夫七，下大夫五，士三。趙云：今句正言五聖之像。舊注更引諸侯、大夫、士之制，惑後學矣。左思蜀都賦：王褒暐曄而秀發〔三〕。**旌旆盡飛揚。**儀仗也。趙云：旌旆，旌之有旆也。陸士衡詩：長旌誰爲旆。飛揚，於旌旆之義，則選賦云：蜺旌飄以飛揚。**翠柏深留景，紅梨迴得霜。風箏吹玉柱，**風箏，謂製箏挂之風際，風至則鳴也。沈約詩〔四〕：玉柱揚清曲。**露井凍銀床。**古詩：後園鑿井銀作床，金瓶素綆汲寒漿。趙云：四句寫所見之景物也。翠柏在冬，其實與葉皆翠。左九嬪松柏賦云：列翠實之離離。魏收庭柏詩云：陵寒翠不奪。是矣。紅梨，言梨葉得霜而紅也。梁庾肩吾尋周處士詩云：梨紅大谷晚，桂白小山秋。迴，遠也。深與迴，則柏、梨皆非一株矣。風箏，今內地有之。玉柱字，使柳惲七夕詩：秋風吹玉柱。又參使袁淑正情賦曰：陳玉柱之鳴箏。露井，露地之井也。湯僧濟詩：昔日倡家女，插花露井邊。銀床字，舊注引古，雖是而非。銀床兩字所出，蓋如庾肩吾侍讌九日詩：銀床落井桐。庾丹秋閨云：空汲銀床井。身退卑周室，史：老子，周守藏室之史也。修道德，其學自以隱無名爲務〔五〕。居周久之，見周之衰，乃去。經傳拱漢皇。漢文、景崇黃老教。谷神如不死，老子：谷神不死。養拙更何鄉。趙云：兩句，又以紀玄元之事實。乃杜公因落句自言其身，而起此句。謂老子之引退，爲周室日以卑削之故。卑字是句之腰，便用作斡旋之字矣。其經所傳之人，可用之以拱翼漢皇，指言文、景之間崇黃老之教也。如此，則老子之道，不亦大乎？故杜公以爲吾之谷神如不死，則養拙更何鄉而可乎？惟以老子之道而已。潘安仁閒居賦云：仰衆妙而絕思，終優遊以養拙。鄉，如所謂道德之鄉，與出入無時，莫知其鄉之鄉同義，不必指洛城也。一作方，亦此義耳，而字不若鄉之典。

【校勘記】

〔一〕「陸」，文淵閣本作「路」，訛。

〔二〕「書」，原作「畫」，訛，檢「功臣名將」二句，全梁文卷五十六作丘遲與陳伯之書，據改。

〔三〕「暐曄」，「暐」文選卷四、全晉文卷七十四作「韡」，藝文類聚卷六十一居處部作「煒」；「曄」，文津閣本、文瀾閣本作「煜」。

〔四〕「沈約」，原作「江淹」，檢「玉柱揚清曲」句，江淹詩無此句，考梁詩卷七沈約詠箏詩有此句，當是誤置，據改。

〔五〕「自以」，文津閣本、文瀾閣本、清刻本、排印本作「以自」。

行次昭陵

唐太宗文皇帝之陵也。

舊俗疲庸主，舊俗謂隋民舊染汙俗，庸主煬帝疲困也。**群雄問獨夫。**獨夫，以失道而無助。書：獨夫紂。群雄，如李密之流。　趙云：自此而下至「賢路不崎嶇」是一段。庸主、獨夫，指隋煬帝也。舊俗，謂隋民疲困於庸昏之主。賈誼過秦論曰：向使子嬰有庸主之材，僅得中佐，秦猶未亡也。詩：懷其舊俗。晉陸機辨亡論有曰：群雄蜂駭〔一〕。**讖歸龍鳳質，**讖，書也。唐太宗龍鳳之姿，天日之表。**威定虎狼都。**蘇秦傳：秦，虎狼之國也。　趙云：太宗方四歲，有書生見之，曰：龍鳳之姿，天日之表。其年幾冠，必能濟世安民。高祖以爲神，採其語，名之曰世民；故曰「讖歸龍鳳質」。蘇秦傳：秦，虎狼之國也。太宗之取天下，先定關中，故曰「威定虎狼都」。改姿字爲質，改國字爲都，詩句如是停等而後可。若歸字，取劉琨言歷數有所歸之歸。定字，取尚書一戎衣而天下定。又穀梁取威定霸之定。豈不謂之句之領耶？**天屬尊堯典，**父子，天屬也。尊堯典，謂循其典法也。太宗，高祖次子。**神功協禹謨。**謂親定九州也。　趙云：尊堯典，謂循高祖之法度，豈亦以高祖爲神堯皇帝，故得用堯典字耶？神功協禹謨，詩人意取帝王之成功，韻自押到，蓋所謂禹成厥功，而書有禹謨也。舊注謂親定九州，若如此，却成協禹貢矣。必謂之神功，則禹謂之神禹也。神功字，宋謝靈運得句云：此語有神功。見鍾嶸詩品所載。**風雲隨絕足，**風雲會合，隨馬足而起也。**日月繼高衢。**日月，謂相繼而明高祖禪也。　趙云：上句言風雲之會，下句言繼高祖之明。風雲字，多矣。如感會風雲。絕足字，魏文帝與孫權送馬書曰：中國雖饒馬，其知名絕足，亦時有之耳。登樓賦：假高衢而騁力。**文物多師古，**文物，典章。左傳：文物以紀之。師古謂以古爲師也，猶稽古。　趙云：尚書：事不師古。**朝廷半老儒。**太宗之時，朝廷多老儒。　趙云：老儒，如房、杜之屬。太宗爲天策上將軍，寇亂稍平，乃鄉儒官作文學館〔二〕，收聘賢才。如杜如晦等十八人，分番宿閣下，悉給珍膳。每暇日，訪以政事，討論墳籍。在選中者，謂之登瀛洲。及即位，儒臣之老如房、杜輩，太半在朝爲卿相。直詞寧戮辱，賢路不崎嶇。太宗納諫容直言，如魏徵之切直，無所不至，而能容之。孫伏伽諫論元律，罪不當死，賜以蘭陵公主園，直百萬。其用人如馬周，咸能盡其才。趙云：四句實録也。賢路不崎嶇，則不艱於進用。説苑楚令尹虞丘子謂莊王曰：臣爲令尹，處士不升，妨群賢路。潘安仁詩：在疚妨賢路。干寶云：師尹無貝瞻之貴，而顛墜戮辱之禍日有。南都賦：下蒙籠而崎嶇。鸚鵡賦云〔三〕：崎嶇重阻。往者灾猶降，蒼生喘未蘇。指麾安率土，盪滌撫洪鑪。謂陶成天下，如洪鑪爾。壯士悲陵邑，幽人拜鼎湖。趙云：此六句言太宗末年，有日食、太白晝見之災〔四〕；興翠微、玉華之役；高麗、龜茲之戰，相繼用師；則太宗之意，猶欲好大喜功，勤兵於遠。立思方如此，遽爾升遐，故繼之以壯士悲陵邑也。論語：往者不可諫。書：海隅蒼生。謝安：其如蒼生何。災降字，使皇天降災。蘇字，使后來其蘇也。劉向新序曰：先王之所以指麾，而四海賓服者，誠德之至也。樂緯云：商湯改制，盪滌故俗。而東都賦云：因造化之盪滌。盪，音他浪切；亦上聲，音徒浪切。詩：率土之濱。用對洪爐，如禪家洪爐上一點雪。荊軻云：壯士一去不復還。易：幽人貞吉。西都賦：三選七遷，充奉陵邑。鼎湖事，黃帝鑄鼎，鼎成而仙去，後世名其地爲鼎湖。出前漢郊祀志。玉衣晨自舉，上賜霍光玉衣，耿秉死，亦賜玉衣。玉衣，御服也。鐵馬汗常趨。陸佐公：鐵馬千群。趙云：玉衣，貴人死者珍異之衣。漢儀注：以玉爲衣，如鎧狀，連綴之，以黃金爲縷。太宗雖死矣，玉衣如鎧，晨則自舉。此以意度鬼神之事。鐵馬，非戰莫用也。所像之鐵馬猶汗以趨，則太宗勤兵之意，瞑目而未終矣。松柏瞻虛一作靈。殿，師云：古詩：虛殿自生風。塵沙立暝途。師云：張協詩：塵沙蔽暝途。寂寥開國日，謂太宗躬親戎馬，平一天下，開國建社。易：開國承家。流恨滿山隅。趙云：此公自紀其過陵之實也。仲長子昌言曰：古之葬，松柏、梧桐以識其墳也。故曹植寡婦詩曰：高墳鬱兮巍巍，松柏森兮成行。謝靈運經廬陵王墓下詩曰：徂謝易永久，松柏森已行。可見矣。繁欽述行賦曰：茫茫河濱，實多沙塵。謝靈運擬阮瑀詩曰：河洲多沙塵，風悲黃雲起。然則，沙、塵兩物，可倒用乎？末句重弔其平生開國之勤勞。今死，則寂寥而流恨也。選有：列萬騎於山隅。

【校勘記】

〔一〕「蜂」，原作「鋒」，據文選卷五十三、全晉文卷九十八陸機辨亡論改。

〔二〕「官」，原作「宮」，據文淵閣本、文津閣本、文瀾閣本、清刻本、排印本改。

〔三〕「鸚鵡賦」上，原衍「白」字，據文選卷十三、全後漢文卷八十七刪。

〔四〕「灾」，原作「祥」，據文淵閣本、文津閣本、文瀾閣本、清刻本、排印本改。

贈韋左丞丈濟

首卷有贈韋左丞丈二十二韻。杜補遺：按唐史，韋思謙，高宗之時爲尚書左丞，振明綱轄，朝廷肅然。武后時同鳳閣鸞臺三品。子承慶、嗣立。武后時嗣立代承慶爲鳳閣舍人、黃門侍郎。承慶亦代爲天官侍郎及知政事。父子並爲宰相，世罕其比。嗣立二子曰恒、曰濟。恒終陳留太守，濟天寶中授尚書左丞，凡三世居之。濟文雅頗能修飾政事，所至有治稱。

左轄頻虛位，晉天文志：轄星傅軫兩旁〔一〕，主王侯。左轄爲王者同姓，右轄爲異姓。杜正謬云：唐六典云：左、右丞掌管轄省事，糾舉憲章。舊史：劉洎上疏曰：尚書萬機，寔爲政本。是以二丞方於管轄，八座比於文昌。故左丞謂之左轄。趙云：自此至接亭衢八句，皆以紀韋左丞也。魏晉以來，左丞得彈奏八座，故傳咸云：斯乃皇朝之司直，天臺之管轄。後人用左轄字，義起於此，非是取左轄星之名。今年得舊儒。相門韋氏在，經術漢臣須。漢韋賢及子玄成，父子皆以經術爲相。趙云：濟乃嗣立之子，承慶之姪。嗣立、承慶，並爲宰相，故得引漢韋氏爲言。相門字，魏志陳思王傳載諺云：相門有相。經術字，如史云：不務經術。時議歸前列，天倫恨莫俱。天倫，兄弟也。穀梁：兄弟，天倫也。趙云：嗣立有二子，恒、濟知名，故有是句。禮記：龜爲前列。鴒原荒宿草，鳳沼接亭衢。常棣：脊令在原，兄弟急難。注：脊令，雝渠也。飛則鳴，行則搖，不能自舍耳。箋云：雝渠，水鳥，而今在原，失其常處，則鳴求其類，天性也。猶兄弟之急難。檀弓：曾子曰：朋友之墓，有宿草而不哭。注：宿草，謂陳根也。晉荀勗守尚書令。勗久在中書，專管機事。及失之，甚罔然悵恨。或有賀之者，曰：奪我鳳凰池，諸君賀我耶！趙云：易：何天之衢，亨。言濟兄弟是前輩，爲時議所歸，惜其一亡，至於宿草已荒，然濟由左丞可以接鳳池亭衢。又美其可爲中書之貴也。有客雖安命，莊子：知其無可奈何而安之若命〔二〕。衰容豈壯夫。謂以窮達而肥癯，非壯夫也。趙云：公自謂也。詩：有客有客。壯夫字，出揚子。家人憂几杖，几，老者所憑；杖，老者所扶持也。家人憂其老也，故借言几杖。禮：大夫致仕，則必賜之几杖。趙云：禮：七十者杖於家。以年老須几杖，故爲家人之憂。甲子混泥途。襄三十年傳：晉悼夫人食輿人之城杞者，絳縣人或年長矣，無子而往，與於食。有與疑年，使之年。曰：臣，小人也，不知紀年。臣生之歲，正月甲子朔，四百有四十五甲子矣，其季於今三之一也。趙孟曰：武不才，任君之大事，以晉國之多虞，不能由吾子，使吾子辱在泥塗久矣，武之罪也。不謂矜餘力，還來謁大巫。陳琳答張紘書：小巫見大巫，神氣盡矣。亦爲言文章。趙：論語：行有餘力，則以學文。正謂矜詩餘力之文也。歲寒仍顧遇，以顧遇之禮不改，故云歲寒。論語：歲寒，然後知松栢之後凋也。日暮且踟躕。日暮，謂暮齒也。漢書：日暮途遠。詩：搔首踟躕。趙云：以公顧遇，故雖日暮猶踟躕而不欲行也。老驥思千里，魏武樂府云：老驥伏櫪，志在千里。飢鷹待一呼〔三〕。魏志：陳登謂呂布曰：曹公言待將軍，譬如養鷹然，飢則爲用，飽則揚去。趙云：權翼之言慕容垂曰：猶鷹也，飢則附人，飽則高飛。鮑照蕪城賦有云：飢鷹厲吻。劉表有呼鷹臺也。雖飢矣，猶待呼，則不苟就食也。一呼字，亦借使振膺一呼，又仰天一呼，不必泥。漢書注音去聲。君能微感激，亦足慰榛蕪〔四〕。一云折骨效區區。趙云：此又不能無所求之情也。一云折骨效區區，又有以報其施矣。感激字，祖出趙岐孟子章指曰：千載聞之，猶有感激。選云：伊洛榛蕪。然一云之語，非報其施，亦何至言折骨也。

【校勘記】

〔一〕「傅」，文淵閣本作「珍」，訛。

〔二〕「若」，原作「者」，訛，據清刻本、排印本並參莊子內篇人間世改。

〔三〕「待」，文淵閣本、文津閣本、文瀾閣本、清刻本、排印本作「得」，訛。二王本杜集卷九、百家注卷一、分門集注卷十七作以及錢箋均作「待」，可證。

〔四〕「蕪」，底本漫滅，據文淵閣本、文津閣本、文瀾閣本、清刻本、排印本補。

投贈哥舒開府翰二十韻

今代麒麟閣，何人第一功？漢武帝獲麟，作麒麟閣以畫功臣像也。漢宣帝甘露三年，上思股肱之美，乃圖畫大將軍霍光等十一人於麒麟閣。漢高祖論功行封，以蕭何功爲第一。趙云：諸本多誤以麒麟作騏驎，惟此篇方不誤。蕭何第一功。所謂麒麟閣、第一功，各是一端實事，故可爲實對矣。

君王自神武，駕馭必英雄。尚書：帝德廣運，乃聖乃神，乃武乃文。前漢刑法志：高祖躬神武之才，總攬英雄。吳張昭曰：人君能駕馭英雄。趙云：英雄，所以指翰也。君王字，左傳曰：與君王哉。餘見上君王問長卿注。易：神武而不殺。

開府當朝傑，論兵邁古風。齊職儀曰：開府儀同三司。秦漢無文，唐制從一品。趙云：此至和戎，通四韻以言翰爲開府之事。翰於天寶十一載加開府儀同三司故也。陸瑜仙人覽六箸篇：避敵情思巧，論兵勢重新。

先鋒百勝一作戰。在，略地兩隅空。劉牢之爲前鋒，百戰百勝，號爲北府兵，敵人畏之。漢書：鄂秋曰：曹參雖有野戰略地之功。趙云：如馬謖傳：有魏延、吳壹，論者皆言宜令爲先鋒。漢高祖紀：陳涉遣武臣等略地。翰嘗攻吐蕃石堡城，次以赤嶺爲西塞，豈略地之事實邪？謂兩隅，意其在西北也。

青海無傳箭，天山早挂弓。翰嘗築城於龍駒島，而吐蕃不敢近青海。趙云：胡人每起兵，則傳箭爲號，如今雲南蠻刻牌之類。薛仁貴傳：將軍三箭定天山，將士長歌入漢關。天山，即祁連山。匈奴謂天爲祁連。早挂弓，則不復用。

廉頗仍走敵，見上「廉頗出將頻」注。魏絳已和戎。魏絳勸晉侯和戎，以爲有五利，公從之。趙云：廉頗爲趙將，破齊勝魏，功爲多。後免，歸趙。復使伐魏之繁陽，拔之。今公詩以此兩句繼早挂弓之後，此必中間議不用兵，故言廉頗仍可以走敵，而魏絳和戎之策已行也。惜乎無以考之。

每惜河隍棄，新兼節制通。趙云：此而下至歸來御席同，通五韻以言翰加節度之事。翰十一載冬入朝，十二載春進封涼國公，兼河西節度使。蓋以河隍之久棄，欲得翰收復之，故使之節度河西也。荀子：秦之鋭士不足以當桓〔一〕、文之節制。**智謀垂睿想，出入冠諸公。**王忠嗣被罪，詔翰入朝，帝虛心待之。趙云：惟其方往謀復河隍，而爲帝所系想，則入而歸朝，出而建節，其榮耀爲諸公之冠矣。明年遂復河隍。事載編年，可考矣。舊注引王忠嗣事，在復河隍之前，非是。智謀，如智者順時而謀、智者不爲愚者謀。**日月低秦樹，乾坤繞漢宮。**趙云：此言其收復之效也。按傳云：攻破吐蕃洪濟、大莫門等城，收黃河九曲，以其地置洮陽郡，築神策、宛秀二軍。此所謂日月所臨，特低秦樹；乾坤所包，獨繞漢宮。樹，則日月低而親之；宮，則乾坤匝而繞之。蓋宇宙在乎手，及揭天地以趨新之類，乃所謂開廣之句矣。**胡人愁逐北，宛馬又從東。**言吐蕃嘗盜積石軍麥，爲翰所破，隻馬無還者。漢書注曰：師敗曰北。高紀：當是時秦兵彊，常乘勝逐北。漢伐大宛，得天馬，乃作歌曰：天馬來，歷無草，徑千里，循東道。言翰能以威武，故蠻夷畏服，宛馬復來也。薛云：文選：阮籍詩：天馬出西北，由來從東道。趙云：賈誼云：追奔逐北。此言翰之威武：胡人既愁其攻逐而敗北矣，又得宛馬而從東來。舊注引吐蕃盜麥事，乃在節度河西前，非是。**受命邊沙遠，歸來御席同。**邊沙，一作軍麾。翰屢鎮邊郡，翰嘗來朝，帝命高力士賜宴，詔尚食生擊鹿，取血瀹腸以賜之。趙云：邊沙遠，指言河西爲遠。御席同，言復河隍而歸，寵宴之盛。此並終節制河西後來事，舊注皆在河西節度已前，非是。**軒墀曾寵鶴，畋獵舊非熊。**左傳：懿公好鶴，鶴有乘軒者。文王將出獵，卜之曰：所獲非熊非羆，非虎非貔，乃霸王之輔也。趙云：言翰之貴寵，已如乘軒之鶴，明皇得之如文王之得呂望。杜預注云：大夫乘軒。而公今云軒墀，何也？以待博雅辨之。**茅土加名數，**禹貢徐州：厥貢惟土五色。王者封五色土爲社，建諸侯則各割其方色土與之，使立社。燾以黃土，苴以白茅，茅取其潔，黃土取王者覆四方。名數，謂等其爵位輕重而爲之名數，故名位不同，禮亦異數。趙云：此言翰進封西平郡王也。王莽傳：先賜茅土。名數，禮：物有名有數也。舊注引名位不同，禮亦異數。名位自是在人言之，不可合也。**山河誓始終。**

沛公封功臣，誓曰：使黃河如帶，太山若礪，國以永存，爰及苗裔。於是申以丹書之信，重以白馬之盟。趙云：陸士衡云：武功侔山河。**策行遺戰伐，契合動昭融。**趙云：此言翰之謀策已行，可以遺落戰伐。其所合如契，而動於顯煥也。詩：昭明有融。**勳業青冥上，交親氣槩中。**須賈謂范雎曰：不意君能自致於青雲之上。靈運詩：托身青雲上。下句言以氣義結人也。趙云：此四句而下，通十二句，乃公作詩針線，暗以言自己也。今四句言翰勳業之高，在青冥之上，而其待交親以氣槩結之。勳業，出吳志：張昭謂孫權曰：爲人後者，貴能負荷先軌，以成勳業。又潘安仁作誄文有曰：勳業未融。青冥，猶言青雲也。交親，起於記云：非禮不交、不親。而曹植贈丁儀有云：親交義不薄。贈徐幹云：親交義在敦。今兩字豈倒用耶？**未爲珠履客，已見**一作是。**白頭翁。**春申君客三千餘人，其上客皆躡珠履。公自言未爲翰上客，已白頭也。趙云：白頭翁雖常語，然漢書壺關三老上書〔一〕。車千秋曰：白頭翁教我〔二〕。又，文虔之禱霽夜，夢見白頭翁曰云云，明日乃霽〔三〕。句意則使魏文帝與吳質書曰：已成老翁，但未頭白耳〔四〕。江表傳：曾有白鳥集殿前，孫權曰：此何鳥也？諸葛恪曰：白頭翁。張昭自以坐中最老，疑恪以鳥戲之。**壯節初題柱，**公自言壯節有題柱志也。成都記：昇仙橋，司馬相如初西去，題其柱曰：不乘赤車駟馬，不過此橋。果以傳車至其處。**生涯獨轉蓬。**言晚節流離，如蓬之轉風也。曹子建詩：轉蓬離本根，飄飄隨長風。何意迴飇舉，吹我入雲中。趙云：莊子：吾生也有涯。兩字所合，則王績先用也。**幾年春草歇，今日暮途窮。**主父偃云：日暮途遠。嵇康書曰：若道盡途窮則已耳。趙云：梁元帝：既看春草歇，還見雁南飛。謝靈運：芳草亦未歇。**軍事留孫楚，**晉書：孫楚，字子荊，才藻卓絶，爽邁不群，多所陵傲，闕鄉曲之譽。年四十餘，始參鎮東軍事。後遷佐著作郎，復參石苞驃騎軍事。楚既負其材氣，頗侮易於苞。初至，長揖曰：天子命我參卿軍事。因此而嫌隙遂構。劾參軍不敬府主〔五〕。**行間識呂蒙。**吳志：呂蒙，字子明，年十六。幼隨姊夫鄧當擊賊，時當職吏以蒙年幼，輕之曰：彼豎子何能爲？此以肉餧虎耳。他日，與蒙會，又嗤辱之。蒙大怒，拔刀殺吏，出。俄而孫策召置左右。魏文帝問趙咨：吴王何等主也？咨曰：拔吕蒙於行陣。

防身一長劍，將欲倚崆峒。

一作防身有長劍，聊欲倚崆峒。宋玉賦：長劍耿介倚天外。趙云：公欲有所冀於翰，故先引以爲言曰：以軍事則能留孫楚，異乎石苞之不容；以行間則識吕蒙如孫策者。如此，則我所防身之長劍，亦欲倚之於崆峒也。崆峒，取隴右高山，翰所臨之地，以比翰也。

【校勘記】

〔一〕「桓」，原作「威」，係避宋諱，此改。

〔二〕「壺關三老」，原作「壺丘三老」，清刻本、排印本作「壺邱三老」，皆訛，據文瀾閣本並參漢書卷六十三武五子傳録壺關三老茂上漢武帝書改。

〔三〕「白頭翁教我」，句前原脱「車千秋」，據漢書卷六十六車千秋傳並參晉書卷四十八閻纘傳引録閻纘所上書補。

〔四〕「頭白」，文淵閣本、文津閣本、文瀾閣本、清刻本、排印本作「白頭」。

〔五〕「參軍」下，文淵閣本有「之」字。

上韋左相二十韻

鮑云：韋見素襲父爵彭城郡公，十三載拜武部尚書。從帝入蜀，詔兼左相。

鳳曆軒轅紀，本注云：見素，相公之先人，遺風餘烈，至今稱之，故云「丹青憶老臣」。公時爲兵部尚書，故云「聽履上星辰」。昭十七年傳：秋，郯子來朝，公與之宴。昭子問焉，曰：少皞氏鳥名官，何也？郯子曰：吾祖也，我知之。我高祖少皞摯之立也，鳳鳥適至，故紀於鳥，爲鳥師而鳥名。鳳鳥氏，曆正也。注：少皞，金天氏，黄帝之子。鳳鳥知天時，故以名曆正之官。史記曰：黄帝名軒轅。趙云：或曰：鳳曆，則少皞之紀耳，而曰軒轅紀，何邪？豈公誤指爲黄帝也？次公以爲不然。此自是一事，而公所用則應是黄帝使伶倫截嶰谷竹，聽鳳凰之聲以爲十二律；而吹十二律以推十二月；十二月定而曆成矣。不亦謂之鳳曆乎？紀，則言曆之紀也。更俟博雅者辨之。**龍飛四十春。**自玄宗即位至天寶十一載，四十年也。十三載，韋見素爲武部尚書，同中書門下平章事。龍飛，玄宗即位也。趙云：登極謂之龍飛，取易卦九五「飛龍在天」之義。自明皇即位至天寶十三載，四十三年。而此言四十春，蓋詩家舉其大目耳。鳳曆對龍飛，軒轅紀對四十春，用人名對數，尤老手之妙。**八荒開壽域，一氣轉洪鈞。**荒，大也。八方也。張茂先答何劭詩：洪鈞陶萬類。趙云：言時之治平也。莊子云：遠在八荒之外。潘安仁西征賦云：化一氣而甄三才。漢策：驅民于仁壽之域。其下開、轉字，可謂妙矣。**霖雨思賢佐，丹青憶老臣。**高宗命傅説曰：若歲大旱，用汝作霖雨。趙充國傳：充國以功德與霍光等，列畫未央宫。成帝時，西羌嘗有警，上思將帥之臣，追美充國，廼召揚雄即充國圖像而頌之。後漢胡廣傳：靈帝思感舊臣，乃圖畫廣及太尉黄瓊於省内，詔議郎蔡邕爲其頌云。趙云：上句指言用見素爲相也，下句非甫題下自注。見素之先人，則後學無由而見。言丹青，則應見於圖畫之間也。前漢書曰：上天祐之，爲生賢佐。老臣字，多矣。如疏廣曰：此金者，聖主所以惠養老臣也。趙充國：亡踰於老臣者矣。**應圖求駿馬，**梅福傳：欲以三代之法，取當世之士，猶以伯樂之圖，求騏驥於市〔一〕而不可得，亦已明矣。趙云：魏曹植獻文帝馬表曰：臣於先帝世，得大宛紫騂馬一匹，形法應圖。舊注引梅福傳，却是不可按圖求馬事矣，非干此也。**驚代得騏驎。**張揖注相如賦：雄曰騏，雌曰驎，其狀麋身、牛尾、狼蹄，一角。趙云：此是通句一對，言見素以材而見用也。

沙汰江河濁，言爲吏部日也。北史：辛雄爲尚書郎，會沙汰郎官，雄與羊琛等八人俱見留。魏舒傳：時欲沙汰郎官，非其才者罷之。舒曰：吾即其人也。襆被而出。孫綽傳：沙之汰之。瓦礫在後，事祖並在北史辛雄之前。**調和鼎鼐新。**説命：若作和羹，爾惟鹽梅。釋器云：鼎絶大者曰鼐。趙云：此句言見素爲文部侍郎時也。文部，即吏部，而當時更名耳。沙汰，乃吏部事。沙汰其濁，則清仕流矣。江河，譬也。下句言爲相時，謂之新，則由文部侍郎拜武部尚書同平章事。

韋賢初相漢，范叔已歸秦。韋賢，字長孺，授昭帝詩。宣帝即位，以先帝師，甚見尊重。本始三年，代蔡義爲丞相，封扶陽侯。史記：范睢，字叔，更名姓曰張禄。王稽載入秦，昭王大悦，拜睢爲客卿，封應侯，相秦。趙云：此兩句言美其爲相也。**盛業今如此，傳經固絶倫。**韋賢兼通禮、尚書。少子玄成，復以明經仕至丞相，故鄒魯諺曰：遺子黄金滿籯，不如一經。趙云：下句兩言如韋、范之盛業也。傳經固絶倫，則於二相之中，又如韋賢之能傳經。

豫樟深出地，滄海闊無津。豫樟木，良材也。滄海百谷之所歸，其淵不可津涯。趙云：上句以言其材也。豫樟，珍材，最難長。嵇康曰：生七年，然後可覺。深出地，則拔而起矣。下句以言其量也。滄海，説文云：東海通謂之滄海。其見於文人，則甘泉賦：東臨滄海。西都賦：覽滄海之湯湯。出地，如易「雷出地奮，豫；明出地上，晉」。無津，雖起於書「若涉大水，其無津涯」，而選詩有：清濟固無津。

北斗司喉舌，東方領搢紳。李固傳：陛下之有尚書，猶天之有北斗也。北斗爲天之喉舌，尚書亦爲陛下喉舌。斗斟酌元氣，運于四時。尚書：出納王命。郊祀志：搢紳者弗道。李奇曰：搢紳，插笏於紳。紳，大帶也。臣瓚曰：縉，赤白也；紳，大帶也。左氏傳有縉雲氏。師古曰：李云搢紳是也。字本作搢，插笏於大帶之間，與革之間耳，非插於大帶也。或作薦紳者，亦謂薦笏於紳帶之間，其義同。相如曰：搢紳先生之徒。杜補遺：見素，天寶中爲兵部尚書，故云「北斗司喉舌，聽履上星辰。康王之誥曰：太保率西方諸侯入應門左，畢公率東方諸侯入應門右。時見素爲相，率百官，故云東方領搢紳。趙云：周禮云：左九棘，孤卿大夫位焉，群士在其後。左者，東方之位。爲左相，其秩則孤矣。位在東方之九棘，而領卿大夫群士，不亦謂之領搢紳乎？

持衡留藻鑒，聽履上星辰。公時兼兵部尚書。鄭崇，哀帝時爲尚書僕射，數求諫爭，上納用之。每見曳革履，上笑曰：我識鄭尚書履聲。趙云：見素爲吏部侍郎，平判皆誦於口，銓選平允，人多德之。藻鑒是兩字，如晉太康制云：藻鑒銓衡。又，李重言銓管九流，品藻清濁也。持衡，銓衡之義也。上星辰，以言其親帝之旁，猶言上雲霄也。

獨步才超古，任昉曰：勳遂超古。餘波德照鄰。一云餘陰照比鄰。趙云：此重美其才德也。曹子建云：仲宣獨步於漢南。禹貢：餘波入于流沙。其義則左傳：若波及晉國者，皆君之餘也。故顏延年陶徵士誄有云〔二〕：泛餘波矣。戰國策魯仲連遺燕將書有云：名高天下，光照鄰國。以其超大，故言獨步；照燭傍鄰，故言餘波。此又句法也。語：德不孤，必有鄰。又王坦之傳：江東獨步王文度〔三〕。

聰明過管輅，魏志方伎傳：管輅喜仰視星辰，常云：家雞野鵠，猶尚知時，況於人乎？能明天文，人號之神童。天寶十五載，是年八月，肅宗立，改元至德。十月丙申，有星犯昴，見素言於肅宗曰：昴者，胡也，祿山將死矣。帝曰：日月可知乎？見素曰：福應在德，禍應在刑。昴金忌火，行當火位，昴之昏中，乃其時也。既死其月，亦死其日〔四〕。明年正月甲寅，祿山其殪乎！及祿山死，日月皆不差。管輅善天文地理，今見素所言如此之驗，所謂聰明過管輅也。尺牘倒陳遵。前漢遊俠傳：遵，字孟公，略涉傳記，贍於文辭。惟善書，與人尺牘，主者藏去以爲榮。倒，猶傾服也。趙云：見素必善書矣，惜乎史所不載，因公詩見之。

豈是池中物？由來席上珍。吴志周瑜傳、晉書劉元海傳並云：蛟龍得雲雨，非復池中物也。禮儒行：儒有席上之珍以待聘。趙云：豈是，出詩豈是不思。由來，易：其所由來者漸矣。

廟堂知至理，風俗盡還淳。趙云：此言其宰相之能事畢矣。呂氏春秋載孔子曰：脩之廟堂之上，折衝千里之外。至理即至治也。以高宗諱治，故當曉避改耳〔五〕。鍾會欲害嵇康，曰：幸因釁除之，以淳風俗。而還淳，則選有允還化淳，乃倒用、摘用也。**才傑俱登用，愚蒙但隱淪。**趙云：自此而下，公自謂也。晉文苑傳序：吉父、太沖，江左之才傑。孔氏注：若時登庸云：順是事者，將登用之。隱淪，見首篇注。**長卿多病久，子夏索居頻。**司馬長卿常有消渴病。索居，蕭索也。子夏離群索居。出禮記。趙云：公以二人自比也。

回首驅流俗，生涯似衆人。趙云：此言欲回首而驅出流俗，然爲生之涯，終似衆人也。孟子：同乎流俗。揚子：賢人則異於衆人矣。生涯，見上投贈哥舒翰注。**巫咸不可問，鄒魯莫容身。**列子：有神巫自齊來，命曰季咸，知人生死、存亡、禍福、壽夭，期以歲月，卒爲壺丘子所困。莊子盜跖篇：孔子再逐於魯，削跡於衛，窮於齊，圍於陳蔡，不容身於天下〔六〕，豈足貴耶？

感激時將晚，蒼茫興有神。爲公歌此曲，涕淚在衣巾！趙云：孟子章指曰：千載聞之，猶有感激。時將晚，則日暮途遠之義。蒼茫，荒寂之貌。潘安仁哀永逝文有云：視天日兮蒼茫；何遜集載何寅南詩有云〔七〕：蒼茫曙月落〔八〕。荒寂之間而興有神也，則感激所致，不自覺如神也。古詩：誰能爲此曲。宋子侯歌曰：吾欲竟此曲，此曲愁人腸。劉越石詩曰：我欲竟此曲，此曲悲且長。安仁楊荊州誄有云：涕淚霑襟。又楊仲武誄云：涕霑于巾。沈休文詩有「寧假濯衣巾」，則參用之矣。巾，說文曰：佩巾也。

【校勘記】

〔一〕「騏驥」，文淵閣本、文津閣本、文瀾閣本、清刻本、排印本作「騏麟」。

〔二〕「陶徵士誄」，原作「除徵士詩」，據文選卷五十七顏延年陶徵士誄並參本卷奉贈鮮于京兆二十韻「文章實致身」句下注引「陶徵士誄序」改。

〔三〕「王文度」，原作「王文廣」，據清刻本、排印本並參晉書卷七十五王坦之傳改。

〔四〕「亦」，文淵閣本、文津閣本、文瀾閣本、清刻本、排印本作「又」。

〔五〕「曉」，清刻本、排印本作「時」。

〔六〕「容」，文淵閣本作「客」，訛。

〔七〕「何寘南」原作「何寘」，「南」字原奪，據梁詩卷九引何寘南詩補。

〔八〕「落」，原作「苦」，據梁詩卷九何寘南答何秀才詩改。

奉贈太常張卿均二十韻

按唐書：均，張説之長子也。九載爲大理卿，後出爲建安太守。歲中召還，再遷太常卿。禄山亂，受僞命，特免死，長流合浦。

方丈三韓外，前漢郊祀志：自齊威、宣、燕昭使人入海，求蓬萊、方丈、瀛洲此三神山者。其傳在渤海中。魏志：韓在帶方之南，東西以海爲限，有三種，一曰馬韓，二曰弁韓，三曰辰韓。崑崙萬國西。禹貢注：崑崙在荒服之外，流沙之內。羌髳之屬，皆西戎也。趙云：三韓，今日之高麗也，方丈在其外。水經云：崑崙在西北，去嵩高五萬里。列子言：三山根不相連着。博物志言：崑崙從廣萬一千里。建標天地闊，天台賦：赤城霞起以建標。詣絶古今迷。氣得神仙迥，恩承雨露低。按唐書：均弟垍，以主婿，玄宗特深恩寵，許於禁中置内宅，侍爲文章，賞賜珍玩，不可勝數。時均亦供奉翰林，垍嘗以所賜示均，均戲謂垍曰：此婦翁與女婿，非是天子與學士也。相門清議衆，儒術大名齊。

均、珦俱能文，説在中書，兄弟皆掌綸翰之職。趙云：竊爲之説曰：方丈，則弱水之所隔；崑崙，則炎山之所環，是皆仙聖居集之地。齊威、宣、燕昭王，求方丈而不得，張騫尋河源而惡睹所謂崑崙。四句以譬禁掖之清切，乃神仙之地，惟有仙風道骨始能遊，且承恩寵也，故下云：氣得神仙迥，恩承雨露低。此指言張均父子。舊史載均兄弟，方其父説在中書時，已掌綸翰之任。今以公詩參之，可謂詩史矣。均，相國之子。故曰「相門清議衆」。舊史言均、珦俱能文，故曰「儒術大名齊」。曹子建云：相門出相。荀子云：儒術行而天下富。劉頌云：今清議不肅，人不立德。穀梁云：臣不專大名。**軒冕羅天闕，琳琅識介珪。**莊子：古之所謂得志者，非軒冕之謂也。禹貢：厥貢球琳琅玕。注：球琳，玉名。琅玕，石而似珠。釋地云：西北之美，有崑崙墟之球琳琅玕焉。詩崧高：錫爾介珪，以作爾寶。趙云：言乘軒衣冕之人，森羅于帝闕，而就其中如琳琅，則識張卿之爲介珪爾。介珪，大珪也。詩云：以其介珪，入覲于王。**伶官詩必誦，夔樂典猶稽。**邶詩簡兮序：衛之賢者仕於伶官，皆可以承事王者。注：伶官，樂官也。書：后夔典樂。趙云：此正言其爲太常卿也。舊史載均坐珦貶建安太守。還，遷太常卿。而公詩亦云贈太常張卿，詩復用樂事。新書止云：均爲刑部尚書。坐珦，貶建安。還，授大理卿。乃誤以珦自盧溪司馬還爲太常。今所取信者，杜公耳。古者採詩而伶官誦之，以諫王焉。太常卿，掌樂者也。張卿以誦詠所採之詩。夔樂之所典，張卿猶更稽考之。**健筆凌鸚鵡，**後漢禰衡有才辯，在黃祖坐上，爲鸚鵡賦，筆不停綴，文不加點。凌，過也。**銛鋒瑩鸊鵜。**鸊鵜，水鳥也。膏中瑩刀。趙云：上句美其能文。庾信作宇文順文集序云：章表健筆，一付陳琳。下句美其才器如劍之利。王充論衡云：足不彊則跡不遠，鋒不銛則割不深。戴暠度關山詩：劍瑩鸊鵜膏。揚雄方言云：野鳧也。**友于皆挺拔，公望各端倪。**友于，言兄弟也。語：友于兄弟。公望各有所歸也。趙云：此而下至嘉謨及遠黎，言均兄弟之貴，且有勳業也。友于，見上裴道州詩注。海賦云：又似地軸挺拔而爭迴。下句言其兄弟負公輔之望，各有端倪，非過當也。王導嘗謂虞駿曰：孔愉有公才而無公望，丁譚有公望而無公才，兼之者，其在卿乎！莊子載孔子曰：終始反覆，不知端倪。鄭處誨明皇雜録載：上幸張垍宅曰：中外大臣，才堪宰輔者，與我悉數，吾當舉而用之。垍逡巡不言。上曰：固無如愛婿。既逾月不拜，垍怏怏，意爲李林甫所排。上嘗曰：吾命宰輔，當徧舉子弟耳。其後因緣他故，不致大用。此詩所以云各有端倪也。

通籍踰青瑣，

元帝紀：令從官給事官司馬中者，得爲大父母、父母、弟兄通籍〔一〕。應劭曰：籍者，爲二尺竹牒，記其年紀名字物色，縣之宮門，案省相應，乃得入也。謝玄暉詩：既通金閨籍〔二〕。漢給事日暮入對青瑣門拜，謂之夕郎。青瑣刻爲連瑣，而青塗之。

亨衢照紫泥。

亨衢，亨塗也。後漢志注：漢舊儀曰：天子信璽六。璽皆以武都紫泥封，青囊白素裹，兩端無縫，尺一板中約署。皇帝〔三〕。趙云：通籍，通朝見之籍。漢元帝紀：禁中有青瑣門。亨衢，祖出易：何天之衢，亨。

靈虬傳夕箭，歸馬散霜蹄。

梁陸倕：新漏刻銘云：靈虬承龍。言漏刻之體以龍承之也。趙云：此言晝日之接，晚始歸也。靈虬，刻漏之體，以龍承之。箭是刻漏浮水之物。選云：金徒抱箭是也。書：歸馬華山之陽。此李善所謂文雖出彼而意殊，不以文害意也。莊子：馬蹄可以踐霜雪。曹子建白馬篇：俯身散馬蹄。西羌用兵有傳箭。守城之令，亦有夜傳箭。傳夕箭，散霜蹄，皆合成之。

能事聞重譯，

前漢平帝紀：越裳重譯獻雉。師古曰：譯謂傳言也。道路絶遠，風俗殊隔，故累譯而後乃通。相如：重譯納貢。

嘉謨及遠黎。

趙云：此又以美其爲太常卿也。上句言其所能之事，聞播於重譯之蠻夷矣。太常，即古之宗伯，兼掌禮樂。朝會之際，蠻夷在焉。下句言其典禮之謨，又爲天下所觀，斯乃及遠方之黎庶矣。陳沈炯爲周洪辭太常表云：儻九賓闕相，封禪失儀，責以司存，云誰之咎？則所能之事豈不系望於蠻夷乎？書曰：宗伯掌邦禮，治神人，和上下。則所陳之謨豈不及黎庶乎？易曰：天下之能事畢矣。揚子：謨合皋陶謂之嘉。

弼諧方一展，班序更何躋。

皋陶謨曰：謨明弼諧。莊二十年傳：朝以正班爵之義，帥長幼之序。趙云：自此至末句，公自叙。盧諶答劉琨四言詩有曰：弼諧靡成，良謨莫陳。公云方一展，展則其陳字之義，即是翻用盧諶詩，不用皋陶謨，豈亦捨祖而用孫乎？班序字，出選：班序海內。舊注非是。

適越空顛躓，遊梁竟慘悽。

莊子逍遥：宋人資章甫

而適越，越人斷髮文身，無所用之。　顛躓，危困也。　鄒陽，齊人，知吴王不可説。是時，梁孝王待士，於是陽與枚乘、嚴忌等皆去之梁，從孝王遊。　趙云：公初落魄，嘗適越矣。　本傳所謂客吴越、齊趙間是也。　公又嘗遊梁矣。　古詩贈李白篇所謂亦有梁宋遊是也。　今公雖爲右率府胄曹，然欲展弼諧於張卿，而班列次序又不可攀，則復有去而之他之意。將適越乎？空如前日之顛躓；將遊梁乎？竟如前日之慘悽。　此詩人之思也。　若句中用字，莊子云：是今日適越而昔至也。　其欲往越，故取有出處兩字言之。　司馬相如傳：相如因病免，客遊梁。　因其欲往梁，又取有出處兩字言之。　舊注雖亦是，而字隔並倒，爲非本出矣。　躓音致，與跋疐之疐同。　顛躓，起左傳：杜回躓而顛。　慘悽，選有：憯懷慘悽。　憯音七念切。

謬知終畫虎，馬援傳：初，兄子嚴[四]、敦並喜譏議，援戒之曰：龍伯高敦厚周慎，口無擇言，謙約節儉，廉公有威，吾愛之重之，願汝曹效之。　杜季良豪俠，好憂人之憂，樂人之樂。　父喪致客，數郡畢至，吾愛之重之，不欲汝曹效也。　效伯高不得，猶爲謹勑之士，所謂刻鵠不成，尚類鶩也。　効季良不得，陷爲天下輕薄子，所謂畫虎不成，終類狗也。　趙云：公自言其謬誤所知，而事之不成也。

微分是醯雞。莊子田子方篇：孔子見老聃，孔子出，曰：丘之道也，其猶醯雞歟！　微夫子之發吾覆也，吾不知天地之大全也。　注：醯雞者，甕中之蠛蠓也。　司馬云：酒上蠛蠓。　趙云：公自言其受分微細，而局促如此。

萍泛無休日，桃陰想舊蹊。萍無根，隨流而已。　謝靈運：蘋萍泛沈深。　李廣贊曰：李將軍恂恂如鄙人，口不能出辭，及死之日，天下知與不知，皆爲流涕，彼其中心，誠信於士大夫也。　諺曰：桃李不言，下自成蹊。　趙云：萍泛，公自譬其無定。　想舊蹊，乃懷念舊日見知之人也。

吹噓人所羡，騰躍事仍睽。趙云：舊見知之人吹噓之，而爲人所羡矣。　然至於騰躍之便，則仍乖睽如此。

碧海真難涉，十洲記：扶桑在碧海之中也。

青雲不可梯。郭璞遊仙詩：靈溪可潛盤，安事登雲梯。　趙云：騰躍事，如涉碧海，梯青雲之難也。

顧深慙鍛鍊，韋彪傳：鍛鍊之吏。　言深文之吏，入人之罪，猶工冶陶鑄鍛鍊，使之成熟也。　前漢路温舒曰：鍛鍊而周内之。　趙云：舊注非是。　或曰：前人以注意作詩爲歲鍛月鍊，豈公自謙，言其爲詩慙於鍛鍊乎？公每以詩自負，豈有此理。又於顧深塹之下無義。以次公觀之，造刀劍者，鍛鍊而後成。張景陽七命曰：楚之陽劍，歐冶所營。銷踰羊頭，鏷越鍛成。乃鍊乃鑠，萬辟千灌。注云：鍊、鑠、辟、灌，並銷鑄鍛鍊之名。則鍛鍊者，豈刻苦成材之義乎？言張卿恩顧我雖深，而已却自塹鍛鍊之未至也。亦未敢專定，以俟博雅者明之。

才小辱提攜。提攜，猶挈維之也。趙云：言才之小，辱張卿之提攜。此則分明與鍛鍊成材而可提攜之，甘義相應。禮記：長者與之提攜。

檻束哀猿叫，一作巧。淮南子：置猿檻中，巧捷，無所肆其能。鮑明遠詩：个作檻中猿。趙云：言其有所窘束而不得逞，與蹭蹬無縱鱗同意。謝靈運云：哀猿響南巒。

枝驚夜鵲棲。魏武帝樂府云：月明星稀，烏鵲南飛。繞樹三匝，何枝可依。趙云：言其驚悸於棲止之間矣。東坡云：月明驚鵲未安枝，用此驚字。

幾時陪羽獵，應指釣璜溪。注：揚雄傳：雄十二月從羽獵。璜，玉也。呂望釣於蟠溪，得璜焉。刻曰：姬受命，呂佐之，報在齊。趙云：孝成帝時羽獵而揚雄從焉，有羨慕其得近清光之意。末句則言不免歸釣耳。謂之釣璜溪，公使事爲新語。

【校勘記】

〔一〕「弟兄」，文淵閣本、文津閣本、文瀾閣本、清刻本、排印本作「兄弟」。

〔二〕「閨」，文淵閣本作「闈」，訛。

〔三〕「皇帝」下，疑有脱誤；案，馬端臨文獻通考卷一百十五王禮考十「圭璧符節璽印」條作「皇帝帶綬」。

〔四〕「兄」下，文淵閣本有「之」字。又，「子」文津閣本作「之」，訛。

敬贈鄭諫議十韻

趙云：唐史有鄭雲逵，爲諫議大夫，乃德宗時。今此與公同時，但無所考其名耳。

諫官非不達，詩義早知名。鄭諫議雖不得名，必善於詩者，下皆詩事。趙云：論語：欲速則不達。詩大序曰：詩有六義焉。韓退之云：試將詩義授，如以肉貫串。亦用此也。知名，史多云：某人最知名。言爲天子諫静之官，非不謂之顯達；而於作詩之義，又早歲已有名，此專美之也。下句正言其詩可以知名。不達，如主父偃宦不達。早知名，如潘岳夏侯湛誄序云：少知名。

破的由來事，先鋒孰敢争。言詩句中理如射破的。庾翼謂謝尚曰：卿若破的，當以鼓吹相賞。尚應聲中之，即以副鼓吹給之。趙云：破的，如射之中。先鋒，如戰之勇。曹子建詩：控弦破左的。而王濟與王愷射，一發破的。先鋒，見上投贈哥舒翰注。由來，易：其所由來者漸矣。孰敢，如論語：孰敢不正。

思飄雲物外，一作動。**律中鬼神驚。**言意思遠到。相如奏大人賦飄飄有凌雲之氣，如律吕和諧，足以驚鬼神。趙云：此如文賦言：神遊萬仞，精騖八極。舊注非是。律中鬼神驚，如李白烏夜啼詩可泣鬼神。舊注又非是。左氏：太史登觀臺以望，必書雲物。詩序云：動天地，感鬼神。

毫髮無遺恨，波瀾獨老成。曲盡物理，故無遺恨。才思浩瀚，故如波瀾。兼詞意壯健，故有言老成也。趙云：學者如悟此兩句，便會作好詩矣。一篇既好，其中才有一字一句不佳，雖如毫髮之小，則心自慊慊有恨矣。舊注所云，却是模稜。波瀾，言詞源之浩汗，既有波瀾而又老成，則不徒爲泛濫矣。蓋波瀾則俊者容有之，而老成難得也。鮑照白頭吟：毫髮一爲瑕，丘山不可勝。文賦云：常遺恨以終篇。謝靈運登池上樓云：傾耳聽波瀾。詩云：雖無老成人。

野人寧得所，天意薄浮生。趙云：自此而下，皆公自叙也。野人，公自稱耳。其字如左氏：野人與之塊。得所字，起於各得其所。浮生字，雖起莊子，而鮑照云：浮生旅昭代。

多病休儒服，莊子哀公曰：舉魯國而儒服。趙云：前漢張良傳：良多病，未嘗持兵。休儒服，則以多病而欲休罷之。**冥搜信客**

旌。天台賦云：遠寄冥搜。趙云：似言欲搜討幽冥之地，信客旌所指耳。周禮，公卿大夫，各有所建。而後世通謂之旌，如言使旌是已。築居仙縹緲，木玄虛海賦：神仙縹緲，食玉清涯。師云：神仙高縹緲。趙云：上句言所居之高遠，蓋接上所謂冥搜而至其地也。縹緲，在宮室言之，則王文考魯靈光殿賦：忽縹緲以響像。旅食歲崢嶸。鮑明遠舞鶴賦：歲崢嶸而催暮。趙云：言爲旅之時，日危而易過。魏文帝云：旅食南館。使者求顔闔，莊子讓王篇：魯君聞顔闔得道之人也，使人以幣先焉。顔闔守陋閭，苴布之衣而自飯牛。終逃魯君之使。趙云：以築居而在仙縹緲之地，故使者求之，如求顔闔。諸公厭禰衡。後漢禰衡有才辯，氣剛傲，好矯時慢物。曹操怒之，送與劉表，後侮慢表，耻不能容，以江夏太守黄祖性急，故送衡與之，後竟爲祖所殺。趙云：以旅食之久，故諸公厭之，如禰衡初托曹公，又托劉表，又托黄祖，故云。將期一諾重，辯士曹丘生謂季布曰：楚人諺曰：得黄金百斤，不如得布一諾。欻使寸心傾。謝玄暉詩：孰爲勞寸心。趙云：列子：文摯謂叔龍曰：吾見子之心矣，方寸之地虚矣。陸士衡賦有：吐滂沛乎寸心。君見途窮哭，宜憂阮步兵。阮籍也。顔延年詠阮步兵詩：物故不可論，途窮能無慟。

奉贈鮮于京兆二十韻

鮑云：鮮于仲通也。唐紀十年書劍南節度使鮮于仲通及雲蠻戰于西埤河，敗績。不見其爲京兆，豈先爲京兆邪？豈以節度爲京兆邪？開元以來，在位無鮮于姓者，詩有鮮于萬州，乃其子也。

王國稱多士，賢良復幾人。文王詩：思皇多士，生此王國。趙云：言王者之國，號稱多士，而賢良無幾也。賢良，如周禮以親賢良之義，非指科目。異才應間出，爽氣必殊倫。氣宇清爽，有殊於衆人。趙云：以言鮮于京兆。魏韋誕叙志賦：無匡時之異才；每寤寐以歎息[一]。選有自前代之間出，又曰：山川間出。王徽之云：西山朝來，致有爽氣。始見張京兆，宜居漢近臣。張敞傳：敞守京兆尹，其治京兆，略循趙廣漢之跡，爲久任職。漢制：出爲二千石，有治狀者，入爲公卿。故曰近臣。趙云：以張敞比之。張，守京兆之有稱者，當時語曰：前有趙、張。孟子云：觀近臣以其所爲主。驊騮開道路，鷹鸇離風塵。猶俊異得路也。趙云：以比其俊，言其得路。公每使馬與鷹況人材。

侯伯知何算，一作等。文章實致身。趙云：此言侯伯多矣，而鮮于之致身，則實以文章，此微言而含不盡之意。算字，雖是論語何足算也，而此則顏延年作陶徵士誄序有云：貴賤何算。論語：事君，能致其身。奮飛超等級，容易失沈淪。趙云：詩云：不能奮飛。月令：貴賤之等級。潘安仁西征賦云：無等級以寄言。東方朔云：談何容易。言惟其奮飛而超邁於官之等級，故其離去沈淪也易而不難，故有下句。脱略磻溪釣，操持郢匠斤。吕望釣於磻溪。莊子：郢人堊墁其鼻端若蠅翼，使匠石斲之。匠石運斤成風，聽而斲之，盡堊而鼻不傷，郢人立不失容。趙云：脱略其釣，則乃起而操郢斤也。江淹恨賦：脱略公卿。雲霄今已逼，台衮更誰親。趙云：密雲曰雲，薄雲曰霄。上公應天上三台。三公一命衮，故得稱衮。更誰親，言惟我也。鳳穴雛皆好，龍門客又新。此言鮮于諸子也。陸雲幼時，閔鴻見而奇之：此兒若非龍駒，即是鳳雛。趙云：下句言其門下客來者，一番又新矣。李膺有重名而接士，登其門者號登龍門。已暗引入公之自謂矣。義聲紛感激，敗績自逡巡。感激，見上贈左丞詩。左傳：凡敵大崩曰敗績，師徒崩撓之義[二]。逡巡，退貌。趙云：言鮮于之義聲雖紛然感激之多，而我之敗績，則自逡巡而不進也。選有雖欲逡巡。途遠一作永。欲何向？主父偃曰：日暮途遠。天高難重陳。

曹植：人高聽卑。劉越石：巢置勿重陳。學詩猶孺子一作子夏。語曰：小子何莫學夫詩。又，孔子謂子夏：始可與言詩。鄉賦忝嘉賓。晁錯傳云：以臣錯充賦。鄉賦，猶鄉舉。詩鹿鳴：燕嘉賓。不得同晁錯，吁嗟後郤詵。趙云：晁錯對策高第。郤詵對策爲天下第一，自曰猶桂林一枝，崑山片玉。此公本傳謂其舉進士不中也。計疏疑翰墨，公有詩云：儒冠多誤身。乃疑之矣。時過憶松筠。謂有歲寒。趙云：上句乃憤歎之語，與文章憎命達，儒術誠難起同義。下句言時已過矣，則思隱於山林。舊注謂歲寒，非是。禮記：時過而後學。歸田賦曰：揮翰墨以奮藻。獻納紆皇眷，中間謁紫宸。殿名。趙云：唐書李林甫傳載：帝詔天下士，有一藝者得詣闕就選。林甫恐士對詔斥己，即建言：士皆草茅，未知禁忌，徒以狂言亂聖聽，請悉付尚書試問，而無一中程者。林甫因賀上，以爲野無留才。今兩句鋪叙其赴闕就選之語。西都賦序：朝夕獻納。紆者，縈繫也。紫宸殿，在東内大明宮，即内衙之正殿。中間謁紫宸，則未對詔間，豈亦見帝乎？且隨諸彦集，江淹別賦：金閨諸彦。方覬薄才伸。公獻三賦，召試集賢院。破膽遭前政，陰謀獨秉鈞。劉陶傳：關東破膽。詩：秉國之均。陳平曰：我多陰謀，道家所忌。微生霑忌刻，萬事益酸辛。趙云：謝靈運：二三諸彦。列子云：薄於才而厚於命。言公之對詔，意本望高選，而爲林甫所沮，故言破膽遭前政。觀其言多士狂惑聖聽，則爲破膽矣。後漢申屠剛傳：衆賢破膽。以陰謀秉鈞，非林甫而何！阮嗣宗詠懷云：對酒不能言，悲愴懷酸辛。忌刻，言林甫忌賢而慘刻也。交合丹青地，恩傾雨露辰。有儒愁餓死，早晚報平津。交契在華顯之地。又當沛澤下流之辰，而愁餓死者，以時有所不容也。平津侯，公孫弘開閣延賢人〔三〕，故人賓客仰衣食，以喻鮮于。趙云：丹青地，指言爲公卿之地也。鹽鐵論云：公卿者，神仙之丹青。此言交遊合聚於丹青之地，而獨以餓死爲愁，所賴者在鮮于京兆如公孫弘爾。

【校勘記】

〔一〕「韋誕」，「韋」字原脱，檢「無匡時之異才」二句，全三國文卷三十二魏三十二作韋誕叙志賦，據補。

〔二〕「崩撓」，文淵閣本作「撓敗」，清刻本、排印本作「奔撓」。

〔三〕「公孫弘」，原作「公孫洪」，文瀾閣本、清刻本、排印本「公孫宏」，係避諱，此改。

贈特進汝陽王二十二〔一〕韻

趙云：八哀詩太子太師汝陽王璡曰：汝陽讓帝子。而舊注又以此爲棣王琰之子，何自眩惑也。此詩在八哀詩所贈之先，蓋其特進時耳。特進正二品，而太子太師從一品也。

特進群公表，漢官儀曰：諸侯功德優盛，朝廷所敬異者，賜位特進也。天人夙德升。邯鄲淳見曹植才辯，歸，對其所知，歎植之才，謂之天人。夙，早也。趙云：詩：群公先正。舜元德升聞。霜蹄千里駿，武帝謂劉德爲千里駒。師古曰：言若駿馬，可致千里。風翮九霄鵬。莊子：鵬怒而飛，其翼若垂天之雲，摶扶摇而上者九萬里。趙云：莊子：馬蹄可以踐霜雪。服禮求毫髮，左傳：服於有禮，社稷之衛。推忠忘寢興。趙云：言其於禮無纖毫違背。鮑照白頭吟：毫髮一爲瑕，丘山不可勝。詩：載寢載興。聖情常有眷，朝退若無憑。不挾貴也。趙云：言聖情獨眷遇之，而王謙抑焉，於朝退而若無憑恃其貴也。仙醴求浮蟻，奇毛或賜鷹。師古曰：醴，甘酒。楚元王敬禮申公等，穆生不嗜酒，王每置酒，常爲穆生設醴。曹子建：浮蟻鼎沸，酷烈馨香。趙云：以聖情之眷，故神仙之醴則有浮蟻，奇異之毛則有鷹，皆賜之也。釋名曰：酒有泛齊，浮蟻若萍。前人集中有謝賜鷹表。清關塵不雜，中使日相乘。會稽典録：丁覽門無雜賓。劉孝標論：不雜風塵。吳志朱然傳：中使日食之物〔二〕，相望於道。趙云：既有殊賜，所以中官日相乘矣。乘者，一使已到，而又有一使乘駕其上也。清關塵不雜，則形容其門牆之深嚴。國語云：人神不雜。易云：剛柔相乘。晚節嬉遊簡，不以嬉遊爲務也。平居孝義稱。自多親棣萼，友愛兄弟也。趙云：鄒陽云：晚節末路。詩云：常棣之華，萼不韡韡。哀今之人，不如兄弟。誰敢問山陵？後漢東平王蒼傳：帝欲爲原陵，蒼上疏諫，帝從而止。趙云：似言王之謙抑，表陳其父憲宿素退讓，不敢當大號之意。蓋明皇既追謚憲爲讓皇帝，乃號其墓爲惠陵。璡既辭其大號，況敢望山陵之名乎？舊注所引不相干。學業醇儒富，賈山涉獵書記，不能爲醇儒。辭華哲匠能。殷仲文詩：哲匠感蕭辰。筆飛鸞聳立，章罷鳳騫騰。美其書翰也。杜補遺：吳質答魏太子牋云：發言抗論，窮理盡微，摛藻下筆，龍鸞之文奮矣。趙云：上句言其字有回鸞之勢者，下句言其文有鳳藻之華。舊注皆指爲書翰，非也。精理通談笑，雖談笑，皆精於理道。張仲景有：精理而無高韻。忘形向友朋。不驕也。寸長一作寸腸。堪繾綣，一諾豈驕矜。趙云：於人之寸長堪繾綣，則待之以一諾，豈更驕矜乎？一作寸腸，無義。選：宴語談笑。左傳云：畏我友朋〔三〕。莊子云：寸有所長。前漢：不如得季布一諾。左氏傳：臧昭伯云：繾綣從公。而傳長虞贈何劭詩序云：願其繾綣，而從之末由〔四〕。驕矜，雖起書云驕淫矜誇，而潘岳河陽縣作云：害盈猶矜驕。此倒用也。已忝歸曹植，何知對李膺。趙云：曹植爲陳思王，故以比汝陽王。此公自言其身。蓋曹植府中有七才子，曰徐幹，曰劉楨，曰王粲之屬也。對李膺，則又以李膺比王，而不敢以杜密自比。蓋密與膺名行相次，其前有李固、杜喬，號李杜，是時人稱之亦曰李杜。今蓋言己叨忝歸附於曹王，又何敢謂己身姓杜欲配對姓李之汝陽王乎？**招要恩屢至，崇重力難勝。**公自言雖蒙招要之恩，而禮意崇重，非力所能勝。趙云：選詩：並坐相招要。**披霧初歡夕，高秋爽氣澄。**衛瓘見樂廣曰：見此人瑩然，若披霧而覩青天也。趙云：梁簡文帝九日詩：是節協陽數，高秋氣已清。王子猷云：西山朝來，致有爽氣。**樽罍臨極浦，鳧雁宿張燈。**趙云：設樽罍於浦漵之傍，故鳧雁棲宿於張燈之内。樽罍，周禮：尊皆有罍。鳧，詩：弋鳧與雁。皆摘文。極浦，選詩湘君歌云：望涔陽兮極浦。南史韋叡傳：三更起張燈達曙。師云：謝宣威詩：孤舟泊極浦。**花月窮遊宴，炎天避鬱蒸。**猶河朔避暑之會。趙云：此又繼是春之花月，與夏之避暑也。劉希夷吴中少遊云：芳洲花月夜。選有：不皇遊宴。吴子夜四時歌：鬱蒸仲暑月，長嘯北湖邊[五]。淮南子云：南方曰炎天。顔延年夏夜云：炎天方埃鬱。**硯寒金井水，**荆州記：益陽有金井數百尺[六]。古老傳：金人以杖撞地，輒便成井。**簷動玉壺冰。**鮑明遠：清如玉壺冰。趙云：惟其避鬱蒸，必置清涼之物於前，故硯則寒金井之水，而玉壺之冰，輝動簷端也。金井非一出處。西征記：太極殿上有金井。又異物志：廬陵城中井，亦名金井。其義則是：金井水寒硯，玉壺冰動簷。而句法深穩，當如此倒用也。**瓢飲唯三徑，**顔回一瓢飲；蔣詡三逕。**巖棲在百層。**謝靈運詩：栖巖挹飛泉。杜補遺：嵇叔夜絶交書曰：堯舜之君世，許由之巖棲。張升友論曰：黄綺引身巖栖南岳。晉湛方生七歡曰[七]：巖栖先生，學道養生，離親絶俗，漱清泉，蔭茂木，慕赤松之清塵，乃飡霞而絶穀。趙云：此公自言也。舊注倒矣。選賦云：井幹疊而百層。**且持蠡測海，況挹酒如澠。**東方朔曰：以蠡測海。左傳曰：有酒如澠。趙云：挹字，不可以挹酒漿之挹。公自謙損，言其窮約僻陋之人，而得從王遊，如持一蠡測大海，又況享有酒如澠水之多乎？**鴻寶寧全秘，**劉向傳：上復興神仙方術之事，而淮南王有枕中鴻寶苑祕書。**丹梯**

庶可陵。謝玄暉敬亭山詩：要欲追奇趣，即此陵丹梯。淮王門下客，終不愧孫登。淮南王善屬文，天下方術之士多往歸焉。趙云：淮南王有枕中鴻寶祕書。今公以王既不祕其書，則可陵丹梯而遊仙府矣。謝玄暉詩有：遊宦陵丹梯。淮南王以比汝陽王。孫登見嵇康而不許之，曰：君性烈而才雋，其能免乎！其後，康作幽憤詩曰：昔慚柳下，今愧孫登。言以汝陽無鴻寶之祕，由是得遂其養生，不以嵇康之戮辱而有愧孫登也。

【校勘記】

〔一〕「二十二」，「十」下原奪「二」，據文淵閣本、文津閣本、文瀾閣本、清刻本、排印本訂補。

〔二〕「日」，三國志卷五十六吳書作「口」。

〔三〕「畏」，原作「慰」，訛，據清刻本、排印本並參春秋左傳注卷九莊十一年録詩「畏我友朋」云云改。

〔四〕「末」，原作「未」，訛，據清刻本、排印本並參初學記卷十二職官部下、晉詩卷三傅長虞贈何劭詩序改。

〔五〕「嘯」，原作「肅」，據文淵閣本、文瀾閣本、清刻本、排印本改。

〔六〕「尺」，原奪，據太平御覽卷一百八十九所録荆州記補。

〔七〕「湛」，原作「堪」，訛，據清刻本、排印本並參全晉文卷一百四十湛方生七歡改。

重經昭陵

草昧英雄起，屯難之時也。謳歌歷數歸。孟子：謳歌者，不謳歌堯之子而謳歌舜。語：天之曆數在汝躬。趙云：易屯卦：天造草昧。前漢：英雄並起。劉琨：曆數有歸。隋煬失德，而李密、蕭銑、竇建德、王世充各據一方，獨唐受命，則曆數歸之謂也。風塵三尺劍，漢高紀：上曰：吾以布衣提三尺以取天下。師古曰：三尺，劍也。社稷一戎衣。武成：一戎衣而天下大定。趙云：以漢高祖、周武王言高祖也。曹元首六代論曰：漢祖奮三尺之劍。庾信獻皇祖文皇帝歌辭雖有曰：終封三尺劍，長卷一戎衣。至公風塵、社稷之語，可謂開廣矣。翼亮貞文德，丕承戢武威。書：丕顯哉，文王謨！丕承哉，武王烈！趙云：此言太宗偃武用文也。魏志：高堂隆上疏云：可使諸王君國典兵，鎮撫皇畿，翼亮帝室。又晉卞壼委質三朝，盡規翼亮。任彦升作竟陵王行狀：翼亮孝治，緝熙中教。書：伊尹：肆嗣王丕承基緒。孔子云：修文德以來之。班固云：威武者，文德之輔助。秦始皇本紀刻石之辭曰：武威旁暢，振動四極。貞，則易云：天下之動，貞夫一。戢，則左傳：兵，猶火也，不戢，將自焚。此又無一字無來處矣。聖圖天廣大，無不覆燾也。宗祀日光輝。奕葉隆盛也。趙云：此却言後王之孝祀也。宋徐爰言郊位曰：今聖圖重造，舊章畢新。孝經曰：宗祀文王於明堂。易曰：廣大配天地。其上貼天字，又宜矣。淮南子曰：光輝萬物。而古有含英揚光輝。上貼日字，則前漢李尋傳：日者，陽之長，輝光所燭，萬里同晷。又於建都詩末句云：願駐長安日，光輝照北原。陵寢盤空曲，熊羆守翠微。陵，山陵；寢，寢廟〔一〕。古詩：陵寢暮煙青。趙云：鮑照芙蓉賦：繞金渠之空曲。下句言兵衛之人，如熊如羆，屯守於翠微之際。書有：熊羆之士。翠微，祖出爾雅，山頂之名。蔥翠杳微之際，取其高也。再窺松柏路，還見五雲飛。天子有孝感，則五雲見。見往在詩注。趙云：曹植寡婦詩曰：高墳鬱兮巍巍，松柏森兮成行。

謝靈運經廬陵王墓詩曰：徂謝易永久，松柏森已行。可見陵寢矣。孝經援神契曰：王者德至山陵，則慶雲出。五雲者，乃五色之慶雲也。沈約宋書云：慶雲五色。是已。

【校勘記】

〔一〕「寢」，文淵閣本、文津閣本、文瀾閣本、清刻本、排印本作「陵」。

鄭駙馬宅宴洞中

主家陰洞細煙霧，公主家幽洞也。留客夏簟清琅玕。江淹賦：夏簟清兮晝不寐。琅玕，竹也。杜補遺：陶隱居云青琅玕，蜀都賦所稱青珠是也，乃崑山玉樹名；又，九真經中太丹名也。唐本草：琅玕有數種，是琉璃之類，火齊寶也。且琅玕五色，青者爲勝，出嶲州，以西蠻中及于闐國。爾雅曰：西北之美者，有崑崙之璆琳琅玕焉。注：狀如珠。山海經曰：崑崙山有琅玕樹，其了似珠，以珠爲簟，如琅玕色，故云。趙云：琅玕，寶樹名，美物也，故詩家多以比竹。今言竹簟之美耳。舊注作竹既非是，而杜田所引，又作青琅玕，以附會青者爲勝之説。今詩句義直是：主家陰洞煙霧細，留客夏簟琅玕清，而句法深穩，當言細煙霧、清琅玕。此又如：硯寒金井水，簷動玉壺冰。春酒盃濃琥珀薄，本草：琥珀是千年茯苓所化。言酒色如之。杜補遺：李肇國史補曰：松脂入地千年所化，今燒之，亦作松氣。開元時陳藏器注本草曰：宋高祖世，寧州貢琥珀枕，碎以賜兵士，傅金瘡。又云：琥珀出罽賓國，初如桃膠，凝乃成焉。趙云：本言琥珀盃，舊注以爲酒色，非是。冰漿椀碧瑪瑙寒。

陸機苦寒行：渴飲堅冰漿。杜補遺：魏文帝碼碯勒賦序：碼碯，玉屬也。出自西域，文理交錯，有似馬腦，故其方人因以名之。博雅曰：水精謂之石英，琉璃、珊瑚、玫瑰、夜光。隋侯琥珀金精。璣，珠也。蜀石碝砇、碑磔、碼碯、碔砆、瑰珸、瑉石、瑊玏。珂，石次玉也。神農本草云：碼碯，紅色，亦美石之類，重寶也，生西國玉石間，來中國者，皆以爲器。

誤疑茅堂一作屋。**過江麓，已入風磴霾雲端。**陸士衡：飛陛躡雲端。趙云：兩句言在富貴之家，都城之地，而有幽逸之興，故誤疑其人自己所結之茅堂，過越江麓，已深入風磴霾藏雲端之處也。師云：鮑照銅山掘黃精詩：既類風磴，復象天井[一]。

自是秦樓壓鄭谷，時聞雜佩聲珊珊。孔子入見衛靈公，夫人南子自絺帷中再拜，環佩之聲璆然。趙云：此言主家本是秦女之樓，而氣象幽邃，壓鄭子真之谷口矣。雖其幽趣壓鄭谷，而終自富貴，故時聞佩聲也。詩：雜佩以贈之。選有：拂墀聲之珊珊。

【校勘記】

〔一〕「既類」二句，初學記卷二十政理部、宋詩卷九鮑照過銅山掘黃精詩作：「既類風門磴，複像天井壁。」

李監宅

趙云：按靈怪録：李令問開元中爲祕書監，左遷集州長史。令問好服翫飲饌，以奢聞於天下。其炙驢罌鵝之屬，慘毒取味，天下言飲饌者，莫不祖述李監，以爲美談。今公詩題李監宅，而有「異味重」之句，豈李監者乃李令問乎？開元中左遷集州，今豈自集州歸，賦詩者尚從故稱乎？

尚覺王孫貴，豪家意頗濃。王孫，王者之後，亦相尊敬之稱。韓信傳：哀王孫。趙云：宋書恩倖傳論曰：都縣掾吏，並出豪家。今李監蓋人富之家，其姓李，又是宗室之富者。首句似言人之所貴重者，莫過於王孫，然尚覺王孫所貴慕豪家之意爲最濃盛。

屏開金孔雀，隋長孫晟貴盛，常畫二孔雀於屏間以擇婿。褥隱繡芙蓉。趙云：此言其富貴。於屏畫孔雀，亦富貴家常事。舊注所引在隋書并北史，並無之。屏言開，則崔融新體云：屏幃幾處開。又徐彥伯芳樹詩云：金縷畫屏開。王僧孺述夢詩云〔一〕：以親芙蓉褥。而繡芙蓉出崔顥盧姬篇云：魏王綺樓十二重，水精簾箔繡芙蓉。隱者，蔽也，如王維「暮雀隱花枝」之隱〔二〕。

且食雙魚美，誰看異味重。何敬祖食必四方珍異。趙云：此微誚之也。言我但知食雙魚之美耳，誰復顧其異味之多也。古詩：客從遠方來，遺我雙鯉魚。左傳云：吾食指動，必嘗異味。

門闌多喜色，女婿近乘龍。後漢明帝紀：帝賜元氏門闌走卒。薛云：楚國先賢傳：孫儁與李元禮俱娶太尉桓焉之女，時人謂桓叔元兩女俱乘龍。言得婿如龍也。趙云：今云近乘龍，則公詩下字輕重可見。舊注引門闌事，是。蓋明帝紀注引續漢志云：五伯、鈴下、侍閤、門闌部署，街里走卒，皆有程品，多少隨所典領。則門闌之品，貴家方有之。

【校勘記】

〔一〕「王僧孺」，原作「吴均」，檢吴均詩無「以親芙蓉褥」句，考玉臺新詠卷二、梁詩卷十二王僧孺爲人述夢詩有此句，當是誤置，據改。

〔二〕「雀」，原作「省」，訛，據王右丞集箋注卷九、全唐詩卷一百二十六王維晚春歸思改。

重題鄭氏東亭

在新安界。鮑云：即駙馬鄭潛曜。

華亭入翠微，爾雅釋山疏：未及頂上，在旁坡陁之處，名曰翠微也。趙云：左太沖蜀都賦云：鬱蓊蓋以翠微。注：山氣之青縹者。陸倕石闕銘：上連翠微。皆言其氣之狀。入，則亭勢欲入其間。秋日亂清輝。謝靈運：山水含清輝。趙云：秋日之光，亂山之輝也。入字、亂字，乃詩句之好處。崩石欹山樹，清漣曳水衣。薛：詩：河水清且漣漪。水成文曰漣。趙云：水衣，水上之青苔。出説文，而張景陽霖雨詩曰：堂上水衣生。選詩：風斷陰山樹。又云：山中有桂樹。紫鱗衝岸躍，蒼隼護巢歸。向晚尋征路，殘雲傍馬飛。趙云：蜀都賦有鮮以紫鱗。又云鏤甲紫鱗〔一〕。又，有華魴躍鱗〔二〕。參用之也。

【校勘記】

〔一〕「鏤甲紫鱗」，檢蜀都賦無此句，考文選卷五、全晉文卷七十四吴都賦有此句，當是誤置。

〔二〕「華魴躍鱗」，檢蜀都賦無此句，考文選卷十、全晉文卷九十西征賦有此句，當是誤置。

題張氏隱居二首

春山無伴獨相求，伐木丁丁山更幽。師云：宋王藉入若耶溪詩：蟬噪林逾静，鳥鳴山更幽。趙云：劉越石四言詩云：獨坐無伴也。詩：伐木丁丁。公今此句亦喧中有静也。澗道餘寒歷冰雪，石門斜日到林丘。陸機苦寒行：凝冰結重澗，積雪被長巒。謝惠連詩：落雪灑林丘。趙云：此在春時言之，故首句言春山。莊子：肌膚若冰雪。舊注合字，非是也。不貪夜識金銀氣，史天官書：敗軍破國之墟，下積金寶，上皆有氣，不可不察。以隱居不貪，故夜識其氣象也。遠害朝看麋鹿遊。伍被諫淮南王曰：昔子胥諫吳王，吳王不用，乃曰：臣今見麋鹿遊姑蘇之臺也。趙云：古人有地鏡圖之書，以觀地下之物。曰：黄金之氣赤黄，銀之氣夜正白，流散在地。今言性雖不貪，而能夜識金銀之氣。舊注云以不〔一〕貪故識，非是。相如子虚賦有錫碧金銀。而郭景純遊仙詩：神仙排雲出，但見金銀臺。左傳：我以不貪爲寶。傳云：全身遠害。麋鹿之遊，本在山中。人在山中，則爲遠市朝之害矣，故得朝看麋鹿遊也。乘興杳然迷去處，言不以出處介意也。對君疑是泛虛舟。莊子山木篇：方舟而濟於河，有虚船來觸舟，雖有褊心之人不怒，人能虚己以遊世，孰能害之！趙云：公言其乘興而來，欲出欲留，杳然以迷，蓋對張君如泛虚舟耳。舊注却似指張隱居，非是。

右一

【校勘記】

〔一〕「以不」，文淵閣本作「不以」，訛。

之子時相見，邀人晚興留。霽潭鱣發發，詩碩人：鱣鮪發發。釋文：鱣，大魚，口在頷下，長二三丈，江南呼爲黃魚，與鯉全異。發發，盛貌。春草鹿呦呦。呦呦鹿鳴，食野之苹。注：鹿得草呦呦然鳴而相呼也。趙云：之子，出詩，言此子也。杜酒偏勞勸，魏武帝樂府：何以解我憂，唯有杜康酒。康，造酒者。張梨不外求。潘安仁閑居賦：張公大谷之梨。前村山路險，歸醉每無愁。趙云：不外求，言不必求之大谷也。杜酒、張梨，以人著物言之，此亦使字之一格，須是當體穩貼，又時復用之耳。北齊幼主爲無愁之曲，自謂無愁天子。

右二

天寶初南曹小司寇舅於我太夫人堂下累土爲山一簣盈尺以代彼朽木承諸焚香瓷甌甌甚安矣旁植慈竹蓋茲數峰嶔岑嬋娟宛有塵外格致乃不知興之所至而作是詩〔一〕趙云：周禮秋官：司寇掌邦刑。小司寇者，刑官之貳也。今公小司寇舅，則必爲刑部侍郎。土山上栽慈竹，故云「嶔岑嬋娟」。嶔岑，言山。前漢劉安招隱士詩：嶔岑碕礒〔二〕。後漢仇池注引開山圖云：積石嵯峨，嶔岑隱阿。嬋娟，言竹。嘯賦：蔭脩竹之嬋娟〔三〕。

一簣功盈尺，論語：譬如爲山，未成一簣。注：簣，土籠也。三峰意出群。猶華嶽之三峰也。趙云：今句爲實道土山之三峰，而華山記有云：其三峰直上，晴霽可睹。則却有出處，故對一簣，舊注非是。盈尺，取盈尺之璧。世説載殷中軍道韓太常曰：康伯少自標置，居然是出群器。

望中疑在野，幽處欲生雲。趙云：詩：君子在野。又禮記：在野，則曰草莽之臣。選：河海生雲。

慈竹春陰覆，香爐曉勢分。廬山有香爐峰。杜補遺：陸機草木疏云：南方生子母竹，今慈竹是也，又謂之孝竹。漢章帝三年，子母竹生白虎殿前，謂之孝竹。群臣作孝竹頌。此詩序云：累土爲山，代彼朽木，承諸焚香瓷甌。非謂廬山香爐峰也。趙云：兩句並指實事。下句言土山上承香瓷甌，其曉煙勢與春陰分也

惟南將獻壽，詩：如南山之壽。佳氣日氛氳。趙云：以土山之南，便可當南山以獻太夫人之壽也。字取詩「惟南有箕」。宋顔延之七繹有云：昵賓獻壽，中人奉膳。張正見芳樹詩：春浮佳氣裏。氛氳于，祖出楚辭。王逸注云：氛氳，盛貌。而雪賦云：氛氳蕭索。沈約芳樹詩云：氛氳非一香。

【校勘記】

〔一〕詩題，清刻本、排印本均作「假山」，而將此詩題作爲詩序。

〔二〕「岑」，文選卷三十三作「崟」。

〔三〕「嘯賦」，原作「楚辭」，檢楚辭無「蔭修竹之嬋娟」句，考全晉文卷五十九成公綏嘯賦有此句，當是誤置，據改。

龍門

在洛陽之南，遠望雙闕對峙，如門然。趙云：韋述東都記云：龍門號雙闕，與大內對峙，若天闕焉。東都，乃今之西京。地志曰：河南縣闕塞山，一名伊闕，而俗名龍門耳。

龍門橫野斷，驛樹出城來。趙云：言驛樹，則相近必有驛。故下云相閱征途上，宜乎有驛矣。氣色皇居近，東都也。金銀佛寺開。山有佛寺，金碧照耀，最爲勝槩。趙云：謝惠連西陵詩：氣色少諧和〔一〕。孟浩然上張吏部詩：神仙餘氣色。又夕次蔡陽館詩：章陵氣色微。皇居近，則以其對大內也。禰衡表曰：帝室皇居。佛寺，則公古詩所謂遊龍門奉先寺也。佛家謂其所居之莊嚴，多言金銀七寶。相如子虛賦有錫碧金銀。郭璞詩：但見金銀臺。往還時屢改，川水日悠哉。相閱征途上，生涯盡幾回！趙云：列子有云：入火往還。選有：趣走往還。陸機云：川閱水以成川。選：積水成川。詩云：悠哉悠哉。末句蓋言在龍門閱視征行之人，盡此生涯能幾回也？生涯，見莊子。

【校勘記】

〔一〕「少」，原作「久」，據文選卷二十五、宋詩卷四謝惠連西陵遇風獻康樂詩改。

贈李白

秋來相顧尚飄蓬，潘安仁詩：譬如野田蓬，轉流隨風飄。趙云：庾信燕歌行：千里飄蓬無復根。舊注雖是而非字出。未就丹砂愧葛洪。

趙云：葛洪以交趾出丹砂，求爲句漏令。時公有胄曹之命。白以賀知章薦而待詔，然公意以無益於身，不若稚川爲句漏令之能養生也。痛飲狂歌空度日，飛揚跋扈爲誰雄。跋扈，强梁也。質帝目梁冀曰：此跋扈將軍也。趙云：北史：齊高歡謂其子曰：侯景專制河南十四年，常有跋扈飛揚之心。飛揚之義，如鷙鳥不受絆紲而飛去。跋扈之義。扈，竹籬也。每海水潮，海上人於水未至時先作竹籬以候魚之入，潮水既退，小魚獨留，其大者跳跋籬扈而出。飛揚跋扈，皆强很不已之謂。公意謂如吾輩之痛飲狂歌〔一〕，亦空度日而已，如强很之輩跋扈飛揚，亦何所爲而自雄？皆不若句漏令之能養生爲有益於身也。

【校勘記】

〔一〕「之」，文淵閣本無。

與任城許主簿遊南池 任城屬濟州。

秋水通溝洫，城隅集小船。晚凉看洗馬，森木亂鳴蟬。語：卑宮室而盡力乎溝洫。趙云：詩：俟我乎城隅。古有太子洗馬。月令有寒蟬鳴。菱熟經時雨，蒲荒八月天。趙云：蒲當八月，未至於荒，其荒者以經時之雨故然邪。此范元實之説。公詩有云：風斷青蒲節，霜埋翠竹根。乃窮冬事也，推此可見矣。晨朝降白露，遥憶舊青氈。王獻之夜卧齋中〔二〕，有偷人入室，盜物都盡，獻之徐曰：偷兒，青氈我家舊物，可特置之。偷人驚走。趙云：白露降，則月令孟秋之候也。承八月下言之，則八月尤是有露。

【校勘記】

〔一〕「王獻之夜臥齋中」，「之夜」二字，文淵閣本奪。

登兗州城樓

東郡趨庭日，兗州，漢之東郡也。南樓縱目初。趙云：公在夔峽賦熱詩有云：何似兒童歲，風凉出舞雩。則小年在兗州矣。意者，公之父爲官於兗，而公隨侍乃若鯉趨而過庭耳。今此當壯年爲布衣時再遊兗。縱目初，則追言兒童時耳。下四句皆縱目事，末句又言臨眺，則今再臨眺也。浮雲連海岱，平野入青徐。書禹貢曰：海、岱惟青州。又：海、岱及淮惟徐州。趙云：海、岱是兩字，東海與岱宗也，故對青、徐。此言縱目之景物，其開廣如此。孤嶂秦碑在，秦本紀：始皇東行郡縣，上鄒嶧山，與諸生刻石頌德，李斯作文。荒城魯殿餘。王文考魯靈光殿賦序云：恭王餘之所立，遭漢中微，未央建章之殿，皆見隳壞，而靈光巋然獨存。從來多古意，臨眺獨躊躇。趙云：秦碑，謂泰山上刻所立石之辭。此兩句則想像之而已。斷句所以結秦碑、魯殿，爲古意；自趨庭日至今，爲從來矣。

劉九法曹鄭瑕丘石門宴集

趙云：瑕丘，縣名。鄭知縣來而劉宴之也。

秋水清無底，蕭然靜客心。趙云：上句雖實事，而「無底」字專出列子，載海之東，有無底之谷。沈休文詩題有新安江水至清淺深見底，又似挨傍而翻用，於字爲典實。師云：謝宣城詩：江月清無底。掾曹乘逸興，漢制以曹官爲掾，如屋之椽也，言有所負荷。鞍馬去相尋。趙云：別作到荒林，舊本作去相尋，則荒林方成對，且二君之宴，公在其間，所以賦詩無專言劉尋鄭之義，此蓋劉爲主人也。鮑明遠：鞍馬光照地。能吏逢聯璧，潘岳、夏侯湛每同行，人以爲連璧。華筵直一金。趙云：能吏，指二公也。直一金字，亦挨傍古人云：此劍直百金，又壺直百金者也。班彪王命論〔一〕：飢寒道路，所願不過一金。王導傳：導與朝賢俱制練布端衣，於是士人翕然競服。練遂踴貴，端至一金。晚來橫吹好，泓下亦龍吟。馬融長笛賦：近世雙笛從羌起，羌人伐竹未及已。龍鳴水中不見已，截竹吹之聲相似。杜補遺：後漢班超假鼓吹。注：古今樂録曰：橫吹，胡樂也。張騫自西域傳其法於長安，唯得摩訶兜勒一曲。李延年因之，更造新聲二十八解，乘興以爲武樂。後漢以給邊將。趙云：橫吹好，則當似龍吟矣，所以感龍吟於泓下，以應之也。橫吹雖云胡樂，縱非笛，而別是一物，公今只是借字以言橫笛耳。

【校勘記】

〔一〕「王命論」，原作「符命論」，據清刻本、排印本並參全後漢文卷二十三班彪王命論改。

暫如臨邑至𡺵山湖亭奉懷李員外率爾成興

趙云：臨邑縣屬齊州，𡺵，玉篇：助麥切。或曰：𡺵山湖，即鵲山湖。非也。地志云：齊州治歷城。歷城縣東門外十步，有歷水入鵲山湖。今公云如臨邑至𡺵山湖，按本朝王存九域志：臨邑去州北百四十里。而𡺵字之音，又與鵲不同，則所謂𡺵山湖，又别湖之名。

野亭逼湖水，歇馬高林間。鼉吼風奔浪，鼉吼則風起。魚跳日映山。日暖，魚跳戲也〔一〕。趙云：鼉吼在有風而浪起之時，魚跳當日暖映山之時也。暫遊阻詞伯，却望懷青關。趙云：詞伯，指李員外矣。王充論衡：文詞之伯也。李應在青關，故回望。靄靄生雲霧，唯應促駕還。促駕猶速駕也。趙云：此言景物之可愁矣，故當速駕而返。

【校勘記】

〔一〕「戲」，文淵閣本作「躍」。

新刊校定集注杜詩卷十八

近體詩

奉寄河南韋尹丈人

甫故廬在偃師，承韋公頻有訪問，故有下句。

有客傳河尹，逢人問孔融。孔融，公自比也。趙云：言見問者，河南尹也，李膺爲河南尹，而孔融造門爲上客。青囊仍隱逸，章甫尚西東。郭璞受業於鄭公，以青囊書與之。孔子生於魯，嘗冠章甫之冠。長於宋，故衣逢掖之衣〔一〕。章甫，儒冠。趙云：孔子嘗曰：丘也，東西南北之人也。謂其身挾青囊而隱逸，冠章甫而西東。其着仍與尚字，則公言河南尹問人之辭也。鼎食爲門户，詞場繼國風。列鼎而食。門户，閥閱也。詩，列國之風。趙云：上句言河尹之貴，下句言河尹之能詩。尊榮瞻地絶，疎放憶途窮。言地望崇重也。顔延年詩：途窮能無慟〔二〕。趙云：任彦昇作竟陵王行狀有曰：地尊禮絶。疎放，公自謂也。憶途窮，則又言河尹憶問之。濁酒尋陶令，丹砂訪葛洪。王弘九月九日送酒與陶潛，潛得之，便飲而歸。江淹：濁酒聊自適[三]。晉葛洪字稚川，欲祈遐壽。聞交趾出丹砂，求爲勾漏令。趙云：放意於杯酒，故尋陶令。祈心於遐年，故訪葛洪。

江湖漂短一作裋。褐，霜雪滿飛蓬。淮南子：霜雪亟集，短褐不完。褐，毛布。詩：首如飛蓬。趙云：短褐，並見上北征詩注。飛蓬，言髮飄亂如之。久在江湖之間，故云漂短褐。髮如飛蓬，而霜雪滿，言其白也。竊又謂霜雪非以言髮之白，乃真所謂霜雪者，蓋公詩作於潭州，適當冬時。兩句述其羈旅流漾江湖，故短褐爲江湖所漂；犯冒霜雪，故飛蓬之髮爲霜雪所滿。此又可考作詩時節爲冬時甚明。二説以俟明識。

牢落乾坤大，周流道術空。趙云：上林賦：牢落陸離。易繫辭云：周流六虛。言天地廣大，而我獨牢落，雖挾道術，竟於周流之際成空而無用。莊子云：古之道術，有在於是。

謬慙知薊子，真怯笑揚雄。後漢方術傳：薊子訓有神異之道，公卿以下候之者，常數百人。解嘲曰：子廼以鴟梟而笑鳳凰，子徒笑我玄之尚白，吾亦笑子之病不遭扁鵲，悲夫！趙云：揚雄著太玄[四]，人皆笑之，至以爲可覆醬瓿。惟其周流道術空，故繼之以今兩句。

盤錯神明懼，謳歌德義豐。虞詡曰：不遇盤根錯節，何以知利器。趙云：此言韋尹爲政之能謳歌，如鄭歌子產、漢歌岑君是也。

尸鄉餘土室，難説一作誰話。呪雞翁。後漢地理志：偃師有尸鄉。列仙傳：呪雞翁居尸鄉下，養雞百餘，各有名字，呼名則種別而至。趙云：舊本又云「一作誰話鬭雞翁」。公題下注云：故廬在偃師云云。以義詳之，「難説」字當以「誰話」爲正；「鬭雞翁」無義，當以「呪雞翁」爲正。蓋言誰人話及呪雞翁乎？惟我韋丈人而已。或云，「難説」謂難説得到也。衆人難得説到，而韋丈人獨念之，亦有義，然講解費力。

【校勘記】

［一］「逢掖之衣」，「逢」文瀾閣本作「縱」、「衣」文津閣本作「書」。案，禮記儒行第四十一云：「丘少

居魯，衣逢掖之衣；長居宋，冠章甫之冠。」

〔二〕「顔延年」，原作「阮籍」，檢「途窮能無慟」句，宋詩卷五作顔延年五君詠，當是誤置，據改。

〔三〕「江淹」，原作「謝混」，檢「濁酒聊自適」句，梁詩卷四作江淹雜體詩三十首并序陶徵君潛田居，當是誤置，據改。

〔四〕「著」，原作「注」，訛，據清刻本、排印本並參先後解輯校已帙卷六此詩引趙次公注〔七〕改。

對雨書懷走邀許主簿

東岳雲峰起，溶溶滿太虛。趙云：楚詞云：雲容容兮雨冥冥〔一〕。字異而義同。震雷翻幕燕，襄二十九年傳：公子朝曰〔二〕：夫子在此，猶燕巢于幕上。驟雨落河一作溪。魚。趙云：舊本一作溪魚，非。蓋幕燕字出左傳，不應以溪魚無出處爲對。河魚，固言河中之魚，亦以左傳有河魚腹疾。雨中魚落，今亦有之。座對賢人酒，門聽長者車。魏志徐邈傳：鮮于輔云：醉客謂酒清爲聖人，酒濁爲賢人。陳平家貧，居陋巷，以席爲門，然門外多長者車轍。趙云：座對賢人酒，則徒有酒而已，故聽長者車之相訪也。既未有過之者，於是相邀許簿矣。相邀愧泥濘，騎馬到階除。趙云：吳都賦：中逵泥濘〔三〕。山簡傳云：時時能騎馬。登樓賦：循階除而下降。

【校勘記】

〔一〕「雲容容」，王逸楚辭章句卷二十九歌山鬼作「雷填填」。

〔二〕「公子朝」，清刻本、排印本作「公子札」，訛。

〔三〕「吴都賦」，原作「魏都賦」，檢「中逵泥濘」句，文選卷五、全晉文卷七十四作左思吴都賦，當是誤置，據改。

巳上人茅齋

巳公茅屋下，可以賦新詩。（趙云：潘安仁秋興賦序云：偃息不過茅屋茂林之下。蘇子卿云：可以慰嘉賓〔一〕。阮嗣宗云：可以慰我心。劉公幹云：可以薦嘉賓。下四句乃可賦者也。嵇叔夜琴賦云：臨清流，賦新詩。衡門之下，可以棲遲。）枕簟入林僻，茶瓜留客遲。（趙云：枕簟字，禮記：斂枕簟。）江蓮摇白羽，（白羽，扇也。）天棘蔓（舊本作夢。）青絲。（杜正謬：「夢」當作「蔓」。天門冬，荆湘間謂之天棘。抱朴子及博物志皆云天門冬，一名巔棘。以其刺故也。然不載天棘之名，豈非方言歟？本草圖經云：天門冬生奉高山谷，今處處有之。春生藤蔓，大如釵股，高至丈餘，葉如茴香，極尖細而疏滑，有逆刺，亦有澀而無刺者。其葉如絲而細散，皆名天門冬。以此考之，則天棘爲天門冬明矣。一本作天棘，然本草及爾雅諸書並無此名。必有博物者能辨之。冷齋夜話云：王仲至言：天棘非煙非霧，自是一種物，曾見一小説，今忘之矣。高秀實云：天棘，天門冬也，見本草，其枝蔓延，疑「蔓」字非「夢」也。然本草：天門冬，一名巔棘。王元之詩：水芝卧玉腕，天棘蔓金絲。則天棘蓋柳也。學林新編云：天棘蔓青絲，今改「蔓」爲「夢」，蓋天門冬亦名天棘，其苗蔓生，好纏竹木上，葉細如青絲，寺院庭檻中多植之，可觀。後人既改「蔓」爲「夢」，又釋天棘爲柳，皆非也。胡仔曰：按本草載抱朴子云：天門冬，或名巔棘。冷齋、學林二説，遂以爲天門冬，何也？其引王元之天棘蔓金絲，又以爲柳，亦何所據？蔡伯世云：此句最疑學者。或曰梵語名柳爲天棘。又近傳東坡杜詩事實一編，更以王逸少詩云「湖上春風舞天棘」爲證，因悟「夢」字乃由「舞」字之訛缺，況以上句考之，正應用草木爲對偶，非有奥義也。趙云：天棘蔓青絲，其「蔓」字是歐陽文忠家善本。未見善本已前，惑於「夢」字之義，群説紛紛。如洪駒父云：嘗問於山谷，山谷云不解；又問王仲至，仲至云出異書。洪覺範作冷齋夜話，又引高秀實之言。蔡伯世又以近傳東坡事實所引王逸少詩爲證，其説不一。然東坡事實乃輕薄子所撰，豈有王羲之詩既不見本集，而不載別書乎？且既使真是王詩，亦何所據而謂之柳乎？此因王元之詩句而添撰也。又有所謂杜陵句解者，南中李歜所爲也，且云聞於東坡云：是天棘弄青絲。此求「夢」字之説不得，遂取夢字同韻之字補之，然「弄」字於青絲爲無交涉矣。高秀實之説頗爲是，明矣。杜田亦知引此。余竊謂王元之詩「天棘舞金絲」〔一〕止是用杜詩，若指言天門冬，亦自有金絲之實。本草注又云：葉細似蘊而微黃。是也。洪覺範安知王元之不見杜詩善本，知蔓青絲之義而用之，乃遂强解之爲柳乎？若山谷、仲至皆大儒博雅，以不見善本，爲「夢」字所迷，而仲至不爲無可譏也。且其題自是巳上人茅齋，亦一幽居之僧耳，茅齋前有何非煙非霧之異物乎？其言「江蓮搖白羽」，亦不過檉之盆甕中，而花如白羽之搖，以明其雖種於茅齋之前，而蓮乃江蓮也。則對天棘蔓青絲，乃是種天門冬，其枝條延蔓如青絲之長，自足以形容幽居之景物，何遠求他物以當天棘邪？江之蓮，天之棘，抑亦公自造耳。孟子曰：猶白羽之白。蕭子範之言馬曰：纏以紫縷，繫以青絲。

空忝許詢輩，難酬支遁詞。

支遁，字道林，講維摩經。遁謂衆議無以歷難。許詢設一難，遁不能復通。

趙云：蓋言我空忝爲許詢之流，而難酬對支遁，所以美巳上人也。

【校勘記】

〔一〕「慰」，漢詩卷十二蘇子卿詩作「喻」。

〔二〕「舞」，清刻本、排印本作「蔓」。

房兵曹胡馬詩

胡馬大宛名，鋒稜瘦骨成。漢伐大宛，獲汗血馬，作西極天馬之歌。趙云：古詩：胡馬嘶北風。李陵書云：舉刃指麾〔一〕，胡馬奔走。陸士衡漢高祖功臣頌曰：韓王窘執，胡馬洞開。蓋凡西北之馬，皆謂之胡馬。漢天子初發易卜，曰：神馬當從西北來。得烏孫馬好，名之曰天馬，及得大宛國汗血馬益壯，遂更名烏孫馬曰西極馬，而以天馬名大宛之馬。如是，則胡馬得大宛名者，豈不貴乎！竹批雙耳峻，風入四蹄輕。劉孝標詩：四蹄不起塵。趙云：後魏賈思勰載相馬經：耳欲鋭而小，如削筒。則所謂竹批矣。故公李丈人胡馬行又曰：頭上鋭耳批秋竹。魯國黄伯仁爲龍馬頌云：雙耳如剡箭。相馬法不取三羸、五駑。其一羸是大蹄〔二〕，其一駑是緩耳。而劉義恭白馬賦有竦身輕足，故公詩於耳言峻，於蹄言輕也。所向無空闊，真堪托死生。如高歡之的盧，是可托死生也。鄭之小駟，則異於此。趙云：兩句是一義，如世説載劉備之初奔劉表，屯於樊城。表左右欲因會取備。備覺，如厠，便出。所乘馬的顱，曰：今日厄，可不努力！的顱達備意，一踴三丈，得過。又如劉牢之爲慕容垂所逼，策馬跳五丈澗而脱。此其事也。驍騰有如此，萬里可横行。顔延年赭白馬賦：藝品驍騰。

【校勘記】

〔一〕「麾」，全漢文卷二十八李陵重報蘇武書作「虜」。

〔二〕「蹄」，初學記卷二十九獸部上、太平御覽卷八百九十六獸部八作「頭」。

畫鷹

素練風一作如。霜起，蒼鷹畫作殊。趙云：素練，絹也。因其畫鷹，故風霜起。若作如霜，則止言練之白而已，又此字無分付，非是。㩳身思狡兔，㩳身，猶竦身也。孫楚鷹賦：擒狡兔於平原。史記：狡兔死，良犬烹。側目似愁胡。隋魏彥深鷹賦：立如植木，望似愁胡。㩳音竦，義亦同。鷹事中有竦翮而升之語。趙云：鷹常傾側其目，故傅玄賦曰：左看若側，右視如傾。晉孫楚鷹賦：深目蛾眉，狀如愁胡。故公於王兵馬使二角鷹詩亦云：目如愁胡視天地。絛鏇光堪擿，軒楹勢可呼。絛鏇，所以縶鷹。趙云：上句則所畫絆鷹之絛鏇也，光而堪擿取焉。下句則置畫於軒楹之間，其勢如真可呼也。孫楚賦云：麾則應機，招則易呼。魏彥深鷹賦：姦而難誘，住不可呼〔一〕。何當擊凡鳥，毛血灑平蕪！師云：凡鳥以況小人。班固西都賦：風毛雨血，洒野蔽天。趙云：陳孔璋爲曹洪與魏文帝書有園囿凡鳥之語。而吕安見嵇喜，題門作鳳字，譏其凡鳥，則又出於此。毛血灑字，亦暗使鷹事：有獻鷹於楚文王者，干時獵雲夢，鷹聳翮而升，須臾毛墮若雪，血灑如雨，有大鳥墜地。博物君子曰：此大鵬雛也。言其畫之真，有翻鞲掣臂，搏噬之志可見矣。公於楚姜公畫角鷹落句乃云：梁間燕雀休驚怕，未必摶風上九天〔二〕。則以譏徒有形而無其實者。一曰何當、一曰未必，詩人變化之妙如此。

【校勘記】

〔一〕「住」，原作「往」，訛，據全隋文卷二十魏彥深鷹賦改。

〔二〕「風」，本集卷十姜楚公畫角鷹歌作「空」。

與李十二白同尋范十隱居

李侯有佳句，往往似陰鏗。陳書：陰鏗字子堅，五歲能誦詩賦。及長，博涉史傳，尤善五言詩，爲當時所重。趙云：鏗詩雖見藝文類聚，恨無全集可考。余亦東蒙客，憐君如弟兄。師云：子美居齊兗，故云東蒙客也。趙云：東蒙，山名，乃詩所謂龜蒙之一也。以其在東，故謂之東蒙。公在兗州，故曰東蒙客。此兩句却不對，不知此格，何以謂之近體也？醉眠秋共被，姜肱兄弟，同被而寢。攜手日同行。師云：詩衛北風：惠而好我，攜手同行。趙云：前句云憐君如弟兄，故於共被中暗使姜肱事。又晉祖逖、劉琨情好綢繆，共被而寢。更想幽期處，還尋北郭生。列子：與北郭生連牆而不相通〔一〕。趙云：北郭生，指言范十隱居也。舊注引列子所載，乃南郭生耳。入門高興發，侍立小童清。趙云：殷仲文詩云：獨有清秋日，能使高興盡。鮑照園中秋散詩云：臨歌不知調，發興誰與歡？黄帝曰：異哉小童。落景聞寒杵，屯雲對古城。趙云：梁元帝纂要曰：晚照謂之落景。列子：望之若雲屯焉。謝靈運詩：巖高白雲屯。向來吟橘頌，張華有橘詩，郭璞有贊，謝惠連有賦。誰欲討蓴羹？陸機傳：機嘗詣侍中王濟，濟指羊酪謂機曰：卿吳中何以敵此？答曰：千里蓴羹，未下鹽豉。時人稱爲名對。杜正謬：楚詞自有橘頌，非橘詩贊賦也。趙云：橘頌主意言其受命之不遷耳。蓴羹事，即是張翰在齊王冏府，冏時執權，翰憂禍及，因見秋風起，乃思吳中菰菜、蓴羹、鱸魚鱠，曰：人生貴得適志[二]，何能羈宦數千里以要名爵乎？遂命駕而歸[三]。俄而冏敗，人以爲見機。今詩作意謂其身與李白[四]、范隱居並吟誦屈原之橘頌，守己之有素，又誰肯待倦游、睹秋風而後思蓴羹乎？舊注皆非。不願論簪笏，悠悠滄海情。趙云：惟其前句如此，故無復簪笏之願，而欲寄情滄海也。

【校勘記】

〔一〕「北郭生」，列子仲尼第四作「南郭子」。

〔二〕「貴得」，底本模糊，據文淵閣本、文津閣本、文瀾閣本、清刻本、排印本補。

〔三〕「遂命駕而歸」，底本模糊，據文淵閣本、文津閣本、文瀾閣本、清刻本、排印本補。

〔四〕「今詩作意謂」句，「作意」，原作「意作」，扞格不通，據清刻本、排印本改。

臨邑舍弟書至苦雨黄河泛溢隄防之患簿領所憂因寄此詩用寬其意

二儀積風雨，百谷漏波濤。老子：江海爲百谷王。聞道黄河坼，遥連滄海高。趙云：易有太極，是生兩儀。言天地也。廣雅云：天地曰二儀，以人參之曰三才。薛道衡祭江文：帷蓋静於波濤。西都賦：帶以洪、河、涇、渭之川。選：東燭滄海。又：東臨滄海。職司憂悄悄，謂當職司水之官。師云：詩：職司其憂。郡國訴嗷嗷。趙云：詩：憂心悄悄。後漢有郡國志。選詩：衆人何嗷嗷。職司，指上位之人也。郡國，則水所及者非一州。舍弟卑棲邑，仇覽爲主簿，人謂之棲鸞於枳棘。言位卑下。防川領簿曹。尺書前日至，版築不時操。以版築夾土而築也。書：説築傅巖之野。趙云：此言書中云水遽至，不得即時操版築以防之也。古詩：客從遠方來，遺我尺素書。顔師古注云：今俗言尺書，或言尺牘，乃其遺語耳。難假黿鼉力，江淹：方駕以黿鼉爲梁[一]。空瞻烏鵲毛。淮南子云：烏鵲填河。趙云：言無是物爲橋梁也。紀年曰：周穆王三十七年，東至于九江，比黿鼉以爲梁。古傳七夕鵲爲橋，以渡織女也。燕南吹畎畝，趙云：孟子：畎畝之中。濟上没蓬蒿。泛濫至於燕南，濟上皆漂没也。莊子：蓬蒿之間。螺蚌滿近郭，趙云：爲蠃爲蚌[二]。蛟螭乘九皋。泛濫，故螺蚌在陸，蛟螭在霄漢也。趙云：選：或藏蛟螭。詩：鶴鳴于九皋。徐關深水府，碣石小秋毫。徐關、碣石，皆地名。書：碣石，入于河。趙云：燕南、濟上、徐關、碣石，皆齊州近境，後有送舍弟潁赴齊詩三首[三]，有曰「徐關東海西」，有曰「長瞻碣石鴻」，可以推見。

白屋留孤樹，青天失萬艘。趙云：上句言屋已漂矣，惟孤樹存。下句言萬艘乘漲速去，青天長遠之間，頃刻之中，望之若失矣。吴志趙咨傳：魏文帝曰：吴王頗知書否？咨曰：吴王浮江萬艘，帶甲百萬。吾衰同泛梗，利涉想蟠桃。山海經曰：東海有山，名度索山。有大桃，屈蟠三千里，名曰蟠桃。趙云：論語：甚矣，吾衰也。周易：利涉大川。齊地接東海，而蟠桃在東海，故因水漲而觀萬艘去之之速，可以利涉，想望之也。賴一作却。倚天涯釣，猶能掣巨鼇。列子言龍伯國大人，一釣連六鼇。趙云：釣鼇，亦東海中事。

【校勘記】

〔一〕「方」，清刻本、排印本作「賦」。

〔二〕「嬴」，文津閣本作「羸」，訛。

〔三〕「潁」，原作「頻」，訛，本集卷二十六送舍弟潁赴齊州三首題作「潁」，據改。

過宋員外之問舊莊

員外季弟執金吾，見知於代，故有下句。

宋公舊池館，零落守陽阿。守，一作首。阿，山阿也。趙云：伯夷、叔齊隱於首陽山。史記注云：在河東蒲坂，華山之北，河曲之中。之問乃汾州人，去河中皆晉地，則宜爲首陽矣。舊作守陽，則無義。況詩有首陽之巔、首陽之下，而阮籍詩有首陽岑〔一〕，則守陽阿依倣爲熟。或云：公方在齊地，而此使驀大河在晉地爲可疑。然隔此一篇，是送蔡希魯還隴右，則已在長安矣。枉道秪從入，吟詩許更過。趙云：凡枉道而遊者，猶任其入，況能吟詩者而不許其過乎！則公自負可知矣。蓋以宋公平生好詩故也。淹留問耆老，寂寞向山河。趙云：淹留，駐迹之義，欲問耆老員外平日事。員外亡矣，其莊空存，對此山河徒寂寞耳。楚詞：胡爲乎淹留。莊子：恬淡、寂寞。禮記：秋食耆老。劉越石云：如彼山河。孟子：乃屬其耆老而告之。更識將軍樹，悲風日暮多。馮異每所止舍，諸將並坐論功。異常獨屏樹下，軍中呼爲大樹將軍。趙云：公題下自注云云，則以馮異比員外之弟也。考之唐史，之問有二弟，曰之悌者，史載其以驍勇聞。又曰：長八尺，開元中歷劍南節度使。既坐事流竄，復爲擊蠻總管。但止附之問傳尾，而無正傳，不載其爲金吾將軍，今因公自注見之。之悌既爲金吾將軍，則公題莊舍指其大樹，宜矣。

【校勘記】

〔一〕「阮籍」，原作「潘岳」，檢「首陽岑」句，文選卷二十三、魏詩卷十作阮籍詠懷詩，當是誤置，據改。

夜宴左氏莊

風林纖月落，衣露淨琴張。師云：張綽詩：雲表掛纖月。庾信詩：獨識淨琴意。趙云：纖月，初生月也。古兩頭纖纖詩曰：兩頭纖纖月初生。衣露淨琴張，此句亦似艱閟，蓋言當月落之際，衣上有露，而拂於琴以張之，則淨也。莊子之書人名，率用義理寓言爲之，有子琴張，用張琴爲名也。此琴張因可使矣。東坡詩云：新琴空高張，絲聲不附木。亦有琴張字。暗水流花逕，師云：孫登詩：暗水渡潛溪。春星帶草堂。趙云：吳都賦云：帶朝夕之濬池，佩長洲之茂苑。注云：帶、佩，猶近也。又魏都賦曰：列宿分其野，荒裔帶其隅。則帶字又可單用，不必以襟帶、佩帶爲類也。檢書燒燭短，看一作說。劍一作煎茗。引盃長。師云：古詩：百書怯燭殘。因話録：徐世長看劍飲酒，酒酣，舞劍，狂不知止。趙云：謂之檢書，則必尋討事出之類。檢或未獲，宜乎燒燭至於短，此理之常然。因看劍而豪氣生於此，快飲亦宜引盃長矣。東坡有云「引盃看劍話偏長」，正使此句。一作煎茗，無義。又作說劍，亦未必因之而長引盃。又說劍犯莊子，不應只用檢書爲對。詩罷聞吳詠，扁舟意不忘。吳詠，作吳人詠詩聲也。趙云：惟其聞吳詠，故動扁舟之興。

送蔡希魯都尉還隴右寄高三十五書記 時哥舒入奏，勒蔡子先歸。

蔡子勇成癖，癖，好著也。如王濟馬癖，和嶠錢癖，杜預左傳癖之義。彎弓西射胡。曹子建白馬篇：宿昔秉良弓，楛矢何參差。控弦破左的，右發摧月支。趙云：前漢：上不敢彎弓而報怨。西射胡，義自分明，舊注却引曹子建詩：控弦破左的，右發摧月支。左的，自是射的；月支，自是射貼名。假使錯認月支是胡名，亦何干也。健一作男。兒寧鬭死，壯士恥爲儒。酈食其傳：沛公不喜儒，諸客冠儒冠來者，沛公輒溺其中。趙云：健兒，强健之兒，非今日黥面者，故對壯士。舊注引世說：祖車騎使健兒鼓行劫鈔〔一〕。却是項羽目樊噲曰：壯士也！恥爲儒，此乃治天下當用長槍大劍，何用毛錐子之類，舊注非。公嘗有句云：健兒勝腐儒。官是先鋒得，材緣挑戰須。先鋒，謂先帥衆而行也。鋒，取鋒銳之義。挑戰，挑之使戰，如左傳之致師。漢高祖紀：項羽謂曹咎曰：謹守成皋。即漢欲挑戰，勿與戰。李奇曰：挑，徒了切。臣瓚曰：挑戰，擿嬈敵求戰也。趙云：國志蜀馬謖傳云：魏延、吴壹，論者皆言宜令爲先鋒。**身輕一鳥過，槍急萬人呼。**輕健如飛鳥。李廣趫健，人目爲飛將軍。呼，驚呼也。趙云：前叙其得官之因，今方以美之也。廬陵甞云：陳公從易初得杜集，至身輕一鳥，其下脱一字。因與數客各補之。或云疾，或云落，或云起，或云下，莫能定。及得善本，乃過字。陳公歎服，雖一字，不能到也。雖然，過字蓋使家語見飛鳥過，及莊子猶鳥雀蚊虻之過乎前。又張景陽雜詩：人生瀛海内，忽如鳥過目。而公亦屢使鳥過字，如「愁窺高鳥過」。諸君獨不至，是亦未之思耳。然兩句好處，尤在槍急字，非身輕而槍急，何以致萬人之呼？**雲幕隨開府，**幕府，以幕爲府也。西京雜記：成帝設雲幕於甘泉。**春城赴上都。**赴，一作入。趙云：此言哥舒入奏也。唐史：天寶十一載，翰加開府儀同三司。冬，入朝。今公云春城，豈由冬末而涉春乎？凡大將則有幕府，見李廣傳注。古樂府：春城起風色。開府字，晉、宋以來官號亦用矣。班固賦云：隆上都而觀萬國也。**馬頭金匼匝，**古詩：白馬黄金羈，驄馬金絡頭。**駞背錦模糊。**以駞負錦也。趙云：金匼匝，言金絡頭，其狀密而匼匝。鮑照白紵歌云：雕屏匼匝組帳舒[二]。駞背負物，而以錦帕蒙之，此之謂模糊。公詩有云：子璋髑髏血模糊。亦遮蓋之義。匼匝、模糊，皆方言。**咫尺雪山路，**郭義恭廣志曰[三]：西域有白山，通歲有雪，亦名雪山。班超贊曰：定遠慷慨，專功西遐。坦步葱雪，咫尺龍沙。注：言不以爲遠也。**歸飛西**一作青。**海隅。**言歸隴右也。趙云：此謂希魯先勒還隴右，視雪山咫尺，不以爲遠，故歸飛西海隅也。**上公猶寵錫，**上公，哥舒翰。寵錫，希魯。**突將且前驅。**師云：曹植賦：突將猛快。趙云：上公，言哥舒翰，猶有錫命未已，固當少住；則蔡子突將，當往爲前驅以先歸，舊注以爲錫賚希魯，非是。詩：爲王前驅。石季倫王明君辭：前驅已抗旌。**漢使黄河遠，**漢使張騫窮河源。**凉州白麥枯。**漢桓帝時童謡曰：小麥青青大麥枯，誰當穫者婦與姑，丈夫何在西擊胡。杜正謬：唐陳藏器本草云：小麥秋種夏熟，受四時氣足，兼有寒温。麵熱麩冷，宜其然也。河渭以西，白麥麵涼，以其春種，闕二時之氣故也。以地理志考之，凉州正在河渭之西，其出白麥，蓋土地所宜。趙云：翰爲河西節度使，故言黄河遠，暗用張騫比之。下句言其地、其時也。公詩送高書記亦云：崆峒小麥熟，且願休王師。亦言麥以志時矣。因君問消息，問高消息也。好在阮元瑜。王粲傳：陳留阮瑀字元瑜，少受學於蔡邕，建安中都護曹洪欲使管記室，瑀不爲屈。趙云：此題所謂因寄高書記也。記室，乃書記之任。

【校勘記】

〔一〕「祖車騎」，「祖」原作「桓」，文津閣本作「恒」，「車」文津閣本作「居」，均訛，據世説新語箋疏任誕第二十三條改。

〔二〕「雕屏匼匝組帳舒」，「匝」文津閣本作「匠」；「組」原作「祖」，均訛，據宋詩卷七鮑照代白紵舞歌詞改。

〔三〕「郭義恭廣志」句，「郭義恭」文津閣本作「郭義公」，清刻本、排印本作「劉義恭」，均訛。又，「廣志」原作「志廣」，據清刻本、排印本並參初學記卷三歲時部與卷六地部中、太平御覽卷三百五十六兵部八十七引録乙正。

春日憶李白

白也詩無敵，一作數。飄然思不群。趙云：此詩破頭兩句已對。呼人名爲某也，起于左傳。而回也、賜也之類，在論語尤多。今所謂白也，却犯檀弓：孔白之母死而不喪。子思曰：爲伋也妻者，是爲白也母；不爲伋也妻者，是不爲白也母。有此兩字，故對飄然。爾雅曰：回風爲飄。白是人名，飄是風名，方是可對。晉成公綏嘯賦有云：心滌蕩而無累[一]，志離俗而飄然。舊正作詩無敵，雖有仁者無敵，用真儒無敵於天下，用對不群字，則史有爽邁不群、逸志不群、獨立不群也。小注又作無數，則如食力無數、修爵無數。其無敵不若無數，蓋下言不群，則已是無敵矣，不應更疊意也。今此亦杜公寄言於爲戲，露出消息以示太白，以爲對屬須字有出處，然後爲工之意乎？其云細論文亦在是也。清新庾開府，蕭揚州薦士表：辭賦清新。陸雲別傳：雲亦善爲文，清新不及機。俊逸鮑參軍。鮑照字明遠，爲臨海王參軍。鍾嶸曰：鮑參軍詩如野鶴翻雲，良馬走隄，俊逸奔放。趙云：世説注有云：文翰清新，自有摯虞之妙。俊逸，世説載謝安目支道林如九方皋相馬，略其玄黃，取其俊逸。庾、鮑，所以比白。庾信在周爲開府，鮑照在宋爲參軍。二人本傳及其文集序，與夫諸人議論，如鍾嶸詩品，初無清新、俊逸之目，則自杜公品之也。今讀其詩信然。渭北春天樹，江東日暮雲。事見昔遊詩。江淹詩曰：日暮碧雲合。趙云：此以引末句之意。公於凡寄遠及送行，或居此念彼，則於兩句内分言地之所在。渭北，指言咸陽。咸陽在終南山之南、渭水之北，故得名。時白在會稽，越州也，斯江東矣。何時一樽酒，重與細論文？沈休文：勿言一樽酒，明日難重持。趙云：蘇子卿云：我有一樽酒，欲以贈遠人。魏文帝著典論，有論文一篇；而庾信詩云：論文報潘岳，詠史答應璩。今云論文而至於細，則臻其妙矣，非李、杜莫造也。若兩句之勢，亦孟浩然何時一盃酒，重與季鷹傾者矣[二]。

【校勘記】

〔一〕「滌」，原作「條」，訛，據清刻本、排印本並參全晉文卷五十九成公綏嘯賦改。

〔二〕「季鷹」，原作「李膺」，訛，據百家注卷一、分門集注卷十九「何時一樽酒」二句下所引趙注並參全唐詩卷一百六十永嘉别張子容改。案，張翰，字季鷹，吳郡吳縣人。

贈陳二補闕

世儒多汩没，汩没，不振之貌。夫子獨聲名。趙云：夫子，指陳補闕。禮記：聲名洋溢乎中國。獻納開東觀，謝朓詩：獻納雲臺表。後漢：和帝幸東觀，覽書林，閱篇籍，博選術藝之士以充其官。趙云：兩都賦序：日月獻納。君王問長卿。司馬相如，字長卿。上讀子虛賦而善之，曰：朕獨不得與此人同時哉！狗監楊得意侍上，曰：臣邑人司馬相如自言爲此賦。上驚，乃召問相如。左傳曰：與君王哉！高紀：韓信曰：項羽背約而王君王於南鄭。禮記：西方有九國焉，君王其終撫諸。范增曰：君王爲人不忍。又曰：天下事人定矣，君王自爲之。皂鵰寒始急，天馬老能行。所謂窮而益堅，老而益壯也。自到青冥裏，休看白髮生。言自可致於青霄之上，無以老自怠也。趙云：大宛國汗血馬，謂之天馬，以其先乃天馬之種也。楚詞載：青冥而攄虹。

寄高三十五書記適

歎息高生老，新詩日又多。美名人不及，佳句法如何？按新唐書：適五十始爲詩，即工，以氣質自高。每一篇已，好事者輒傳之。趙云：漢蔡邕瞽師賦曰：詠新詩以悲歌。句法，本是佛書有法句、經偈，而詩句之有法亦然，故公於詩句，問其法如何。主將收才子，崆峒足凱歌。聞君已朱紱，且得慰蹉跎。趙云：主將，哥舒翰也。翰爲河西節度使，以適爲掌書記。崆峒，隴右山名。足凱歌，言其必勝也。軍捷而還，則奏凱歌。出周禮。朱紱，雖出易，乃芾字，而曹子建用則是朱紱字；江淹雜體詩：用黻字，義皆同。朱紱，則賜緋之謂。

送裴二虯作尉永嘉

孤嶼亭何處？天涯水氣中。嶼，島嶼也。故人官就此，絶境興誰同？趙云：永嘉，乃唐之溫州倚郭縣，屬江南道，故曰水氣中。孤嶼亭，想是永嘉縣尉司景物。故人，則指裴二；就此、絶境，則指孤嶼亭矣。隱吏逢梅福，漢梅福，九江人，補南昌尉。家居常讀書，養性爲事。至元始中，王莽專政，梅福一朝棄妻子，去九江，至今傳以爲仙。其後，見福於會稽者，更名姓，爲吳市門卒。所謂隱於吏矣。趙云：指言裴二也。遊山憶謝公。謝安石寓居會稽，與羲之遊處，出則漁弋山水。常往臨安山中，坐石室，臨濬谷。雖放情丘壑，然每遊賞，必以妓女從也。趙云：謝公，謂謝靈運爲永嘉守，好遊山水，當時號之謝公。今積穀山南有謝公巖焉。郡又有東山，公登東山望海詩云：開春獻初歲，白日出悠悠。可以見其遊山之實矣。舊注非。扁舟吾已就一作具。，把釣待秋風。張翰見秋風起，乃思吳中蓴羹、鱸魚膾，遂命駕東歸也。趙云：待秋風而把釣，是時鱸魚可膾也。張翰吳郡人，正是吳中事。

城西陂泛舟

趙云：此渼陂也，在鄠縣西五里。後篇有與源大少府遊陂詩：應爲西陂好。可知也。

青蛾皓齒在樓船，見大食刀詩注。杜補遺：宋玉笛賦曰：命嚴春，使午子，延長頸，奮玉手，摛朱唇，耀皓齒，吟清商，起流徵。朱買臣傳：詔買臣到郡，治樓船。趙云：宋南平王白紵舞曲曰：佳人舉袖曜青蛾。相如賦：皓齒粲爛。橫笛短簫悲遠天。趙云：隋江總梅花落詩：橫笛短簫悽復咽。春風自信牙檣動，庾信賦：鐵軸牙檣。趙云：古歌辭：象牙作帆檣，綠絲何萎蕤。遲日徐看錦纜牽。吳甘寧以錦纜牽船，隋煬帝錦纜龍舟。魚吹細浪搖歌扇，燕蹴飛花落舞筵。以扇自障而歌，故謂之歌扇。搖則言浪之影也。師云：劉孝綽詩：屢將歌罷扇，回拂影中塵〔一〕。不有小舟能盪槳，百壺那送酒如泉。師云：古詩：舟子盪槳遊。韓奕詩：清酒百壺。趙云：槳所以隱楫之處。古詩：艇子打兩槳。酒如泉，倣左傳酒如澠之語也〔二〕。

【校勘記】

〔一〕「劉孝綽」，原作「劉孝標」，檢「屢將歌罷扇」二句，梁詩卷十六作劉孝綽和詠歌人偏得日照詩，當是誤置，據改。

〔二〕此注終端，原有匿名批識，曰：「魚吹細浪，指日中。故影搖曳於扇上也。」文淵閣本、文津閣本、文瀾閣本、清刻本、排印本無。

贈田九判官 梁丘

崆峒使節上青霄，河隴降王款聖朝。款，納款也。趙云：此詩乃哥舒翰獻捷之事。崆峒，隴右之名山也。翰於天寶八載，爲隴右節度使，與吐蕃戰于石堡城，更號神武軍。上青霄，言入朝見天子也。蓋領吐蕃降王以朝矣。宛馬總肥春苜蓿，大宛國漢時通，人嗜蒲萄酒，馬嗜苜蓿。後貳師至宛，取善馬，遂採蒲萄、苜蓿種而歸。將軍只數漢一作霍。嫖姚。霍去病爲嫖姚校尉。注：嫖音頻妙、姚音羊召反，皆勁疾之貌，今讀音摽搖者，非。趙云：上句則得吐蕃之馬矣。大宛最出善馬，而吐蕃亦連彼一帶，馬無不善者。苜蓿，所以飼馬肥。春苜蓿，則其入朝在春時也。下句指言翰也。嫖姚字，在漢書音去聲，而公作平聲使。又嘗曰：借問大將誰？恐是霍嫖姚。沈存中筆談亦嘗論矣。豈杜公傳受爲平聲邪？無害於義。蓋周庾信畫屏風詩押飄字韻，末句云：寒衣須及早，將寄霍嫖姚。又梁蕭子顯日出東南隅行云押霄字韻，而云：漢馬三萬匹，夫婿仕嫖姚。陳留阮瑀誰爭長？王粲傳：始文帝爲五官將，及平原侯植皆好文學。粲與北海徐幹字偉長，廣陵陳琳字孔璋，陳留阮瑀字元瑜，汝南應瑒字德璉，東平劉楨字公幹，並相友善。趙云：以比田九也。誰爭長，則瑀在七子之中爲勝，太祖辟之爲軍謀祭酒也。左傳：滕侯薛侯來朝，爭長。京兆田郎早見招。田鳳爲郎，入奏事，靈帝目送之，曰：堂堂乎京兆田郎。鳳，字秀宗。趙云：又以比田九，取其同姓。見招字，翻使左太沖詩：馮公豈不偉，白首不見招。麾下賴君才並入，獨能無意向漁樵。麾下，謂軍中旌麾之下。漁樵，杜公自謂也。趙云：言主將麾下，賴田君之才，與諸俊併入，可獨能無意而甘心向於漁樵乎？舊注以公自謂，公時是布衣，亦豈有便干人提挈入人將幕之理耶？

贈獻納使起居田舍人

獻納司存雨露邊，武后初置匭以受四方之書，謂之理匭使，玄宗改爲獻納使。趙云：唐制，獻納使掌受封事，以獻天子，蓋取兩都賦序日月獻納也。論語：籩豆之事，則有司存。雨露邊，則言天子施恩澤之地。地分清切任才賢。劉公幹詩：拘限清切禁。趙云：此言田君之爲起居舍人，起居舍人從六品，上隸中書省，斯爲禁近矣。舍人退食收封事，所以舍人、給事中知匭事。宮女開函近御筵。函，爲匭函也。宮女開函，以所投封事奏御也。趙云：詩：退食自公。舊注引武后置理匭使，玄宗改爲獻納使，其説是。在天寶九載，帝以匭聲近鬼故也。舊注又引唐以舍人、給事中知匭事，非是。蓋至德元年，方復理匭使之舊名。至寶應元年，命中書門下擇正直清白官一人知匭，以給事中、中書舍人爲理匭使。今舊注乃以中書舍人當起居舍人，以理匭使爲知匭，以寶應事當天寶，皆非。田公以起居舍人爲獻納使，故公詩有舍人字矣。曉漏追趨青瑣闥，青瑣，門也。范彦龍詩：攝官青瑣闥，遥望鳳凰池。晴窗點檢白雲篇。

薛云：右按，漢武帝秋風詞曰：秋風起兮白雲飛。淮南王安傳：武帝每爲報書及賜，常召司馬相如等視草乃遣。趙云：漢宮室有青瑣門，刻爲連瑣之狀，而青塗之。點檢白雲篇，蓋言天子親昵田君如此。**揚雄更有河東賦，唯待吹噓送上天。**揚雄，成帝時，客有薦雄文似相如。還，上河東賦。此子美自比雄也，故有待吹噓之句。趙云：漢成帝追觀先代遺蹤，亦思欲齊其德號。揚雄以爲臨淵羨魚，不如退而結網。上自西岳還，雄上河東賦以勸。今公自比於雄，欲有所諷諫而上河東賦，以田君爲獻納使，有吹噓之理。舊注引有薦雄者，考雄傳，薦雄時，止是甘泉賦，乃附就其説。

送韋書記赴安西

夫子欻通貴，雲泥相望縣。雲泥，猶貴賤之遠，如雲之與泥。趙云：欻音許勿切，有所吹起貌。忽然而貴也。詳公詩意，則韋君亦貧困矣，忽然通貴，遂有雲泥之隔。揚雄解嘲：當塗者入青雲，失路者委溝渠。吳蒼與矯慎書遂有乘雲行泥之語。晉丁彬書：雲泥異途，邈矣懸絶。**白頭無籍在，**無籍在朝列也。籍，如通籍之籍。**朱紱有哀憐。**曹子建：俯愧朱紱。有一作即。趙云：上句公自言也。謂無所倚藉，故用對哀憐字。或一作籍，爲通籍之籍，非唯不對，又不連接上句，又不指言誰人。蓋以言韋君則既爲官矣，以言公身則作此詩時，未曾有官也。蓋後篇重過何氏云：何路霑微祿，歸山買薄田。豈不明甚。下句言韋爲書記，則服緋矣。有哀憐，則言朱紱之人，有哀憐於我。**書記赴三捷，**采薇：豈敢定居，一月三捷。注：捷，勝也。三勝謂侵伐戰也。**公車留二年。**東方朔待詔公車。師古曰：公車令屬衛尉，上書者所詣。**欲浮江海去，此別意茫然。**公以道不偶時，欲放跡於江海。論語：道不行，乘桴浮于海。趙云：三赴戰勝之地，指安西主將也，又以言韋君。公車留二年，則公自謂。公自負其才，既見韋之通貴，而身留公車，故欲去而之江海矣。公三十九歲之冬，上三大禮賦，四十歲之春後，方召試得官。此三十九歲已前，未有官詩，蓋嘗有詣公車之事矣。應是三大禮賦已前，雖進賦而無報，所以云留於公車也。

陪鄭廣文遊何將軍山林十首

東方朔傳：竇太主曰：願與，枉路臨妾山林。應劭曰：公主園中有山，謙不敢稱第，故托言山林也。

不識南塘路，今知第五橋。師云：南塘、第五橋，皆秦川地名。趙云：此兩句是對。南塘、第五橋之名，於志在萬年縣郭外之西南。後有鄭十八虔貶台州司户，而題其居云第五橋邊流恨水，皇陂岸北結愁亭。則第五橋與皇陂當是目前相近之處。長安皇子陂在萬年縣西南二十五里，以秦葬皇子，起冢陂北原上得名。以皇子陂推之，第五橋可見。如是，則何將軍山林所過之地矣，故於首句言之。名園依緑水，謝玄暉：逶迤帶緑水。野竹上青霄。北山移文：干青霄而直上。新添：庾杲之泛緑水，依芙蕖。雖其義不同，而必謂以有出處，對屬則摘字，當本諸此。谷口舊相得，前漢王貢傳：鄭子真修身自保。成帝時，大將軍王鳳以禮聘子真，子真不詘而終。揚雄曰：谷口鄭子真不詘其志，耕于巖石之下，名震京師。趙云：指言廣文也。濠梁同見招。莊子與惠子同遊濠梁之上。趙云：相視爲莊、惠也。平生爲幽興，未惜馬蹄遥。

右一

百頃風潭上，千重夏木清。師云：謝靈運詩：風潭寒皎潔。趙云：此篇直道景物。舊本作千重，非是。師民瞻本作章。漢食貨志注：大木曰章。夏木，則言其功用在夏而清也。卑枝低結子，趙云：魏文帝芙蓉池作云：卑枝拂羽蓋。師云：古詩：卑枝成屋椽。接葉暗巢鶯。師云：庾亮賦：接葉巢春語之鶯。鮮鯽銀絲鱠，香芹碧澗羹。謝靈運：銅陵映碧澗。趙云：言所煮之羹，乃碧澗之香芹也。薛補遺：碧澗，地名。唐長卿有碧澗別墅詩。翻疑柂樓底，晚飯越中行。趙云：公往時在越州，今言何將軍山林之景似之也。

右二

萬里戎王子，何年別月支？張騫傳：匈奴破月氏王。師古：月氏，西域胡國也，氏，音支。異花開絕域，滋蔓匝清池。趙云：戎王子，説者以爲花名，義固然也。下句云異花，自分明矣。言萬里，則其來遠。言月支，是必月支之物。漢使徒空到，如張騫、李廣利之類。神農竟不知。神農嘗百草之滋味。而竟不知，言多異卉也。師云：漢使如博望侯之得石榴，貳師之得苜蓿、胡桃種於絕域。而無此異花，故曰空到。本草亦不載，故曰不知。露翻兼雨打，開拆漸離披。揚雄賦：配藜四施。注：配藜，披離也。趙云：雨打雖常語，而涅盤經有風雨所打。宋玉云：白露下衆草兮，奄梧楸以離披。舊注所引非祖出。

右三

旁舍連高竹，趙云：漢高祖紀：高祖適從旁舍來。疎籬帶晚花。碾渦深没馬，碾渦，碾磑間水渦漩也。藤蔓曲藏蛇。詞賦工無益，山林跡未賒。盡捻書籍賣，來問爾東家。趙云：時公方爲布衣，故曰：詞賦工無益。又言我之蹤迹，亦不遠在山林也。王粲傳：蔡邕見而奇之曰：吾家書籍文章，盡當與之。魯有東家丘〔一〕。問字，蓋問舍之問。

右四

【校勘記】

〔一〕「魯有東家丘」，「丘」清刻本、排印本均作「某」。

賸水滄江破，殘山碣石開。師云：謝琨詩：小江流剩水。趙云：任彦昇詩：滄江路窮。此故對碣石。禹貢地名。碣石，以其碣起之石矣。所謂碑碣，蓋取此。滄江破而爲賸小，碣石開而爲殘山。賸水殘山，杜公之新語。宋子京得之，於唐書中有殘膏賸馥之句。賸，俗作剩。緑垂風折笋，紅綻雨肥梅。趙云：上句義言風折笋垂緑，下言雨肥梅綻紅。句法以倒言爲老健。銀甲彈箏用，古詩：十五學彈箏，銀甲不曾卸。以銀作指甲，取其有聲。金魚換酒來。阮孚爲常侍，以金貂换酒，帝宥之。興移無灑掃，隨意坐莓苔。趙云：此尤見其野逸之興。

右五

風磴吹陰雪，磴，石道也。師云：鮑照詩：既類風磴，復象天井。趙云：石梯之道也。雲門吼瀑泉，師云：謝光遠：山近雲門斷。酒醒思臥簟，衣冷得一作欲。裝綿。趙云：得字似問辭，言衣之冷矣，得裝綿乎？宜裝綿也。野老來看客，河魚不取錢。秖疑淳朴處，自有一山川。趙云：丘希範詩：野老時一望。左傳：河魚腹疾。淳朴者，太古之世也。以其山野，乃淳朴處矣。

右六

棘樹寒雲色，茵蔯春藕香。師云：本草：茵蔯經冬不死，因舊茵而生，故曰茵蔯。脆添生菜美，陰益食單涼。趙云：四句連義。脆添生菜美，言生菜非一矣，而茵蔯春藕之香脆，又添其美也。陰益食單涼，言鋪食單於棘樹之下，陰益其涼也。謂之益，則山中已涼而又涼也。野鶴清晨出，一作至。山精白日藏。山精，鬼魅。趙云：嵇紹昂昂然如野鶴之在雞群。蜀帝得山精以爲妻。庾信詩：山精鏤寶刀。水府，則積水之府。石林蟠水府，百里獨蒼蒼。庾信温泉碑云：貝闕龍宫，沈淪於水府。

右七

憶過楊柳渚，渚，洲渚也，荆州有渚宫。走馬定昆池。唐安樂公主作定昆池，言勝昆明池也。趙云：皆何將軍山林所經。醉把青荷葉，狂遺白接羅。世説：白接羅，衫也。山簡爲襄陽守，嘗醉習家高陽池。襄陽小兒歌曰：山公時一醉，逍遥高陽池。日暮倒載歸，酩酊無所知。復乘驄馬去，倒著白接羅。舉手問葛强，何如并州兒。趙云：陳祖孫登詩有：青荷葉日暉〔一〕。及古詩有：何葉何田田。故合而用之。刺船思郢客，郢客善操舟。趙云：宋玉對問云：客有歌於郢中者。可化用郢客矣。解水乞吴兒。吴兒善泅。趙云：南人謂北人爲傖父，北人謂南人爲吴兒，皆常語也。暗使晉書：夏仲御能隨水爲戲。操柂正櫓，折旋中流。繼而賈充以鹵簿、妓女繞其船，統若無所聞。充曰：此吴兒是木人石心也。又可證其解水之字。坐對秦山晚，江湖興頗隨。趙云：言雖在秦地，而其山清幽，有江湖之興也。

右八

【校勘記】

〔一〕「葉」，陳詩卷六、藝文類聚卷八草部下祖孫登詠城塹中荷詩作「承」。

牀上書連屋，階前樹拂雲。趙云：公於竹詩亦云：會見拂雲長。郭景純遊仙詩有：逸翮思拂霄。將軍不好武，稚子總能文。趙云：魏武帝令曰：往歲造百辟刀五枚，先以一與五官將，其餘四，吾諸子中有不好武而好文學，將以次與之。醒酒微風入，嵇康四言：微風動桂。聽詩静夜分。

沈休文：月華臨静夜。絺衣挂蘿薜，師云：潘尼賦：絺衣獨挂於青蘿。涼月白紛紛。趙云：月白謂之紛紛，言其影在薜蘿之間如此。蘿薜者，藤蘿與薜荔也。詩人每使薜蘿，謂是兩物，故得倒用。東坡亦嘗摘此爲句云：九衢人散月紛紛。

右九

幽意忽不愜，古詩：幽意無斷絶。歸期無奈何。趙云：幽意所以不愜者，以須有歸期故也。世説云：左太沖作三都賦，初思意甚不愜。摘而用之。出門流水住，迴首白雲多一作雜花多。趙云：雜花多，非。流水住，則又見其處所，當水平慢不流之處爲平地矣。師云：張潛詩：山近白雲多。自笑燈前舞，誰憐醉後歌！秖應與朋好，風雨亦來過。趙云：朋好，朋之相好也。顔延年作陶徵士誄：詢諸友好。此詩十篇，蓋春末夏初之作。有曰千章夏木清，有曰茵蔯春藕香，有曰醉把青荷葉；有曰巢鶯，曰肥梅，有言芹，言笋也。

右十

重過何氏五首

問訊東橋竹，師云：褚炫詩：問訊南巷土。將軍有報書。趙云：言欲重過主人，所以托爲問訊其竹，而報許之也，故有下句速往之義。倒衣還命駕，倒衣爲聞報而欲遽往，急命駕也。如詩：顛倒衣裳。高枕乃吾廬。主人無間，故客至則安之，若吾廬也。陶潛：吾亦愛吾廬。趙云：命駕字，起於每一相思，千里命駕，言往之速也。史云：不得高枕而卧。又，解嘲有：庸夫高枕而有餘。花妥鶯捎蝶，溪喧獺趁魚。重來休沐地，師云：漢律：吏五日休下沐。言休息以洗沐也。真作野人居。趙云：上句言見聞之景物也，而句法則花枝安妥之際，有鶯捎掠於蝶；溪聲喧沸之中，是獺趁魚也。漢制，有官者賜休沐。張安世傳：休沐未嘗出。今何氏山林本休沐之地，而真作野人居，則幽静可知矣。

右一

山雨樽仍在，沙沈榻未移。犬迎曾宿客，鴉護落巢兒。趙云：此言重來所見之事：樽與榻皆前日之所設，樽在而榻未移，又見將軍之好客也。護字，公嘗使：蒼隼護巢歸。皆道實事之句。雲薄翠微寺，天清皇子陂[一]。皇子陂，陂名也。趙云：長安志載：翠微宮在萬年縣外終南山之上。

又云：長安縣南六十里，元和中改爲翠微寺。時在公死三十餘年之後，而今詩云寺，爲可疑。然二縣皆倚郭，雖分縣名，其實相連亘，不足疑矣。翠微既在終南之上，其山之長遠，又屬萬年，或屬長安，只以地界言之，又不足疑。惟宮、寺之名，本出臨時，而宮可謂之寺，寺可謂之宮，於義無害，故公使字偶爾犯邪。當俟博聞者辨之。若志所載，止有皇子陂，在萬年縣西南二十五里，以秦葬皇子，起冢陂北原上得名，別無黃子之稱。舊本作黃字，誤矣。公前篇云：今知第五橋，而題鄭十八著作虔詩云：第五橋邊流恨水〔二〕，皇陂岸北結愁亭。正相近之地，則黃子當爲皇子矣。

向來幽興極，步屧過東籬。 陶潛：采菊東籬下。趙云：言幽興之極，已自前時，今重來步屧，直過東籬，言其熟也。屧，無根之履，音所尒切。

右二

【校勘記】

〔一〕「皇子陂」，「皇」原作「黃」，據文淵閣本、文津閣本、文瀾閣本、清刻本、排印本改。案，二王本杜集卷九作「黃子陂」。

〔二〕「第五橋」，「橋」原作「檣」，訛，據本卷陪鄭廣文遊何將軍山林十首其一「今知第五橋」、本集卷十九題鄭十八著作丈詩歌正文「第五橋東流恨水」及清刻本、排印本改。

落日平臺上， 梁孝王傳：孝王築東苑，廣睢陽城，大治宮室，爲複道，自宮連屬於平臺三十餘里。師云：平臺非長安景〔一〕，杜因臺以用字耳。趙云：此直言景物耳。平臺，應是有平穩之臺，而紀其實。舊注非是。**春風啜茗時。石欄斜點筆，** 趙云：置硯於石欄之上也。**桐葉坐題詩。翡翠鳴衣桁，蜻蜓**

立釣絲。自今幽興熟，一作自逢今日興。來往亦無期。師云：顧況坐於流水上，得桐葉題詩云：一入深宮裏，年年不見春。聊題一片葉，寄與有情人。明日，況於上流復題，泛於陂中。後十日，復得詩意答況者。沈約詩：日色下衣桁。

右三

【校勘記】

〔一〕「平」，文淵閣本無。

頗怪朝參懶，樂於安閑，故懶於入朝參謁。應耽野趣長。雨抛金鎖甲，苔卧綠沈槍。槍甲皆器之犀利者，不以功名爲務，故雨抛〔一〕、苔卧也。薛云：右按：車頻秦書曰〔二〕：符堅使熊邈造金銀細鎧，金爲綖以纙之。綠沈，精鐵也。北史：隋文帝賜張奫綠沈槍甲，獸文具裝。武庫賦曰：綠沈之槍。杜補遺：嘗博考綠沈之義，或以爲漆，或以爲用綠爲設飾〔三〕。羲之筆經云：有人以綠沈漆竹及鏤管見遺，藏之多年。實有愛玩。詎必金寶雕琢，然後爲貴乎？此以綠沈爲漆也。又廣志曰：綠沈，古弓名。劉劭趙都賦曰：其器用則六弓四弩，綠沈黄間，堂溪魚腸，丁令角端。古樂府結客少年場行云：綠沈明月弦，金絡浮雲轡。此言綠沈，皆謂弓也，弩名黄間，以黄飾之也。弓謂之綠沈，其亦以綠爲飾乎？綠沈槍，疑亦以綠而爲飾。趙云：甲言金鎖，以金線連鎖之也。苻堅所造，乃其類也。槍言綠沈，以綠色之物，沈抹其柄也。薛蒼舒所引，是。至引北史隋文帝所賜張奫，妄意解爲精鐵，非也。杜田所引，則可以見弓也、甲也、筆也、槍也，或綠漆之，或綠塗之，皆謂之綠沈。師云：梁簡文帝詩：吳戈夏服箭，冀馬綠沈弓〔四〕。

手自移蒲柳，家纔足稻粱。趙云：上句以言野趣之真。蒲柳，一物耳，即所謂楊也。是木有楊、有柳。爾雅曰：旄，澤柳；楊，蒲柳。是也。下句言其野趣之安。稻粱，九穀之二物。詩云：不能蓺稻粱。看君用幽意，白日到羲皇。陶潛云：羲皇上人。趙云：言到羲皇，則身到其世，即同其人。到字最爲著力。韓退之送僧澄觀言僧伽塔云：僧伽後出淮泗上，勢到衆佛尤瑰奇。乃此到字矣。言白日字，有雍容閑暇不盡之意，如「落花遊絲白日靜」也。

右四

【校勘記】

〔一〕「拋」，原作「霑」，據清刻本、排印本並參詩中正文「雨拋金鎖甲」改。

〔二〕「頹」，原作「穎」，據太平御覽卷三百五十五兵部八十六改。

〔三〕「設」，文淵閣本、文津閣本、文瀾閣本、清刻本、排印本均無。

〔四〕「冀」，梁詩卷二十一簡文帝旦出興業寺講詩作「驥」。

到此應嘗宿，相留可判年。蹉跎差跌也。暮容色，衰暮也。悵望好林泉。何路霑微祿，歸山買薄田。斯遊恐不遂，把酒意茫然。賈誼鵩賦：斯遊遂成，卒被五刑。斯遊，此遊也，謂霑祿買田之事也。以爲李斯，則非。趙云：時公方爲布衣，當在三十九歲冬之前。蓋次篇杜位宅守歲詩曰〔一〕：四十明朝過。而公三十九歲之冬方獻三賦，次年乃召試得官，授河西尉，不行，爲右率府胄曹也。斯遊恐不遂，言此遊恐不遂其音耳。

右五

【校勘記】

〔一〕「杜位宅守歲」，「守」上原脱「宅」，據本卷杜位宅守歲詩補；又，文淵閣本作「趙云時遊」，訛。

冬日有懷李白

寂寞書齋裏，終朝獨爾思。更尋嘉樹傳，不忘角弓詩。昭二年傳：晉侯使韓宣子來聘〔一〕，公享之〔二〕。韓子賦角弓〔三〕。既享，宴于季氏，有嘉樹焉，宣子譽之。武子曰：敢不封殖此樹，以無忘角弓，遂賦甘棠。宣子曰：起不堪也，無以及召公。趙云：晉韓宣子聘魯，公享之。宣子賦角弓，蓋言兄弟之國，宜相親也。公前有詩於白云：余亦東蒙客，憐君如弟兄。故今詩云：更尋嘉樹傳，不忘角弓詩。此與醉眠秋共被，暗使姜肱兄弟事合矣。以事出昭二年傳，故云嘉樹傳。以在書齋裏而思白，故於讀書之中，更尋得此傳。因尋此傳，故不忘角弓，言兄弟相親之意。東坡送宋希元詩云：它時莫忘角弓篇。又題萬松詩云：慇懃記取角弓詩。皆由杜公發之也。

裋褐風霜入，貢禹：裋褐不完。還丹日月遲。道經言：還丹能使人長生不死。師云：言自授籙成功之晚，蓋白嘗從北海高天師授道籙於齊州紫極宮。趙云：裋褐，當以短爲正。又杜公詠懷云：賜浴皆長纓，與宴非短褐。以長對短，其義尤明。短褐言白之貧，還丹言白有仙風道骨。其所燒還丹，可以遲延日月。賀知章號曰謫仙人，白與道士司馬子微遊，則還丹在白爲當體。未因乘興去，王子猷乘興訪載安道。空有鹿門期。漢陰有鹿門山，龐德公所隱之地。趙云：公自言無因乘興如子猷訪戴而去，徒與白有效龐德公隱鹿門山之期約也。

【校勘記】

〔一〕「俟」，文淵閣本奪。

〔二〕「之」，文津閣本作「子」，訛。

〔三〕「韓子」二字，文淵閣本奪。

杜位宅守歲

守歲阿戎家，王戎，字濬仲。少阮籍二十歲，而籍與之交。籍素與戎父渾爲友。戎年十五，隨父渾在郎舍。籍每適渾，俄頃輒去，過視戎，良久然後出。謂渾曰：共卿語，不如與阿戎談。趙云：東坡詩云：頭上春幡笑阿咸〔一〕。又云：欲喚阿咸來守歲，林烏櫪馬鬭喧譁。則杜詩善本當是阿咸字，衆本皆作阿戎。而舊注引王戎事，大誤。意者，杜位小字阿戎也〔二〕。椒盤已頌花。周庾信正旦詩：椒花逐頌來。趙云：晉劉臻妻元日獻椒花頌。舊注非事祖矣。盍簪喧櫪馬，陳陰鏗詩云：亭嘶皆櫪馬〔三〕。易：勿疑，朋盍簪。列炬散林鴉。四十明朝過，飛騰暮景斜。誰能更拘束？爛醉是生涯。趙云：過，踰過也。公所以感歎，頗有深意。蓋記曰：四十曰强而仕。公於天寶九載三十九歲之冬，預獻明年三大禮賦，表云：甫行四十載矣，沈埋盛時。則亦急於仕矣。天寶十載，方召試授官，得河西尉。不行。則所當强仕之年〔四〕，官猶未定，宜其感歎之切矣。故下云：飛騰暮景斜。而撲句付之醉也〔五〕。選有羽爵飛騰。以四十對飛騰，不必以數對數，此公之妙處。景斜字，沈約傳：景斜乃出。

【校勘記】

〔一〕「春」，蘇軾集卷十七和子由除夜元日省宿致齋三首其二作「銀」。

〔二〕「戎」，原作「咸」，訛，據清刻本、排印本改。

〔三〕「皆」，陳詩卷一陰鏗廣陵岸送北使作「背」。

〔四〕「所」，清刻本、排印本作「正」。

〔五〕「飛騰暮景斜而撲句付之醉也」，「斜而」文津閣本作「叙西」，「撲」清刻本、排印本作「末」，均訛。

與鄠縣源大少府宴渼陂 得寒字

應爲西陂好，金錢罄一飡。上林賦：日出東沼，入乎西陂。前漢：曹丘生招權顧金錢。吳越春秋：伍子胥至瀨水之上，謂女子曰：夫人，可得一飡乎？孔融傳：一飡之惠必報。飯抄雲子白，雲子，雨也。荀子雲賦曰：托地而遊宇，友風而子雨。瓜嚼水精寒。薛云：漢武帝内傳：王母謂帝曰：太上之藥，有風實雲子。師云：漢武帝煉丹成，以赤者爲桃實，白者爲雲子。趙云：雲子，指言菰米飯也。西陂中則有菰矣。宋玉云：主人女炊香菰之飯。惟菰米之香滑潔白，然後足以當雲子之譬。或曰：菰米本黑，不白也。然公詩有云：秋菰爲黑穟〔一〕，精鑿成白粲。則春之精乃白矣。雲子，出漢武帝内傳。薛蒼舒所引是，舊注非。無計迴船下，空愁避酒難。主人情爛熳，持答翠琅玕。四愁詩：美人贈我翠琅玕，何以報之雙玉盤。趙云：情爛熳，蓋情多之意。持答翠琅玕，意以篇什當之也。

【校勘記】

〔一〕「秋菰爲黑穟」，「秋」文津閣本、清刻本、排印本作「秒」，訛。案，本集卷十一行官張望補稻畦水歸詩「爲」作「成」、「穟」作「米」。

崔駙馬山亭宴集

蕭史幽棲地，蕭史，弄玉夫也，好吹簫，教弄玉作鳳鳴，而作鳳臺。一旦，夫妻皆隨鳳去。趙云：蕭史，秦女弄玉之婿，故得以言駙馬。林間踏鳥毛〔一〕。洑流何處入，洄洑之水也。亂石閉門高。趙云：皆言其幽棲。客醉揮金椀，詩成得繡袍。李白外傳云：白對明皇撰樂府新詞，得宮錦袍。趙云：醉揮金椀，詩得繡袍，皆富貴家事。揮者，棄也。既醉而遂以金椀與之。史有揮橐金者。又，戴暠詩云：揮金留客坐。乃此詩揮金椀之義。武后使東方虬、宋之問賦詩，先成者得錦袍。亦此得繡袍之謂。舊注所引非是，蓋詩意不在此。清秋多宴會，終日困香醪。

【校勘記】

〔一〕「鳥」，清刻本、排印本作「鳳」。案，二王本杜集卷九作「鳥」、錢箋卷九作「鳳」。

九日楊奉先會白水崔明府

今日潘懷縣，潘岳自河陽轉懷令。同時陸浚儀。陸雲出補浚儀令。縣居都會之要，爲難理，雲到官肅然。坐開桑落酒，世説：桑落河多美酒。**來把菊花枝。**晉陽秋曰：陶潛九月九日無酒，宅邊摘菊盈把。望見白衣人至，乃王弘送酒〔一〕，便飲醉而歸。趙云：上句指言兩令之相會也。劉隨善造酒〔二〕，熟於桑落之辰，故酒得名焉。水經載之詳矣。庾信從蒲史君乞酒曰：蒲城桑落熟〔三〕，灞岸菊花秋。又謝衛王賜桑落酒詩曰：停盃待菊花。蓋桑葉落，則菊花開之時。當桑葉落而酒熟，乃飲酒之候矣。舊注非。**天宇清霜淨，**言氣宇清澈也。**公堂宿霧披。**衛瓘見樂廣曰：若披雲霧而覩青天。趙云：公自言其得見二令。公堂，則楊奉先之公堂也。**晚酣留客舞，鳧舄共參差。**王喬爲鄴令事。參差，亦包兩令言之。

【校勘記】

〔一〕「王弘」，文瀾閣本、清刻本、排印本作「王宏」，係避諱。

〔二〕「劉隨」，洛陽伽藍記卷四作「劉白墮」。

〔三〕「落熟」，北周詩卷四庾信就蒲州使君乞酒詩作「葉落」。

贈翰林張四學士

翰林逼華蓋，蔡邕傳：擁華蓋而奉皇極〔一〕。逼，言密邇帝座〔二〕。**鯨力破滄溟。**杜補遺：晉天文志曰：大帝上九星曰華蓋，所以覆大帝之座也。天子之華蓋象之。山今注曰：華蓋，黄帝所作也〔三〕。與蚩尤戰于涿鹿之野，常有五色雲氣，金枝玉葉覆之，而作華蓋。唐百官志：玄宗初，置翰林待詔，以張説、張九齡等爲之，掌四方表疏批荅、應和文章；既而又以中書務劇，乃選文學之士，號翰林供奉，分掌制誥書勑。又改供奉爲學士，專掌内命。其後，選用益重，而禮遇益親，至號爲内相，又以爲天子私人。内宴則居宰相之下，一品之上。韋執誼翰林舊事曰：翰林院在右銀臺門内，麟德殿西。學士院在翰林院之南。後又置東院於金鑾殿西，隨上所在而遷，取其近便也。故事，中書黄麻，爲綸命重輕之辨。近者所出，獨得用黄麻；有用白麻者，皆在此院。矧此院之置，尤爲切近，左接寢殿，北瞻彤樓，晨趍瑣闥，夕宿嚴衛，密之至也。備待顧問，辨疑釋非，抪縑牘〔四〕，授遣群務，職之重也。趙云：又職林云：自至德後，天子召集賢學士于禁中草詔，因在翰林待進止，遂以名而置院。每在禁中，天子所在，皆有待詔之所，斯爲逼華蓋矣。滄溟，又以遊泳寬縱之地，鯨力破之，則如宗愨云：願乘風破萬里浪之破。

天上張公子，

公子，公侯之子孫，美張翰林稱。天上，言非人間。趙云：凡詩人於姓張者，得曰張公子，蓋以前漢趙皇后傳有張公子，時相見；如杜牧贈張祜亦曰：誰人得似張公子。是也。以其在禁中，故言天上也。舊注非是。

宫中漢客星。

漢光武引嚴光入，論道。太史奏：客星犯御座甚急。趙云：博物志載：後漢人乘槎至天河之側，見飲牛者。使問嚴君平。嚴曰：客星犯斗牛。而公詩每作張騫爲使尋河事，蓋承用然也。如庾肩吾奉使江州船中七夕詩曰：漢使俱爲客，星槎共逐流。亦以漢使貼星槎使矣。今詩與張學士，故得用張騫事，舊注非。

賦詩拾翠殿，佐酒望雲亭。

賦詩、佐酒，言侍從宴賞也。趙云：拾翠在東内大福殿東南，望雲在西内景福臺西。以其應和文章，且禮遇内宴。

紫誥仍兼綰，黄麻似六經。

翰林學士掌制誥。紫誥，謂以紫泥封誥也。黄麻謂寫詞於黄紙上，似六經言訓辭深厚如六經也。杜補遺：隴右記曰：武都紫水有泥，其色紫而粘，貢之用封璽書，故詔誥有紫泥之美。後漢輿服志注：漢舊儀曰〔五〕：天子信璽，六。皆以武都紫泥封，青囊，白素裏，兩端無縫。元注紫泥封誥是已。王子年拾遺：元封元年，浮圻國貢蘭金之泥。此金出陽淵，水常沸湧。金狀混混若泥，如紫磨之色。以此封詔函及諸宫門，鬼魅不敢干。漢世，上將出征，及諸使絶國，多以此泥爲印封。衛青、張騫、傅介子、蘇武之使，皆受金泥之璽以封也。馮鑑續事始：貞觀十年，太宗詔用黄麻紙寫詔勑文。又高宗上元三年詔曰：勑制施行，既爲永式，比用白紙，多爲蟲蠹。自今以後，尚書省頒下諸司諸州縣並用黄紙。趙云：李肇翰林志云：凡賜與、徵召、宣索、處分曰詔，用白麻紙。慰撫軍旅曰書，用黄麻紙。又云：南詔及清平官書用黄麻紙。**內分金帶赤，恩與荔枝青。**翰林拜命日，賜金荔枝帶。趙云：楊文公談苑載：腰帶，凡金玉犀銀之品，自樞宰、節度使賜二十五兩金帶，舊用荔枝、松花、御仙三品。雖是本朝名式，然稱舊用，則亦循唐故事矣。三品以荔枝爲首，本以賜樞宰、節度。今詩句則言出於殊恩，非常例故也。謂之荔枝青，言金色之青熒也。公詩又曰：君看銀印青。**無復隨高鳳，**高鳳，後漢逸民也，言張翰林已在顯貴，不復與高鳳爲偶矣。**空餘泣聚螢。**車胤家貧無燈火〔六〕，以絹囊盛螢火以照書讀之。杜正謬：高鳳者，鳳之飛鳴必在於高，如詩云「鳳凰鳴矣，于彼高岡」之類。顔延年秋胡詩云：椅梧傾高鳳，寒谷待鳴律。元注非是。趙云：此公自謂也。高鳳，指言張翰林。舊注非特無義〔七〕，豈可以人名對聚集之螢乎？詩意蓋云：我不能更隨張翰林之高騫，而止餘泣於聚螢耳。**此生任春草，垂老獨漂萍。**春草，言不實，流落漂泛，如萍之在水也。趙云：此言任春時之草生幾度，更不管年華之去耳。此感槩之言，舊注非是。**儻憶山陽會，悲謌在一聽。**山陽，嵇康所居，乃竹林之會也。向秀經康山陽舊居，作聞笛賦。趙云：向秀思舊賦序云：與嵇康、呂安居止接近。公今所謂會字，蓋嵇、向、呂也。它日，向秀不見嵇康，作思舊賦。公今言儻憶者，正預指它日隔闊之事，意謂若以山陽之會爲可憶，則今日悲歌，宜在一聽，而勿忽之也。

【校勘記】

〔一〕「擁華蓋而奉皇極」，「而」，文淵閣本作「兩」；「奉」，文瀾閣本作「白」，皆訛。

〔二〕「邇」，文淵閣本作「而」，訛。

〔三〕「華蓋黄帝所作也」，「蓋黄」文津閣本脱；又，「黄」文淵閣本、排印本作「皇」；案，唐六典卷十一引崔豹古今注作「黄」。

〔四〕「縑」，文津閣本作「兼」，訛。

〔五〕「漢舊儀」，文淵閣本、文津閣本、文瀾閣本、清刻本、排印本作「漢書儀」。

〔六〕「車胤」，清刻本、排印本作「車允」，係避諱。

〔七〕「特」，文淵閣本作「待」，訛。

送張二十參軍赴蜀州因呈楊五侍御

好去張公子，見前注。通家别恨添。兩家相通來往言至契熟，此别恨所以添耳。趙云：通家字，使孔融語。兩行秦樹直，萬點蜀山尖。趙云：張二十由秦而趨蜀，其所歷者，秦樹與蜀山也。樹直、山尖語可謂新奇矣。直，蓋直木無曲影之直。御史新驄馬，謂呈楊侍御也。桓典拜侍御史，常乘驄馬，京師畏憚，爲語曰：行行且止，避驄馬御史。參軍舊紫髯。爲張赴參軍也。郄超髯，府中語曰髯參軍。趙云：舊注是，但紫髯字，却因孫權傳號紫髯將軍可得取而合用之。皇華吾善處，於汝定無嫌。皇華，遣使臣之詩也，言張有使才。趙云：詩：皇皇者華。兩句正以言揚侍御爲皇華之使，乃吾所厚善之人，則於張二十亦必無嫌，所以薦之也。舊注非是。

陪諸貴公子丈八溝攜妓納涼晚際遇雨

落日放船好，輕風生浪遲。竹深留客處，荷淨納涼時。趙云：自梁簡文帝來，皆有納涼詩，而陳徐陵詩句有曰：納涼高樹下；簡文帝晚景納涼詩曰：鳥栖星欲見，荷淨月應來。公子調冰水，佳人雪藕絲。謝玄暉詩：秋藕折輕絲。薛蒼舒、杜補遺皆言，如家語以黍雪桃之雪，且引其注云：雪，拭也。趙云：貴家有以蜜或乳糖伴雪而食者。冰水言調，豈亦用香美之物調和之乎？不然，觸冰爲水爲戲耳。雪藕絲，蓋雪斷之雪。此是方言，如家語，則後人所謂洗雪之雪者矣，非此之謂。片雲頭上黑，應是雨催詩。趙云：此蓋以爲戲也。雨甚，當速歸，而詩不了，則黑雲將欲爲雨以催之矣。東坡嘗使「纖纖入麥黃花亂，颯颯催詩白雨來」。

右一

雨來霑席上，風急打船頭。急一作惡。趙云：涅槃經云風雨所打。亦是方言，蓋江南有謂之打頭風者也。越女紅裙濕，燕姬翠黛愁。越多美女。西施，越女也。古詩：燕趙多佳人。趙云：越女、燕姬，蓋枚乘七發云：越女侍側，齊姬奉後。而鮑明遠舞鶴云：燕姬色沮，巴童心耻也。纜侵隄柳繫，幔卷浪花浮。浪起如花也。趙云：急雨當避，進舟於岸傍，故侵隄柳而繫纜也。下句幔卷於浪花浮之間，蓋雨景中看之也。卷字與梁簡文帝納涼詩「珠簾影空卷」，及王勃「珠簾暮卷西山雨」之卷同。歸路翻蕭颯，陂塘五月秋。趙云：必著稱月者，以當五月炎天，而遂成秋爲可記録。范元實詩眼嘗論其類此者。

右二

白水明府舅宅喜雨 得過字

吾舅政如此，喜雨之應禱，故美其政也。古人誰復過！碧山晴又濕，白水雨偏多。精禱既不昧，歡娛將謂何？湯年旱頗甚，今日醉絃歌。湯有七年之旱。此詩先言精禱不昧，即禱而得雨也。故有「醉絃歌」之句。論語：聞絃歌之聲。

陪李金吾花下飲

勝地初相引，徐行得自娛。見輕吹鳥毳，隨意數花鬚。趙云：徐行所以對勝地，其作余行非。吹鳥毳、數花鬚，所以自娛。細草稱偏坐，香醪懶再沽。趙云：稱字去聲。如公嘗使「偏勸腹腴愧年少」、「漁父忌偏醒」、「驥病思偏秣」之義。此飲酒闌珊而歇於細草之上，惟其偏可於此坐，則不思起矣，雖酒盡亦懶再沽也。醉歸應犯夜，可怕李金吾。漢制，金吾將軍主徼巡京師。杜補遺：按韋述西都新記曰：京城街衢，有金吾曉暝傳呼，以禁夜行；唯正月十五日夜，勑許金吾弛禁，前後各一日。故中書侍郎蘇味道上元詩有「金吾不禁夜〔一〕，玉漏莫相催」之句。趙云：此戲李金吾也。王褒洞簫賦云：頌有醉歸之歌。犯夜，亦有所載，世說云：王安期作東海，吏録犯夜人至。王問：何處來？云：從師受書還，不覺夜。王曰：鞭撻甯越以立威名，恐非致化之本。使吏送歸其家。薛夢符所引李廣霸陵事，非。言可怕，則不怕之也。與可憚、可但、可能之可同。

【校勘記】

〔一〕「禁」，原作「惜」，訛，據文淵閣本、文津閣本、文瀾閣本、清刻本、排印本並參全唐詩卷六十五蘇味道正月十五夜詩改。

贈高式顏

趙云：高適之族姪也。見適集。

昔别是何處？相逢皆老夫。趙云：是字可以對皆字，一作人，非是。故人還寂寞，削跡共艱虞。莊子：孔子削跡于衛。趙云：削跡，莊子又曰削跡捐勢。則自削藏也。削跡于衛，則人拂削其跡。今此言共艱虞〔二〕，則遭人棄逐矣，此所爲寂寞也〔二〕。自失論文友，空知賣酒壚。平生飛動意，見爾不能無。趙云：魏文帝典論有論文一篇。論文最爲難事，公與李白詩云：何時一樽酒，重與細論文。則李白與公敵體，方能當之。今指高爲論文之友，則必能文者。友既相失，亦知酒壚所在，不復有人可與共飲也。相如傳注云：壚者，賣酒之處。無人共飲，則亦沈滯塊處而已。忽見高式顏，則平生飛揚轉動之意，不能自已也。沈佺期於李侍郎祭文云：思含飛動，才冠卿雲。

【校勘記】

〔一〕「艱」，文淵閣本、文津閣本作「難」，訛。

〔二〕「爲」，清刻本、排印本作「謂」，訛。

贈比部蕭郎中十兄 甫從姑之子。

有美生人傑，詩：有美一人。漢高祖云：三者皆人傑，吾能用之。由來積德門。書：汝方慎德。漢叔孫通：禮樂百年積德而後可興。漢朝丞相系，謂蕭相國何。梁日帝王孫。梁武帝姓蕭。趙云：此篇是正格，破題便對。詩：有美一人。生人傑，應是生民傑。唐太宗名世民，故每改世爲代，改民爲人。孟子云：自生民以來，未有如孔子者。易：其所由來者漸矣。詩人多用積德字，庾信周齊土銘曰：胄其積德，必有君臨也。此以引下句。蘊藉爲郎久，以蘊藉而爲郎也。東觀漢記：桓榮溫恭有蘊藉。文穎曰：寬博有餘也。魁梧秉哲尊。周勃傳〔一〕：魁梧奇偉。一音悟，魁言丘墟壯大之意也。悟者，言其可驚悟也。趙云：張良贊：聞張良之智勇，以爲其貌魁梧奇偉。注：魁，大貌。梧，言其可驚悟。雖音去聲，而公作平聲，蓋當時皆讀爲吾焉，顏師古自言之矣。司馬相如以貲爲郎，卜式不願爲郎。書：經德秉哲。詞華傾後輩，風雅藹孤騫。趙云：騫字從鳥，虛言切，飛舉之貌也。此屬元字韻中。若其下從馬而爲騫字，却是起虔切，注云：「馬腹縶，又虧也。」乃屬先字韻。學者多誤，故爲明之。宅相榮姻戚，晉魏舒少孤，爲外家寧氏所養。寧氏起宅，相宅者云：當出貴甥。舒曰：當爲外氏成此宅相。後果爲公[二]。杜補遺：北史李靈傳：邢晏稱其甥李繪曰：如對珠玉，宅相之奇，良在此甥。又文苑傳：王褎，字子深，七歲能屬文。外祖梁司空愛之，謂賓客曰：此兒當成吾宅相。趙云：蕭兒，杜家之外孫，故比之魏舒。兒童惠討論。言方兒童時，得蕭兄惠，以討論之益矣。自此而下，公轉入自述之事也。書序：討論墳典。見知真自幼，潘安仁懷舊賦序云：余十二而獲見知於父友東武戴侯楊君[三]，遂申之以婚姻。謀拙愧諸昆。子美與蕭爲姑舅之昆仲也。趙云：言見知於蕭兄已自幼時。而自後謀拙，則每愧諸兄。書盤庚：予亦拙謀，作乃逸。漂蕩雲天闊，沈埋日月奔。雲天闊，言漂蕩而相去遼遠也[四]。日月奔[五]，謂沈埋而歲月易失也。致君時已晚，懷古意空存。趙云：其謀拙者，飄蕩於外而不能仕進以致君也。魏應璩與從弟君冑書曰：思致君於有虞，濟蒸民於塗炭。懷古，則選曰[六]：眄山川而懷古。又曰：慨長思而懷古。其飄蕩於外，乃在齊魯。下句使山陽、愚谷事，乃是齊魯相近之地。地理志：山陽，漢屬兖州。愚公谷在青州臨淄。考之地圖，青州在兖之東，而臨淄縣在州西北四十里，則山陽與愚谷相近審矣。既在齊魯，則爲雲天闊；既漂蕩之久，則爲日月奔。日月既奔，則致君遂晚，而徒餘懷古之意存耳。中散山陽鍛，嵇康爲中散大夫，性絶巧好鍛。王戎自言與康居山陽二十年，未嘗見喜慍之色。向秀傳：嵇康善鍛，秀爲之佐，相對欣然，旁若無人。趙云：嵇康居在山陽。初康貧，與向秀鍛於大樹之下，自贍給。潁川鍾會，貴公子也，精練有才辯，故往造焉。康不爲之禮而鍛不輟。良久會去。康謂曰：何所聞而來？何所見而去？會以此憾之，譖康於帝，卒有東市之刑。公在山陽之間，因懷古感槩。愚公野谷村。列子：愚公移山，而山北之叟笑之。趙云：韓子：齊桓公逐鹿入谷，見一老，問是爲何谷。對曰：爲愚公谷，以臣名之。桓公曰：視公儀狀非愚人，何爲以愚公名之？對曰：臣故畜牸牛，生子大，賣之而買駒。少年曰：牛不能生馬，遂持駒去。傍鄰以臣爲愚，故名愚公。管仲再拜，曰：此夷吾之過也。使堯在上，咎繇爲理，安有取駒者乎！舊注所引，豈可謂之野谷村哉？公在愚谷之間，因懷古感槩焉。懷愚公之村則有强者凌轢之思矣。杜云：庾信小園賦〔七〕：坐帳無鶴，支床有龜。一寸二寸之魚，三竿兩竿之竹。名爲野人之家，是謂愚公之谷。**寧紆長者轍，歸老任乾坤。**陳平以席爲門，多長者車轍。陶潛：王公紆軫。趙云：公在山陽、愚谷之間，自以其地僻矣，而蕭兄臨之，故有此句。言不煩蕭兄之枉顧，姑任乾坤而歸老，則蕭兄必是向西北人，自此歸矣。感動蕭兄，我亦將自飄蕩，亡所歸焉〔八〕。蓋孤憤之辭也。

【校勘記】

〔一〕「勃」，文淵閣本、文津閣本作「悖」，訛。

〔二〕「後果爲公」，句前文淵閣本有「舒」字。

〔三〕「武」，原作「越」，據文選卷十六、全晉文卷九十一潘安仁懷舊賦改。

〔四〕「相」，文淵閣本脱。

〔五〕「日月奔」，句前文淵閣本有「又」字。

〔六〕「則」，文淵閣本作「賦」。

〔七〕「庾信小園賦」，原作「江淹兔園賦」，文津閣本作「江淹杜云賦」，均訛，據清刻本、排印本並參全後周文卷八庾信小園賦改。

〔八〕「焉」，文淵閣本、文津閣本作「矣」。

九日曲江

綴席茱萸好，風土記：俗於九月九日，折茱萸房以插頭，言辟邪惡。趙云：西京雜記：九月九日佩茱萸，萸，食餌，飲菊花酒，云令人長壽。蓋傳自古，莫知其由。今學者但知費長房教桓景避災厄，令舉家縫茱萸囊繫臂事，而又風土記所云[一]，是不知本始也。浮舟菡萏衰。蓮，莖爲茄，葉爲荷，花爲菡萏，根爲藕。季秋時欲半，一作百年秋已半。趙云：作之句無義。九日意兼悲。江水清源曲，西京雜記：以水源屈曲，故謂之曲江。荊門此路疑。桓温以九日宴從事於龍山，孟嘉落帽。龍山，在荊州門外也。趙云：按劇談録：曲江本秦時隑洲。隑即碕字，巨依切。唐開元中疏鑿爲勝景。南即紫雲樓、芙蓉苑；西即杏園、慈恩寺。花卉環列，煙水明媚。都人遊賞，盛于中和、上巳節。九域志載：江陵府古跡有落帽臺，乃龍山矣。今言在曲江作重九，而疑是龍山，故曰荊門此路疑。晚來高興盡，搖蕩菊花期。陶潛九日無酒，折菊盈把。至晚，王弘送酒，遂醉而返。趙云：此言日晚興盡，則菊花期約又在明年今日焉。斯爲搖蕩矣。殷仲文九井作詩：獨有清秋日，能使高興盡。

【校勘記】

〔一〕「又」，清刻本、排印本作「引」。

官定後戲贈

時免河西尉，爲右衛率府兵曹。趙云：此公自贈耳，故云戲也。

不作河西尉，淒涼爲折腰。陶潛爲彭澤令，郡遣督郵至，縣吏白應束帶見之。潛歎曰：吾不能爲五斗米折腰。老夫怕趨走，率府且逍遥。老夫，自言也，謂州縣有趨走之勞，故怕；率府，閑曹也，得自肆而已。耽酒須微禄，狂歌托聖朝。故山歸興盡，回首向風飈。趙云：天寶九載冬，公預獻三大禮賦。明年十載，乃召試文章，初授河西尉，辭不行，更授衛率府兵曹，故得以老夫爲稱。謂須微禄，故無復歸山之興，但臨風回首而已。興盡，王子猷興盡之義。選詩有樹頭鳴風飈。

承沈八丈東美除膳部員外阻雨未遂馳賀奉寄此詩

今日西京掾，多除南省郎。府掾四人，同日拜郎。通家惟沈氏，謁帝似馮唐。趙云：孔融謁李膺，曰：我乃李君通家子弟也。選詩云：謁帝承明廬。馮唐，則公以自比，蓋唐以白首而見文帝，公四十歲始緣獻賦召試見明皇也。詩律群公問，儒門舊中長。趙云：上句公自言其能詩，下句以言沈東美。謂之舊史，則東美者，史官沈既濟之胄也。清秋便寓直，寓，寄也。晉潘岳兼虎賁郎將，寄直於散騎省。故云寓直。列宿頓輝光。謂郎官上應列宿。趙云：上以言沈受命之時。便，平聲。下以言沈爲膳部，蓋郎官應哀烏之星。未暇申宴慰，含情空激揚。司存何所比，比，屬也，言司之所在何屬。膳部默悽傷。甫大父昔任此官〔一〕。趙云：論語：籩豆之事，則有司存。言沈丈之司，何所比擬乎？公直以比其大父也，蓋公之大父審言嘗爲此官，故因沈丈而追感矣。公自注云大門〔二〕，則大父之新稱。師民瞻本直改作大父，以俟博聞者訂之。貧賤人事略，經過霖潦妨。禮同諸父長，恩豈布衣忘。父長，猶父兄之行也。相尊爾，天子謂同姓諸侯。諸侯謂同姓，大夫皆曰父。趙云：以尊沈丈之年。布衣，則公新召試入官，前此蓋布衣耳。天路牽騏驥，雲臺引棟梁。趙云：枚乘古樂府云：美人在雲端，天路隔無期。而袁彥伯三國名臣贊曰：整轡高衢，驤首雲路。此牽騏驥之謂也。淮南子云：雲臺之高。高誘注：高際於雲，故曰雲臺。袁彥伯三國名臣贊，其言魯肅：曰荷檐吐奇，乃構雲臺。此引棟梁之謂也，即非漢之臺名。傳云：驊騮騏驥，天下之良馬也。陸玩祝曰：莫傾人棟梁。以比沈丈得位，而引末句之意。徒懷貢公喜，颯颯鬢毛蒼。見竊效貢公喜注。王陽在位，貢禹彈冠。趙云：貢公喜字，杜田於首篇止引劉孝標絕交論云：王陽登則貢公喜，罕生逝而國子悲。爲補舊注之遺。此豈獨出於劉孝標邪！陸機鞠歌行云：王陽登，貢公歡，罕生既没國子歎。孰謂前人不相依傍歟？此亦注文選所不到矣。

【校勘記】

〔一〕「大父」，原作「大門」，據二王本杜集卷九、錢箋卷九此詩正文「膳部默悽傷」下引杜甫自注「甫大父昔任此官」改。案，此條趙次公注云「師民瞻本直改作大父」，則師氏當有所據。

〔二〕「公自注云大門」，「大門」二王本杜集卷九此詩杜公自注作「大父」。

新刊校定集注杜詩卷十九

近體詩

奉留贈集賢院崔于二學士 國輔、休烈

昭代將垂白，昭，明也，昭代猶明時。謝靈運：星星白髮垂。途窮乃叫閽。公因不第乃獻賦。阮籍哭途窮。思玄賦〔一〕：叫帝閽。氣衝星象表，趙云：揚雄甘泉賦：選巫咸兮叫帝閽。氣衝星象，暗以劍爲喻。文選：上應星象。詞感帝王尊。公嘗有詩云「往年文彩動人主」。趙云：此四句言獻三大禮賦也。當天寶九載，時方隆盛。公年三十九歲，雖窮困，自負其才，獻賦而上悅之，故云。舊注引公詩，非是。蓋此方敘述其獻賦之意。而莫相疑行，舊注所云則言獻賦之後聲問輝赫〔二〕，召試中書堂而文彩動上也。昭代，本是昭世字，鮑明遠云：浮生旅昭世。唐太宗諱世民，故改世爲代，如蓋世改爲蓋代，民傑改爲人傑。杜欽傳：紅陽侯與欽子業書曰：誠哀老姊垂白。天老書題目，春官驗討論。春官，宗伯。公常不第於春官。趙云：此却是方言試

文章，所謂「集賢學士如堵墻，觀我落筆中書堂」時也。舊注所言又非是。蓋有「詞感帝王尊」，已言召試之文了，却接言初赴舉時乎？公於進封西岳賦表云：幸得奏賦，待制於集賢，委學官試文章。則出題目者宰相，而審驗之者禮部矣。三公，謂之卿老，又謂之元老、天老，蓋天子之老也。而黄帝之臣有天老焉。

倚風遺鷁路，左傳：六鷁退飛過宋都，風也。公自言不第，若鷁之遇風遺路耳。**隨水到龍門。**三秦記：龍門魚登者化爲龍。公不第，故曰到也。**竟與蛟螭雜，寧**一作空。**無燕雀喧。**言不能自致霄漢，故雜蛟螭也。燕雀，喻小人也。**青冥猶契濶，陵厲不飛翻。**趙云：此六句蓋公以文彩動人主矣，意其遂騰踏進用，止授河西尉，不行，改右衛率府兵曹而已〔三〕，此公所以嘆也。與上章左丞古詩云「主上頃見徵，欻然欲求伸。青冥却垂翅，蹭蹬無縱鱗」同意。而舊注乃以自言其不第，其誤以春官爲赴舉時，故爾。倚風遺鷁路，言倚賴風而往矣，反遭回風而遺失其所往之程路，此乃曲折之句也。龍門，在河中府。其水湍險，魚登者化爲龍。隨水到，則隨水到之而已，不能過也。到龍門而不過，則猶雜蛟螭；遺鷁路而不進，則不免群燕雀而受其喧也。寧無，作空無，非也。青冥，雲也。祖出楚詞，而任彦昇爲王儉文集序：昜以丹霄之價，宏以青冥之期。詩：死生契闊。凌厲者，徑上跨越之義。劉歆遂初賦曰：登句注以凌厲。而嵇叔夜承之云：凌厲中原。飛翻，則王粲詩曰：苟非鴻鵠，孰能飛翻。**儒術誠難起，家聲庶已存。**見烜赫舊家聲注。**故山多藥物〔四〕，勝槩憶桃源。**見欲問桃花宿注。趙云：儒術誠難起，乃儒冠多誤身之意。故山，則襄陽也。甫本襄陽人，徙河南鞏縣。其在長安，則居於杜陵。今在長安作詩而思故山，乃言襄陽矣。桃源，在今鼎州。襄陽之於鼎，雖隔江而頗近。蓋以地志考之，自襄州至鼎界，總無三百里耳。荀子：儒術行，則天下富。司馬子長曰：李陵頹其家聲。**欲整還鄉旆，長懷禁掖垣。**劉楨詩：誰謂相去遠，隔此西掖垣。**謬稱三賦在，難述二公恩。**甫獻三大禮賦出身，二公常稱述。趙云：整旆字，如劉公幹整駕之整。長懷，則懷崔、于二學士也，蓋集賢院在禁中矣。

【校勘記】

〔一〕「思玄賦」，「玄」原作「元」，係避諱，此改。

〔二〕「問」，文淵閣本作「聞」。

〔三〕「右衛率府兵曹而已」，「衛」文淵閣本、文津閣本、文瀾閣本作「尉」，訛；「而」文津閣本作「已」，訛。

〔四〕「山」，原作「出」，底本圈改作「山」，是，據改。

故武衛將軍挽歌三首

嚴警當寒夜，前軍落大星。晉陽秋〔一〕：是日〔二〕，有星赤而芒角，自東北西南流，投于諸葛亮營。三投再還，往大還小。而亮薨。趙云：軍事以嚴終，軍中謂之嚴警。壯夫思感決，哀詔惜精靈。趙云：感決，疑是敢決。蓋思其敢決邁往之氣也。或是感決，欲隨之以死。王者今無戰，鍾士季檄蜀文：王者之師，有征無戰。書生已勒銘。班孟堅爲竇憲作勒燕然山銘。趙云：無戰、勒銘，言已收將軍之功而享此矣，不得蒙寵加秩而死。封侯意疏闊，編簡爲誰青。

李廣不封侯。餘見青簡爲誰編注。趙云：謂朝廷封侯之意已疏闊矣，則將軍無傳以書於信史，雖有編簡，爲誰而青乎？古者以竹簡寫書，凡欲書，則先殺其青，故謂之青簡。

右一

【校勘記】

〔一〕「晉陽秋」，文淵閣本、文津閣本、文瀾閣本作「晉陽春秋」。

〔二〕「是日」，文淵閣本、文津閣本、文瀾閣本作「曰」。

舞劍過人絶，高祖紀：項莊請以劍舞，因擊沛公。鳴弓射獸能。曹子建詩：攬弓捷鳴鏑，驅上彼南山。左挽因右發，一縱兩禽連。銛鋒行愜順，猛噬失蹻騰。趙云：銛鋒，言舞劍之絶也。猛噬，言射獸之能也。蹻，本音巨虐切，而在唐韻又音巨嬌切。注云：驕也。家語：赤羽若日，白羽若月。赤羽千夫膳，黄河十月冰。千夫膳，言所膳者，千兵也。橫行沙漠外，所向無前也。神速至今稱。岑彭兵至蜀，公孫述以杖擊地，曰：是何神也？趙云：前漢季布傳：樊噲願得十萬衆，橫行匈奴中。公詩意武衛將軍止提赤羽之千兵，渡十月之冰河，能橫行而神速矣。兵機以速爲神。

右二

哀挽青門去，新阡絳水遥。哀挽，哀歌也。漢書：霸城門，民間所謂青門也。趙云：邵平種瓜青門外，其門在東。何以知之？蕭何傳云：平種瓜長安城東也。武衛將軍蓋絳川人，其柩歸絳，則由城東而去矣。絳水出絳山。智伯曰：絳水可以浸安邑是已。路人紛雨泣，諸葛亮亡，人皆野哭。天意颯風飄。杜補遺：曹子建作王仲宣誄曰：延首歎息，雨泣交頸。注：雨泣，言泣下如雨。趙云：杜田所引是。然曹子建本用說苑所云：鮑叔死，管仲舉上衽而哭之，泣下如雨。部曲精仍鋭，见二十七卷部曲異平生注。匈奴氣不驕。無由覩雄略，大樹日蕭蕭。見十八卷更識將軍樹注。

右三

九日藍田崔氏莊

老去悲秋强自寬，宋玉曰：悲哉，秋之爲氣也。興來今日盡君歡。趙云：列子載孔子歎榮啓期曰〔一〕：善乎，能自寬者也。宋鮑照詩云：酌酒小自寬。王維詩亦云酌酒與君君自寬也。羞將短髮還吹帽，孟嘉九日爲風落帽。笑倩旁人爲正冠。趙云：借用李下不正冠也。藍水遠從千澗落，三秦記曰：藍田有洲方三十里，其水北流，出玉銅鐵石。玉山高並兩峰寒。前漢地理志：藍田山出美玉。趙云：藍水、玉山，乃藍田之山也。考之水經：灞水，古滋水也，亦名藍谷水。有白馬谷水、勾牛谷水、圍谷水、輞谷水、傾谷水、蓼子澗水等合入之，故曰遠從千澗落。藍田山出玉，亦名玉山。述征記曰：山形如覆車之象。故又名覆車山。明年此會知誰健，一作在。醉一作再。把茱萸子細看。

【校勘記】

〔一〕「歎」，原作「歡」，訛，據文淵閣本、文津閣本、文瀾閣本、清刻本、排印本改。

崔氏東山草堂

愛汝玉山草堂靜，高秋爽氣相鮮新。有時自發鐘磬響，落日更見漁樵人。盤剝白鴉谷口栗，飯煑青泥坊底芹。白鴉谷、青泥坊，皆地名。何爲西莊王給事，柴門空閉鎖松筠？

王維時被張通儒禁在東山北寺。有所歎息，故云。　趙云：考藍田地理，魏置青泥軍於柳城内，俗謂之青泥城，此所謂青泥坊也。志雖不載白鴉谷，應是相近地名。落句及王摩詰者，蓋輞谷在藍田縣，謂之西莊，則在崔氏草堂之西也。唐書鄭虔傳：安禄山反，遣張通儒劫百官置東都云云。後賊平，與張通儒、王維並囚宣陽里。而王維傳止云〔一〕：賊平，皆下獄。則今公詩注所謂禁在東山北寺者，初劫置時也。至囚宣陽里者，下獄時也。此詩追言天寶十四載十二月安禄山陷東京事。

【校勘記】

〔一〕「云後賊平」以下二十一字，底本模糊，據文淵閣本、文津閣本、文瀾閣本、清刻本、排印本補。

對雪

戰哭一作國。多新鬼，見「新鬼煩寃舊鬼哭」注。趙云：借左氏新鬼大也。愁吟獨老翁。亂雲低薄暮，急雪舞迴風。洛神賦：若流風之舞迴雪。趙云：爾雅：回風謂之飄。而楚辭有悲回風之篇。瓢棄樽無緑，爐存火似紅。趙云：酒謂之醽醁，亦曰緑酒，故沈休文云：憂來命緑樽。數州消息斷，愁坐正書空。時方亂離，故數州斷消息也。趙云：前歲十一月，安禄山反，首陷河北諸郡。今歲十二月又陷東京，此之謂也。殷浩書空作咄咄怪事四字也。

月夜

今夜鄜州月，閨中只獨看。時禄山之亂，公奔走避難，家寄鄜州。趙云：天寶十五載夏五月，挺身赴朝廷，獨轉陷賊中，而懷鄜州耳。遥憐小兒女，未解憶長安。趙云：蓋言兒女在鄜州，不能念長安之如何與公之在賊中消息也。此暗使晉明帝事。帝幼而聰哲，爲元帝所寵異。數歲〔一〕，嘗坐置膝前。屬長安使來，因問帝曰：汝謂日與長安孰遠？對曰：長安近。不聞人從日邊來，居然可知也。元帝異之。明日，宴群臣，又問。對曰：日近。元帝失色，曰：何乃異昨日之言乎？對曰：舉頭則見日，不見長安。今公於月夜詩而使日事之意，以寓其兒女不解憶長安，可不謂之奇乎？又以小兒女對憶長安，非老手莫能也。**香霧雲鬟濕，清輝玉臂寒。**師云：樂府詞：小女雲鬟側。王獻之詩：玉臂薄香殘。趙云：兩句成閨中獨看之語。香霧所浥，則雲鬟濕，以其上承之故也。清輝所照，則玉臂寒，蓋必倚闌憑軒而看故也。**何時倚虛幌，雙照淚痕乾。**趙云：江文通擬王微詩：練藥矚虛幌〔二〕。雙照字，以言月照其夫婦相會之時也。或者謂止是言兩目之淚，既得還家，則不復有淚，故月照其雙乾耳。夫淚言雙固是常語，公詩有云：封書兩行淚。又云：亂後故人雙別淚。又云：故憑錦水將雙淚、寂寂繫舟雙下淚。此則皆言兩目之淚。而今詩句法乃云雙照淚痕，則主言照二人淚痕乾矣。

【校勘記】

〔一〕「數歲」句前，諸校本有「年」字。

〔二〕「王微」，原作「王徽」，檢「練藥矚虛幌」句，文選卷三十一、梁詩卷四作江文通王徵君微，據改。

遣興

驥子好男兒，驥子，宗武，公之子也。見宗武生日詩注。**前年學語時。問知人客姓，誦得老夫詩。**公自謂也。左傳：老夫耄矣。**世亂憐渠小，家貧仰母慈。**嵇叔夜：母兄鞠育，有慈無威。**鹿門攜不遂，**龐德公攜妻子入鹿門山隱。公襄陽人，故云。**雁足**

繫難期。蘇武傳：雁足繫書。一云鹿門攜有處，鳥道去無期。趙云：此蓋公獨轉陷賊中而書信不通矣。若用一云鹿門攜有處，鳥道去無期之句，對鳥道，則公尚未得脱身歸鄜州也。鳥道，言其嶮窄。離長安而趨鄜，乃由鳥道矣。天地軍麾滿，山河戰角悲。儻歸免相失，見日一作爾。敢辭遲。

元日寄韋氏妹

趙云：此至德二載之元日，時公四十六歲。春，猶在賊。

近聞韋氏妹，迎在漢鍾離。濠州，鍾離縣。郎伯殊方鎮，京華舊國移。趙云：鍾離，在漢乃九江郡之縣也，在唐爲濠州。郎伯殊方鎮，言作牧於鍾離也。京華舊國，言長安也。移，則以禄山之亂而奔移也。莊子云：殊方偏國。又云舊國、舊都，望之暢然。春城回北斗，郢樹發南枝。見宿鳥戀本枝注。不見朝正使，啼痕滿面垂。趙云：長安城如斗，故曰北斗城。而九江郡亦屬揚州，爲楚地也。方春回于北斗城之時，乃樹木發南枝於郢地之日。以紀元日，且見公在長安而妹在鍾離也。越鳥巢南枝，非專指梅，蓋鬼仙詠紅梅詩云：南枝向暖北枝寒。自是近事耳。吴邁遠樂府詩云：春城起風色。郢者，楚郢之郢。不見朝正使，以重紀亂離，四方之使隔絶也。

春望

國破山河在，劉越石云：家國破亡，親友凋殘。城春草木深。感時花濺淚，恨別鳥驚心。司馬温公曰：牂羊墳首，三星在罶。言不可久。古人爲詩，貴於意在言外，使人思而得之。故言之者無罪，聞之者足以戒也。近世詩人惟杜子美最得詩人之體，如此詩句言山河在，明無餘物矣。草木深，明無人矣。花鳥平時可娛之物，見之而泣，聞之而悲，則時可知矣。趙云：謝靈運有感時賦。或者謂花名感時花，鳥名恨別鳥，不亦穿鑿乎？烽火連三月，家書抵萬金。趙云：考此詩作於天寶十五載之正月，蓋祿山反於十四載之十一月，至是則烽火連三月。惟其烽火連三月，所以家書抵萬金。此詩人之語爲有法也。今學者每見家書，遂以此句爲辭，非也。白頭搔更短，渾欲不勝簪。趙云：公時四十五歲，故得以白頭爲言。如鮑照行路難云：白髮零落不勝冠。

憶幼子 字驥子，時隔絶在鄜州。

驥子春猶隔，鶯歌煖正繁。趙云：鶯歌，應以其能歌俚詩，遂名之曰鶯歌也。別離驚節換，聰惠與誰論。趙云：公凡言此三，如世事與誰論、妙絶與誰論。澗水空山道，柴門老樹村。趙云：指言鄜州寄家之地。公押村字有「愚公野谷村」，「月挂客愁村」，與此「老樹村」，皆匠立村名之語。憶渠愁只睡，炙背俯晴軒。炙背者，負暄之義也。

一百五日夜對月

無家對寒食，世説：寒食去冬至一百五日。有淚如金波。漢樂志：月穆穆以金波。趙云：史記：馮驩彈劍鋏而歌曰[一]：長鋏歸來兮，胡爲乎無家？如載記慕容熙傳，使有司按驗哭者，有淚以爲忠孝，無則罪之。時公寄家鄜州，而身陷賊中，此所以嘆其無家。金波，月也。斫却月中桂，清光應更多。言月之清光爲桂所掩也。杜補遺：世説：或謂徐孺子曰：若令月中無物，當極明耳。與此同意。趙云：上句暗使吳剛事，語意又暗使徐孺子之意。酉陽雜俎載：傳云：月桂高五百丈，有一人常斫之，姓吳，名剛，學仙道有過，謫令伐樹，隨創隨合。雖是杜公之後段成式所撰，而傳者舊矣。徐孺子年九歲，嘗月下戲。人語以月中無物，當極明。徐曰：不然，譬如人眼中有瞳子，無此必不明。或云此句以興姦邪蔽人主之明。當時楊國忠已死，明皇左右別無姦邪。而杜鴻漸、崔晃之徒，乃至勸太子即位，尊爲太上皇，則姦邪者，其崔、杜之謂乎？雖未必然，而無害於義。仳離放紅蕊，想像嚬青蛾。謝靈運詩：想像崑山姿。趙云：中谷有蓷篇：有女仳離。仳亦離也，音匹婢切，言夫婦之失道而離。公因其夫婦離隔，遂借用耳。謝惠連詩謂謝靈運亦曰：哲兄感仳別，相送越林坰。屈原遠遊賦：思故舊以想像。紅蕊，言寒食時花也。簡文帝列燈賦云：競紅蕊之晨舒。今公詩作於無家之際，言女方值仳離而花吹，則亦愁寂而已，可想見其嚬也。舊作青蛾，當爲青娥，翠眉之謂也。公詩有云：青蛾皓齒在樓船。宋南平王白紵舞曲曰：佳人舉袖曜青蛾。李賀夜坐吟有云：鉛華笑妾顰青蛾。却使杜公字也。牛女漫愁思，秋期猶渡河。趙云：公因月夜所感，故起二星相聚之興，言二星離而終聚，其在我未知其何如耳。漫，則以不必愁思，蓋猶有渡河之期。事出齊諧記曰：桂陽城武丁者，有仙道，常在人間。忽謂其弟曰：七月七日織女渡河，諸仙悉還宮。吾向已被召，不得停，與爾別矣！弟問：織女何事渡河？兄何當還？答曰：織女暫詣牽牛。吾去後三千年當還耳。明日，失武丁所在。詩：將子無怒，秋以爲期。

【校勘記】

〔一〕「馮驩」下，原衍「穆以金波」四字，據文淵閣本、文津閣本、文瀾閣本、清刻本、排印本刪。

大雲寺贊公房二首本四首，二首在前卷。

心在水精域，清淨境土也。衣霑春雨時。趙云：江揔大莊嚴寺碑云：俯看鶩電，影徹琉璃之道；遥拖宛虹，光遍水精之域。蓋佛宇莊嚴，皆以金寶故也。下句言一心所在，初欲往之時，乃當春雨霑衣之際。洞門盡徐步，深院果幽期。謝靈運：平生協幽期。趙云：上句叙所趨詣，盡其徐步也。董賢傳重殿洞門注：門門相當也。言賢僭天子之制。公後有題省中院壁詩云「洞門對雪常陰陰」，則言其幽邃耳。徐步，如曹植云：動霜縠以徐步。到扉開復閉，撞鐘齊及兹。趙云：此書實事也。齊，讀從齋，古用此字。周禮：王齊日三舉。醍醐長發性，釋經云：聞正法，如食醍醐然。飲食過扶衰。杜補遺：陶隱居云：佛經稱乳成酪，酪成酥，酥成醍醐，醍醐乃酥酪之精液也。世說載張天錫之言曰：桑椹甘香，鴟鴞革響。淳酪養性，人無妬心。則醍醐之發性抑可知矣。此釋經所以喻正法也。蓋有醍醐之味，能開發真性，過分得此飲食以扶衰也。**把臂有多日，**絶交論：把臂之英。**開懷無愧辭。**趙云：開懷，如云苟莫開懷。左氏：祝史無愧辭。**黃鸝度結構，**見新亭結構罷注。**紫鴿下芳菲。**趙云：靈光賦云：觀其結構。而左太沖招隱詩有：嵓穴無結構。楚辭云：佩江蘺之芳菲。**愚意會所適，花邊行自遲。湯休起我病，微笑索題詩。**沙門惠休，姓湯氏，善屬文。趙云：湯休與鮑照同時，善詩文，以比贊公。新添：山尊舉花，伽葉微笑。見傳燈録。

右一

細軟青絲履，光明白氎巾。深藏供老宿，取用及吾身。杜補遺：南史：高昌國多草木，有草實如繭，中絲如細纑，名爲白氎，國人取織以爲布。仇池翁贈清涼和尚云：會須一洗黃茆瘴，未用深藏白氎巾。蓋使子美故事以白氎布爲巾也。老宿，僧之年老而有宿德者。以供老宿之物而奉吾身，言其敬也。趙云：所以言贊公。贊公待之厚，乃交情之不替也。**自顧轉無趣，交情何尚新。道林才不世，**晉桑門支遁，字道林，有才辯。**惠遠德過人。**廬山遠大師有夙德。前漢鄭當時傳：一死一生，乃見交情〔一〕。**雨瀉暮簷竹，風吹青**一作春。**井芹。天陰對圖畫，最覺潤龍鱗。**趙云：青井當作春井。蓋言春時之水井耳。末句則必掛畫龍圖矣。公詩元四篇，其二在古詩三川觀水漲之下，蓋作於至德二載之春。何以知之？古詩有春院，此詩有春雨、春井芹，則可知其爲春。三川觀水漲公自注云：天寶十五年七月中避寇時作。是年是月肅宗即位，改元至德，可以知次年之春爲至德二載矣。

右二

【校勘記】

〔一〕「見」，文淵閣本作「知」，訛。

喜聞官軍已臨賊寇二十韻

胡虜潛京縣，趙云：至德二載，子儀以朔方兵敗安慶緒於灃水，復京師。慶緒奔於陜郡。此之謂潛京縣，京師之縣也。謝朓云：河陽視京縣〔一〕。官軍擁賊濠。城濠也。

鼎魚猶假息，後漢方術謝夷吾傳：遊魂假息也。穴蟻欲何逃？鼎魚穴蟻，言雖假息終不能逃死也。杜補遺：南史：邱遲與陳伯之書云：部落攜離，酋豪猜貳〔二〕。方當繫頭蠻邸，縣首藁街，而將軍魚遊沸鼎之中，燕巢飛幕之上，不亦惑乎！趙云：蟻穴事，異苑曰：桓謙，太元中，忽有人皆長寸餘，悉被鎧持槊，乘具裝，馬從埳中出。緣機登竈，尋飲食之所。或有切肉，輒來叢聚。力所能勝者，以槊刺取，徑入穴。蔣山道士令以沸湯澆所入處，寂不復出。因掘之，有斛許大蟻死在穴中。帳殿羅玄冕〔三〕，以帳爲殿羅。幺冕，言君臣聚謀。轅門照白袍。周禮以車轅爲門。照白袍，士皆思用命不止於營内也。趙云：帳殿者，行在之所，以帳爲殿也。庾肩吾曲水聯句曰：迴川入帳殿，列俎問芳洲。梁孝綽曲水宴詩曰：帳殿臨春渠。羅玄冕，言群臣侍也。周禮：弁師掌王之五冕，皆玄冕朱裏。

雖王者之制，而三禮圖載應劭漢官儀，以爲卿大夫玄冕。曹子建責躬詩曰：冠我玄冕。陸士衡詩云：玄冕無醜士。則公侯之服。羅者，不一其人也。如鮑明遠扶宮羅將相之羅。轅門，出周禮，雖亦王者之制，而將亦有之，見項羽傳。白袍，則以朝廷之兵如梁陳慶之所統之兵。梁與魏戰，慶之麾下悉着白袍，所向披靡。先是，洛中謠曰：名軍大將莫自牢，千兵萬馬避白袍。言白袍之可畏也。公詩又曰：未使吳兵着白袍。亦同此矣。秦山當警蹕，主出入警蹕。漢苑入旌旄。言內地漸復也。趙云：上句言肅宗在鳳翔也。警蹕，出前漢；出稱警，入稱蹕，止行人也。旌旄者，析羽爲之，九旗之一也。旄，則幢也。詩：孑孑干旌；孑孑干旄。言兵往長安，爲入漢苑矣。漢苑者，上林苑也。路失一作濕。羊腸險，羊腸，坂也，在太行，天下之險也。光武贊：金湯失險。雲橫雉尾高。崔豹古今注：高宗有雉雊服章，多用翟羽，故有雉尾扇。趙云：安慶緒弑父之年二月，李光弼敗其衆于太原郡。隋煬帝嘗問崔賾羊腸坂。賾對有兩處：一在上黨壺關，一在太原北九十里。則今杜公所謂羊腸者，指太原也。失險者，無復有其險也。彼既失太原羊腸之險，而我勝矣。雲橫，則天子所在，雲橫其上。如黃帝與蚩尤戰于涿鹿之野，常有雲氣止於帝上。雉尾高，舊注所引是。羊腸却引太行，非。五原空壁壘，五丈原，地名，近長安。時賊退敗，皆壁壘空。八水散風濤。關內八水：一涇，二渭，三滻，四灞，五澤，六浩，七澧，八潏　散風濤，言寇亂漸平。趙云：上句言賊退而壘空也。壁壘字出選。考長安志，長安 萬年二縣之外，有畢原、白鹿原、少陵原、高陽原、細柳原，正得原之名者恰有五。若樂遊原，則曰樂陽廟，而亦曰原耳。然則五原者，殆指正名之五原乎？公古詩中崆峒五原亦無事，亦此五原。舊注便作五丈原，非是。惟其收復長安，以得言五原。八水散風濤，則言風波止息之意。顏延年詩：春江壯風濤。今日看天意，遊魂貸爾曹。左傳：今日之事，我爲政。晉元帝云：石勒逋誅，遊魂縱逸。亦祖易之「遊魂爲變」也。乞降那更得，尚詐莫徒勞。趙云：賊窘則乞降，黠則尚詐。今安賊既爲官軍所臨，欲望如是不可也。已上言賊被臨之狀，已下鋪叙所臨之人。元帥歸龍種，司空握豹韜。時代宗爲元帥，故曰龍種。豹韜，兵書也。太公六韜有豹韜，第五篇。鮑云：元帥謂廣平王也，司空謂郭子儀也。趙云：時至德二載七月，以廣平王俶爲天下兵馬元帥，往收長安。後更名豫，是爲代宗也。司空郭子儀副之，故有此句。天子之子孫謂之龍種，如隋文帝子勇，勇子儼，雲昭訓所生，乃雲定興女。文帝嘗曰：皇太孫何謂生不得其地？定興奏曰：天生龍種，所以因雲而出。前軍一作旌。蘇武節，蘇武至海上，仗漢節而毛盡落。言前軍皆守節之士。左將呂虔刀。晉書：呂虔爲刺史，有佩刀。相者曰：三公可佩。虔乃贈別駕王祥曰：苟非其人，刀或爲害，以卿有公輔之量，故相與也。言左將，皆輔相之才。趙云：又似言李嗣業。史載，嗣業善用陌刀。高仙芝討勃律時，嘗署嗣業爲左陌刀將，故得稱左將。李歸仁之師果因嗣業以長刀突出斬賊。則公詩雖作於聞官軍臨寇之時，而嗣業善刀之名已著，故得用呂虔刀也。兵氣回飛鳥，羽獵賦：鳥不及飛，獸不得過。言其疾也。威聲没巨鼇。威聲雄重。杜補遺：北史：彭城王勰從征沔北，除中軍大將、開府，於是親勒大衆。須臾有二大鳥從南來，一向行宮，一向幕府，各爲人所獲。勰言於帝曰：始有一鳥，望旗顛仆，臣謂大吉。帝戲之曰：鳥之畏威，豈獨中軍之略也？吾亦分其一耳！飛鳥避轅門，兵氣回飛鳥，豈畏威而然乎？其事類此。趙云：舊注非是。杜時可補遺所引又穿鑿。蓋公用對威聲没巨鼇，本亦無出處。必取巨鼇者何？以巨鼇屭贔之物，威聲所加，乃至没之，此狂賊懾服之意。若用回鳥畏威之義，又犯此句，況既云鳥，一向行宮，一向幕府，乃是來集，與回義相反。戈鋋開雪色，東郊賦：戈鋋彗雲。注：矛，稍也；鋋，音時連切。弓矢尚秋毫。言雖微必中也。趙云：戈、鋋兩物。列子：目將眇者，先睹秋毫。弓矢向之，言能中微也。天步艱方盡〔四〕，詩：天步艱難。時和運更遭。趙云：所謂時和歲豐。文選有：云時之未遭。又：遭遇嘉運。則時與運之下可押遭字韻矣。誰云遺毒螫，西都賦：蕩亡秦之毒螫〔五〕。四子講德論曰：秦之時處位任政者並施毒螫。說文：螫，行毒也。已是沃腥臊。如以湯沃去腥臊也。漢書：蠻夷腥臊。趙云：螫音施隻切。腥臊字，則國語：舅犯對晉侯曰：偃之肉腥臊，將焉用之？而禰衡鸚鵡賦：忖陋體之腥臊。毒螯、腥臊，皆以蟲鳥眇之耳。睿想丹墀近，言將收復，復坐朝也。丹墀，以丹漆塗之。神行羽衛牢。趙云：蓋言車駕有可還之勢。書云：思曰睿。睿作聖。睿想，天子之念慮也。丹墀者，天子之殿上以丹塗其墀。神行，天子之行也。羽衛，葆羽之衛。牢，則安而無警矣。花門騰絶漠，燕山銘：經磧鹵，絶大漠〔六〕。拓羯渡臨洮。臨洮，郡名。趙云：時用朔方、安西、回紇、南蠻、大食之兵。今言花門，回紇是也。拓羯，安西是也。臨洮，即洮州，謂之臨洮郡。騰絶漠、渡臨洮，言其喜來助順也。此輩感恩至，羸俘何足操？言回紇感恩而助順。其勇鋭，所向無前也。趙云：至勝賊時，果得回紇以奇兵繚賊背夾攻之。晉書：此輩當束之高閣。羸俘，尫羸之俘也。操者，執俘之謂。鋒先衣染血，太宗平劉武周，躬臨矢石，血巇兩袖。騎突劍吹毛。吹毛，言其利也。古有吹毛之劍。師云：曹植曰：如劍首之吹一毛，亦何足恃。趙云：此對爲最工。先鋒、突騎皆倒使。衣染血南史梁武帝謂張稷有衣染天血之語。佛書：如吹毛劍。喜覺都城動，悲連子女號。家家賣釵釧，只待獻春醪。董卓傳：呂布殺卓，馳賚赦書，以令宮殿內外。士卒皆稱萬歲，百姓歌舞於道。長安中士女賣其珠玉衣裝市酒肉相慶者，填滿街肆。趙云：蓋舉皆望京師收復，其喜如此。九月癸卯，果復京師也。

【校勘記】

〔一〕「謝朓」二句，「謝朓」原作「鮑明遠」，考下文「河陽視京縣」句，文選卷二十七、齊詩卷三作謝朓晚登三山還望京邑句，當是誤置，據改。

〔二〕「部落攜離」二句，原作：「酋豪猜貳，部落攜離。」倒誤，據南史卷六十一、文選卷四十三、全梁文卷五十六邱遲與陳伯之書乙正。

〔三〕「玄」，原作「元」，係避諱，此改。以下均同。

〔四〕正文「矢尚秋毫」四字、「天」一字，注「言雖微必中也」以下三十一字，原闕，據清刻本補。

〔五〕「西都賦」三句，「西都賦」原作「西京賦」，考下文「蕩亡秦之毒螫」句，文選卷一、全後漢文卷二十四作班固西都賦句，當是誤置，據改。

〔六〕「漠」，文淵閣本、文津閣本作「漢」，訛。

喜達行在所三首

更始立光武爲蕭王，悉令罷兵，詣行在所。蔡邕獨斷曰：天子以四海爲家，謂所居爲行在所。時子美自京竄至鳳翔。

西憶岐陽信，岐陽，在鳳翔西。左傳：成王有岐陽之蒐。無人遂却迴。眼穿當落日，心死著寒灰。庚桑楚曰：心若死灰。別賦：骨肉悲而心死。趙云：岐陽，乃鳳翔也，名已見於周。左傳成王有岐陽之蒐是也。公在賊中，引首西望，欲知鳳翔行在消息，無人遂却自鳳翔回，得以問之也。惟其無人可問，則徒眼穿心死而已。莊子：哀莫大於心死。

霧樹行相引霧一作茂。，蓮峰望或開。華山有蓮華峰，一作連山。所親驚老瘦，辛苦賊中來。奔走憔悴，故所親驚其老瘦。漢書：師古曰：所親，素所親任也。趙云：茂樹連山，言自出長安眼中之所見。一作蓮峰，非也。蓋蓮峰乃華山蓮花峰也，豈有却倒過長安之東經同、華之境而來乎？當以茂樹連山字爲正也。鮑照詩：連山眇雲霧。前漢張良傳，所封皆蕭、曹故人所親愛。師古注云云，雖不指言親戚，而公之意則言親戚也。

其二

愁思胡笳夕，言陷賊久，厭胡笳也。李陵書曰：胡笳互動，牧馬悲鳴。蔡琰詩：胡笳動兮邊馬鳴。凄涼漢苑春。漢儀注：養鳥獸者通名爲苑。雖春而凄涼，言殘敝也。生還今日事，後漢：班超妹，同郡曹壽妻昭，上書請超曰：丐超餘年，一得生還，復見闕庭。間道暫時人。間道，伺間隙之道而行。班超從間道到疏勒。趙云：藺相如使其從者自秦間道懷璧以歸趙。司隸章初覩，更始，以光武行司隸校尉入洛陽，人見司隸僚屬皆歡喜不自勝〔一〕，老吏或垂涕曰：不圖今日復見漢官威儀〔二〕，由是識者皆屬心焉。南陽氣已新。後漢光武紀曰：望氣者，蘇伯阿爲王莽使至南陽，遥望見舂陵郭，唶曰：氣佳哉，鬱鬱葱葱也。杜補遺：謝玄暉始出尚書省詩：既通金閨籍，復酌瓊筵醴；還覩司隸章，復見東都禮。趙云：庾信哀江南賦曰：反舊章於司隸。喜心翻倒極，嗚咽淚沾巾。趙云：張平子四愁詩曰「側身北望涕沾巾」也。公使沾巾字，屢矣。

【校勘記】

〔一〕「歡」，文淵閣本作「觀」，訛。

〔二〕「威儀」，底本模糊，據文淵閣本、文津閣本、文瀾閣本、清刻本、排印本補。

其三

死去憑誰報，歸來始自憐。楚辭：私自憐兮何極。〔一〕猶瞻太白雪，喜遇武功天。太白山也，武功縣名，屬鳳翔。杜補遺：録異記曰：金星之精墜於終南圭峰之西，因號爲太白。其精化爲白石，狀如美玉，常有紫氣覆之。玄宗立玄元廟於太寧里臨淄舊邸，取其石琢爲像焉。餘見送韋十六評事「受詞太白脚」。趙云：太白山在郿縣。郿，則鳳翔之屬縣也。武功，在唐不屬鳳翔，但近耳。公詩兩句所以顯言歸行在也。於太白言雪，則太白之雪冬夏不消。必曰武功天者，古語有之：武功、太白，去天三百。言最高處也。亦以寓親近行在之意乎？增添：地圖記：太白山甚高，上常積雪，半山有雲如瀑布，則澍雨。人常候，驗如離畢焉。故語曰：南山瀑布，不朝則暮。

影静千官裏，心蘇七校前。公入朝鮮當途之交，故言影静。心蘇，言憂釋而心蘇也。前漢刑法志：京師有南、北軍屯，武帝内增七校。注：中壘、屯騎、步兵、越騎、長水、胡騎、射聲、虎賁，凡八校尉。胡騎不常置，故此言七也。

今朝漢社稷，新數中興年。凡王室中否而再興謂之中興，如周宣、漢光武是已。時唐有安史之亂，故云。趙云：中興於漢書，中音去聲。今公詩律平側不差，所以見去聲明矣。

【校勘記】

〔一〕「私」，原作「始」，訛，據文淵閣本、文津閣本、文瀾閣本、清刻本、排印本並參楚辭章句卷八九辯改。

得家書

去憑遊客寄，一云休汝騎。來爲附家書。今日知消息，他鄉且舊居。趙云：一云休汝騎，非。言出遊彼處客寄之人，去時憑仗之，日來則爲我附家書也。且舊居，指言寄家在鄜，已是他鄉，但恐亂離更有遷徙，故知消息而喜云耳。熊兒幸無恙，後漢蘇竟傳云：君執事無恙。爾雅曰：恙，憂也。公孫弘傳〔一〕：何恙不已。驥子最憐渠。驥子，公之子宗武也。臨老羈孤極，謂流離孤苦也。傷時會合疎。以時無交舊也。二毛趨帳殿，二毛，言鬢毛二色，謂班白也。帳殿，謂行在所以帳爲殿也。左傳：宋襄公曰：不禽二毛。黃巢之屯八角帳幄皆象宮殿。一命侍鑾輿。公至行在，授左拾遺。趙云：宗武小字驥子，然則熊兒者豈宗文耶？二毛字，出左傳。而潘安仁云：始見二毛。庾肩吾、劉孝綽詩曾使帳殿字。西都賦：乘鑾輿，備法駕。此詩蓋至德二載七月所作。按，公是歲竄歸鳳翔，授左拾遺，故曰一命侍鑾輿也　左傳云：一命而傴。北闕妖氛滿，北闕，帝闕也。氛滿〔二〕，謂未收復也。西郊白露初。謂肅殺之威漸生也。趙云：上句指言安慶緒方熾西郊，指言長安西郊也。盜賊兵之所在，以白露初言之，則是年七月明矣。涼風新過雁，秋雨欲生魚。農事空山裏，眷言終荷鋤。一云終篇言荷鋤。陶淵明雜詩：種豆南山下，草盛豆苗稀。晨興理荒穢，帶月荷鋤歸。趙云：上句又以紀秋色之新，而起末句之興。月令：鴻雁來在八月。而此云新過雁，則接白露爲近也。公既遭亂無緒，乃欲歸耕而已。一云終篇言荷鋤，非是。

【校勘記】

〔一〕「公孫弘」，「弘」原作「宏」，係避諱，此改。

〔二〕「氛滿」，句前文瀾閣本有「妖」字，文淵閣本、文津閣本有「奴」字。參詩中正文，「奴」當爲「妖」之訛。

奉贈嚴八閣老

鮑云：嚴武也。至德初，房琯薦爲給事中。收長安，拜京兆尹，稱閣老。時爲給事中。

扈聖登一云今日登。黄閣，扈，扈從也。宋忠曰三公。黄閣，禮記鄭玄注云：朱門洞啓，當陽之正色。三公之與天子禮秩相亞，故黄其閣。師云：唐郭承嘏爲給事中。文宗謂宰相曰：承嘏久在黄扉。是也。趙云：徐堅於三公事載沈約宋書云：三公黄閣。前史無義。臣按禮記云：士韠與天子同〔一〕，公侯大夫即異。鄭玄注云云，疑是漢末制也。本朝揚侃撰職林，作宋忠所云，未知孰是。明公獨妙年。明公相，尊美之稱也。蔡文姬謂曹公曰：明公廄有萬馬。妙年，少年也。蛟龍得雲雨，吳志：周瑜上疏孫權曰：劉備以梟雄之姿，而有關羽、張飛熊虎之將。猥割土地以資業之，恐蛟龍得雲雨，終非池中物也。雕鶚在秋天。秋天，鷙鳥擊搏之時也。鵰鶚，在秋天得其時矣。趙云：上句周瑜言劉備全語，下句應有全出。客禮容疏放，官曹可一作許。接聯。新詩句句好，應任老夫傳。趙云：閣老尊矣，惟其以客禮待公而容其疏放，故雖爲官曹而卑可接聯之。應任老夫傳，則欲傳嚴公之門詩句。自非知音，何以至此！

【校勘記】

〔一〕「士」，底本漫滅，據文淵閣本、文津閣本、文瀾閣本、清刻本、排印本補。

留別賈嚴二閣老兩院補闕 得聞字

嚴武、賈至。按新書：公家寓鄜，彌年艱窶，詔許公自往視。趙云：唐新史楊綰傳：故事，舍人年久者爲閣老。

田園須暫往，陶淵明：歸去來，田園將蕪胡不歸。戎馬惜離群。老子：戎馬生於郊。禮記：離群索居。去遠留詩別，愁多任酒醺。一秋常苦雨，今日始無雲。山路時一作晴。吹角，那堪處處聞。處處聞，言所在有兵也。趙云：舊本山路時吹角，然既云處處聞，當言晴吹角，蓋言方山路之晴，稍可喜矣，却值吹角；既吹角矣，又處處聞，不亦可爲別愁乎？

晚行口號

三川不可到，時三川在賊境。左傳：周之亡也，其三川震。注：涇、渭、洛水也。歸路晚山稠。落雁浮寒水，飢烏集戍樓。戍樓，防戍之樓也。戍人欲望遠，故作樓。市朝今日異，喪亂幾時休？遠愧梁江總，還家尚黑頭。江總在陳掌東宮管記，與太子爲長夜飲。後主即位，授尚書令。京城陷，入隋爲上開府，復歸老江南。趙云：三川，鄜州縣名。地理志注云：華池水、黑水、洛水所會。舊注乃引周三川震，却成説長安矣。蓋國語云：西周三川皆震。注云：西周，鎬京也。而三川則謂涇、渭、洛。如此則舊注非。鄜州三川所以不可到者，以山稠故也；山稠而不可到者，時當喪亂，憂盜賊也。公北征詩云：坡陁望鄜畤，巖谷互出没。夜深經戰場，寒月照白骨。則舊經殘破矣。落雁浮寒水，與飛鴻滿野同意。飢烏集戍樓，與楚幕有烏同意。蓋言地經喪亂〔一〕，寂乎無人而然也。江總得歸老江南，故曰遠媿也。晉王珣爲桓温掾。温曰：王掾當作黑頭公。

【校勘記】

〔一〕「亂」，底本模糊，據文淵閣本、文津閣本、文瀾閣本、清刻本、排印本補。

獨酌成詩

燈花何太喜，西京雜記云：樊噲問陸賈曰：自古人君皆云受命于天，有瑞應，豈有是乎？賈應之曰：有之。夫目瞤得酒食，燈花得錢財，乾鵲噪而行人至，蜘蛛集而百事喜。小既有徵，大亦宜然。酒綠作色。正相親。醉裏從爲客，詩成覺有神。如有神助也。公嘗有詩云：讀書破萬卷，下筆如有神。趙云：今公得酒獨酌而用燈花事，大抵取喜事而已。醉裏從爲客者，任從爲客而不辭也。有神字，多在詩言之，則孔文舉言禰衡已能文章曰：思若有神。公詩又云：篇什若有神。而謝靈運亦云：此語神助。兵戈猶在眼，儒術豈謀身。共被微官縛，低頭愧野人。低頭，言愧而不能仰視也。趙云：前漢戾太子贊：止息兵戈。而庾信周齊王碑序云：夏官以兵戈爲主，專謀七德。選詩：薜蘿若在眼。荀子云：儒術行而天下富。左傳有：野人與之塊。

收京三首

仙仗離丹極，謂大駕出幸也。妖星照玉除。晉天文志：妖星，一曰彗星，二曰孛星，凡二十一星。曹子建曰：凝霜依玉除。說文曰：除，殿階也。西都賦曰：玉除彤庭。趙云：西都賦：玉階彤庭，改階字爲除，誤矣。須爲下殿走，世說：熒惑入南斗，天子下殿走。謂避亂也。不可好樓居。史記：公孫卿曰：仙人好樓居，於是上令長安作蜚廉桂觀，甘泉作延壽觀焉。趙云：好樓居，出史記封禪書。今公以仙人比天子也。一作：得非群盜起，難作九重居。語白不取。暫屈汾陽駕，莊子：堯往見四子藐姑射之山，汾水之陽。釋音云：案，汾水出太原，今莊生寓言也。謝靈運從遊京口北固詩：昔聞汾水遊，今見塵外鑣。聊飛燕將書。史記魯仲連傳：燕將軍攻下聊城，或讒之燕，燕將懼誅，因保守聊城，不敢歸。齊田單攻聊城，歲餘不下。仲連乃爲書，約之矢以射城中，遺燕將。將見仲連書，乃自殺也。趙云：言京城不勞兵戰而駕可復止，若魯仲連飛書而聊城自下耳。所以見收復之易也。依然七廟略，更與萬方初。天子七廟。趙云：兵謀謂之廟略，蓋謀之於廟也。言廟畧素定，更與萬方一新。更，平聲，蓋更始之義。

右一

生意甘衰白，天涯正寂寥。忽聞哀痛詔，又下聖明朝。漢武帝末年，下哀痛之詔。羽翼懷商老，漢高祖時，戚夫人以寵將移動太子。呂后用張良計，召四皓入侍太子朝。上指視戚夫人曰：彼羽翼已成，難動矣。商老四皓隱于商山也。文思憶帝堯。堯典：放勛，欽命文思。息嗣反，又如字。趙云：商老，似言郭子儀副廣平王以成功也。文思憶帝堯，指言肅宗。蓋公既被詔歸鄜州，乃聞收京，既懷郭公，又憶主上，皆跂望之心也。不以文害辭，不以辭害意，然後可解。叨逢罪己日，罪己，詔也。左傳：臧文仲曰：禹湯罪己，其興也勃焉。霑洒一作洒涕。望青霄。趙云：感慰而望天也。

右二

汗馬收宮闕，漢蕭何傳：未有汗馬之勞。春城鏟賊壕。趙云：古樂府詩：春城起風色。收復京師在九月，而公詩云春城鏟賊壕，未詳，豈自九月至正月而定乎？蓋賊在京師不無殘破更易，爲之鏟，則盡削平其迹之義也。賞應歌杕杜，詩杕杜，勞還役也。歸一作福。及薦櫻桃。禮月令：仲夏之月，羞以含桃，先薦寢廟。即櫻桃也，今所謂朱桃者是也。前漢叔孫通傳：古者有春嘗果，方今櫻桃熟可獻，願陛下出，因取櫻桃獻宗廟。上許之，諸果獻由此興也。雜虜橫戈數，功臣甲第高。武帝爲霍去病治第宅也。甲第猶言甲乙之次第，謂第一之第也。田蚡治宅甲諸第。趙云：戰國策：衛行人燭過免胄橫戈而進。萬方頻送喜，無乃聖躬勞。班超傳：西域平定，薦勳祖廟，布大喜於天下。言聖躬受喜報之頻而勞也。

右三

月

天上秋期近，人間月影清。入河蟾不沒，庾肩吾望月詩：渡河光不濕。搗藥兔長生。傳玄擬天問曰：月中何有，白兔搗藥。玉經曰：月中有兔與蟾，何也？月，陰也；蟾，陽也。而與兔並明。陰，係陽也。薛云：按後漢張衡靈憲序曰：月者，陰精之宗，積而成獸，象兔。陰之類，其數偶。其後有憑焉。羿請無死之藥於西王母，姮娥竊之以奔月，是爲蟾蜍。趙云：公于河係之以蟾，居水之物。古詩有云：採取神藥高山端，白兔搗作蝦蟇丸。而李白亦云：白兔搗藥秋復春。只益丹心苦，能添白髮明。干戈知滿道，休照國西營。時官軍營於國西。休照，爲征夫見月而有感也。趙云：蓋是年閏八月，方以廣平王爲元帥收復長安，則閏八月已前，長安以西不能無兵屯處矣。

哭長孫侍御

道爲詩書重，名因賦頌雄。子雲賦頌，名重漢朝。禮闈曾擢桂，禮闈，禮部所設以取士也。郄詵對武帝曰：臣舉賢良對策，爲天下第一，猶桂林一枝。憲府舊乘驄。御史所居之署，漢謂之御史府，亦謂之憲臺。唐龍朔中，改司經局爲桂坊署，爲東宮之憲府。後漢桓典拜侍御史，執法無所回避，常乘驄馬，京師畏憚，爲之語曰：行行且止，避驄馬御史。流水生涯盡，浮雲世事空。趙云：子在川上曰：逝者如斯夫，不捨晝夜。浮雲，易散之物，孔子嘗以比不義之富貴。今以世事比之，所以悼之也。唯餘舊臺柏，蕭瑟九原中。時御史府中列柏樹。檀弓：獻文子曰：從先大夫於九京也。注：晉卿大夫之墓地在九原[一]。原，作京字也。趙云：漢朱博爲御史大夫，其府列柏樹，常有野鳥數千棲宿其上，晨去暮來，號曰朝夕烏。檀弓：趙文子與叔譽觀乎九原。注：雖云晉地之名，而用於葬處皆可矣，故沈休文云：誰當九原上，鬱鬱望佳城也。今詩句云往日御史府所列之柏樹，今則在墓地種之而蕭瑟也。新添：潘岳述哀：殯宮已肅清，松柏轉蕭瑟。

【校勘記】

〔一〕「原」，底本漫滅，據中華訂補本補。

奉送郭中丞兼太僕卿充隴右節度使三十韻 英乂

詔發西山將，辛慶忌贊曰：秦漢以來，山東出相，山西出將。秋屯隴右兵。唐書郭英乂傳：英乂，知運之季子。至德初，肅宗興師朔野，英乂以將門子特見任用，遷隴右節度使。趙云：英乂先爲秦州都督，乃加隴右節度使，以云西山，正言秦州，不干山西出將事。舊注非是。淒涼餘部曲，燀一作烜。赫舊家聲。謂知運先朝亦爲隴右節度使也〔一〕。宋鮑照東武吟：將軍既下世，部曲亦空存。漢光武紀注：大將軍營有五部，部有三校尉，部下有曲，曲有軍候一人。李廣行無部曲行伍。司馬子長報任少卿書曰：李陵既生降，穨其家聲。趙云：餘部曲，餘秦州部曲也。祿山亂，英乂拜秦州都督、隴右採訪使。知運在先朝先爲隴右節度使，屯西方，戎夷畏憚，故言舊家聲。燀音充善切。史記：威燀旁達。鵰鶚乘時去，見鵰鶚在秋天注。驊騮顧主鳴。言其策略足以自取富貴無難也。趙云：鵰鶚、驊騮，所以美英乂也。公多以此譬人材之卓傑。今此言乘時顧主，則又勸之以趨功名之會，而不忘君也。故又有下句。艱難須上策，容易即前程。當艱難須上策之際，更無難色而容易以往焉。詩：天步艱難。史：周得上策。東方朔云：談何容易。前程字，出選。斜日當軒蓋，高一作歸。風卷旆旌。趙云：言行色也。梁簡文帝雨詩曰：儻令斜日照，併欲似浮絲。又，梁任昉苦熱詩：斜日照西垣。說苑：翟璜謂田子方曰：吾祿厚，得此軒蓋。而范彥龍貽張徐州詩曰：軒蓋照墟落。詩云：悠悠旆旌。兩句之勢，蓋用夏侯湛禊賦：微雲承軒，清風卷旃。松悲天水冷，天水郡，漢武元鼎三年置，秦州地記云：郡前湖水冬夏無增涸，因以名焉。沙亂雪山清。後漢明帝紀：祈連，山名，即天山也。一名雪山，在伊州北。趙云：秦州有天水縣，又謂之天水郡。樂史寰宇記：天水縣有井，四時湛然。昔人避難於此，敵人欲漏其水，左右穿鑿，不得水脉，故云天水。松悲，言英乂去而松爲之悲。沙亂似言人馬踐踏，有亂之理。和虜猶懷惠，和，和好也。惠，恩惠也。防邊不敢驚。趙云：和虜，指言吐蕃也。至德二載，使使來請討賊，且修好[二]。既而侵廓、岷、霸等州，又請和也。語：小人懷惠。古來於異域，鎮静示專征。專征，謂受斧鉞之賜[三]，得專征討。趙云：言待之以静，不時撓之，示以有必征其侵叛之理。已上叙英乂行色，至隴右者如此。燕薊奔封豕，薊縣，燕之所都。前志云：秦舉兵滅燕薊[四]。左傳：昭王在隨，申包胥如秦乞師，曰：吴爲封豕長蛇，荐食上國。言吴貪害如蛇豕。封，大也。豕之性善突，故取以喻禄山。周秦觸駭鯨。史：禄山之亂，賊將高嵩擁兵入汧、隴，英乂僞勞之。既而伏兵發，盡虜其衆。駭鯨，言若鯨魚之駭，難禦也。陳琳檄云：若駭鯨觸細網。趙云：天寶十四載十一月，禄山反於幽州，陷河北。十二月，陷東京。十五載六月，陷京師。此所謂奔突幽、薊而觸冒周、秦也。中原何慘黷，餘孽尚縱横。文選：上慘下黷。注：慘，不登貌。哀江南賦：茫茫慘黷[五]。殘孽，餘寇也。趙云：慶緒既弑禄山[六]，復爲寇，此所謂尚縱横也。選云：絡驛縱横。箭入昭陽殿，檄書，箭也。笳吟細柳營。笳者，胡人卷蘆葉吹之以作樂也。故曰：胡笳，張博望入西域，傳其法於西京。李延年更造新聲二十八解，以爲武樂，有出塞、入塞、抑揚等十曲。細柳營，周亞夫軍營也。趙云：此一段陷京師時事。昭陽殿，漢成帝趙皇后所居，而箭入言禍亂及于宫中也。細柳營，周亞夫所營，在長安。言胡人之笳乃在漢營也。内人紅袖泣，王子白衣行。趙云：言雖是王子，以避亂之故，隱迹爲白衣而行。宸極妖星動，妖星，見本卷收京注。劉越石表：宸極失御。園陵一作廿。殺氣平。趙云：宸極者，紫微之宮也。妖星，見晉天文志。殺氣與園陵平也。空餘金椀一作盌。出，光武紀：赤眉焚西京宮室，發掘園陵。金椀出，見早時金椀出人間止。無復繐帷輕。魏武帝遺令：吾婕好數人，著於銅雀臺，堂上施六尺床，張繐帷。謝玄暉詩：繐帷飄井幹。此言賊凌暴園陵也。趙云：金椀，寢廟及園陵中物。公詩又曰：早時金椀出人間。漢武崩後，有持金椀賣於市之事。繐帷、繐帳，皆靈帳之稱。毀廟天飛雨，焚宮火徹明。項羽入咸陽，殺秦降王子嬰，燒其宮室，火三月不滅。罘罳朝共落，棆桷夜同傾。言賊毀宗廟及宮室。漢書注：師古曰：罘罳，謂連闕曲閣也，以覆重刻垣墉之處，其形罘罳，一曰屏也。東觀元壽二年，盜賊並起，燔燒茂陵都邑，火見未央宮。薛云：右按：詩：方斲是虔。注：椹，謂之虔。升景山棆林木，取松柏易直者，斲而遷之，正於椹上以爲桷也。趙云：罘罳，祖出漢文帝紀：七年六月，未央東闕罘罳災，如淳曰：東闕與其兩旁罘罳皆災也。罘音浮。棆桷字，未見全出。字書棆止云木名也。豈桷以棆木爲之邪？雖師民瞻善本亦作棆桷。薛蒼舒引詩陟彼景山注，以爲棆桷乃掄擇之掄。其說迂謬。棆桷二字甚可疑。若以爲欀桷，則夜徹明之火，無所不焚，謂之傾，則欀桷又非止傾而已。以俟博聞。青箱雜記云：漢書文帝紀云：罘罳災。崔豹古今注云：罘罳，屏也。罘者，復也；罳者，思也。臣朝君至屏外，復思所奏之事於其下。顏師古注云云，又禮記云：疏屏，天子之廟飾也。鄭注云：屏謂之樹，今浮思也。刻之爲雲氣蟲獸，如今闕上爲之矣。余按唐蘇鶚演義，稱罘罳織絲爲之，輕疎浮虛，象羅網交文之狀，蓋宮殿簷户之間也。乃引文宗實録云：大和中甘露之禍，群臣奉上出殿北門，裂斷罘罳而去。又，杜甫天寶末詩云：罘罳朝共落，棆桷夜同傾。又引温庭筠補陳武帝與王僧辨書云罘罳畫卷，閶闔晨開爲證，皆非曲閣屏障之意，反以崔豹、顏師古之徒爲大誤。又案段成式酉陽雜俎構士林間多呼殿榱桷護雀網爲罘罳，其淺誤如此。乃引張揖廣雅曰：復思謂之屏。又，王莽性好時日小數，遣使壞渭陵、延陵園門罘罳，曰使民無復思漢也。又引魚豢魏略曰：黄初三年，築諸門闕外罘罳爲證〔七〕，反以絲網之説爲大謬。余謂二説皆通。以罘罳爲網，則結繩爲之，施於宮殿簷楹之間，如蘇鶚之説是也。以罘罳爲屏，則刻木爲之，施於城隅門闕之上，如成式之言是也。然就二説之中擇焉，唯段氏之説爲長。案五行志注云：罘罳，闕之屏也。玉篇云：罘罳，屏樹門外也。又云：罘，兔罟也，但屏上雕刻爲之。其形如網罟之狀，故謂之罘罳。音浮思，則取其復思之義耳。漢西京罘罳合版爲之，亦築土爲之，每門闕殿舍前皆有焉。于今郡國廳前亦樹之，故宋子京詩云：秋色淨罘罳。皆其義也。**三月師逾整，群胡勢就烹。**趙云：三月，三易月也。公詩又云烽火連三月，亦是此。閏八月初，以廣平王爲天下兵馬元帥。今詩所謂「元帥調新律」是已。逆數閏八月以前，通爲三易月，則當是郭子儀五月及安守忠戰於清渠敗績之後，別訓練士卒，至此師逾整肅，可以擒賊矣。以上十六句叙安氏父子爲寇，而廣平王往收復京師者如此。**瘡痍親接戰，**李廣傳：大將軍與單于接戰，單于遁走。**勇決冠垂成。**此言英乂躬冒矢石，功冠垂成。垂成，猶欲成也。趙云：此微言英乂之敗，而激其再立功也。是年二月，李光弼敗安慶緒於太原，而是時英乂戰於武功，敗績，故有瘡痍之譬，且言其功垂成也。**妙譽期元宰，殊恩且列卿。**趙云：上句美其可以爲相。且列卿，則今兼太僕也。**幾時回節鉞，戮力掃欃槍。**成十三年傳：戮力同心。欃槍，妖星也。前漢天文志：石氏：見欃雲，如牛。甘氏：不出三月乃生天槍。石氏：見槍雲，如馬。甘氏：不出三月迺生天欃。謝宣遠子房詩：鴻門銷薄蝕，垓下隕欃槍。新添：書：聿求元聖，與之戮力。爾雅曰：彗星爲欃槍。司馬相如大人賦：檻欃槍以爲旌兮，靡屈虹而爲綢。**圭竇三千士，**儒行：儒有篳門圭竇。注：門旁穿牆爲竇，如圭。左傳：篳門圭竇之人。僖二十四年：秦伯送衛于晉三千人，實紀綱之僕。**雲梯七十城。**雲梯，攻城具。高長上與雲齊，可依而立。公輸作雲梯以攻宋，墨子設守宋之備。九攻，而墨子九却之。趙云：公詩有云：蒼茫城七十，流落劍三千。今云三千士者，使莊子劍士夾門而客三千餘人也。七十城，使燕樂毅下齊七十餘城。**恥非齊説客，**酈生嘗爲説客，馳使諸侯。漢王使説齊王田廣，廣罷歷下兵守，與漢通和。淮陰侯乃夜謀度兵襲齊。齊以酈生賣己，遂烹之。**甘似魯諸生。**漢叔孫通傳：臣願徵魯諸生，與臣弟子共起朝儀。趙云：蓋謂以圭竇之貧士尚存三千，而下七十城，亦有爲雲梯之具者，如我曾無説客之唄，特爲諸生之事而已。蓋自責其無補於戰也。**通籍微班忝，**此公自言得爲拾遺通朝籍也。微班，言位下也。通籍，見前漢元帝紀注。

周行獨坐榮。詩：寘彼周行。箋云：周之列位也。後漢：宣秉拜御史中丞，光武特詔御史中丞與司隸校尉、尚書令會同並專席而坐，故京師號曰三獨坐。時英乂爲中丞。趙云：周行，古注謂周之列位，而公意却是周徧之行列也。**隨肩趨漏刻，短髮寄**一作愧。**簪纓。**趙云：上句言同入朝也。倒使五年以長，則肩隨之。漏刻，出後漢：功在漏刻。下句以言其在有位之列也。短髮，倒使左傳：髮甚短而心甚長。**徑欲依劉表，**魏志王粲傳：粲以西京擾亂，皆不就辟。乃之荊州依劉表。**還疑厭禰衡。**還疑，一云能無。後漢文苑傳：禰衡，字正平。孔融愛禰衡材，數稱述於曹操。操欲見之，而衡素相輕疾，不肯往。操懷忿，而以其才名不欲殺之，送與劉表。及荊，士大夫先服其才名，甚賓禮之。後復侮慢表，表耻不能容，以江夏太守黃祖性急躁，故送衡與之。卒爲祖所殺。趙云：依劉表，以王粲自比，却疑諸公如曹操、劉表、黃祖輩厭禰衡也。**漸衰那此別，忍淚獨含情。廢邑狐狸語，**襄十四年傳：南鄙之田，狐狸所居，豺狼所嗥。**空村虎豹爭。**村言無人，虎豹爭，盜賊縱橫，故也。趙云：公曰狐狸、虎豹，以比盜賊。後漢：張綱奉使，埋輪不行，曰：豺狼當路，安問狐狸！晉張孟陽七哀詩曰：季世喪亂起，盜賊如豺虎。

人頻墜塗炭，仲虺之誥：有夏昏德，民墜塗炭。言民之危險，若陷泥墜火。**公豈忘精誠。**趙云：禮記：不精不誠，未有能動也。**元帥調新律，前軍壓舊京。**鮑云：謂廣平王將復京師也。趙云：元帥，指言廣平王俶，是爲代宗。前軍，指言李嗣業之軍。時代宗爲元帥，郭子儀副之，而李嗣業爲前軍。新律是師律之律。舊京，指言長安。後云仍扈從，則望長安收復而車駕復還也。**安邊仍扈從，莫作後功名。**莫作，一云無使。時代宗爲元帥，期于收復。公勉郭令立功名，無後衆人也。史：安邊在良將。

【校勘記】

〔一〕「爲」，原作「謂」，訛，據文淵閣本、文津閣本、文瀾閣本、清刻本、排印本改。

〔二〕「好」，底本漫滅，據文淵閣本、文津閣本、文瀾閣本、清刻本、排印本補。

〔三〕「斧」，文淵閣本作「命」，訛。

〔四〕「滅」，文淵閣本作「減」，訛。

〔五〕「慘黯」，文淵閣本、文津閣本、文瀾閣本作「慘黷」，全後周文卷八庾信哀江南賦作「墋黷」。

〔六〕「慶緒既弒祿山」，原作「祿山既弒慶緒」，倒誤，據舊唐書卷一百一十李光弼傳乙正。

〔七〕「罘罳」，原作「罘罘」，據文淵閣本並參先後解輯校乙帙卷三此詩引趙注〔一五〕改。

送楊六判官使西蕃

送遠秋風落，西征海氣寒。帝京氛祲滿，氛祲，不祥之氣，言胡塵污染帝室〔一〕。人世別離難。趙云：此篇是至德二年九月前詩，蓋京師猶未復，所謂帝京氛祲滿，宜在收京師前送遠。公曾云：皇天悲送遠。但未見本出。潘安仁有西征賦。往吐蕃，渡青海而去。祲，音千鴆切，精氣感祥也。阮孚嘗云：氛祲既澄，日月自朗。楚辭云：憂莫憂於生別離。句意倣此。絶域遙懷怒，和親願結歡。敕書憐贊普，贊普，吐蕃主名。兵甲望長安。望長安，言欲入寇也。宣命前程急，惟良待士寬。趙云：絕域，指言吐蕃。李陵書云：奉使絕域。和親字，起於漢。左傳：楚子使椒舉如晉，曰：寡君願結驩於二三君。贊普，其俗謂彊雄曰贊，丈夫曰普，故以號君長。按唐新史吐蕃傳云：至德初，取巂州及威武等諸城，入屯石堡。其明年，使使來請討賊，且脩好。肅宗遣給事中南巨川報聘。然歲内侵取廓、霸、岷等州及河源莫門軍。數來請和，帝雖審其譎，姑務紓患，乃詔宰相郭子儀、蕭華、裴遵慶等與盟。此史之所載如是而已。以公詩考之，中國以其懷怨侵叛而與之和親，所以敕書憐其君長欲窺長安之意，而急遣使與和也。詳味惟良待士寬一句，爲楊判官而言。判官者，必以事閑廢，今欲選良材以爲使，則待之以闊略而用之。故下句有起爲官，有正羽翰之語。東坡詩有云：試草尺書招贊普。依倣敕書憐贊普也。子雲清自守，今日起爲官。楊子雲仕宦不達，寂寞自守，起爲官，以子雲比楊判官也。趙云：以子雲比之，取其同姓。清自守，則微言其閑廢者矣。新添：自守字，子雲本傳言附離丁董者，或起家至二千石。時雄方草太玄，有以自守，泊如也。爲官字，子雲解嘲曰：意者玄得毋尚白乎？何爲官之拓落也？垂涙方投筆，言以戎事爲憂，故垂涙投筆，如班超投筆而起，志在功名。傷時即據鞍。劉尚深入五溪，軍沒。馬援因復請行，時年六十二。帝愍其老，未許之。援自請曰：臣尚能披甲上馬。帝令試之，援據鞍顧眄〔一〕，以示可用。趙云：言其恰欲投筆以起，而聞宣命之急，則又亟據鞍而往也。儒衣山鳥怪，漢節野童看。邊酒排金盞，一作盌。夷歌捧玉盤。揚子孝至篇有假儒衣書。蘇武在匈奴中，仗漢節牧羊。排金盞，一作盌，爲正。蓋吐蕃嘗獻奉者，曰金盌一碼，碯杯一耳。見舊唐書。草肥一作輕。蕃馬健，胡人至秋，則草肥馬健，思入寇。雪重拂廬乾。拂廬，蕃帳名。趙云：上兩句蓋王摩詰草枯鷹眼疾〔二〕，雪盡馬蹄輕之勢也。杜補遺：唐吐蕃傳：吐蕃居邏娑川，其城郭廬舍不肯處，聯毳帳以居，號拂廬。慎爾參籌畫，從茲正羽翰。歸來權可取，九萬一朝摶。言當以功名自致遠大也。趙云：正羽翰，所以引末句九萬一朝搏也。莊子言鵬之飛也，搏扶摇而上者九萬里。扶摇，風名。羽翰從兹而正，則前此爲不正。既正羽翰而搏風九萬里，特在於一朝，則楊君起於閑廢尤明。

【校勘記】

〔一〕「胡塵」，「胡」，文瀾閣本作「寇」。

〔二〕「盻」，文淵閣本、清刻本、排印本作「眄」，文瀾閣本作「盼」。

〔三〕「枯」，原作「苦」，訛，據文淵閣本、文津閣本、文瀾閣本、清刻本、排印本改。

憶弟二首

喪亂聞吾弟，詩：喪亂既平。饑寒傍濟州。人稀吾一作書。不到，以道路榛梗，人稀少而難行也。兵在見何由。孟子：何由知吾可也？憶昨狂催走，無時病去憂。即今千種恨，惟共水東流！狂催走，謂避亂出奔如狂也。

趙云：公自言出奔且往行在所，如狂圖催走。公素多病，則又無時而病去，所以憂也。

右一

且喜河南定，安慶緒棄東都走也。不問鄴城圍。鄴城，史思明所據。百戰今誰在？三年望汝歸。東山，周公東征也。三年而歸，三章言其室家之望汝也。故園花自發，丘希範書：暮春三月，江南草長，雜花生園，群燕亂飛。見故園之旗鼓，感生平於疇昔也。春日鳥還飛。言草木禽鳥尚得其所，而人遭亂離不得相保耳。斷絕人烟久，東西消息稀。趙云：至德二載十月復東京，所謂河南定也。鄴城，史思明所據相州是也。東京既復，安慶緒奔於河北。次年四月，賊復振，以相州爲成安府。則公作詩時，官兵當圍相州也，故曰不問鄴城圍。今河南已定，鄴城方圍之時，而曰花自發、鳥還飛，則言方春之至，草木禽鳥各得其所，而不預人事耳。

其二

得舍弟消息

亂後誰歸得，他鄉勝故鄉。若一作直。爲心厄苦，久念一作何。與存亡。趙云：休明之際，則他鄉雖樂，不如還家。爲遭亂離，則他鄉安處自足居也。直爲，當以若爲正。蓋言何爲而我心厄苦？久以與弟存亡在念故也。與字，如主在與在，主亡與亡之與，故作重字用對心字也。汝書猶在壁，汝妾已辭房。李陵書：生妻去室。舊犬知愁恨，垂頭傍我床。使陸機黄耳事。公又曰：舊犬喜我歸，低徊入衣裾。

鄭駙馬池臺喜遇鄭廣文同飲

不謂生戎馬，老子：戎馬生於郊。何知共酒盃。燃臍郿塢敗，董卓傳：吕布殺卓，使皇甫嵩攻卓弟旻於郿塢，盡滅其族。乃尸卓於市。天時始熱，卓素充肥，脂流於地，守尸吏燃火置卓臍中，光明達旦。握節漢臣回。蘇武仗漢節牧羊，起卧操持，節毛盡落，積十九年還歸。趙云：然臍郿塢敗，言慶緒奔敗如董卓也。握節漢臣回，言虔自陷賊中回，其後謫台州。公詩又云：蘇武看羊陷賊庭。蓋比之如蘇武也。新添：左傳：司馬握節而死。白髮千莖雪，丹心一寸灰。言爲憂患所困而心已無物矣，故云一寸灰。莊子：心若死灰。别離經死地，披寫忽登臺。重對秦簫發，見二十五卷「始知秦女善吹簫」注。以駙馬臺，故云。俱過阮宅來。見二十七卷「自須留阮舍」注。師云：阮籍謂之大阮，阮咸謂之小阮。廣文與駙馬同姓，故云。留連一作醉留。春夜舞，淚落强徘徊。一云醉連春苑夜，舞淚落徘徊。趙云：緣有寸心字、灰心字，故云「丹心一寸灰」。李商隱云：一寸相思一寸灰。用杜公之語也。阮宅字，或曰：晉阮咸與叔籍居道南，諸阮居道北。公于叔遇姪多用此，如曰守歲阿咸家是也。則阮舍、阮宅，皆以阮咸言之。二鄭同姓，必有少長尊卑；則阮宅者，乃指言駙馬家乎？

臘日

新添：廣雅曰：夏曰清祀，殷曰嘉平，周曰大蜡，秦曰臘禮。黄衣黄冠而祭，息田夫也。案史記始皇本紀：三十一年十二月，更名臘曰嘉平。蓋因謡歌曰神仙得者茅初成、帝若學之臘嘉平，而改從殷號也。

臘日常年暖尚遥，今年臘日凍全消。侵凌雲色還萱草〔一〕，漏洩春光有一作是。柳條。縱酒欲謀良一作長。夜醉，還家初散紫宸朝。紫宸，殿也。口脂面藥隨恩澤，翠管銀罌下九霄。唐制：臘日，宣賜口脂、面藥及賜宴。杜補遺：太平御覽載：盧公家範曰：凡臘日，上澡豆及頭膏、面脂、口脂。趙云：紫宸，殿名，在東内大明宫之中，乃内衙之正殿也。舊注是。杜田所引却是人家下者自上其物不干國家恩賜事。時序：則恩澤乖矣。

【校勘記】

〔一〕「雲」，二王本杜集卷十、百家注卷六、分門集注卷三以及錢箋卷十作「雪」。

紫宸殿退朝口號

户外昭容紫袖垂，唐制：昭容正二品，係九嬪。雙瞻御座引朝儀。師云：酉陽雜俎曰〔一〕：今閤門有宮人引百僚，或云自則天，或言因後魏。據開元禮疏曰：晉康獻褚后臨朝不坐，則宮人引至殿上，至，傳百僚拜。杜補遺：按唐制：天子坐朝，宮人引至殿上。至天祐二年十二月詔曰：宮嬪女職，本備內任。今後每遇延英坐日，只令小黃門祗候引從，宮人不得出內。趙云：天祐，昭宗年號，朱全忠所立者。杜田所引，可見唐之元制矣。雙瞻御坐，則應用昭容二人爲引。謂之瞻，則回瞻也。新添：紀瞻傳：瞻與王導等勸進，帝猶不許，使韓績徹去御座。瞻叱績曰：帝座上應星宿，敢有動者斬。香飄合殿春風轉，花覆千官淑景一作日。移。趙云：宋有合殿之名。荀子云：天子千官。博物志：海上有風山，春風所出。鮑照悲哉行有羇人感淑景之句。師云：謝宣城曰：淑景近花多。晝漏稀一作聲。聞高閣報，天顏有喜近臣知。言近臣密邇清光。宮中每出歸東省，師云：按唐六典：左拾遺門下，右拾遺中書。此言東省，蓋門下也。傳言子美拜右拾遺，史氏之誤。會送夔龍集一作到。鳳池。夔龍，舜之良臣。夔典樂，龍納言鳳池。荀勗爲中書令，及罷，云：奪我鳳凰池。趙云：上句言晝漏之所以希聞，以閣之高，而傳之遠也。吳越春秋載采葛婦詩曰：群臣拜舞天顏舒。近臣，則言左右親近之臣，蓋指貂璫者耳。東省事，唐制，左拾遺隸門下省，而門下省在東，故曰東省。唐之初，門下省在左，延明門東南，中書省在右，延明門西南。此在西內者耳。至高宗居大明宮，兩省曹僚隨便安置，故宣政殿前東廊曰日華門，其東有門下省；西曰月華門，其西有中書省焉。今公所謂歸東省，則日華門東之門下省也，故後篇答岑補闕有曰「我往日華東」也。題是紫宸殿退朝，而紫宸殿在東內大明宮之中，故云。

【校勘記】

〔一〕「酉」，原作「西」，訛，據文淵閣本、文津閣本、文瀾閣本、清刻本、排印本改。

曲江二首

一片花飛減却春，風飄萬點正愁人。且看欲盡花經眼，莫厭傷多酒入脣。范元實詩眼嘗云：或問余，東坡有言：詩至於杜子美，天下之能事畢矣。考之前人，固未有如老杜，後世安知無過老杜者？余曰：如一片花飛減却春，雖使聖人復詠落花，決然更無好語。趙云：元實之言是也。秦少游號稱善辭曲，嘗云：落紅萬點愁如海。以爲佳句，乃使風飄萬點正愁人者也。江上小堂巢翡翠，苑一作花。邊高冢卧麒麟。細推物理須行樂，何用浮名絆此身。西京雜記：五柞宮西青梧觀，柏樹下有石麒麟二枚，是秦始皇驪山墓上物。趙云：兩句皆紀眼前所見也。冢前有石麒麟，蓋富貴之家。卧則冢之荒廢矣，故公落句有感焉。舊本花邊，師民瞻本作苑邊高冢，是。蓋芙蓉苑之邊也。前漢楊惲報孫會宗書曰：人生行樂耳，須富貴何時。

石一

朝回日日典春衣，每日江頭盡醉歸。陳遵口出醉歸。趙云：宋元凶劭傳：日日出行軍。王元長古意：思淚點春衣。酒債尋常行處有，人生七十古來稀。古詩：人生不滿百，常懷千歲憂。晝短苦夜長，何不秉燭遊？穿花蛺蝶深深見，點水蜻蜓欵欵飛。趙云：老杜不拘以數對數，如四十明朝過，飛騰暮景斜亦是此格。沈存中乃以八尺曰尋，倍尋曰常，謂亦是數目，故對七十；何迂鑿如此。深深字，莊子：其息深深。欵欵字，司馬遷云：效其欵欵之愚。傳語風光共流轉，暫時相賞莫相違。趙云：張若虛春江月云：請語風光催後騎，併將歌舞向前溪。馮小憐春日詩：傳語春光道，先歸何處邊。今公所謂傳語，正參用此語，以風光在我輩當共其流轉，相與賞玩，莫相違戾。此豈語同舍之省郎乎？謝玄暉云：日華川上動，風光草際浮。南齊王儉詩：風光承露照，霧色點蘭暉。師云：按，杜子美祖審言詩春日京中有懷云：寄語洛城風日道，明年春色倍還人。以此見子美詩有祖風也。

右二

曲江對酒

苑外江頭坐不歸，水精春一作宮。殿轉霏微。趙云：苑外者，芙蓉苑之外也。曲江在苑北。文宗常誦公詩曰：江頭宮殿鎖千門。遂思復昇平事而修紫雲樓、綵霞亭，日復增創。以此觀之，則天寶、至德時所謂春殿轉霏微，雖不可考知其名，而意可推矣。月宮謂之水精宮，今以言春殿，蓋以狀其清幽也。或云：即殿名

桃花細逐楊花落，黃鳥時兼白鳥飛。趙云：黃魯直詩云：野水漸添田水滿，晴鳩卻喚雨鳩歸。用此格也。縱飲久判人共棄，懶朝真與世相違。吏一作令。情更覺滄州遠，老大悲傷未拂衣。謝玄暉：復叶滄州趣〔一〕。古樂府：老大徒悲傷。趙云：揚雄覈靈賦曰：世有黃公者，起於滄洲，清神養性，與道逍遥。

【校勘記】

〔一〕「趣」，原作「處」，據齊詩卷三、文選卷二十七謝玄暉之宣城郡出新林浦向板橋詩改。案，本集卷五幽人「中年滄洲期」句下引杜補遺注亦作「趣」，可證。

曲江對雨

城上春雲覆苑墻，江庭晚色靜年一作天。芳。沈休文三月三日詩：〔一〕年芳俱在斯。林花着雨臙脂落，水荇牽風翠帶長。荇，水草也，相連而生，故如翠帶。趙云：苑墻，又言芙蓉苑之墻也。師云：杜審言過義陽公主山池詩：綰雪青條弱〔二〕，牽風紫蔓長。龍武新

軍深駐輦，芙蓉别殿漫焚香。開元二十六年，析左右羽林軍置左右龍武軍，以左右萬騎營隸焉。芙蓉城連曲江城。師民瞻云：舊史官志：左右龍武軍。注：太宗選飛騎之尤驍健者，别署百騎以爲翊衛之備。武后加置千騎，中宗加置萬騎，分爲左右營。自開元以來，與左右羽林軍名曰北門四軍。開元二十七年，改爲左右龍武軍。唐始祖諱虎，故唐太宗修晉史，李延壽修南、北史。舊書皆易虎爲武，以避之。如稱琥珀爲武珀，白虎爲白武之類是矣。龍武軍，本龍虎軍，亦避唐諱也。趙云：兩句意言車駕唯深駐曲江，不復幸芙蓉苑，則别殿焚香爲漫耳。初，玄宗以萬騎軍平韋氏，改爲左右龍武軍，皆用唐之功臣子弟，制若宿衛兵。是時良家子避征戍者，亦皆納資隸軍，分日更上，如羽林。此在新唐史兵志，最爲易考。何時詔一作重。此金錢會，暫一作爛。醉佳人錦瑟旁。杜補遺：開元天寶遺事云：内庭嬪妃，每至春時各于禁中結伴擲金錢爲戲。又酉陽雜俎：梁時，荆州掾爲雙陸賭金錢。趙云：似言錫錢爲宴。劇談録載：開元中，都人遊賞曲江，盛于中和、上巳節。即賜宴臣僚，會于山亭，賜太常教坊樂。推此則謂賜金錢爲宴也。金錢字，止是言錢。如前漢曹邱生數招權顧金錢，不必真是黄金爲錢者。公宴渼陂云：應爲西陂好，金錢罄一飡。亦此金錢之謂也。杜補遺所引却是黄金爲錢者矣。醉佳人傍者，賜太常教坊樂也。錦瑟字，崔灝渭城少年行曰：渭城橋頭酒新熟，金鞍白馬誰家宿。可憐錦瑟箏琵琶，玉堂清酒就君家〔三〕。則錦瑟者，實瑟、瑶瑟之謂也。或曰，是佳人名，如青琴、瑟玉、絳樹、緑珠之類。李商隱作錦瑟詩，其詞曰：錦瑟無端五十絃，一絃一柱思華年。説者云，令狐綯之妾名錦瑟，而商隱賦詩雖載詩話，亦不明據，又況是後來事，不可引。若言教坊樂器，則自有錦瑟矣。

【校勘記】

〔一〕「亭」，原作「庭」，據二王本杜集卷十並參百家注卷七、分門集注卷三、黄氏補注卷十九及錢箋卷十改。

〔一〕「雪」，文淵閣本、文津閣本、文瀾閣本作「雲」。案，全唐詩卷六十二杜審言和韋承慶過義陽公主山池五首其二作「霧」。

〔二〕「玉堂清酒就君家」，全唐詩卷一百三十崔顥渭城少年行作「玉壺清酒就倡家」。

賈至早朝大明宮附載

銀燭朝天紫陌長，禁城春色曉蒼蒼。千條弱柳垂青瑣，百囀流鶯滿建章。劍佩聲隨玉墀步，衣冠身染御爐香。共沐恩波鳳池裏，朝朝染翰侍君王。

奉和賈至舍人早朝大明宮舍人先世掌絲綸。

五夜漏聲催曉箭，顏氏家訓云：或問：一夜何故五更？更何所訓？答曰：魏漢已來，謂爲甲、乙、丙、丁、戊五夜。又云一二三四五，皆以五爲節。更，歷也，經也，鼓凡五更爾。九重一作天。春色醉仙桃。天子之門九重。漢武故事：西王母齎其桃七枚獻帝，帝欲留核種之。王母笑曰：此桃一千年生，一千年結實，人壽幾何？遂止。西王母指東方朔曰：此桃三熟，此兒已三偷也。趙云：春色着桃如酣醉然。旌旗日暖龍蛇動，宮殿風微燕雀高。朝罷香烟攜滿袖，詩成珠玉在揮毫。東坡曰：杜甫七言之偉麗者，此句是也。趙云：余竊謂夏文莊「硯中旗影動龍蛇」，徐師川「旌旗不動御爐香」，皆剽杜也，然工拙可見矣。硯水之中可見旌旗之影動如龍蛇，而御爐香豈干旌旗動不動乎？或者穿鑿以燕雀高比小人得位，則龍蛇動何所比乎？後學妄論杜詩有如此者。香烟雖是香之烟，而兩字是實，故可對珠玉。欲知世掌絲綸美，池上于今有一作得。鳳毛。禮記：王言如絲，其出如綸。杜補遺：世説：王敬倫風姿似父。作侍中，加授桓公服，從大門入。桓公望之曰：大奴固有鳳毛。大奴，王劭也。梁鍾嶸詩品曰：何晏、孫楚、張翰、潘尼等，並得虬龍片甲，鳳凰一毛。山海經曰：丹穴之山有鳥焉，五彩而文，其名曰鳳〔一〕。趙云：賈至，曾之子。曾於睿宗末年及開元初再爲中書舍人。後與蘇晉同掌制誥，皆以文辭稱，時號蘇賈焉。玄宗幸蜀，時至拜起居舍人，帝曰：昔先帝誥命，乃父爲之辭，今兹命册，又爾爲之。兩朝盛典出卿家父子，可謂繼美矣。故云。鳳毛，有兩事：南史載：謝超宗者，謝鳳之子，作殷淑儀誄。帝大嗟賞，謂謝莊曰：超宗殊有鳳毛。而池上字，又使荀勖奪我鳳凰池事。

【校勘記】

〔一〕「曰」，文淵閣本奪。

附王維同作

絳幘鷄人送曉籌，尚衣方進翠雲裘。九天閶闔開宮殿，萬國衣冠拜冕旒。
日色纔臨仙掌動，香烟欲傍衮龍浮。朝罷須裁五色詔，佩聲歸到鳳池頭。

附岑參同作

雞鳴紫陌曙光寒，鶯轉皇州春色闌。金鎖曉鐘開萬户，玉階仙仗擁千官。花迎劍佩星初落，柳拂旌旗露未乾。獨有鳳凰池上客，陽春一曲和皆難。

宣政殿退朝晚出左掖

天門日射黄金榜，崔融詩：金牓照晨光，銅鈎起夕涼。春殿晴曛赤羽旗。以赤鳥羽爲旗也。趙云：前漢禮樂志：天門開，詄蕩蕩。神異經云：西方有宫，金牓而銀鏤，題曰：天地少女之宫。赤羽旗，如周官：析羽爲旌。家語：赤羽若日，白羽若月。詄音迭。宫草微微一云霏霏。承委珮，曲禮：主佩垂則臣佩委。爐烟細細駐遊絲。遊絲，蛛絲之遊散者，香烟似之。雲近蓬萊常好一作五。色，雪殘鳷鵲亦多時。蓬萊，殿名。鳷鵲，樓名。趙云：蓬萊殿在紫宸殿之後，皆大明宫中也。鳷鵲，漢觀名，在甘泉宫。謝玄暉詩云：金波麗鳷鵲，玉繩低建章。則借漢宫觀名以比當時之禁掖。侍臣緩步歸青瑣，青瑣，門也，以青畫户邊鏤中，天子制也。退食從容出每遲。趙云：青鎖，漢門名，在未央宫。今亦借用，如范彦龍：攝官青瑣闥。詩：退食自公。

題省中院壁

掖垣竹埤梧十尋，師云：西掖垣在中書省。劉公幹贈徐幹詩：誰謂相去遠，隔此西掖垣。埤，音婢，百畝爲埤。又增也，厚也。**洞門對雪常陰陰。**董賢傳：重殿洞門。注：洞門，猶洞户也。杜正謬：對雪，當作對霤。左太沖吴都賦云：增岡重阻，列真之宇。玉堂對霤，石室相距。注：欄霤相接也。蓋是時有鳴鳩乳燕，落花遊絲之語。乃春深時，非可言對雪，殆傳寫之誤爾。引詩注：洞門，謂門門相當也。趙云：掖垣者，禁掖之垣牆也。埤字，在字書音避移反，附也，助也，補也，增也。引詩云：政事一埤益我。云埤，厚也。今公竹埤，則側聲矣。惟晉語：秦醫和曰：松柏不生埤。注：埤，下濕也。而國語音卑，又皮靡反，方是側聲卑而有所當生之義。所謂對雪常陰陰，蓋爲大明宫直終南山，每清天霽景，視終南山如指掌云。此對終南之雪也。正謬云對雪當作對霤，非是。蓋對霤自是玉堂。凡是堂殿，前有天井，乃爲對霤。鄭玄禮記注曰：堂前有承霤是已。若在洞門言之，則第一重門豈對霤耶？又對承霤則明快矣，豈陰陰耶？杜云落花、乳燕，乃春深時，非可言雪，蓋終南崇山，雖春深而有積雪未消爾。**落花遊絲白日静，鳴鳩乳燕青春深。**梁簡文帝春日詩：落花隨燕入，遊絲帶蝶驚。乳燕，雛燕也。趙云：兩句如東坡先主之説，豈不謂之偉麗耶？隋蕭慤春賦云：落花無限數，飛鳥排花渡。庾信燕歌行云：洛陽遊絲百丈連。又云：數尺遊絲即横路。遊絲於春時空中自有之，蓋野馬之類，天地之氣也，即非蛛絲，學者多誤指之矣。月令：季春之月，鳴鳩拂其羽。疏云：案釋鳥云：鶌鳩，鶻鵃。郭景純云：鶌音九物反。鵃音嘲。鶻鵃似山鵲而小，青黑色，短尾多聲。孫炎云：鶻鵃一名鳴鳩，月令所云是也。如此，則止是鶻鵃，乃季春之鳥矣，即非唤雨之鵓鳩。學者復多誤指，雖黄魯直亦誤用云：欲雨鳴鳩日永。若以唤雨之鳩爲鳴鳩，則四時皆鳴，何乃言青春深乎？乳燕字承用之熟，在杜公前則鮑照詠採桑詩乳燕逐草蟲，巢蜂拾花蘂也。**腐儒衰晚謬通籍，**黥布傳：上置酒，對衆折隨何曰：腐儒！爲天下安用腐儒哉？師古云：腐者爛敗，言無所堪任。通籍，見上注。退食遲迴違寸心。趙云：漢書：高祖云：腐儒幾敗乃公事！詩云：退食自公。寸心，起於列子：文摯謂叔龍曰：吾見子之心矣，方寸之地虛矣。而促用寸心，則陸士衡文賦有吐滂沛乎寸心。方生出寸心字也。若使違字，則詩云：中心有違。左傳云王心不違也。衮職曾無一字補，詩：衮職有闕，仲山甫補之。注：衮，君之上服。補之，善補過也。許身愧比雙南金。古詩：美人贈我綠綺琴，何以報之雙南金。言所報重也。趙云：公前爲拾遺，故用補衮事，不必泥出處是仲山甫而爲宰相事也。一字補，蓋挨傍春秋序云褒之一字，若華衮之贈，故對雙南金。三字，出文選「美人贈我雙南金」。

春宿左省

花隱掖垣暮，啾啾棲鳥過。星臨萬户動，月傍九霄多。趙云：隱者，隱蔽之也。字起于揚雄蜀都賦曰：蒼山隱天。漢宫千門萬户。潘岳書曰：長自絶乎塵埃，迢遊身乎九霄。而沈休文遊沈道士館云：鋭意三山上，托慕九霄中。今言九霄之間月色明偏爲多也。或曰，以九霄比禁掖，爲其在左省作詩，故所云如此。不寢聽金鑰，因風想玉珂。玉珂，馬鳴珂也。趙云：兩句主下句有封事而欲上，故聽開門且想朝馬之鳴珂也。玉珂者，以玉爲珂，富貴事也。明朝有封事，言事也。欲其密，故封之以達。數問夜如何。趙云：唐制，左拾遺六人，從八品上，掌供奉諷諫。大則廷議，小則上封事。故曰有封事也。詩：夜如何其？夜未央。夜未艾，夜向晨者也。

送翰林張司馬南海勒碑 相國製文

冠冕通南極，通，猶通西南夷也。文章落上台。謂相國製文也。趙云：冠冕，指言張司馬。南極，指言南海之地。詔從三殿去，唐有三殿學士。碑到百蠻開。趙云：大明宮中有麟德殿，在仙居殿之西北。此殿三面，亦以三殿爲名。李肇翰林志曰：翰林院在麟德殿西廂重廊之後，門東向。故曰詔從三殿去者，言自翰林壁經三殿而出也。舊注非。野館濃花發，春帆細雨來。趙云：既云往南海，則用帆矣。木玄虛賦云維長綃，掛帆席是已。以春時往，故曰春帆。公又曰：冥冥細雨來。不知滄海上，天遣幾時回？趙云：此句暗用博物志有人乘槎至海犯牛斗事。杜公每用，却多指爲張騫云。

晚出左掖

晝刻傳呼淺，趙云：衛宏漢舊儀：使夜漏起，宮衛傳呼以爲備。陸倕以其所載爲未詳。謂傳呼淺，則在晝不若夜之遠也。春旗簇仗齊。春旗，言羽衛也。退朝花底散，歸院柳邊迷。樓雪融城濕，宮雲去殿低。避人焚諫草，騎馬欲雞棲。趙云：如魏陳群之削草，又高士廉奏議未嘗不焚藁也。詩云：雞栖于塒。舊注引文選：雞登栖而斂翼。非是。

曲江陪鄭八丈南史飲

趙云：應是鄭虔，虔爲著作。所謂南史，以左氏齊南史稱之。

雀啄江頭黄柳花，鵁鶄鸂鶒滿晴沙。自知白髮非春事，歸去來：農人告予以春及，將有事乎西疇。且盡芳樽戀物華。趙云：春事嬉遊賞玩，皆年少之所宜，故白髮非春事矣。舊注非是。近侍即今難浪跡，此身那得更無家。趙云：上句所以自戚，下句所以自喜。蓋公性真率，平昔放浪，今爲近侍，故難浪跡。前此一身轉徙賊中，寄家鄜州，嘗有詩曰：無家對寒食。今既復聚，故喜而曰那得更無家也。丈人才力猶强健，豈傍青門學種瓜！邵平種瓜青門，號邵平瓜。趙云：阮籍詠懷有云：昔聞東陵瓜，近在青門外。注引史記：邵平者，故秦東陵侯，秦破，爲布衣，貧，種瓜於長安城東，故俗謂之東陵瓜。又注云：漢書曰霸城門，民間所謂青門，則長安城東門也。

送賈閣老出汝州

趙云：此送賈至也。前篇有嚴賈二閣老兩院補闕。公自注云：嚴武、賈至也。至爲汝州，唐史不載。

西掖梧桐樹，空留一院陰。喻賈之德猶足庇覆一院。趙云：至於至德中歷中書舍人，而中書舍人隸中書省，在月華門西，故曰西掖。艱難歸故里，去住損春心。趙云：至，河南洛陽人。唐以河南府汝州隸都畿採訪使〔二〕，故云。宮殿青門隔，青門，長安東城門也。隔青門，謂賈出汝州也。雲山紫邏深。邏塞也，取巡邏之義。杜補遺：紫邏，山名也。謹按九域志：汝州梁縣有三山，一霍陽，二崆峒，三紫邏，非以巡邏爲義。人生五馬貴，見二十五卷五馬有光輝注。莫受二毛侵。潘岳秋興賦：予三十有二，始見二毛。二毛，班白也。趙云：五馬，太守事。本出漢官儀：太守五馬。蓋天子六馬，而諸侯則五馬故也。漫叟詩話云：古樂府陌上桑云：五馬立踟躕。用五馬作太守事，自西漢時始然。古乘駟馬車，至漢時太守出則增一馬。事見漢官儀。潘子真詩話：禮：天子六馬，左右驂；三公九卿駟馬，右騑。漢制：九卿則中二千石，亦右驂；太守則駟馬而已。其有功德加秩中二千石如王成者，乃有右驂〔二〕，故以五馬爲太守美稱。師云：古今風俗曰：王逸少，出守永嘉，庭列五馬。繡鞍金勒，出即控之。故永嘉有五馬坊。

【校勘記】

〔一〕「畿」，文淵閣本作「幾」，訛。

〔二〕「驂」，文淵閣本、文津閣本、文瀾閣本、清刻本、排印本作「騑」。

送鄭十八虔貶台州司户傷其臨老陷賊之故闕爲面别情見於詩

趙云：按唐史，虔遷著作郎。禄山反，遣張通劫百官置東都〔一〕，僞授虔水部郎中，因稱風緩，求攝市令，潛以密章達靈武。賊平，與張通、王維並囚宣陽里。三人皆善畫，崔圓使繪齋壁，虔等方悸死，即極意祈解於圓，卒免死，貶台州司户參軍事。莊子曰：闕然數日不見。闕爲面別，若言闕然爲面別也。

鄭公樗散鬢成絲，莊子有樗散之材，言不合世用也。酒後常稱老畫師。虔善畫，常獻詩畫于明皇，御批號爲三絶。趙云：莊子謂樗曰散木也，故相承用樗散焉。畫師之句，亦猶王維詩云：夙世謬詞客，前身應畫師。萬里傷心嚴譴日，百年垂死中興時。時初復京師，虔以汙賊貶。倉皇已就長途往，邂逅無端出餞遲。便與先生應永訣，九重泉路盡交期。言交契之期，死生不替也。江淹别賦寫永訣之情。

【校勘記】

〔一〕「張通」，原作「張通儒」，訛，參本集卷十四故著作郎貶台州司户滎陽鄭公虔校勘記〔三〕改。

題鄭十八著作丈

台州地濶海冥冥，雲水長和島嶼青。（台州，鄭貶所。趙云：台州臨海郡，本海州也。）**亂後故人雙別淚，春深逐客一浮萍。**（以虔貶，故稱逐客。秦李斯在逐客中上書。）**酒酣懶舞誰相拽，詩罷能吟不復聽。第五橋東流恨水，皇陂岸北結愁亭。**（第五橋、皇陂，皆長安郭外送別之地。趙云：皇子陂在萬年縣西南二十五里。第五橋未詳。公過何將軍山林詩云：今知第五橋。蓋於此與鄭送別之地。水謂之恨水，亭謂之愁亭，乃一時傷心之言。）**賈生對鵩傷王傅，蘇武看羊陷賊庭。**（趙云：上句以言虔遷謫也，下句以言虔爲賊所劫而不附賊也。）**可念此翁懷直道，也霑新國用輕刑。**（周禮秋官：大司寇之職，一曰，刑新國用輕典。趙云：惟其直道而不附賊，故得免死而從貶也。）**禰衡實恐遭江夏，**（見本卷送郭中丞詩。）**方朔虛傳是歲星。**（夏侯孝若東方朔畫贊云：神變造化，靈爲星辰。注：俗謂東方朔爲太白星精〔一〕。趙云：上句以言虔素才俊，嘗憂有欲殺之者矣。觀其初，集掇當世事著書八十餘篇，有窺其稾者，上書告虔私撰國史，虔倉皇焚之，由協律郎坐謫十年；其於賊平被囚也，幾死而貶，則虔嘗以死爲憂矣。下句以言虔多技能，如方朔而不得親用。博物志載，神仙傳曰：傳説上據辰尾爲箕宿，歲星降爲東方朔。傳説死後有此宿，東方生，無歲星。今公云方朔是歲星，蓋用此説。而夏侯孝若爲朔畫贊序注乃云云，卻成方朔死而爲星矣。舊注止知引此，非是。）**窮巷悄然車馬絕，案頭乾死讀書螢。**（車允聚螢讀書。趙云：虔既謫去矣，則平昔過從者車音絕，而所居讀書之處空餘死螢也。）

【校勘記】

〔一〕「東方朔爲太白星精」，「東」文淵閣本、文津閣本、文瀾閣本、清刻本、排印本無。

端午日賜衣

師云：按唐會要：開元二十五年，上以端午日，賜宰臣丞相尚書兩省官衣服各一襲。

宮衣亦有名，端午被恩榮。細葛含風軟，香羅疊雪輕。自天題處濕，當暑着來清。意内稱長短，終身荷聖情。一作明。趙云：自天出詩、書。當暑出論語。其他甚明。末句語法稍深，蓋言天子之意内又稱量群臣身材長短而賜之，使有實用而非止虛賜，此所以終身荷聖情也。

贈畢四曜

玉臺後集載曜詩二首。

才大今詩伯，家貧苦宦卑。晉有八伯，以擬八儁。伯，如侯伯之伯。趙云：伯，宗師之稱也。字起於論衡，有云：周長生文辭之伯，文人之所共宗，而變化用之耳。新唐書云：王楊爲之伯，燕許擅其宗。亦用此字也。飢寒奴僕賤，顏狀老翁爲。同調嗟誰惜，論文笑自知。謝靈運詩：誰謂古今殊，異代可同調。趙云：魏文帝典論有論文篇，爲無同調，故論文亦自知而已。公詩：文章千古事，得失寸心知。亦此之謂也。流傳江鮑體，江文通，鮑明遠。相顧免無兒。伯道無兒。免無兒者，言各有子也。趙云：言既無同調以共論文，則所能江鮑體之文章，止流傳於其子耳。江，謂江淹；鮑，謂鮑照。二人最能文。玄宗嘗曰：蘇瓌有子，李嶠無兒。相顧免無兒，意言各有子以傳世業，即非伯道無兒事。師民瞻本江鮑體作江左體，亦是。言江左，則不止指二人也。

酬孟雲卿

樂極傷頭白，更長愛燭紅。相逢難衮衮，告別莫匆匆。衮衮，見上醉時歌注。趙云：相逢既難得相繼，故不可怱怱爲別也。晉王濟云：張華説漢史，衮衮可聽。張芝云怱怱不暇草書也。新添：史記龜筴傳有云：陰陽相錯，怱怱疾疾。顔氏家訓云：世中書翰，多稱匆匆，相承如此，不知所由。案許慎説文云：匆者，州里所建之旗也。象其柄有三斿，雜帛幅半異。所以趣民故匆遽者，稱爲匆匆。但恐天河落，鮑明遠：夜移河漢落〔一〕。寧辭酒盞空。孔融：罇中酒不空。趙云：天河謂之落，如鮑照詩。酒盞謂之空，飲盡而空也。舊注所引正與此空字不同。明朝牽世務，揮淚各西東。趙云：前漢：儒者通世務。揮淚字，起於家語：公父文伯卒，敬姜曰：二三子無揮涕。而蘇子卿曰：淚下不可揮。公蓋參使。

【校勘記】

〔一〕「河」，玉台新詠卷四、文選卷三十、宋詩卷九鮑照玩月城西門作「衡」。

奉贈王中允維

中允聲名久，如今契闊深。共傳收庾信，周書：庾信字子山，先與徐陵並爲梁抄撰學士，後仕周，聘於東魏。文章辭令[一]，盛爲鄴下所稱信，雖位望通顯，常有鄉關之思。不比得陳琳。琳避難冀州，袁紹使典文章，作檄以告劉備，言曹公失德，不堪依附，反譏曹公父子。後紹敗，曹公得琳，愛其才而不責之。趙云：庾信爲梁東宮學士。侯景之亂，梁簡文帝使率宮中文武千餘人，營於朱雀航。及景至，信以衆先退，奔於江陵。梁元帝承制，除信御史中丞。共傳收庾信，以言肅宗憐維，釋其死罪，止下遷太子中允，此所謂收也。陳琳作檄謗詈曹公。曹公得之，愛之而不咎。維在賊中，禄山大宴凝碧池，悉召梨園諸工合樂，工皆泣。維聞悲甚，賦詩痛悼。則異乎陳孔璋在袁紹時詈及曹父祖矣，故曰不比得陳琳也。一病緣明主，三年獨此心。窮愁應有作，試誦白頭吟。虞卿窮愁，著書白頭吟，以人情樂新而厭故也。趙云：禄山以天寶十四載反，十五載陷京師，安慶緒弑其父自立[二]，至至德二載而後京師復焉。方維在賊時，以藥下利陽瘖。維既以不欲污賊而病，其心三年唯在明主，故云。白頭吟，文君所賦。今公所用，止言當老而吟賦爾。

【校勘記】

〔一〕「文章」，文淵閣本、文津閣本、文瀾閣本作「文帝」，訛。

〔二〕「弑」，文淵閣本作「殺」。

奉陪鄭駙馬韋曲二首

韋曲花無賴，師云：丁廙詩：群花正無賴。家家惱殺人。淥樽雖盡日，白髮好禁一作傷。春。趙云：古詩：白楊多悲風，蕭蕭愁殺人。公用愁殺人矣，此外更變曰：秋江思殺人。又曰：高樓思殺人。今云惱殺人，亦其變也。淥樽雖盡日，一本又作須盡日；白髮好禁春，一本又作不禁春；皆有義。須盡日，當對以好禁春，言既老矣，好禁奈春而行樂也。不禁春，則對以雖盡日，言雖有盡日之酒，而老人却不禁春思也。沈休文和謝宣城詩云：憂來命淥樽。

石角鉤衣破，藤枝一作蘿。刺眼新。何時占叢竹，頭戴小烏巾。

其二

野寺垂楊裏，春蛙亂水間。美花多映竹，好鳥不歸山。城郭終何事，風塵豈駐顏。誰能共公子，薄暮欲俱還。趙云：言城中多風塵，徒催人老耳，所以誰肯與公子共迫於暮色，便欲俱還也。蓋尚欲留連之意。

岑參見寄附載

聯步趨丹陛，分曹限紫微。曉隨天仗入，暮惹御香歸。白髮悲花落，青雲羨鳥飛。聖朝無闕事，自覺諫書稀。

奉答岑參補闕見贈

窈窕清禁闥，罷朝歸不同。君隨丞相後，我往一作住。日華東。補闕，官有左右，左屬門下省，右屬中書省。趙云：補闕、拾遺在百官志皆隸門下省，而門下省在日華門之東。杜公爲左拾遺，則所謂我住日華東矣。於參言君隨丞相後，則當隨往尚書省。豈參爲補闕而兼爲諸部中官邪？不然，紀當時參不坐省而隨丞相實事耳。舊注所引據楊侃職林所載，蓋按唐史，門下省有左補闕六人，從七品上；左拾遺六人，從八品上，掌供奉諷諫，大事廷議，小則上封事。其注云：武后時，垂拱元年置補闕、拾遺，左右各二員。新史所載如此，則左屬門下省，右屬中書省，豈武后時耶？然因解隨丞相後而言之，則丞相又却是尚書省矣。恐惑後學，不得不辨。參于史無傳。其詩集杜確序之，止云：自補闕遷起居郎。起居郎又却隸中書省也。俟博者辨之。冉冉柳枝碧，娟娟花蕊紅。故人得佳句，獨贈白頭翁。古詩：冉冉孤生竹。鮑照玩月城西門詩云：娟娟似娥眉[一]。五臣注曰：娟娟，明媚貌。

【校勘記】

〔一〕「鮑照玩月城西門詩」二句，「鮑照」原作「王景元」，檢下文「娟娟似娥眉」句，玉台新詠卷四、文選卷三十、宋詩卷九作鮑照玩月城西門詩，當是誤置，據改。

送許八拾遺歸江寧覲省甫昔時嘗客遊此縣於許生處乞瓦棺寺維摩圖樣志諸篇末

詔許辭中禁，慈顔赴北堂。詩：焉得諼草，言樹之背。背，北堂也。北堂，母氏也。一云天詔辭中禁，家榮赴北堂。聖朝新孝理，祖席倍輝光。祖席，飲餞也。漢祖二疏。一云行子倍恩光。趙云：行子倍恩光爲正。蓋孝理者，以孝治天下也；恩光則恩之光也，輝光則不對。内帛擎偏重，宮衣着更香。淮陰清夜驛，京口渡江航。趙云：淮陰，楚州；京口，潤州。蓋往江寧經歷之地。春隔雞人晝，雞人，宮中司曉者。言許方歸寧，尚隔雞人報曉爾。秋期燕子凉。賜書誇父老，壽酒樂城隍。一云竹引趨庭曙，山添扇枕凉。十年過父老，幾日賽城隍。趙云：方春而歸，隔聞宮中報曉也。周官雞人：夜呼旦以嘂百官。秋期燕子凉，其返以秋爲期也。一作竹引趨庭曙，山添扇枕凉。趨庭，則論語：孔子嘗獨立，鯉趨而過庭。扇枕，則黄香事也。然于趨庭而言竹引，似乎無義。豈其庭下實有竹耶？又下句一作賜書誇父老，壽酒樂城隍。却不及「十年過父老，幾日賽城隍」辭語老當，有含蓄之意。蓋謂十年不見父老而過之，又必謁廟以爲榮也。

看畫曾饑渴，追蹤恨淼茫。虎頭金粟影，神妙獨難忘。虎頭，維摩相也。金粟，釋有金粟地。杜正謬：歷代名畫記曰：顧愷之，字長康，小字虎頭，晉陵無錫人，曾於瓦棺寺北殿畫維摩詰，畫訖，光耀月餘。發迹經云：淨名大士，是往古金粟如來。世説注：僧肇注維摩經曰：維摩經者，秦言淨名。蓋法身之大士。今觀子美元題所云，則虎頭金粟影，乃顧愷之所畫維摩圖也。元注則謬矣。趙云：歐陽率更於藝文類聚則載世説：愷之爲虎頭將軍，在甘蔗門中。而洪駒父云：顧愷之小字虎頭，維摩詰是過去金粟如來，蓋據歷代名畫記耳。世説是劉義慶之書，宋于晉未遠，當可考信，而歷代名畫記則後人爲之也。以俟博聞。杜田所引與駒父同〔一〕。

【校勘記】

〔一〕「杜田」，「田」原作「用」，訛，據文淵閣本、文津閣本、文瀾閣本改。

因許八奉寄江寧旻上人

不見旻公三十年，封書寄與淚潺湲。舊來好事今能否，老去新詩誰與傳？趙云：此至德二載詩，公年四十六歲。逆數三十年，則公十六七歲耳。揚雄傳：時有好事者載酒肴從遊學，故對新詩。其字蔡邕瞽師賦：詠新詩以悲歌。碁局動隨幽澗竹，袈裟憶上泛湖船。聞君話我爲官在，頭白昏昏只醉眠。杜補遺：釋氏要覽云：袈裟者，從色彰稱也。梵言迦羅沙曳，華言不正色。四分律云：一切上色衣不得蓄，當壞作迦沙。葛洪撰字苑，方添衣字，言道服也。大業經：迦沙，名離染服。如幻三昧經云：無垢衣，又名忍辱鎧，又名蓮花衣，謂不爲淤泥所染。

至德二載甫自京金光門出道歸鳳翔乾元初從左拾遺移華州掾與親故別因出此門有悲往事

此道昔歸順，西郊胡正煩。公昔自賊中，間道歸行在也。至今殘破膽，猶有未招魂。言履艱危，膽破魂飛也。宋玉有招魂文。趙云：上句言其逃賊欲之行在，是爲歸順。在金光門道出，故曰此道昔歸順也。西郊胡正煩，則言當歸順時，正值胡在西郊之煩多也。殘者，餘也。漢書云：谷永破膽。宋玉有招魂一篇，以招屈原之魂也。近得歸京邑，移官豈至尊。言移外官，非出天子之意也。無才日衰老，駐馬望千門。趙云：上兩句言既得返長安以拾遺爲官，而移華州掾，本非至尊之意，特以自貽伊戚耳。蓋公以論房琯有才不宜廢免，坐此而貶耳。駐馬望千門，則彷徨不忍去，凝望於宮禁也。謂之千門，使千門萬户之語。

寄高三十五詹事適

安穩高詹事〔一〕，兵戈久索居。子夏離群索居。時來如一云知。宦達，歲晚莫情疎。言無隨世態也。

天上多鴻雁，池中足鯉魚。相看過半百，不寄一行書。蘇武繫書雁足。古詩：呼童烹鯉魚，中有尺素書。古人言音信，多以此二物，或謂之鱗羽。趙云：安隱，安穩字也，出佛書：世尊安隱否。兵戈，出戾太子傳贊。鴻雁，則常惠事。公于乾元初從左拾遺移華州掾，方未移時，豈不與高詹事相見乎？及其既移華州，旋於二年秋七月半棄官居秦，有寄彭州三十五詩三十韻，則此詩在秦州寄，高尚爲詹事時詩也。

【校勘記】

〔一〕「穩」，原作「隱」，據二王本杜集卷十、錢箋卷十改。

路逢襄陽少府入城戲呈楊員外綰

甫赴華州日，許寄員外茯苓。

寄語楊員外，山寒少茯苓。杜補遺：史記龜策傳云：茯苓，所謂伏靈者，在兔絲之下，狀如飛鳥之形。新雨已，天清淨無風，以夜捎兔絲去之，即以篝燭此地。篝，籠也，謂燃火而籠罩其上。火滅，記其處，明日乃掘取，入地四尺至七尺得矣。伏靈者，千歲松脂也。餘見補遺嚴氏溪放歌行：知子松根長茯苓。歸來稍暄一云侯和。暖，當爲斸青冥。茯苓、松脂，所化斸之乃得。翻動神仙窟，世言華山多茯苓，神仙所居之地。封題鳥獸形。茯苓，似鳥獸形者爲上。兼將老藤杖，扶汝醉初醒。

題鄭縣亭子

鄭縣亭子澗之濱，户牖平高發興新。言臨亭多發，新興也。雲斷岳蓮臨大路，見「蓮峰望忽開」注。路，一作道。天晴宫柳暗長春。趙云：澗之濱，澗水濱也。鮑照詩：發興誰與歡。岳蓮，指言蓮花峰也。大路，蓋言官道耳。詩云遵大路是也。一作大道。古詩有青樓臨大道，然不成詩之聲律。蔡興宗引晉書：檀道濟從劉裕伐姚泓，至潼關，姚鸞屯大路以絶道濟糧道。遂指大路爲陝、華地名，穿鑿矣。夫岳峰所臨，豈專是地名之大路乎？若長春，則指言長春宫也，在同州朝邑縣。去此雖百里，皆華山所臨，故廣言之也。巢邊野雀群欺燕，花底山蜂遠趁人。野雀欺鷰、山蜂趰人，皆感時而作，更欲題詩滿青竹，晚來幽獨恐傷神。趙云：上兩句舊注云皆感時而作，非也。此道實事，而故幽獨而傷神也。蓋公以論房琯有才不宜廢，乃天子怒之而出，當時無嫉之者。偶似譏耳。

望岳

西岳崚嶒一云稜危。竦處尊，華岳也。諸峰羅立一作列。如兒孫。言序列而不敢與岳争長也。趙云：沈休文詩：崚峭起清障。張景陽七命瓊巘崚嶒也。竦，則如宋武帝登竹樂山詩曰：竦石頓飛轅。范雲登三山詩曰：叢嵓竦復垂。庾肅之山贊曰岷閬天竦也。後漢張昶華山碑云：山莫尊于岳，澤莫盛于瀆。安得仙人九節杖，拄倒玉女洗頭盆。仙人有九節杖，笻杖亦九節。玉女洗頭盆，因山形而名。杜正謬：集神録：明皇玉女者，居華山，服玉漿，白日昇天。今山中頂石龜，其廣數畝，高三仞，其側有梯磴達，背建玉女祠。祠前有白石臼，號曰玉女洗頭盆。其中水色碧緑澄澈。雨不加溢，旱不加耗。張平子思玄賦云：戴太華之玉女兮，召洛浦之宓妃。即明皇玉女也。趙云：此篇皆使華岳上之名稱，有仙人九節杖，有玉女洗頭盆，有車箱谷，有箭栝峰，皆處所也。正謬所引載太平廣記。車箱入谷無歸路，師云：寰宇記：華陰縣車箱谷在西南二十五里，深不可測。祈雨者以石投其中，有一鳥飛出，應時獲雨。箭栝通天有一門。稍待秋風凉冷後，高尋白帝問真源。白帝，西方之帝也。趙云：箭栝峰，則華山記云箭栝峰上有穴，才見天。攀縁自穴而上，有至絶處者。又按，記云：山頂上有靈泉二所，一名蒲地，一名太上泉池。此豈所謂真源乎？劉孝儀和昭明太子鍾山講解詩云：降道訪真源。

至日遣興奉寄兩院遺補二首

去歲茲辰捧御床，五更三點入鵷行。（晉王沈詩：幸參鵷鷺行。）欲知趨走傷心地，（此言爲華掾趨走參謁郡將也。）正想氛氳滿眼香。（御爐，香煙也。）無路從容陪語笑，有時顛倒著衣裳。何人錯憶窮愁日，愁日愁隨一線長。（一云白日愁隨一線長。歲時記云：宮中以紅線量日影，至日日影添一線。坡云：唐雜録謂宮中以女工揆日之長短。冬至後日晷漸長，比當日增一線之功。黃魯直云：此說爲是。師云：今考輦下歲時記、荆楚歲時記及徐諧歲時廣記並不載此說。子美小至詩「刺繡五紋添弱線」，即非以線量日影也。蓋以刺繡之工添線爲日晷之準則耳。趙云：詩：東方未明，顛倒衣裳。何人，如言別人。蓋謂別人錯思憶我窮愁之日，殊不知我愁日之愁，則隨一線長，正在此冬至日也。一作白日愁隨一線長，其句不貫于上。）

其二

憶昨逍遥供奉班，去年今日侍龍顏。（漢高祖隆準而龍顏。趙云：拾遺掌供奉、諷諫，故曰供奉班。按楊侃職林載：補闕、拾遺，武太后垂拱中置，二人，以掌供奉、諷諫。自開元以來，猶爲清選。左右補闕各二人，供奉者各一人。左右拾遺亦然。夫謂之清選，可以言逍遥矣。）麒麟不動爐烟上，孔雀徐開扇影還。

趙云：麒麟者，香爐狀也。孔雀者，爲扇之物也。玉几由來天北極，周禮：王左右玉几。朱衣只在殿中間。趙云：言至日受賀之儀。謂之由來、只在，所以懷想至尊也。周禮司几筵曰：左右玉几。論語曰「北辰居其所而衆星拱之」。北極即北辰也。玉几設於左右，從來在扆宸之前，今以在外，則不能瞻覩之矣。唐禮樂志：元正受賀，皇帝服衮冕。冬至則服通天冠，絳紗袍。而在禮記內，則謂君朱之下注云：天子、諸侯玄端朱裳。則絳紗袍可以言朱衣矣，只在殿中間亦言居其所也。孤城此日堪腸斷，愁對寒雲雪滿山。舞鶴賦：水塞長河，雲滿群山。趙云：但以在外不預朝賀而懷之耳，故有腸斷之歎。

得弟消息二首

近有平陰信，遥憐舍弟存。師云：鄭州平陰縣，本漢肥城縣，隋大業二年改爲平陰縣，屬濟州。趙云：平陰於唐舊屬濟州，州廢於天寶十三載，乃屬鄆州。公前憶弟詩曰：喪亂聞吾弟，饑寒傍濟州。雖是十四載祿山反後詩，蓋猶追道故名耳。側身千里道，言避難不得正行也。寄食一家村。烽舉新酣戰，啼垂舊血痕。烽，燧也，有寇則舉。趙云：淮南子載：魯陽公與韓戰，戰酣，日暮，援戈而麾之，日爲之反三舍。血痕，蓋使淚盡繼之以血也。不知臨老日，招得幾人魂？

其二

汝懦歸無計，吾衰往未期。浪傳烏鵲喜，西京雜記：乾鵲噪而行人至。深負鶺鴒詩。見「鴒原驚陌草」注。

生理何顔面，憂端且歲時。兩京三十口，雖在命如絲。趙云：浪傳，烏鵲雖噪，而人不歸也。詩云：鶺鴒在原，兄弟急難。公詩又曰：待汝嗔烏鵲，抛書示鶺鴒。亦此義矣。謝靈運發石首城詩：寸心若不亮，微命察如絲〔一〕。

【校勘記】

〔一〕「城」，原作「戍」，訛，據文選卷二十六、宋詩卷三謝靈運初發石首城改。

寄高適 新添

楚隔乾坤遠，難招病客魂。詩名惟我共，世事與誰論。北闕更新主，南星落故園。定知相見日，爛漫倒芳樽。